KB175443

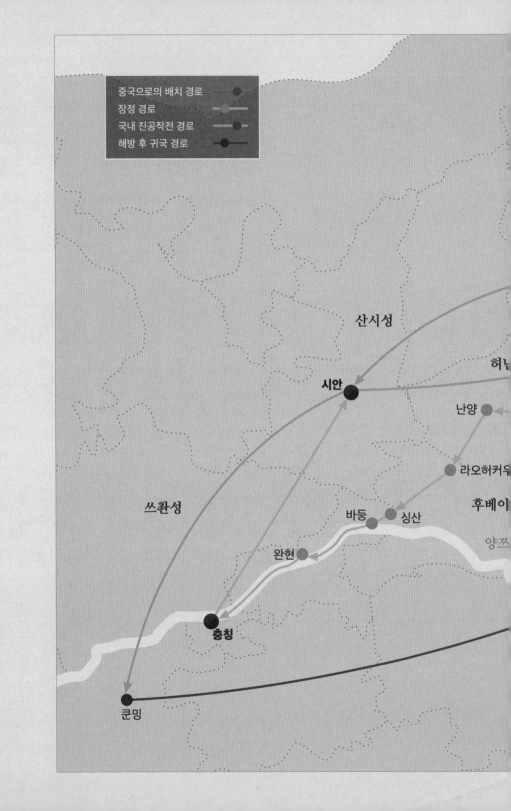

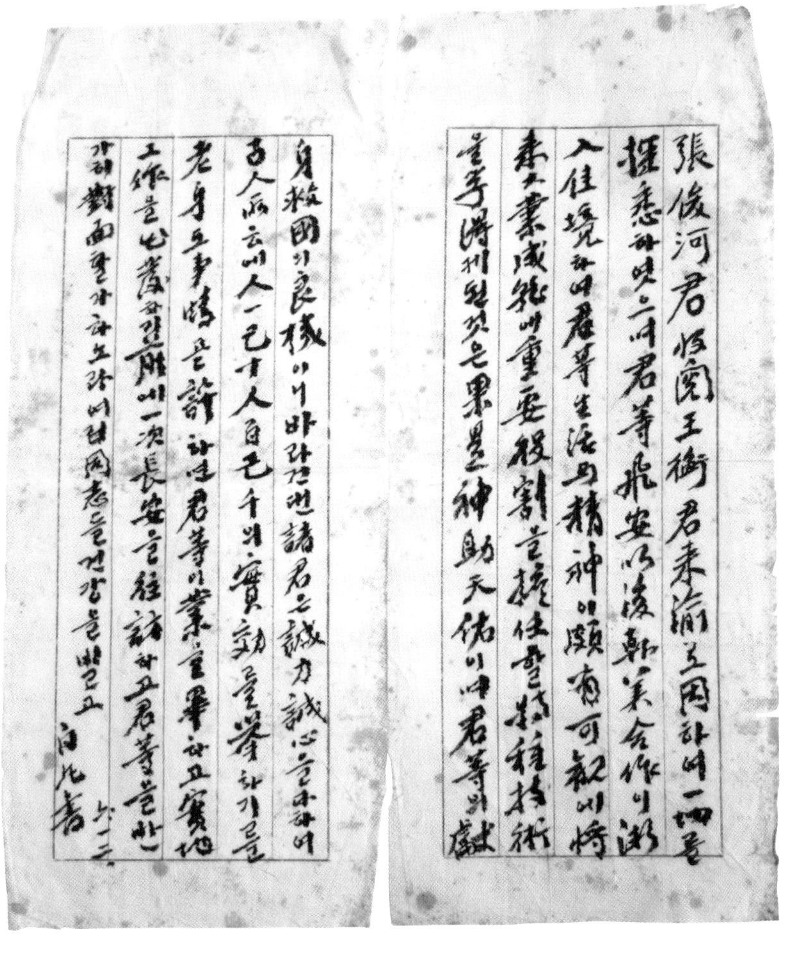

저자가 시안에서 OSS 훈련을 받을 때 임시정부 주석 김구 선생이 보내준 격려 편지.

俊河同志 回鑒： 上月ㅁ日 惠函을 感謝히

받아보며 一切를 詳悉하였소이다。곳 訓練班은 善

速히 進展되는中에여러同志들도많은 興趣를 늣이

심白熱心愛訓하실일하와 開慧快足와다。또同志

의힘은 努力으로 그곳 敎育까지設하였다하오니 ⋯念을

慈謝하기마지아니하오며。빼므쓰는 當局渝이온대밉間

비東하と대로맜힜겟삼오며; 既이提助를힜랳겟

하と바에아感佩之意나表하랳바에더할것이없

을것가압오이다。元漢英牧師는現今美政府에服務中

인대슴未에來華하이오리。才餘하惶結次뭇己鞏

師祝 恩中諸益

金元 陸美

七月十日

저자가 시안에서 OSS 훈련을 받을 때 임시정부 부주석 김규식
박사가 보내준 격려 편지.

1

2

1 김규식 박사가 잡지 『제단』 발간에 보낸 축사.

2 저자 일행이 일군에서 탈출하여 중국유격대 한즈룽 사령부에 있을 때 일군 측이 포로 교환을 요구하며 한 사령관에게 보낸 협박 편지.

1   26세 때의 장준하, OSS 대원 시절의 모습.
2   왼쪽부터 노능서, 김준엽, 장준하(1945년 8월 20일).
3   쿤밍 비행장 막사에서 찍은 기념사진. 뒷줄 왼쪽에서 세 번째가 장준하(1945년 9월 6일).
4   이범석 장군과 그의 애견.

1 수년 전에 개축하여 현대식 건물로 단장된 쓰카다 부대 자리.
   현재는 중국군 공정병지휘학원(공병 간부학교)으로 쓰인다.

2 리쭝런 부대라 불리던 중국중앙군 제5전구사령부 건물.

1   사철 마르지 않고 흐른다는 뜻의 불로하 강변.

2   대륙횡단 6천 리 장정의 마지막 물길이었던 양쯔강.

1   제비도 넘지 못한다는 험산준령인 파촉령.

2   베이핑에서 한커우로 통하는 기간 철도인 평한선.

1 난양의 제갈량 사당인 무후사.

2 중국중앙군 난양전구사령부 터.

1 저자가 '복음병원'으로 기억하고 있던 복민병원. 현재 라오허커우시 공산당 위원회 경내에 있으며 타이완 판공실로 쓰이고 있다.

2 중국 중앙군관학교 임천분교 터. 현재는 린촨제일중학교로 신축되어 있다.

안후이성 린촨에 있는 한국광복군훈련반(한광반) 기념비.

시안시 두취진의 한국광복군 제2지대이자 OSS 특수훈련 본부가 있던 자리. 현재는 양곡 보관소로 쓰이고 있다.

상하이시 훙커우공원의 윤봉길 기념관 '매헌'과 기념비.

충칭시 오사야항吳師爺巷 소재 임시정부의 세 번째 터.

1

2

1   새로 단장한 대한민국임시정부 청사 전경.

2   임시정부 청사 내 태극기 아래 모셔진 김구 주석의 흉상.

임시정부 건물 입구에서 안쪽을 올려다본 모습.

임시정부 요인들의 회의실과 집무실.

돌베개

돌베개

장준하의 항일대장정

장준하 지음

2015년 5월 18일 초판 1쇄 발행
2023년 6월 15일 초판 13쇄 발행

펴낸이 한철희 | 펴낸곳 돌베개 | 등록 1979년 8월 25일 제406-2003-000018호
주소 (10881) 경기도 파주시 회동길 77-20 (문발동)
전화 (031) 955-5020 | 팩스 (031) 955-5050
홈페이지 www.dolbegae.co.kr | 전자우편 book@dolbegae.co.kr
블로그 blog.naver.com/imdol79 | 트위터 @Dolbegae79 | 페이스북 /dolbegae

책임편집 소은주
표지디자인 김동신 | 본문디자인 이은정·김동신
마케팅 심찬식·고운성·조원형 | 제작·관리 윤국중·이수민
인쇄·제본 영신사

ⓒ 장호권, 2015
지도·도판 제공 ⓒ 장준하기념사업회
표지 제자 ⓒ 신영복

ISBN 978-89-7199-670-6 (03810)
이 도서의 국립중앙도서관 출판시도서목록(CIP)은 e-CIP 홈페이지
(http://www.nl.go.kr/ecip)에서 이용하실 수 있습니다.(CIP제어번호: CIP2015013122)

책값은 뒤표지에 있습니다.

돌베개

장준하의
항일대장정

돌베
개

『돌베개』에 부치는 말

이 이야기는 단 2년간의 체험 수기다. 일제의 패색이 짙어지던 1944년부터 조국 광복이란 감격의 깃발이 민족의 숨결처럼 펄럭이던 1945년까지 나의 20대는 '자랑스러운' 자부심으로 부끄러울 것 없는 젊음을 구가했다. 그로부터 4반세기가 지나고 또 한두 해가 얹혔다. 그리고 나도 50대에 들어섰다. 이제 나는 그 2년간의 체험을 중심으로 우리 현대사의 한 증언자가 되고자 이 수기를 발표한다. 당시 국내외를 통한 제반 사정과 우리 젊은이들의 저항을 내 눈으로 확인한 대로 기록해야 하겠다는 사명감까지도 느끼게 되는 오늘날의 정치현실은 나로 하여금 주저 없이 붓을 들게 했다.

나의 증언은 몇 가지로 요약될 수 있다. 그 첫째는 일제 말기에 끌려 나간 한국 '학병'學兵들의 저항정신이다. 내가 갔던 곳이 '중지'中支〔중국 화중 지역〕였고 학병이란 이름으로 끌려갔기 때문에 주로 중국 대륙의 학병만이 이 이야기의 대상이 된 것은 유감이나 어쩔 수 없다.

학병이란 이름으로 끌려 나가 투쟁한 그 과정은 오늘날의 새로운 세대에게 작으나마 하나의 교훈이 될 것으로 믿어 의심치 않는다. 더구나 1945년 이후에 태어난 젊은이들에겐 그 시대 상황에 대한 새로운 이해를 줄 수 있을 것을 기대한다.

그 둘째는 망명임시정부를 중심으로 한 우리 선배들의 독립운동이다. 충칭重慶〔중국 쓰촨성四川省에 있던 당시 장제스蔣介石 정부의 수도〕 임시정부를 안팎으로 한 망명정부의 분위기와 그들의 생태, 그리고 그것이 그대로 연장된 듯한 오늘날의 우리 정치풍토나 정치현실과 어떤 상관관계가 있는지를 나는 숨김없이 말하고자 했다.

정치현실이란 미시적으로는 관대한 것같이 보일는지 모르나 거시적으로는 인과관계로 엮어지는 엄연한 질서다. 우리가 오늘날의 정치풍토에서 고민하지 않을 수 없는 그 한 까닭이 이미 40년대에도 뚜렷이 노출되어 있었음을 이해할 때 더욱 안타까워지는 것이다.

그 셋째는 조국 광복을 위한 대일항쟁이 그 당시의 국제정세 속에 어떻게 진행되고 전개되었는가 하는 민족사적 측면의 증언이다.

해방 이후 오늘날까지 많은 독립유공자가 나타났고 또 많은 독립운동가가 알려졌지만 나는 숨은 독립항쟁을, 누가 어떻게 어디서 했는가를 분명히 밝혀두고자 하는 것이다. 이것은 나의 수기 가운데 조금의 주저도 없이 쓰였다. '독립운동을 했다'는 일부 저명인사들이 과연 무슨 일들을 하고 오늘날 고개를 들고 다니는지, 얼굴을 붉히지 않을 수 없는 때가 허다할 정도다. 또 광복군만 해도 그렇다. 광복군 출신이라고 떠들고 다니는 일부 인사들이 광복군의 모자 하나를 얻어 쓰고 기실 과연 어떤 일을 했는가 하는 것도 역사 앞에 밝히고자 함이다.

나는 "못난 조상이 또다시 되지 말아야 한다"는 말을 이 수기 속에서 중언부언했다. 왜냐하면 내가 광막한 중원 대륙 수수밭 속에 누워 침 없이 마른입으로 몇 번이나 되씹었고 또 눈 덩어리를 베개로 하고 동사凍死의 기로에서 밤을 지새우며 한없이 울부짖었던 이 말이 곧 나라를 빼앗긴 우리의 못난 조상에 대한 한스러움과 다시는 후손에게 욕된 유산을 물려주지 않으려는 우리의 단호한 결의 그것이었기 때문이다.

그러나 광복 조국의 하늘 밑에는 적반하장의 세상이 왔다. 펼쳐진 현대사는 독립을 위해 이름 없이 피 뿜고 쓰러진 주검 위에서 칼을 든 자들을 군림시켰다. 내가 보고 들은 그 수없는 주검들이 서러워질 뿐, 여기 그 불쌍한 선열들 앞에 이 증언을 바람의 묘비로 띄우고자 한다.

창세기 28장 10~15절에 나오는 야곱의 '돌베개' 이야기는 내가 결혼 일주일 만에 남기고 떠난 내 아내에게 일군日軍 탈출의 경우 그 암호로 약속하였던 말이다. 마침내 나는 그 암호를 사용하였다. "앞이 보이지 않는 대륙에 발을 옮기며 내가 벨 '돌베개'를 찾는다"고 하였다. "어느 지점에 내가 베어야 할 그 '돌베개'가 나를 기다리겠는가?"라고 썼다. 그 후 나는 '돌베개'를 베고 중원 6천 리를 걸으며 잠을 잤고 지새웠고 꿈을 꾸기도 하였다. 나의 중원 땅 2년은 바로 나의 '돌베개'였다. 아니, 그것이 나의 축복받는 '돌베개'여야 한다고 생각했다.

춘원春園이 한 수필집을 내면서 짧은 하나의 수필 제목을 따 「돌베개」로 낸 일이 있음을 아나, 나의 '돌베개'는 중원의 '돌베개'이므로 외람된 마음 드는 것을 접어두고 이 수기의 제題를 '돌베개'라고 붙였다. 이제 나는 살아서 50대 초반을 보내며 잠자리가 편치 않음을 괴로워한다.

1971년 4월 19일
저자 씀

일러두기

1. 이 책은 저자의 육필 원고를 찾지 못해 1973년 11월 사상사에서 출간된 제3판(초판은 1971년 4월 30일 간행)을 저본으로 하고 2014년 3월 세계사에서 나온 개정판 9쇄를 참조한 전면 개정판이다.

2. 당시의 표기법을 요즘 표기법에 맞게 전면적으로 수정하되(예: 알았읍니다→알았습니다, 고마왔다→고마웠다, 제四二부대→제42부대, 세째→셋째, 쯔까다→쓰카다 등), 저자가 평안북도 출신임을 감안해 대부분의 북한 방언은 그대로 살렸다(예: 치켜올리다, 잘리우다/짤리우다, 달겨들다, 돋구다, 메꾸다, 제끼다, 희희거리다, 축축히, 터치다, 오름길, 내림길, 후두둑후두둑, 하루낮, 하루저녁, 저으기, 등대불, 멍멍하다, 혜다 등).

3. '주욱', '마악', '노오랗게', '섬뿍섬뿍', '피보래', '스스럼히', '얼른얼른거리다' 등은 시적 허용으로 보아 원문대로 표기했다.

4. 불필요한 복수형과 이중피동, 대과거 시제, 동어반복은 지양하고(예: 우리들→우리〔노랫말은 제외〕, 잊혀졌다→잊었다, 했었다→했다, 배갈술→배갈, 세단차→세단, 일을 만들어서 일했다→일을 만들어서 했다 등), 어법에 맞지 않는 표현은 바로잡았다(예: 그리고는→그러고는, 그리고 나서→그러고 나서, 그제서야→그제야, 열으셨다→여셨다, 해보구료→해보구려 등).

5. 불필요한 쉼표는 일부 삭제했으며, 어순이 어색한 문장은 자연스럽게 다듬었다(예: 설날 아침의 어린 시절처럼→어린 시절의 설날 아침처럼, 저녁의 하늘구름이→저녁 하늘의 구름이 등).

6. 중국·일본의 인명과 지명은 외래어표기법을 따랐다(예: 중경→충칭, 장개석→장제스, 서주→쉬저우, 노하구→라오허커우, 경응대학→게이오대학 등). 단, 臨泉은 지명을 나타낼 때는 '린촨'으로, 군관학교를 나타낼 때는 '임천'으로 구분했으며, 土橋도 지명은 '투차오'로, 부대명은 '토교'로 구분하여 표기했다.

7. 원문에는 없으나 부연설명이 필요한 경우는 〔 〕 안에 간략한 설명을 덧붙였으며, 배경설명이 필요한 경우는 본문 하단에 각주로 편집자 주를 추가했다.

8. 원문의 착오나 오류가 분명한 경우에는 사실에 부합되게 수정했다(예: 김준엽의 탈출 시기가 장준하 일행보다 3개월여 앞선 점, 중국주비은행/中國壽備銀行→중앙저비은행, 감협령변구→감섬령변구, 용해선龍海線→롱해선隴海線, 청감 靑鑑→청람 淸覽, 롱원籠雲→龍雲, 나일환→나월환, 조경환→조경한, 한성수韓性洙→韓聖洙, 고이소小機→小磯, 소련을 뒤엎고→소련을 뒤에 업고 등).

9. 원문에는 거의 모든 외래어, 서양·일본의 인명, 임정(임시정부)에 낫표(「 」)가 붙어 있으나 이번 개정판에서는 생략했다.

10. 정기간행물·단행본은 『 』, 수필·전단·법안 등은 「 」, 노래 제목·곡명은 〈 〉, 뮤지컬은 《 》로 표기했다.

11. 이전 판본들에는 없었던 주요 등장인물 소개와 컬러 도판 다수, 지도를 새롭게 추가했다.

차 례

탈출

　　　　　　1944년 7월 7일.

　이날은 광활한 대지에 나의 운명을 맡기던 날이다. 충칭을 찾아가는 대륙횡단을 위해 중국 벌판의 황토 속으로 그 뜨거운 지열과 엄청난 비바람과 매서운 눈보라의 길, 6천 리를 헤매기 시작한 날이다. 풍전등화의 촛불처럼 나의 의지에 불을 붙이고 나의 신념으로 기름 부어 나의 길을 찾아 떠난 날이다.

　사실은 이날이 바로 '지나사변'支那事變 제7주년 기념일이었다. 그때 일본은 중일전쟁中日戰爭을 지나사변이라고 말했다.

　7년 전, 베이핑北平〔지금의 베이징〕 교외의 루거우차오蘆溝橋 근방에서 야간 연습작전을 하고 있던 일본군에게 중국군이 기습을 가하여 왔다는 구실을 만들어 중국 군영軍營을 습격함으로써 일본은 대륙진출大陸進出의 서전序戰인 중국 침략전을 유발한 것이다. 이날을 나는 중국 쉬저우徐州에 주둔하고 있던 일군 부대 안에서 맞았던 것이다.

　중국 주둔 일군에겐 이날이 뜻 깊은 날이 아닐 수 없었고 병영 안의 군인들은 마치 명절이라도 만난 듯이 모두들 마음이 들떠 있었다. 훈련도 여느 날보다 훨씬 일찍 마쳤다. 병기와 군화의 손질도 대강 마치고 이내 기념 회식으로 들어갔다.

천황이 하사하였다는 술과 담배가 각 내무반에 배급되었다. 일석점호 시간까지는 마음껏 먹고 마셔도 된다는 여유가 내무반의 분위기를 해이하게 흐려놓았다.

그러나 나는 원래 술과 담배는 전연 입에도 대지 않던 이유도 있었지만, 이날의 나의 긴장과 흥분은 모처럼의 술과 담배의 향연에다 나를 허락하지 아니하였다. 막을 길 없이 안으로 죄어오는 나의 긴장은 감추기에 벅찬 흥분과 함께 손마디, 발톱에까지 전달되었다.

그러나 나는 침착하여야 했고, 그럴수록 태연하여야 했다. 가장 적절한 기회가 날 위해서 마련되어가고 있음을 확신하면서 나의 비장한 결의를 오늘 밤에 못 박아놓아야 했다.

일군 병영의 탈출을 밀약해놓은 우리 동료 일행에게 때가 온 것을 암시해주었다. 모두들 흥분과 긴장을 감추고 억지 미소를 지으며 눈빛으로 그 결의를 내게 전달해주었다. 우리 일행은 나를 포함해서 넷이었다. 김영록 金永錄(현재 국군의 장교로 복무 중), 윤경빈尹慶彬(현재 실업에 종사하고 있음), 홍석훈洪錫勳(사망) 그리고 나다. 몸이 불편한 듯한 표정을 지어 손으로 내 얼굴을 감싸고 나는 최후의 결의를 스스로에게 확신시키며 기도를 드렸다.

나의 생존가치는 지금 이 시각 이후로부터 비로소 존재한다고 나는 어금니를 갈았다. 나의 긴장이 턱뼈를 통해 내 전신에 용기를 북돋게 하였다. 시간이 천천히 나의 긴장도를 높여주며 흘렀다. 어두움이 한 발자국씩 다가서며 역시 나에게 채찍질을 하는 듯했다. 내 손바닥의 흥분이 땀으로 흐르는 동안 시간과 어두움이 뒤바뀌어 가고 왔다.

쉬저우시에서 동쪽으로 20리가량 떨어져 주둔한 이 일군 부대는 '쓰카다塚田 부대'라고 불리었다. 그 당시 빈번히 발생하던 한국 출신 학도병 탈출사고가 이 부대에는 거의 없었다는 명예의 부대인 쓰카다 부대에 우리가 전속을 온 지 10여 일이 지난 무렵이었다.

이 쓰카다 부대에서는 단 한 명의 탈주병을 내었는데, 그나마도 부대 본영에서 낸 사고가 아니고 파견지에서 일어났던 사고였다. 이 장본인이 바로 그때 일본 게이오대학慶應大學을 다니다 나온 김준엽金俊燁 씨이다.

그러한 이유도 있고 해서 중지 방면으로 파견되어 신병훈련을 마친 우리 한국 학도병 출신 간부후보생 300여 명은 바로 이 쓰카다 부대에 집결되어 제2기 집단교육을 받도록 됐고, 그날은 이미 교육과정도 10여 일을 치른 날이었다.

이 부대에서의 탈출이 얼마나 어려운 것인가 하는 점은 이같이 이 부대에 붙어 다니는 그 명예만으로도 짐작할 수 있는 것이다. 그러나 이것은 그리 큰 문제가 아니다. 사실 내가 이날까지 우리의 탈출을 미루어온 이유는 또 다른 것에도 기인하고 있었다.

그들이 기회가 있을 때마다 위협을 하던 말, 탈출 뒤에 남는 동료들, 그리고 떠나온 고국의 부모와 가족에 대한 보복조치가 염려되지 않을 수 없었다. 대의 앞에 극히 소심한 소견이라고 할는지 모르겠으나 나의 입장은 충분히 그들의 위협에 구애될 수가 있는 형편이었다.

나는 일본 도쿄에 있던 일본신학교日本神學校를 다니다 그때 잠깐 고향에 와 있던 시기였다. 평안북도 삭주朔州 땅. 그리고 나는 장로교 목사의 아들이었다.

일인들이 가장 주목하고 또 미워하던 목사 가운데 한 분이 나의 아버님이었다. 신사참배를 반대하였다는 죄목으로 선천宣川 신성神聖중학교 교직에서 축출당한 뒤에도 계속 요시찰인물로 늘 형사들이 뒤를 따르던 형편의 집안이었다. 나는 장남이다. 거기다 일본에서 피해 와 있다. 다른 신학교와 달리 정규대학 과정의 일본신학교 재학생이다. 학도병 지원의 자격이 부여되어 있는 처지다. 그리하여 나는 우리 집안의 불행을 내 한 몸으로 대신하고자 이른바 그 지원에 나를 맡겨버린 것이었다.

내가 지금 일본 병영 안에 병정으로 있는 이유는 나의 집안에 닥칠 불행을 예감했기 때문에 그 방파제로서 나를 스스로 설득시킨 결과다. 그런데 만약 내가 이곳에서 탈출한다면 어떻게 될 것이냐? 엄지와 중지로 머리의 두 관자놀이 뼈를 잡고 손바닥에 파묻힌 내 번민을 달래보았다. 숨이 탁탁 막혀왔다. 압록강 수풍댐 근방의 평북 삭주읍에서 지원을 마쳤고, 며칠 후인 1월 19일 정주를 거쳐 평양으로 가던 나의 입영 광경이 떠올랐다. 그 괴로운 회상은 나의 초조함을 한쪽으로 밀어내고 지나가주었다.

일본말 성경과 독일어 사전, 희랍어 성경과 사전, 이렇게 네 권을 든 학생모와 학생복 차림의 내가 정주역에 닿았을 땐 아무도 내게 눈을 주는 사람이 없었다.

정주는 내가 도쿄로 가기 전 3년 동안 교원 노릇을 하던 곳이었다. 때문에 적지 않은 친구와 선배들이 있었지만, 막상 입영을 하는 마당에서 모두가 쌀쌀한 대상이었다.

그러나 또 한편 생각해보면, 그도 그럴 것이 요란스레 엇갈려 맨 '무운장구'武運長久의 띠며 일장기日章旗의 바탕에 온통 사인을 받아 머리에 동여맨 입영자들과 비교해서 아무도 날 입영자로 볼 사람이 없었을 것도 당연한 것이었다.

나에게는 만장도, 다스키라는 멜빵도, 그 무운장구의 띠도, 또 히노마루(일장기)의 머리끈도 아무것도 없었다.

그 전쟁 중의 물자난에도 불구하고 그래도 시골에서 입영을 위해 '축하한다'는 플래카드들이 지방관청과 유지들로부터 마련되어 보내왔건만, 나는 그것들을 몸에 한번 대어보지도 않은 채, 몽땅 우리 집 아궁이 속에 넣어버렸다. 그것들이 활활 타버릴 때 이미 나는 나의 입영 지원을 마음속에 불살라버린 것이다. 그때의 내 모습을 본 같은 입영자였던 R이라는 사람은 나를 어떤 학도병의 전송차 따라 나온 팔자 좋은 학생으로만 알았다는 말을 몇십 년이 지난 오늘도 하고 있다. 정주역에서 평양행 발차시간까지는 한 시간 반의 시간이 있었기에 역 대합실에서 기다릴 수밖에 없었다. 자기 자식들의 입영 때문에 우울한 그 지방의 유지들, 흐르는 눈물을 닦기에 정신없는 아낙네들, 거의 술에 만취되어 이성을 잃은 듯한 학도지원병들, 이름을 놓칠세라 친일파다운 격려와 축하인사를 뿌리고 돌아다니는 가증스러운 얼굴들, 이들의 틈바구니에 끼어 홀로 고독을 즐기고 있던 내 귓전을 스치며 발차시간을 알리는 확성기 소리, 그리고 경의선 열차의 요란한 기적소리, 이 모든 것이 주마등같이 내 머리를 스치고 지나갔다.

그때 나는 혼자였다. 평양에서 입영을 하기까지 나는 전연 학도지원병이라는 나 자신을 의식하지 못하고 있었던 것도 사실이다. 평양의 스무 날 동안 단 두 번의 면회가 있었던 것도 오늘 밤엔 안타까웠다.

어머니와 아내가 한 번, 그리고 아버님이 한 번, 그래서 꼭 두 번 오후의 교련을 면해본 일이 있었다. 하오의 교련을 받지 않으려고 매일 면회를 오게 한 학도병이며 되도록 평양 부근에 남으려고 매일같이 일인 고급 장교들을 요정으로 초청하여 가던 군상들의 그 구역질나던 회상이 쉬저우 땅의 바람 속에서 그대로 되살아오는 것이었다.

지원서에 도장을 찍고 고향 땅을 떠날 때 환송회 석상에서 행한 나의 답사가 그 어느 한구석에 숨었던 분노처럼 솟구쳤다.

"나는 이제부터 내가 해야 할 일을 발견해서 꼭 그 일을 마치고 돌아오겠습니다."

나의 답사는 그렇게 짧은 한마디뿐이었다.

내가 학도지원병이 되어서 반년이란 치욕의 세월을 분노의 강으로 흘려보낸 지금, 난 나의 송별답사의 의미를 재확인하고 그것의 실천을 꾀하고 있다. 내가 쉬저우 땅에서 죽음과 삶의 두 길을 재어보는 이 운명은 이미 평양 제42부대에서 결정된 것이다.

평양 제42부대.

날짜도 잊을 수 없는 그해 정월 스무나흗날.

나는 맨손으로 말똥을 치우고 말발굽을 닦아내는 일을 강요당하고 있었다. 200여 명의 대학생 학도병들과 같이 끌려온 곳이 제42부대. 그때의 울분은 지필로 기록할 수가 없지만 함정에 빠진 젊은 사자들의 울분과도 같이 처절한 것이었다.

몹시 추운 날씨임에도 불구하고 비인간적 작업을 계속하여온 우리는 대부분 손발에 동상이 걸려 고생을 하였다. 물론 나도 예외는 아니었다.

결코 모든 것을 될 대로 되라는 식으로 자행한 것도 아니건만, 그래도 정성 들여 말굽의 밑을 닦아내던 나의 성격은 끝내 나에게 하나의 시련을 주었다. 그것은 뜻밖에 악화된 오른쪽 엄지손가락의 동상이었다.

맨손바닥으로 말똥을 치우고 발굽 밑을 닦아내는 나의 일과 임무는 엄지손가락을 두서너 배로 부어오르게 했다. 밤이면 밤마다 참을 수 없는 고통이 이 부어오른 엄지손가락을 통해서 등골까지 쑤시게 만들었다. 불침번을 서는 초년병 동료들이 나의 고통을 안타까워해주던 그 정성은 지금도 잊을 수 없다. 그때마다 나는 내 가슴속에 지닌 성경책을 꺼내어 몇 장씩을 읽어가며 아픔을 참아보았다.

일군에 대한 임무 충실은 조국에 대한 배반인가. 나는 이렇게까지도 생각하며 아픔을 참아야만 했다. 동상이 악화된 엄지손가락에서 오는 뼛속을 후벼내는 듯한 아픔을 한 나흘 동안이나 참고 견디어보았다.

드디어 닷새째 되던 날 더 이상 참고 일을 할 수가 없어 의무실을 찾아갔다.

의무실엔 의무관인 일본 중위가 버티고 있었다.

"곪았으니 째야 하겠군."

그래도 그는 내게 담담한 한마디로 동정의 빛을 보여주었다. 그러나 그 동정의 표정은 나의 투병에 대한 동정이 아니라 이제부터 내가 당해야 할 그 아픔에 대해서 외과의사로서의 경험에서 약간 비쳐주는 동정 정도였다.

"그런데 지금 후방 의무실에는 마취제가 없으니까 좀 아플 텐데 잘 견디어낼 수가 있을까?"

이 판국에 평양 제42부대에 마취제가 남아 있을 일본군이 아니었다.

나는 그 일본 의무관을 똑바로 쳐다보았다. 엄지손가락의 아픔이 어느새 멈춰진 듯했다. 그 대신 새로운 고통이 가슴에 몰려 나는 괴로워하고 있었다. 깊은 호흡으로 나의 가슴을 짓눌러보았다.

"……괜찮습니다!"

이 한마디가 나오기까지 내가 또 하나의 나 자신과 싸우기를 2~3분이

나 걸렸다. 그와 나와의 대결의식이 새삼스럽게 나에게 용기를 북돋아주었던 것이다.

그의 눈앞에 바짝 들이댄 나의 엄지손가락에 의무관은 알코올만을 한두어 번 문지르고 그대로 메스를 갖다 대었다.

싸악, 이렇게 분명히 나의 머릿속에는 내 살이 쪼개지는 소리가 나의 조국이 베어지는 소리로 들렸다.

그러나 웬일일까? 엄지손가락에서는 고름이 나오기는커녕 하얀 살 속을 스며 나타나는 새빨간 피만 보이기 시작했다. 나는 의무관을 쳐다보며 내 일그러진 표정을 폈다. 똑바로 나의 시선이 그의 시선을 타고 그의 동자瞳子 안으로 해서 그의 심중을 꿰뚫고 있었다.

일본 의무관의 한쪽 눈썹 끝이 약간의 경련 속에 치켜졌다.

싯누런 고름이 삐죽 쏟아져 나왔어야 했을 것을. 의무관은 시선을 피하면서 약간의 신경질을 그의 안면근육에서 해소시키기 위해 노력하는 눈치였다.

내가 눈을 잠시 감고 있는 동안 피가 뚝뚝 돋은 엄지의 다른 한쪽에 칼이 다시 들어가 살과 살을 쪼개었다.

그러나 이게 웬일인가.

이번엔 정말 내가 당황하지 않을 수 없었다. 고름은 없고 피만이 번져 나왔다.

엄지손가락을 뻥뻥 돌면서 다섯 번의 메스질이 나의 살가죽을 난자질했다. 머리로 모여 있는 나의 긴장과 신경이 겨우 나를 지탱해주고 있었다. 내 손은 이미 내 손이 아니고 일본 의무관을 당황하게 한 한국 민족의 한 부분이다. 만일 이런 생각이 끝까지 날 지켜주지 않았다면 나는 벌써 그 자리에서 쓰러졌거나 비명을 질렀을 것이다. 또 그렇지 않으면 비명 끝에 눈물을 쏟았을 것이다. 그러나 이 모든 것은 안으로만 소리 내어 흐르는 장강長江처럼 내 깊지 않은 가슴속에 하나의 고통의 강을 이루면서 스며들어갔고, 나의 표정은 끝까지 강물의 수면처럼 잔잔하였다.

아직도 이 칼자국은 내 엄지 손끝에 다섯 군데나 남아 있다. 그 엄지손가락은 병신이 되어 영원한 훈장처럼 칼자국을 남겨놓고 있다.

머큐로크롬을 병째로 뒤집어씌워놓고 지혈을 시키기 위해 꽁꽁 동여매었을 뿐, 그러나 나는 일군 육군 중위와의 대결에서 판정승을 얻었다는 자부심으로 그의 앞을 물러서려고 하였다.

"……야, 내 외과의사 생활 10여 년에, 너 같은 지독한 놈은 처음 본다. 장하긴 장하다. 독종이구나."

나의 아픔은 이 한마디로 보람을 찾은 듯이 잠시 내게서 잊혔다. 그러나 '너 같은 일본 놈에게 아프다는 소리는 차마 하기 싫어서'라는 말이 목구멍까지 나올 뻔했다. 그런데 내가 채 의무실을 나오기 전에 한 후보생이 들어왔다. S라는 초년병 동료다. 왼손으로 거수경례를 하고 나오려고 하는 찰나 의무관은 내게 이렇게 말했다.

"거기 좀 앉아 있어. 조금 쉬었다가 가."

수술 후 조금 안정시켜서 보내고 싶은 인술의 표현이다.

S초년병은 엉덩이에 종기가 나 있었다. 의무관이 그곳을 건드리자 "아이구……" 하고 비명을 내질렀다.

의무관은 군홧발로 이 후보생의 엉덩이를 냅다 걷어찼다.

쾅, 쓰러진 S초년병에게 던지는 한마디가 찌르릉 귀를 먹게 하였다.

"이놈! 저놈은 그 아픈 생손 다섯 군데를 그냥 쨌어도 소리 한번 안 질렀어……."

아마 그동안 어지간히 이 의무관을 괴롭혀온 모양이었다.

그러나 이 엄지손가락은 정말 견딜 수 없는 새로운 아픔을 주었다. 그것은 곧 있을 중국으로의 파견병 선발에 지장을 준다는 생각이었다.

우리가 입영한 지 만 4주가 되던 날 우리 가운데서 160여 명이 중국 중부지방으로 파견된다는 소문이 병영 안에 퍼졌다. 되도록이면 중국 파견을 회피하고 어떻게 평양 부근 또는 한국 안의 어느 구석에 떨어져 있기위해 치사스러운 공작이 밤마다 공공연하게 계속되었다.

그러나 나의 속셈은 전연 다른 것이었다. 이 엄지손가락만 아니었으면 틀림없이 나는 내가 할 일을 중국에서 발견할 수 있을 것이다. 오히려 이러한 안타까움에 나는 몸서리를 쳐야 했다.

조국의 아픔을 손으로 앓으면서 나는 이것이 내 운명인가 하고 입술을 잘근잘근 깨물었다. 나의 이 모습을 본 친구가 대신 불침번을 서주는 때도 많았다. 나의 고통은 오히려 다른 것임을 모르고 나에게 이런 호의를 베풀어주는 것이 눈물겨웠다.

내일 중지 파견 선발에만 끼이면 나는 나의 조국의 아들이 될 수 있으련만. 그 당시의 나의 절망 속에 일루의 희망은 내가 충칭에 있는 우리 임시정부를 찾아갈 수 있으리라는 환상이 있기 때문이었다. 어떻게 하든 중국만 가면 일군을 탈출할 수 있고 탈출만 하면 임정臨政에도 찾아갈 수 있으리라고만 믿어졌다. 그렇지 못한 경우엔 중국군에라도 편입할 수 있을 것이다.

날이 밝아왔다. 조식 직후 완전무장을 갖추고 연병장으로 모이라는 전달이 왔다. 기상나팔이 울렸다. 나는 이를 악물고 배낭을 꾸렸다. 다행히 친구의 도움으로 배낭은 제대로 꾸려졌다. 나는 깨끗한 붕대로 나의 오른손을 잡아매 목에 걸었다.

드디어 각개점호의 시간이 왔다. 우리 파견 요원들은 연병장에 정렬했다. 전후로 각 5보, 좌우로 각 2보의 간격으로 늘어섰다. 이 사이를 누비며 부대장은 점호를 하였다. 부대장인 소좌의 눈에 내 팔걸이가 띄지 않을 수가 없었다.

"그 팔은 어떻게 된 거야?"

"……생손을 앓고 있습니다."

미처 내가 대답을 하기도 전에 뒤따르던 중대장이 나의 대답을 가로채었다.

"그래? 대단한 정도는 아닌가?"

자못 인자스럽게 소좌는 붕대로 둘레둘레 감긴 내 손을 만져보기까지

한다.

"뭐, 대단치 않을 것입니다."

"괜찮습니다!"

나는 이렇게 두 번의 대답을 연거푸 내뱉었다. 그러나 1주 이상이나 거의 밤잠도 자지 못하다시피 고생을 했으니 얼굴색인들 병색으로 드러나지 않을 수 없었을 것이다.

"……에, 그러나 아픈 몸으로까지 떠날 필요는 없다고 보는데. 성한 사람도 많이 있거든, 어떤가? 군은 여기에 그냥 있도록 하지……. 후일에 얼마든지 갈 수 있으니까."

하늘의 빛깔이 갑자기 노오랗게 물들여져서 내게로 몰려오는 의식을 느꼈다.

무엇인가 그 중압감이 날 짓눌러서 나는 제대로 말을 할 수가 없었다.

"……아니, 아닙니다. 이번에 꼭 동료들과 함께 보내주시기 바랍니다. 이 손가락이 문제가 될 수 없습니다. 꼭 보내주십시오. 부탁입니다. 곧 나을 겁니다."

나의 눈은 소좌의 얼굴 속에 유난히 빛나는 동자를 파고들었다.

"그래, 괜찮겠어?"

의아스럽게 부대장은 생각했으리라. 그렇다고 해서 이 며칠간의 병영 분위기를 모르지는 않을 것이다. 한국 쪽에 남기 위해 선발에서 빠뜨려달라고 하는 운동을 하는 수군댐을 이 일본 군인이 모를 리가 없을뿐더러 당연히 이런 부탁 때문에 향연도 여러 차례 받았을 것으로 상상이 되고도 남음이 있다.

소좌는 적이 놀라는 표정을 짓더니 나의 아래위를 한번 훑어보고는 이내 표정을 감춰버렸다.

"……그래, 정말 괜찮겠나?"

소좌의 눈은 금방 튀어나올 듯이 이글대었다. 내가 판단할 수 없는 어떤 감회가 그의 얼굴 위에 잠시 머물렀다.

"됐어, 그 원기가 장해!"

이렇게 하여 나는 중국 땅에 내 발을 붙이게 된 것이다. 그 투박한 군홧발 밑의 촉감이라 해도 조국과 이국의 땅의 부드러움은 달랐다.

우리는 평양 제42부대를 떠나 기차로 쉬저우까지 달렸다. 모두들 심각한 표정이었다. 그보다도 모두들 허탈 상태라는 말이 더 적합하였을는지 모른다. 차창 밖으로 흘러가는 조국의 하늘과 땅이, 논과 밭이, 그리고 나무와 마을이, 한결같이 들리지 않는 소리로 외치며 우리를 뒤따라오는 것이었다.

한 개의 카메라인 양, 나의 눈은 한 장도 빠짐없이 그 풍경들을 마음에 찍어두고 싶었다.

나는 심각하여질 여유가 없었다. 두고 가는 산천의 나무 한 그루, 돌 하나까지라도, 그것이 그리워질 때엔 지그시 눈을 감으리라. 그리고 신의주까지의 차창 풍경을 회상하리라.

내가 가도 산천은 변하지 않는다. 그러나 내가 가면, 세상은 변할 것이다. 그리고 그 대가는 우선 나의 부모와 나의 가족이 대신 치를 것이다.

어둠이 서려오는 차창에, 차례로 거울처럼 부모의 모습과 결혼 2주 만에 헤어진 아내의 모습이 지나갔다. 나는 꿈속에서의 대화처럼 하고 싶은 말이 전달되지 않는 답답함을 가지고 괴로워했다. 요란한 기적소리만이 나의 집념을 때때로 깨워주었다.

이름도 알 수 없는 정거장 시그널의 빨간 불빛이 떨어져 있을 때마다, 나는 한만韓滿 국경을 넘어가게 된다는 흥분을 새삼스럽게 느꼈다.

이미 며칠 전 면회하러 왔던 아내에게 장차 취할 나의 행동에 대해서 암시를 준 일은 있었다. 중국에 가면 꼭 매주 주말마다 편지를 하마. 만약 그 편지의 끝이 성경 구절로 되어 있으면 그것이 마지막 받는 편지로 알아도 좋을 것이다. 당신이 그 성경 구절을 읽고 있을 땐 이미 나는 일군을 탈출하여 중국군 진영이나 또는 우리 임정의 어느 곳으로 들어가 있을 것이다.

내가 이 결심을 말했을 때 아내의 표정이 백지장같이 변하던 그 모습은

탈출　　　　　　　　　　　　　　　　　　　　　　　　　　　　21

그때 이후 오늘까지 반년이 넘도록 잊을 수가 없었다. 내 마음속에 이미 확정된 나의 결의는 쉬저우 땅의 저녁노을 속에 저녁마다 더욱 붉게 물들어 익어갔다.

우리의 배속이 처음으로 결정되었을 때 나의 소속 부대는 쓰카다 부대가 아니었다. 내가 쓰카다 부대에 전속이 된 것은 학도병들의 탈출사고 때문에 탈출사고 기록이 거의 전무한 것으로 유명한 쓰카다 부대로 도매금에 넘겨져 온 것이다. 그래도 다른 인근 부대에서는 한인 사관후보생들만 전속이 되어 오는 형편이었으나, 우리는 사관후보생들뿐만 아니라 하사관후보생까지도 심지어는 하사관이나 사관후보생 자격을 아직 얻지도 못한 자들까지도 한국인 학도병이면 몽땅 옮겨지게 된 것이다. 그럴수록 이 쓰카다 부대의 규율은 더 엄했고 그들의 갖가지 회유와 위협은 오히려 더 우리의 마음을 악화시켰다. 강철은 휘어잡을수록 더 큰 진폭의 반동을 일으키는 법이다. 그러고 보면 이 쓰카다 부대로 전속이 된 것은 나로서는 오히려 다행인지도 모른다. 나의 결심이 더욱 굳게 다져지기 위한 모든 외적 조건이 이 부대에는 충분했다.

더욱 내가 괴로워했던 일은 한국 사람들의 그 기막힌 행동들이었다.

저 꼴을 보지 않기 위해서라도 어서 이곳을 빠져나가야 하겠다는 생각이 주먹처럼 목 밑에서 치밀어 올랐다.

고참병들인 일본 놈들이 외출에서 돌아오면 매식으로 배부르니 별로 병영음식이 먹고 싶지 않아 계란을 깨어서 비벼 몇 젓가락 먹다 말고 선심 쓰듯 밀어 던져주는 밥 한 그릇을 더 받아먹고자 혈안이 된 우리 동료들, 그나마도 대학교육을 받다 입영했다는 처지에……. 매식을 하고 들어온 그들이 자기 몫을 개, 돼지에게 던져주듯이 던져주는 그 밥 한 그릇을 우르르 몰려들어 받아먹는 그 치사하고 밸 없는 꼴들.

배고픔을 참는 고통이 이 모욕을 참는 고통보다 더욱 심한 때문인지는 몰라도, 적어도 나로서는 이 모욕을 참는 고통이 더욱 쓰라린 것이었다. 보다 못해 나는 몇 친구들에게 말하여 '잔반불식동맹殘飯不食同盟까지 만들었다. 일본 놈들이 먹다 남긴 밥찌꺼기는 먹지 말자는 이 동맹은 배고파 창자가 뒤틀리는 한이 있어도, 우리의 자존심만은 지켜야 하겠다는 생각에서였다. 한때 우리나라 육군의 최고책임자였던 모某 장군도 사실은 나와 같은 동료였다. 그러나 나는 그를 동료로 보기에 가슴이 아픈 때가 한두 번이 아니었다. 잔반불식동맹을 만들어 그의 자존심을 길러주자고 했건만 그것은 허사가 되어버리고 만 슬픈 기억도 아직 잊을 수가 없다. 그 친구는 고참병이 먹다 남은 밥을 던져주면, 그 그릇째로 뺏기 내기를 하는 것이 아니라 숫제 두 손을 밥그릇에 넣어 먼저 밥만을 움켜쥐고 돌아서서 그 더러운 밥을 먹곤 했다. 얼마나 배가 고파서 저러겠는가 해서 불쌍도 해 보였지만, 그에게서 받은 한국인의 모욕감을 나는 지금도 참을 길 없다.

우리가 먼저 있던 부대인 쉬저우 북산 및 수송 부대엔 6~7명의 탈주병 사고가 있었다. 한국인 학도병에 대한 눈초리는 사나워지고 우리의 생활은 편치 못했다. 바로 그 장군이 된 그가 어떤 일요일 우리 한인 초년병들 몇이 남아 있는 내무반 안에서 칼을 뽑아들고 격한 어조로 소리를 질렀다. 그는 위협을 했다.

"……이제 또 누가 도망치겠느냐?"

아무도 그에게 대꾸를 주지 않았다. 탈출병이 생기면 그럴수록 우리 학도병이 받는 대우와 감시와 압력이 반비례로 악화되기 때문에 아마 이 괴로움을 못 이긴 그가 이렇게 위협을 한 것으로 해석을 해보았지만, 그러나 그가 칼을 뽑아들고 같은 피의 동료 앞에 버티고 서서 "이제 또 도망가는 놈은 내가 찔러 죽일 테야!"라고 호통을 치던 것은, 나로서는 묵인할 수 없는 한계선을 넘은 행동이 아닐 수 없었다.

"이봐, 어찌 된 일이야. 그 친구들도 그들이 지닌 애국심에서가 아닐까."

나의 이 추궁에 그의 대답은 이러했다.

"나도 반도를 위해서 그러는 거야" 하며 다시 칼을 칼자루에 꽂았다.

나는 아무 반응 없이 외면을 했다. 그래도 그는 내 말에는 감히 더 덤비지는 못하였다. 나를 퍽 어려워하는 편이었던 것이다.

나는 나의 끓어오르는 격분을 안으로 삼키기에 숨이 가빠졌다. 심호흡을 위해 지그시 눈을 감았다. 뛰는 나의 심장의 모습이 내 감은 망막 속에서 흑백으로 교차되었다.

탈출 뒤의 나의 동료들, 나의 부모와 가족들은 이미 잊어버린 사람들이어야 했는가? 이러한 자문이 자답을 기다리다 못해 한숨으로 변했다.

그러나 내가 해야 할 일을 스스로 발견해서 그 일을 성공시키고 돌아오겠다는 고향의 동포들 앞에서 한 나의 초지는 굽힐 수가 없는 나의 철학의 명제였다. 아마 이 말을 일인들은 그들대로 해석하고 만족했으리라. 그러나 입영 환송식의 나의 답사는 이미 그때 나의 선전포고였다. 이제는 '패배' 아니면 '승리'만이 있을 수 있는 것이다.

나의 탈출 계획은 진정한 나의 전쟁이요, 진정 내가 싸워야 할 작전 계획이었다.

탈출은 하되 그들이 말하는 그 불령不逞한 마음에서 감행한 것이 아니라 견딜 수 없어, 이 병영생활을 도저히 감당하지 못해 새어나간 탈출로 연극을 꾸미는 것이 가장 나의 마음을 편하게 해주는 길과 방법임을 생각해내었다.

사실 이 방법은 나의 양심이 아픈 일이다. 그러나 나의 양심이 아프다해도 내 동족의 동료를 위해서라면, 그들에게 어떤 후환을 남기지 않는 것이라면, 나의 양심에 상처를 내는 것이 오히려 나을 것 같다는 나대로의 판단에서였다.

말하자면 전 일본 제국에 대한 적의를 가지고 행한 탈출이 아니라 부대의 지휘급 일인들의 불찰과 오만에 원인이 있는 탈출로 꾸미자는 생각이었다.

사실 일본인의 차별대우와 학대가 없었던 것은 아니었다. 이런 생각을 곰곰이 가슴에 담아오던 어느 날 드디어 기회가 나를 찾아주었다.

저녁식사를 마치고 밥통을 취사장에 반납하는데, "고노, 기타나이 한토 진노야로 메"(이 더러운 반도 놈아)라며 취사장에 있는 일인 상등병이 공연한 트집을 잡으며 내게 욕설을 퍼부어주었다. 그 이상 깨끗하게 씻을 수 없는 밥통을 다시 씻어가지고 오란다. 말없이 그대로 다시 수도로 가서 씻는 척하고 갖다주었다.

나는 나의 혈관 속의 피가 멈추지 않기를 기원했다. 나보다도 내 민족의 피가 용서하지 못할 치욕이었다.

"……."

그러나 나는 참아야 했다. 그것은 나 개인의 문제가 아니라 그보다 더한 치욕을 안고 참아야 하는 나라의 운명과도 연결되는 문제였다. 어쩌자고 나는 벌써 나와 조국을 동일시하는 것인가 하고 그날 밤 불침번을 서면서 곰곰이 스스로의 가슴을 파고들었다. 하늘의 별이 모래처럼 깔려 있으나 아무런 감흥도 정서도 주질 않았다. 알알이 내가 뱉어놓은 핏방울같이 그것은 원통한 피모래였다.

"어디 두고 보자."

불침번 교대를 마치고 나는 내무반장을 찾아갔다. 우에다上田는 얼마만큼의 인정을 가진 군조軍曹였다. 아직 내무일지를 쓰느라고 자리에 들지 않고 있었다. 그가 권하는 대로 자리에 앉아 나는 미리 머릿속에 써놓고 온 대사를 심각한 표정 속에 또박또박 외웠다.

"나는 지금 불침번 교대를 마치고 들어오다가 발길을 돌려 탈출을 하려다 다시 마음을 돌려먹고 돌아왔습니다……."

우에다 군조와 시선이 마주치자 나는 여기서 일단 말을 멈추지 않을 수 없었다. 그의 굳어지는 표정은 희고 푸르고 붉은 피부색깔의 변화까지 일으켰다.

내 양심의 어느 한구석에서 파도소리와 같은, 아니 종소리와 같은 된소리가 내 귀를 먹게 했다.

"뭐라고……?"

나는 우선 이날 저녁에 취사장 상등병에게 당한 얘기를 낱낱이 펼친 다음, 이렇게 나의 대사를 이어나갔다.

"……반장님, 반장님이나 내무반의 여러 고참병들은 너무나도 친절히 해주고 지도해주었습니다. 그래서 나는 조금도 내가 조선 사람인 것을 의식하지 못했을뿐더러 친형님들 틈새에 끼어 있는 것처럼 병영생활이 즐거웠습니다. 나는 고국을 떠나 이 먼 이역에까지 와 있다는 사실까지 잊었습니다. 이렇게만 생각하고 생활해오다가 오늘 뜻밖에 모욕을 받으니, 그것은 이만저만한 충격이 아닐 수 없습니다. 마치 깊은 잠에서 깨어나듯이, 아아, 나는 일본인이 아니야. 이곳은 내가 있을 곳이 아니야. ……이런 생각에 사로잡혀 멍하니 섰습니다. 나는 이곳이 싫어졌습니다. 나는 탈출을 기도했습니다."

나는 숨이 찼다. 밤바람이 휘몰아쳐가면서 그 바람소리를 우에다 내무반장과 나의 사이에 남겨놓고 갔다.

바람소리가 사그라질 때까지, 나는 주위가 너무나 고요하고 우에다 군조가 너무나 심각해지는 것 같아, 입술을 깨물며 말을 마치려 했다.

"……그런데 그 순간 나에게 너무나 벅찬 생각이 하나 떠올랐습니다. 그것은 그동안 친동기와 같이 보살펴준 반장님에게 인간으로서의 죄를 짓는 것 같아 차마 탈출을 못 하고 돌아온 것입니다. ……용서하십시오!"

그다음 날 일조점호 때 그 상등병에게 중대장은 "너 같은 놈들 때문에 황은皇恩에 감동하여 고등교육을 받고도 그 몸을 홍모鴻毛처럼 여겨 용약勇躍 군에 지원하여 온 많은 학도병들을 탈출시킨 것이야"라는 노염의 훈시와 아울러 3일간의 영창살이 처벌이 내려졌다. 그가 한국인도 끼인 대열 앞에서 중대장에게 매를 맞을 때 나의 양심은 성경 구절을 더듬고 있었다.

그동안 발생하였던 한국인 학도병의 탈출사건도 어느 정도 이유 있는 해석으로 기울어졌다. 필경 나와 같은 경우로 인해서 그랬을 것이라는 우에다 군조의 그 격한 목소리가 내 귀에 모기소리처럼 따라다녔다. 꽤 오랜 시간을 우리는 나직한 대화를 이어가며 같이 거닐었다. 평소에 말이 없었고 온순하고 착실하다고 날 보아주던 터이라 우에다 내무반장은 적지 않은 충격을 내게서 받았던 것 같았다. 그날 밤 나를 밖으로 데리고 나와 건자고 하면서 연발 '아리가토'(고맙다)를 뇌이던 그 구수한 인상에 정말 미안한 생각이 덧붙어갔다. 날 되도록 달래어주던 그 마음만은 나의 복수심을 오히려 무마시켜주었다. 그리고 일인 고참병 중에서 그런 몰지각한 자를 발견하거든 서슴지 말고 자기에게 내밀히 알려달라는 말까지 잊지 않았다. 하여간 그는 나를 더욱 신임해주었다. 앞으로의 나의 탈출 계획을 위해 든든한 빌미를 얻은 것이 되었다.

그러나 날이 갈수록 심해지는 탈출사고 때문에 우리는 결국 쓰카다 부대로 전원 전속명령을 받았던 것이다. '10년 공부 나무아미타불'이라는 말이 내 입술 끝에 굴렀다.

생소한 곳에 와서 제일 애석하게 생각된 것은 그동안 보아두었던 지리 지형들이다. 그러나 다행히도 그 우에다 군조가 쓰카다 부대까지 같이 따라오게 되어 그를 통해 나를 보는 중대 기간 간부들의 눈초리는 한결 부드러웠다. 우리는 거의 탈출 예비병으로 취급되어 이 부대에 감금되는 기분이었다. 그래서인지 훈련이 심했다. 조금의 시간적 여유도 허락되지 아니했다. 뭣을 생각하고 의논하고 모의할 시간적·정신적 여유를 주지 아니했다.

훈련은 주간·야간 쉴 새 없는 전투훈련이었다. 그러나 아무리 야간훈련을 시킨다 해도 가고 오는 동안에 나는 충분히 이곳의 지리와 방향과 방위를 짐작할 수 있었다. 아니, 이것이 이 부대에서의 나의 임무였다.

휴식시간이면 나는 오히려 교관 옆에 다가앉아 현재의 '적'(중국군)의 상황을 물어보며 중국군의 분포 현황을 캐내었다.

우리의 탈출 방향은 동북방으로 결정되었다. 동북방 120리 지점에 중국군이 있음을 알아내었다.

벌써 며칠 전 나는 아내에게 편지를 썼다. 다른 때와 달리 짤막한 사연을 엽서 한옆에 적고 그 끝에 로마서 9장 3절을 인용했다. 나의 손은 떨리고 있었다.

"나의 형제, 곧 골육의 친척을 위하여 내 자신이 저주를 받아 그리스도에게서 끊어질지라도 원하는 바로다'라는 구절이다.

가만히 엽서를 내 뺨에 비벼대었다. 나의 체온이 묻어나 나 살던 곳으로 전해질 것이라는 생각보다도, 내 감상이 이렇게 해서 위로될 수 있다는 무의식이 나를 꼼짝도 못 하게 만들었다.

아버지의 설교를 들으며 햇볕이 쏟아져 들어오는 교회당 앞줄 좌석에 앉아 숨을 모으고 있던 그 어린 시절의 내 얌전한 모습같이 나는 마음이 가라앉았다.

"이제 모든 것은 끝났다."

이런 생각이 회오리바람처럼 나를 감싸서 하늘로 치켜 오르게 하는 듯했다.

아무리 전시며 물자가 귀한 일본이라 해도 이 경축일에 소위 천황이 직접 하사한다는 물건까지 인색하지는 아니했다. 모두들 술기운에 벅차서 흥분되어 있었다. 그것은 마음껏 마실 수 있는 술과 담배와 터놓은 얘기가 뒤섞여 거나한 취흥이 도도한 분위기였다.

그러나 그들이 취하면 취할수록 나와 몇몇 동지들은 안도의 숨을 쉴 수가 있었다. 우리는 겉으로 웃고 속으로 울고 있었다. 결코 오늘 밤의 성공이 보장될 만한 것은 아무것도 없는 것이었다. 성공보다는 실패를 더 생각해야 하는 이 탈출은 때때로 허탈한 웃음까지 웃게 만들었다.

붙잡히기만 하면 이번에는 목을 잘라서 길거리에 매어놓고 본보기로 보이기로 결정까지 했다고 꽝꽝 위협을 하던, 그 험상궂은 일본 놈 소위의 얼굴에 있던 흥분과 서릿발이 더욱 허탈한 웃음을 안겨주었다.

목을 벤다는 그 말이 위협적 효과의 공갈이라고 하더라도, 스스로 죽음을 택해야 하는 이 실패의 경우는 한 발자국 앞에 와 있을 수도 있다.

이틀 전 제식교련을 받다가 졸도까지 하게 된 나의 고질인 지병, 심장병이 이날 절호의 기회를 위해 회복은 되었지만, 그것도 근심이 아닐 수 없었다.

하늘의 별이 차갑게 빛났다.

차가운 북풍이 별빛을 실어다주었다. 별빛을 실어다 우리 머리 위에 흩뿌리는 것같이 별빛은 차고 무서웠다.

아무것도 모르고 먹고 마시고 떠들어대고 하는 동료들, 안으로 삼키는 입속 침의 양이 몇 곱절이나 되는 것을 그대로 삼켜야만 했다.

그들을 마치 무슨 마귀의 소굴에다 떨어버리고 가는 듯이 물끄러미 바라보는 나의 눈매가 아파왔다.

만약, 아니 꼭 저들이 우리의 탈출로 해서 무서운 보복을 당하게 된다면 하는 것이 참으로 날 슬프게 만드는 것이요, 나의 마음을 약하게 만드는 것이다.

불길한 예감이 별똥처럼 쏟아졌지만, 나는 그때마다 하나님을 생각하고 그에게 일체를 맡겨 막연하나마 한 줄기의 신념을 붙잡을 수가 있었다.

이윽고 일석점호 시간이 되었다.

점호 대열이 정돈되지 않을 정도로 술에 만취가 되어 있었다. 점호가 사실상 불가능한 것으로 되자 주번사관이 특별한 호의를 베풀었다.

"너희들은 이제부터 15분 이내에 목욕을 마치고 돌아와 취침해라. 오늘 저녁엔 야간학과는 중지한다……. 점호 끝."

이 순간부터 나의 심장은 한 마리 산 참새를 집어삼킨 듯이 뛰었다. 그것은 걷잡을 수 없이 심한 격동이었다.

9시 10분, 대열이 흩어졌다. 우리는 헤어지면서 넷이서 눈짓을 주고받으며 어슬렁거렸다.

10분 뒤에 우리는 운명을 바꾸기로 한 것이다. 그동안 비밀리에 마련했던 행장을 목욕대야에 넣고 목욕준비를 차려가지고 목욕을 가는 형용으로 내무반 밖으로 나왔다. 목욕 가는 길과 우리가 넘어야 할 철조망의 방향은 반대편이다. 그러나 병사 뒤에 큰 변소가 가로놓여 있어 그 뒤로 돌아서면 몸을 숨길 수 있게 되었다.

9시 15분까지 철조망 밖의 느티나무 아래에서 만나자는 밀약이 발목을 쇠사슬로 잡아매는 듯이 몸을 무겁게 만들었다. 철조망을 뛰어넘는 것은 각자 각개 행동이 유리하다. 눈짓의 그 모습이 마지막인지도 모른다. 그러나 나는 이 생각에 시간을 낭비할 수는 없었다.

캄캄한 밤이 벌판과 평행으로 무겁게 깔려 있었다. 군데군데 외등이 철조망 기둥에 매달려서 마귀의 웃음처럼 밤을 삼키고 있었다. 빨아들이고 있었다.

나는 내가 보아둔 서쪽 구석으로 몸을 굽혀 달려갔다. 누가 지금 나를 보고 있는지도 모른다. 누가 지금 나를 따라오고 있는지도 모른다. 지금쯤 다른 세 동지는 어디에 있을까. 철조망을 넘다가 걸려 있는 것은 아닐까. 지금쯤 누가 주번사관에게 달려가고 있는 것이 아닐까. 비상이 걸리는 찰나가 아닐까.

보초와 보초와의 중간지점, 그리고 외등과 외등과의 중간지점, 이 두 가지가 일치되는 서쪽 구석으로 나는 두꺼비 걸음으로 포복을 했다. 땅이 내 복부를 자석처럼 잡았다. 서쪽에서 동쪽으로 여유 있게 훑어본 다음 난 목욕대야를 버리고 행장을 허리에 잡아매었다. 어릴 때 고향에서 20리 길의 학교를 다니던 버릇대로 질끈 행장을 잡아매고 철조망 앞 3미터에까지 기어갔다. 밤이, 하늘이, 별이, 모두 날 내려다보고 있다. 나는 숨을 죽이지 않으려고 심호흡을 했으나 겨우 반쯤밖에는 숨이 쉬어지지 아니했다.

파리를 노리는 두꺼비의 걸음처럼……, 그러나 이미 실히 3~4분은 지났으리라. 나는 시계를 볼 초조를 떨어버리고 철조망에 두 손을 대었다.

차디찬 철조망의 냉기가 오싹하게 등골까지 전달되었다. 철조망 쇠꼬챙이를 피하여 붙잡으려니 그리 쉬운 일이 아니었다.

철조망을 흔들어보았다. 좀 흔들리기는 했으나 심한 파동이나 무슨 소리는 나지 않았다. 턱걸이하듯 두 손을 뻗어 잡고 몸을 솟구쳤다. 마치 물속에서처럼 몸이 쑤욱 올라갔다. 발을 걸었다. 바람이 불어왔다.

철조망은 상상보다도 높았다. 이렇게 3미터 높이의 철조망에 매달린 채 나는 나의 조국을 비로소 잊을 수가 있었다. 왜 나는 이 짓을 하고 있는 것인가.

따따따땅…… 하고 총소리가 나의 심장을 뒤에서부터 뚫어오는 듯한 착각의 그 순간, 나의 몸이 훌쩍 기울어진 철조망 위로 굴렀다. 오른쪽 손목이 비틀리면서 왼손이 철조망 가시를 함께 잡았다. 놓치면 그대로 굴러 떨어지는 것이다. 아무런 감각이 없이 나는 왼손의 힘으로 철조망에 잠시 매달렸다. 이윽고 오른발을 철조망에 걸고 몸을 솟구쳐 뛰어내렸다. 내가 배운 철조망 추월법은 응용이 되었는지 안 되었는지 전연 모르겠다.

약간의 현기증을 느끼면서, 철조망 바로 밑에 한 길이 넘는 방어호가 파져 있는 그 어둠이 확 다가옴을 의식했다.

만약 그 밑으로 그냥 떨어졌다면 그 밑바닥까지의 깊이로 보아 어디가 부러질지 모른다. 나는 순간적으로 몸을 움츠려 그 호의 안쪽 둔덕에 몸을 던졌다. 이내 미끄러져 내렸다.

'성공이냐?' 가쁜 나의 호흡이 내게 물었다. 나는 호의 바깥 둔덕으로 기어오르며 필사적으로 줄달음질칠 방향을 찾았다. 느티나무 밑, 그것은 그때 나의 신神이다.

걱정했던 것보다 쉽사리 나는 철조망을 넘었다. 그러나 다른 동지들은? 나 혼자만이 성공이라면 이제부터는 이 광막한 황야에 나 혼자다. 실은 이날 낮까지도 같이 탈출하기로 약속했고 또 중국어에 상당히 능통한 백白이란 친구가 변심하여 저녁 탈출을 포기하는 배신을 한 때라 불안도 생길 만했다. 이런 생각이 채 끝나기도 전에 어디선가 '털썩!' 하는 소리가 들렸다. 나는 쳐들었던 몸을 자라처럼 움츠려 몸을 깔고 기다렸다.

아무 소리도 뒤따르지 않았다. 성공이구나. 그 누군지…… 됐다. 이젠 최소한도 두 사람이면 된다. 그러나 나머지 두 사람이 발각되면 우리의 추격이 곧 뒤따를 것이다. 뛰어라.

나는 고구마밭 고랑을 동쪽으로 달렸다. 고구마 줄기가 뚝뚝 발끝에서 끊어지면서 나는 고구마밭을 날고 있었다.

옥수수밭에 들어서서 비로소 방향을 한 번 더 확인했다.

느티나무 아래.

아아. 하나님. 거기엔 세 동지가 이미 모여 있었다.

우리는 겨우 서로 어깨만을 한 번씩 감싸 안고는 다시 눈에 불을 켰다. 야수처럼 빛나는 눈빛이 어둠을 꿰뚫었다.

이내 앞에 우뚝 버티어선 험준한 석산石山을 기어오르기로 이심전심으로 결정했다.

영내 안에서 보아둔 산이요, 또 몇 번 야외교련으로 올라왔던 경험 있는 산이긴 하지만 막상 이렇게 산턱 밑에 와 올려다보니 도무지 길과 방향을 알 수 없었다. 또 밤이 이렇게 캄캄하게 농도를 짙게 풀어주니, 우리는 이 험준한 돌산을 상대로 싸움을 하는 듯이, 기어오르고 떨어지고 또 기어오르고 해야 했다.

돌이 발부리에 채이건 나뭇등걸이 정강이를 걸건 나뭇가지가 뺨을 갈기건 간에 우리는 죽음과 삶의 한계만을 생각했지, 다른 것은 일체 관용의 대상도 되지 못했다.

그냥 아랑곳없이 뛰어올랐다.

이제쯤 영내에는 비상이 걸렸는지 몰라……. 아니, 아직 20~30분 더 있어야 확인될 것이다. 각 내무반 별로 9시 25분 이후라야 확인되고 또 찾고 허우적대다가 적어도 20~30분 뒤에야 비상이 걸릴 것이다. 그렇다면 우리의 탈출이 확인되는 것은 약 40~50분 후가 아니겠는가. 그 시간 안에 우리는 이 산의 반 이상을 올라서야 한다.

오늘 아침 우리가 계획한 작전대로이면 우리는 있는 힘을 다해 이 산정까지 두 시간은 잡아야 된다는 것이기 때문이다.

한 시간이나 무의식 속에 산을 기어올랐을까, 비로소 사방이 훤하게 터졌다. 우리가 그 산의 중턱까지 거의 도달한 것이 분명했다. 역시 필사의 힘은 우리에게 더욱 빠른 걸음을 준 모양이다. 그곳 나무 그늘에서 일단 우리는 모여 앉아 발을 주무르며 숨을 돌렸다.

마주 마주 돌려 앉은 네 청년. 이제 우리는 한 마리 짐승의 네 발처럼 느껴졌다. 잠시 숨을 돌리자 등골의 땀이 식으면서 허리에 괴어들었다.

버리고 온 병영의 불빛이 눈앞에 내려다보였다. 한 뼘씩의 거리를 두고 달린 외등의 희부연한 불빛이 빙 둘리어져 마치 그것은 끔찍한 복마전처럼 밤안개 속에 묻혀 있었다.

시커먼 병영의 윤곽이 파충류의 물짐승처럼 음흉하게 우리를 손짓하는 듯했다. 오싹 소름이 끼쳤다.

나는 벌떡 일어섰다. 이 산을 마저 넘어서야 한다. 이내 세 동지도 따라 일어섰다. 군복에 밴 땀이 식어 더욱 전신이 마비되어가는 듯했다.

날이 새기 전.

날이 훤히 트기 전에 우리는 일본군의 관할경계선과 왕징웨이汪精衛—중국국민당의 중심인물로 있으면서 장제스와 함께 쑨원孫文을 보좌하다가 그의 사후 장제스와 대립되어 마침내 충칭을 탈출하고, 대일화평을 구실로 괴뢰정권인 난징南京정부를 세웠다—의 보안대 경계선까지는 넘어야 하겠다는 우리의 애초의 계획을 앞에 놓고 100여 리의 밤길을 위해 첫발을 내디디어야 했다. 아, 숨찬 가슴속에서 뻗쳐 나오는 그 감개와 환희, 우리는 삽시간에 산정에 올라오게 되었다. 그리고 조금 으슥한 곳을 택해서 우리 넷은 빙 둘러 모여 앉아 저고리를 벗어 바람과 불빛을 가리고 성냥불로 나침반을 보았다. 멀리 어렴풋하게 나타나 있는 동북 방향선 위의 한 언덕을 목표로 합의한 다음 산을 내려오기 시작했다. 오르기보다는 쉬웠으나 그 시간은 병영 안에서 지금쯤은 비상이 걸렸을 시간이므로 우리의 마음은 더욱 조급하여지고 우리의 발은 몇 갑절이나 빨라지는 듯했으나 반비례로 돌부리, 나무뿌리에 걸리고 자빠지고 발을 헛디디는 때는 더욱 많아졌다. 이같이 걸으며, 미끄러지며, 구르며, 또 몇 길이나 되는 낭떠러지를 기어내리며 하여 능선을 다 내려왔다.

그러나 뜻하지 않던 장애가 우리의 길을 가로막았다. 앞길을 가로질러 흐르는 운하運河가 있었다.

이 한밤중에 깊이가 얼마나 되는지도 모를 운하 앞에서 우리는 출발부터 결코 우리의 앞길이 평탄치 않으리라는 징조로 그것을 바라보았다.

천천히 긴장이 풀리고 몸 안의 기운이 빠져가는 것 같았다. 혹 어디 건널목이나 징검다리라도 있는가 하고 위아래를 다니며 살펴보았으나 우리에게 구원의 다리는 그리 쉽게 나타나주질 아니했다.

그러나 망설이고 있을 수만은 없었다. 헤엄에 비교적 익숙한 윤 동지가 먼저 물에 들어가 수심을 재어보기로 했다. 수심은 다행히 그리 깊지 않고 가슴까지 찼다. 우리는 군복차림 그대로 물속으로 허우적거리며 들어갔다. 아주 깊은 줄로만 알았다가 윤 동지가 들어가 서서 가슴 높이를 보여주었을 때 다시 용기를 얻고 희망을 얻었기 때문에 셋은 무조건 뛰어들었던 것이다.

그러나 나는 너무 덤빈 것을 알았다. 난 전연 헤엄을 칠 줄 모른다는 것을 비로소 깨달았다. 물이 흐르는 감각과 속도가 내게 어떤 공포감을 주었다. 폭이 10여 미터나 되었다. 발에 차이는 것이 많아 위험은 더욱 가중되었다. 건너야 할 수많은 난관에 대한 새로운 절망감이 가슴 위로 흐르는 물줄기 속에서 가슴을 죄어왔다. 살기 위하여 우리는 얼마나 형극의 길을 걸어야 하는 것일까. 그나마 우리 중에 내가 가장 키가 작고 보니 우리 중 가장 키가 큰 김영록 동지가 줄곧 내 옆에서 나를 보호해주었다. 이렇게 하여 그 운하를 겨우 건넜을 때 우리는 능선 위에서 선정한 표지의 언덕 방향을 잃어버리고 말았다. 아무래도 우리가 건널 때 물줄기 방향으로 약간이나마 비스듬히 건너온 것으로 생각되었다.

다시 한 번 컴퍼스를 보려고 하였으나, 그러나 우리는 다시 작은 절망에 부딪혔다. 군복을 입은 채 그대로 물을 건넌 때문에 성냥이 모두 젖어버렸다. 우리는 당황했다. 일망무제一望無際 허허벌판에 방위를 모르고 한밤중을 헤매야 하는 우리의 앞길은 생각할수록 기가 찬 것이었다. 미처 생각하지 못한 부주의로 해서 장차 우리의 운명을 정반대의 길로 인도하지 않는다고 누가 보장할 것인가.

설상가상으로 없던 구름까지 끼어서 우리는 북극성을 찾기도 힘들었다. 우리는 그 구름 사이로 띄엄띄엄 나타나는 북극성을 겨우 찾아 짐작으로 동북방을 잡아 치달리기 시작했다.

그것은 마치 원시의 벌판에서 쫓기는 사슴이나 노루처럼 필사의 질주였다. 길과 인가는 피하며 그 대신 수수밭, 조밭, 낙화생밭, 고구마밭을 고랑이며 두둑이며 할 것 없이 그저 동북방의 방향으로만 똑바로 가로질러 달렸다.

우리의 몸을 가려주는 수수밭 속에선 넷이서 한데 모여 숨을 돌릴 때면 다음까지 갈 목표물을 정하는 일을 꼭꼭 잊지 않았다. 이것도 방향감각을 모르면서 그저 헤어지지 않기 위한 조치에 불과한 결과가 되어버렸다. 그러고는 또 뛰고 고구마밭이나 낙화생밭은 한 사람씩 꼬리를 물고 포복으로 기어서 달리곤 하였다. 이러기를 얼마나 계속하였을까. 시간과 거리를 알 수 없는 질주 속에서 우리는 피로와 갈증을 느꼈다. 피로는 둘째 문제이고 갈증이 더욱 못 참을 고통이었다. 네 사람 가운데 단 한 사람의 수통에도 물이라곤 한 방울도 없었다. 타는 듯한 네 사람의 목줄은 침까지 말랐다.

그러나 인가는 되도록 피해서 벌판만을 달리는 우리에게 또 그 밤중에 샘물이 쉽게 발견될 수는 없는 것이다.

참는 데까지 참아야 하는 것이지만 그것은 참을수록 더욱 심한 갈증이 되었다.

아무래도 우리는 아직 일군의 경계지역을 완전히 벗어나지 못한 것 같았다. 어디까지가 그 관할경계인지 모르나 하여간 이런 때일수록 육감이라는 것은 큰 작용을 했다.

그동안 우리 넷의 모습이 차차 선명히 나타나 서로서로의 윤곽을 좀 더 뚜렷이 볼 수가 있었다. 그러나 이것이 정작 날이 새기 시작한 징조인 것은 몰랐다. 벌판의 새벽은 신비롭게 새기 시작했다. 하늘의 한쪽만이 터지는 듯 밝아오는 것이 아니라 두 쪽 두 끝에서 동시에 차차 회색의 밝음이 배어 나오기 시작하는 것이었다.

그리고 그것은 순간적이었다. 갑자기 우리의 얼굴 표정을 알아볼 수 있도록 날이 밝았다. 그러나 아직 태양은 오르지도 아니했다.

아침 안개가 10여 리가량이나 자욱이 깔려서 더욱 방향 같은 것은 짐작할 수가 없었다. 이러한 상황은 더욱 우리를 초조하게 만들었다. 이것은 정말 갈증보다 더 심한 공포였다. 하늘의 구름에 신비로운 빛깔이 순간순간적으로 변하기 시작했다.

할 수 없이 우리 넷이 합의한 결정은 우선 적당한 은신처를 얻어 그 하루낮 동안을 숨자고 한 것이었다.

하늘의 아침 구름이 장엄하게 벌판 위를 뻗어 덮었다. 우리는 상당히 넓은 장방형의 조밭을 오늘 낮의 은신처로 정하고 그 한가운데 아무렇게나 자리를 잡고 누웠다. 지칠 대로 지친 몸이라 눕자마자 동료들은 코를 드르렁대며 곯아떨어졌다.

그러나 암만 해도 마음이 놓이지 않아 나만은 잠을 이룰 수가 없었다. 생각 끝에 조 포기들을 뽑아다 잠들어 있는 동지들 위에 덮어 위장을 시켜 보았다. 그래도 마음이 놓이지 않아 나는 엉금엉금 밭가로 나가 그 위장이 그럴듯하게 보이나를 확인한 뒤에 비로소 나도 조 포기를 뒤집어쓰고 잠을 청했다. 생사의 기로에서 이렇게 잠을 청한다는 이 사실은 아무래도 위험천만한 일이었다. 그러나 눈이 저절로 감기고 머리가 한없이 땅속으로 빠져들어가는 듯한 기분이었다. 흙냄새를 깊이 들이마시면서 정신을 차려 보았다. 그러나 결국 나도 잠 속에 떨어지고 말았다.

얼마를 잤는지 모른다. 마침내 나는 뜨거운 햇살에 견디다 못해 눈을 떴다. 눈부신 태양이 소리를 내며 쏟아지는 듯했다. 눈을 떴으나 아무것도 보이지가 않았다. 뜨거운 땅의 입김이 등골에 훅훅 느껴졌고 땀이 흐르고 있는 것을 몸을 움직여보면서 느꼈다.

구름의 행방은 사라지고 하늘에는 햇빛만이 가득했다. 이 넓은 벌판에 햇빛만이 대지를 질식시키고 있었다. 동지들은 아직 그대로 계속 자고 있었다. 나는 처음 가슴 가라앉는 심호흡을 해보았다. 시원할 줄 알았던 심호흡이었으나 갈증만을 더 느꼈다. 목 뒤로 땀이 축축히 흘러내리고 있었다.

그런데 바로 이때였다.

분명히 자동차의 클랙슨 소리가 울렸다고 나는 믿고 싶었다. 운명이 바로 이 뜨거운 태양 아래 내려와 있다는 생각에 숨을 무의식으로 죽여보았다.

그렇다. 분명 내 기억으로는 자동차의 클랙슨 소리였다.

숨죽이고 귀를 기울이는 동안 내 귓바퀴에 와 닿는 음향은 분명히 자동차 엔진 소리였다.

불길한 예감은 끈에 달린 것처럼 그 자동차의 엔진 소리로부터 이내 내 몸으로 다가와 내 몸을 칭칭 동여매었다. 본능적으로 그 자동차 소리를 따라가며 내 청신경은 긴장되었다.

주여!

처절한 나의 갈구가 무의식으로 주를 찾았다. "주여, 나의 갈 길을 가르쳐주소서!"

나는 주머니 속의 성경을 더듬었다. 땀에 흠뻑 밴 성경책에는 물기가 뚝뚝 흘렀다.

나는 눈을 감은 채 아무데나 성경을 열었다. 갑자기 와들와들 떨리기 시작했다. 손끝이 가는 곳을 짚고 눈을 떴다.

"하느님이 자기를 사랑하는 자들을 위하여 예비하신 모든 것은 눈으로 보지 못하고 귀로도 듣지 못하고 사람의 마음으로도 생각지 못하였다 함과 같으리라."

이것은 고린도전서 2장 9절이었다.

"아아, 하나님!"

이 성구聖句는 나에게 불끈 힘을 주었다. 나는 나 스스로를 위안시키기 위해 용기를 필요로 했고 이 용기는 내가 아직까지 가져보지 못한 어떤 자신에서 얻을 수 있었다.

내 판단이 다할 때, 그때엔 성경의 가르침을 받아보려는 것이 늘 내 생각이었고, 극한 상태에서의 이러한 신념은 나에게 이상한 자신을 부어준 것이었다.

이 일어 신약성서는 독일어 소사전과 함께 입영 이래 반년 동안이나 품에 품고 다닌 것이다. 애초에 내가 가지고 입영했던 책자는 나의 전공과목을 위해 최소한 필요로 하는 네 권의 책, 즉 이 성경과 『가다야마』 독어소사전, 그리고 나의 연구에 필요조건인 희랍어 사전과 희랍어 성경들이었다. 이 네 권의 책만을 가지고 입대하였던 내가 틈틈이 이 네 권을 보다가 내무사열에서 발각되고 말았다. "……나니까(뭐야)? 여기에 유학 온 줄 생각하나?"

그리하여 아내가 면회를 왔을 때 희랍어 사전과 희랍어 성경을—이것들은 꽤 부피가 있었으므로—되돌려 보냈다. 아마 아내는 지금쯤 그것을 나의 마지막 선물 또는 유물로 가슴에 품고 있는지도 모른다.

나는 이 순간 이 성서를 품에 지니고 다닌 감사를 새삼 느꼈다.

조심조심 동료를 깨울 생각을 했다. 탈출병이 있을 때마다 으레 일군은 부락민을 동원해서 밭을 뒤지는 것을 그전 우리 몇 동료들의 탈출을 수색할 때 따라다니며 직접 목격하였던 사실로, 수색이 이 지역 일대에 곧 시작되리라는 것도 너무나 분명한 일이었다.

왜놈들은 틀림없이 지금쯤 마을 사람들을 동원해서 수색을 지시하고 있으리라. 이 넓은 들판에 동원된 농민들이 들쑤시고 다닐 것이 뻔한 노릇이었다. 한시바삐 찾아내지 못하면 찾아낼 때까지 놈들은 농민들을 끌고 다니며 찾아내라고 귀찮게 하기 때문에 동원된 농민들은 들판을 들쑤시고 다니는 것이었다.

나는 냉큼 일어나 동료들의 위장을 한 겹 더 덮어주고 귓속으로 잠을 깨워주었다. 자동차 소리가 다시 가깝게 와서 멎고 얼마 후엔 인기척이 들렸다.

그러나 나의 심정은 오히려 담담하였다. 하늘이 드높은 높이를 나에게 자랑하듯 먼 지평선에서 벌어져 퍼져 나오고 있었다.

"메이유러沒有了, 메이유러."(아무것도 없다. 아무것도 없어.)

이런 소리가 바로 우리가 누워 있는 조밭 다음의 수수밭 너머에서 들려왔다. 이 '메이유러'라는 말은 '없다'라는 뜻이다. 내가 알고 있는 중국말의 몇 마디 가운데 하나였다.

나는 눈을 감았다 떴다 하는 작업으로 이 기나긴 시간을 재어보고 있었다. 수수밭으로 들어서는 인기척이 들렸다. 수숫대를 헤치는 소리가 맞부딪치며 들렸다. 고린도전서 2장 9절이 하늘에 구름처럼 깔리어 나는 그것을 허공에서 읽었다.

가려진 조 포기 사이로 수수밭을 나와 이쪽을 바라보는 중국 청년 두서너 명의 모습이 드러났다. 우선 나는 안도의 숨을 쉬었다.

그들은 아무런 무기도 들지 않았고 몽둥이도 들지 않았을 뿐만 아니라 그 수도 많아야 세 명 정도인 것 같았기 때문이다. 만약의 경우엔 수적으로 대결해서 목을 졸라 질식시켜버려야 했기 때문이다.

그보다 먼저 우리는 돈을 주어 매수를 해볼 생각도 했다. 만약 그것이 실패하면 한 사람씩 일어나서 달겨들자. 결투를 할 경우엔 우리가 한 사람이라도 더 많다. 목을 조를 땐 한 사람이 뒤에서 도와줄 수 있으리라.

중국 청년들은 조밭을 둘러보았다. 그러나 그 시선은 가깝게 발밑에서부터 살피는 것이 아니라 멀리 먼 시야를 훑어보는 것이었다.

드디어 한 사람이 소리를 쳤다. 꽉 귀가 멀었다. 무슨 소리였을까?

찌르릉 하는 귀울림이 중국 청년의 외침으로부터 내 귓바퀴까지 여운을 남겼다.

"메이유러."

아— 분명 '메이유러'였을까? 나는 손에 땀을 쥐어짜며 안타까워했다. 다행히 다른 세 동료가 죽은 듯이 누워 있는 것을 보니 분명 '메이유러'라고 외친 것이로구나.

아마 수수밭 저쪽에는 또 한 떼의 동원민이 있는 모양이었다.

두 사람 그리고 뒤에 한 사람 이렇게 세 사람의 중국 청년이 우리가 누위 있는 조밭의 한쪽 끝으로 약 30미터의 거리를 두고 지나가주었다.

대지가 빙그르 지축을 중심으로 기우는 듯했다. 우리는 현기증에 시달리는 듯이 그대로 그 순간을 지속시켰다. 뒤에 따르는 중국인이 또 올는지도 모를 일이다. 그러나 한 시간은 실히 되었을 시간이 우리에게 지옥을 실감케 해주고 지나갔다. 이윽고 클랙슨 소리가 나더니 자동차 소리가 사라져갔다. 이제 돌아가는 모양이었다. 우리는 그제야 일어났다.

"이젠 꼭 불침번을 서야 하겠어."

나는 나의 입에서 나오는 소리가 이것인 것을 알고 좀 미안하기도 하였다. 사실 지난밤 밤을 새워서 줄달음질친 것이 이제 보니 일군의 관할구역을 맴돌고 있었음은 분명하다. 그러니 오늘 하루낮 동안은 꼼짝 않고 이곳에서 몸을 숨겨야 함은 어쩔 수 없는 일이다.

대륙의 햇볕은 뜨거웠고 우리는 목이 타서 거의 죽을 것만 같았다.

이 지방의 여름 더위는 보통 화씨 100도〔섭씨 38도〕를 오르내린다고 하던 일군 교관의 말이 되살아왔다. 그 복사열을 이렇게 바람 한 점 없는 조밭 속에 누워서 받아보기란 참으로 귀한 경험이었다.

그것은 가공할 만한 더위였다. 우리를 가려주었던 조 포기들은 차츰차츰 말라 비틀어졌고 살갗에 와 닿는 직사광선은 그대로 불덩어리였다.

물 한 모금의 철학이 일체의 잡념을 몰아가고 우리는 오직 물만을 생각했다. 고향 땅의 샘물, 멱을 감던 냇물 그리고 수도 등……, 물에 대한 생각은 우리를 오히려 편하게 만들어주는 것인지도 모른다. 갈증에의 집념은 우리를 지극히 단순하게 만들었다. 우리는 이미 중국 대륙의 포로가 되어 있었다. 물의 포로였다. 그때 기발한 착상이 떠올랐다. 사탕수수를 빨아먹던 옛 추억이 이제야 머리에 떠올랐다.

우리는 수수밭으로 기어가 수숫대를 꺾어다 한 아름씩 갖다놓고 수숫대 속을 씹었다. 그러나 그 수숫대에서는 아무런 수분도 나오지 않아 우리를 더욱 실망시켰다. 오히려 입술과 혓바닥을 아프게 하여줄 뿐이었다.

우리가 탈출할 때 각자 가지고 온 행장 속엔 쌀이 조금씩 들어 있었다.

그러나 어찌 된 일인지 그것마저 모두 잃어버리고 다만 김영록 동지만이 간수하고 있었다.

그 한 몫씩을 나누었다. 땀과 운하의 물이 배어 쌀 한 알이 밥알만큼씩 불어 있었다. 우리는 그것을 손바닥에 놓고 씹었다. 오히려 갈증은 더욱 심해 헛바닥이 가뭄의 논바닥처럼 갈라진 것 같았다.

타는 것은 비단 목뿐이 아니었다. 온 몸뚱어리가 모두 불붙어 지글지글 타오르는 듯했다. 우리는 모두 군복을 벗어던지고 홀랑 알몸이 되어 수수 밭의 고랑 속 햇볕이 조금이라도 가리어진 축축한 곳을 찾아다니며 마치 지렁이들처럼 엎드렸다, 누웠다 하며 한낮의 시간을 보내었다.

지열이 차차 식어가면서 우리의 심신은 완전히 녹초가 되었다.

해를 넘기고 저녁이 다가오자 급속도로 날씨는 선선해졌다. 서늘한 바 람만으로라도 우선 좀 살 것 같았다.

밤의 서정이 대지의 교향악처럼 괴어들었다. 그것은 웅장한 것이었다. 하늘의 변화로부터 밤은 천천히 오는 것이었다.

바람소리, 수숫대가 서로 사각대는 소리도 바람에 휩싸이며 하늘이 휘 몰려간 서쪽으로 달아나갔다. 우리는 동북방을 향해 거의 무조건 걸음을 옮기기 시작했다. 하늘의 변화는 황홀한 연회를 마련해서 그것을 공연하 며 사라져갔다.

광막한 조명 앞에 그 연회는 색색의 무늬를 가지고 자연의 신비를 연출 하는 것이었다.

우리는 침묵으로 그 밑을 걸었다. 동북방의 방향, 이것은 지표 없는 여 정이다. 조국을 멀리 더 멀리 죽어가면서 가야 하는 이 지표 없는 여정은 우리에게 갑자기 서글픈 향수를 불러일으켜주었다. 하늘의 뒷무대에선 연 둣빛이 사라져가면서 벌판은 어두워지기 시작했다.

구름이 반사하는 노을이 우리의 얼굴까지 붉게 만들었다.

우리는 손에 손을 잡고 걸음을 맞춰 걸었다. 아무도 그 조밭을 떠나 걸 어온 후 입을 떼는 사람이 없었다.

'조국'이라는 이름의 무대예술 속에 우리 네 사람은 지금 연기를 하고 있는 것인가. 그리고 잠시 그 대화를 잃은 것인가. 벌판의 서사시가 우리의 긴 그림자를 따라 알 수 없는 중국의 한 벌판을 지나가고 있다.

나는 어느새 가슴속으로 깊이 울고 있었다. 눈물겨운 정서가 날 괴롭히기 시작했다.

우리는 빨리 걷지도 뜨게 걷지도 못하고 그저 그 속도로 묵묵히 광야를 횡단하고 있었다.

모든 욕망은 바람에 불리어가고 싸늘한 대기가 머리칼을 흩날렸다. 지겹고 가슴 저린 침묵이 우리의 걸음을 따라왔다.

"우리는 이 밤도 이대로 걸어야만 한다. 부락을 피하고, 행로를 피하고, 이렇게 밭 가운데로 몸을 숨겨가며……." 나는 결국 입을 떼고 말았다. 더이상 그 유리 속 같은 침묵의 분위기를 지탱할 수가 없다.

이제는 손으로만 동지들의 존재를 느낄 수 있었다. 손바닥에 걸린 동지의 감각이 팔까지 전달되어지도 않고 손끝으로 그저 깔끈깔끈 걸려대었다.

나의 이 한마디는 그대로 바람 속에 부서져 어두운 대지 위에 가루로 흩날려갔다. 또 침묵이 흘렀다. 이른 별이 하나 눈에 띄었다.

한 발 한 발 옮기어놓는 데 힘이 들기 시작했고 대지의 중량이 발밑에 묻어나는 듯했다. 그리고 그 묻어나는 중량은 더욱더 무거워졌다.

이 무거운 대지를 이끌고 가는 힘은 무엇인가. 그래도 마음만은 앞으로 앞으로 나아가고 있었다. 밤이 다시 칠흑이 되고 우리는 그 속에서 악으로 몸을 움직이고 있었다. 마치 녹슨 기계의 피스톤처럼 그 걸음은 기계적이되어버렸다.

등불 없는 이 길을 걸어야 하는 운명은 나라 없는 조국에 살아야 하는 운명과 같았다. 내가 이 생각을 하고 있을 때 손이 갑자기 무거워졌다.

그러고는 피익 내 다음의 동지가 쓰러졌다. 살펴보니 홍 동지였다.

한 10리나 걸었을까. 그는 기절을 하여버렸다.

왈칵, 우리는 쓰러진 홍 동지에게 달겨들었다. 북받친 설움이 솟구쳐

목을 메게 하고 그것은 입과 눈으로 뚫고 나왔다. 참았던 설움을 우리는 쏟아놓기 시작했다.

"홍 동지이!"

우리는 지금 탈주하고 있는 몸이라는 것을 잊고 그에게 매달렸다. 푹 앞으로 엎어진 채 의식을 잃은 홍 동지의 이마와 머리에 흙가루가 엉겨 있었다. 대륙의 흙이 그를 맞아준 것이다. 그것은 한국의 흙이 아니다.

우리는 홍 동지의 팔과 다리를 주무르며 그를 흔들어 깨우려고 발버둥 쳤다. 밤의 적막이 우리의 소리 없는 흐느낌의 메아리로, 어두운 벌판에 메아리로 뿌려졌으리라.

"홍 동지이……."

그러나 홍 동지는 그리 쉽사리 깨어나주지 않았다. 나는 그의 옆에 무릎을 꿇고 앉아 그의 전신을 마찰하기 시작했다. 단추와 허리띠를 제끼고 그의 맨살을 내 체온으로 비벼대었다.

"홍 동지, 죽으면 안 돼! 죽어서는 안 된다. 여기는 홍 동지가 죽을 땅이 아니야……."

나는 말끝을 이을 수가 없었다. 다른 두 동지도 따라 울었다.

밤바람이 우리의 땀방울을 차게 얼리어주는 듯했다. 답답한 노릇이었다. 하늘의 별이 공연히 원망의 대상이 되었다. 일체가 미웠다. 그래서 눈에 보이는 오직 한 가지 별떨기들까지도 나에겐 미운 것이었다.

그러나 얼마를 그렇게 보냈을까. 드디어 홍 동지가 고개를 옆으로 돌리면서 깨어나는 듯했다. 깨어난 홍 동지는 흙 한 줌을 쥐어 코에 대어보고 뒤로 다시 누워버렸다.

고향의 흙 향기를 생각하는 것일까. 우리의 손바닥을 차례로 그 손에 쥐어보면서 나직이 입을 열었다.

"난, 난 못 가겠어……."

그는 이미 체념을 한 듯, 실의 속에 있었다.

"……."

"······영 못 가겠어. 죽어도 못 가아."

속으로 잦아드는 목소리로 겨우 이 한마디를 더 남기고 홍 동지는 다시 눈꺼풀을 덮어버렸다.

바람이 운명의 곡처럼, 벌판 위를 건반처럼 두들기며 멀리까지 지나가는 소리가 홍 동지의 말끝을 이었다.

우리는 이렇게 그만을 잡고 있을 수가 없었다. 지체하는 시간은 우리의 목숨을 대가로 요구할 것이다. 우리는 그를 일으켜 팔 겨드랑이로 손을 집어넣어 질질 끌고 갔다. 얼마를, 도대체 얼마를 이렇게 끌고 갈 수 있을 것인가. 그러나 다만, 홍 동지를 그대로 이 심야의 벌판에 버리고 갈 수는 없다는 생각에서 질질 끌고 가는 것이었다.

둘이서 한쪽 겨드랑이를 하나씩 맡고 윤 동지는 허리를 부축해가며 겨우 한 200~300미터나 갔을까.

벌판 저쪽에선 나무 그림자가 별빛 속에 희미하게나마 보였고, 그 밑에 무엇인가가 반짝반짝하는 것이 보였다. 나는 놀라 뒤를 돌아다보았다.

두 동지는 울고 있었다. 소리도 없이 흐느끼고 있었으며, 홍 동지를 잡은 손도 흔들리고 있었다. 그래서 나는 두 동지에게 아무 소리도 못 하고 다시 그 나무 아래의 이상한 것을 혼자 확인하고자 했다.

그것은 웅덩이 같았다. 그 웅덩이의 표면이 흔들리고 있었다. 흔들리면서 조금씩 반짝이고 있었다.

"물이다!"

나는 이렇게 외쳤다. 그러나 혹시나 해서 그 기쁨을 감추고 달려가보았다.

"물이다앗!"

우리는 홍 동지를 내버린 채 미친 듯이 달겨들어 소처럼 엎드려 물을 들이켰다. 물이 아니고 그것은 꿀이었다. 꿀보다 더 시원한 생명수였다.

수통에도 넣었다. 홍 동지에게도 먹였다. 홍 동지가 얼마쯤 기운을 차린 것이 무엇보다도 고마웠다.

물을 실컷 마시다 못해 세수까지 하고 물을 뒤집어썼다.

한숨을 깊이 들이쉬었다 내쉬면서 다시 걸어야 할 것을 생각했다. 다리에 힘이 솟음을 알았다.

홍 동지도 혼자 비틀비틀 걸어주었다.

우선 머릿속이 맑아지고 바람이 산뜻하게 느껴졌다. 그동안 도무지 한 방울도 비치지 않던 땀방울이 소나기처럼 돋아나기 시작했다. 얼마나 되었을까, 시간이 궁금했다.

그런데 어찌 된 일인지 입에서 구린내가 나는 것이었다. 입안에서 모래까지 씹혔다. 나의 이 말에 모두 구역질까지 했다.

수통의 물을 냄새 맡아보다가 나는 그대로 다 쏟아버리고야 말았다. 아마도 형편없이 더러운 물을 그렇게 달게 마신 것일까? 그러나 이미 물은 한 배씩이나 가득히 먹고 난 것을 어쩌랴. 그리고 또 그 물로 이렇게 기운까지 차리게 된 것이 아니냐!

그러나 홍 동지는 불과 한 30분 만에 기어이 다시 쓰러지고 말았다.

홍 동지는 우리 일행 가운데 가장 약한 편이고 또 치질까지 가지고 있었다. 그나마 더러운 물 기운으로 마지막 기를 썼다는 듯이, 아주 녹초가 되어 떨어져버렸다. 이번에는 아주 절망이었다.

"……가."

무엇이라고 하는지 알 수 없는 애기를 중얼거렸다. 다만 그 마지막 한 마디의 입 모양은 '가'라는 소리로 맺어진 것을 알 수 있었다.

그의 표정은 훨씬 편안한 편이었다. 단 한 번도 뵌 일이 없는 홍 동지 부모의 가엾은 환상이 어두운 중국의 하늘 아래서 오히려 우리를 달래주는 듯했다. 그 환상은 곧 나의 부모의 환상과 겹쳤다. 나는 나의 부모의 모습을 이때 처음으로 그려보았다.

슬픈 일이 아니고 온몸이 달아오르도록 매운 일이었다. 끊어진 대화는 내 입속에서 그대로 거품이 되고 말았다. 다시 내가 정신을 차렸을 때는 더 이상 홍 동지를 끌고 갈 수 있는 힘이 없는 자신임을 알 수 있었다.

두 동지도 멍하니 그 어두운 하늘을 향한 채 고개를 쳐들고 있었다. 움직이지 않는 조각처럼 하늘에 머리를 묻고 서 있듯이 우리는 벌판의 밤하늘에서 어떤 기적이 내려질 것을 바라고 있었다.

우리 셋은 홍 동지를 그대로 내버려두고 다른 방도를 찾기로 하였다.

사나운 비바람이라도 쏟아져 이 메마른 가슴들을 적시어주면 그 속에 엉엉 통곡이라도 하고 싶었다.

나와 윤 동지는 어디로 가서든지 먹을 것을 좀 구해보기로 하고 김영록 동지는 홍 동지를 지키기로 대책을 강구하였다.

아직 철은 이르지만 어디 참외라도 없는가 싶어 찾아보기로 하였다. 한참 만에 쏘다니던 우리 둘은 원두막 하나를 찾아내었다. 그러나 그 원두막을 발견한 기쁨보다는 새로운 위험이 도사리고 있는 것처럼 원두막은 무서웠다.

우리는 돌을 집어 힘껏 원두막 근방을 향해 던져보았다. 다행히 아무런 반응도 기척도 나지 않았다. 우리는 참외밭으로 뛰어들었다. 겨우 끝맺음의 참외가 조막만큼씩 달려 있었다.

주머니에 넣을 수 있는 대로 집어넣고 또 한 아름씩 안고 슬슬 기어 나왔다.

그런데 그때.

슬슬 기어 나와 허리를 펴고 달려 나오는데 원두막 첨지인 듯한 한 사람이 기다렸다는 듯이 어슬렁어슬렁 내려왔다. 우리는 당황하다가 그대로 우뚝 서버렸다. 우리와 마주치자 그 중국 사람은 오히려 우리가 무서웠는지 아무 소리도 않고 슬금슬금 꽁무니를 빼고 들어가버렸다.

꺼림칙한 기분이었으나 우리는 우선 위기를 모면한 셈이었다.

홍 동지는 다행히 정신이 회복되어 있었다. 따온 참외를 가지고 그곳서 참외잔치를 벌이려고 하였으나 아무래도 그 원두막에서 내려온 중국 사람이 마음에 걸리어 우리는 걸어가면서 먹기로 하였다.

껍질은 꼭 왼쪽으로 멀리 던져버리기로 하였으나 아무도 껍질을 입으로 벗겨 먹는 사람은 없었다. 껍질까지 그냥 서걱서걱 베물어 먹었다. 나와 김 동지는 홍 동지를 부축해가며 참외를 먹으면서 걸었다. 참외꼭지는 꼭 오른쪽에 선 김 동지와 윤 동지가 멀리 왼쪽으로 던져버렸다. 설사 그 중국 사람이 우리의 뒤를 쫓는다 해도 우리의 걸어간 방향을 알 수 있도록 표적을 남겨둘 수는 없었다. 얼마 뒤엔 참외꼭지까지 씹어 짓이겨 없애버렸다.

홍 동지가 몇 개의 참외를 먹고 나자 혼자 걸어보겠다고 했다. 기적은 이렇게 우리를 도와주었다.

참외는 단 것인지 쓴 것인지 알 수가 없었다. 몇 개를 먹고 나서야 굳어 버렸던 혀의 미각이 되살아났다. 어쩐지 씁쓸한 맛이 감돌았다. 그제야 그 것이 참외가 아니고 수박임을 알았다.

"이건 참외가 아니고 새끼 수박이구만!"

내가 이렇게 말하자 모두들 "그래?" "어엉?" 하고 놀랐다. 감쪽같이 참외로 안 모양이었다.

이러한 놀라움은 잃어버린 웃음을 안겨주었다. 그러나 웃음은 역시 나오지 않았다.

"헛헛, 이젠 맛도 모르고…… 맛도 분간 못 하게 되었으니……."

웃음이 나오지 않는 것이 아니라 사실상 웃을 기운이 나오질 아니했다.

무엇을 먹었든 간에 우리는 그것을 잘 먹었다. 싱싱한 물기는 감미로 웠다.

이렇게 한 10여 분을 다시 걸었을까. 홍 동지는 앞으로 넘어져버렸다. 그러자 이번에는 너나 할 것 없이 모두들 홍 동지를 따라 펄썩펄썩 주저앉아버렸다. 더는 이대로 못 가겠다는 노릇이다.

나도 영 더 우겨댈 힘이 없었다.

"……쉬어가기로 하자."

"에라, 모르겠다."

그러나 이왕에 쉴 바에는 사람의 눈에 띄지 않을 옥수수밭으로 가서 쉬

기로 했다. 적당한 곳에, 한가운데가 아닌 한쪽 가장자리의 아늑한 옥수수
밭 속에 들어가 주머니 속의 수박덩이를 모조리 먹어버렸다.

주린 창자가 채워진 것은 좋았으나 우리는 졸음을 감당할 수가 없었다.
전신이 엿가락처럼 나른해지면서 우리는 늘어지고 말았다. 마치 술에 취
한 듯이 몸을 어떻게 가눌 수가 없었다.

혹시 이 수박 속엔 술기운이 있는 것이 아닌가 하고 엉뚱한 생각까지
해보았다. 하여간 우리는 그곳서 잠이 들어버렸다. 다시는 못 일어날 것처
럼 쓰러져 잠을 잤다. 깊은 잠에 휩쓸려 유유히 벌판의 어둠이 흐르는 동
안 우리는 얼마 동안이나마 세상을 잊을 수가 있었다.

불로하 강변의 애국가

       얼마나 잤을까. 아직 날이 밝은 것은 아닌데, 회색의 어둠이 우리 코앞에도 쌓였는데, 나는 무슨 소리에 잠이 깨었다.

어렴풋이 들은 잠결의 소리, 그것은 꼭 기적소리만 같았다.

그것이 기적소리였을 것이라고 생각하자 눈이 번쩍 뜨였다. 분명히 날은 새지 않았다. 나는 놀라지 않을 수 없었다.

쉬저우에서 동북 방향으로는 철도가 없다는 나의 판단이 순간적으로 내게 충격을 주었다.

나는 동지들을 깨웠다. 침착하게 생각을 해야겠다는 것보다 쉬저우 동북방에 철로가 뻗은 것이 없다는 것을 알고 있었던 내 생각이 나를 놀라게 했다.

이 기적소리로 미루어보면 우리는 철도 연변에서 불과 10~20리밖에는 떨어져 있지 않다는 추리가 나온다.

방향을 잘못 잡았거나 또는 동북방의 방위를 곡선으로 잡아 걸어왔거나 해서 아직 일본군의 관할지역 안에 있다는 것이 분명한 결론이었다.

마치 다람쥐 쳇바퀴 돌듯이 뱅뱅 돌았거나 또는 제자리를 개미처럼 헤매었는지 모른다는 생각이 불현듯 나의 가슴을 무겁게 했다.

일본군이 중국 대륙을 점령했다는 것은 사실상 보도뿐이고, 실제적인 점령은 점點과 선線뿐이라는 말처럼 일본군의 점령 효과는 철도 연변과 중요 도시지역에 한한 것이었다.

광막한 지역에 일본 점령군의 수효로는 경비조차 안 되는 실정이었다. 당시 일본군의 병력으로는 점과 선만의 장악은 불가피한 사실이었다.

우리는 새삼스러운 초조 속에 새벽이 어서 트이기를 기다리고 재촉했다. 손을 맞잡고 앉은 동지들의 모습이 윤곽부터 차차 밝아지자 날은 새어주었다. 우리는 이런 상황 속에서 앞으로 어떻게 행동을 해야 하겠다는 의논을 시작했다. 날이 새어도 우리가 볼 수 있는 것은 그저 벌판뿐이었다. 이 속에서 의논을 한다 해도 거의 자포자기의 결론밖에는 얻는 것이 없었다. 그래도 여하튼 태도는 결정을 해야만 했다. 그래서 우리가 뽑아낸 최종 결정은 '이대로 이곳에 숨어 있다가 다시 밤이 되거든 걷자'라는 것이다.

현재 거의 죽어가는 몸으로 걸으면 얼마를 더 걷겠느냐? 당장 죽어가는 상태의 몸을 하루 더 쉬고 방향과 낮 동안의 동정을 살펴서 참고로 하자.

철로에서 멀지 않은 곳에 누워 있는 것보다는 차라리 대로로 나가 인가를 찾아 먹을 것을 구하느냐, 그렇지 않으면 그대로 굶고 참겠느냐의 문제를 이야기하고 있던 차에 우리는 바로 가까운 인기척에 놀랐다. 비장한 최후처럼 나는 담담하게 머리를 들었다.

눈앞의 사람은 우리를 보고 서 있었다. 그 사람 뒤로 아침의 하늘이 밝았다. 그 사람은 농부 차림이었다. 중국 사람 같았다. 망태를 메고 있었다. 망태 속엔 개똥이 있었다. 개똥을 비료로 주우러 다니는 농부임이 확인되었다. 나의 마주 선 눈빛에 차가운 아침의 공기가 스며들었다. 두 주먹이 스르르 풀어졌다.

그 농부는 얼굴에 공포의 표정을 지으며, 한참 만에 뒤로 가만히 한 발을 물렸다. 그러고는 쏜살같이 달아나버렸다. 우리는 고함을 질러 그를 불렀다. 손짓으로 돌아보는 그를 불렀으나 그는 아랑곳없이 달아나버렸다. 맹랑한 짓이었다. 어처구니가 없었다.

우리는 그에게 이곳이 어딘가를 확인하고자 했던 것이지만, 일은 묘하게 비틀어지고 벌써 두 번이나 우리는 중국 사람에게 노출되었다.

좌우간 이곳이 어디인가를 알아야만 했다. 이왕 들켰으니 큰길로 나가자. 우선 밥이라도 얻어먹고 보자. 이런 의견으로 우리는 쏠리고 말았다. 아까부터의 의견에 내가 결국 굴복하게 되었다.

천만다행으로 그 중국인 농부가 중국 치하의 주민이라면 우리를 일본군 수색대로 알고 무서워 도망을 쳤을 것이고, 그렇다면 우리는 수색대를 사칭하여 일본군 행세로 주민을 협박도 할 수 있고 또 돈을 주고 음식도 살 수 있으리라. 우선 얻어먹고 앞으로의 운명에 대결하자.

더 망설일 겨를도 없이 우리는 큰길로 성큼성큼 발길을 돌렸다. 큰길로 내디디는 발걸음은 그런대로 당당한 걸음이었다.

이미 운명은 우리의 도전 앞에 와 있다는 생각 속에서 우리는 편한 마음을 가질 수 있었다.

아침의 공기는 찬란하게 햇볕을 타고 아른거렸다. 눈부신 아침 햇살 뒤편에 몇 가호의 마을이 드러났다.

아득한 아침 안개가 한 5리도 될 듯한 거리를 메우고 있었다.

배고픔과 피로가 겹겹이 쌓인 우리는 그 안개까지도 미웠다. 몸 속속들이까지 스며든 피곤이 우리의 눈을 속여 한 50리나 그 마을은 뒤로 물러나는 듯 보였다.

저 마을까지만 가면 우선 무엇이든지 먹을 수 있다는 생각만이 우리 몸 전체를 움직여주는 활력소였다. 그리고 이 생각은 발걸음에 엄한 명령을 주었다.

이렇게 잠시 걷다가 우리는 우뚝 그 자리에 멈춰서버렸다. 우리는 일제히 한 떼의 농군들이 둘러앉아 있는 것을 발견하고 너무나도 빨리 새로운 사태에 직면하게 된 것을 염려했다.

우리가 걷고 있는 길 오른편의 밭머리에서 농군들은 아침을 먹고 있었다. 첫새벽부터 나와 아침 일을 하고 부락이 머니까 아침을 내다 먹는 모양이었다. 이것은 고향 땅의 농촌과도 흡사한 풍경이었다. 이제쯤 출렁이는 벼 포기가 고개를 숙이기 시작하고 있을 아득한 생각이 지나갔다.

누가 먼저였는지 모르나 우리는 그곳으로 달려가고 싶은 충동으로 서로서로 한 번씩 얼굴을 쳐다보고 있었다.

그러자 농부들도 우리를 보고 손짓을 하다가 소리를 쳐 불렀다.

"라이來, 라이!"(오시오, 오시오!)

"니츠你吃, 니츠." 말이 제대로 통하지는 않지만 와서 먹으라는 의미를 우리는 알 수 있었다. 그러나 중국 사람들에겐 허례가 많다. 말과 겉으로는 그렇지만, 그 은근한 속셈은 늘 다른 것임을 모르는 바 아니지만, 그러나 우리는 지금 중국 사람들의 그런 생활관습을 가릴 수가 없었다.

설혹 그들이 먹지 말라고 한다 해도 그대로 지나쳐버릴 수는 없는 처지가 아닌가.

그들은 이제 막 조반을 시작한 참이었다. 절반도 먹지 못한 채 우리를 만난 것이다. 그들의 조반은 '쩸빙'[전병]이라는 음식이었다. 밀가루를 엷고 널따랗게 부치고, 속에 푸성귀와 고기를 넣고 둘둘 말아서 베어 먹는 음식이었다.

이 지방의 '쩸빙'은 꽤 넓고 큰 것이었다. 우리는 미안하다는 생각도 할 사이 없이 남았던 것을 말끔히 다 먹어치웠다. 그러나 그 농군들의 표정은 적어도 겉으로는 조금도 아까워하는 눈치가 아니었다. 오히려 친절하였다. 이것이 이들의 일본군에 대한 태도였다. 이곳이 일본군의 관할지역임을 나는 속으로 짐작했다. 우리의 일본군 복장이 그들의 행동에 하나의 기준이 되어 있었다.

이미 각오는 하였던 것이었지만, 새삼스러운 실망이 마음껏 배불리지 못한 허기증을 이어서 우리에게 찾아왔다.

실망은 실망에서 그쳐야 하지 낙담으로 떨어져서는 안 된다는 것을 서로 우리말로 격려하면서, 우선 아침 요기를 한 것만이라도 다행이라고 얼버무렸다.

찻물까지 따라주어 그 구수한 차를 넉넉히 마시고 수통도 채웠다.

또다시 난폭해지는 무서운 햇살이 안개는 몽땅 걷어가고 대지는 다시 발갛게 타기 시작했다. 저만치에 산이 하나 드러나 보였다. 그것은 북쪽이었다.

아련히 아침 아지랑이가 그 산 밑에서 가물대며 이상한 유혹처럼 손짓을 하는 듯했다.

우리는 농군에게 묻고 싶은 말이 한두 마디가 아니었다. 말도 잘 통하지 않을 뿐만 아니라 우리의 정체를 이들에게 알려도 좋을는지도 문제였다.

우리가 탈출해 나온 쉬저우에서 이곳까지의 거리는 얼마나 될 것인가. 도대체 이곳은 얼마나 떨어진 지점인가. 누군가 이렇게 우리말로 혼잣말처럼 중얼대었다. 나는 긴장하지 않을 수 없었다.

저 앞산까지의 거리를 알 수만 있었으면 하는 생각에 나는 궁금했다. 그리고 중국군이 있는 곳을 알고 싶었다.

이렇게 물어보면 어떨까 하는 생각이 나에게 충동질을 했다.

우리는 농군들에게 일본군 정찰대원이나 수색대원으로 보이도록 하면서 물어볼 생각도 해보았다. 중국군에 대한 것과 앞산까지의 거리를 물으면 틀림없이 그렇게 전초병의 인상을 줄 것이고, 반대로 쉬저우에서 이곳까지의 거리를 물으면 탈출병의 인상을 줄 것이다.

이러한 판단 끝에 나는 동지들과 의논을 했다. 설령 그들 앞에 모든 자초지종이 드러난다고 해도 당장에 그들 손에 붙잡히는 것은 아니며, 또 그들이 곧 밀고할 곳이 가까운 곳에 있을 것 같지도 않다는 결론을 얻었다. 우리는 잘 되지 않는 엉터리 중국말 반, 땅바닥에 글을 써서 표시하는 것 반으로 그들에게 물었다.

이곳서 쉬저우까지는 불과 15리 길.

이것은 너무나도 의외의 대답이었다. 그러나 어찌하랴. 그 놀라움을 그대로 농군들에게 보일 수는 없었다. 속으로 한숨을 쉬어 그 엄청난 놀라움을 꺼지게 해야만 했다.

연 사흘을 걸어, 죽을힘을 다해서 헤어 나온 것이 겨우 15리 길이라니,

아연실색할 일이 아닐 수 없었다. 새벽의 기적소리는 내가 정확히 들은 것이다.

우리가 탈출한 쉬저우의 그 쓰카다 부대가 불과 15리 밖에 있다는 이 사실은 우리를 몸서리치게 했다.

아무리 따져보아도 150~160리는 걸었을 터인데 불과 15리 길을 150리나 걸어서 왔다니 기가 차서 아무런 용기가 나지 않았다.

아무리 벌판의 넓은 땅을 밤길로 방황했다 해도 사람의 지혜와 쳇바퀴를 돌리는 다람쥐의 지혜와의 차이가 무엇인가?

앞에 보이는 산까지는 30리라 했다. 그리고 그 산 너머에는 팔로군八路軍이 주둔하고 있다는 것까지 그들은 알려주었다.

뻐근하던 앞가슴의 부담감이 아랫배로 내려가면서 우리는 주린 배를 다소 채운 만족감을 가졌다.

애초의 계획대로 5리 밖의 인가를 찾아가느니보다는 이곳서 이들에게 점심, 저녁까지의 하루 먹이를 얻어 가려는 욕심을 내었다.

구태여 마을까지 갈 필요가 없었다. 앞으로 30리, 저 산만 넘으면 된다는 생각에서다. 우리는 주머니를 털어낸 돈으로 그 쨈빙을 좀 사자고 했다. 이 농군 가운데서 이날의 일 주인으로 보이는 늙은 농부 한 사람이 선뜻 나서서 응해주었다.

집에 가서 만들어 올 테니 잠깐 앉아 기다리라는 것이었다.

이렇게 해서 우리는 그곳에 한 시간이나 머물렀다. 그동안 만약 이 늙은이가 우리를 누구에게든지 밀고했을는지도 모른다는 생각에 우리는 차차 시간이 갈수록 초조해 있었다. 그러나 일본군에게만 밀고하지 않으면, 시간 여유가 있다는 자위를 가지고 한 시간을 기다렸다.

마침내 부쳐가지고 온 쨈빙을 받아 배낭에 넣어가지고 우리는 자리에서 일어섰다. 마음은 가벼웠으나 발걸음은 마음보다 느렸다.

길가의 원두막에서 참외까지 하나씩 사서 먹어가며 유유히 북쪽 산을 향해서 행군을 시작했다.

그런데 우리가 참외를 다 깎아 먹고 나서 불과 얼마를 더 가지 아니하여서의 일이다. 별안간 우리가 지나온 길 뒤에서 무슨 고함소리가 났다.

얼핏 돌아다보니, 과연 수상한 대여섯 명의 젊은이들이 손을 저으며 고함을 지르고 있었다. 그것은 오라는 것이었다.

이 순간, 싸늘한 냉기가 그곳에 우리를 냉동시키는 듯이 불길한 생각이 맴을 돌았다. 전신에 그 소름 끼친 냉기는 쭉 흘러내렸으나 우리는 그렇게 약한 기미를 보일 수도 없었다.

우리는 허리에서 권총을 뽑는 체하여 보이고서는 그냥 앞으로 발걸음을 재촉해 걸었다.

"탕—"

한 발의 총성이 그 여운을 길게 머리 옆으로 그으며 그 무엇을 예고해주었다. 그 총성은 신호인 듯 연달아 총성이 뒤를 쫓았다. 머리 위를 "뻥뻥" 탄알이 공기를 째고 날아오는 소리가 뒤를 이으면서 우리를 휘몰아쳤다.

거의 본능적으로 우리는 뛰었고, 마침내 수수밭으로 확 쓸려 들어가 몸을 숨기면서 달렸다. 여전히 총소리는 우리의 뒤를 추격하고 있었다. 앞으로, 앞으로만 곤두박질하는 우리는 일사불란하게 죽음을 넘고 있었다.

수수밭이 다하여 감자밭이 되면 몸을 숨길 수 없어 다시 수수밭을 찾아 달리고 그래도 총성은 역시 그만한 간격을 유지하면서 계속 뒤따랐다. 필경 나의 판단으로는 우리가 무기를 가지고 있는 것으로 생각하고 더 이상 가까이 접근하지는 아니하는 모양이었다.

아무튼 우리가 그 수수밭과 감자밭을 몇 개나 지나 달렸는지, 숨이 차서 가슴이 뻐개지는 듯한 것을 느꼈을 때, 우리 앞을 가로막는 것은 생각도 못 하던 강물이었다. 늘 나의 판단을 지나치게 믿어온 나는 곧 당황했다. 그들이 여유 있게 이곳으로 우리를 몰아온 것은 그물 속에 짐승을 몰아댄 것과 같으리라. 이 진퇴유곡의 막바지에서 우리는 입술을 깨물며 하늘을 쳐다보았다.

"아, 어찌할 것인가, 이 강 물결에 버릴 수 없는 몸들을……"

강물은 흐르는 듯 마는 듯 잠긴 채로, 없어도 될 곳에 강이 나 있듯이 밉게 누워 있었다. 아아, 정말 어찌할 것이냐. 윤 동지는 강변으로 내리뛰었고 누군가는 그 자리에 털썩 주저앉을 기세를 보였다.

이때, 아아, 나는 비명을 질렀다. 그것은 분명 나의 입속에서 찢어져 나온 비명이지만, 나의 두 눈이 준 환희의 비명이었다.

저편 하류에서 작은 배 한 척이 막 굽이를 돌아 나오는 것이 보였다. 그냥 위로 올라가려다 나의 고함을 듣고 짐짓 놀라는 듯싶었다.

"라이, 라이, 라이!"

우리는 다급히 손짓으로 그리고 고함으로 배를 대라고 위협을 보였다. 뱃사공은 의외로 순순히 뱃머리를 우리에게 돌려 노를 저어 왔다.

배가 채 기슭에 닿기도 전에 우리는 날다시피 건너뛰어 배에 올랐다. 그러나 배 안에는 네 사람이어야 할 동지가 셋밖에 없었다. 뱃사공까지 넷이었다. 나를 빼놓고 넷인가 하고 세 번 두리번거렸으나, 분명 있어야 할 김영록 동지가 배 안에 없었다.

잠시 우리는 서로 아무 말도 못 하고 파랗게 질려버린 얼굴만 쳐다보았다. 그렇다고 소리를 질러 김 동지를 부를 수도 없고 또 뱃머리를 되돌려 가서 찾아볼 수도 없는 처지였다.

그러는 동안에 배는 강을 건넜다. 세 사람은 강기슭 수풀 속에 엎드려 김 동지의 모습이 나타나길 기다렸다. 그래도 그 모습은 나타나주지 않았다. 그렇다고 언제까지나 그를 기다리고 있을 수만도 없었다. 우리는 맞손을 잡고 잠시 눈물을 나눈 뒤에 다시 전진을 하기로 했다.

"아아, 김 동지!"

우리가 셋서 목소리를 합쳐 김 동지를 부르려고 했을 때 또다시 총소리가 났다. 그리고 그것은 우리가 지체한 만큼 가깝게 들렸다. 수풀에 가리어 보이지는 아니했으나 분명히 총성은 강변에 다다른 것같이 접근된 거리감을 알려주었다. 거의 본능적으로 김 동지를 찾지 못한 채 또 뛸 수밖에 없는 노릇, 강 건너에도 역시 수수밭은 있었다.

우리는 수수밭 사이로 들어가 뛰었다. 이윽고 총성은 강을 건너온 듯싶었다.

죽는다는 것과 산다는 것은 아무런 구별이 없는 것 같았다. 우리는 죽을지 살지 모르고 그저 앞으로만 달리는 것이었다. 앞으로 엎어지며, 미끄러져 옆으로 자빠지며, 그리고도 또 달려가며 벌판을 주름잡고 있었다.

이렇게 도시 얼마를 뛰었을까. 총성이 멎자 우리는 이미 수수밭을 벗어나서 평평한 감자밭을 수수밭으로 착각하고 달리고 있음을 깨달았다.

눈으로 흘러들어온 땀을 씻으며 앞을 내다보고 나 자신도 모르는 사이에 그 자리에 우뚝 서버렸다. 거의 동시에 다른 두 동지도 달리던 몸을 제대로 가누지 못한 채 서고 말았다. 한순간 눈앞이 아찔하면서 시야에 들어오는 넓은 것은 감자밭이었다. 우리 몸을 가려줄 것이 아무것도 없었던 것이다.

부락이 감자밭 끝에 보이고 그 뒤에 우뚝 산이 치켜올려다 보였다.

30리를 쫓겨 왔다는 생각이 더욱 우리를 기진맥진하게 만들었다. 전신에서 피가 빠져나가듯 맥이 빠져나가버렸다.

그런데 우리를 더욱 의혹 속에 몰아넣은 것은 부락에 벌어진 분주한 광경이었다.

온 부락이 빨끈 뒤집혀가지고 한곳으로 사람들이 몰리고 있었다. 등에 지고 앞에 안고 애들을 끌고 남녀노소 할 것 없이 피난을 하고 있었다. 소와 말까지 서성대며 끌려가는 것이었다.

까닭을 모르니 우리는 더욱 안타까웠다. 총소리가 나고 하였으니 전쟁이 터진 줄로 알고 그러는 것일까?

그러나 우리는 이 생각에 끌려 시간을 지체할 수는 없었다. 어떻게 하기는 해야 하겠는데 어쩔 도리가 없었다.

어느새 우리는 우리의 추격자들에게 완전히 포위되어 있는 것을 알게 되었다. 새삼스럽게 놀라운 일은 아니었지만, 그 처절한 우리의 노력이 너무나도 가엾은 것이었다. 우리는 천천히 발자국을 옮겨놓으며 서로의 얼굴을 한 번 더 보아두었다. 김 동지의 모습이 갑자기 그리워졌다.

큰길에 다다라 우리는 약속이나 한 듯이 땅바닥에 벌렁 나자빠졌다. 죽이든 살리든 마음대로 하라는 뜻으로 우리는 눈을 감았다.

이러한 체념 속에서 우리는 숨을 돌릴 수가 있었다. 턱 밑까지 와서 받치는 거친 숨을 달래면서 감은 두 눈에 와 닿는 뜨거운 햇볕을 의식하였다. 그러나 그것은 햇볕만은 아니었다. 무엇인가 나의 눈을 뜨게 만들었다. 맨 먼저 나의 눈에 들어온 것은 구식 모제르 권총―총신이 약 20센티미터에 이르는 독일제 구식 권총―의 총구였다. 한 20여 미터 밖에서 똑바로 겨눈 총구멍이 차츰차츰 내게로 다가오고 있었다.

포위된 직경은 점점 압축되어서 20미터쯤에서 15미터, 10미터로 그리고 더 가까이 우리는 한낮의 중국 흙 위에서 심판의 발자국이 다가옴을 느꼈다.

우리는 누가 일어나자고 한 것도 아닌데 모두 벌떡 일어나 앉았다. 그제야 그들은 우리가 비무장인 것을 확인했는지 잰걸음으로 다가왔다. 바로 우리 앞까지 다가온 그중의 한 청년이 무엇이라고 중얼거렸다.

도대체 너희들은 뭐냐? 충분히 그것은 알아들을 수 있는 눈치의 말이었다. 우리의 정체를 밝히기에 앞서 우선 그들의 정체부터 알아야 하겠다는 생각이 번개같이 나를 제압시켰다.

중국 청년들인 것이 확실하니 우리의 적인 일본군은 아니고, 처음 추격당할 때부터 생각한 대로 왕징웨이군이 아닌가 했지만, 역시 복장으로 보아 그렇지도 않은 것 같았다.

평복을 하였으니 혹 일본군이나 왕징웨이군의 끄나풀이 아닐까 하는 의심도 뒤따라왔으나, 그들이 소지한 권총이 구식 모제르 권총이라는 점은 나의 심증을 조금 굳혀주었다. 저들을 중국군의 편의대便衣隊―유격대―로 판단하는 것이 옳지 않을까? 무너진 하늘에 구멍을 바란다는 격으로, 또는 이왕이면 그렇게 보자는 심정에서인지는 모르되 나는 그렇게 보았다.

나는 두 동지들을 한 번씩 둘러본 다음 곧 땅바닥에 글을 쓰기 시작했다. 나의 손목, 한국의 한 손목이 이제 권총 총구 앞에서 한국 백성임을 자백하는 손목. 이 손목이 밝히는 그 결과가 저들에게 어찌 될 것이냐?

땅 위의 글씨는 나의 떨리는 듯한 손목에 의해서 이렇게 쓰였다.

"우리는 한국 청년, 그제 밤 일군 병영 탈출, 지금 팔로군 진영을 찾아간다."

이런 의미의 말을 한문으로 써놓았다. 구태여 팔로군이라고 지칭한 것은 산 너머엔 팔로군이 있다는 말을 쩜빙을 얻어먹을 때 들었기 때문이었다. 이 팔로군은 그 당시 중공군의 세력이었다. 다행히 그들은 곧 나의 한문을 알아보고 역시 땅에 글을 써서 이렇게 응답을 해주었다.

"우리가 바로 그 팔로군이다."

우리는 그 말을 완전히 믿어야 할 것인지 아닌지를 결정할 수가 없었다.

"너희들이 갈 곳에서 지금 온 것이니 우리 본부로 가자."

그들이 가자는 곳으로 가지 않을 수 없는 우리이다. 아무튼 자리에서 일어나 그들을 따라 걸었다. 우리를 앞세우고 뒤와 옆에서 경계를 하는 것이었다.

이렇게 한 10여 분이나 연행되었을까? 갑자기 그들은 우리에게 정지를 명하고 나와 홍 동지 앞으로 다가왔다.

나는 우리가 이제부터 분산되어 가든지 아니면 어떤 일을 당할 것이라는 생각에 홍 동지의 손을 뜨겁게 잡았다.

참기 괴로운 시간이 잠시나마 지났다. 그런데 그들은 뜻밖에도 나와 홍 동지가 쓰고 있는 안경을 벗겨내었다. 얼떨떨하여 서 있는 동안에 그들은 안경을 자기들 눈에 끼고 좋아했다.

안도의 숨이 쭉 빠져나왔다. 등골에서 흐른 식은땀이 군복 저고리를 등에 찰싹 붙였다.

중국 병사들 사이에는 대안경장관帶眼鏡長官이라는 말이 있을 만큼 안경을 신기로운 물건으로 보고 귀하게 알았다. 여기서 장관이란 말은 높은 벼슬자리에 있는 사람을 말한다고 한다. 물론 이것은 뒤에 들은 얘기다. 일반 서민층에서는 그만큼 안경 쓴 사람을 높은 사람으로 귀히 여긴다. 여하간 그것을 쓰고 좋아하는 꼴은 차마 볼 수 없는 우스운 노릇이었다.

나의 것은 다행히 그리 높지 않은 도수의 것이지만, 홍 동지의 안경 도수는 심한 근시에 난시를 겸한 것으로, 맞지 않는 사람에겐 어질어질한 것인데도 불구하고 사뭇 빙빙 돌면서도 좋아하는 것이었다. 숫제 눈을 감고서 그러는 것일까.

안경을 빼앗긴 것이 괘씸한 것보다 오히려 어린아이들에게 안경을 빼앗긴 것처럼 장난스러웠다.

그러나 그들은 그것으로 만족하지 아니했다. 다른 두 놈이 우리의 손목시계를 풀어가자, 이번에는 또다시 달겨들어 소지품을 모조리 뒤져갔다.

순순히 빼앗기는 수밖엔 어쩔 도리가 없었다. 이런 상황에서 실상 그것들을 빼앗기는 것이 그리 큰 문제는 되지 못했다. 억울하다는 감정뿐이었다.

골고다 언덕에서 예수를 십자가에 못 박은 로마 군인들이 예수의 의복을 찢어 나누어 가졌다는 성경의 한 구절이 불현듯 떠올랐다. 그러나 이것은 적당한 비유가 될 수는 없었다.

그들에게 끌려 한 50여 분이나 걸었을까, 우리는 다시 좁은 냇물을 건너게 되었다. 아마도 우리가 배로 건너온 그 강의 상류인 듯이 생각되었다. 최후의 강을 다시 건너는 듯한 이상한 귀결의 사고방식이 날 자꾸 괴롭혔다.

이 냇물을 건너면서 우리는 아직 보지 못하던 또 다른 것을 보았다. 그것은 뜻밖에 머리 위에서 사람소리가 나기에 올려다본즉, 나무 위에 경비병들이 올라앉아 총을 내밀고 있는 것이었다. 그러나 그것은 한 명뿐이 아니라 까마귀 떼가 이 나무 저 나무에서 까욱까욱 하는 것을 연상시킬 만큼 주욱 늘어선 나무 위에 한결같이 올라앉아 떠들고 있었다. 우리를 보더니 무슨 의미인지 알 수 없는 소리를 꽥꽥 질러대었다. 아마 냇물을 건너라는 신호인 듯했다.

우리는 어디 마적단의 소굴로 끌려가는 것이 아닌가 하고 어렸을 때 듣던 만주의 마적단 애기를 생각했다. 도무지 모든 것이 이상스러웠고 생소하였으며 또 괴상한 육감이 우리의 발자국마냥 따라왔다.

강을 건넜다. 부락이 그 앞에 도사리고 있었다. 아마도 우리의 목적지가 이곳인 모양이다.

부락에 다다를 때까지 나무 위의 경비병은 여전히 괴성을 질렀다. 경비병은 그 냇물의 입구에서 이곳까지 주욱 연결되어 있는 듯했다.

그때마다 우리를 호송하는 자들도 맞장구를 치는 응답의 괴성을 질렀다.

부락에 닿자 우리는 다시 한 번 몸수색을 받고 비로소 어느 한 집으로 안내되었다. 아마 그곳이 그들이 말하는 본부인 듯했다. 새로운 운명의 전개가 우리를 기다리고 있는 듯이 집 안은 답답했다.

그들이 하라는 대로 우리는 의자에 앉았다. 문의 위치와 구조를 살펴두고자 내가 두리번거리고 있을 때 한 중년의 사나이가 안에서 걸어 나왔다.

평복의 사나이, 풍채가 훤하고 어딘가 우리가 안도의 숨을 쉴 수 있도록 인자한 인상의 그 사나이는 적어도 대장隊長쯤은 되는 지위에 있는 사나이 같았다.

우리를 보고 그는 무슨 말인지를 지껄였다. '중국말을 좀 아느냐, 전연 모르느냐?' 이런 뜻인 것 같았다. 이렇게 알아듣는다손 치더라도 말을 못하니 응답이 될 수 없었다.

나는 책상 위에 붓과 종이가 있음을 발견하고 그것을 사용해도 좋으냐는 시늉을 해보였다. 그는 얼른 붓을 집어주었다. 나는 또 한 번 다음과 같은 말을 써놓았다.

"우리는 한국 청년이오. 일본군에서 탈출하여 우리 한국임시정부로 가서 우리나라 독립운동을 하려는 청년들이오. 우선 중국군에 편입해도 좋소."

나는 하나님에게 모든 운명을 맡긴 셈치고, 처음과는 달리 침착하게 밝힐 것을 밝혔다.

나의 붓 끝에 시선을 따르던 그가 갑자기 손을 내밀며 우리에게 악수를 청하는 것이 아닌가.

그의 붓글씨는 이렇게 우리를 울려주었다.

"우리는 중국 중앙군 소속의 유격대요. 우리의 영수는 장제스 총통이오."

우리 셋은 소리를 지를 뻔하였다. 얼싸안고 울고 싶었으나, 어느새 눈매가 아프고 가슴에 뭉쳤던 한이 뺨을 타고 내려왔다.

울음에 가까운 흐느낌이 솟구쳐서 우리는 웃음도 웃을 수 없이, 그 벅찬 기쁨을 억누르지 못해 발을 굴렀다.

이제 모든 의혹은 말끔히 벗어지고 우리의 탈출이 성공한 것을 확인했다.

추격당하던 그때의 절박하던 긴장이 어느새 아름다워졌다. 그들이 팔로군이라고 자처하면서까지 우리를 데려온 것까지도 고마웠다.

그 사나이는 다시 붓을 들어서 "배가 많이 고픈가" 하는 것을 물었다.

"약간 고프오"라는 말을 써놓았다.

그는 명령했다. 그와 나와의 필답대화는 계속되었다.

"이곳서 약 20리 북방엔 우리 사령부가 있고 오늘 밤 안으로 그곳에 당신들을 인수시킬 의도요. 그곳에서 한국인 혁명 청년 동지들을 많이 만나볼 것이오."

우리는 정말 놀랐다. 다른 한국 혁명 동지들이 있다는 이 말 이상의 기쁨이 이제는 없을 것 같은 벅찬 감개무량을 안겨주었다.

음식이 들어왔다. 삶은 계란, 제육, 빵들이 큰 대접에 담겨 우리의 시선을 끌면서 들어왔다. 그것은 식욕을 돋구었다. 있을 수 없는 일을 지금 당하는 것 같은 생각에 우리는 주춤거렸다. 그는 우리에게 권해주었다. 사양 없이 우리는 이 융숭한 대접을 그대로 받았다.

그는 또다시 붓을 들어 이렇게 썼다.

"혹 이곳에 오는 동안, 도중에 무엇이든지 우리 군사에게 빼앗긴 것은 없소?"

우리는 없다고 대답을 했다.

너무나 기쁘고 고맙고 하여서 빼앗긴 것을 말하여 이 흐뭇한 분위기와 기분을 깨뜨리고 싶지는 아니한 것이 솔직한 우리의 심사였다.

"……혹시 있으면 찾아주리다."

우리는 끝내 부정을 고집했다. 우리는 그 대신 내어온 음식을 다 먹고 그곳에서 한 두어 시간쯤 휴식을 취한 다음 사령부로 가게 되었다.

청색 군복에 장총으로 무장한 10여 명이 우리를 호송하기 위해 정렬해 있었다.

어느새 해가 서녘으로 기울었다. 그러나 아직 지열은 확확 달아 있었고 햇볕도 따가웠다.

모든 것이 꿈만 같았다. 그 절망 속에서 우리가 이 지점에 온 것이 꿈만 같았지만, 그러나 역시 김 동지 생각은 언제나 잊을 수 없는 가슴 한구석의 슬픔이었다.

내가 그 대장인 듯한 사나이에게 김 동지의 얘기를 했다.

"우리는 원래가 넷인데 강 건너기 전에 한 명을 잃어 지금 셋이다."

이렇게 말했을 때 그때 이미 그는 알고 있었다는 말을 했다. 그렇다면 혹시 김 동지는 그들에게 어떻게 되었을까. 수수밭 속에서 어떻게 잘못된 것이나 아닐까?

새삼스럽게 그 사나이에게 다그쳐 물어보지 못한 것이 한스러웠다. 만약 김 동지가 수수밭 속에서 우리를 잃고 그대로 있었다면, 또는 방향을 잃어 엉뚱한 곳으로 달아났다면 모르되, 추격자의 총에 어떻게 되었다면……. 그러나 만약 그렇다면 무슨 비명이라도 질렀을 것이다. 또 그가 그 추격자에게 잡혔으면 응당 우리처럼 이곳으로 끌려왔을 것이다. 그러니 아직 그 수수밭 어느 고랑에서 혼자 헤매고 있을 가능성이 더 클 것이라고 자위하는 수밖에는 없었다.

그러나 나는 홍 동지나 윤 동지에게 김영록 동지의 이야기를 할 수는 없었다.

우리는 그저 그들이 가리키는 대로 따라가면서도 이렇게 쉽사리 우리의 길이 트이게 된 것이 믿기어지지 않아 오던 길을 되돌아보고 또 보고 하였다.

이들의 지나친 호의에도 회의가 새어들었다. 더구나 쉬저우에서 이렇게 가까운 곳에 이들 유격대가 있으리라고는 생각지도 못한 일이다. 혹 우리를 지금 일본군에게 넘겨주는 계략은 아닌가 하고 쓸데없는 의혹도 가져보았다. 그러나 정말 알 수 없는 것은 세상일이다.

우리는 호송군에게 눈치 채이지 않게 회의에 찬 표정으로 우리의 앞을 걱정했다. 조심스럽게 눈짓으로 이야기를 했다. 우리가 지나온 길은 그래도 이 중국 땅의 한구석에서 인연이 맺어진 길이다. 앞으로 그 어느 구석에서 그대로 흙이 되어버릴 것인지 누가 예측하랴.

그러다 누군가가 이렇게 말했다.

"김 동지는 지금쯤 총에 맞아 수수밭 고랑에서 피를 쏟고 있는지도 모른다."

호송군이 이상하게 돌아다봤다. 나는 얼른 소변을 좀 보겠다는 시늉을 했다. 쾌히 승낙을 얻었다.

행방불명이 된 김영록 동지의 얼굴이 땅거미 지는 미로의 길 위에 앞질러 나타나곤 하였다. 만약 이 미로가 더 험한 형극의 길로 이어지는 것이라면 차라리 김 동지가 옳은 길로 가는 것인지도 모르리라.

20리 길이라는 것이 생각보다는 퍽 멀었다. 실상은 길이 늘어나는 것보다도 몸의 피로로 인해서 그렇게 먼 길이었으리라.

알 수 없는 지리였다. 강을 하나 더 건너고 나서부터는 우리의 방향은 알 수 없는 지형을 따라 맴돌아 들어갔다.

그럴수록 우리의 발걸음은 무거워졌고 걸음의 속도는 처졌다.

정말 죽을힘을 다해서 우리는 마지막 가는 길을 가는 듯이 끌려갔다.

호송 군인도 우리의 걸음 속도에 짜증이 나는 모양으로 느린 걸음을 재촉했다. 말이 통하는 것도 아니건만 그 핀잔조의 괴성은 자꾸만 연발되었다.

드디어 사령부라는 데 다다랐다. 기대와는 달리 역시 조그마한 마을에 불과했다. 거의 우리의 도착과 더불어 해가 서쪽으로 빠져들어가고 저녁 하늘이 붉은 피에 배는 듯이 젖어 들어갔다.

우리는 어느 한 집으로 안내되었으며 그 뜰 안의 밀짚 낟가리 밑에 기다리게 되고 전령만이 안으로 들어갔다.

초조한 한순간이 가슴을 죄어왔다. 무엇인가 석연치 못한 것 같아 우리는 불안을 억지로 삼키면서 그저 다시 어떤 기적이 일어나든가 아니면 운명에 대해 새로운 도전을 할 기회가 오든가를 기다리는 수밖에 없었다.

이윽고 한 사람이 나타났다.

중국 군복을 입은 한 홍안의 미청년이었다. 어쩐지 말도 내기 전인데 호감이 가는 인상이었다.

우리는 우리의 앞을 점치고 있었다.

그러나 이상하게도 그는 우리를 보자마자 이미 다 알고 있었다는 듯이 미소를 머금었다. 우리 여섯 개의 눈동자 속에 그는 점점 다가오고 있었다.

그러고는 와락 달겨들듯이 "한국 분들이죠?" 하고 분명한 우리말로 이렇게 물으면서 바로 우리 앞에 섰다.

우리는 아무도 입을 열지 못했다. 누구의 입도 떨어지지 않은 것이 사실이다.

"……."

이런 곳에서 한국 사람을 만나다니…….

나는 절대자에게 감사를 느꼈다.

"그렇습니다. 한국 사람입니다."

아직도 공포에 싸이고 지친 가느다란 목소리였다. 이 한마디를 큰 소리로 못 하고 머뭇거린 그 이유를 나는 아직도 모르고 있다.

그는 우리의 한국말 대답을 듣고 와락 달겨들어 우리를 차례로 안아주었다.

"탈출이시죠?"

"그렇습니다."

그는 더욱 힘차게 끌어안았다.

그도 탈출병이라고 했다. 그도 한국인 학도병이라고 했다. 더욱 놀란 것은 그도 쉬저우에서 탈출했다고 했다.

그가 바로 쓰카다 부대 한국 학도병 탈출병 제1호였다. 그는 한 3개월* 전에 탈출에 성공했다.

우리가 온다는 것은 이미 연락을 받아 알고 있었다고 말해주었다.

이 아름다운 낯선 청년의 친절과 같은 모국어에서 풍기는 그 다정함은 우리에게 하나의 등대와 같았다.

우리의 가슴에 숨어 고개를 들던 모든 의혹은 깨끗이 씻기었다. 이 청년의 그 미소가 바로 그 의혹을 다 씻어준 것 같았다. 그는 곧 우리에게 친숙해졌다. 불과 몇 시간 동안에 나는 십년지기의 친구와 같은 정을 따뜻이 느낄 수가 있었다.

그 이름은 김준엽이라고 하였다―현재 고려대학교 교수. 김 동지는 우리의 도착을 즉시 사령부에 연락했다.

그리고 그는 정훈참모라는 쑨잉孫英 소좌를 우리에게 소개해주었다. 김준엽 동지는 탈출 이후부터 배운 것이라는데 놀라울 정도로 중국어를 유창하게 하고 있었다.

그의 통역으로 우리는 그동안 말 못 하던 벙어리 가슴을 털어놓았다.

무엇보다 김영록 동지의 낙오가 우리의 주된 화제였다. 그러자 김준엽 동지는 이미 우리가 처음 붙잡혔던 지대支隊에서 수배를 시작했으며 또 이 부대에서도 수배명령이 퍼져 있으니 안심하고 기다리라고 위안해주었다.

이날 밤 우리는 마음껏 배를 불렀다. 우리의 기쁨은 주렸던 배에 만족을 주는 것도 한 가지요, 김 동지를 만난 것도 한 가지요, 또 장차 우리의

---

* 원문에는 '5개월'로 되어 있으나 김준엽은 3월 29일, 장준하는 7월 7일에 탈출했으므로 대부분의 관련 자료에 따라 '3개월'로 수정했다.

의사대로 길을 택할 수 있다는 밝은 전망도 그 한 가지였다.

그만큼 우리는 굶주렸고, 고독했으며, 또 불안한 것이었다. 단지 김영록 동지가 이 기쁨을 못 나누어 가지는 것이 한이었다.

지금의 이 희망을 두고, 만일 어느 수수밭 고랑에서 흙이 되어가고 있다면……. 우리가 강을 건너지 말고 마땅히 되돌아가 찾아내야 했을 것이라는 후회가 더욱 막급하게 가슴을 저며왔다.

이런 불길한 생각은 차마 얘기로도 못 하고 내 가슴속에 나 혼자만 삭여야 하는 생각이었다.

그런대로 석찬을 마치고 자리에 들어가 오래간만에 편한 잠자리에 묻혀버리려 했으나 우리의 화제는 그런 피로 속에서도 잠을 이룰 수 없는 것이었다. 그러던 차 벌써 밤 12시가 가까웠으니 내일을 위해 잠을 자자는 말을 하고 막 첫잠을 들려는 순간, 웬일인지 문밖에서 떠들썩하는 소리가 들려왔다.

나는 다시 긴장하고 그 요란한 소리에 귀를 기울였다. 그러자 다른 두 동지도 눈을 떴다. 단 하루저녁만의 편안조차 허락될 수 없는 것인가 생각했다. 사실 오늘의 이 대접은 너무나 분에 넘치는 것이 아닐 수 없었다. 왁자지껄한 사람의 소리가 안으로 들어오는 것을 기다려보았다.

그러나 마침내 꿈의 실현을 우리는 보았다. 어김없는 기대의 실현이다. 분명코 꿈이 아닌 현실이었다. 우리 앞엔 김영록 동지가 나타나주었다. 꼭 죽은 줄 알았던 김영록 동지가 안으로 끌려들어오는 것이었다.

벌떡 일어나 우리는 소리를 질렀다.

"김 동지이!"

우리 셋은 김영록 동지에게 매달려 마음속에 숨었던 죄를 고하듯이 울음 머금은 그의 동자를 쳐다보았다.

이 세상의 그 어떤 감격도 이때의 우리 가슴에 출렁이던 그 감격을 대신할 수 없을 것 같았다. 나는 발을 구르고 주먹을 쥐어짜며 내 가슴의 감격을 부숴보았다.

아무 말도 못 하고 멍한 표정으로 사방을 둘러보는 김 동지의 얼굴은 거의 실신한 사람처럼 보였다. 졸음은 어느덧 사라지고 우리는 한 덩어리가 되어 그가 돌아오게 된 경로를 들었다.

결국 짐작대로 강을 건너기 전의 그 수수밭에서 방향을 잃었고, 그 뒤엔 추격자들의 총격이 너무 심하므로 그대로 그 자리에 엎드려 있다가 방황 끝에 이 부대 수색대에 의해서 구출된 것이다. 김 동지를 위한 식사가 새로 간단히 마련되고 우리의 잠은 아주 사라지고 다섯은 회고담의 꽃을 피우고 있었다.

그런데 새벽 2시가 가까워서였다.

김준엽 동지가 잠깐 밖에 나갔다 돌아오더니 자못 심각한 표정으로 우리에게 말하였다. 아무렇게나 쓰러져 악몽의 날을 짓씹고 있던 몽롱함속에 그는 불쑥 한마디를 던졌다.

"……나는 오늘 밤에 이곳을 떠나 어디 좀 다녀와야 되겠어요."

우리는 놀라 일어났다.

"뭣이라구, 떠난다구요?"

만나자 이별이라는 그 흔한 속담이 이렇게 우리를 허전하게 할 줄은 미처 몰랐던 것이다.

대륙의 밤이 하늘에서 무거운 압력으로 내리깔리는 듯한 절망감이 우리의 호흡을 힘들게 했다. 이때의 김준엽 동지의 존재란 것은 거의 우리에게 어머니의 품처럼 느껴졌기 때문이다. 사선을 건너 만나게 된 그 따뜻한 품이 이내 우리에겐 그만큼 야속한 것이 되었다.

이 엄청난 실망을 눈치 챈 김 동지는 자기가 이 밤에 이곳을 떠나게 된 사유를 설명하면서 우리에게 어떤 안도감을 주려고 무진 애를 쓰는 것이었다. 김 동지의 얘기는 대강 이러하였다.

쉬저우 동북방 약 100리쯤에 한 탄광이 있다. 고왕탄광賈汪炭鑛이라고 했다. 이 탄광은 일본인들이 관리를 하고 있지만 실상은 중국인이 모두 광부들이다. 일본인들은 비참하도록 광부를 혹사시키는 대신 박한 노임으로 처우 아닌 처우를 하는 실정이다. 그래서 이 유격대에서 중국인 노동자들의 임금을 인상할 것을 요구했고, 만일 일인 관리인들이 임금 인상을 하지 않는 경우 포격으로 폭파, 붕괴시켜버리겠다는 최후통첩을 발하였다.

그래서 내일 이곳 한즈룽韓治隆 사령관과 일군 수비대장 사이에 2인 담판을 완충지대에서 가지게 되어 있다고 하였다. 한 사령관이 이 담판에 김 동지를 통역으로 대동한다는 것이다.

이야기를 마치자 김 동지는 손을 내밀었다. 새하야니 예쁜 손을 차례로 돌리며 그의 매서운 의지를 남겨놓고 돌아섰다.

이미 밖에는 출발 준비가 완료되어 있었다. 밤새도록 말을 타고 가 내일 새벽에 지정된 완충지점에 도달한다는 것이다.

"장 동지, 내일 오전 중으로……, 아니 몇 시간 뒤에 돌아올 거야……."

칠흑의 어둠 속으로 한 사령관 일행이 사라진 그 방향으로 우리는 그들의 모습을 추적했으나, 그들은 다시 오지 못할 길을 가는 듯이 잠적하고 말았다.

이상한 감흥을 예감하는 듯이 나는 혼자 흥분하고 있었다.

일본 수비대장이 누구인지는 모르나 쓰카다 부대의 제1호 탈출병이 다시 유격대 사령관의 통역으로 가게 된 아이러니한 사실은 야릇한 흥분을 일으켜주었다.

하물며 본인은 어떠하였을까. 우리 네 동지는 김 동지가 남긴 인상, 미소만을 내뿜는 그 고운 얼굴의 표정을 유심히 그려보았다. 일군 수비대장과의 담판에서, 김 동지는 꼭 통역으로 그를 짓밟아버릴 수 있으리라……. 그러나 그것은 몸서리쳐지는 기대였다. 우리가 쓰카다 부대로 전속을 갔을 때 들었던 사체死體의 주인공이 오늘 살아서 저 성성한 얼굴로 수비대장 앞에 나타난다.

팔로군에게 붙잡히어 죽창에 찔려 죽었고 그 시체가 10여 일 동안이나 길목에 대롱대롱 걸려 있었다고 일본 교관 놈이 말하던 바로 그 장본인이 유창한 중국말로 오늘은 수비대장과 맞선다.

만일 그 누구라도 김 동지를 알아본다면, 왜놈들은 그를 김 동지의 유령이라고 할 것이다. 이 얼마나 통쾌한 일인가! 만일 그가 다시 돌아오기만 한다면 쾌재를 부를 수 있는 일이다.

초조하게 우리는 새벽을 지새웠다. 어떻게 해서 잠에 떨어졌는지 도무지 알 수 없었다. 해가 높이 올라 나뭇가지의 그림자가 드리워 있었다.

"김 동지 돌아왔소?"

나는 이렇게 자문자답을 하였으나 아무도 대답을 줄 사람은 없었다.

쑨 참모는 차례로 일어난 우리에게 몇 마디씩 이야길 해주었으나, 답답증은 풀리질 아니했다. 간단한 식사를 먹는 둥 마는 둥 마치고 비로소 세수를 했다.

"적어도 이곳의 사령관을 수행했으니 별일이 없으리라."

나는 며칠 만에 세수를 하면서도 김 동지가 안심되지 아니했다. 이렇게 조바심을 가져보기도 흔한 일이 아니었다.

종이를 주먹으로 쥐어 조각조각 구기듯이 시간을 두 주먹으로 쥐어짜며 한낮을 기다렸으나, 1944년 7월 10일의 해는 우리에게 미칠 듯한 불안만을 흘리게 하였다.

오후 두어 점이나 되었을까.

급히 쑨 참모에게 전갈이 왔다. 한 사령관 일행이 돌아온다는 것이었다.

"김 동지도?"

쑨 참모는 그대로 뛰어나갔다. 우리도 그의 뒤를 따랐다.

기다리던 심정과는 판이하게 우리는 침착해졌다. 일행이 서서히 올라오면서 손을 흔들었다. 나무 그늘 사이사이로 그들의 실체가 다가오고 있었다.

그런데 김 동지는 이날, 나의 예감대로, 언짢은 표정으로 돌아왔다. 우리가 달려 나가자 얼른 그 표정을 바꾸는 것을 눈여겨본 나는, 곧 심상치 않은 일이 벌어진 것을 알 수 있었다. 우선 무사히 한 사령관이나 김 동지 그리고 다른 수행원들이 돌아왔다는 사실은 다소 안심을 주었으나, 도대체 무슨 일인지, 또는 담판 결과가 우리에게 불리한 것인지 새로운 의혹을 자아내게 하였다.

드디어 김 동지가 다시 우리에게 나와서 입을 열었다.

"……나는 오늘 우리가 탈출해 나온 부대, 바로 쓰카다 부대장의 편지를 가지고 왔어……"

김 동지의 얼굴에 긴장과 분노가 엇갈리었다. 지그시 눈을 감은 얼굴에서 우리는 그의 심정을 읽을 수 있었다. 그것은 새로운 적의였다. 다시 눈을 뜬 김 동지는 잠시 숨을 돌리고 이렇게 말하였다.

"……우리는 다시 쓰카다 부대로 넘어갈 뻔했어……"

요란한 천둥이 갑자기 내리쳤다. 맑던 날씨가 때 아닌 번개로 어두워지듯이 우리는 현기증을 감당할 수가 없었다. 중국의 그 넓은 대지 위에서 폭풍우에 휘몰리는 가랑잎처럼, 아니 주인 없는 가축처럼, 새로운 유랑이 어느새 머릿속엔 펼쳐져갔다.

김 동지는 새파랗게 질리는 우리를 보고 곧 안심을 시켜주느라고 그 사건을 풀어놓기 시작했다. 김 동지가 한즈룽 사령관 앞으로 된 공한을 회담차 나온 일군 수비대장에게서 받아 펴들었을 때, 활화산의 분노가 이글이글 김 동지의 가슴에서 들끓었다는 그 서한은 서투른 중국어로 된 이런 것이었다.

"……귀 부대의 병사 30여 명을 우리는 이곳에 포로로 하여 잘 대우하고 있은 지 얼마 되지 않는다. 정확을 기하는 의미에서 그 명단을 드린다.─명단이 적힌 용지를 다시 내어놓고─그런데 유감스럽게도 이 부대에서 이탈한 군인 수 명이 귀대에 강제 억류되고 있다는 말을 들었다. 그들과 귀하의 부하 30여 명과 상교相交함이 어떤가? 즉시 교환할 것을 제의한다. 만약 이에 응하지 않는다면, 본관으로서는 특별한 조처를 할 각오가 되어 있다. 현명한 장군의 신속한 판단을 바란다."

이렇게 덧붙였다는 것이다.

조국 없는 우리의 슬픔이 김 동지가 들고 온 이 서한을 읽는 동안 글자마다 구절마다에 치달리는 산맥처럼 꿈틀대며 우리를 북받치게 했다.

그러면 우리는 어찌 될 것인가?

김 동지가 우리를 안심시키고자 결과를 좋게 이야기해준 것이 아닌가?

절망의 강이 우리를 휘감았다. 우리는 그 절망의 심저深底로 떨어진 것이다.

자결이라는 비장한 각오가 움텄다. 그것은 나도 알 수 없는 사이에 가슴속에 돋아 올랐다.

만일 김 동지의 다음 말이 아니었으면 우리 네 동지는 그대로 어떤 일을 저질렀을는지도 모른다.

김 동지가 날카로운 목소리로 우리의 비장한 분위기를 칼로 치듯이 깨뜨렸다.

"한 사령관이 즉석에서 거절했어. 정말야, 정말야! 날 믿어줘⋯⋯."

김 동지는 절규하고 있었다. 날 때릴 듯이, 우리를 때릴 듯이, 믿어주지 않는 듯한 우리를 윽박지를 듯이, 그는 절규하고 있었다. 그리고 김 동지 눈엔 가슴에 끓어올랐던 감격이 치솟아 올라 있었다.

우리는 서로서로 와락 부둥켜안았다. 나는 김 동지의 손을 잡고 버럭 소리를 질렀다.

"⋯⋯그래서? 그래서 김 동지이!"

김 동지는 목소리를 가다듬고 그 감격이 방울져 흐르는 눈을 아래로 감고 이렇게 자초지종을 들려주었다.

일군이 이번 담판에 응한 주목적은 우리의 인수에 있었던 것 같다는 것이다.

"⋯⋯우리 부대에 귀대의 군인이 억류되어 있다는 말은 잘못 들은 말이다. 우리 부대에는 단 한 사람도 귀 부대의 군인이 없다. 다만 귀 부대원 한 명이 우리 대원의 추격으로 사살되었고 다른 3, 4명이 신사군新四軍 쪽으로—중공군을 말하므로—도주해 넘어갔다는 정보는 우리가 입수한 일이 있었다. 내 말을 믿어주기 바란다."

"정말이야! 이것은 내 입으로 통역한 말 그대로야."

우리는 손에 손을 잡고 어둠이 깔리는 대지를 물끄러미 내다봤다. 넘어가는 태양이 벌판 위에 노을 진 그림자를 잠시나마 그려놓고 있었다. 무엇이든 벌판 위에 있는 물체는 전부 그림자를 달고 있었다. 그러나 우리의 조국은 그림자도 없었다. 분명히 그 실체는 존재하나 조국은 어디로 사라져갔는가.

충칭으로 가자. 우리의 참된 영도자들이 계시고 우리 조상의 그림자가 지금 충칭에 있다면 그리로 가자.

나는 입술을 깨물었다. 내 입술의 아픔이 나의 새로운 결심을 굳혀주었다.

"충칭으로 가자. 죽어도 그곳서."

그 별지 명단을 김 동지도 분명히 보았다 한다. 그것은 결코 허위 명단은 아닐 것이다. 한 사령관의 의義를 우리는 어떻게 받아들여야 할 것인가. 아무리 한국인 청년을 사랑한다 하여도 자기의 부하, 자기 민족, 자기 형제 30여 명과 어떻게 견줄 수가 있을까.

5대 30의 비중은 우리를 괴롭혔다. 도저히 인간 한즈릉이 겪었을 그 인간적인 고민에 보답할 길이 없을 것같이 생각되었다.

부드득, 이가 갈렸다. 일군의 그 잔인성이 우리에게 그대로 옮아온 듯이 우리의 증오감엔 불이 붙었다. 또 앞으로 어떤 조건을 제시해올는지 알 수 없는 일이다. 어떤 대가로 우리의 인도를 요구할 것인가? 만일 우리가 그들에게 인도된다면 우리는 '탈출병의 최후'라는 그들의 연극에 사체의 연기자로 등장할 것이다. 팔로군의 만행이라는 변명 속에 온갖 짓을 다 당하여 죽어서 우리 한인 학도병 앞에 전시될 것이다.

우리는 김 동지에게 매달리는 수밖엔 없었다. 그러나 김 동지의 대답은 나도 꼭 같은 입장이라고만 하였다. 우리는 더욱 어쩔 줄을 몰랐다. 김 동지는 그래도 우리를 위로해주기 위해 마음을 썼다.

만일 이 부대가 우리 조국의 군대이고 한 사령관이 우리 민족의 한 동포였다면 우리가 그 은혜에 대해서 이렇게 괴로워하고 또 불안해할 리가 있겠는가. 우리는 바늘방석에 앉았다는 우리 옛말을 생각하며 나라 없는 슬픔을 짓씹어야만 했다. 이것이 모두 우리의 운명이고 나라 사랑을 절감하도록 하게 하는 하나님의 뜻이라면 달게 받으리라.

조국애를 몰라서 조국을 귀하게 여기지 못했고, 조국을 귀중하게 여기지 못하여 우리의 선조들은 조국을 팔았던가. 우리는 또다시 못난 조상이 되지 않으련다. 나는 또다시 못난 조상이 되지 않기 위하여 이 가슴의 피눈물을 삼키며 투쟁하련다. 이 길을 위해 나는 가련다. 나의 인생의 과정은 '또다시 못난 조상이 되지 않기 위하여'라는 이정표의 푯말을 꽂고 이제부터 나를 안내할 것이다. 하나님이 날 기어이 그 길로 인도해주실 것이다. 대지를 핥는 바람소리가 어둠을 흩뿌리며 지나갔다. 그리고 나의 명상을 깨워주었다.

이상하게도 지난밤과 같은 2시, 또다시 우리는 놀라운 충격을 받았다. 어제와 똑같이 김준엽 동지가 밖으로 나갔다 돌아왔다.

"웬일이오?"

이구동성으로 우리가 일어나자 김 동지는 비상이 걸렸다고 했다.

우리는 새로 받은 군복을 주워 입고 밖으로 나왔다. 어제 김 동지가 귀대한 뒤 우리에게 지급된 군복이다.

어제의 담판도 심상치 않게 끝났고, 이곳 유격대 사령부의 소재지가 어느 정도 일군에게 알려졌기 때문에 사령부의 위치 이동을 밤사이로 한다는 것이었다.

다소 안심이 되었다.

밤의 행군이 어둠 속에 대열을 늘렸다.

'이것이 유격대구나.'

나는 행군 대열에 끼어 앞사람의 기척을 따라 걸으면서 이렇게 생각했다. 밤사이 감쪽같이 부대 이동을 단행할 줄은 일군이 미처 모르리라. 이러한 유격 전술에 일군이 언제나 당황하는 것이었다.

돌부리가 날카로운 계곡을 내려와 나무 기둥 사이를 더듬고 지나 다시 평지의 길을 눈 감고 가듯이 따라갔다.

누구 하나 입을 벌리는 병사도 없고 기침소리 한 번도 없이 대열은 묵묵히 이어졌다. 이 대열은 끝없는 시련의 길의 시작이라고 생각되었다. 그러나 모든 것을 감수할 마음의 준비는 되어 있었다.

'묵묵히 이 대열을 따라가는 것만으로, 지금 우리는 우리의 길을 가는 것이다. 이 대열이 대륙의 어느 지점으로 해서, 어느 지점에 닿든지 간에 그것은 우리의 길이 될 것이다.'

이런 각오로 나는 발을 옮겼다. 그러나 각오와는 달리 무엇인가 어둠의 장막이 몸을 돌돌 말아 감싸는 듯이 몸이 부자유스러웠다. 어떤 칠흑의 액체 속을 헤엄쳐 나가듯이 몸이 무거웠고, 앞으로 나가려는 의지와 그만큼 뒤로 처지는 체중이 서로 맞섰다.

마음으로는 가야 할 길이라고 몇 번이나 다짐하지만, 그러나 막상 이국의 밤을 한 걸음 한 걸음 정처 없이 따라가는 심정은 그지없이 서글픈 것이었다.

축축히 두 어깨 위로 안개가 스며들면서 칠흑 같던 어둠의 농도가 부서지기 시작했다. 대륙의 밤이 탈색되듯이 밝아지고 우리 대열의 한끝이 보이기 시작했다. 기막힌 서정이었다.

수수밭을 끼고 돌아가는 대열이 아침 안개 속에 드러나자 밤사이 우리가 걸은 길은 이리저리 우회하였기 때문에 40여 리나 되었다. 그런데 이곳은 바로 우리가 유격대에게 잡히던 그 지역이 아닌가.

우리는 유격전의 묘미를 깨달은 듯이 서로 맞보고 한 번씩 웃을 수밖에 없었다.

새로운 사령부 기지에선 이날 사령부를 위한 대대적인 환영의 잔치가 준비되었다.

어떻게 이런 곳에서 이런 음식을 차릴 수 있었는지도 이상했다. 하여간 유격전이란 재미있는 것이었다.

우리는 권고대로 조반을 겸한 점심을 만복감을 느끼도록 먹었다. 그러나 채 상을 물리기도 전에 전신에 스며드는 피로가 잠을 강요했다. 겨우 자리를 일어설 때까지 참았다가 이내 쓰러지고 말았다.

탈출 닷새 만에 우리는 비로소 심신을 풀어놓고 잠이라는 천당에 갈 수 있었다. 얼마를 잤는지 저녁식사를 권하므로 잠깐 일어나 먹는 둥 마는 둥 하고 다시 쓰러져버렸다.

이튿날, 그러니까 1944년 7월 12일이었다. 눈을 떴을 때는 대지가 조용히 어둠에서 벗어나는 시간이었다.

희망의 서곡이 울리듯이 날이 밝아왔다. 이 장엄한 대기를 마음껏 들이쉬고 싶어 나는 일어났다. 가슴을 폈다.

막 동이 트고 짙은 안개가 걷히기 시작하면서 우람한 소리가 내가 듣지 못하는 신비 속에 흡수되어가는 듯이 햇볕이 힘차게 퍼졌다.

티 없이 맑고 아름다운 볕살이 빛나면서 나의 눈앞에도 다가왔다. 우아한 아침의 정기가 그 햇살로부터 뻗쳐 나오는 듯했다.

우리는 긴 그림자를 끌고 새로 받은 중국 군복 차림으로 바로 군영 앞으로 흐르는 강가로 나아갔다.

강은 불로하不老河라고 불리었다.

사철 마르지 않고 흐른다는 뜻에서 이런 의미의 이름이 붙었는지도 모르리라. 우리는 모두 옷을 벗고 이 강물 속에 감히 뛰어들 생각을 했다.

중국 대륙을 흐르는, 그 시원이 어디며 그 하류가 어디인지도 모르나 유유히 흐르는 강물 속에 우리의 감회를 모두 떠내려 보내고 싶었다. 물은 그리 차갑지는 않았고 그리 깊지도 않았다. 아침 햇살이 눈부시게 강물 위에 부서지고 그 부서진 햇살은 강물의 푸르름을 아름답게 하였다. 스며드는 햇살이 높아지자 강물의 빛깔이 더욱 선명해졌다.

마음과 몸을 다 이 강물에 씻으리라. 분노와 치욕과 먼지와 땀으로 더러워진 심신을 이 불로하 강물에서 정화시키리라. 강물은 말이 없고 눈부신 햇살만을 받아 안은 채 흐르고 있었다.

"너, 불로하, 말 없는 강, 안으로 안으로 모든 것을 가라앉혀 비록 그 바닥에서는 물결이 거세어도 수면은 언제나 잔잔히 흐르기만 하는 강, …… 너 마르지 않고 너 나타나지 않는 그 강심을 나는 여기서 배우리라."

어느새 이국의 태양은 머리 위에 올랐고 강물 위엔 쏟아진 햇볕이 물결을 덮으며 웅장한 음악이 강 밑으로 흐르는 것이었다. 우리의 소망과 새로운 각오를 위해 강은 흘렀다.

우리는 목욕을 마치고 군복을 입었다. 서로서로를 돌아보며 새 결의를 다짐했다. 모두 새사람이 되었다. 진정 우리는 새사람이 되어야만 했다.

조국 광복, 이 깊고 긴 강처럼, 크고 깊고 긴 일을 마침내 나는 찾아낸 것이다. 이제 우리는 떳떳한 조국의 아들이 다시 되었다. 기쁨과 감격은 이 아침을 신비롭게 하였다.

우리는 동북쪽의 조국을 향하여 경건하게 머리를 숙였다. 이글대는 태양을 마주하고 가로로 한 줄을 만들어 서서 이 가슴의 감격을 조국에 고하고자 했다. 김준엽 동지, 윤경빈 동지, 김영록 동지, 홍석훈 동지 그리고 나, 이렇게 차례로 서서 조국을 향한 배례를 한 것이다.

머리가 깊이깊이 숙여져 내려가기만 했다. 두고 온 산, 강, 뛰놀던 고향이며 부모와 사랑하는 사람들이 자욱이 머리에 떠올랐다.

이윽고 머리를 들었을 때는 모두 눈물을 가득 머금어 아침 햇살에 빛나고 있었다. 이 얼마나 숭고한 것이랴.

"……우리 다 같이 애국가를 부릅시다."

애국가의 가사가 분명치는 않았지만 나는 2절까지는 알고 있었기 때문에 힘찬 나의 선창으로 애국가를 불렀다.

불로하 강변에 애국가가 퍼졌다.

강물 따라 흘러 흘러 그 장엄한 애국가의 여운은 물살을 지으며 불로하 깊은 강심으로 스며들었다.

동해물과 백두산이 마르고 닳도록

하느님이 보우하사 우리나라 만세

목 메인 애국가는 이 다섯 청년의 가슴을 울리면서, 산 설고 물 선 중국 땅에 한국의 언어를 뿌려놓았다.

끝내 울지 않고는 후렴을 부를 수가 없었다. 아. 조국이란 진정 이런 것이냐.

무궁화 삼천리 화려강산
대한사람 대한으로 길이 보전하세.

민족의 정기는 그 어디엔가 우리 몸속에 확실히 숨어 있었다. 애국가의 위세가 이 광활한 중국 땅 천지에서 우리를 울려주었다. 그 울음으로 해서 비어진 자리에 새로운 결의를 넣어주었다. 새로운 결의는 힘을 주었다. 그러나, 그러나…….

대한사람 대한으로 길이 보전하세.

나는 끝내 이 마지막 구절을 부르지 못하였던 것이다.
"애국가 흘러 흘러 황해 바다로 흘러라."
누군가가 이렇게 말하였다.
나의 힘으로 내 조국이 보존될 수 있을 것인가. 나는 정녕 이 구절을 부를 수 있을 것인가.
나에게는 지금 젊음이라는 가장 큰 무기가 있다. 아니, 내가 가진 것은 이것뿐이다. 이 무기는 곧 나의 생명이다. 그러나 이 무기도 언젠가는 녹이 슬 것이다.
녹이 슬기 진 나는 이 무기를 조국 광복 전선에서 들 것이다. 이것은 조국이 준, 내가 조국으로부터 받은, 단 하나의 그리고 다시는 받지 못할 무기이다.

한참 동안이나 침묵이 강물처럼 흘렀다. 나는 기어이 애국가의 2절을 선창하기 시작했다. 강변의 모래, 들판의 나무, 밭이랑의 수숫대……, 이런 것들이 우리의 목 메인 애국가를 들어주는 대상이었다.

어이없고 기막힌 일이었으나, 우리는 이 맑은 아침 정기에 힘입어 목소리를 높였다. 내 '나라 사랑의 길'은 이제부터 손으로 광맥을 더듬듯이 내 스스로가 찾아내야 하는 것이다.

엄숙한 마음의 선서로서 나는 애국가를 부르는 것이다.

남산 위의 저 소나무 철갑을 두른 듯
바람서리 불변함은 우리 기상일세.

나는 또렷또렷 선창으로 이어나갔다. 김준엽 동지가 1절까지는 힘차게 불렀으나 2절엔 나의 뒤를 따랐다. 다른 동지들은 이 감격의 노래를 그냥 입속에서 따라했다. 이때 우리가 부른 애국가의 곡은 애란의 민요곡조였다.

우리 다섯의 목소리는 다시 후렴에서 한데 합쳐졌다.

무궁화 삼천리 화려강산
대한사람 대한으로 길이 보전하세.

중국의 아침 햇살이 우리 눈망울마다에서 빛났다. 한 포기 풀잎의 이슬방울처럼 우리의 순수가 눈망울마다에 맺혔던 것이다. 지고의 순수는 우리를 그토록 감동시켜주었다. 아직도 나는 그 불로하 강변의 숭고한 아름다움을 잊지 못한다. 가슴에 아로새겨진 그 조국애의 결의. 애국가의 힘이 그처럼 벅찬 것임은 아직도 감격스러운 회상의 과제로 내 가슴에 남아 있다. 내가 한반도의 자손임은 애국가를 부를 때마다 새삼스러워진다. 그 강변에 선 이후부터.

동족상잔의 와중에서

우리가 군영으로 돌아와서 한 첫 번째 일은 애국가의 가사를 적어 익히는 일이었다. 우리는 3, 4절까지 서로의 기억을 더듬어 베껴내었다.

중국군 군영에서 오늘부터 정하여놓은 우리의 이 조례를 위하여 아침은 우리에게 여러 가지 의미로 신비스러운 것이었다.

쑨잉 참모도 자리를 같이한 아침식사의 음식도 어느 것 하나 우리에게는 새로운 의미를 붙여주지 않는 것이 없었다. 우선 우리에겐 이 부대의 현황이 대충 설명되었고, 다음 전세와 지세까지 브리핑되었다.

점심식사엔 이곳 유격대 본부의 사령관 한즈룽 장군이 초대해주었다. 우리는 모두 군장을 갖추고 그의 초대 오찬에 참석했다. 유쾌하고 통쾌한 오찬이었다. 한 사령관은 우리의 탈출을 몇 번이고 치하해주었다. 불과 며칠 전의 우리의 처지와 오늘의 입장을 비교해볼 때 실로 이 초대 오찬은 감개무량한 것이 아닐 수 없었다.

한 사령관은 우리에게 일본군의 전황을 물었다. 김준엽 동지가 통역을 하고 우리는 아는 대로 본 대로 모두 사실을 얘기해주었다.

마침내 우리도 이 부대의 주 임무가 일본군을 상대로 하는 게릴라 작전과 정보수집이라는 것을 알게 되었다. 중국 중앙군의 활약, 특히 중부 중국 지역에서의 작전은 대부분 이런 규모의 몇 개 부대의 정보에 의해서 취해진다는 것도 알게 되었다. 그러나 비단 게릴라전이나 정보수집뿐만 아니라 사실상 군정까지도 맡고 있었다.

밤이면 쉬저우까지 잠입하여 세금을 징수해 올 정도로 치밀하고 활발한 조직과 활동력을 가지고 있었다. 우리는 또 이곳에 와서야 비로소 중국 대륙에서의 일군의 존재를 정확히 알 수 있었다.

얼마나 미미한 존재인가 하는 것을 알았을 때는 코웃음이 저절로 나왔다.

놀라울 만큼 한심하기 짝이 없는 일이었다.

그것은 기껏해야 철도 부근의 점령에 불과했다. 중국 대륙을 한입에 삼킨 듯이 말한 그들의 선전이 가소로운 것이었다.

무엇보다도 우리는 이렇게 가까운 곳에 중국군이 있었음을 알았던들 그토록 참담한 고생은 안 했어도 될 것이었으리라는 생각에 며칠간의 고생이 아까웠다.

만약 현재의 이 정보를 일군 안의 학도병에게 전달하기만 한다면 오늘 밤 안에라도 무더기로 탈출해 올 것이 너무나도 뻔한 사실이었다. 이곳까지의 거리와 방향 그리고 지름길을 알기만 한다면 우리 한국 청년들은 거의 병영 안에 남아 있지를 아니할 것 같다고 한 사령관에게 말해주었다.

물론 통역은 김준엽 동지가 해주었다.

우리는 이곳에서 당분간 우리가 해야 할 일이 무엇인가를 알게 되었다.

이날부터 우리는 곧 쑨잉 참모의 지도로 중국어를 익히기로 하였다. 하루하루의 일과도 즉시로 작성되었다. 일군 병영 안의 한국인을 한 사람이라도 더 끌어내기 위하여서는 아무래도 중국어를 익히는 것이 절대적인 요건이 되리라 생각했다.

그다음 우리는 김준엽 동지를 도왔다. 그는 일인 부대에 살포할 선전 전단의 작성에 이미 착수하고 있었다.

우리는 그 전단 내용문에 대해서 상의하고 종합 정리했다. 또 프린트까지 거들어 도와야 했다.

어떤 일이나 우리는 희망과 자신을 가지고 또 기꺼운 마음으로 일할 수 있었다. 우선 우리의 계획은 우리 한국 사람들만으로 한 전투단위부대를 편성할 수 있는 최소한의 인원을 탈출시켜야 하겠다는 초점에서 시작되었다. 우리 한국인만의 단위부대를 만들어보겠다는 굳은 결심은 우리의 자부를 길러주었고, 스스로에게 사명감을 부어주었다.

우리가 이 유격대에 편입한 지 열하루째가 되던 날 밤 3시경, 채 새벽이 트이기도 전이었다. 그 무렵 우리는 실내가 너무나도 무더워 밖의 나무 그늘 밑에서 잠자리를 하고 있었다. 그날도 그랬다. 그날따라 쑨 참모도 같이 누워서 이런저런 얘기 끝에 잠이 늦게 들어 마악 첫잠이 들었던 그 순간 굉음의 작열과 함께 땅이 흔들렸다.

별안간 바로 머리맡에서 '꽝' 하고 귀를 째어간 폭음이 터졌다.

연거푸 또 났다. 그것은 수류탄의 폭발음인 것을 즉각적으로 알 수 있었다.

정신을 차릴 여유도 없이 수류탄은 계속 터지면서 육박해왔다.

"일본 놈의 습격이구나!"

전에도 가끔 있었던 일이라면서 쑨 참모는 이런 추측을 혼잣말처럼 외웠다.

며칠 전의 교환 제의도 있었고 하여 우리도 그대로 믿었다. 어느새 동지들은 거의 본능적으로 어디론지 확 퍼져 흩어졌다. 나와 김 동지는 급히 자리를 더듬어 동지들의 신발이며 소지품을 모두 챙겼다. 만약의 경우를 위해서 이곳을 피하더라도 우리의 흔적을 그대로 놓아둘 수는 없었다. 우리가 소지품을 정리하는 동안에도 수류탄은 거푸거푸 터졌다.

"짱, 꽈르르. 짱, 꽈르르……"

뒤미처 소총소리가 콩 튀듯 했다. 우리가 자리를 정리해가지고 불로하 강변의 갈대밭 속으로 몸을 숨겼을 때 수류탄과 소총소리가 대지의 밤을 수놓고 있었다. 우리가 부어놓은 애국가의 여운이 저만치서 여유 있게 흐르고 있는 듯했다. 새벽별의 눈짓이 갈대밭 속으로 떨어져왔다.

키 높은 갈대밭이 불로하 강변을 따라 무성해 있었다. 우리가 기어든 갈대밭엔 무릎까지 물이 차올랐다.

갈대밭 속에 끼었던 칠흑의 어둠이 갈대 사이사이로 빠져나가면서 우리의 윤곽을 조금씩 드러내주기 시작했다. 그래서 우리는 다시 안전한 곳을 찾아 어디 몸을 좀 피신시켜야 했기 때문에 보다 안전한 지대를 찾아 더듬었다.

그동안 총성은 여전히 계속되었다. 이곳의 지리에 밝지 못한 우리는 지금 들리는 총성으로써는 도저히 갈대밭 밖의 상황을 짐작할 수가 없었다.

이곳 사령부에 있으면서 우리 주변의 지형을 잘 살펴두지 않고 방관했던 점이라든가, 더구나 밤이어서 더욱 알 수 없는 그런 점이 우리를 어찌할 수 없게 하고 있지 않은가.

어느 길로 빠져나가야 할 것인지도 알 수 없고 또 어디가 수심이 깊어지는 쪽인지도 분간할 수가 없었다.

그런데 그때 갈대밭 속에서 어떤 움직임이 웅크린 채로 주저앉아 있는 것이 보였다. 우리는 놀랐다. 김 동지와 나는 조금씩 간격을 두고 옆으로 흩어지면서 그 움직임의 정체를 눈여겨보았다.

움직임은 네 개나 되었다. 흩어졌다가 겹쳐졌다가 하는 움직임이 틀림없이 사람이었다. 우리는 적에게 포위되어 있는지도 모른다는 생각이 들었다. 포위가 되어 있다면 혈로를 뚫어야 할 것이 아닌가.

그러나 사실은 우리 쪽보다 먼저, 저쪽에서 우리의 움직임을 주시해온 것이었다. 그들이 움직였는데도 우리 쪽에서 별 반응을 보이지 않자 그들은 오히려 우리를 시험하고 있었다.

그들은 먼저 피신을 한 세 동지와 쑨 참모였다. 우리는 사지에서 만난 사람들처럼 서로 끌어안을 뻔했다. 그러나 이 반가움을 나눌 여유가 없었다. 무릎까지 물속에 잠겨서는 마음대로 재빠르게 몸을 가눌 수가 없는 것이었다.

다행히 쑨 참모는 우리를 안내해주었다. 처음 당하는 일이 아니라고 하면서 오늘은 우리의 남쪽이 포위되어 있다고 총성으로 전황을 식별하였다.

불로하를 가로질러서 북쪽으로 건너가는 길밖에 없다고 그는 덧붙여 말하였다.

강을 건너기 위해서는 이 갈대밭을 따라 물가로 5리쯤 올라가면 교량이 있다고 쑨 참모는 우리를 그쪽으로 이끌고 갔다.

평지라도 오금이 죄어 걸음이 제대로 걸어지지 않을 것인데, 무릎 위까지 물이 차는 캄캄하고 우거진 갈대밭 속을 헤치며 나가는 걸음걸이에다 손에 들었던 짐이 처져서 그 짐 보따리가 물에 잠겨 팔이 빠지는 듯이 무거워졌다. 우리 일행의 짐 보따리를 전부 김준엽 동지와 같이 꾸려가지고 두 사람이 나누어 들었던 것이 물에 흠뻑 젖었으니 천만근의 무거움으로 팔이 떨어질 지경이었다.

이렇게 얼마를 걷자 마침내 총성이 뒤에서 들렸다. 비로소 적의 포위망을 벗어났다는 안도감을 다소 가질 수 있었다. 그때부터는 마음으로라도 얼마간 발이 가벼워지는 것 같았다.

불과 5리밖에 안 된다는 그 교량에 닿았을 때 우리 일행은 모두들 기진맥진한 상태가 되어 있었다.

위로는 옷이 전부 땀으로 젖었고 아래는 강물에 휘말려 몸은 지칠 대로 지치게 되었다. 시간도 이럭저럭 꽤 된 것 같았다.

어쩔 수 없이 우리는 쉬어가기로 했다. 으스스 몸이 떨려오기 시작했다. 그러나 쉰다는 건 겨우 숨을 좀 돌려 쉬어가는 정도였다. 내처 걸어야만 했다.

그런데 이렇게 얼마를 걷다가 내 앞에 걸어가는 동지들이 맨발임을 그때야 비로소 발견하였다. 내가 지금 들고 가는 짐 보따리 속에 먼저 피신했던 동지들의 신발이 들어 있다는 것을 그때까지는 깨닫지 못했던 것이다. 동지들의 맨발이 찢기어 핏발이 선 것이며 심지어 부상까지 입어 피를 흘리고 있는 것까지 보게 되니 비로소 짐 꾸러미를 풀어 동료들의 물에 젖은 신발을 꺼내 신겼다. 그 친구들이 고마워하던 그 눈초리는 잊을 수 없다. 신을 신도록 해주고 나니까 한결 나의 짐도 가벼워지고 팔의 부담도 덜어졌다.

이윽고 다리에 다다랐다. 불로하를 가로질러 다리를 건너자 때마침 동쪽이 부옇게 트기 시작했다.

아침 하늘의 신비가 대륙의 웅장함을 보여주었다. 오묘한 동녘의 밝음이 우람한 소리를 내며 강으로 쏟아져 들어오는 것 같았다.

나는 걸으면서 이 아침 하늘을 터치고 솟아나오는 대륙의 태양에 매혹되어 들길을 다 가도록 동녘만을 보았다.

그것은 황홀한 분만이었다. 멀어서 들리지 않는 듯한 교향곡이 조국의 환상으로 흘렀다.

들길이 다하자 우리는 산길로 들어섰다. 이 산은 바로 우리가 처음 이곳의 유격대원들에게 추격을 당하다가 잡혔던, 우리가 벌떡 한길에 누워서 쳐다보던 그 산이었다.

산은 말이 없었으나 우리의 행렬을 품안으로 받아주며 격려와 위로를 주는 것 같았다. 잡히고 또다시 떠나가고 하는 이 모든 운명을 산은 가엾게 여겨주는 듯했다.

이 산기슭에 마을이 하나 있었다. 활짝 터진 아침 햇살 속에 마을은 평화롭게 고개를 숙이고 있었다.

우리가 빠져나온 저만치의 시야 속엔 아직도 계속되고 있는 전투광경이 바로 눈 아래에 굽어 보였다.

마침 이 산기슭부터 아침 안개가 길게 가로 비껴 깔려 있어, 그 안개를 사이에 두고 양쪽이 서로 대치되어 있는 것이 보였다.

전진했다가 다시 밀리고 밀렸다간 다시 나오고 하면서 기어 달리다 각개약진을 하여 완전포복으로 개구리처럼 납작 엎드려 살살 없어지는 광경이, 콩 볶는 듯한 총성만 아니면 골목 패싸움이나 국민학교 운동회같이 보이기도 했다.

우리가 높이 서서 내려다봐서 그런지 실전 같은 감이 나지 않고 아이들의 장난처럼 구경거리가 되었다.

우리가 정신없이 이 전투광경을 내려다보고 있는 동안에 쑨 참모는 마을에 들어갔다. 이 마을에도 유격대의 파견대가 있어서 우리를 습격해 온 자들의 정체를 좀 알아보고 온다는 것이다.

그런데 얼마 뒤에 우리가 적의 정체를 알고는 너무나도 의외여서 놀라지 않을 수 없었다. 적은 뜻밖에도 일본군이 아니고 중국의 '팔로군'이었다.

팔로군의 정식 명칭은 '국민혁명군 제팔로군'國民革命軍第八路軍이다. 1937년의 제2차 국공합작으로 항일민족전선을 펴기로 하고 국민정부의 군사위원회에 종속되게 되어 있으나, 이것은 끝까지 공산주의자들의 음흉한 계획이었다.

우리가 유격대에 들어와 있는 동안에 중앙군과 팔로군 사이에 알력이 있다는 것은 들어서 짐작은 했지만, 이렇게 지독한 충돌까지 하는 줄은 몰랐다. 그러나 실제로 이렇게 목격을 하고 나니 중국의 동족상잔이 얼마나 비분강개할 노릇인가 하는 통탄만이 걷잡을 수 없이 한심스러웠다. 적어도 눈앞에 일본이라는 외국 민족과의 전쟁을 앞에 두고 이렇게 싸운다는 것은 이해할 수가 없었다―이것은 그때까지의 나의 생각이었다. 그러나 이 어찌 그들만의 현실이랴, 나는 우리의 오늘날 현실을 두고 그때 비웃었던 나를 오늘은 다시 비웃어보기도 한다.

우리는 쑨 참모의 설명으로 그 알력관계가 역사적으로 상당히 뿌리가 깊다는 것까지 처음으로 알게 되었다. 그 내용을 대략 여기에 밝혀보면 다음과 같다.

1920년 7월의 코민테른 제2차 대회가 끝난 뒤 레닌은 중국에서 가장 진보적인 생각을 가졌다고 하는 천두슈陳獨秀를 붙잡아 중국공산당을 조직케 하고, 쑨원의 국민당을 이용하여 통일전선을 펴게 하였다. 레닌의 비서 마링은 쑨원을 설득하여 마침내 1923년 '쑨원 요페 공동선언'을 하게 되고, 이른바 제1차 국공합작이 성공, 1923년부터 일시적인 제휴를 1927년까지 지속시켰다.

그러나 1926년 국민당 제2차 대표대회에서 쑨원의 뒤를 이어 실권을 장악한 장제스는 그동안 세력 확장에 온힘을 써온 공산당을 견제하기로 하고, '국민혁명군 총사령관'이 되자 북벌군 동원령을 내렸다. 이미 공산당은 점령지구에 들어가 적화赤化시키기에 혈안이 되어 있었다. 이러한 음모는 마침내 난징사건을 일으켰다. 군대 내부에 침투해 있던 공산당이 각국 영사관과 재류 외국인에게 약탈행위를 일으켜 장제스를 궁지에 몰아넣기도 하였다. 한편 상하이上海는 공산당의 발상지로서 국민혁명군이 진주하자 총파업으로 맞섰고, 이에 4월 12일의 쿠데타를 일으켜 중국공산당을 타도하기 시작했다.

이러한 전례의 국공합작이 만 10년 만에 다시 움터서 이른바 '제2차 국공합작'이 항일투쟁을 내세워 이루어졌다.

이것은 참으로 극적인 실패의 시초였다.

장제스에 의해 5차에 걸쳐 소공전掃共戰이 이루어졌고 공산군은 2만 5천리를 쫓기어 대서천大西遷을 하게 되었다. 국민정부의 국부군國府軍의 추격은 30만의 공산군을 1만으로 줄였다. 최후로 장시성江西省에서 옌안延安으로 쫓길 때에는 식량과 탄약의 결핍과 질병으로 거의 재기 불능의 말로를 걷고 있었다. 만 1년 동안에 19개의 대산령大山嶺을 넘고 24개의 하류河流를 건너 13성을 통과한 퇴로는, 30대 1의 생존자를 산속으로 안내하기 위해서 있었다. 그동안에 마오쩌둥毛澤東이 당수가 되었다. 또 코민테른의 지시를 따라 일본 제국주의의 침략을 기회로 항일민족통일전선의 구호를 내걸고 민족주의자로 가장했다.

여하튼 공산당은 이 생존의 위기를 회복하기 위해서 국민정부로 하여금 일본과의 전쟁에만 몰두하게 만드는 것만이 최후의 토벌에서 벗어나는 길임을 알게 되었다. 공산당은 동북군東北軍의 장쉐량張學良을 꾀어 장제스를 감금한 시안사변西安事變을 일으키게 하였다. 장제스는 북진을 중지하고 그의 목숨을 살려 돌아왔다.

한편 공산당은 국민당과 타협하여 중국공산당의 재정비에 필요한 시간과 휴식과 물자를 얻고자 다음과 같은 전략 목표를 설정하고 이른바 '마오쩌둥 전략'에 따라 적의 후방에 침투하여 광대한 지면을 획득, 인력을 확보하고 조직과 훈련을 거듭하였다. 그 전략 목표라는 음모는 이런 것이다.

① 만약 중국이 승리한다고 해도 국민당은 전쟁의 희생물로 쇠약해질 것이다.
② 만약 중국이 불리하여 중국이 일본과 타협하는 경우엔 3분되어 만주와 화북華北은 일본이, 서남은 국민당이 그리고 적어도 서북은 공산당이 차지할 것이다.
③ 만약 중국이 패망하여버리는 경우엔 국민당은 자연히 해소될 것이고 공산당은 지하로 들어가면 될 것이다.

한편 국민정부는 일본군의 정면공격에 대비하기 위해 늘 대군이 집결해야 했고 전선의 후퇴에 따라서는 광대한 지면을 포기하고 내지로 이전하지 않을 수 없었다. 그 반면에 기동력이 강한 일본군은 그 작전을 늘 도시와 교통선에 집중시켰기 때문에 점과 선의 작전으로 그 사이의 광대한 지역을 방임하다시피 하였고 이 공간은 공산군이 침투하기에 가장 좋은 지역이었다.

그리하여 공산군은 언제나 일군과의 정면충돌을 회피하고 적진아퇴敵進我退의 유격전술을 사용, 병력의 보존과 확충 그리고 견고한 지반의 획득에 부심하였다.

마침내 1939년에는 이미 팔로군이 54만, 신사군이 10만으로 도합 64만의 정규군으로 발전하였다. 국민정부군은 전쟁의 희생으로 계속 출혈, 축소되었고 그 반면에 공산당은 4년 동안에 64배의 정비된 병력을 갖게 되었다. 1937년 루거우차오蘆溝橋 사건 이후 국공합작에 의해 공산군은 '국민혁명군 제팔로군'으로 국민정부의 군사위원회에 종속되게 되었으나, 이들은 오히려 '해방구'解放區의 건설에만 노력하여 1944년까지는 벌써 적후에다가 19개의 해방구를 설치, 1억의 중국 인민을 다스리고 있었다.

그들은 중국 국민정부의 간섭을 차차 거부, 배제하고 독자적인 통치로써 그 성격이 노출되자, 여기서 자연히 국민정부의 국부군과 충돌이 생기게 된 것이다. 국민정부는 더 이상 방관할 수가 없게 되었다. 외적을 문 안에 들여놓고도 동족상쟁의 피는 다시 뿌려졌다.

국공합작 시의 협약에는 중국공산당의 지배구역을 감섬령변구甘陝寧邊區*에 국한했는데, 국부군의 후퇴를 이용하여 일군 후방지역으로 지배구역을 확장한 것이다.

협약 이후 3년 동안은 공산군은 국민정부로부터 재정적 보조까지 받으면서 형식상 홍군紅軍은 해산했으나 팔로군으로 재편성하여 사실상 공산군 그대로 존속되어 있었다.

국·공의 상극은 다시 불꽃을 튀기었다.

제팔로군과의 충돌에 앞서 국부군은 신사군과 충돌하였다. 그러나 신사군 해산의 명을 공산군은 복종치 않고 맞섰다.

이렇게 되자 1944년 미국은 부통령인 월러스Wallace를 파견하여 충돌의 무마를 위해 조정 역할을 담당케 하고, 또 이어 헐리P. J. Hurley라는 대통령 특사를 보내어 절충을 찾게 하였으나 미국은 옳지 않은 판단으로 이때 크나큰 오류를 범하였다.

즉, 중국문제에 대한 정확한 인식을 갖지 못한 미국은 중국공산당의 음흉한 속셈을 모르고 계속 어리석은 협상을 주선, 주장해왔으며, 오히려 중국공산당을 '서방식 민주주의자' 또는 그들 슬로건의 액면 그대로 '연합정부주의자' 또는 경제적인 면에서 '토지개혁자'로만 알아왔다. 이러한 착각은 오늘날의 중국 적화에도 책임이 있는 잘못이다.

---

* 원문에는 '감협령변구甘陝寧邊區'로 되어 있으나 이는 한자 착오에 따른 오류다. 보통 '섬감령변구'로 불리는 '감섬령변구'는 산시성山西省 북부와 간쑤성甘肅省, 닝샤성寧夏省 동부지역을 가리킨다.

심지어 이를 비난하고 순응하지 않는 국민정부를 독재정권이라고 비난까지 하고 압력을 가하도록 본국에 보고할 정도였다. 이렇게 해서 중국공산당의 이른바 '25감조경제정책'二五減組經濟政策―본래 지주와 소작인 사이에는 50대 50의 비율로 분배하던 것을 지주가 차지하던 50퍼센트 중에서 25퍼센트를 감하여 소작인에게 더 주도록 한다―과 '폭력행위暴力行爲, 소비에트화 운동, 토지몰수 정책 등의 포기'라는 공산당의 기만정책은 미국에 주효한 효과를 거두었다. 이것이야말로 중국공산당 본연의 자세라고 본 미국은 공산당에 끝까지 동정적이었고 일본의 패망을 하루속히 촉진시키자는 좁은 소견으로 무기의 공여 및 공동사용권을 제안하고 이를 강요까지 하였다. 공산주의자들은 그 어떠한 협약이든 처음부터 한 장의 휴지로밖에 여기지 않는다는 사실을 미국은 믿지 않았으며, 또 공산주의자들의 생리를 한국전쟁 때까지 파악하지 못했던 것이 부인할 수 없는 사실이다. 마오쩌둥의 '신민주주의론'新民主主義論에 미국은 홀린 것이다. 일본 패망의 기운이 나타나자 공산당의 국부군에 대한 공격은 반비례로 가열되었다. 가능한 한 빨리 그리고 치명적으로 국부군을 약화시키자는 그 의도는 도처에서 습격, 이간 등의 게릴라 작전으로 나타났다. 어부지리로 광대한 대륙을 차지하고 그 패권을 잡으려는 속셈은 민족주의자로 자처하면서 표면화하기 시작한 것이다. 그런데 이번의 습격은 소규모가 아닌 것 같았다. 쑨 참모도 우리의 견해를 시인했다. 전투도 우리가 불리한 것같이 보였다. 쑨 참모도 또 시인했다.

이곳의 사령부도 일단 작전상의 후퇴를 한다는 사실을 그제야 털어놓았다.

그리하여 우리의 방향도 후퇴하는 사령부의 집결지로 정하였다. 긴 한숨이 나의 체내의 어떤 감회를 밖으로 내보내는 동안, 내 몸 둘 곳이 이리도 편치 못하다는 사실에 집념할 수 있었다.

내 이 광야에서 벨 베개는 돌베개임을, 벌써 일군을 탈출하기 전 마지막 편지로 아내에게 말하였고 또 각오한 것이 아닌가? 그러나 이제부터 내가 베어야 할 나의 돌베개는 어느 지점에서 날 기다리고 있는가. 나의 고행은 어디서부터 정작 시작되어 어디까지 가야 할 것인가.

우리는 우선 이 산을 넘어 산 뒤로 우회로를 따라 사령부 집결지로 가기로 합의를 보았다. 일단 이 결정을 보고 난 뒤로는 더 지체할 것 없이 곧 산을 오르기로 했다.

처음엔 산길이 그리 험하지 않은 완경사였다. 산턱에 작으나마 산마을이 모여 있을 만큼 오르막의 경사가 완만한 편이었지만, 이 마을을 지나자 산은 암벽만을 안고 있어, 나무라고는 거의 볼 수 없고 깎아 세운 암봉이 허리를 드러내어 보이고 있었다. 돌산의 길은 험준하기가 이루 말할 수 없었다.

산을 반도 못 올랐는데 해는 벌써 한나절이나 지나 불붙는 듯한 직사광선이 퍼붓고 있었고 그 복사열은 산 위의 바람을 열풍으로 데우고 있었다.

밤 동안에 흠씬 젖었던 중국 군복은 겉으로는 마르면서, 안으로는 다시 젖어들어 소금기가 하얗게 서렸다.

목이 마른 것은 말할 것도 없다. 우리는 수수밭 속에서 지렁이처럼 알몸이 되어 조금이라도 축축한 곳을 찾아 한나절을 뒹굴던 그 탈출의 경험을 되씹으며 갈증을 참았다. 그러나 다만 그때와 다른 것은 높은 산이라 가끔 선선한 바람기가 있었다.

새벽에 갈대밭 속을 헤매고 아직 아침밥을 못 먹은 뱃속의 시장기는 또다시 우리에게 시련을 요구했다. 풀잎이라도 짓씹어보고 싶은 욕구를 견디어내며 나는 야곱의 돌베개를 생각했다.

나는 사실 나 자신을 시험하고 있었다. 이것은 내가 숨 가쁜 길로 산을 기어오르면서 스스로를 시험한다는 의식 속에 나를 이기고 있었다. 이긴다는 것은 모두 내 생애의 밑거름이 될 것이다. 나의 생애가 만일 나 이외의 것을 위해 있을진대, 반드시 오늘의 이 이김은 나의 생애를 위해 필요한 것이리라.

'나 자신에게는 이기되, 다른 사람에게는 지리라.' 이런 나의 생각은 이름도 모르는 이 산을 정복하면서 내 머리에 괸 생각의 결정체가 되었다.

낮 2시가 넘어서야 우리는 겨우 산정에 올랐다. 돌아다보니 전투는 아직 치열한 듯이 총소리와 아울러 포연도 자욱했다. 역시 치열한 전투라는 느낌을 줬다.

다시 산을 내려가서 서쪽의 산줄기를 타고 내려가기로 했다. 연봉連峰을 잇는 산정을 돌고 돌아 우리는 아무런 목표가 없는 듯이 걷고 또 걷고 무작정 앞으로 걸었다.

오후 5시가 되어서 우리는 조그마한 부락이 시야에 들어오는 지점에 도착했다. 갑자기 다리가 무거워졌고 허리의 힘이 빠져나갔다. 말 한마디 없이 앞사람을 쫓아 산정을 돌던 우리는 눈앞의 부락을 보고 피로와 현기증을 느끼게 되었다.

"아아— 부락이 보인다!"

나는 이렇게 소리치며 나 자신과 그리고 동지들에게 분발을 청했으나 오히려 역효과만 났다.

암산의 연봉은 내가 벨 베개가 아니라 나의 투지가 베어야 할 크낙한 돌베개이다. 나는 벅찬 가슴을 심호흡으로 달래고 길잡이로 다시 나섰다.

부락에는 놀랍게도 유격대의 연락책이 조직되어 있었다. 우리는 쑨 참모의 안내로 그곳을 찾아가 우선 냉수부터 바가지로 퍼마시고 난 다음에 비로소 음식도 청해 먹었다. 이것이 조반이었다.

그런데 이곳엔 가장 슬픈 소식이 우리를 기다리고 있었다. 그것은 며칠 전 우리의 운명을 정해준 한 이국의 은인 한 사령관의 전사통보였다.

우리가 속해 있던 유격대의 타격이 심한 모양이다. 한즈룽 사령관의 전사는 마치 우리의 책임처럼 모두 넋을 잃고 주저앉고 말았다.

우리의 비통은 산속의 적막을 흔들었다. 형용할 수 없는 슬픔이 숨 돌린 가슴을 대신 메꾸었다.

우리 일행 가운데 쑨 참모의 직속상관이요, 김준엽 동지는 그분과 알고 지낸 시일이 우리보다 몇 달을 앞섰던 터라 더욱 그 애도의 뜻이 깊었으리라.

고왕탄광 분규문제로 일본군 수비대장과의 2인 담판에서 한 사령관은 자신의 부하 30명과 우리 5명과의 교환을 한마디로 거절한 인간애의 인물이었다. 이 인간애는 정말 미칠 듯이 괴롭게 우리의 피부 안으로 스며들었다.

숨진 인간 한즈룽의 그 넓은 도량과 지휘관으로서의 사랑이 우리 한국 청년의 가슴에 잊힐 수 없는 한 그루 기념수로 심어진 것은 가장 고귀한 교훈이다.

그러나 나는 한 사령관의 죽음을 끝내 믿고 싶지 않았다. 그 인자한 모습이 나의 애통 속에 되살아왔다. 그것은 환상이 아니라 하나의 교훈이었다.

우리에게 알려진 한 사령관의 부음은 거의 우리를 허탈 상태로 몰아넣어버린 것 같다. 물론 우리뿐만 아니라 중국군에게는 더욱 큰 슬픔일 것은 말할 나위도 없으리라. 한 사령관을 애도하는 생각에 젖어 한 시간을 머물렀다. 그러나 이런 감상에만 잠겨 있을 수는 없는 처지다. 다시 떠난 길은 허청허청 헛디뎌졌다. 밤 11시가 되어서야 우리는 사령부의 후퇴 집결지에 도착했다.

사령부 요원 50~60명이 모두 그곳에 집결해 있었다. 그러나 사령관의 전사, 전황의 불리 등으로 한결같이 얼굴 표정은 납덩어리처럼 차게 굳어져 있었다.

전투지역의 총성은 이곳까지 들렸다. 전선의 후퇴가 불길하게 머릿속에 들어오는 예감이었다.

아니나 다를까, 우리가 이곳에 낳은 시 불과 한 시간도 못 돼서었다. 전선은 정말 무너져 이쪽으로 밀려나오기 때문에 사령부가 또다시 후퇴해야 한다는 명령이 내려졌다.

사령부는 즉시 정비, 후퇴를 시작했다. 우리도 물론 행동을 같이했다.

콩밭과 조밭뿐인 말 없는 들판에 행렬이 길게 늘어섰다. 밤의 행렬이 침묵을 따라 길게 흘렀다.

우리가 서너 시간이나 걸어서 어느 한 콩밭에 다다르자, 밤을 밝히기로 하고 그 기나긴 행렬이 모두 주저앉아버렸다. 행군의 끝이 닿은 곳은 밭 한가운데 무덤들이 있는 곳이었다. 우리는 무덤에 등을 기대고 좀 눈을 붙였다가 이내 흔들어 깨우는 바람에 눈을 떴다. 어느새 날이 밝아 있었다. 너무나 고달파서 눕자마자 잠이 든 모양이었다. 다시 붙는 눈을 억지로 떼며 비틀비틀 행렬의 뒤를 따라섰다.

날이 새자 우리를 쫓아오던 총소리는 좀 멀어지고 얼마간 덜한 듯하였다. 우리는 사령부가 임시로 집결한 인근 부락으로 들어섰다.

이곳서 하루낮을 지내며 사령부의 작전 계획을 짜고 있는 모양을 엿볼 수가 있었다. 결국 그들이 얻은 결론은 새로운 계획에 의한 작전 시도로 사령부가 또 물러나기로 한 모양이었다.

저녁 해가 질 무렵 우리의 대열은 다시 서쪽을 향하여 늘어졌다.

마침내 한 탄광이 나타났다. 이 탄광이 바로 그 유명한 고왕탄광이라 했다. 그동안 말로만 자주 들었던 것을 처음으로 구경하게 된 것이었다.

그런데 이곳에서 우리는 도저히 납득이 가지 않는 현상을 목격하였다. 그것은 탄광의 일본 경비병들이 그 문전으로 통과하고 있는 우리의 수천 대열을 보고도 그저 본척만척하고 도외시하는 사실인데 적이 이상한 일이 아닐 수 없었다. 가장 놀란 것은 물론 우리 한국 청년들 다섯 명의 가슴이었다.

"……저자들이 왜 저렇게 얼이 빠져 있을까?"

나는 일행의 동지들에게 하도 어이가 없어 물어보았다. 그러나 그 대답은 참으로 기가 찬 일이었다. 얼이 빠진 것이 아니라 오히려 우리에게 코웃음 치고 있는 태도라는 것이다. 국·공 간의 충돌에는 일본군이 절대로 끼어들지 않는 것이 하나의 관례로 되어 있다는 것이다. 가만히 보고만 있어도 그들의 적은 어느 한편이든 넘어지는 것이요, 만일 참견을 했다가는 두 쪽이 다 함께 일본군에게 총부리를 돌리게 되므로 어부의 이익만을 기다린다는 것이다.

말하자면 방휼지세蚌鷸之勢를 기다린다는 격이다. 일군이 괘씸스러운 것보다도 참으로 큰일이로구나 하는 생각에 중국의 분열이 남의 일 같지 않게 느껴졌다.

이날은 만 하룻밤을 눈 한번 붙여보지 못하고 꼬박 행군으로 보냈다. 걸으면서 자며, 자면서 발을 옮겼다. 심야의 행군은 별똥이 무수히 떨어지는 대륙의 밤을 기어가는 것이었다.

먹물이 번지는 듯한 먼동이 지평선 한끝에 트이며 가느다란 지선의 윤곽이 드러날 때야 비로소 우리는 어느 조용한 마을, 동양화와 같은 마을에 들어섰다. 아직 어둠이 서려 그것은 꼭 묵화만 같았다.

완전히 전투지구에서 벗어난 것이다. 우리는 집집에 배정되어 분산 수용되었다. 우리 다섯 동지가 사령관 대리, 참모장 및 보좌관급 고급 참모와 함께 짐을 푼 집은 이 마을에서 제일 규모가 크고 또 유족해 보이는 부잣집인 듯했다. 얼마 걸리지 않아서 아침상이 들어왔는데, 그 많은 사람 몫의 음식이 아주 푸짐하고 융숭한 것으로 보아서도 알 수 있었다.

우리는 이곳에서 한 주일을 묵게 되었다. 사령부 요원들도 별로 하는 일이 없는 듯하였고 고작해야 전투 상황 보고나 듣는 정도였다.

이렇게 시간을 잡아먹고 있다는 생각이 우리를 괴롭혔다. 당초의 우리 목표가 임정을 찾아가는 것이었기에 그런지, 이 알 수 없는 대륙의 한 지점에서 국·공 간의 충돌 사이에 끼어 우리의 젊음을 낭비하고 있다는 생각은 정말 우리를 미치게 만들었다. 더 이상 우리의 각오는 무위無爲한 시간의 허송을 용납지 않았다.

바람과 하늘과 벌판. 그 사이에서 우리는 무엇인가 우리가 몸 바쳐야 할 것을 찾아야만 했다. 그러나 바람은 낮의 열풍과 밤의 한풍뿐, 하늘은 광활한 태양의 놀이터일 뿐, 밤하늘의 적막, 벌판엔 하늘과 바람의 신비가 대륙성의 기후를 빚을 뿐이다.

그 바람과 하늘과 벌판 사이엔 아무런 이념도 조국도 사상도 없이, 낮과 밤이 대륙에 세월을 띄워 보내고 있었다.

우리가 이곳에 머무른 지 꼭 한 주일이 되던 어느 날, 우리는 참모장을 찾았다. 일체의 경위를 우리는 생각하고 고려할 수가 없었다. 우리가 어떻게, 왜, 그리고 지금은 얼마나 후히 이 부대에서 대접을 받고 있는지는 전부가 망각된 우리의 강렬한 욕망이 우리에게 용기를 주었다. 그러나 실은 한 사령관의 생존 시부터 늘 말해왔던 문제였다.

이들과 숙식을 같이하였음으로 해서 이 말을 정식으로 제의하는 데는 그리 힘이 들지 않았다.

"기회를 보아 충칭으로 보내주마."

우리는 한 사령관의 이 구두 언약을 다시 참모장에게 강조했다. 그리고 우리는 왜 이곳을 떠나가야 하는지를 간곡히 설명, 애원하였다. 이 전쟁판에서 실제로도 우리가 다섯 명씩이나 사령부로 따라다녀야 도움을 줄 것은 하나 없고 폐만 되는 것이 사실이라는 점도 강조할 수밖에 없었다.

어버이를 향하는 마음이나 조국을 찾는 마음은 누구에게나 어버이가 있고 조국이 있듯이 같은 마음이었다.

참모장은 선선히 우리의 요청을 들어주었다. 그러면서도 참모장은 어버이의 자비심 같은 말로 눈물 어린 어조로 가는 도중에는 너무도 공비지역과 일군지역이 많으니 정말 조심해야 한다는 것과 더욱이 당신들의 가냘픈 다리로 6천여 리 길을 순전한 도보로 가야 한다는 것을 일러주었으며 그 험로, 실로 평안을 축원하여주는 분명한 표정을 잊지 않았다. 그리고 한마디로 내일 저녁에 즉시 출발시켜주겠노라고 확약을 해주었다.

잊히지 않는 얼굴들

이튿날 1944년 7월 28일. 그날도 태양은 한 아름의 불덩어리로 달아 지선地線에 맞닿은 채 벌판을 노을빛으로 훨훨 태우고 있었다.

우리가 참모장과 한 사람씩 굳은 악수를 나누고 이 정든 군영을 떠난 것은 저녁노을이 지기 시작한 무렵이다. 한 사령관의 그 인자하던 모습이 진정 그리웠다. 쑨 참모와 기타 군 간부들은 거듭하는 패전으로 경황없는 중에서도 우리의 전도를 축원하는 인사를 깍듯이 하며 우리를 배웅해주었다. 그들의 얼굴에는 불과 다섯 명의 한국 혁명 청년들일망정, 항일전선의 미더운 동지의식을 발견해냈음을 충분히 볼 수 있었다. 참모장이 딸려 보내주는 한 사람의 안내자를 앞세워 우리는 황막한 광야에 발을 내디디었다. 노정路程도 이정里程도 아무것도 모른다. 단지 충칭이라는 두 글자가 주는 그 숙원을 찾아 그것이 6천 리 길이건 만 리 길이건 우리는 이 어둠이 시작되는 벌판을 가로질러 서쪽으로 서쪽으로 흘러가는 것이다.

웅장한 바람의 교향곡이 우리를 전송해주었다. 벌판에 휘몰리는 바람은 마치 우리의 장도를 축복하는 듯이 하늘의 구름을 변형시키고, 그 구름은 황혼에 젖어 장엄한 묘기를 보였다. 우리 다섯 동지의 발걸음이 이 벌판을 얼마나 주름잡을 것인지……, 너무나도 막연한 앞길이었으나 우리는 가슴마다 괴어오는 감격이 목으로 치밀 때마다 그것을 억누르며 억누르며 발길을 재촉하였다.

우리는 도쿄 유학 시절에는 이미 충칭에 있는 임정에 대한 정보를 은밀히 들었고 그 활동 상황을 대개는 알고 있었던 것이다. 김구金九 선생님과 우리 혁명 선배들을 찾아 조국 광복에 몸 바칠 생각은 이 일망무제의 대륙에서 찾아볼 수 있는 한 가닥의 희망이었다.

충칭으로 우리는 지금 가고 있다. 이 한 발자국 한 발자국이 모두 충칭으로 우리 몸을 이끄는 작업이다. 산도 언덕도 보이지 않는, 오직 아득한 지평선만이 가로놓인 그곳을 향하면서도 '반드시 우리는 충칭에서 독립 지도자를 만나볼 것이다. 그리고 우리는 조국의 아들임을 보여줄 것이다'라는 생각은 우리의 등대였다.

끓어오르는 우리의 정열은 대륙의 지열을 이겼고 우리는 낮밤을 가리지 않고 걸었다. 걷는 것이 사는 것이다. 이러한 명제가 우리를 이끌어주었다.

걸어야 산다. 명제는 좀 더 심각하게 우리에게 압박해 들어왔다. 걸어야 산다.

길은 원체 멀고 긴 길이어서 가다가 안내자는 바뀌고 바뀌고 하였다.

길을 떠나기 전 우리는 참모장으로부터 여러 가지 상세한 주의를 받았지만, 우리의 첫 번째 안내자가 거의 통달한 사람이어서 지형·지세·방향·장애물 등에 대한 지식이 우리를 안심시켜주었다.

위험하지만 안내자는 아주 친절하게 우리를 안내해주었다. 앞으로 우리가 만날 안내자마다 이런 사람이라면…… 하는 기대가 우러나올 만큼 우리는 첫 안내자와 정이 들어버렸다. 겉으로 보기에는 수수한 시골 농사꾼 같고 대해보면 유식하고 또 총명하고 그 눈에서는 어딘지 믿음성이 풍기는 40여 세 되어 보이는 분이었다.

우리는 쉬지 않고 거의 나흘 동안을 꼬박 걸었다. 얼마를 왔는지 모르지만 이수里數를 생각할 수도 없는 여정이었다. 애초부터 우리는 지나온 길과 가야 할 길의 이수를 기억하고 알려고 하지도 않았다.

문득 안내자가 입을 열었다.

앞으로 30리만 더 가면 진포선津浦線 철도가 나온다고 했다. 진포선 철도는 톈진天津에서 시작되어 푸커우浦口로 달리는 철길이다.

우리에게 새로운 위험이 접근했다. 그것은 철도를 넘는 일이 가장 힘들고 어려운 일이기 때문이었다. 철도엔 일군의 경비가 삼엄하게 되어 있다. 점과 선의 점령이란 말처럼 철도의 장악만은 철저하였다. 진포선 횡단은 우리가 넘어야 할 새로운 운명의 고비였다. 진포선 횡단만은 다른 철도와 달리 일군 보초 앞을 통과하여 건너가는 길밖에 없는 까닭이다.

우리는 일단 이곳에서 안내자가 정해주는 대로 어떤 농가에 들어가 머물렀다.

진포선 넘을 준비를 위해서 우리는 사흘을 쉬기로 했다. 그러나 사실은 사흘 뒤에 철도 너머에서 장이 서는 날이기 때문에 우리는 장꾼으로 가장하여 진포선을 넘을 계획이었다.

우리를 농가에 머무르게 하면서 우리 안내자는 그때부터 눈부신 활동을 전개하였다. 어디서 어떻게 구해 오는 것인지 몰라도, 용의주도하게 우리가 장꾼이 되기에 필요한 일체를 마련해 왔다. 실로 감탄을 아낄 수 없는 수완이었다.

떨어진 농군복이며, 밀짚모자, 뺀대, 곡물을 담는 남루한 자루, 심지어는 똥 망태까지 주선을 해가지고 우리를 변장시켰다. 여기서 뺀대라고 하는 것은 긴 막대 끝에 각각 바구니를 달고 어깨에 메어 나르는 운반기구이다. 나는 이 뺀대 메는 시늉을 연습까지 하였다. 그것도 다른 사람들이 눈치 채지 못하게 저녁마다 혼자서 한쪽 어깨를 올리며 메는 연습이었다.

이틀 뒤, 그러니까 장날 전날 밤에 우리는 밤길을 타고 밤 11시경 철도 바로 옆의 2~3리 지점까지 접근하여 다시 한 농가에 도착했다. 그곳에서 날 새기를 기다렸다. 그러나 이 농가도 사실은 우리의 안내자가 통하는 유격대의 연락장소인 모양이었다. 그것은 우리 안내자를 도와주는 사람의 손이 많은 것으로 알 수 있었고 농가에 머물러도 아무런 이의가 없었던 점으로 짐작할 수 있었다.

우리는 이 밤이 어서 새기를 기다리며 밤을 짓씹고 있었다. 넘어가지 않는 밥을 삼키듯이 이 밤을 짓씹어 삼키며 7월 31일이 오기를 기다렸다.

뜬눈으로 우리는 자정을 넘겼다. 안내인은 우리에게 잠잘 것을 권했지만 우리에겐 잠이 찾아주질 아니했다.

천연스럽게 안내인은 마음을 놓으라고 말했지만, 우리는 일군 앞에 다시 나설 우리 자신에 대해서 회의를 품고 있었다.

안내자는 또 어디서인지, 아침 일찍 중국인 세 사람을 데려왔다. 세 사람의 중국인은 우리의 동반자이다. 만일의 경우 일군 경비병이 말을 걸어올 때 답변할 중국 사람이 필요한 것이다.

우리는 각각 완전한 변장을 했다. 장꾼들이 가장 많이 몰리는 시간에 우리는 행동을 개시할 계획이다. 변장에 이상이 없는가 하고 세 사람의 중국인이 검사를 했다.

철도를 건널 때 우리는 중국 사람과 함께 걸어가되, 분산 횡단을 하기로 했다. 비록 변장은 했어도 일군 경비초소에서 눈알을 굴리고 선 경비병 코앞을 지나갈 땐 두 사람 혹은 한 사람씩 장꾼 틈에 섞여 가기로 했다.

만약의 경우 우리의 정체가 탄로 난다 하더라도 몽땅 체포될 가능성만은 미리 배제하는 것이 현명한 조치이다. 우리는 한 번에 떼를 지어 갈 수는 없었다. 그러나 어쩐지 허전하고 섭섭한 마음으로 아주 영영 헤어지는 듯한 예감이 들어 시간이 다가오는 것이 싫었다.

이 안내인은 중국말 잘하는 김준엽 동지를 제외하고는 가능하면 딴 사람은 벙어리 행세를 하라는 지시까지 하여주는 터이고 무슨 질문이 나오면 반드시 동행한 중국인이 맡기로 짜놓았다.

그분의 치밀한 계획과 그 용의주도한 주의력에 놀라웠으나 그래도 우리는 횡단이 위험한 고비라고 생각했다. 우리는 미리 그 안내인에게 재삼재사 감사의 뜻을 표했다. 만일의 경우 우리가 수상히 보여 검문을 당해 우리의 변장이 탄로 난다 하더라도, 또 그래서 이 안내인과 아주 헤어지는 일이 생기더라도, 이 안내인의 친절과 배려에는 감사를 아니할 수 없는 일이었다.

"……성공할 것이오."

그 안내인의 여유 있는 장담은 우리에게 큰 힘이 되었다.

일군 초소가 오른쪽에 있으므로 중국 사람이 오른쪽에 서기로 하였다.

우리는 일단 간격을 두고 분산 횡단하였다가 철도를 건너서 한 3마장쯤 떨어진 곳의 큰 느티나무 아래서 모일 것을 약속했다. 우리는 철로를 향해 접근하기 시작했다. 철길이 2~3마장 멀리에 바라다보이는 언덕에 도달했다. 이곳은 오가는 장꾼들이 잠깐씩 쉬었다 가기로 되어 있는 장소이다. 일군 초소는 언덕 모퉁이를 돌아서는 대목에 있으므로 보이지 않으나 초소 직전에 이르는 길까지만 보이고, 초소를 지나서 10여 미터만 더 걸어가면 연결되는 길과 그 앞의 철길이 똑똑히 보이는 지점이다. 여기에서부터 우리의 분산 행동이 취해지는 것이다.

윤 동지와 홍 동지가 일어났다. 우리는 핑 눈시울이 뜨거워지는 것을 참으며 억지로 웃음을 짓고 악수를 나눴다.

혹시 다시 못 만날 운명인지 누가 알랴.

윤 동지는 똥 망태를 둘러메었고 홍 동지는 자루를 들었다. 한 사람의 중국인이 오른쪽에 선 대열로 세 사람이 걸어 나갔다.

모두 해어진 농군복에 헌 농림모를 쓴 모습은 뒤에서 봐도 과연 근사한 중국 농군이었다. 중국 농군이 장에 가는 차림의 변장에는 아무런 손색이 없었다. 안내인이 시간을 잘 맞추어놓았기 때문에 우리 이외에도 중국인 장꾼들이 부단히 이 건널목 길에 서 있거나 그 건널목 길을 걸어가고 있었음은 참말로 다행한 일이었다.

나와 안내인과 김준엽 동지와 또 김영록 동지 등은 모두 초조히 시간을 재고 있었다.

다행히 횡단지점은 우리의 시야 안에 들어왔다. 앞서 간 동지들의 모습을 볼 수 있는 이 다행스러움은, 오히려 가혹한 형벌과도 같이 안타까운 일이었다.

똑똑히 두 눈을 치켜뜨며, 아른아른 동지들이 일군 경비초소 앞을 벗어나 그 연결되는 앞길을 걸어가는 것을 지켜보았다. 그들의 발걸음 한 걸음 두 걸음은 곧 나의 피의 순환과도 직결된 행동이었다. 횡단은 성공할 것인가.

다른 중국인 두 사람은 아무 말 없이 침묵으로 하늘을 보고 있었다.

중국인의 특유한 표정, 표정이 없는 듯한 시무룩한 표정으로 눈만 떴다 감았다 하고 있었다.

나는 구도의 자세로 우리의 횡단이 성공하길 빌었다. 손으로 얼굴을 가리고 시간이 정확히 흘러가는 것인가를 생각했다. 시간이 멎어버릴 것만 같아 나는 초조했다. 김 동지가 아무런 말도 없이 나의 어깨를 한 두어 번 두들겨주었다. 그러나 아무도 말 한마디 하는 이가 없었다. 침묵이 싫었다. 나는 곧 처절한 비명이 어디서 들려올 것만 같은, 기다려서는 안 될 어떤 기대감 속에 입술을 잘근잘근 씹어 물었다.

그들의 뒷모습이 멀어지면서 나는 현기증을 느꼈다. 철로에 가까이 다가가는 그 뒷모양이 아름아름하면서 나는 철로가 갑자기 엿가락처럼 녹아 솟아오르는 착각이 들었다.

지금쯤 철길 옆에 버티고 서 있는 일군 경비보초가 윤 동지를 바라볼 것이다. 홍 동지가 혹시 기침을 하지나 않을까……. 또는 천만뜻밖에 보초가 낯익은 자는 아닐까.

만약 불행이 닥친다면 우리는 어떤 행동을 취해야 할 것인가. 여기까지 생각한 나는 김준엽 동지에게 말문을 열고 싶어 그의 팔을 건드렸다.

그때다. 누군가가 쑥 달려들며 우리의 동반자인 중국 사람에게로 향했다.

가슴이 파열할 듯이 뛰었다.

무슨 말인지 귓속말이 한 두어 마디 입에서 귀로 들어갔다. 동반자 한 사람이 무표정으로 일어섰다.

우리의 시선이 일제히 긴장되었다. 안내인에게 다가온 동반자가 고개를 끄덕 한 번 움직였다.

"……됐다!"

그것은 윤·홍 두 동지가 무사히 건너갔다는 통보였다.

나는 눈을 감고 대지가 꺼지기를 바라는 것처럼 한숨을 몰아쉬었다. 과연 가물가물 철길 저편에 윤·홍 동지와 동반한 한 중국인이 천연스럽게 걸어가고 있지 않은가. 아아, 하고 안도의 한숨이 내쉬어졌다. 다음 차례는 나였다.

나는 혼자서 중국인 동반자 한 사람과 그 고비를 넘어야 했다.

나는 일어섰다. 거의 무의식 속에 어떤 절대자의 명령처럼 움직였다. 세워놓았던 뺀대를 오른쪽 어깨에 메었다.

김준엽 동지가 나의 앞에 다가와 두 손을 잡았다. 김영록 동지가 손을 쥐고 흔들었다. 안내인이 눈웃음으로 날 안심시켜주었다.

동반자가 한길로 나갔다. 나는 그를 뒤따랐다. 동반자가 나의 뒤에 서서 나의 뒷모습을 한참 따라오며 보더니 내 오른쪽에 서주었다.

나는 남은 두 동지와 안내인의 얼굴을 한 번 더 보고 싶었다. 그러나 뺀대를 메었고 동반자가 옆에 서 있기에 뒤를 돌아다보기가 어려웠다.

하늘이 맑았다. 언덕을 내려서자 길에는 장꾼들이 많았다.

대지의 공기가 이렇게 오늘처럼 무겁게 느껴지는 날은 없었던 것 같았다. 우리는 아무 말 한마디도 건네지 않고 묵묵히 걸었다. 진포선의 철로가 이윽고 멀리 시야를 가로질러 두드러지게 나타났다.

앞서 간 두 동지가 무사히 건너간 것을 보더라도 아무 일이 없으리라. 나는 두 동지가 앞서 간 것에서 얼마큼의 용기를 얻고 또 침착해보고자 했으나, 나답지 않게 나도 흔들리고 있었다.

한길에 들어섰다. 일군의 초소막이 눈에 들어왔다. 마음이 떨렸다. 아아, 그 지긋지긋한 일군의 모습을 다시 보아야 한다. 내 가장 깊은 곳에 깔렸던 증오가 칼날처럼 솟아올랐다. 그 대신 두 다리는 나의 다리가 아닌 듯싶었다. 자꾸만 오그라 붙는 듯한 두 다리에 꼿꼿이 힘을 주고 나는 걸었다.

초소막이 가까워지자 이상하게 나의 오른쪽 어깨에 멘 뺀대가 자꾸 흘러내렸다. 아니, 흘러내리는 듯싶었다. 나는 오른쪽 어깨를 치켜올리며 뺀대를 바로 메었다. 동반자는 남의 속도 모르고 내가 초조해서 걸음을 못 걷는 듯이 생각하나 보다.

차츰 초소막이 눈앞에 확대되어왔다.

나의 전신의 피가 말라가는 듯, 금시에 현기증이라도 일어나 쓰러질 것만 같았다.

일군의 보초병이 나타났다. 물론 장총에 착검을 한 무시무시한 자세로이다.

중국의 공기는 이렇게 답답한 것일까. 이렇게도 메마른 것일까.

나는 사실 뺀대를 고쳐 메는 척하고 뼛속의 힘을 끌어올렸다.

경비병의 얼굴 윤곽이 뚜렷해졌다. 누구의 정신으로 그 지점을 통과했는지 보초병은 나의 등 뒤에 서게 되었다.

나의 어깨에 뺀대를 메고 있다는, 그리고 지금 땅에 발을 붙이고 있다는 의식조차도 희미해졌다.

나는 일체를 나의 운명에 맡기는 듯 발을 옮겨놓았다. 불과 30미터 앞에 내가 건너야 할 철로가 허리를 굽혀 누워 있었다. 될 수 있는 대로 자연스럽게 발자국을 옮기느라 애태웠다.

건너야 할 네댓 발자국이 숨죽여 기다리고 있었다. 두 발자국, 한 발자국. 나는 철로가 갑자기 유령처럼 일어날 것 같은 위험을 짓밟고 두 번째 철로를 건넜다.

철로 옆 일군 경비병도 눈앞에서 사라졌다. 초소막 앞은 이미 지났고 눈을 부라리고 서 있는 일군 보초 앞도 막 지났다. 철로를 건넜다는 것을 겨우 깨닫게 되자, '이제는 살았구나' 하는 생각과 함께 뒤에서 콱 목덜미를 나꾸는[잡아채는] 감각을 느꼈다.

그러나 그것은 착각이었다. 나의 발은 나를 계속 옮기고 있었다. 갑자기 나는 그냥 뛰고 싶은 충동을 발작적으로 느꼈다. 그러나 나는 나의 충동에 호소를 해야 했다. 애원을 해야 했다.

'참아달라, 참아라.'

느티나무 밑에 이르러 그곳에 기다리고 있는 두 동지를 찾았다. 한 동지는 옆으로 앉아 턱을 괴고 있었고 한 동지는 나무에 기대어 있었다. 나는 가까이 다가가 두 동지의 얼굴을 보고서야 비로소 엉겼던 핏줄이 녹는 듯한 생기를 얻었다. 나는 슬며시 그 옆에 다가가서 헛기침을 두 번 했다. 두 동지도 나와 꼭 같은 심정으로 이 보초막을 건넜으리라는 것이 그 파리해진 얼굴에서 보이고도 남았다.

윤 동지와 홍 동지는 나의 횡단 성공에 적이 기뻤으리라. 하지만 우리는 그 표정을 감추며 서로 모르는 사람처럼 멋없이 그 흥분을 해소시켜야만 했다.

마치 중병을 치르고 난 것처럼 심신이 피로하고 노곤한 기분이었다. 긴장이 풀리자 전신에 샘물처럼 땀이 흘러내렸다. 그러나 어쩐 일인지 두 김 동지의 횡단이 더욱 염려되는 것이었다. 어서 이 마지막 은혜가 주어질지어다. 나는 하늘에 오른 높은 태양이 만드는 나의 그림자를 밟고 서서 그 지루한 시간을 기다렸다.

얼핏 돌아다보니 어느덧 김준엽 동지와 김영록 동지가 이미 길을 떠났다. 차츰차츰 다가오면서 우리와는 달리 제법 이야기도 나누면서 오고 있었다.

김준엽 동지와 동반자가 앞서고 김영록 동지는 다른 안내인과 나란히 뒤따라오고 있었다. 나는 두 손에 땀을 쥐었다. 두 동지가 다가오는 순간 순간 나의 눈에 들어오는 시야의 색깔이 변하는 것 같았다. 노란색의 시야가 되었다가 이내 푸른색, 회색으로 급변하였다. 아니, 세상이 온통 색깔의 변화 속에 담긴 듯하였다. 마침내 두 동지는 철도 근처 일군 초소막 앞에 다다랐다. 일군 초소막에서 다른 경비병 하나가 쑥 나왔다.

"아!"

나와 윤 동지, 홍 동지가 소리를 지를 뻔했다.

그러나 두 동지는 태연히 지나오고 있었다. 그럴 수밖에 없었다. 어쩌랴.

그 일군 경비병은 무엇을 떨어뜨린 듯 기어 나와 땅에 떨어진 물건을 줍는 듯했다. 그러고는 눈앞의 두 동지를 힐끗 바라보는 듯하더니 그대로 다시 들어가버렸다. 건널목을 지키는 보초 놈들도 군소리 없이 두 동지를 통과시켰다. 이렇게 하여 우리는 진포선의 횡단에 모두 성공하였다. 우리는 모두 한데 모였다. 왕래하는 장꾼들의 눈 때문에 힘껏 힘껏 서로 끌어 안을 수는 없었어도 우리는 처음 김준엽 동지를 만났을 때의 기쁨 이후에 맛보는 기쁨을 서로 나누었다.

우리는 안내자에게 매달렸다. 몇 번이고 감은感恩의 정을 표하고 싶었다. 그러나 어떻게 해야 우리의 심정을 그대로 전달할 것인지 알 수가 없었다. 정말 친형제와 같이 정이 가는 신뢰를 느꼈다.

우리의 동반자들 중국인 세 사람과도 다시 합류했다. 우리 아홉 명의 인연은 그러나 다시 흩어져야 했다. 그 중국인 세 사람은 그저 자기들이 할 일을 한 것뿐으로 우리를 향해 아무런 자랑스러운 표정이나 수고했노라는 표정도 없이, 별로 인사조차 없이 사라질 뿐이다. 동반자 세 사람과 작별을 하고 우리는 안내자의 뒤를 따라 장이 선 곳으로 갔다. 시장은 이곳에서도 5리가량이나 더 들어가서 있었다.

장은 우리나라의 시골장과 같은 그런 조그마한 노천시장이었으나, 음식점도 벌어졌고, 제법 모여든 사람들도 많았다.

한 주막에 들렀다. 조반을 사 먹기로 했다. 그 주막에 변장용으로 가지고 온 물건들을 모두 맡겨버렸다. 이 주막도 유격대와 관계가 있는 집인 것 같다. 날은 벌써 한나절이 어느새 넘었다. 더운 지열이 퍼지기 시작했다.

당분간은 건너야 할 철로도 없고 하여 그저 안내자의 안내대로 따라 걷기만 하면 된다는 생각에 우리는 다소 힘을 얻었으나, 그러나 오늘 안으로 60리는 벗어나야만 일군 경계지구를 돌파한다는 걱정이 마음 한구석을 누르는 것이다. 발걸음은 힘이 없었다. 아마도 너무 긴장했던 때문일 것이다. 우리는 한길을 피하고 넓지 않은 평길을 택해 걸었다. 가도 가도 끝없는 길은 다시 시작되었다.

그 어느 중국 땅이나 한결같이 무제한의 벌판이 끝없이 달려갔고 그 뒤를 바람이 따라갔다.

벌판은 밭으로 푸른색이었고 어디 한 곳의 산도 보이지 않았다. 하늘이 직접 들판과 맞붙도록 쏟아져 내려와 지평선을 이룬 한끝이 아득하게 둥근 원을 그렸다. 그 앞을 바라보며 우리는 넓은 한끝으로 스며드는 느낌 속에 걸음을 타박타박 옮겨야 했다.

얼마를 가면 어떤 곳이 되고, 또 얼마를 가면 무엇이 나타나고 하는 일체의 기대는 이미 버린 지 오래다. 다만 우리의 목적지는 몇 달 길이라는 생각에, 며칠을 걸어야 한다는 지나온 행군과는 전연 다른 각오가 되어 있었다.

원체 변화가 없는 한결같은 들판길이라 우리도 거의 아무런 대화도 없이 그저 걸었다. 아무런 감상도 감회도 더 이상 느낄 수가 없었다. 단절된 대화는 이심전심으로 동지들에게 전달되었고 우리는 우리의 감정을 피부로 전달하였다.

사실 얘기를 나눈다는 것도 여간한 정력의 소비가 아니었다. 또 한 줄로 걷는 우리의 대화를 뒤로 전할 수도 없었다. 무료한 걸음의 시간은 우리에게 과묵한 성격을 길러주었고, 단지 우리가 왜 지금 이 길을 걷고 있는가 하는 생각만을 갖게 해주었다.

왜 이 길을 가고 있는 것일까?

충칭으로 가기 위해서다.

충칭엔 왜 가는가?

충칭에는 우리 민족을 살릴 조국의 힘, 그 호수 속에 뛰어들고 싶어 가려는 것이다. 확실히 그런 호수는 있을 것이다. 분명코 있다. 있을 것이다. 아니, 있다.

나의 자문자답은 나의 생각을 익히는 데 도움을 주었다. 아니, 사실은 그 더운 대지의 지열이 나의 사상을 익혀주었는지도 모른다.

우리의 걸음을 그나마 때때로 멈춰주는 것은 들판 한가운데 세워진 원두막이었다. 그것은 화란[네덜란드]의 풍차처럼 정말 반가운 위안물이었다. 그나마 원두막도 없었더라면 우리는 우리가 벌판에 끌고 가는 그림자와 벗을 하고 그림자를 유일한 위안자로 생각해야 했던 것이다.

그래서 우리는 만나는 원두막마다에서 쉬어갔고, 그러고는 그때 한창이던 수박을 사 먹었다. 우리의 안내자는 반드시 우리에게 수박을 권했고, 그 수박은 오아시스의 생명수와 같은 느낌까지 주었다.

다른 것을 만일 그렇게 많이 먹었다면 벌써 탈이 났으리라. 심지어 물을 그렇게 많이 먹었어도 배탈이 났을 것은 당연한 일이었으리라.

그러나 우리는 수박을 먹고 또 먹었다. 수박은 배탈이 없다는 것을 우리는 쉬저우에서의 탈출 시에 체험으로 얻은 지식으로 알고 있었다. 그날 밤 막 돋아나 맺힌 애수박을 참외로 알고 무진장 먹었던 기억이 아직 쓴 기억으로 남아 있다. 아니, 잊히지 않을 것이다.

수박은 배탈이 안 난다는 것뿐만 아니라 배가 부를 걱정도 없어 좋았다. 우리는 거의 매일 수박으로 살다시피 하고 밤이면 나무 그늘이나, 혹시 부락에 이르면 남의 집 헛간에서 밀짚을 깔고 자면서 닷새를 걸었다.

그 엿새째 되던 날 오후 3시쯤에 우리가 도달한 지점은 우리를 새로이 인계시킬 곳이었다.

이 지방은 또 다른 유격대의 사령부가 주둔하고 있다고 했고, 우리는 이제부터 이 관할지역에 들어간다는 것이다.

드디어 어느 촌락에 닿았다. 사실은 이곳도 역시 우리가 먼저 있었던 곳과 같이 장쑤지구江蘇地區 유격대 총사령관 리밍양李明揚 장군 휘하의 한 예하 사령부인 것이다.

우리의 안내자는 그가 가지고 온 공한과 함께 우리를 이곳에 인계했다. 우리는 그와의 헤어짐이 마치 일지一肢를 잃은 듯 아픈 것이었지만 어쩔 수 없는 일이었다.

그는 우리에게 부디 목적지까지 무사히 잘 가서 우리의 소망을 이루라고 몇 번이고 말하면서 돌아갔다. 이처럼 고마운 사람에게 우리는 무엇 하나 표적조차 나눔이 없이 헤어진 것이 못내 한스러웠다.

이 낯선 곳에서 우리는 하룻밤만을 묵고 이튿날 곧 떠나기로 되어 있었다.

그런데 이 부대에 대한 우리의 인상은 영 좋지가 않았다. 아무리 좋게 보려고 해도 좋게 볼 수가 없었다. 눈에 보이는 것은 '영 글러먹었다'는 표현을 벗어날 수 없는 형편의 것이었다.

사실 우리가 입고 있다기보다 걸치고 있는 농군복이 원체 남루하기 짝이 없으니까 우리를 그렇게 대하는 것인지는 몰라도, 도무지 우리를 대해주는 부대원들의 태도가 불친절하고 오만하고 불손하기 짝이 없는 것이었다.

마치 우리가 일본 놈 포로처럼 그들의 눈에 보이는 듯싶었다. 우르르 몰려와서 모멸의 시선을 던져가며 희희거리고 심지어는 우리를 건드려보고 어린아이들처럼 뚫어진 옷 속으로 손가락을 밀어 넣으며 야유를 하고 있었다.

우리가 도착한 지 두 시간이 넘어서야 우리는 이곳 사령관이 부른다는 전달을 받고 사령관실로 안내되었다.

정작 우리가 놀란 것은 이곳의 일이다. 사령관이라고 하는 사람은 처음 만나는 우리를 러닝셔츠와 팬티 바람으로 불러들인 것이다. 그보다 더 가관인 것은 꼭 손녀같이 보이는 16~17세 계집아이를 무릎에 올려놓고 있는 그 태도였다.

쉰 살이 더 넘었을 것 같은 인상에 머리가 벗겨지고 그러나 안경은 걸치고 있었다. 무릎 위의 여자를 우리는 처음 그의 막내딸이나 손녀로 생각했으나 여자의 몸차림도 역시 속옷 비슷한 것이었고, 우리가 안내되어 들어가도 태연히 여자를 애무하고 있었다.

우리는 혹시나 잘못 안내되어 온 것이 아닌가 하고 불안하기까지 하였다.

열여섯은 넘지 않았을 그 여자가 그의 다섯 번째 첩이라는 사실을 뒤늦

잊히지 않는 얼굴들

109

게나마 알고 고소를 금치 못했다.

우리는 이 사령관이란 자를 어떻게 보아주어야 할는지 이해가 되지 않았다. 이 부대의 군기며 부대원의 교양이며 분위기를 대번에 짐작할 수 있었고 또 그것은 적중한 추측이었다.

처음 우리를 대하던 부하들의 그 모욕적인 태도에 납득이 갔다. 오히려 그만하기가 다행스러웠다.

마구간 비슷한 방에서 하룻밤을 1년보다 더 지루하게 지내고 이튿날 아침 10여 명이나 되는 무장병들의 호위 겸 안내를 받으면서 다시 길을 떠났다.

며칠 동안 우리는 낮길만을 걸어왔지만, 이 지역부터는 낮에만 걷고 밤에는 부락에 들어가 쉴 수만은 없었다. 이 지역은 이른바 '화평군'和平軍*의 경계구역과 팔로군의 출몰구역이 인접된 일종의 혼합지대였기 때문이다. 그리하여 밤길도 많이 걸었다. 무장 호송병을 열 명이나 딸려 보낸 것도 바로 이러한 이유에서인 듯했다.

그러나 우리는 낮길보다 차라리 밤길이 더 좋았다. 그것은 따가운 햇볕을 피할 수도 있지만 그보다도 더 큰 하나의 이유가 따로 있었다.

우리를 호송한다는 무장병들은 까닭 없이 우리를 괴롭혔다. 마치 그들이 호송해야 할 이유를 우리에게서 구태여 발견해내려는 듯이 발길질까지 하는 것이었다.

더구나 부락 앞을 통과할 때면 부락민들이 보는 앞에서 일부러 우리를 놀리고 '꿰즈', '꿰즈' 하는 것이었다.

꿰즈란 말은 귀자鬼子라고 한자로 표현되는 말로서 도깨비라는 뜻이고 중국 사람들에게는 일본 놈이라는 뜻으로 통하고 있었다. 사실상 꿰즈란 말은 욕지거리로 쓰이는 말이다. 우리가 이런 욕지거리를 받아야 할 이유는 하나도 없다. 구태여 우리도 어떤 이유를 찾아야 하는 것은 아니지만,

---

* 왕징웨이 휘하의 친일부대인 '화평건국군'의 약칭이다.

다만 조국이 없어 당하는 모욕이란 슬픔이 치켜 오르는 것만은 어쩔 수 없는 노릇이었다.

사람들이 많이 모인 곳에선 더욱 심했다. 마치 총을 멘 보람을 우리를 놀리면서 느끼는 듯이 우쭐거리는 것이었다.

그렇지 않아도 우리는 진포선 철도 횡단 때에 바꿔 입은 이 남루한 옷 때문에 창피스러워 얼굴을 제대로 못 들고 길을 가는 형편인데, 이자들의 행패가 이렇게 혹독한 것이니 영 견딜 수가 없는 지경이었다. 동네에만 들어가면 애들, 어른들 수백 명씩 모여 '일본 놈 어떻게 생겼나 본다'고 야단법석이고 무장 군인 놈들은 구경시켜주느라고 뽐내고 다닌다. 그러나 밤이면 이들의 행패는 퍽 누그러졌다. 행패를 부린다 하더라도 아무도 보아주는 사람이 없으니까 순하게 굴었고 또 우리의 남루한 의복에도 신경을 쓰지 않아도 되었다. 우리는 밤길을 원했고 밤길이 좋았다.

이렇게 마음고생을 해가면서 또 닷새를 걷자, 우리 앞에는 새로운 난관이 가로놓여 있었다. 우리를 가로막은 것은 롱해선隴海線 철도였다. 이 철로는 하이저우海州와 바오지寶鷄 사이의 철로이다. 우리는 이 철로 북방 30리 지점에서 다시 한 번 인계되어 밤을 기다렸다.

이번에는 진포선과는 달리 야음을 타서 건너야 했다.

우리는 이 롱해선의 횡단이라는 난문제에 사로잡혀서 잠시도 마음이 편하지 않았다. 도무지 마음의 안정을 얻을 수가 없었다.

그러면서도 우리를 호송해주던 그자들과 떨어지게 된 것만은 마치 앓던 이라도 빼 던진 듯이 시원섭섭했다.

어둠과 함께 우리를 찾아온 청년은 한 평복 차림의 미남이었다.

후리후리한 키에 말쑥한 체격을 가졌고 또 외양이 퍽 단정해 보였다. 우리의 조바심과는 달리 그는 오히려 너무 친절하였다. 가버린 호송병들과는 너무나 대조가 되는, 어딘가 정이 가는 청년이었다. 이 청년은 우리의 롱해선 횡단만을 책임진 청년이다. 스스로 자기의 임무가 거기까지에 한한다고 밝혀주었다.

우리는 롱해선 바로 인근의 한 인가에 들러 일단 기회를 기다리기로 하였다. 밤 1시가 그 기회이다.

이 경비초소의 교대가 동초動哨인 경우 밤 1시인 것은 미리 이 청년이 알아온 정보였다.

그런데 이 롱해선 철도의 경비는 진포선과는 비교가 안 될 만큼 삼엄한 것이었다. 일군은 철도 양쪽으로 각각 두 개씩의 호를 터널같이 파놓고 사람의 접근을 막고 있었다. 이 호는 전부 일본군이 중국 사람들을 동원해서 파놓은 경비호였다. 이만큼 이 철도는 일군의 보급에도 큰 역할을 했고 또 일본군의 경계의 대상이 되는 철도였다.

이윽고 밤 1시라는 시간이 다가왔다. 오기 싫은 시간처럼 그것은 우리를 기다리게 했으나, 막상 밤 1시가 되었을 때 우리는 새벽바람 속에 몸을 떨었다.

청년은 우리를 밖으로 불러내었다. 그런데 청년의 손에는 웬 밧줄이 하나 들려 있었다. 우리는 허리를 나직이 굽혀 첫 번째 호에 이르렀다. 우리는 청년의 동태를 주시하면서 또 다른 고비의 시련을 느끼기 시작했다.

만일 발각이 되는 경우엔 무차별 사격을 해올 것이라는 생각에 우리 몸의 움직임이 빠르지 못했다.

그러나 청년은 자기의 지시대로 하라면서 그 밧줄의 한끝을 호 안에 슬슬 내려보내고 다른 한끝을 자기 몸에 감고 버티어 선 채 우리에게 한 사람씩 내려가라고 했다. 우리는 밧줄을 잡고 호 속으로 떨어져 내려가야만 했다. 호의 깊이는 우리의 키로 두 길이 실히 넘는 것 같았고 밑바닥에는 한 자가량의 물까지 괴어 있었다.

우리는 그저 하라는 대로 그 줄을 타고 모두 호 밑바닥에 내려왔다.

이것은 확실히 생각도 못 하던 곡예였다. 이렇게까지 하여서라도 우리는 이 롱해선을 건너야 했고 또 건너서 살아야 했다. 우리가 살겠다는 것은 어떤 곡예를 하여서라도 조국 광복을 찾아야겠다는 것이다. 우리 한 몸이 살겠다는 것은 이미 오래전에 끝나버린 생각이다. 구태여 이 사선을 넘는 이유는 우리가 매달린 이 밧줄보다 더 아득한 한끝에 달린 조국을 찾아 더 험하고 깊은 곳을 스스로 택해 내려가는 것이 아니냐?

그 호 밑바닥에서 올려다보이는 것은 다만 길죽한 하늘, 그 좁은 하늘에는 새벽별이 유난히도 많이 돋아 있었다. 그리고 별빛은 모두 우리에게 쏟아져 내리는 것 같았다. 하염없이 길죽한 밤하늘의 별밭에 내 생각을 치켜올리고 있는 동안, 별은 자꾸 돋아나 몰려들었고, 그 몰려든 별빛은 계속 우리에게로만 쏟아져 내렸다.

그때였다. 철썩하고 정말 무엇이 떨어졌다. 호 속의 물을 튕기면서 날씬한 그 청년이 밧줄을 내던지고 사뿐히 뛰어내리는 것이 아닌가……. 그 경쾌한 동작은 날아내리는 듯하였다.

나의 입속에선 "야!" 하는 감탄사가 새어나왔다. 바로 내 앞의 동지는 고개를 끄덕였다. 청년은 우리가 감탄사를 발할 여유도 주지 않고 다시 뛰어내린 맞은편 벽 위를 향해 밧줄을 던지고 한두 번 잡아끌어보더니 기어오르기 시작했다. 어느새 날쌘 몸을 날려 벽에 착 달라붙었다.

일본 놈들이 깎아 세운 듯이 직경사로 파놓게 한 이 호벽을 기어오르는 그 재주는 놀라운 것이 아닐 수 없었다.

깊은 골짝에 빠진 듯이 우리는 하나의 심연 속에 빠져 있었다. 이 심연은 첫사랑과 같은 것, 분명히 이 첫사랑은 나의, 우리의 첫 번째 나라 사랑이었다.

이 호벽을 어떻게 기어오르나 하던 염려가 청년의 기술 앞에 깨끗이 사라졌다. 우리는 엄두도 내지 못하던 일을 청년은 경쾌한 동작으로 해치웠다.

우리는 일체를 이 청년에게 내맡기는 수밖엔 별 도리가 없었다.

참으로 신기하다고 말할까? 묘한 솜씨로 밧줄을 붙잡고 저쪽 벽을 거의 다 기어올랐다. 도시 어디에 손발을 붙이고 기어올랐는지, 휙 날아가 붙었는지 알 수가 없었다. 마치 『삼국지』 속에 나오는 신출귀몰의 장수들 재주를 눈앞에서 구경하는 듯했다. 청년은 우리에게 밧줄을 타고 올라오라는 듯 자신만만하게 손짓을 하였다.

이렇게 산을 타듯이 밧줄을 타고 오르고 또 내리고 하여 우리는 두 개의 호를 모두 무사히 건넜다.

이제는 이 롱해선 철도의 무쇠철로를 건너뛰는 일이다.

납작 엎드린 채 청년의 동정만을 살폈다. 얼굴을 땅에 깊이 묻고 우리는 숨을 죽이며, 뻗어간 철로의 한끝에서 다른 한끝으로 고개를 휘젓는 청년의 눈치를 기다렸다. 마침내 청년은 두 팔을 길게 앞으로 뻗어 흙을 움켜쥘 듯이 몸을 앞으로 당겼다. 주욱 청년의 몸이 파충류 동물처럼 전진했다.

청년이 이런 포복을 두 번 계속할 동안, 우리도 말없이 이런 식의 포복을 했다. 마침내 차디찬 감각이 두 손바닥에 착 달라붙었다. 롱해선 철로의 싸늘한 냉기가 두 손바닥에 잡혔다. 만지지 못할 것을 만진 듯이 전신이 오싹 긴장되었다. 벌판의 밤을 달려간 크나큰 대륙의 배암이 휘감기는 듯했다.

청년은 철로와 평행되게 몸을 눕히더니 살짝 몸을 뒤젖혀 철로와 철로 사이에 누웠다. 우리도 차례로 침목 위로 몸을 조금씩 누운 채로 당겼다.

또 한 번 청년이 몸을 뒤집어 마침내 이렇게 포복과 뒹구는 것으로 몸을 거의 땅에 붙인 채 불과 2미터 미만의 폭이지만 롱해선 철길을 넘고 있다. 갑자기 나를 안타까운 초조감이 휩쌌다. 꼭 이제 무슨 일이 일어날지도 모른다는 경박한 초조이다. 청년만 넘고 우리는 불과 1미터도 못 되는 롱해선 철로를 못 넘고 그냥 거기에 낙오가 되지나 않을까 하는 긴장과 조바심이었다.

갑자기 벌떡 일어나 달리고 싶었다. 나 혼자라면. 나 혼자라면 일이 어찌 되든 벌떡 일어나 날쌔게 뛰어넘어버리고 싶었다. 이 두어 발걸음만 휙 뛰어넘으면 모든 일은 다 끝나는 것처럼 착각되었다.

나는 철로 오른쪽 줄기 옆에 나란히 몸을 누인 채 붙이고 벌떡 일어나려는 나의 충동을 누르면서 몸을 꼿꼿이 뒤집었다.

자, 이제 나의 몸은 롱해선 두 줄기 철길 속에 누웠다. 갑자기 기차가

이 밤 1시의 적막을 뚫고 달려올 것 같은 거대한 강박관념이 날 짓눌렀다. 다시 몸을 뒤집어 누운 채로 왼쪽 철길로 옮겼다. 또 하나의 철길 위로 몸을 뒤집는 순간, 그것이 지나가기 전 내가 베고 누운 돌베개는 롱해선 철도의 침목이라는 생각이 불현듯 떠올랐다. 나는 몸을 젖혔다.

무수한 별빛 때문인지, 멀리 사라진 철로 두 줄기가 굽은 곳엔 철로가 반짝 빛났다. 밤은 좀 더 칠흑으로 깜깜해주었으면 싶다. 밤은 너무 우리를 몰라주었다. 어느새 한 동지 한 동지씩 철로 위로 몸을 뒤집어 넘어오고 있었다. 이렇게 하여 롱해선 철로를 넘어 왼쪽 첫 번째 호 속에 밧줄을 다시 타고 내렸을 때, 손안의 땀과 전신의 땀이 내 몸을 우려낼 듯이 흥건히 괴었다. 마악 가장 아슬아슬한 곡예를 마치고 난 곡예사의 심정이라고나 할까.

우리가 충칭까지 가는 동안의 그 모든 일 그리고 그 어떤 일이나, 우리는 우리가 가진 각오 때문에 늘 자신을 든든히 가졌고 또 가질 수 있지만, 언제나 이런 사선을 넘었을 때는 새삼스럽게 스스로 행동이 감개무량해지는 것이었다.

첫 번째 호 속에 들어가 깎은 듯한 두 개의 벽 속에서 하늘을 보고 우리는 서로서로 끌어안았다. 울려고 끌어안은 것은 아니지만, 너무나도 우리의 체험은 감격스러웠다. 밤 1시가 좀 지났을 중국 땅 어느 작은 한 지점에서 한국 청년 다섯이 지금 뛰는 가슴을 진정시키며 무엇인가를 하고 있다. 이 순간이 고귀한 것이기를 누가 빌어주고 있을 것인가. 우리는 외롭고 가없었다.

다시 청년이 기어올라 잡고 있는 밧줄을 타고 우리는 기어올랐고, 한 번 더 이 짓을 하고 난 뒤 우리는 모두 쓰러졌다.

마지막 작업은 어떻게 이루어졌는지 도무지 기억할 수가 없다. 아무래도 내 정신으로 한 것 같지가 않았다. 만세라도 부르고 싶은 가슴이 어두운 대기 밑에 눌려 터질 듯이 벅차올랐다.

그로부터 다시 10여 리의 길이 우리를 기다리고 있었다. 밤의 호수가 잠들지 않고 깨어 있었다. 잔물결이 일고 있는 어느 한 호숫가에서 우리는 다른 연락소의 연락책에 인계되고 그 청년과는 헤어지게 되었다.

그동안 불과 두서너 시간의 동행이었지만, 이 청년의 행동이 너무나도 탁월한 것이어서 그와 헤어진다는 것이 마음에 걸렸다. 우리는 이름이나 알아두자고 김준엽 동지가 그에게 물었으나, 그러나 그 청년은 이름을 대는 대신 이렇게 말하였다.

"그까짓 이름은 알아서 무엇 하겠소. 다만 중국의 한 애국 청년이라고 알아주면 되오……. 그것으로 충분하오. 앞으로 일본 놈들을 물리치고 피차 자유의 나라가 되거들랑, 오늘 밤의 일을 고국에 돌아간 후 아주 잊지나 말아주시오……."

청년은 이 말을 마치자 돌아서면서 손을 번쩍 들며 작별의 인사를 대신했다.

바람에 불려가듯 어둠 속으로 달려갔다. 우리 다섯의 목숨을 그 밧줄에 달고 빈틈없이 긴장하던 그 인상이 아직 나의 머리에선 사라지지 않는다.

쇳조각을 토막토막 잘라내듯이 자신 있는 말소리며 그 날카로운 어감이며 행동거지가 풍모에 맞게 멋있는 청년이었다. 그도 역시 잊히지 않는 얼굴의 하나이다. 어둠 속에 완전히 그의 뒷모습이 하나의 점으로 사라질 때까지 우리는 모두 그를 지켜보고 있었다. 얼빠진 사람들처럼.

철로에서 더욱 안전한 지점까지 떨어지기 위해 우리는 여기서 더 쉬고 있을 수가 없었다. 긴장이 풀어지면서 우리의 걸음걸이는 늘어지기 시작했다. 그러나 우리는 이 밤 동안에 그대로 30~40리 더 걸어야 했고 안내인이 눈을 비비며 또 나서주었다.

새벽이 되어서야 우리는 다른 한 부락에 닿았다. 이 부락도 역시 유격대의 지대가 주둔한 부락이었다.

이날의 한나절만을 이 부락에서 쉬고 우리는 오후에 다시 길을 떠났다. 그러나 이번에 우리를 호송하게 된 무장 군인 대여섯 명의 행동은 더욱 말이 아니었다. 오히려 전보다 더 고약하고 우심한 행패를 부렸다. 무장 군인의 호송이라면 아예 이제는 신물이 날 지경으로 싫었다.

지난번이나 이번이나 할 것 없이 너무나 무식한 자들이니 이야기가 될 수가 없었다. 이자들은 자기들이 가지고 가는 공한의 내용조차 모르고, 우리를 꼭 일군의 포로로 아는 것 같았다. 이 공한을 읽을 능력만 있는 자들이라도 우리를 이렇게 대하지는 않으리라는 생각에 한심스럽기까지 했다.

그것도 그럴 수 있는 것이 우리가 걸치고 있는 옷이라는 것은 그동안에 더욱 해져서 말이 아니고 그나마 땀에 젖고 악취가 배어 거지 가운데서도 상거지의 꼴이 되어 있는 것이 사실이었다. 아마 그들이 볼 때에 인간으로 보이지 아니했을는지도 모른다.

그들의 호송이 우리를 보호해서 목적지까지 가서 우리를 무사히 인계시키는 것이 아니라 우리를 감시해서 데려가는 것처럼, 이들의 학대는 심했다. 그것도 욕질이나 발길질 정도가 아니었다. 우리가 하도 고달파서 머뭇거리면 곧장 발길질이요, 부락으로 지나갈 때면 으레 일본 꿰즈를 잡아간다는 소문을 놓아 모든 부락민이 온통 일어나 구경거리가 되며, 나무꼬치로 찔러보거나 발로 차보는 경우는 으레 있는 일이었다.

어떤 자들은 일본 꿰즈는 눈이 하나밖에 없다던데 어떻게 둘이냐는 질문까지 하며, 한편 짝눈을 볼 수 있는가 하고 손으로 어른대는 때는 딱 질색이었다.

끼니때가 되어도 먹여주지를 아니했고, 때때로 가는 길에 원두막을 만나도 저희들만 포식을 하고 우리는 원숭이처럼 구경만 시키는 것이었다.

그것도 대부분 원두막 주인에게 공갈을 쳐서 빼앗아 먹는 행패인데도 그들은 당당했고, 그 대신 우리는 침이나 삼키며 그들의 포식이 끝날 때까지 한쪽에서 보아주지 않으면 안 되었다.

이러한 마음의 고통 속에서 그들과 함께 걸은 지 만 나흘 동안에 우리는 겨우 서너 번의 끼니를 입에 풀칠이나 할 정도였다. 하루든 이틀이든 끼니때가 지났어도 꼭 그들의 유격대 연락소에 닿아서야 조금씩의 호구糊口를 시켜주는 정도였다.

드디어 나흘째 되던 날 저녁에 우리는 또 다른 지구의 유격대 사령부에 닿았다.

그러나 이번에는 공한을 받아보고 나서 사령관이 직접 우리를 만나자고 했다.

지난번과는 달리, 사령관의 온화한 성품이며 사람 좋아하는 그런 인상에 우리는 우선 호감을 가질 수 있었다.

우리가 그 사령관 앞으로 다가서자 사령관은 무척 놀라며 당황해하였다. 그는 우리의 손을 잡으며 수고를 한다고 하면서 안되었다는 표정을 감추지 못했다. 오히려 우리가 미안하기까지 했다. 또한 사령관은 그동안의 우리의 경로며 의복 꼴이며를 일단 알아보고는 한국의 혁명 청년들에게 이렇게 대접할 수 없으나, 그동안 당신들이 지나온 노정이 너무 험난했을 테니 그럴 수도 있다고 말하면서 용서하라고까지 했다. 곧 목욕을 하도록 하고 낡은 군복이나마 임시로 갈아입도록 하여주라고 부관에게 명한다. 그리고 사령관은 우리에게 이곳에서 아주 며칠 동안 충분히 쉬고, 그동안에 옷도 새로 해 입고 가라고 했다. 너무나 고마워 우리는 대답을 하지 못했다.

그는 즉시 우리의 숙소를 마련해주었으며, 또 정말 재봉사가 달려와서 우리의 몸 치수를 각각 재어 갔다.

참으로 오래간만에 우리는 목욕을 했고 맞지 않는 군복이나마 땀에 배지 않은 것으로, 더욱이 이곳저곳에 살점이 드러나지 않는 것으로 갈아입을 수가 있었다.

이 일이 그토록 감격스러울 수 있었던 것은, 그때의 우리의 처지가 아니면 그대로 납득이 되지 않을 것이다.

이날 저녁 이곳 사령관이 우리를 위해 친히 베풀어준 만찬회에 참석하라는 연락을 받았다.

성대한 만찬이라기보다 정말 지극한 성의의 만찬이었다. 우리는 그동안의 식욕을 돋구었다. 밀어두었던 식욕이 솟구치듯 우리는 마음껏 이 진

귀한 음식을 포식했다. 사실 그동안 굶주려온 자신들을 속일 수는 없는 것이었다.

다시 사흘을 묵고, 나흘째 되던 날 아침에 놀라운 기쁨이 찾아왔다. 막연하게 기대는 했지만, 이렇게 실현될 것이라고는 반신반의할 정도였던 것이다.

깨끗한 무명으로 지은 군복이 왔다. 중국군의 군복이 청색임에 반하여 우리에겐 백색 군복을 지어준 것은, 우리가 백의민족임을 아는 사령관의 소치일까. 여하간 우리는 기뻤고 고마웠다. 백의의 관습이라는 의미를 덧붙여 우리는 옷을 갈아입었다. 우리의 기쁨이 노란 금빛 단추로 뭉쳐서 자랑스러웠다. 모자까지 흰 군모로 딸려 있었다.

우리는 백색 군복으로 정장을 했다. 이것은 마치 신데렐라가 새 옷을 천사로부터 받아 입은 동화처럼 놀라운 일이 아닐 수 없었다. 아니, 다른 표현으로 말한다면 거지가 둔갑을 해서 왕자가 된 듯이, 서로의 얼굴까지 달라지지 않았나 하고 유심히 바라볼 정도였다. 우리는 정장 차림으로 사령관에게 감사의 뜻을 전하고자 했다. 그러나 실상은 작별의 인사가 되고 말았다.

얼굴 가득히 희색을 띤 사령관이 우리 못지않게 기뻐해주었다.

"이 지역에 와서 너무 고생이 많아서 미안하기 짝이 없소. 앞으로 중한 양국의 하는 일이 모두 성공하기를 바라오."

오히려 사령관은 이렇게 겸양하였다. 이 한마디는 아직까지의 호송 군인으로 해서 가졌던 섭섭함을 깨끗이 씻어주기에 충분한 것이었다.

사령관은 우리에게 용돈으로 필요할 테니 각자 조금씩 나눠 가지라고 돈까지 주었다. 가슴이 벅차올랐다. 이 벅찬 감격이 왈칵 눈으로 올라와서 넘쳐흘렀다. 진정 고맙게 우리 민족에게 베풀어주는 은혜였다. 언제 우리가 이 모든 것을 마음으로나마 갚을 것인가.

역시 무장 호송병을 붙여주었다. 출발 전에 사령관의 특별훈시도 있었고 하여 호송병의 태도는 엄격하였다. 이제는 우리도 백색 정장을 했고 하여 우리도 그들 앞에 떳떳할 수가 있었다.

사태는 너무나 판이했다. 그 차이란 정말 종이 한 장의 차이보다 못한 것이지만 결과는 늘 엄청나게 달랐다.

무장 호송병들은 마치 무슨 장관이라도 호위하고 가는 듯이 영광으로 알고 또 실상 우쭐대며 우리 행렬의 앞뒤를 호위하며 따라왔다.

사흘을 걸어 우리가 닿은 곳은 안후이성安徽省 궈양渦陽이란 조그마한 도시, 우리나라의 큰 읍과 같은 곳이었다. 쉬저우를 떠난 후 처음 보는 도시다. 여러 가지 도시적인 풍물에 좀 흥분되었다.

이곳에서 우리는 하루를 쉬었다. 하루낮을 보내며 우리가 들은 얘기는 린촨臨泉이란 곳엔 우리 한국 청년들이 많이 집결해 있다는 것이었다. 그 밤을 천천히 쉬고 다음 날 떠날 생각이었다.

무엇보다도 그 한국 청년의 집결지라는 것이 궁금하였지만, 그 이상의 자세한 내용은 들을 수가 없었다. 그러나 그것만으로도 우리의 희망은 솟아올랐다.

우리는 가벼운 걸음으로 궈양을 출발했다. 새로운 포부와 앞날의 기대가 끓어올랐다. 이러한 희망 속에 우리가 만 이틀을 걸어오니 린촨 100리 전이라고 하였다.

린촨 전방 100리.

그러나 그 밤에 우리는 비를 만났다. 기대했던 감격이 비에 젖어버렸다. 비는 제법 줄기차게 내렸다. 그리고 그 비는 하루에 그치는 것이 아니라 계속 퍼부었다.

언젠가 진포선을 횡단하기 30리 지점 밖에서 우리가 비를 만난 기억이 떠올랐다. 처음 진포선 철도를 넘기 위해서 장날을 기다리던 그때의 초조감, 빗속에 갇혀 마을의 어느 민가에 웅크리고 앉아 별별 생각을 다 해가며 앞날을 걱정하던 그 초조감이 되살아났다.

물론 우리가 유하고 있는 집은 깨끗한 집이요, 호위병들은 딴 방에서 경호를 하고 있다. 밖에는 일본군의 헌병이 순찰을 다니던 그때, 만약 발각이 되면 비 때문에 마음대로 뛸 수도 없다고 안타까워하던 그때와는 너무나 다르다.

그러나 우리의 기대와 희망을 가로막는 오늘의 비는 그런대로 또한 원망의 대상이 아닐 수 없었다.

비는 하루 이틀도 아니고 사흘째 내리퍼부었다. 지겨운 나날이었다.

먼먼 조국 땅에도 비가 이렇게 퍼붓는다면 조국이 그대로 떠내려간다는 어처구니없는 공상이, 비 멎기를 기다려 벌렁 누운 채로 뒹구는 우리 마음속에 스며들었다.

빗소리가 요란히 귓전을 울렸다. 마치 마이크로 빗소리를 듣는 듯이 그것은 우리 가슴속에 확대되어왔다.

말없이 우리는 엎치락뒤치락하고 지겨움을 눌렀다.

린촨에 집결해 있다는 한국 청년들은 어떤 사람들일까. 역시 탈출병들일까. 학도병은 얼마나 될까. 어떤 사람들이 섞여 있을까.

그러나 하루 이틀이 지나고 나서는 우리의 생각 속에 젖어오는 것은 고국이었다. 고향 생각이라고 한마디로 말할 수 있을는지 모르겠다.

우리가 내다보고 있는 풍경은 꼭 조국과 다를 것이 없었다. 고국의 땅 어느 한 곳이면 충분히 이곳의 풍경과 일치할 수가 있을 것 같았다.

그 매미소리, 한낮의 더위 속에 울어대던 그 소리, 내가 어려서 듣던 그 여름소리.

새소리, 산길을 혼자 넘어 집으로 가던 오솔길에서 내 발걸음을 멈추게 하던 그 쪼롱쪼롱한 새소리, 맑은 조국의 한 목소리, 내 고향집 뜰 안에서 듣던 새소리, 저녁의 새들의 합창.

닭소리, 뜰 안에서 놀지 않고 싸리 울타리가로 가서 울타리 밑을 파며 깃을 치고 울던 닭소리의 긴 여음, 암탉을 거느린 수탉이 활개 치던 그 닭소리, 고향의 소리.

나의 이런 노스탤지어 속에 비가 멎고 이곳에 감쪽같이 옮겨진 고향, 아니 고국의 어느 한 마을에서 나는 서성거리고 있었다.

흙내음을 맡으며, 동구 밖의 느티나무를 얼싸안으며, 또 돌다리에서 닭을 부르며, 나는 즐거워 뛰고 있었다.

그 산천초목의 바람소리, 흐르다 머물러주는 포플러 끝의 구름, 불타는 하늘에 산이 덮여 불빛이 번진 듯이 붉은 고향의 노을.

빗소리만 아니면 고향의 한여름이 그대로 들릴 것만 같았다. 비 뿌리는 어두운 구름만 아니면 고향의 모습이 환히 눈앞에 보일 것만 같았다.

분명히 그 어릴 적 듣던 매미소리, 닭소리, 새소리를 들리지 않게 방해하는 것은 이 지겨운 빗소리였다. 또 분명히 지금 내 눈에 보일 고향을 가린 것은 저 심술궂은 구름의 장막이었다. 나는 몸부림으로 빗소리를 떨쳐버리고 싶었다.

그러나 여전히 비는 오고 있었다.

그립다는 말은 내게는 그리 많지 않은 말이다. 그러나 나는 오늘 그리움은 고사하고 어느새 앓고 있었다. 고향이, 고국의 어느 곳이든 한 땅덩이 마을이, 아니 내 한 번이라도 지나가본, 살아본 곳이면 어느 마을이든 내 머릿속에 다시 한 번 지나가고 있다. 그 풍경 그 모습대로 나를 앓게 만들며 지나가고 있었다.

'나는 끝내 조국을 버리지 못할 것이다.'

나는 더 이상 비가 그치기를 기다리지 않았다. 며칠이고 몇 달이고 내리 비가 와도 오히려 좋을 것 같았다. 빗속에 있는 조국은 너무나 아름다웠다.

책보를 허리에 차고 들짐승이 지나간 길, 싸리나무가 키를 넘게 우거진 오솔길을 가던 내 고향이 그처럼 고운 그림인 줄을 미처 몰랐다.

눈 온 날 아침, 노루의 발자국 따라 내가 눈 속에 파묻혀버린 기억이 지금 즐거움을 주는 추억이 된 것은 순전히 이 낯선 땅의 지겨운 비가 만들어주는 홈시크[homesick, 향수병]의 덕택이다.

그러나 내가 이렇게 망향에 넋을 잃고 있을 때 비는 드디어 멎어주었다.

나흘째 되던 날 아침, 비로소 비가 멈춘 것을 나는 알았다. 나는 듯한 기분으로 떠들어대는 동지들을 따라 일어났다. 린촨으로 향한다는 그 출발이 동지들을 설레게 한 모양이다. 하여간 우리는 어떻게 걸었는지, 오후 서너 시가 좀 넘어서 린촨이란 곳을 바라보았다. 얼마나 빨리 걸었는지 지금은 생각해낼 수가 없다.

귀양과 다를 것이 없는 자욱한 건물들이 멀리서부터 차차 우리 앞으로 다가왔다.

우리가 거리로 들어섰을 때, 우리의 기대와는 달리, 린촨은 귀양보다 좀 더 큰 편의 소도시임을 보여줄 뿐이었다.

우리는 한국인이 집결한 곳을 찾아 동분서주했다. 어디가 어딘지도 모르고 그냥 헤매는 것이었다. 왜 그리 급하게 허둥지둥했을까. 그러나 이런 반문은 오히려 어리석은 반문이 아닐 수 없다.

우리가 어느 부대의 영문에 나타났다. 꼭 영문이 우리 앞에 영화처럼 나타나는 기분이었다.

무슨 부대인지는 아직 알 수 없고, 우리는 단순히 한국인 청년들이 있는 부대인가 하는 그런 막연한 기대 속에 기웃거린 것이다. 우리의 호송병이 그 공한을 전하러 안으로 들어갔다.

우리는 그 공한이 우리 운명의 보증수표라는 생각에 씁쓸한 입맛을 다시면서 그 결과를 기다렸다.

아, 그런데 불과 1~2분이 지났을까. 별안간 아우성이 저 영문 안에서 쏟아져 나오는 것이었다. 쏟아져 나오는 것이 아니라 실제로 몰려나오는 환성이었다.

나는 나의 전신이 흔들리는 것 같은 기분 속에 두 다리에 힘을 주었다. 땅이 흔들리는 느낌이었을까.

서로 다투어 앞으로 몰려나오는 그 환성의 청년들은 분명 한국인인가. 우리 동포의 뜨거운 환성인가.

핏줄의 힘과 핏줄의 감격이 영문을 미어져라 떠밀며 그 영문을 밀어제쳤다.

그들은 우리를 와락 껴안았다. 전신의 수분은 모두 나의 이목구비로 몰려 빠져나올 곳을 찾는 듯이 벅차게 솟구쳐 눈물이 되었다.

"⋯⋯얼마나 고생들 하였소?"

"⋯⋯얼마나 고생스러웠소?"

그것은 정녕 그렇게 그립던 모국어였다. 모국어의 신비가 우리를 드디어 울리고 말았다.

나는 그 '고생스러웠느냐'는 우리말의 합창에 귀가 먹어오는 것을 알았다.

우리는 그들이 이끄는 대로 둥둥 떠밀려가 영문 안을 들어섰다.

광복군훈련반에서 3개월

　　　　　　　　그것은 기대 밖의 환영이요, 감격이었다. 물보다 진한 피의 응결성이요, 한 핏줄의 뜨거운 체온이었다. 또한 같은 설움 속에서 뛰쳐나와 같은 처지에 놓이게 된 동료의식의 강렬한 작용이기도 하였으리라.

　　우리가 떠밀려 들어간 곳은 중국 중앙군관학교中央軍官學校 임천분교臨泉分校로서, 그 안에 한국광복군훈련반이 특별히 부설되어 있었다. 이 훈련반엔 김학규金學奎라는 분이 주임으로 있었으며 이평산李平山, 진경성陳敬誠이란 두 교관이 주임을 돕고 있었다. 약 4개월 전에 설치되었다고 했다.

　　일군에 징병되어 중국 지역으로 파견 오는 한국 청년들의 수가 많아진다는 정보를 입수하고 공작 계획이 수립되었고, 이에 우리 임시정부와 광복군 총사령부로부터의 명을 받은 김학규 씨가 안후이성 푸양阜陽이란 곳에 주재하면서 약 1년 전부터 각종 공작을 폈으며, 탈출 학병 외에도 한국 청년들을 모병하여 상당수가 되자 이곳 임천분교에 정식으로 군사훈련을 요청하여 특설한 것이 이 훈련반이었다.

　　그동안 한국 청년은 80여 명이나 집결하였다. 계속적인 모병공작과 격증하는 탈출 학병으로 해서 훈련반은 열을 띠었다.

　　그러나 나중에 안 것이지만 성분별로 50여 명의 탈출 학병, 그리고 전선지역으로 다니던 상인이 중국군에 의해서 포로가 되어 수용소에서 인수

된 몇 명, 또 왕징웨이군에서 장교로 있다가 탈출하여 온 사람들이 몇 명, 그리고 중국 각 지역에서, 심지어 접대부 노릇까지 해가며 연락공작에 참여하였던 여 동지 몇 명이 그 구성원이었다.

군 지도자를 위한 군사훈련 실시가 그 목적으로 되어 있었으나 군사훈련이 제대로 실시되는 것도 아니고, 또 군관학교 산하이긴 하지만 그 지위도 매우 애매한 것이었다. 그러나 하여간 우리는 마치 고국에 돌아온 듯 모국어에 싸여 흥분되었다.

더욱 우리가 반가워한 것은 낯익은 얼굴들이 그 속에서 우리를 알아보고 뛰쳐나오는 그 손길이었다. 우리가 같이 일군에 있었을 때는 그저 담담하게 지내던 사이였으나, 이렇게 사선을 넘었다는 이 공통의식은 우리를 얼싸안게 만들어준 것이다. 마치 오랜 옛 친구를 만난 듯이 우리는 체온을 나누며 서로를 격려해줬다. 악수, 악수, 또 악수. 이름을 교환하고 얼굴을 익히고 경로를 얘기하고 우리의 백색 군복에 대해 묻고 또 대답하고 이렇게 우리는 시간을 잊고 그 흥분과 감격 속에 첫날을 보냈다. 우리가 탈출한 시기며 탈출에 성공한 경로며, 이곳까지의 몇 차례 인수인계되어 온 과정이며, 이런 것을 설명하느라고 우리는 모두 풀리는 긴장감을 조금도 의식하지 못했다.

웃고 듣고 말하고 하면서 우리가 당한 일이 가장 험한 구절양장九折羊腸의 애로로만 알았으나 우리보다 더욱 심한 고초를 겪은 동지들도 얼마든지 있었음을 알게 되었다.

모두들 우리가 백색 군복을 입고 온 경위를 이상히 생각했던 모양이다. 우리가 들은 얘기로는, 그래도 우리의 경로가 스스로 자부할 수 있는 떳떳한 대우를 받은 탈출 경로였다고 생각되었다. 김준엽 동지가 먼저 닦아놓은 길에 새삼 감사를 하였다.

얼마 뒤에 우리는 주임에게 신고 겸 인사를 하러 갔다. 주임의 인상은 퍽 좋았으나 주임실의 그 초라함은 우리를 상심시켜주었다. 아무리 남에게 얹힌 덧살림이긴 하지만, 하나의 초라한 토막 방이어서 80여 명 한국 청년들의 주임실로 사용되는 것은 생각을 깊이 부어주는 새로운 사실이었다.

우리의 내무반도 역시 마찬가지였다. 주임은 한 마흔 남짓한 중년의 신사로 온화하고 인자한 인품을 풍겨주었고, 나는 믿음직한 인물로 속셈을 치고 있었다.

"얼마나 수고했소. ……동지들, 참 장하고도 장하오."

그는 극구 우리를 칭찬해주었고 우리의 용기를 치하해주었다.

이곳서 우리는 '동지'라는 호칭을 처음 들었다. 우리에겐 무엇이나 감격스러운 순간이었다.

오후 5시, 항례대로 교내 광장에서 하기식下旗式이 거행되었다. 우리도 참석하게 되었다. 우리는 태극기를 생각했지만, 내려지는 것은 청천백일의 중국기였다.

사실 이곳에 태극기가 휘날린다는 것은 어디까지나 우리의 순수한 욕심이 아닐 수 없었다. 그러나 저것이 청천백일기가 아니고 태극기라면 하는 애타는 심정만은 금할 수 없었다.

중국기의 펄럭임이 천천히 내려오면서 우리의 심정도 가라앉혀주었다. 또 한편 이때처럼 이 중국기가 우리에게 우방의 국기로서 친근감을 부어준 적도 없었을 것이다. 이 깃발이 내려오고 깃대만이 하늘에 솟아 있는 동안 조국의 기폭이 우리의 가슴속에 휘날리었다. 바람을 가득 안은 태극의 깃발이 우리 가슴속에 투지를 불러일으켰다.

이날 저녁 한국광복군훈련반 전원이 참석한 자리에서 환영회가 열렸다. 그것은 흙바닥에 가마니를 깐 내무반에 군데군데 등불을 켜놓고 하는, 우리를 진심으로 환영해주는 모임이었다.

작은 질그릇에 들기름을 따르고 목화 심지에 불을 댕겨 불을 밝힌 것을 등이라 하여 매어놓고 그 밑에 늘어앉아 식순을 따라 환영회가 진행되었다.

격식대로 대표가 환영회 개회사를 해주었다. 애국가 봉창이 있은 후 몇 동지들의 환영사와 격려사에 이어 우리 모두가 한 사람씩 답사를 했다.

아직도 감격스러운 그 불로하 강변의 애국가가 우리 귓전에서 맴돌건만, 이곳서 부르는 애국가는 그 곡이 달랐다. 우리가 알던 애란의 민요곡이 아니라 지금의 안익태安益泰 씨 작곡의 곡이었다. 우리는 따라 부르지 못하고 그 경건하고 장엄한 분위기에 고개를 숙였다.

이어서 연회가 벌어졌다. 뚝배기 잔치였다. 배갈을 몇 개의 뚝배기에 나누어 담아서 이 뚝배기를 차례로 돌려가며 한 모금씩 마시고 달아오르는 기분을 흥으로 돌렸다. 노래 부르고 춤까지 추며 안주 없고 부족한 술로 그 흥분을 지속시켰다. 그래도 아무런 거리낌 없이 유쾌히 놀았다. 그리고 진정으로 우리를 환영해주는 가릴 것 없는 낯으로 우리를 찬양해주었다.

각자가 지닌 장기라는 노래는 모두 쏟아져 나왔다. 동지들은 김 주임에게 노래를 요구하는 박수를 쏟았다. 김 주임은 흔쾌한 표정으로 연한 목청을 돋구어가며, "석탄 백탄 타는 데 연기가 펄펄펄 나고요. 이내 가슴 타는 덴 혁명의 불길이 오른다. 에헤야 에헤야 혁명의 불길이 오른다. 사쿠라밭이 떠나서 태평양 보탬이 되고요, 무궁화가 피어서 3천만 기쁨이 되누나"라는 노래를 부르자 이곳저곳서 취흥에 젖은 목소리로 〈개성난봉가〉를 비롯해 팔도강산의 모든 민요가 다 쏟아져 나와 군영은 떠나갈 듯싶었다. 취흥과 환희는 한없이 한없이 퍼질 듯싶었다. 드디어 독립군의 노래가 이 끝을 맺어주었다. 그 제창은 힘차고 맥박이 뛰는 가사였다.

요동만주遼東滿洲 넓은 들을 쳐서 파하고
청천강수淸川江水 수병백만隋兵百萬 몰살하옵신
동명왕東明王과 을지공乙支公의 용진법勇進法대로
우리들도 그와 같이 원수 쳐보세.
나가세 전쟁장으로 나가세 전쟁장으로
검수도산劍樹刀山 무릅쓰고 나아갈 때에
광복군光復軍아 용감력勇敢力을 더욱 분발해
삼천만 번 죽더라도 나아갑시다.

128

우렁차고 기백 있는 군가였다. 어느새 우리나라가 독립이라도 된 듯 우리는 자랑스러웠고 또 떳떳한 자존심을 느끼게 되었다.

어깨까지 으쓱으쓱 움직였고 주먹을 쥔 손이 불끈불끈 휘둘러졌다.

당장에라도 왜놈들의 진중에 뛰어들어 몇 놈쯤 단번에 해치울 것 같은 의욕이 솟아올랐다. 이렇게 환영회를 마치고 그들과 함께 자리에 누웠으나, 밤이 깊도록 감회가 더욱 깊어질 뿐 잠이 올 여유가 없었다.

이튿날부터 우리는 중국 군복으로 다시 갈아입고 그들과 같이 행동을 취하게 되었다. 자동적으로 입교가 된 셈이었다.

이렇게 며칠이 지났다.

그러나 날이 갈수록 당초의 그 감격과 기쁨과 희망이 스러져가는 것을 나는 곧 의식할 수가 있었다. 애초부터 기대를 가질 수 없었지만, 이곳에서 실시하는 그 교육이란 것이 시간의 낭비라는 것으로 해석되었다.

하루의 일과라는 것이 중국 국기의 게양식과 하기식 거행에 참가하는 것 외에 하루 한두 시간 정도씩의 도수교련─중국인 장교 한 사람과 우리나라 장교인 진경성 교관이 지도했다─과 김학규 주임의 한국 독립운동사 강의를 청강함이 고작이고, 이평산 씨의 세계 혁명사라는 너무도 상식적인 강의가 2~3일에 한 번씩이며, 그밖에는 별로 할 일이 없어 온종일 편히 노는 것이 일이었다. 그나마 도수교련은 늘 답보 상태의 반복이었고 강의도 극히 상식적이고 초보적이었다.

그런가 하면 막사 옆에 있는 중국 군인들은 사격 연습도 하고 박격포도 쏘고 집총을 하고 제법 군인 같은 훈련을 하는데, 우리에게는 목총 한 자루 없는 형편이어서 더욱 맥이 풀릴 수밖에 없었다.

우리는 시간을 허송한다는 생각 때문에 새로운 괴로움을 안았다. 견딜 수 없는 지루함이 살을 내리게까지 하였다. 노는 것도 하루 이틀의 일이요, 또 때와 경우를 따라야지, 탈출의 굳은 각오와 자존심이 더 이상 용납할 수 없을 정도로 해이하고 안일한 생활의 반복이 계속되었다. 하루해를 맞고 보낼 때마다 나는 한심한 우리의 처지를 한탄하게 되었다. 탈출을 결의하고 실행한 그 의의를 찾을 수 없는 것 같았고, 그 간난의 행로를 걸어온 아무런 보람도 없었으며, 이 속에 그냥 묻혀 있는 나 자신이 부끄러워졌다.

단조롭고 무의미한 생활이 가장 우리를 괴롭힐 수 있는, 우리는 청년기의 한창 나이였다.

우리에게 주어진 권태는 새로운 적으로 우리를 자포자기 속에 빠지게 하였다. 타락이라는 차원이 우리를 맴돌았다. 그러나 그럴 수는 없었다.

무엇이든 우리는 보람을 찾아야만 했다. 우리가 할 일을 발견할 수 있다는 것은 언제나 가장 빠른 발전을 기대할 수 있다는 것과 일치되었다. 우리는 허송세월을 피하고 되도록 그것을 선용할 수 있는 방법부터 생각했다. 이런 뜻에서 강좌를 생각해내었다.

강좌는 물론 우리끼리 가져보자는 소박한 뜻의 발현이다. 거의 모두가 학도병이 되기 전 적어도 몇 해씩 대학 강의를 듣고 공부하던 입장이다. 또 그 전문 분야가 달랐다. 이 조건은 나의 생각을 충족시켜줄 수 있었다. 나는 즉시 김준엽 동지와 의논을 하고 또 그 밖의 몇몇 동지들과도 상의를 했다. 모두가 대찬성이었다.

우리는 구체적인 방안을 고안해내었다. 강좌는 하루 두 가지씩 갖되, 강사는 우선 자기가 아는 지식을 일단 머릿속에 정리해가지고 발표하기로 했다. 이렇게 되면 자연히 상호 간 지식의 교환도 된다는 기쁨을 가질 수도 있는 것이 아니겠는가. 맨 처음 강좌는 결국 내가 하기로 했다.

'아가페와 에로스', 이것이 내가 첫 번째 한 강의였다. 내 감히 무엇을 안다고 이렇게 제목을 택했는지 모를 일이다. 오히려 첫 번째부터 잘하고 재미도 있어야 이 강좌에 흥미와 관심을 기울여줄 것이라는 생각에 내 미숙한 생각을 가지고 나서본 것으로 기억한다.

그리하여 나는 열강을 했다.

"……오로지 주기만 하는 사랑, 여기엔 아무런 바람도 없는 것입니다. 또한 상대편에서, 이 주는 사랑을 받고 안 받고도 전연 무관하게 지속될 수 있는 사랑입니다. 이것이 '아가페'라는 사랑의 범주에 속합니다. 그저 완전한 순수로써 마치 분무기처럼 뿜어주기만 하는 사랑입니다……."

이런 대목에 이르러서는 창호지 종이에 물을 뿌린 듯 청중이 나의 한마디 한마디를 그대로 빨아들여주었고, 나 또한 천하의 명설교자나 된 듯이 청중의 시선을 휘감고 다음 말을 찾아 잇고 이어 무려 한 시간 남짓이나 떠들어대었다.

폭포처럼 박수가 쏟아졌고 그 박수의 여운은 강좌를 기획한 우리 몇의 가슴을 뒤흔들었다. 우리는 두 주먹을 쥐어 주먹을 맞비벼대었다.

"……됐어. 여기 할 일이 있다."

그다음은 김준엽 동지의 사관史觀에 대한 강의로서 이날의 강좌는 성공리에 마쳤다.

이렇게 신학, 사학, 철학, 법학, 문학 등 그 분야를 다채롭게 배열하고 강의를 돌아가며 펴나가자, 그 강좌록은 진경을 이루게 되었다. 모두들 이 시간을 기다려주는 눈치였다.

그러나 많은 사람이 모여 뒤섞이고 보면 개중에는 공연히 이론을 내세우는 이단자가 있기 마련이다. 글공부라면 도리질을 하는 사람도 있었다. 그의 조상 때부터 학문과는 담을 쌓아온 사람인지도 모른다. 몇 사람의 이의자도 있었지만, 그들도 결국 흡수되어버렸다. 사실은 그들도 얼마 뒤엔 우리 청중이 되어버리고 말았다.

이 강좌가 의외의 성공을 거두어 발전해가자 우리에겐 좀 더 큰 욕망이 괴었다. 그래도 학도병이 되기 전 대학에서 몇 해석이나 전문 분야별로 익힌 학문의 정수精髓만을 뽑아내어 발표하는 것이니 그때 우리에겐 여간 귀중한 지식이 아닐 수 없었다.

이런 내용을 그냥 한 번에 듣고 흘려버릴 것이 아니라 이왕이면 좀 더 정리해서 기록으로 돌려 보며 연구 교재로 삼자는 동지들이 나타났다. 그냥 내버리기 아까우니 두고 오래 보기로 하면 어떨까 하는 생각이 따라서게 되었다.

그러자면 인쇄나 등사 시설이 있어야 했다. 그러나 지금 이 맨땅에 가마니를 깔고 기거하는 훈련반에서는 허황한 욕심이었다. 그래도 우리는 초지일관했다. 쓰자, 손으로. 각자가 자기 발표 내용을 써서 그 원고를 모아 책을 매면 돌려 보는 교양서가 될 수 있지 않느냐.

처음 며칠 동안의 강좌분을 모아 책을 만들고 다음 것도 계속 모아 꿰어 매놓으면 결국 몇 권의 책자가 되지 않겠느냐는 생각이다.

몇 날을 두고 토의한 끝에 이 책자는 책이라기보다 잡지의 형태로 만들기로 결정하고 그 제호는 우리의 길잡이가 되어야 한다는 뜻으로 앞길을 밝힐 '등불'이라 정했고, '등불'로 정해지자마자 즉시 착수했다.

이것은 그때 그 상황 속에서는 우리가 할 수 있는 최대의 사업이었다. 적어도 보람을 얻고 쌓고 그리고 여러 사람에게 이바지할 수 있다는 숭고한 사업이라고 우리는 자부하고 일했다.

학교 당국에 말하여 작은 방 한 칸, 책상 하나를 마련하고 이를 도서실 겸 편집실로 만들었다. 그리고 김준엽 동지, 윤재현尹在賢 동지 그리고 나, 이렇게 셋이 편집을 책임졌다. 잉크나 펜이나 종이라도 있다면 책임을 진다는 것은 그리 어려운 일은 아닐 것이다. 매일매일 뒤지할 종이도 없어 나뭇잎을 사용하는 그 판국에서 잡지를 꾸며낸다는 일은 정말 책임에 달린 사업이 아닐 수 없었다.

붓으로 써야 했건만 선화지를 구하는 것도 쉬운 일이 아니었다. 우리는 결국 학교 당국을 다시 설득하기로 했다.

미사여구의 설득이 아니라 설득을 위한 설득으로 육박해 들어갔던 것이다. 결국 선화지를 좀 얻었다.

그리하여 우선 각자에게 강좌 내용을 원고로 작성시키고 시, 단편, 수필, 희곡, 만화까지 모집했다. 우리는 이 작품에 손을 보아 베끼는 한편, 체제며 배열순서 등을 진지하게 의논, 김준엽 동지의 그림 솜씨로 컷과 삽화를 넣어가면서 똑같은 잡지 두 권을 손으로 붓글씨로 써서 만들게 되었다.

이것이 나와 잡지와의 최초의 인연이 되었다. 말하자면 효시인 것이다. 세상이 말하는 출판업자나 잡지 발행인으로서의 그 출발이 이때부터 시작된다. 그러나 적어도 나는 그 이상의 긍지를 가지고 있다. 그 이상의 것이다.

또다시 못난 조상이 되지 않기 위하여 나는 붓글씨 한 자 한 획을 그을 때마다 손에 힘을 넣었고 그 힘은 나의 신념에서 솟아 흘렀다.

중국 린촨의 밤이 깊어도 그 칠흑의 밤보다 더 검은 먹을 갈아 붓글씨로 잡지를 베끼는 일로 밤잠을 밀어제치고 지새운 것이, 결코 그런 세상의 말을 듣게 되는 그 기원이 되어서는 안 될 것으로 안다.

적어도 그때의 나의 생각을 스스로 모독하지는 말아야 하겠다. 또 용납될 수도 없다.

『등불』은 진정 우리의 뜻대로, 등불로써 불을 밝히고, 앞장서 길을 밝히며, 꺼지지 않는 등으로 이 민족 누구에게나 손에 손에 들게 만들어주고 싶은 그때의 그 뜻을 스스로 짓밟고 싶지 않다. 그것은 가마니를 깔고 누워 받은 최초의 사명감이었다.

물론 제본도 우리가 해야 했다. 특히 이 제본에 마음을 많이 쓰게 된 것은 모처럼 우리의 성심성의가 결정結晶되는 것이니만큼 외관상으로 예쁘고 아담스러워야 한다는 조건도 있었지마는 그보다도 겨우 두 권의 잡지로 80여 명이 돌려가며 읽자니 웬만큼 단단히 매지 않으면 우리의 보람이 곧 찢어지거나 해져버릴 것 같아서였다.

우리는 생각다 못해 표지로 천을 사용하기로 했지만, 종이조차 구하기 힘든 이때, 두터운 종이는 고사하고 천을 마련한다는 것은 정말 기발한 착상이 아니고는 해결될 수 없는 문제였다.

김준엽 동지는 하루낮, 하룻밤을 곰곰이 생각한 끝에 벌떡 일어났다. 내의를 빨기로 했다고 한다. 비누도 없이 빨고 또 빨고 하여 깨끗이 헹군 다음 널어놓고 살며시 다시 잠자리에 들었다. 그 내의로 책뚜껑을 만든다는 것이다.

"……무슨 일이야?" 옆의 동지가 물었다.

"내의를 벗어 빨았어."

"내의를? 여자도 아닌데 왜 하필 밤에 벗어 빨아."

"······응, 그저······."

나 혼자대로의 생각으로 나는 그 밤을 즐겁게 지새웠다.

다음 날 우리는 김 동지의 내의를 잘라 종이와 겹겹으로 부해서 표지를 만들었다. 비록 짧은 무명 내의로 된 표지였으나 훌륭한 표지가 되었다. 의젓하고 고답적이었다.

역시 김준엽 동지의 그림 솜씨로 램프를 그려놓고, 그 위에 '등불'이라는 제자題字를 써넣었다. 무릎을 쳐 손색이 없을 정도로 잡지는 잘되었고 우리는 만족스러웠다.

그러나 정작 이 결실을 두고 만족스러웠던 것은 동지들이 이 『등불』을 보고 좋아하며 서로 먼저 보겠다고 야단법석을 치는 그 표정을 바라보는 우리의 심정이었다.

흡족한 마음으로 돌아서서 우리는 만족에 겨워했으며 새로운 용기를 얻었다.

"그렇다. 이들에게 그리고 우리에게 필요한 것은 마음의 등불이다. 그 것은 누구나가 갈구하고 있다."

우리는 이어 2호를 착수하기로 했다. 공개 강좌의 발표며, 잡지 발간이며, 이러한 작으나마 창의성 있는 일로 해서 우리는 그 무료하던 시간과 공간을 극복할 수 있었고 서로가 격려를 통해서 새로운 의욕을 가질 수 있게 되었다. 한편 우리는 우리의 일에 대해서 어떤 자신을 얻게 되었다. 그 것은 정말 자신에 대한 신뢰였다. 충분히, 자신에 대한 신뢰는 이번 일로 해서 스스로에게 입증된 것이었다. 사실 이것이 그지없는 나의 환희였다. 혼자만의 생각 속에 나는 여기에서 나오는 어떤 자부심과 긍지를 처음으로 느끼게 되었다.

그러나 우리에게는 보다 절박한 문제가 남아 있었다. 그것은 마음의 양식이 아니라 배가 요구하는 양식의 문제였다.

이 급양문제는 새삼스러운 것이 아니었으며, 우리의 어떤 노력으로써 이루어질 수 있는 것도 아니었다. 추수하듯 식량을 갑자기 하루 이틀에 만들어낼 수도 없는 문제였다.

규정상 우리에게 지급되는 급식 배당량은 1인당 하루에 밀가루 한 근 정도, 부식비 20원으로 되어 있었다. 그때 20원이라면 지금 우리가 쓰고 있는 화폐로 추산해서 약 20원에 해당하는 가치를 지녔을 것이다.

이 급양을 가지고, 중국 사람 요리사를 두고 빵을 굽고 부식품을 사다가 국을 만들어 하루에 두 때, 아침저녁으로 배식을 해주었다.

그러나 이것은 우리의 배를 곯렸다. 아무리 허송세월을 한다 해도 그래도 우리가 받는 훈련은 명색이 군사훈련이요, 또 우리의 나이가 모두 한때의 젊음들이었으니 배고픔은 무리가 아니었다.

그러나 그 이상의 급양을 요청할 수도 없었고 그나마라도 사실은 고마운 것이었다.

오히려 우리의 불만은 취사 책임을 맡은 우리 동지들에게 눈총을 돌리게 되었다. 그 성실성의 문제에 있었다. 불성실과 부정은 정량에서도 축을 내었고 그것은 매 끼니마다 우리에게 불쾌감을 주었다.

주식품인 밀가루는 그래도 현품으로 직접 수령을 해오기 때문에 다행이었지만, 부식만은 현금이므로 매일 아침마다 취사 책임자가 시장에 나가 부식품을 사오게 되어 있는데, 이때에 취사 책임자의 마음에 이상한 것이 작용하는 모양이었다. 물론 책임자 한 사람만의 소행은 아니다. 몇 친구들이 같이 나가서 적당히 술과 담배며 고기까지 우선 사서 나눈 다음에 그 나머지 돈으로 부식품을 사오는 것이니 부식의 질이 나빠지는 것은 당연한 것이었다.

날이 갈수록 이 폐단은 심했다. 한두 번 재미를 보고 마는 것이 아니라 전염병처럼 이 부패는 악화되어갔다.

나중에는 국이란 것이 멀건 소금국으로 시래기 몇 오라기가 떠다닐 뿐 들여다보면 얼굴이 비칠 정도가 되었다.

자기 몫을 찾아 먹는 데에는 아마 어수룩할 사람이 없을 것이다. 누구라도 이것을 눈치 못 챈 것이 아니었지만, 그런대로 한동안은 입을 다물고 참아갔다.

그러나 내무반의 심상치 않은 분위기를 먼저 눈치 챈 취사반과 그 책임자는 올 것이 왔다는 듯이 선수를 쳤다. 더욱 형편없는 국을 끓여다주며 우리의 반응을 기다려보는 것이었다. 적반하장의 태도로 우리를 시험하고자 하는 것이었다. 누구든지 나서보라는 오만한 태도였다. 사실은 모든 물가가 너무 비싸져간다는 핑계이나 정성을 들인다면 채소는 오히려 싼 편이었다.

마침내 곪은 종기가 저절로 터지듯이 전체 회의가 은연중에 열리게 되었다. 전체 의사는 막상 벌어진 회의에선 너무나도 강경하게 나타났다.

응분의 책임을 물어 그들이 물러나게 되었다. 그러나 그것은 슬픈 일이 아닐 수 없었다. 우리를 슬프게 만드는, 이국에서의 우리의 문제였다.

그런데 전연 상상 밖으로 그 후임 선발에 내가 천거되어 그대로 그 책임을 지게 되어버렸다. 잡지 편집에다 취사 책임까지 겸할 수 없는 것이라고 간곡히 사절을 했으나, 역시 전체 의사로써 나를 굴복시켰다.

불성실이라는 이름으로 해직된 자리를 후임으로 맡는다는 것은 정말 쉬운 일이 아니었다. 나는 이제부터 나의 성실성을 스스로 시험해야 했다. 이것은 가장 힘든 일의 하나였다. 밤잠이 달아나버리고 첫날 새벽까지 나는 시간을 기다렸다.

날이 밝은 첫새벽.

나는 다른 취사 당번 동지 한 명과 중국인 인부 한 명을 대동하고 부식물을 사러 시장에 나갔다. 주로 우리가 먹는 부식은 채소류였는데 나는 되도록 싸고도 분량 많은 것을 찾고자 자꾸 망설이게 되었다.

이것보다는 저것이 나은 것 같고, 저것보다는 또 이것이 싼 것 같은 생각에 온 시장 안을 두루 헤매어도 얼른 결단해서 살 수가 없었다.

어느새 아침식사 시간이 점점 다가왔다. 좀 더 일찍이 나왔으면 좋았을 것이라고 후회까지 하면서 결국 에누리를 하여 채소를 샀다. 남은 돈으로 고기까지 몇 근쯤 살 수 있었다.

이 지역 중국은 우리나라와 달리 돼지고기 값이 쇠고기 값의 갑절이나 비싼 편이었다. 중국의 쇠고기는 한국의 쇠고기 같은 맛이 없을 뿐만 아니라 회회교도回回教徒들 외에는 거의 쇠고기를 먹지 않는 생활관습이 있어 쇠고기 값이 헐했다.

이렇게 쇠고기 채솟국이 그 첫날 아침의 부식으로 선을 보였다.

비록 소 한 마리가 건너간 정도의 쇠고기 국물이었으나 그 대신 기름이 밴 구수한 채소의 분량은 꽤 많았다.

동지들의 그 좋아하는 표정을 따라다니다 보니 식사 시간이 어느새 지나갔는지 나의 식사는 놓치고 말았다. 그렇건만 나는 만세라도 부르고 싶은 심정이었다.

"그래, 과연 장 동지란 말야!"

나는 못 들은 척 귓바퀴에 와 닿는 이 말을 남기면서 혼자 취사장 뒤뜰을 거닐었다. 아침의 햇살이 유난히 눈부셨다.

식기를 씻고 있는 동지들의 대화 한마디가 날 이렇게 멍하게 서 있게 만들었다. 나는 정말 기도라도 드리고 싶은 심사였다.

이미 자리를 물러난 전임 취사 책임자에 대한 미안한 생각이 날 괴롭혔던 것이다.

내 느끼는 보람과 그것에 반비례하는 또 하나의 괴로움이 내 속에서 싸우고 있었다. 햇살이 싫어져서 돌아섰다. 천천히 다시 취사장으로 되돌아왔다.

취사장 안에서도 말이 있었다.

"……정말야, 목사가 되려고 공부하던 '크리스천'이란 말야."

나는 걸음을 멈췄다.

"……아아, '크리스천'이구만."

내가 기독교 신자라는 것을 특별히 강조하는 의미였지만, 그것은 짓궂게 사용되는 때가 더 많았다.

그러나 나는 웬일인지 그 말이 불쾌하게 들리지 아니했다.

열의와 성의를 쏟아야 할 일이 나에게 주어진 것은 나를 위해서 극히 다행한 일인지도 모른다. 그러나 이 일로 해서 내가 본의 아닌 괴로움을 다른 이에게 주어서는 어쩔 것인가. 나 개인에 대한 충실과 공동에 대한 충실의 한계가 끝내 해결되지 않고, 며칠 동안 내 머릿속을 맴돌았다.

'나 자신에게 충실한 것이 전체를 위해서 충실한 것으로, 사필귀정의 원칙대로, 일치할 수 있는 것일까?

내가 얻은 결론은 적어도 내가 이렇게 젊어 있는 한 정의가 불의를 반드시 이긴다고 하는 신념을 가져야 하겠다는 생각이었다. 억지로라도 가지라. 그렇다면 나의 일에 내가 떳떳할 수 있으리라.

그러나 부식의 질이 좀 나아졌다고 해서 동지들의 배가 불러진 것은 아니었다. 취사 책임을 맡지 아니했을 때에는 나 혼자만의 배고픔을 이겨내기만 하면 되었으나, 이제는 전체의 배고픔을 해결해야 할 책임이 있었다.

내 배고픔만이 앞서던 그때와는 달랐다. 남의 배고픔을 생각할 겨를이 없던 그때가 오히려 훨씬 행복한 것 같았다.

나는 내가 배고픔을 이겨야 하는 그 이상의 고민을 끼니때마다 가져야 했다.

그것은 마치 나의 잘못 내지는 나의 능력의 한계 때문에 있는 고민 같기도 하였다. 말로는 표현이 부족한 문제 가운데 하나가 이 굶주림의 문제다. 그러나 나도 어쩔 수가 없었다.

동지들이 비교적 나의 앞에서는 배고프다는 말을 아니 하는 것은 더욱 날 괴롭혔다. 동지들의 눈치가 나의 심경을 들여다보고 있는 것이 더 미안했다. 그럴수록 나는 태연해지고 싶었다.

나는 드디어 어떤 묘안이라도 있는가 싶어 궁리를 하기 시작했다. 나의 이런 생각은 수단을 가리지 않는다는 지경에까지 발전해갔다. 무서운 노릇이었다.

매사가 다 이렇게 확대되어갈 것이다. 굶주림을 해결해주는 것만이 나의 임무다. 제1차적인 문제다. 우선 해결해놓고 생각하자. 일단 배를 채워주는 임무를 단 한 번만이라도 완수해보자. 그러고 나서 사죄하고 속죄해보자.

나는 나의 선임자가 되지 않기 위해서 이 책임을 맡았건만, 지금은 그 선임 책임자의 양심문제까지 생각하게 되었다. 다른 것은 무엇이냐. 나만이 아니고 전체를 위해서 양심을 저버릴 수 있을까? 그 외에는 다른 방법이 없다.

나는 잡지 편집에도 자연히 소홀해지고 늘 이 문제를 머리에 담아가지고 다녔다.

어느 날 아침.

그날도 여느 날처럼 장을 보고 오다가 길가의 고구마밭 앞에 내 발걸음이 멈춰지는 것을 깨달았다.

내 발걸음을 붙잡은 것은 야릇한 생각이었다. 고구마밭엔 그전과 달리 고구마 줄기를 모두 걷어버려 오늘따라 두둑만 맨숭맨숭하게 드러나 있었다. 뿌리가 얼마쯤 달리면 그 뿌리를 키우기 위해서 줄기를 걷는다는 것을 나는 어려서부터 고향에서 보아 알고 있었다.

그러면 지금쯤 고구마가 달렸겠다. 아니, 주먹만큼씩 하게 달려 있는지도 모른다. 저놈이면 우리의 배고픔을 해결할 수 있겠다. 저놈을 쪄내면 그 단 냄새가 동지들을 죽여줄 것이다. 어떻게 저 고구마를 얻을 수 있을까. 벌판에 널린 고구마밭이 한없이 원망스러웠다. 어느새 아침 햇살이 높이 비껴 나에게 길지 아니한 그림자 하나를 만들어주었다.

나는 무심한 그림자에게 물었다.

"……고구마를 훔쳐낼까?"

그러나 그림자는 대답이 없었다.

대답 없는 나의 그림자를 밟아버렸다. 나는 그 그림자가 미웠다. 자꾸만 따라오는 그림자가 싫어 발버둥 치며 고구마밭 사이 한길을 달렸다. 어깨에 멘 채소가 부서져버리는 듯했다.

그날 나는 하루해가 어떻게 지나갔는지 모른다. 하루 종일 또 하나의 나의 그림자가 싫어서 그늘 속에 묻혀 있었다.

그러고는 그림자를 싫어하는 자신에게 물었다.

"고구마를 훔칠 것이냐?"

"……."

길가에 떨어진 동전 한 푼을 보고 지나치다가 그것을 집었을 걸…… 하고 생각하고 후회하고 또 망설이며 되돌아가고 오던 나의 어린 시절이, 나의 대답 대신 내 눈앞에 나타났다.

나는 고개를 설레설레 젓다 못해 고개를 떨어뜨리고 취사장 뒤뜰을 거닐었다.

"나는 왜 '크리스천'이라고 알려졌을까?"

귀밑이 따가워졌다.

"목사의 아들이 더구나 가장 참된 목사가 되겠다고 하던 자가 도둑질을 했다고 하겠지……. 적어도 나의 전임 취사 책임자만은 그렇게 말하리라."

그러나 무엇인가 이 계속적인 부정否定에도 불구하고 마음속엔 부정을, 부정을 다짐하게 하는, 그 무엇인가 긍정적인 힘이 내 안에서 꿈틀거리고 있었다.

그것이 무엇이기에 나는 하루 종일 '안 된다, 안 된다' 하고 자신을 타이르고 있을까. 이런 생각의 한끝을 물고 치솟아오르는 것이 내 머리에 도사렸다.

'너는 너의 동지들을 배고프지 않게 해주기 위해서 무엇을 했느냐?'

나는 그 길로 내무반으로 뛰어들어갔다. 헌 군복 바지 서너 개를 꺼내어 취사장에 숨겨놓았다. 꼬챙이를 만들기 위해 부젓가락을 두들겼다.

그러고는 밤이 어서 오기를 기다렸다. 취사를 돕는 두 동지도 불러내었다.

취사장 뒤뜰에 어둠이 깔리기 시작했다. 날 따라 나온 두 동지가 어떤 영문인지를 몰라 의아한 표정으로 시선을 내게 모았다.

서늘한 바람이 지열을 버리고 하늘로 치켜올랐다. 그러나 나의 심정은 바람이 남긴 지열을 모두 삼킨 듯이 답답하였다. 저녁 바람이 사라지길 기다려 나는 두 동지를 향해 돌아서 마주 보았다.

그러나 도시 나는 입을 열 수가 없었다. 아니, 입이 나에게 반항하고 있었다. 나는 나의 입의 반항을 이기지 못하고 있었다.

다시 한 번 어두워져가는 하늘에 바람이 번져왔다가 하늘로 치솟아올랐다.

"……왜 그래, 장 동지?"

기다리다 못한 한 동지가 내게 물었다.

"뭐야, 무슨 일인데?"

다른 한 동지도 퍽이나 심각해졌다. 난 정말 말을 꺼낼 아무런 힘도 없었다. 아무런 안건도 없었던 것처럼 나는 두 동지를 세워두었다. 오히려 아무런 일도 없는데 공연히 둘이서 날 추궁하는 듯하였다. 아무런 이유도 없는데 내가 어떤 추궁을 받고 있듯이 나는 난처해졌다.

'왜 이렇게 나는 나약할까?'

나는 눈에 불을 켜고 두 동지에게 다가갔다. 그러나 역시 입은 항거하고 있었다. 눈이 말하고 있으나 어둠이 방해하였다.

나는 두 손으로 한 손씩 두 동지의 손목을 더듬어 덥썩덥썩〔덥석덥석〕 쥐고 힘을 주었다.

"무슨 일인가, 장 동지!"

둘이서 거의 동시에 절규를 내뱉었다. 나는 몸서리를 쳤다.

"내게서 나를 떠나게 하소서."

나는 겨우 이 한마디를 입에도 못 올리고 성대에서 외웠다.

"내게서 제발 나를 떠나게 하소서."

나는 내가 지금 서 있는 땅, 린촨에 지금 왜 섰는가를 생각했다. 나는 왜 이곳 취사장 뒤에 지금 서 있는가도 생각했다.

'조국이 없기 때문이다.'

누군가가 이렇게 대답을 던져주는 듯이, 나의 귀에 들리는 한마디는 나에게 고아의식을 불러일으켜주었다.

80여 명의 고아들, 그들이 지금 모두 나를 기다리고 있다. 내가 무언가 먹을 것을 가지고 오는 듯이 기다리고 있다.

"……난 이런 생각을 가지고 있는데……."

이윽고 나는 입의 항거를 떠밀치고 입을 열었다. 나의 지금의 생각을 전해주라고 나는 강력히 나의 입에다 명령하고 있었다.

결국 나의 한 부분인 입의 항거를 물리치기 위해 그렇게 오랜 시간이 걸린 것이다. 그것뿐이다. 다른 이유는 변명이다. 변명일 수밖에 없다.

그러나 내가 한 얘기는 고작 이 한마디였다. 나는 왜 이렇게 결단력이 없는가.

"무슨 일이야? 참……."

"내 생각이란 오늘 저녁에 말야……."

"장 동지이! 좀 크게 말해줘."

이번에는 내 말이 끊어지기 전에 끊기어버렸다.

나는 두 손을 놓고 갑자기 가려워진 머리를 긁었다. 머리털이 빠져라 하고 손가락을 세워 긁었다. 머리 가죽이 벗겨지는 듯이 긁어도 머릿속은 시원해지질 않았다.

"……오늘 밤에 난 고구마밭엘 가겠는데, 어떤가?"

나는 납덩이를 배앝아놓은 듯이 시원했고, 그것이 들어 있던 부분의 가슴엔 시원한 중국의 밤공기가 들어가 대신 채워주었다.

나는 두 눈을 감았다. 분명히 내가 감은 것이 아니라 누가 감겨주었다.

이미 나의 의식은 도둑놈의 의식이었다. 그것은 나에게, 눈을 감겨줄 필요가 없는 것이다. 나는 두 동지를 도둑놈으로 만들기 위해 서 있는 것이다.

우리는 군복 바지의 가랑이 끝을 잡아매고, 꼬챙이를 하나씩 나눠 가졌다. 바짓가랑이를 벌리고 어깨로부터 목을 사이에 두고 메는 연습까지 하였다.

나는 두 동지에게 한마디를 겨우 더 말했다.

"……이건 절대로 비밀이야."

우리는 잠자리에서 한 사람씩 빠져나오기로 했다.

그날은 총총한 별빛이 달밤을 무색케 하도록 밝았다.

달이 없는 것은 다행이었지만, 별빛이 그토록 밝아도 조금도 아름답지 않은 밤이었다. 밤의 정서는 느껴지질 아니했다. 그것이 느껴질 리가 없었다. 그러나 나는 밤이 나 자신보다 아름다운 것을 속으로 혼자서 알고 있었다.

우리 셋은 영문을 피하여 담을 타고 밖으로 나왔다. 그리고는 낮에 보아두었던 그 고구마밭으로 갔다.

밭 한가운데는 감시망이 있었다.

우리는 밭 한끝에 이르자 각개분산으로 포복해 들어갔다.

포복도 배를 깔고 헤엄을 치듯이 앞으로 전진하는 포복이었다.

그러나 일단 밭 한가운데 들어가서는 오히려 몸 숨기기가 수월한 듯했다. 이랑은 높고 고랑은 깊어 고랑에 납작 엎드려 몸을 감추면 되었다.

이랑을 더듬었다. 고구마 넝쿨이 잘리운 자리가 손바닥에 걸리면 꼬챙이로 파내어 고구마를 캐면 되는 것이다.

나는 팔을 뻗쳐 손으로 넝쿨 줄기의 그루터기를 더듬었다.

"……아, '크리스천'이구나!"

언젠가 취사 책임자가 되어 첫선을 보이고 나서 듣던 한마디가 문득 이 순간에 되울렸다. 그러나 나의 손은 이미 그 그루터기를 잡아 뽑을 듯이 움켜쥐고 있었다. 흙을 헤치고 꼬챙이로 파내는 일이 어떤 파계破戒처럼 기다리고 있었다.

그러나 나는 손에 잡히는 대로 캐내었다. 제법 굵은 주먹덩이의 고구마들이 딸려 나왔다. 캐어서는 담고 앞으로 전진하고 또 캐어서는 담고, 이렇게 얼마를 하니까 고구마를 담은 군복 바지를 들어올리기가 힘들도록 늘어졌다.

파계의 대가, 그 묵직한 중량에 비례해 오히려 흐뭇한 것이었다. 고구마 한 개라도 더 캐내어 1분이라도 더 빨리 돌아가 동지들 앞에 이 고구마의 향기를 내어놓을 때 그들이 얼마나 놀라며 맛있게 먹으랴.

마음이 급해졌다. 꼬챙이는 호미만 못했고 손끝이 아파왔다. 또 무엇인가 아팠다.

우리는 군복 바지를 끌고 고랑을 기어 나왔다. 구도자의 고뇌처럼 그것은 고구마 무게 이상의 중량을 가졌다. 그러나 나는 끝내 그것을 끌고 고구마밭 한끝까지 기어 나왔다. 나의 제물을 목에 걸고 나는 두 동지를 따라 허청대는 걸음으로 돌아왔다.

다시 담을 타고 들어왔다. 동지들은 모두 내무반에서 잠이 들어 있었다. 셋이서 취사장에 쏟아놓은 고구마가 실히 한 가마니는 되는 것 같았다. 씻는다고는 하였으나 제대로 씻어지지가 않았으리라.

대강 흙만을 털고 물을 묻혔을 뿐으로 삶기 시작했다.

김이 충분히 오르기 전에 솥뚜껑을 열면 안 된다는 것을 알지 못한 우리는 그저 잘 익었나, 이만하면 물렀나 하고 자꾸 열어보았다.

물을 도대체 얼마나 부어야 적당한지도 물론 몰랐다. 고구마는 제대로 익혀지지 않았다. 그럴 수밖에 없었다.

밑부분은 타고 중간 부분은 죽이 되고 윗부분은 무르지 아니했다. 웃음이 터져 나왔지만 그 구수한 향기는 기가 막힌 일미였다.

이왕이면 동지들을 좀 놀려줄 생각으로 한참 첫잠에 깊이 들어간 반원들을 모두 깨워 일으켰다. 어언 12시가 넘어서였다.

바로 코앞에 갖다놓은 고구마를 보고 '아닌 밤중에 이게 웬 것이냐' 싶어 모두 놀라면서도 우선 먹기에 바빠 채 눈도 덜 떠진 채로 뜨거운 것을 삼키기에 야단들이었다.

나도 나도 하면서 하나씩 집어 들고는 잠결에 한 입씩 베물어 먹다가 목이 뜨거워 깡충깡충 뛰는 모양은 순진하기도 하고 재미있기도 하였다.

나는 그저 속으로 흐뭇했다.

그러나 나는 고구마를 한 개도 입에 댈 수가 없었다. 이상한 일이었다. 한 개도 먹고 싶지가 않았다. 그 구수한 고구마의 단 향기와 동지들이 좋아하는 것이 흐뭇했고 그것으로써 나는 흡족했다.

그날 밤부터 나는 취사 책임자의 임무를 완수할 수가 있었다.

확실히 요즈음에도 신화는 존재한다고 난 그때 생각했다. 도대체 '책임 완수'라는 것이 어떤 것이기에 그것은 절대적인 것으로 내게 도둑질을 강요하였는가.

동지는 도둑질이 아니라고 우겨대었다. 그때 우리 한국광복군훈련반에게는 조금도 이상한 소피스티케이션[sophistication, 궤변]이 아니었다.

이렇게 나는 밤까지 고단했다. 잠이 부족했고 늦도록 고구마 밤참으로 일했고, 새벽엔 부식을 조달해야 했으며 낮엔 훈련 교육과정에 뒤지기가 싫었고, 여가엔 강좌를 위해 생각을 기울여야 했으며 밤에는 잡지 편집에 시간을 할애해야 했다.

그러나 노는 동지들을 기쁘게 해줄 수 있다는 보상에 너무나도 집착했다. 그것은 거의 유일한 나의 낙이었다. 동지들이 즐거워하는 것을 보고 나도 즐거우면 되지 않느냐. 나의 생각은 이렇게 단순해지게 되었다.

그러나 이 한국광복군훈련반에서의 생활이 2개월이 넘어서자, 너무나도 무력하게 허송세월을 하고 있는 우리 스스로가 또다시 자신을 미워하기 시작했다.

아침 6시에 일어나 조반 전에 중국 교관이 지도하는 도수제식교련이 한 시간쯤 실시되고 그 후 주먹만 한 호떡 한 개와 뭇국이나 배춧국 한 그릇씩을 뚝배기에 담아 대여섯이 훌훌 마시고는 이것을 아침식사라고 마치고 국기 게양식에 참여한다.

중국 교관이 지도하는 도수제식교련이라는 것이 사실상 군사훈련의 전부이다. 이미 우리는 일본 학병 시절에, 아니 더 소급해서는 중학교 시절에 교련 시간을 통해서 몸에 익힌 것들이다. 그러고는 구보, 걸핏하면 연병장 안을 뛰는 구보였다.

조국이 없는 군대에는 목총 한 자루도 없었다. 집총훈련은 고사하고 이곳에선 총을 한번 만져보지도 못하였다. 그러니 군사훈련이라는 것이 기껏해야 오伍와 열列을 맞춰 대열을 정리하고, '앞으로 갓', '뒤로 돌앗', '구보' 등의 구령에 따라 질서 정연히 연병장 안을 맴도는 것뿐이었다. 이것이 한 달 이상이나 계속되었다.

중국 중앙군 군관후보생들의 훈련 광경은 우리의 마음을 사로잡는 훈련이 아닐 수 없었다. 집총훈련의 그 늠름한 모습이 부러웠고 사격훈련은 우리의 선망이었다.

병기분해 훈련은 같은 연병장 안에서 우리가 갖는 열등의식을 더욱 깊게 만들었다.

이따금씩 야외 교장에서 들려오는 실탄사격 훈련의 총성이나 박격포 훈련의 포성은 우리에게 충격을 주었다.

'우리는 총 없는 군대다. 우리는 조국 없는 군대다. 아니, 조국은 있었으나 잠시 빼앗겼을 뿐.'

물론 이 임천군관학교 당국으로서는 동등한 대우를 해준다고 말하고 있으나 확실히 그것은 나라 없는 설움을 받는 대우였다.

총 없는 군대.

구태여 이렇게만 생각하지 않으려 해도 날개 없는 새처럼 무기 없는 군대는 의붓자식 대접 속에 있었다. 내 눈으로 보아도 우리 한광반韓光班은 어색하기 짝이 없는, 보기 싫어지는 군대였다.

이 제식훈련은 진경성이라는 한국인 교관이 중국인 교관과 항상 교대해가며 가르쳤다. 그러나 그는 오히려 우리에게 배워야 할 형편인 것같이 느껴질 때도 있었다. 가르칠 것이 없었으나 하여간 그분은 교관이었다. 원래는 이평산 씨와 같이 김학규 씨의 보좌관으로서 일하던 분이다. 마치 아침체조를 하는 기분으로 진 교관의 구령에 따라 몸을 움직이면 어느새 국기 게양식의 시간이 다가온다.

게양식엔 우리도 참석하나, 오르는 깃발은 태극기가 아니었다. 우리는 그것을 태극기로 보고 기가 오르는 동안 경건하여지곤 하였다. 무엇보다도 다행인 것은 그 깃발이 일장기가 아니라는 사실뿐이었다. 태극기가 아니라는 유감을 이내 일장기가 아니라는 다행으로 상쇄시켜보며 기가 오르는 동안 손을 올려붙이곤 하였다.

기. 그것은 펄럭이는 조국의 이미지였다. 동맹 국가의 깃발 밑에서 방황하는 조국을 실감할 수 있었다. 아침마다 이 시간엔 싱싱하게 펄럭이는 조국의 몸부림을 그리워했다. 그것은 구도였다.

국기 게양식이 끝나면 으레 주임 김학규 교관의 강의 시간으로 되어 있었으나 그는 거의 한 달 만에 완전히 그 밑바닥을 드러내고야 말았다. 한국 독립운동사의 강의는 만주 벌판에서 일군과 싸우던 얘기로써 만주벌을 방랑하듯 전전하였다.

김학규 주임에게는 다른 한 사람의 한국인 보좌관인 이평산 씨가 딸려 있었다. 이 교관은 우리에게 세계 혁명사라는 이름으로 '러시아' 혁명사를 주로 사건 중심으로 옛얘기 하듯이 들려주었지만, 그때 그는 이미 좌경한 사람이었다. 어느 누구의 강의 하나도, 대부분 일본에서 정규대학의 대학생으로 공부하던 이들 학도병 출신들에겐 강의로서의 면목을 세울 만한 것이 없었다.

군사훈련이라는 것이 고작 그 모양이었고 학과와 정신교육이라는 것이 이 꼴이었다.

오히려 우리는 휴식 시간마다 적당히 중국 보초병에게 손을 올려붙이고 영문 밖으로 나아가 넓게 트인 고구마밭의 정찰 답사에 더 재미를 붙이게 되었다.

"오늘은 이쪽의 이 고구마밭이 훌륭한 적지이다."

항상 나와 함께 이 척후병 역할을 하고 도굴 작업을 한 김성환金聖煥 동지는 딴딴한 몸집의 권투선수였다. 일본 센슈대학專修大學을 다니던 김 동지는 나를 친형님같이 생각해주고 따르던 친구였다. 그도 동지들의 충복감을 보고 이 한광반의 생활 속에서 보람을 느끼는 것 같았다.

"차라리 이런 생활의 계속이라면 고구마 밤참으로 늘 충복감이나 갖게 해주는 것이 우리가 할 수 있는 최대의 봉사가 아닐까?"

점심은 없고 오후 4시가 되어야 다시 배식되는 호떡 한 덩이를 먹기까지, 우리는 고픈 배를 쥐고 이렇게 참아야 하는 신세로 전락하고 말았다. 그러나 실상은 오후 4시부터 밤 10시까지의 그 기나긴 시간의 배고픔이 더욱 참기 어려웠다.

그 배고픔을 잊으려『등불』은 늘 먼저 보겠다는 싸움질의 대상이 되었다.『등불』에 수록된 수필은 대부분이 탈출 시의 일화나 에피소드 또는 구사일생의 기담들이었다. 동지들은 이 초라한『등불』한 권으로 기나긴 공복의 괴로움을 잊으려 했다.

나는『등불』에 수록된 단편소설이 무척 좋았다. 그것은 같이 편집을 맡고 있는 윤재현 동지의 작품이었다. 일본에서 도시샤대학同志社大學을 다닐 때 문학을 하던 동지였으므로 그 작품은 놀라운 것이었다. 잡지의 얘기가 나왔으니 말이지,『등불』창간호엔 만화 두 편이 김준엽 동지의 솜씨로 그려져 있었는데, 아직도 기억되는 한 편은 '천손강림'天孫降臨이라는 제목의 만화였다. 일본의 후지산富士山을 비롯한 전역에 연합군의 낙하산 부대가 왜놈의 국사 속의 말대로 하늘로부터 내려오는 내용이었다. 온 동지들로부터 걸작 중의 걸작이라고 칭찬이 대단하였다.

아직도 회상 속에 즐거워질 수 있는 그 잡지였건만, 이 두 권은 우리의 배고픔과 실의를 잊게 하거나 건져내지는 못하였다. 배고픔은 불만의 씨가 되었고, 실의는 정신적인 긴장을 완전히 해이하게 만들었다. 우리는 두려웠다. 무엇인가 어떤 불길한 일이 장차 일어날 것 같아서 젊음이 두려워지기 시작했다.

동지들의 실망과 실의를 건져내기 위해서라도 배고픔만은 이 고구마 작전으로 이겨내야 할 것으로 우리는 생각하였다.

이렇게 해서 고구마 작전은 한 20여 일이나 계속되었다. 그 넓은 벌판의 고구마밭은 차례로 우리의 야간 침투 작전지가 되었고, 우리는 한곳에서 그리 미안하지 않을 정도로 조금씩 캐내어 군복 바지 자루를 채워 들여오곤 하였다.

이렇게 고구마 작전은 거의 공공연한 사업이 되었고 담을 넘기 위한 발판인 나무의자를 한쪽 담 구석에 아주 갖다놓고 통로로 사용하게까지 되었다.

그러나 한 20여 일이 지나자 그 넓은 벌판의 고구마도 거의 전부가 농군의 손으로 거둬들여지고 한철의 고구마 수확이 끝나자 우리의 간식도 끝나고 말았다. 동지들의 그 섭섭함 못지않게 나도 못내 섭섭하기 짝이 없었다.

빈 고구마밭의 들판에서 허탕을 치고 돌아오던 날 밤, 우리는 길 잃은 사냥꾼처럼 허탈한 심정을 달래며 그동안 무덥던 날씨가 어느새 선들선들해진 기후의 변화만을 피부로 느끼며 맥없이 돌아왔다.

새로운 그 무엇인가, 우리의 실의와 자포자기를 달래줄 수 있는 그 어떤 것이 필요했다. 내가 절실히 이 새로운 필요를 느끼고 있을 때, 아니나다를까 엉뚱하게 큰 사건이 터지고야 말았다.

우리 내무반에 있던 L과 P 두 동지가 부대 밖의 민가에서 만취의 추태를 부린 일이 벌어졌다. 어느 동지인가가 일군 탈출 시에 가지고 나왔던 일본도를 들고 나간 L과 P 두 동지가, 술집을 순례하며 협박 공갈로써 술을 강탈해 마신 사건이 임천분교를 발칵 뒤집어놓았다.

본래 이 L과 P라는 두 사람은 일본 도쿄 유학 시절부터 이름 있던 완력가들이었다. 이 두 사람은 유명한 일본 메이지대학明治大學의 명물이었으며 또 한 사람은 고무 공장을 가진 부잣집 아들로서 도쿄를 휩쓸고 다니던 완력 학생이었다.

참말 용하게도 이들 두 동지가 참아왔다고 할 만큼, 위험천만한 인상을 주던 그들이 기어코 일을 저지른 것이다. 별로 상상 밖은 아니었으나 일군을 탈출했던 그 의지력을 지리멸렬하게 만든 오늘날의 무료한 생활이 저주스럽기만 하였다.

지극히 당연한 일이 터진 듯이 생각되었다. 그동안 이 두 사람을 견디어내게 한 지주支柱가 무엇이었던가 하고 반문하기까지 나는 이들이 동정스러웠고, 또 사실 이런 사태의 발생을 염려했던 것이기 때문에 고구마 도둑 작전으로라도 유쾌한 분위기를 만들었던 것이 아닌가.

그러나 L과 P 두 동지가 아무리 술을 강탈해 마시고 다니며 민폐를 끼쳤다손 치더라도 그대로 조용히 귀대하여 잠자고 술이 깨었던들 문제는 간단히 수습될 수 있었던 것이다.

술이 취한 그들의 기개는 도쿄 밤거리를 휩쓸던 그 기분에다 오늘의 자포자기한 실의까지 겹쳐 무서운 것이 없었던 모양이다. 그들에겐 그동안도 그리 큰 실수는 아니지만, 무전취식의 말썽이 없었던 것은 아니었다. 그러나 그때까지는 참아줄 수도 있었다.

술집 주인을 위협하다가 차마 사람은 치지 못하고 그 시퍼런 일본도로 술집의 개를 내리쳐 두 동강이로 만들어놓고, 그도 몇 마리씩이나 그 피 묻은 칼날을 휘두르며 린촨의 거리를 쏘다녀서 주민의 가슴을 떨리게 만들었던 것이다. 간담이 서늘해지는 실화이다.

그러나 일이 이쯤 확대되자, 이번에는 L과 P가 영내로 들어와서까지 계속 행패를 부렸다. 모두 가마니 위에서 잠자리에 든 동지들을 발길로 차서 깨워 일으켜놓고 소란을 벌이고 주임 이하 간부들이며 반원들을 한칼에 죽여버리겠다고 협박하고 위세를 높이는 것이었다. 칼을 휘두르는 이 행패를 막을 사람은 실제로 아무도 없었다. 딴 방에 있던 주임은 재빨리 몸을 피하긴 했으나 대부분 동지들도 숲속으로 도망을 하고 어쩌다 남아 있는 동지들도 괭이 앞의 쥐처럼 꼼짝 못 하고 시간이 무사히 지나기만을 바라고 있었다. 밤 11시경부터 영내에 돌아와 벌인 이 소란은 새벽 2시가 넘도록 계속되었다.

일군 탈출의 사선을 같이 넘고 와서 이 가마니 위에서 잠을 같이 자는 동포와 형제 같은 동지 앞에 칼을 휘둘러대는 이 L과 P는, 우리의 슬픔이 굿을 하는 모양으로 가슴 아픈 일이었다. 그동안 그래도 나는 취사 책임자가 된 일이며 해서 꽤 동지들의 신망과 신뢰를 얻은 것 같았으나 이같이 절박한 상황 앞에서는 내 결단이 문제가 되지 않는 것이었다. 꼼짝하면 당장 죽이겠다는 그 시퍼런 공갈이 한 서너 시간 계속되었으나, 정작 사람을 치지는 못했다. 결국 제풀에 꺾여 칼을 내던지고 행패에 기진맥진한지 그대로 잠에 떨어져 비로소 우리는 안심을 할 수가 있었다. 이렇게 하여 이날 밤은 모두가 뜬눈으로 새우고 말았다.

이튿날 아침, 식사 전에 L과 P는 내무반으로 찾아온 중국군 무장 헌병에게 연행되어 갔다. 김학규 주임이 연락을 한 것이 틀림없었다. 그러나 L과 P가 이렇게 연행되어 가도 누구 하나 그들에게 동정의 빛을 던져주는 이 없었다.

그들은 체포되어 교외에 있는 영창에 들어갔다. 영창 생활의 신세는 식사문제가 가장 심한 고통이라고 했다. 나는 이 말을 듣고 식사 책임자로서의 일이 한 가지 더 늘게 된 것을 알았다. 끼니때마다 찾아가 사식을 넣어주는 일이었다. 그때마다 나에게 고마워하고 그들의 잘못을 뉘우치는 그 표정은 누구라도 느낄 수 있었다. 더욱이 어두컴컴한 영창에 갇혀 있는 두 동지가 그 식사를 마치기를 기다려 다시 돌아설 때는 나 혼자 마음속으로 울곤 한 때도 한두 번이 아니다. 이러는 동안 L과 P는 너무도 나를 믿는 처지가 되어버렸고 내가 식사를 들고 가면 울먹거릴 지경이 되었다.

그런데 이들이 구금된 지 나흘째 되던 날, 그동안에 벌써 어떻게 연락 보고가 되었는지, 그날 갑자기 L과 P 두 사람이 중국 육군형무소로 이송된다는 소문이 들렸다. 그러나 소문은 '아니 땐 굴뚝의 연기'가 아니었다. 나는 정말 당황하였다. 왜냐하면 중국 육군형무소에 대한 얘기는 그동안 들어온 가장 몸서리쳐지는 이야기였기 때문이다.

형기의 장단은 고사하고, 한 번 들어가면 거의 아사餓死하고 만다는 사실도 또 역시 소문만은 아닌 것으로 알고 있었기 때문이었다. 입소는 곧 사형선고라고들 했다. 비참한 아사는 허무맹랑한 풍문으로 퍼진 이야기가 아닌 것이기 때문에 중국군 보초병들도 형무소라면 두 손을 드는 것이었다.

물론 그들의 죄가 작은 것은 아니었다. 그러나 결코 죽을죄를 지은 것은 아니었다. 설령 죽을죄를 지었다손 치더라도 우리가 방관만 하고 있을 수는 없는 우리 탈출 동지들이 아닌가. 일군을 탈출하여 이곳에 모이기까지 그들은 그들대로 또 몇 번의 사선을 넘었던가. 적어도 탈출을 감행했던 그 의지와 소망은 그대로 내버려질 수 없는 고귀한 뜻이 아니겠는가. 한때의 취중 실수로 그들의 그 소망을 상쇄할 수는 없는 것이다. 중국 육군형무소의 외로운 혼이 되려고 그들이 일군을 탈출해 온 것은 절대로 아니다. 물론 아니다.

우리는 어떻게 해서든지 이들 두 동지를 구해야 할 것으로 생각되었다. 그러나 이들을 구하기엔 나의 힘이 너무나 허약했고 무력했다. 우선 동지들 가운데 이들을 구해낼 뜻있는 사람을 찾아내야 하겠지만, 누구 하나 동정의 빛을 보이는 동지도 없는 것 같았다.

그래도 나는 절망할 수 없었다. 평소에 가장 나에게 신뢰감을 가져주고 호감을 가져준 몇몇 동지들에게 호소로써 설득을 시켜볼 결심이 섰다. 이것이 나의 유일한 수단과 방법이었다. 정녕 이들 두 동지를 술의 죄로 해서 중국 육군형무소에서 굶어 죽게 만들 수는 없는 일이었다.

나는 몇몇 동지들을 찾아가서 나의 뜻을 펼치었으나 그들의 냉담은 의외에도 가혹했다.

"……지금이 어떤 때인데 술을 먹고 그 버릇을 못 고치고 발작들이야. 우리 한국 독립운동자들을 망신시키고 위신을 추락시키고……."

그 혹평은 말할 수 없었다.

"……."

사실 나도 더 할 말이 없었다. 맞는 말이었다. 그러나 한 걸음만 더 뒤로 물러나서 생각해준다면 그들을 중국 땅 형무소의 혼으로 만들지는 않을 수 있지 않을 것인가?

나는 온 반원 동지들을 강당으로 모이게 했다. 집합은 오히려 생각보다 쉽게 됐다.

나는 나의 비장한 결심을 이 반원 전체에게 보여서라도 꼭 동지들의 감동을 불러일으키게 만들고자 했다. 만약의 경우엔 어떤 극단의 방도를 취하지 않을 수 없다. 그래서 나는 대강 나의 소지품을 꾸려가지고 그 보따리를 들고 강당으로 들어섰다.

강당에 모인 동지들은 의아한 표정으로 그 눈동자들을 나에게 모았다. 그리고 심상치 않은 나의 결심에서 이미 무엇을 예측한 듯이, 놀란 빛으로 나의 말을 기다리고 있었다.

나는 이곳의 동지들을 위해서 내가 할 수 있는 모든 것을 다했다. 내 비록 무력하여 그 뜻이 다 전달되지 못하고 그 결과가 미미한 것이었을는지 모르겠으나, 나는 이 낯선 땅에 모인 내 형제들을 위해서 내 할 일을 다했다고 스스로 자부할 수 있었다.

나는 나의 발걸음을 옮기면서 과연 이들 동지 앞에 나서서 이야기하는 내가 부끄럽지 않은 존재인가를 한 번 더 생각했다.

"……여러분, 여러 동지들. 이렇게 내 마음대로 집합을 시켜 죄송하기 짝이 없습니다."

내 이 첫마디가 끝나자 구석구석에서 나직하게나마 뭐라고 얘길 하며 웅성대는 반응이 있었다. 나는 말을 잇지 아니하고 동지들의 눈동자들을 낱낱이 훑어보았다. 이윽고 강당은 다시 조용해졌다. 마치 빈 강당에 나 혼자 올라서 있는 듯한 느낌이었다. 흔하지 아니한 사나이의 눈물이 체내에서 액체화되어 나의 귀밑으로 출렁출렁 고이는 듯했다. 나의 말끝마다 그것이 넘치는 것이었다.

"……오늘 우리 동지인 L과 P가 중국 육군형무소에 이감됩니다. 모르고 계신 분이 있습니까? 여러 동지들 중에 모르고 계시는 분들도 있을 것 같아 제가 여기서 다시 말하는 것입니까?"

나의 정력이 나의 의협심에 불붙어 마치 기름에 불붙듯이 나는 달아올랐다. 흥분에 싸인 비감이 진정 나를 울게 했다. 동지들의 눈망울이 검정콩 알처럼 튀어나오는 듯했고 나는 그 눈동자들을 전부 쓸어 모으고 싶었다.

"……너무나도 무정하고 무심한 우리라는 것을 오늘 알았습니다. 이 가운데 나도 끼어 있다는 사실이 나를 울리고 있습니다. 아무런, 정말 아무런 공동 운명의 의식도 없군요. 사선을 넘어온 같은 운명의 동지라는 말이 아깝지 않습니까?

여러분, 아니 동지들! 그래도 나는 동지라고 외치고 싶습니다. 중국 육군형무소로의 이감은 무엇을 의미합니까? 그것은 L과 P가 마지막 가는 길입니다.

우리는 결코 이 땅의 흔한 흙 한 줌이 되고자, 이 낯선 벌판의 흙 한 덩이가 되고자 일군을 빠져나와 이 대지를 굴러다닌 것은 아닙니다. 마찬가지로 L과 P도 이 땅의 흙 한 덩이 또한 두 덩이가 될 수는 없습니다. 거기서는 풀 한 포기 돋아나겠습니까?

백 번을 다시 생각해도 L과 P가 탈출한 그 결단만은 우리와 똑같은 가치의 고귀한 것입니다.

여러분이 술을 하게 되었다면 여러분은 어떠하겠습니까? 두 동지의 지금의 심정은 어떠하겠습니까? 대지에 굴러가는 한 개의 돌멩이로 아십니까……?"

나는 애끓는 질문으로 동지들의 가슴을 열어젖히려고 했다. 나의 열변은 나도 모르는 다음 말로 자꾸자꾸 이어져갔다. 무슨 말을 해야겠다는 것도 없이 말문이 꼬리를 물고 열렸다.

"……나는 이렇게 생각합니다. 적어도 L과 P의 죄는 그들만의 죄가 아닙니다. 그것은 우리 전체의 울분이 터진 것이라고 생각합니다.

도대체 우리의 간부는 우리에게 무슨 일감을 주었습니까? 우리가 일군을 탈출해 온 이 정열을 다 낭비하지 않게, 무슨 일감을 주었느냐 말입니다.

우리는 이렇게 시들어야 합니까? 결코 우리의 탈출의 대가가 이렇게 무의미할 수는 없는 것일 겁니다. 우리가 이곳서 놀려고 탈출했습니까? 우리가 이곳서 술로써 우리의 공허감을 메꾸기 위해 사선을 넘었습니까? 그때 우리가 술 마실 생각을 감히 할 수가 있었습니까? L과 P는 왜 술을 마시게 되었는지 생각해봐야 할 것이라고 생각합니다.

이 군관학교에서 우리는 총 한 자루도 잡아보지 못했습니다. 무기라고
는 목총도 없는 우리 광복군입니다. 그러나 나는 생각합니다.

우리는 무기를 가졌습니다. 조국을 찾아야 한다는 목표물을 똑바로 겨
냥한 젊음이란 이름의 무기입니다. 그 무기는 사용하지 않으면 녹이 슬 것
입니다.

우리의 피가 식기 전, 우리는 싸워야 할 것이 아닙니까? 자, 우리 간부
들은 무엇을 했습니까? 나는 결코 L과 P의 죄를 그들만의 것으로 돌릴 수
는 없다고 생각합니다. 이 소용돌이치는 젊음을 어떻게 뿌려야 하겠습니
까, 동지들!"

나의 주먹이 필요했다. 나의 주먹은 책상을 치려고 필요한 것이 아니
라, 나의 흥분으로 흔들린 머릿속의 눈물이 넘쳐 나오는 것을 닦기에 필요
했다. 그러나 그 주먹을 그대로 내릴 수는 없었다. 이 주먹을 어떻게 처리
해야 할까……. 주먹은 허공을 쳤다. 이것이 슬펐다. 칠 것이 없는 것이 날
슬프게 했다.

"……이곳은 이국 땅, 우리가 죽어 묻혀도 흔적도 안 남을 광야의 한
지점입니다. 우리가 이곳서 다 죽는다 해도 까마귀 한 마리 날아오겠습니
까. 이 까마귀가 조국의 하늘을 나는 까마귀라면 또 모르겠습니다. 누구
하나 돌아보아줄, 눈 한번 감아줄 사람이 있다고 생각하십니까.

그런데 오늘, 여러 동지만은 아닌, 그러나 우리 동지인 L과 P가 마지막
발자국을 이 황토에 남기고 사라져갈 것입니다. 자, 동지들, 이들의 불행
을 우리가 슬퍼해주지 않는다면 누가 울어주겠습니까."

동지들의 숨소리가 강당 안의 분위기에 어떤 포화 상태를 이루었다고
생각했다.

"……그들의 죄를 우리가 용서해주지 않으면 누가 용서해준단 말입니
까. 한집안 식구의 죄는 밖으로 내지 않는다는 말이 있습니다. 부모나 형
제나 아무리 역적의 죄를 지었다손 치더라도 그것을 숨기는 것이 아직까

지 우리가 배워 온 길입니다. 이곳에 모인 우리는 지금 한집안 식구입니다. 집안의 일은 집안에서 해결해야 합니다. 그들이 죽을죄를 지었다면, 차라리 우리 손으로 죽여야 합니다. 왜 중국 형무소로 보내 그곳서 중국 형무관에게 갖은 학대를 다 당하다 굶어 죽게 하여야 합니까? 동지들, 분명히 답해 주시기 바랍니다. 정말 그들이 죽을죄를 지었는가를, 만약 우리의 손으로 죽일 수 없는 죄를 지었다면, 그들을 중국 형무소로 보낼 수 있는가를. 중국 형무소에선 형기까지 살아간 사람이 없답니다. 형기는 고사하고, 재판을 받을 때까지 살아남는 미결수가 몇 명이 되지 못한다는 소문도 알고 있지 않습니까?

나는 취사 책임을 동지들의 의사로 맡았습니다. 만약 여러 동지들이 L과 P를 형무소에 보낸다면, 나도 따라갈 생각으로 여기 내 보따리를 차렸습니다."

나는 내 꾸러미를 높이 치켜올렸다. 생각 같아서는 이 꾸러미를 힘껏 내던지고 싶었다. 그러나 그 검정콩알처럼 보이던 눈동자들이 모두 젖어 있었다. 나는 비로소 동지들이 울고 있는 것을 알았다……

나는 그냥 뛰어내리고 말았다.

누군가 내 대신 단 위로 뛰어오르는 동지가 있었다.

"……나는 오늘 장 동지를 통하여 비로소 그리스도의 사랑을 알게 되었습니다. 우리는 L과 P를 구해야 하겠습니다. 동지들 지금 즉시……"

일본 다이부고상大分高商 재학 중 학도병으로 징병됐던 동지다. 김유길金柔吉이라는 동지였다. 평소에는 그의 이름처럼 퍽 온유한 성격의 동지였다.

김 동지의 말이 채 끝나기도 전에 일제히 "옳소!" 하는 감격이 터져 나왔다. 불끈불끈 주먹들이 솟구쳤다.

"구합시다!"

"옳소!"가 연발하였다.

나는 눈을 감았다. 하늘의 폭죽처럼 불꽃이 튀었다. 그러고는 불꽃의 폭음으로 "옳소!" 소리가 귀에 감돌았다.

어느새 김준엽 동지와 몇 동지가 대표로 선정되어 김학규 주임과 진경성 교관 외 모든 간부를 데리고 왔다.

우리 전체 의사로써 군관학교 당국에 L과 P의 석방을 요구한다고 했다. 김 주임은 퍽 못마땅한가 보다. 김 주임은 "그러나 차후의 이 두 사람에 대한 모든 책임은 여러 동지들이 공동으로 져준다는 다짐을 하여주시오"라는 말꼬리를 달아놓고 마지못해 응낙을 하였다. 그러나 그것도 잘 믿어지지 않아 김준엽 동지가 주임실로 쫓아가 독촉을 하니 김 주임은 우리들의 강경한 의사에 떠밀리어 중국 당국에 교섭을 해주었다.

이렇게 해서 L과 P는 이날 밤으로 풀려 나왔다. 나와 몇 동지가 가서 영창으로부터 그를 맞아 따뜻이 위문했다.

나는 그들의 그 몸뚱어리를 자꾸 만져보고 싶었다. 광야에 썩어질 낙엽처럼 바스락거리지 않는가 해서였다.

그 후 P는 여수·순천사건에 크게 공을 세운 국군장교요, 우리 국군 모 중요 학교장까지 지냈으며 지금은 예비역이 된 분이요, L 역시 국군의 고급 장교로 6·25를 통하여 공훈을 남겼다.

이곳 군관학교의 중국군 초급 군사반 교육 기간은 4개월이었다. 정규군 현역장교의 위관급들이 재훈련을 통해서 새로운 지휘 전술을 배우고 4개월 만에 졸업을 하게 되는 것이다.

우리 한국광복군훈련반도 역시 이들과 함께 4개월 만에 졸업이 되긴 하지만, 사실 그동안 배운 것이라고는 거의 없었다. 더구나 우리 몇몇 동지는 입교한 지가 3개월에 불과했다. 그래도 졸업이 되었다.

중국군 졸업반은 이 졸업을 위해서 졸업식 행사와 대규모의 모의 작전 훈련과 사열과 분열식도 거행하였으나, 우리 한광반은 그 대신 기념행사로서 연예회를 하라는 요구를 군관학교 당국으로부터 받게 되었다.

졸업식 2주일을 앞두고 우리는 학교 당국으로부터 약간의 예산을 얻어 연습에 들어가기로 했다. 우리는 우선 연설과 독창과 연극과 승무의 몇 가지 종목으로 순서를 짜고, 중국어로 하는 연설은 김준엽 동지가 맡기로 하고, 연극은 약 30여 명이 출연하는 4막짜리 일군 탈출의 내용을 택했고, 우리나라 민속을 소개하는 의미에서 진 교관이 승무를 추기로 했으며, 홍석훈 동지의 독창과 합창 몇 개를 준비했다. 그런 중에도 그동안까지 『등불』 한 권을 더 내놔야 할 계획이 있었다. 졸업 이전에 잡지 2호를 내놓지 못하면 우리가 애써온 잡지는 창간호로 그 수명을 마치는 격이 되어버린다. 그래서 졸업 전에 반드시 내놓기로 몇 번 다짐을 했던 것이다.

나는 눈코 뜰 새가 없었다.

그런데 우리 한광반에는 학병에 끌려나올 때 홀어머니를 남기고 온 외아들 노능서魯能瑞 동지의 애화가 한 전형적인 학병의 비극처럼 알려져 있었다. 김준엽 동지가 우선 이 노능서 동지의 경우를 각색해서 각본을 쓰기로 했다.

『등불』 제2호의 제본을 하고 있을 때 김준엽 동지가 들어와 편집실에 원고를 내밀었다.

"……너는, 내가 눈을 뜨고는 보내지 않아, 알았느냐 능서야."

"네, 어머니, 어서 일어나셔야죠. 전 안 가겠습니다. 어머니를 두고 어떻게 하직을 한단 말입니까?"

아들의 학병 입영 소식을 소문으로 들은 어머니는 머리를 싸매고 누워버렸다.

어린 나이에 청상과부가 된 어머니는 아들 하나만을 믿고 20여 년을 살아왔다. 아들의 성공을 위해 일본 유학까지 시켰던 홀어머니의 심정, 아들을 개죽음의 전쟁터로 내보내기에 앞서 지금 칼로 저미듯 아픔에 몸부림치는 장면이었다.

나는 김 동지가 쓴 각본을 읽어보며 일본의 잔학무도한 근성이 잘 나타나 있다고 생각했다.

어머니는 마침내 화병으로 인해서 돌아가시고 말았다.

능서는 어머니를 안고 사나이의 통곡을 터뜨리고 있었다.

대문을 박차고 장화를 신은 일본 헌병이 두서넛 몰려왔다. 구둣발로 방 안에까지 올라온 왜놈들은 능서의 목덜미를 뒤로 잡아채었다.

"이봐. 죽은 자는 죽은 자이고 산 사람은 산 사람이 아닌가. 동리에서 곧 장례는 지내줄 거야."

혼연히 능서는 일어나 일본 헌병을 노려봤다. 그 충혈된 눈망울은 아직 피압박 민족의 슬픔이 마르지도 않은 눈.

"당신도 인간이오? 당신은 부모가 없소?"

능서는 두 손을 부르르 떨더니 고개를 떨어뜨리고 그 머리를 두 손으로 감싸며 돌아섰다.

"야, 이 새끼! 죽은 자는 죽은 자이고 나갈 사람은 나갈 사람이라는데, 내 말에 틀린 것 있어."

"수천 명의 입영 날짜를 너 하나 때문에 연기하란 말이야?"

삿대질로 다가서는 일본 헌병과 경찰.

한숨짓는 능서의 표정이 하늘을 쳐다보며 청중 쪽으로 돌아선다. 두 팔을 벌리고 독백이 흘러나온다.

"아, 하나님, 이것이 나의 운명이었군요. 이것이 이 나라의 운명이었군요. 당신의 뜻이라면 가겠나이다. 그러나 결코 당신의 뜻이라고 믿어야만 할는지……."

왜놈들은 능서를 끌고 나갔다. 끌려 나가던 능서는 어머니의 시체 위에 한 번 더 얼굴을 묻으려고 했다. 이번에는 두 놈이 합세하여 무자비하게 능서를 끌고 나갔다. 애절한 능서의 부르짖음이 골목 밖에서 어머니의 시체 위로 새어 들어왔다.

"꽈아앙!"

김준엽 동지는 한 발을 쳐들었다가 힘껏 땅을 차며 입으로 꽹과리 소리를 내었다.

"어때? 이만하면 됐어?"

"응, 훌륭하군. 이것이 1막이지?"

대강 제1막에서 김 동지는, 일본에 패망의 기운이 돌고 전세가 완연히 불리해지자, 인력 부족을 보충하는 한편 한국 지식층의 반동을 두려워하여오던 그들이라 일석이조의 효과를 위해서 지식분자들인 대학생들을 전선으로 끌어내던 한국 사정을 재현시켰다.

제2막의 무대는 쉬저우.

일군 병영 안에서의 일군의 횡포. 선인鮮人이라고 하여 한국 학병을 오만불손하게 학대하는 장면. 일본 군복을 입고서도 당하는 피압박 민족의 설움을 그렸다.

능서는 두고 온 어머니의 죽음 때문에 거의 실신하다시피 되어 있었다. 그러면 그럴수록 왜놈들은 능서를 학대하였다. 발로 차고 까는 야만성을 여실히 나타내었다.

사실은 쉬저우에서 애끊는 어머니와의 서신왕래가 있다가 그만 어머니가 돌아가시게 된 것이었으나 김 동지는 이 사실을 픽션으로 순서를 뒤바꿔놓은 것이다. 아들을 그리는 어머니의 정이 글줄에 눈물을 담고 그 속에 고여와서 능서의 가슴을 쩨갤 때마다 능서는 주먹을 쥐어 그 분노를 쥐어짰으며, 그 뒤로부터는 거의 나타날 만큼 왜놈에 대한 증오를 품었다. 이 사실이 나타나자 그다음부터는 능서의 편지에 이어 오는 어머니의 답장에 먹줄이 그어지기 시작했고 얼마 안 가서 서신왕래가 끊기어버렸다. 어머니의 죽음은 능서에게 어머니의 사랑을 알게 해주었고 그것을 조국에의 사랑으로 승화시켰다. 노능서 동지는 정말 늘 왜놈들의 눈엣가시처럼 얻어맞는 대상이 되어버렸다.

김 동지는 이 사실을 가지고 왜놈들의 계속적인 한민족에 대한 압박으로 그렸다.

잡지 편집을 마치고 난 나는 이 연극의 연출을 맡게 되어 있었다.

나는 이 제2막의 연출을 어떻게 해야 하는가 하고 고심하지 않을 수 없었다. 되도록 일본에 대한 적개심을 불러일으키고 관중이 모두 분기할 수 있도록 제2막의 내용은 열연을 요구하는 장면이었다. 김 동지는 나의 손을 잡으며 "장 동지이면 이것을 해낼 수 있을 거야" 하고 무조건 격려했다.

우리는 다시 읽어 내려갔다.

제3막은 능서의 결심이 굳어지는 장면이 그 클라이맥스를 이루고 있었다.

능서는 동지를 규합했다. 10여 명의 동지들과 탈출의 감행을 결의했다. 그리고 중대장인 니시하라 대위를 칼로 찔러 죽인다.

"나의 원수, 내 어머니의 원수, 아니 한민족의 원수로 나는 그를 희생시켰다. 내 그 피 묻은 대검을 잊지 않는 한, 나는 영원한 일본의 원수요, 일본은 나의 원수이리라……."

능서의 독백은 중대장 살해의 흥분과 긴장에 비해서 훨씬 긴 편이었다.

그때 다른 동지들이 중국 사람과 접촉을 한다. 병영 안의 학대받는 한국인들에게 비밀리에 탈출의 정보를 제공한다. 쉬저우 근방의 지리며 중국군 유격대의 위치며 탈출 시의 암호 등을 알려주는 고마운 중국인이 등장한다. 용감무쌍한 중국 유격대의 활약이 일본군에게까지 침투하여 우호적인 공동전선을 펴게 된다는 영웅적 활약을 감동적인 삽화로 삽입시켜놓았다. 우리 연극의 효과를 살리는 비상한 솜씨였다.

제4막은 이들 혁명적 동지 일행 10여 명이 니시하라 대위를 살해한 직후에 탈출에 성공하여 중국군 진영으로 돌아온다는 아슬아슬한 장면이었다.

우리는 즉석에서 주인공을 결정했다. 연극의 주인공은 실제의 인물 노능서 동지에게 맡기기로 하고 나머지 배역 10여 명도 대충 결정하였다. 이렇게 일은 착수되었다. 우선 일본 군복들은 마침 준비된 것이 있어서 편리하였다. 물감을 샀고 배경의 무대장치를 그려가며 어설프게나마 만들었다.

되도록 간단한 구조의 장치와 의상을 준비하고 매일 저녁마다 연습에 들어갔다. 나는 국민학교 교원을 할 때 아동극을 지도했던 일 외에는 연극에 아무런 경험도 없었다.

단지 나의 의욕이 시키는 대로 나는 동지들의 연기를 보살폈다. 대사, 억양, 표정을 일러주었고 무대며 진행까지 감당해야 했다.

그런데 나의 풋내기 연출은 동지들의 의욕을 정반대로 상실시켰다. 제1막은 모두 잘했으나 제2막의 연습에는 배역을 맡은 동지들이 슬슬 피하는 것이 아닌가.

계속적인 왜놈들의 학대를 나타내는 장면에서 노능서 동지를 비롯한 학도병들이 실제로 늘씬하게 매를 맞았다.

일본군 장교와 헌병과 하사관들에게 구둣발로 채이고 깨이고 하여 그 발길질은 동지들의 몸에 멍이 들게 하였다.

이것은 연기가 아니고 실기였다. 정말로 코피가 터지고 밟히고 걷어차이는 이 연습은 연극의 생명인 실감을 더할 나위 없이 풍겨주었다. 그러나 동지들은 종내 이를 계속하려 들지 아니했다. 이것은 모두 나의 연출의 책임이며 결과였다.

그러나 이것은 놀라운 연극 효과를 나타내었다.

마침내 졸업 전야에 연예회가 열렸다. 강당에는 이 지구 사령관과 임천군관학교 교장 이하 장성급들이 모두 즐비하게 참석하였고 전 군관들과 병사들이 참관하고자 빽빽이 들어찼다.

새삼스러운 긴장이 우리를 마비시키는 듯했고, 새로운 후회가 내 가슴 안에서 일었다. 어떻게 오늘 밤의 순서를 잘 이끌어 이들에게 한국 청년의 능력을 보여줄 수 있을 것인가. 좀 더 열심히 연습을 해야 했을 것을……. 이런 나의 기우에도 불구하고 마침내 일은 시작되었다. 박수 속에 김학규 주임의 인사말 겸 개회사가 있었고 이어 김준엽 동지가 한광반을 대표로 하여 우리의 결의를 말하는 내용의 연설을 하였다.

미청년의 카랑카랑한 목소리가 강당 안에 한국 청년의 기개를 토하고 있었다.

일제의 압박 속에서 탈출한 한국 청년들이 중국군의 우호적인 호의로 그동안 교육을 받았으며 우리는 이제부터 일본 제국주의 침략에 대항해서 영웅적인 투쟁을 하여 이것으로써 보답하겠다는 내용이었다.

이어 연극의 막이 열렸다. 연극은 의외로 심각하고 침착하게 진행되었다. 진 교관이 변사로서 무대 한옆에 서서 연극의 내용을 중국말로 설명하였다. 우리의 열연이 통역으로 설명될 때마다 중국군 관중의 박수갈채가 쏟아져 나왔다. 지독하게 얻어맞는 노능서 동지에게 미안하기 짝이 없었다. 동지들의 실제의 비명이 날 괴롭혔다. 나는 내 얼굴을 감싸고 박수갈채 소리에 귀가 먹은 나 자신을 발견했다.

세 번째 순서로 홍석훈 동지가 우리나라 민요를 독창으로 불렀고, 진경성 교관은 하이얀 고깔을 쓰고 승무복을 입고 나와 북을 치고 돌아가며 승무를 추었다. 한국의 고유한 민속은 중국 관중에게, 더구나 군인들의 특이한 관심 속에 환영을 받았다.

마지막 순서로 독립군가가 무대에 출연한 전원에 의해 합창되었다. 청중의 열광적인 박수는 우리의 성공을 말하여주는 듯했다. 그 박수갈채는 모두 중국 하늘에 가득한 별무리가 되었으리라.

졸업식 날이 왔다. 우리는 그동안 준비했던 『등불』제2호를 내놓았고—역시 필사적으로 이번은 한 권만 만들었다—그동안의 정의를 새롭게 느꼈다.

우리는 졸업식장에서 중국군 육군 준위에 일제히 임명되었다. 준위의 계급은 사병의 계급에서 장교로서의 대우를 받는 최초의 계급이었다.

졸업이라니, 더구나 중국 정규군 준위의 계급을 달자니, 속으로는 우스운 생각이 들었다.

그러나 졸업을 하고 나면 어떤 일이든 우리가 실제로 활동을 할 수 있으리라는 희망과 기대 속에서 우리는 감개무량한 졸업식을 마쳤다. 그것은 실로 기막힌 의미의 졸업이었다.

그동안 3개월간의 일이 주마등으로 지나가면서 날 감상적인 회심 속으로 이끌어갔다.

라오허커우의 공연

졸업식 전날 밤의 연예회는 우리 한광반에 대한 중국군의 인식을 새롭게 만들어주었다. 그러나 이 감격에 뒤이어 또 다른 실망이 우리를 기다리고 있었다. 그것은 우리를 린촨에 그냥 머물러 있게 하려는 움직임이었다. 이제껏 졸업만 한다면 이 지긋지긋한 생활을 떠나 충칭으로 갈 수 있으려니 하는 기대와 흥분으로 참아온 것은 사실이다. 이런 우리에게는 청천벽력 같은 뜻밖의 충격이 아닐 수 없었다. 김학규 주임은 자기와 같이 이곳 린촨에서 일을 하자는 것이었다. 그러나 우리의 문제는 그의 문제와 차원이 다른 것이었다.

우리는 완강히 이에 도전했다. 나와 김준엽 동지는 우연히 도전자의 대표 격으로 나서게 되었다. 그동안 도대체 이곳에서 한 일이 무엇이던가. 나의 3개월 동안의 경험이 나를 도전자로서 밀어주었다. 확실히 3개월 동안 린촨에서의 체험은 새로운 교훈을 주었다. 그것은 무위에 대한 도전의 철학이었다. 무의미한 일에 지치는 고통은 나에게 가장 괴로운 고통이란 것을 깨닫게 했다. 차라리 대결하자. 보다 큰 명제를 택해서 이 몸이 부서지는 한이 있더라도, 대결에서 느끼는 그 쟁취의식은 오히려 날 감격하게 만들고 보람을 안겨주며 스스로에게 사나이로서의 긍지를 가르친다. 이것이 바로 우리가 대륙을 횡단하는 그 기려羈旅〔객지에 머묾〕의 역정에서 얻는 유일한 것이 아닐까. 이러한 나의 결론은 우리에게 많은 동조자를 구하게 하였고 김학규 주임에게 맞서게 해주었다.

비록 그가 3개월 동안의 보살핌을 준 그 정도의 은인이요, 선배요, 책임자였다손 치더라도, 우리의 정열과 우리의 투쟁 신념과 그리고 충칭에의 집념은 김 주임과의 인간관계에 구애될 수 없었다. 나는 여기에 그의 지휘 능력의 유능, 무능을 다시 말하고 싶지는 않다. 다만 우리의 염원은 적어도 그의 생각보다 더 넓고 높은 것이었던 것을 변명 삼아 여기에서라도 밝히고자 한다.

물론 그는 연세가 마흔이 넘은 선배요, 충칭 정부에서 파견되어 온 대표요, 16~17세부터 독립군 생활을 한 분이라 함을 모르는 바는 아니다. 우리는 불과 스무 살을 갓 넘은, 항상 정열이 앞서는 새파란 젊은이들임에 틀림없다. 그러나 우리는 우리로서의 판단과 지성을 통하여 3~4개월이란 시일을 통하여 무엇을 해야 함을 알 만도 하게 된 것이 사실이다.

이곳에 남아 김 주임과 같이 일한다고 가정하자. 그것이 어떤 것으로 해서 조국 광복을 위한 것이 될 것이냐. 나는 의아스럽지 않을 수 없었다. 너무나 막연하고 소극적인 태도였다. 적어도 사선을 넘나들던 탈출의 결론이 이렇게 맺어질 수는 없는 것이 아니냐. 나의 자문자답은 끝까지 나를 괴롭히면서도 한편으로 더욱 나의 신념을 굳혀주었다.

"충칭은 한국의 젊은 청년을 부르고 있다. 충칭은 새 사람의 힘을 기다리고 있다. 충칭에는 일거리가 쌓여 있다."

우리는 충칭에의 집념 앞에 거의 절대적인 충칭행에의 소망을 갖고 있었다.

비록 그렇지 않더라도 조국의 독립을 위해 싸우는 이 민족의 최고영도자의 지도를 직접 받아 그곳에서 몸 바칠 곳을 찾아보려는 그 욕망이 거의 하나의 신앙처럼 우리를 이끌었다. 이것은 어쩌면 한광반에서의 3개월이 준 가장 큰 반발 의사였는지도 모른다.

마침내 김 주임은 우리의 뜻을 받아주었다. 진 교관을 안내 인솔자로

하여 충칭에의 길을 떠나게 하였던 것이다.

어쩔 수 없는 경지에서 마지못해 양보한 것인지 아닌지는 몰라도 김 주임은 3개월 동안에 두 번이나 나의 의사에 양보를 해주었고, 나는 나의 적은 지성이나마를 가지고 판단한 결과로써 선배를 설득시킨 셈이다.

어쨌다, 어쨌다 해도, 떠남은 언제나 사람을 감정의 동물로 환원시키는 한순간을 주고 만다. 이 떠남은 싫으니 좋으니 하던 서너 달의 생활과 감정을 과거로 만드는 훌륭한 계기요, 그것을 아름답게 만드는 아름다운 한 매듭이었다. 섭섭한 생각이 그냥 그 내무반 안에 머무르려고 나의 속에서 발버둥치는 듯, 나는 곧 떠나질 못하고 돌아보아야 했다.

1944년, 이해도 다 저물어가는 동짓달 그믐날, 또 마침 그믐이다. 그날은 더욱 우리의 마음을 달력처럼 집어넣기에 시원섭섭하였다.

우리는 남은 열세 동지의 전송을 받았다. 김학규 주임의 말대로, 이곳 린촨에서 계속 일군 탈출 한국 청년과 그 밖의 애국 투사들을 인수, 포섭하기 위한 공작대의 임무 수행을 위해서 김 주임과 같이 일할 우리 한광반 동지 가운데 열세 동지가 남기로 했다.

눈보라와 한파가 회오리바람으로 대륙을 휘어잡는 중국의 동장군을 앞에 두고 충칭까지 3개월간의 행군을 시작하는 우리를 위해 남는 동지 열세 명은 마지막 길처럼 애처롭게 전송해주었다.

공연한 고집으로 눈보라의 고생길을 산맥과 광야로 놓으면서 간다고, 그들은 또 불쌍히 여기며 전송해준 것 같았다.

우리 53명의 대열이 관문 밖으로 전부 흘러나올 때까지 나의 오른손은 거수경례로써 이 분교와 동지와 교관에게 나의 뜻을 전하고 있었다.

11월 30일 낮 1시, 싸늘해진 바람이 쉬저우로부터의 행군과는 달리 우리 귀밑을 파고들어 목덜미로 내려갔다. 오싹 끼치는 소름은 순례자에게 주는 첫 시련의 암시처럼 등골로 기어들었다.

나는 정확히 손을 내렸다. 대열의 끝에서 하나님의 감사를 느꼈다.

이 대열의 끝을 내 발자국으로 맺으면서 이제부터 걸어야 할 수천 리를 나는 구도의 길로 따라갈 결심을 하였다.

그것은 새로운 형극의 서사시 첫 구절이었다. 또 그것은 야곱의 돌베개를 찾으러 간 어리석은 고행의 길일지도 모른다. 제1악장의 바람이 대륙의 하늘을 울리고 있었다. 그 속에 우리 대열은 미끄러져 들어갔다.

끝내 우리가 김학규 주임의 만류를 뿌리치고 린촨을 떠난 것은 너무나도 우리의 젊음이 가슴에 벅찼던 때문이었다.

충칭에 대한 거의 맹목적인 기대, 이것은 적어도 우리의 정열에 불을 붙여줄 수 있는 일거리라고 생각했다.

물론 우리는 벌써 충칭에는 임시정부를 둘러싸고 많은 파쟁과 알력과 갈등이 얽혀 있다는 말을 전해 들어 알고 있었다.

독립운동을 하겠다고 모여든 한국인들이 남의 땅 충칭에까지 가서 조국 광복에의 의욕을 그렇게 낭비하고 있다는 사실에 우리는 분개하였다.

우리는 그 와중에 뛰어들고 파고들고 싶었다. 성숙지 않았던 젊음에 대한 과신이었는지 모른다. 그러나 그것은 우리의 넘치는 의욕이었고, 순수한 야망이었다. 나이 탓으로 돌린다면 변명이 되겠는가. 너무나 맹목적이었던 스물네다섯의 의기였던가. 그것은 아름다운 자부였다.

'조국 광복을 위해 싸우는 마당에 어찌 파쟁과 암투와 모략이 허용되겠는가?

이 의혹은 끝내 우리를 유혹하였다. 젊은 우리를 불러일으킬 충분한 명제였다. 허용될 수 없다는 정의감이 우릴 도왔다.

그래서 우리는 김학규 주임의 설득을 배척했다. 목숨이 아까운 것이 아니라 가치 있는 죽음을 택하기 위하여 우리는 일군을 탈출까지 했다. 결코 충칭으로 깊숙이 도피하자는 것이 아니었다.

이렇게 하여 김학규 주임과 우리와의 견해차는 점점 벌어지게 되었다.

충칭에 대한 집착을 김 주임은 설득으로 씻어주려 했으나, 오히려 우리는 김학규 주임을 불신임하게까지 되었다.

"가보겠습니다. 부딪쳐보겠습니다!"

그러나 김 주임은 이미 그때 충칭의 임정 생리를 너무나도 잘 알고 있었던 것이다. 그의 나이 열여섯부터 만주로 독립군을 따라다니며 독립운동을 하여온 김 주임은 벌써 충칭에서 그 참지 못할 임정의 비극을 모두 체험하고 나온 사람이었다. 그의 판단으로는 오히려 이곳 린촨에서 새로운 세력을 형성하여 이곳을 기점으로 행동적인 항일투쟁을 벌이는 것이 더 효과적인 성과를 거둘 수 있다고 결론을 맺었던 것 같다.

그러나 우리는 여기에 맞섰다. 자기의 세력 부식을 위해서 우리의 몸 바칠 곳을 찾아가는 충칭행을 막는 것으로 해석하였다. 반발할 이유는 있었다.

실제로 김학규 주임은 자기와 가까운 우리 동지들을 개별적으로 설득시켜 열세 명의 동지를 남게 하였다. 은밀한 설득.

"다음에 탈출해 오는 조국의 아들들을 누가 맞겠느냐? 다 가버리면, 그들을 따뜻이 맞아줄 사람은 누구겠느냐? 그들을 위해서, 충칭엘 가더라도, 다음 차례에 가라……."

계속해서 탈출병이 나올 것은 사실이다. 그들은 방황할는지 모른다. 선임자로서 후진을 위해 이곳서 봉사할 각오를 김 주임은 요구해왔다. 목총 한 자루도 없는 시설로써라도.

그러나 이러한 주장에 대해서 우리는 김 주임의 지도력을 의심했다. 그의 리더십을 3개월 동안 접했던 우리는 그대로 그를 속단하여버렸다. 그 당시의 국제정세나 중국이라는 나라 형편에 밝지 못했던 우리의 오류도 있었던 것을 이제 자인한다. 그러나 그때는 마흔 살의 그의 정력과 능력과 앰비션[ambition, 야망]의 한계가 있다고 속단하였다. 단지 나이로서 선배인 것, 그 이상을 인정하지 않으려고 하는 것은 확실히 옳지 않은 판단이었다고 지금은 말할 수 있다. 그러나 그때는 오류일 수 없었다.

누누이 김 주임은 충칭의 사정을 설명해주면서 그러나 늘 '한국독립당'에 대해서만 많은 예찬을 했고 우리에게 입당 권유까지 하며 김구 선생이나 독립군 사령관이던 이청천李靑天 장군에 대해서는 최대의 존경심을 가지고 있었다. 충칭에 모인 독립지사들이 그토록 혐오의 대상이 되고 단지 몇몇의 최고지도자만을 숭배하는 것으로 말해주는 김 주임의 사정 이야기 속엔 필시 어떠한 곡절이 개재되어 있을 것이라고 생각하게 되었다. 오히려 이런 사실은 더욱 우리를 충칭에 가도록 만드는 호기심의 대상이 되었다.

"가보자. 가서 파헤쳐보자."

만일 충칭의 독립지사들에게 어떤 새로운 전기를 만들어줄 수 있는 기운을 부어서 그것이 주효하다면 그것으로써 우리는 사명의 일부를 완수하는 것이 될 것이다. 조국 광복 운동의 최고지도자들과 직접 접촉하고 그들의 지시를 받아 우리가 몸 바칠 곳을 찾아 일하는 것이 바로 우리가 사선을 넘어온 보람이 되지 않겠느냐?

그러나 김 주임은 그때마다 우리의 이 패기를 꺾으려 들곤 했다.

"가 보나마나다. 내가 있어봐서 안다. 곧 환멸을 느낄 것이다."

아무리 진부하고 멸렬한 암투와 파쟁이라도 그것은 우리 쉰 명의 젊음에 의해서 활활 타버리게 할 것이라고 믿었다. 이 맹신은 도대체 암투와 파쟁이 있을 수 없다는, 또 있어서도 안 된다는 우리의 젊은 정의감 내지는 의협심에서 오는 결과였다.

김 주임이 우리에게 충칭의 사정에 실망을 느끼도록 만들게 할수록 우리는 김 주임의 인격을 의심하고 충칭에 더욱 큰 집착과 기대를 가지게 되었다. 그것은 확실히 '지나친 기대'였다. 이 결론은 고귀한, 그러나 피눈물 나는 투쟁의 대가로 겨우 터득된 결과이다.

충칭의 한국인들을 어떻게 해서라도 각성시켜보자고 우리는 싸움판에 뛰어들 결심을 했고, 만일 우리의 노력이 허사가 될 때엔 모두 뒤집어엎어버려도 그것이 애국이 될 수 있다는 충분히 이유 있는 결의를 품고 충칭길 6천 리를 떠났던 것이다.

마치 스페인전쟁의 소설을 읽듯, 내 앞의 대열을 바라보며 독립전쟁의 서사시를 내 발자국으로 쓰며 따라가는 나.

눈 덮인 협곡을 돌고 돌아가는 그 대열의 모습이 눈앞에 있다. 그것은 도쿄 시절에 읽은 문학책의 한 페이지가 아니라 중국 땅의 한 벌판이다. 나의 두 눈이 따라간 장면이 아니라 나의 두 발이 더듬어가는 장면이다. 나의 두 눈엔 그 대신 대륙의 눈이 녹고 있었다.

우리의 양식인 밀가루 포대가 실려 가는 수레의 바퀴소리가 야전포의 포차 바퀴처럼 삐걱 소리를 내며 침묵의 행렬을 이어갔다.

더구나 53명 속에 끼인 여섯 명의 여인과 세 명의 아이들이 더욱 우리의 출발을 심각하게 해주었다.

일본 점령지역 안에서 장사를 하던 세 쌍의 부부와 그들에게 딸린 애들이 불과 한 달 전쯤에 우리에게 인계되었던 것이다. 또 나머지 세 명의 여인 가운덴 광복군에 있던 오광선吳光鮮 씨의 영애가 있었고 나머지 두 여인은 공작원이었다.

일군을 상대로 매춘부 노릇을 하며 광복군을 위해 정보활동을 하여오던 공작원들로, 신분의 탄로로 말미암아 철수하여 온 처지의 여인이었다. 신변의 위험이 닥쳐오자 탈출시켜 우리 영내에서 후송 시까지 기다리게 하였던 것이다. 이번의 노정에는 평한선平漢線 철도를 넘는 고빗길이 있었다. 여기에 여자와 아이들이 끼인 것은 우리를 심각하게 만들었다.

1인당 밀가루 서너 되씩의 양식이 수레에 실리고 또 자루에 담겨 어깨에 메였다. 각자는 얼마간의 용돈을 나누어 가졌으며 긴급용으로 콩기름에 부친 밀가루떡, 밀개떡을 조금씩 꾸려 넣은 행장을 가졌을 뿐이었다.

동복도 아닌 청색 중국군의 여름 군복으로 찬바람 속을 뚫고 줄을 이었다. 그동안 내처 걸었던 걸음걸이도 아니고 3개월이나 쉬었던 때문에 우리의 행군은 여간 힘이 드는 것이 아니었다.

동짓달 그믐이 아주 저물기 전 우리는 40리를 걸을 예정이었다. 밤이 되고 나서 다시 70리를 더 나아가야 그곳서 평한선을 가로질러 넘게 된다.

우리 앞길을 막고 있는 평한선 철도는 베이핑에서 한커우漢口로 통하는 기간 철도였기 때문에 일군이 그 작전상 가장 중요시하는 철도요, 사실상 일군 전선에의 보급을 위해서는 생명선이었다.

중원을 남북으로 가로지르는 이 철도를 넘어야 하는 제3의 운명은 우리에게 달도 없는 그믐밤을 마련해준 것뿐이다.

평한선 넘어 다시 80리는 더 행군해야 일단 안전지대에 들어서는 것이 된다. 이렇게 따지면 린촨에서 섣달 초하루가 어둡기 전까지 200리를 걸어야만 하는 강행군이었다. 동짓달 그믐의 밤이 깊어질수록 우리는 우리의 운명을 늘릴 수 있다고 생각했다. 이 밤의 200리 길이 일군의 점령 부대의 수비구역을 향하여 우리는 걸음을 재촉했다.

땅거미가 지기 시작할 무렵에 우리가 닿은 곳은 어느 마을이었다.

그런데 이 마을에 수많은 중국 사람이 집결해 있었다. 우리는 혹시나 하고 놀랐다. 혹시나 우리의 갈 길이 막힌 것은 아닌가.

우리도 물론 청색 군복을 입기는 하였지만, 첫눈에 이들이 중앙군인 것을 몰라볼 만큼 그들의 옷차림은 남루하였다.

소속은 중국 중앙군, 정규군 사단사령부의 집결 이동이었다. 이들 역시 오늘 평한선을 넘기 위해서 이곳에 집결 대기 중이라는 것이었다.

우리가 만나본 중국 중앙군 정규 부대는 이번이 처음이었다. 그러나 우리가 알아보지 못할 만큼 창피스러운 군대가 바로 중국 대륙에서 일군에게 쫓기는 중국군이었다. 그 군복이며 무장이며 기강이 마치 무슨 노무병들처럼 초라하고 한심한 상태였다. 오합지졸의 작업대처럼 보였다.

우리는 이들을 목격하고 우리의 행동에 대해서 재고하지 않을 수 없었다. 우리만이 따로 행동하는 것이 차라리 유리하냐, 또는 이들 중국군을 따라가는 것이 유리하냐 하는 문제였다.

그러나 중국 중앙군이 사단 규모로 평한선을 넘어 후퇴한다는 이 사실은 전례로 보아서 반드시 현지 일본군 부대와 어떤 상호 양해가 성립되어 있는 것이라고 판단할 수밖에 없었다.

더구나 분산 횡단이 아니라 집결 이동으로 넘으려는 것을 보아서도 더욱 우리의 추측이 틀림없는 사실일 것 같았다.

이런 현지 부대 부대장 사이의 타협은 이 중일전쟁에서 여러 번 있었던 사실이다. 이런 사전 타협이나 상호 양해가 성립될 수 있었던 조건은 일군이나 중국군에게 다 같이 유리하였던 때문이다.

광대한 지역을 중국 주둔군으로서는 도저히 수비할 수 없는 인력 부족이 우선 일군에게 첫째 요건이 되었다.

그뿐만 아니라 일본군의 묵인에는 상당한 대가를 늘 지불해야 했다. 현지 부대 관할구역 안의 지방민을 동원시켜 노역을 해줘야 하는 것이 상례였다.

흔히 경비 부대 부대장 개인에게 금품을 치른다는 말도 있었으나, 이것은 확실한 근거를 찾을 수 없는 내가 들은 소문이었다.

그러나 일본군 경비 부대 관할구역 안에서 철도 폭파사건이 발생했을 땐 이를 보수해주는 등의 부역이 실제로 그 지역 주민들에게 부과되었다. 그러므로 이 지역의 중국인이나 중국군은 철도 파괴를 하지 않았다. 물론 폭파사건이 전연 나지 않은 것은 아니었다. 이 노무 제공의 부역은 이 지역의 중국군 관할 부대장의 명령이므로 가능했던 것이다.

틀림없이 오늘의 이 횡단도 중국 국민의 희생을 대가로 해서 관할 부대의 사단장이 그의 가족을 거느리고 피해 가는 것이리라. 결국 피해는 국민들이 입었다.

국민과 재산을 지키는 군대가 아니고 군벌을 위한 국민의 희생이 이때의 중국군과 민심을 격리시키고 있었다.

물론 이것이 중국 중앙군의 전반적 현상은 아니었다. 장세스 휘하의 정예부대들이 도처에서 일본군을 잘 격파하고 잘 싸운 정규군도 중앙군에는 있었다. 어물전의 망신은 꼴뚜기가 시킨다는 우리나라 속담대로 군벌에 속하던 무장군이 구습을 버리지 못하고, 이렇게 용감했던 대일항전의 명예를 더럽히고 있었다.

물론 이 사단과 왜놈과의 사전 양해도 이렇게 이루어졌으리라. 제한된 시간의 여유와 일정한 시간 및 특정한 장소를 약속받고, 비무장의 피난 행렬이 지나간다고 하였으리라. 이러한 구실로 서로의 양해가 성립되어서 오늘처럼 무장군이 횡단한다. 피난 가족은 확실히 가족이나 사단장 일가의 가족 피난이었다.

주로 점과 선만의 확보에 치중하고 이의 경비만을 그 임무로 하는 일군으로서는, 후퇴하는 중국군의 퇴로를 차단하여 긁어 부스럼으로 평한선의 공격이라는 대가를 받고 싶지는 않은 것도 그 주요인이다.

그때는 이미 관동군의 주력이 감쪽같이 태평양전쟁과 동남아 전선에 투입된 지 오래고, 노병들만이 그 위세를 지키던 일본군의 형편이었으며, 심지어는 중국군과의 대규모 작전을 가능한 한 회피하려는 전략이 일본 전선 부대 부대장에게 자유 재량권으로 부여되어 있던 일본 패전 9개월 전이었다.

우리의 결정을 도와준 또 하나의 사실은 중국군의 기막힌 가마 행렬이었다. 마을을 출발하는 이동 행렬 속엔 무려 50여 대의 가마가 있었다. 남루한 군복의 중국군이 어깨에 메고 가는 이 가마엔 사단장의 가족이 타고 있다는 것이다.

그의 처첩妻妾의 가마 행렬이 수십 대의 가마 행렬을 이루고 있는 이 놀라운 사실은 그 당시의 중국군의 형편을 한눈으로 보여주는 것이었다.

그 처첩들의 행장이며 자식들이 전장의 후퇴에서 가마를 타고 갔다. 이것은 이 사단이 중국을 위해서 있는 것이 아니라 사단장을 위해서 있는 것이라는 것을 증명하고 있었다.

나라를 위해 싸우는 정규군이 아니라 사단장 한 사람의 사병의 무리였으며 작전상의 부대 이동이 아니라 사단장 한 개인의 피난이 아닐 수 없었다.

젊고 혈기 있는 장정은 모두 재훈련시켜 오히려 남방 전선으로 빼돌리고 50대가 가까운 노병만이 주둔하고 있는 일군에게 쫓기어 갈 만큼 그들은 부패하여 있었고 군율이 문란했으며 싸울 사기도 없었던 것이다.

못 볼 것을 본 듯이 우리는 언짢았다. 사실 이런 협상이 작전지역에서 가능했다는 것은 쉽게 납득이 가지 않는 것이지만, 중앙군과 공산군과 일본군의 세 개의 군대 세력이 서로서로를 견제해가며 항전을 하는 마당에

선 충분히 있을 수 있는 일이라고 이해가 갔다.

더구나 가관인 것은 가마 속의 이들 처첩의 여인들이 행렬 바로 두어 발자국 옆에서 그대로 엉덩이를 까놓고 잠깐씩 대소변을 보고서는 다시 타고 따라가는 모습이었다. 이것은 비단 중국 여인만의 행동이 아니었다. 우리 행렬 속의 여인들도 겨우 한 발자국이나 옆으로 물러나 대열이 계속 되는 길 위에서 그냥 용변을 보는 것이었다.

여자의 여자다움을 버리지 않을 수 없는 행군, 그것은 처절한 의지였 다. 낙오가 되면 죽는다는 사실이 이들에게서 부끄러움을 모두 앗아간 그 런 행군이었다.

중국의 전쟁은 이렇게 재미있는 일도, 상상하지 못하는 일도 많이 있 었다.

그리하여 우리는 이들 중국군의 행렬 뒤에 약간의 간격을 두고 뒤따라 가기로 했다. 우선 등에 두르고 온 자루에서 밀개떡 보따리를 끌러내어 끼 니를 채우기로 하였다. 이렇게 잠시의 여유를 두고 우리는 그 기나긴 행렬 의 한끝을 이어가기 시작했다.

평한선을 50리 앞두고 우리는 만약 우리의 추측이 맞는다면 다행이라 는 생각 속에 걸음을 빨리해야만 했다.

일군이 경비하는 철도는 어디서나 철도 양편으로 각각 30리 내지 50리 씩을 수비지역으로 하고 있다. 그래서 우리가 지금 내닫고 있는 이 지역은 일군 관할지역이었다. 문자 그대로의 강행군이 우리를 몰아쳤다. 싸늘한 밤하늘의 별빛이 우리를 동정하고 격려하는 유일한 움직임이요, 그 외에 는 일체가 검은 대지의 그림자 속에 잠들어 있었다.

밤이 깊어지면서 더욱 냉랭해지고 찬 기운이 뺨을 할퀴었다. 원체 급하 게 내달리기 때문에 추운 줄은 몰랐으나 그 대신 뺨을 식히는 밤기운은 무 척 싸늘했다.

차차 우리의 행렬이 무너지고 처지기 시작했다. 더구나 여자들과, 어린 아이를 업은 측들은 말할 수 없는 고생으로 행렬을 쫓아오고 있었다. 악을 쓰고 걷는 그 안간힘은 처절한 사력이었다.

그러나 늘어지기 시작한 행렬은 갈수록 더 길어지고 우리의 걸음걸이는 떨어지기 시작했다.

"낙오하면 죽어. 이곳에서 죽는다."

우리는 거의 위협으로 이들을 이끌고 또 교대로 어린 것들을 업어가면서 밤길을 꿰뚫었으나 몇 번이나 중국군에게는 뒤지고 하였다.

얼마를 왔는지 자정이 가까워졌다. 벌판의 바람이 소리를 내며 우리를 뒤덮어 삼켰다.

그 벌판에는 어느새 앞섰던 중국군이 전부 집결하여 쉬고 있었다.

앞으로 5리 밖에 철도가 있다는 것이다. 일단 이곳에 집결 대기하고 척후병을 보내기로 했다는 것이다. 이런 대부대가 이렇게 가까이 접근하도록 아무런 반응도 안 받았다는 것은 확실히 우리의 추측과 심증을 굳혀주었고, 그래서 우리는 이들의 행동에 따르기로 했다.

척후병이 떠나가자 일제히 중국군은 침묵을 지켰다. 담뱃불도 모두 껐다. 죽은 듯이 벌판의 밤을 지키고 있었다.

거대한 매머드의 괴물이 신화처럼 어둠 속에 쭈그리고 앉아 있고 그 위로 태초로부터의 세월이 지나가듯 어둠이 두껍게 덮이고 있었다.

멀리 마을에서 개 짖는 소리가 간간이 밤을 깊게 하였고, 소름 돋는 레일 소리가 들려왔다. 분명히 그것은 평한선을 달리는 일군 기차 바퀴소리였다. 기적소리도 뿌렸다. 그러나 그 기적은 아무런 의미도 갖지 못하는 듣기 싫은 외마디였다.

은은한 기적의 여운이 한 두어 번 밤의 정적을 흔들고 간 뒤에야 중국군의 척후가 되돌아온 모양이었다.

이들의 결론은 새벽 2시에서 3시 사이에 철도를 가로 넘는다는 것이다.

어떻게 해서 이 결론이 나왔는가는 아직 알 수 없는 것이나 우리도 그 시간 안에 넘는 것이 유리할 것이라고 결정했다.

우리도 시간을 재어 중국군의 뒤를 따라 걷기 시작했다.

나는 걸으면서 이 중일전쟁의 양상이 꽤 재미있다고 생각했다.

후방도 아닌 전방지대에 사단장이라는 지휘관은 수십 명의 처첩을 거느리고 다니고, 박격포를 메고 가야 할 그 어깨엔 그 대신 지휘관의 처첩들의 가마가 올라앉았는가 하면, 정규군의 모습이 말이 아닌 이 미련한 중국군. 일군에게 밀리면서 또 홍군과 맞붙어 싸우며 떠다니는 유랑의 군대. 그런가 하면 일군은 점과 선만을 차지하고 타협도 해가면서 대륙을 들쑤셔놓는 그 약삭빠른 허세의 군대. 이들의 사이에서 어부지리를 얻는 공산군만이 진실로 공간과 인간을 지배하고 있다.

하기야 그 덕분으로 우리도 지금 이 평한선을 먼젓번의 진포선이나 롱해선보다 더 쉽게 넘게 되는 것이 아니냐?

그러나 한편 이렇게 낙관만은 할 수 없다는 생각이 다시 떠올랐다.

만약 우리의 추측이 사실이라고 가정하더라도, 우리가 중국군이 아닌 것이 탄로 나면 어떻게 될 것이냐 하는 생각이다. 만일 우리가 일군을 탈출한 한국 청년들이라는 것, 또 광복군으로 충칭에 가는 길이라는 것이 일본 경비병에게 알려진다면 만사는 거품이 되는 것이다.

우리는 중국군에 소속된 소규모 부대인 것같이 바싹 다가 따르기로 하였다.

진포선이나 롱해선을 넘을 때엔 불과 5~6명의 소수 인원이었기에 그만큼 단출한 인원으로 모험을 쉽게 감행할 수도 있었으며 기동이 간편하여 안전성이 있었지만, 이번에는 중국군의 대부대 이동에 붙어 가느라고 다소 의지가 되는 연대의식 때문에 그토록 초조하지는 않았지만, 우리의 행동이 어리석은 것이 아닌가 하는 기우를 금할 수 없었다.

거의 직감으로 철도 근방에 이르렀다고 생각하자, 갑자기 앞서가던 부대가 별안간에 구보로 달리기 시작하였다.

우리는 다소 놀라지 않을 수 없었다. 왜 이들이 별안간 뜀박질로 내달리는 것일까. 상황이 급박해진 것인가. 일군에게 발견된 것인가…….

우리도 무의식 속에 구보를 시작했고 무슨 힘에 끌려가는 듯 뛰어갔다.

마침내 자갈 밟는 소리가 들렸다. 그러나 주위는 아직 그대로 고요할 뿐이었다. 아마도 철도에 가까워져서는 뛰어넘기로 미리 명령이 내려져 있었던 모양이다.

이런 생각 속에 우리도 자갈을 밟았다. 레일이 걸리는 것을 의식했다. 자갈소리가 유난히 크게 귀에 울렸다. 그 소리가 꼭 일군을 깨워 부르는 소리만 같았다. 그러나 일군 초소나 불빛 같은 것은 전연 보이지도 않고 또 보일 리도 만무한 것이었다.

죽는지 사는지 모르고 앞사람의 뒤만을 따라 달렸다. 구보는 철도를 넘어서도 멎지를 아니했다. 숨이 턱밑에 걸려서 헐떡였지만, 그 뜀박질의 대열에서 혼자 미끄러지기는 싫었다. 아마 안전지대까지 내리 50여 리를 뛰는 듯싶었다.

서로 양해된 짧은 시간 안에 경비지역을 완전히 통과하여 그 밖으로 나설 계획인 것으로 나는 추측하였다.

얼마를 이렇게 뛰었는지, 어느새 뿌연 동이 터 올랐다. 그것은 내 앞에 달려가던 어느 동지의 뒷모습의 윤곽이 차차 뚜렷해지면서 내가 비로소 인식한, 1944년 섣달 초하루의 새벽이었다.

대열의 속도도 사실은 걷는 것과 다를 것이 없었다. 모두들 뛰고는 있었지만 그것은 빠른 걸음 속도와 다름이 없었다. 단지 걸음이 재다 뿐이었다.

턱이 저절로 벌어지며 땀이 식어서 나는 선뜻한 추위를 느꼈다. 겨우 뒤를 한 번 돌아다보았다. 그때야 우리 행렬의 뒷대열이 염려가 된 것이다.

뒤따르는 동지들의 얼굴은 보이지 않았으나 땀이 증발하는 뿌연 김과 입김을 피워 올리며 모두 용하게 뒤따라오고 있었다.

뛰는 대열은 뛰는 시늉만의 움직임이었다. 거의 모두가 기진하여 먼동이 트는 동쪽을 등에 지고서 겨우 발걸음을 크게 성큼성큼 내디뎌보았다.

초하루의 햇살이 신비로운 새벽을 막 펼치고 그 고요한 대지가 눈을 비비기 시작했다. 풀숲의 빛나는 이슬이며, 나무 위의 새하얀 서리며, 벌판의 아침 안개가 제법 장엄하게 중국의 아침을 마련하고 있었으나 그것은 몹시 차디찬 대접이었다.

나의 추측대로 날이 새자 우리는 일군의 경비구역에서 벗어나게 되었다.

이때부터 중국군은 다른 길로 사라져가고 충칭으로 가는 길이라는 길은 우리 대오만이 차지하게 되어 우리 앞엔 낯선 대륙이 밀물처럼 주름져 다가왔다.

여기서 우리는 그룹 편성을 논의하였다. 우리 일행 53명을 네 개의 그룹으로 나누어 각각 조를 짜고 각 조대로 행동을 하여 다시 집결하는 것이 아무래도 속도에나 행군에 능률적이라는 결론이었다.

평한선 철도를 넘기까지에는 취사를 할 시간과 겨를이 없었기 때문에 우리는 밀개떡을 준비하고 그것으로 끼니를 이었지만, 이제부터는 끼니와 잠자리에 새로운 대책을 세워야만 했다.

그래서 우리는 조를 편성하기로 했다. 걸음이 빠른 패가 앞서야 하룻밤을 유숙할 잠자리도 미리 마련하고, 또 저녁식사도 준비할 수 있었다. 뿐만 아니라 뒤에 처지는 사람들에게도 어느 정도 시간적 여유를 주어 전체의 행군 속도를 일정하게 유지하도록 하였다.

제1조는 선발대의 역할을 하기로 했다. 먼저 도착하여 마을의 행정기구의 장인 '보장'保長을 찾아 숙소의 알선을 부탁한다.

이곳의 보장은 지금 우리나라의 면장과 비슷하다고나 할까―그러나 전시라 그 권한은 대단하다. 군인 몇 명이 지나가다가 이곳서 묵게 되니 숙소를 알선하라고 부탁하면 곧 가가호호에 물어서 분산 유숙을 하게 해준다.

물론 우리가 한국 청년이라는 것은 말할 필요가 없고 우리는 중국군의 행세를 우리의 군복대로 하면 되는 것이다.

이 통로는 거의 군인들의 왕래만이 가능하고, 또 전후방을 연결하는 군용도로였기 때문에 군인들의 유숙 요청은 거의 항다반사인 듯했다.

우리는 일정한 노정의 거리를 미리 예정해놓고 이 지점까지 도달하도록 필사의 노력을 기울여 걸어야 했다.

이 조별 각개 행동은 린촨에 이르기까지의 우리의 행로처럼 다소 간편하기도 했고, 또 어떤 때에는 낭만적이기도 하였으나, 그 스며드는 추위만은 매서웠다.

나는 역시 취사 책임을 연장시켜 선발대에 속해야 했고, 그뿐만 아니라 선발대의 책임까지 아울러 지게 되었다.

양식을 실은 수레를 다시 인수했다. 200리 길을 끌고 온 토차土車—손잡이는 둘이지만 바퀴가 하나인 미는 손수레다—는 다시 내 책임 아래 그것을 운반하게 되었다.

밀가루는 각자가 다 자루에 지급된 양을 메고 있었고, 나는 선발대에서 그날 저녁식사분과 각자의 조반과 점심분만을 거두어 싣고 가서 취사를 하면 그뿐이다.

평균 하루 100리를 걸어야 하는 노정을 우리 선발대는 아침 일찍부터 걸어서 보통 낮 3시쯤이면 당도하곤 하여야 했다.

그런데 이날 우리가 낮 3시쯤까지 달리고 달려 이른 곳에 우리를 가로막는 산이 나타났다.

산은 전체가 어두운 그림자로 덮여 있었다. 그것은 검은 '마의 산'처럼 보였다.

그것이 불쑥 앞길을 막았다. 아니, 우리의 길을 그대로 삼켜버려 길이 끊어졌다.

사실은 이 산이 우리가 잘못 든 길을 가로지른 산줄기의 한 부분이었다. 신비롭게 산맥의 허리를 끊고 들어앉아 잘룩한 낭떠러지 사이로 길을 거둬들인 고성이었다.

아아, 그런데 거기엔 정말 성문이 있었다. 놀라운 일이었으나 우리는 오히려 잘되었다고 안도의 숨을 쉬었다. 하룻밤을 산성에서 쉬고 갈 생각에서였다.

산성은 굉장하게 보였다. 성문은 굳게 잠겨 있었다. 그리고 파수병이 서 있었다. 우리는 파수병을 발견하자 필시 중국 군인인 줄로 속단을 하였다.

나와 선우진鮮于鎭 동지가 앞으로 나가 공한을 꺼내 보였다. 그러나 이상하게도 파수병은 아무런 반응도 보이지 않았다. 그러고는 어서 가라는 손짓을 하였다.

우리는 이 산성 안의 책임자를 만나자고 했다. 이번에도 역시 고개를 젓는 것이었다. 못 만난다는 것이다. 한참 동안 성문 밖에서 옥신각신하였다.

평한선의 횡단 이후 계속 걸어온 피곤으로 기진맥진한 우리는 그대로 물러설 수가 없었다.

이들이 중국군이면 능히 우리의 입장을 알아줄 것이라고 생각해서 다시 다가서자, 갑자기 꽥꽥 괴성을 지르면서 성벽 주변의 총구로 총을 내대는 것이었다.

그래도 그때 우리는 다른 곳으로 갈 수도 없고 물러설 수도 없어 그냥 버티었다. 한 시간 만에 마침내 단 두 명만 대표로 들어오도록 타협이 되어 문을 열어주었다. 나와 중국어를 할 줄 알던 선우진 동지가 들어가기로 하였다.

우리 둘이 겨우 들어서자마자 문은 닫혀버렸다. 우리는 꼭 감금되는 기분으로 성안에 들어섰다.

성은 꽤 넓었다. 그리고 너무나 조용하였다. 어떤 불길한 예감이 발걸음에 앞섰다. 왜냐하면 성안에서 보이는 사람들의 옷이 검은색 아니면 푸른색 또는 청군의 군복 등 가지각색이었다. 우리는 고대 중국 기담의 주인공이 되어버렸다. 뒤를 한 번 더 돌아다보았다. 문은 어느새 굳게 닫혀 있었다.

나는 공한을 다시 안주머니에 깊숙이 넣었다. 중국어를 아는 선우진 동지가 있으니 공한을 거들떠보지도 않는 이들에겐 내보이지 말고 차라리 귀중하게 보관해야 할 것 같았다.

성문을 가운데 두고 양쪽으로 소설 속의 산성처럼 성이 기어올라갔고 그 성은 치켜오르며 산등을 타고 넘어갔다. 그러나 그 안은 꽤 넓었다. 여기저기 기와집과 초가집이 수십 채나 있었다.

불길한 예감은 우리를 조급하게 만들었으나, 그래도 우리는 중국군이면 반겨줄 것이라는 기대를 버리지 않았다.

도대체 이들의 정체가 무엇인지 알 수가 없었다. 산성의 적막이 우리를 긴장시켰다.

우리의 발걸음 소리가 태곳적의 북을 치는 듯이 쿵쿵 가슴을 울렸다.

그러나 결국 우리는 몇 발자국 들어서지도 못하고 흉악한 중국 사람들에게 둘러싸여 몸수색을 당했다. 소지품도 전부 보자는 것이다.

그러나저러나, 우리는 이들의 책임자를 만나야 하겠다고 면담 요청을 했지만 아랑곳없이 불통이었다. 만나게 해주질 아니했다.

그래도 우리는 공손히 우리의 신분이 밝혀져 있는 공한을 내보이고 사정을 했다. 우리는 지금 충칭으로 가는 길인데 하루만 묵고 가자고 뜻을 밝혔다.

그들은 끝내 수령과의 면담을 들어주지 않았고, 되풀이하는 우리의 통사정을 번번이 묵살하여버렸다. 심각한 낙심이 우리의 대화를 단절시켰다. 우리는 우리대로, 밖에서는 밖에서대로 초조하고 지루한 시간을 보냈다.

드디어 어두움이 깔리자 제4조까지 전부 도착하였다. 성문 밖의 50여 명이 웅성대었다. 다시 성문이 열리고 일행이 전부 들어왔다. 역시 몸수색을 당했고 보따리를 풀게 했으며 식량도 일단 그들에게 압수되었다. 200여 리를 끌고 온 식량이 몽땅 그들 손으로 넘어가는 것은 기막힌 대우였다.

어리둥절한 채로 우리는 독안의 쥐처럼 갇혀버렸다. 우리는 어떻게 해야 좋을는지 쉽사리 상황 판단을 할 수가 없었다.

그런대로 우리는 몇 가호에 나뉘어 분산 수용되었다. 사실은 토막집 안에 우리가 감금되다시피 된 것이나 다름이 없었다.

우리는 용변을 보러 가다 놀라운 사실을 발견했다. 토막집 주위로는 집총한 파수병이 세워졌고 무장병은 침묵만을 지켰다. 형편없는 대우였다. 여태까지 받은 대우 가운데선 이번이 최악의 경우였다.

결국 그들이 우리에게 집총 파수병을 세워놓는 것도 역시 우리를 신임하지 않는다는 징조였다. 우리가 과연 어떤 신분의 군대인지 또 구태여 이 산성엘 무슨 목적으로 침투하여 들어왔는지 감시, 경계하는 눈치였다.

어색한 대치 상태로 밤이 깊어갔다. 실상 우리가 비무장이었으므로 상황은 급박하지 아니했으나, 그들도 우리가 어떤 폭동이나 거사를 일으킬까 보아 경계하는 눈치였다.

계속되는 불안감이 우리를 압박하여왔고 이 압박감은 1분 1초를 다투어 초조함을 안겨줄 뿐이었다. 우리는 그 밤을 꼬박 새웠다. 평한선을 넘은 그 긴장의 해이와 엄습한 피곤에도 불구하고 우리는 잠을 청할 수가 없었다.

밤은 성안에 더 오래 머무르는 것 같았다. 꼬박 밤을 새웠다. 우리는 그들의 동정을 살피고 그들은 우리를 경계했다. 그들은 수적으로 열세였으나 무기를 가졌고, 우리는 맨손이나 쉰 명이 넘었다. 어떤 극적인 사건이 벌어질지도 모르는 순간순간을 밤잠을 못 자며 지새운 것이다. 그들이 우리를 믿지 않는데, 어찌 우리가 그들을 믿을 수 있느냐 하는 의구심이 작용한 것이다.

우리가 무장을 하지 않았는데도 우리를 감시하며, 우리가 중국군 정규 군복을 착용하고 있는데도 책임자를 만나게 해주지 않는 점은 이들의 정체를 짐작하는 데 도움을 주었다. 분명히 그들은 중국군 정규군이 아닌 것으로 우리는 결론을 내린 것이다. 그렇다면 무엇인가? 공산군인가? 공산군이라면 우리를 포섭해서 이용하려고 들지, 이렇게 대우하지는 않을 것이다. 그렇다면 도둑들인가? 우리는 중국의 마적단에 대한 얘기를 들은 적이 있다.

우리는 도둑의 소굴에 제 발로 걸어 들어온 격이 되었다. 드디어 날이 밝았다.

우리는 일군의 프락치나 또는 그들을 토벌하러 잠입한 중국 정규군이 아니라는 것을 명백히 하기 위해 밤새도록 우리가 한국 청년이고 혁명적인 동지들이며 목적지가 충칭이라는 내용의 줄거리로 이들을 설득시켜볼 계획을 짜서 그대로 이들에게 자초지종을 얘기했건만, 그들은 막상 떠나려는 우리에게 짐을 주지 않으려고 하는 눈치였다.

평복, 군복, 흑색복 등 가지각색 복장을 한 이들의 행동은 완전히 도적들이었다. 우리를 무서워하는 눈치다. 충분히 납득할 만한 것이었다.

이 뜻하지 않은 도적에 걸려 우리는 한나절을 또 그대로 성안에서 보내게 되었다. 그래도 우리가 살길은 우리의 식량을 가지고 떠나는 길이다. 우리는 거의 애걸복걸하였다. 스스로가 허락하지 않는 자존심을 억누르고 우리는 통사정으로 매달리었다.

도시 우리의 공한은 읽을 줄도 모르는 모양이었다.

고성에 유폐된 우리는 안절부절못하면서 어처구니없는 모험을 생각하고 있었다.

전연 생각지도 못하던 일이 우리의 운명을 가지고 장난하고 있는 듯이 우리는 안타까웠다. 성안은 너무나도 조용하여 그 정적이 우리를 서서히 질식시켜오는 듯했다. 차라리 몸부림을 치고 싶었다.

그래도 우리가 할 수 있는 유일한 길은 이들의 수령을 만나 직접 설득시키는 방법이었다. 거의 빌어 올리다시피 통사정을 털어놓았다. 수령이라는 자는 우리를 서너 번이나 찾아가게 만들었다.

결국 그가 입을 연 내용은 우리가 가지고 가는 짐 보따리며 식량인 밀가루를 실은 토차며 일체를 몰수하고 빈 몸만 가라는 것이었다.

이제야 그의 속셈을 알아차리게 되었다. 분노가 들끓어 우리는 한숨으로 가슴을 식혀야 했다. 새로운, 이들과의 대결이 마음속에 굳어졌다. 우리는 그들의 요구를 들어줄 수가 없는 것이었다.

도저히 맨몸으로 이곳을 빠져나가서는 난양南陽까지 이 동짓달의 산길을 갈 수가 없는 노릇이었다. 죽음의 길을 택하는 것이 차라리 나을 것이다. 먹지 못하고 눈보라라도 만난다면……. 산길에서는 빌어먹을 수도 없는 것이다. 보따리라야 별것은 아니지만, 그 밀가루는 이때 우리의 제2의 생명이 아닐 수 없었다. 우리 처지가 너무 한심스러웠다.

다시 수령을 찾아갔다. 우리는 애원으로 수령에게 매달렸다.

우리가 중국군이 아니고 한국의 혁명 청년들이라는 것을 열심히 설명하였으나, 이들이 혁명이란 의미를 알 리가 없었다.

측은하게 달려든 보람은 그의 인간적인 반응을 마침내 불러일으키는 데서 나타났다. 그들에게 남았던 인정이 우리의 애원으로 해서 되살아난 모양이었다.

수령은 무릎을 치며 고개를 끄덕여주었다. 우리는 다시 우리의 행장을 받아 메고 들고 하였다. 애절한 사연은 주효해서 또다시 겨울 나그네의 길이 열리게 되었다.

우리는 들어왔던 문과는 달리 이상하게도 북쪽으로 난 성문 앞으로 삼엄한 총부리의 경계를 받으며 집결되었다.

구절양장의 운명은 우리의 뜻 앞에서 곧게 펴졌다. 그러나 또 다른 걱정이 성을 나오는 우리의 뒤를 따랐다. 이들이 도둑들이니 필시 일본 놈들과도 내통하고 있을는지도 모른다. 우리가 학도병 출신의 한국 청년들이라는 사실을 일본 놈들에게 팔아넘겨 꼼짝없이 넘어갈 수도 있지 않을까?

마치 고무줄 한끝을 허리에 잡아매고 걸음을 걷는 듯이 우리의 걸음은 제대로 옮겨지지 않았다. 마음은 급하나 걸음은 무엇인가 잡아당기는 느낌이었다.

사선에서 기적으로 살 구멍을 찾는 동굴에서의 우상이라고나 할까. 세상으로 뚫린 살 구멍으로 밝은 빛이 쏟아져 들어오듯이 우리는 성문 앞에 목마르게 모였다. 보따리와 밀가루 자루를 모두들 휘어잡고 성문이 열리자마자 쏜살같이 뛰어나왔다. 악몽에서의 탈출처럼 걸음걸이가 말을 듣지 아니했다.

몹시 시장한 가운데 걸으면서 지는 해를 보내고서야 우리는 어느 산기슭 마을에 간신히 닿을 수가 있었다. 산길의 행군은 우리가 신고 있는 초혜草鞋를 형편없이 망가뜨려주었다. 초혜란 일종의 짚신이다. 짚으로 엮어 맨발의 발바닥에 대고 노끈으로 발등 위를 동여매는 것이 초혜이다. 우리는 내내 이 짚신으로 린촨 이래의 길을 걸어왔다. 거의 2~3일에 한 켤레씩 새로 갈아 사대며 차가운 대지를 걸었다. 린촨의 한광반 시절에는 천으로 된 포화도 가끔 신었지만 훈련을 받을 때는 역시 초혜였다.

그곳에서의 3개월은 이 천으로 된 신을 해뜨리는 데 충분한 시간이었다.

산길이라 음식도 만들어 먹지 못하던 시장기에 마침 다행스럽게 산기슭 마을에 이른 것이다. 산마을에서 길을 쉬었다. 역시 우리가 해온 대로 보장을 찾았다. 보장은 늘 강력한 권위를 가지고 있었다. 이곳에 군인 50여 명이 지나다가 묵게 될 터인데 숙소를 마련하라고 했다.

이곳의 보장은 퍽 따스한 인상을 주는, 나이도 지긋한 분이었다. 한결 마음이 놓였다. 우리가 걸어온 방향을 생각하며 어디로 해서 오느냐고 물었다. 그래서 우리는 산성 이야기를 했다. 보장은 입을 딱 벌리며 놀라는 것이었다. 그들은 우리의 추측대로 산적 떼였다.

보장은 토비土匪라고 하였다. 마적단 같은 존재로서 그곳을 무사히 통과했다는 사실은 있을 수 없는 일이라고 놀랐다.

지나간 일이지만 소름이 끼쳤다. 서로 동지들의 얼굴을 한 번씩 돌아다보며 긴 숨을 푹 꺼지게 내쉬었다.

"당신들이 살아 나온 것은 천명인가 보오."

보장은 안색이 변하며 반신반의하면서 이렇게 우리를 위로해주었다. 우리가 행장을 다시 찾아가지고 나올 수 있었다는 것은 기적이라고 했다. 정말 너무나 보잘것없이 초라하였기 때문에 오히려 다행으로 우리는 아무런 피해도 입지 아니한 것 같았다. 또 초라한 군복과 소지품이 우리를 살렸다고 보장은 지적했다. 확실히 그 토비대는 일군과 내통을 하고 있으며, 만일 우리의 소지품에 귀중품이 있었다면 꼼짝없이 빼앗겼을 것이고, 그 토비들이 우리가 누구인 것을 확실히 알았다면 일군에게 팔아 넘겼을 것이라는 얘기였다. 아무도 그 근처에 감히 접근을 못 한다는 그 토비의 소굴이 이곳서는 옛얘기 속의 산적처럼 무섭고 신비로운 대상이 되어 있었다.

아직 그곳에 잡혀갔다가 살아 나온 이가 없다고 말하는가 하면, 그 근처를 지나다가 물건을 안 빼앗기고 지나오는 이가 없다고 마을 사람들도 말하였다. 이제야 평한선을 같이 넘은 중국 군인들이 다른 길로 사라진 연유를 알았다. 우리가 멋모르고 달려들었던 일이며, 다시 나온 일이 얼마나 위태로웠던 일이었는가를 생각하면 기가 차는 일이었다. 따뜻한 저녁식사 대접을 받고 나서 곧 우리는 마을의 대여섯 채의 가호에 분산 유숙하게 되었다. 마을 사람들은 보장의 지시에 의해서인지 하여튼 친절했으나, 숙소라는 것이 산속의 마을이어서 그런지 형편없었다.

아직까지 우리가 하룻밤씩 유숙한 숙소엔 밀짚이 두껍게 깔려 있었다. 그것은 차디찬 대륙의 냉기를 막아주었고 또 푹신한 요처럼 따스하게 느껴졌다.

마을마다의 밀짚은 중국의 겨우살이에 필요 불가결한 역할을 하고 있기 때문에 어느 마을에 들어가나 밀짚을 정돈하여 쌓아놓은 밀짚 낟가리가 서 있었다. 피곤한 행군 길에서 마을을 만난다는 것은 웬만한 기쁨과 희망이 아닐 수 없다. 그럴 때마다 마음은 밀짚 낟가리부터 우리 시야에 넣어줬다. 노오란 밀짚 낟가리가 눈에 띄기만 하면, 우리는 삭막한 길, 나그네의 시름을 풀고 우리나라의 화전 민가를 찾아온 듯이 마음을 놓곤 하였다. 그것은 그런대로 아름다운 중국촌의 정서였다. 그런데 이 산속의 마을에는 밀짚이 없는 모양이었다. 기껏해야 청대콩의 깍지가 말라붙을 대로 말라붙은 청대만이 뜰 앞에 있었다.

우선 청대콩의 줄기라도 갖다가 맨바닥의 흙 위에 깔고 다리를 폈다. 그것이라도 넉넉했으면 좋으련만 콩깍지 줄기로 밀짚 대신 푸근히 깔고 눕기에 부족했다.

300여 리 길의 피곤이 발목과 정강이와 무릎으로 스며들어 푹푹 쑤셔대었지만, 우리는 그 토비의 산채를 용하게 빠져나왔다는 생각을 자꾸 되풀이하면서 다행스럽게 잠을 청했다.

동지들은 초혜를 끄르고 발을 주무르기에 여념이 없었다.

나의 신념은 나에게 대륙의 횡단을 보람 찾는 일로 시키는 것이지만, 나의 발목은 무슨 죄를 지었기에 이 중국 땅에 발자국도 안 남을 강행군을 계속 시키고 있는 것인가. 졸음이 바람처럼 스며왔다.

바람막이의 흙방에서 우리는 300리 길에 처음 잠을 청해보았다. 이것마저 허락될 수 있는 것인가 생각하면서 몸을 몇 번 뒤쳐보았다. 편히 잠을 잘 수 있다는 사실만도 이때의 나에겐 충분히 사치스러운 일같이 느껴졌기 때문이다.

모두들 벌써 지난날의 긴장과 불안의 해소로 인해 사정없이 굴러 떨어지는 듯, 잠 속이라는 낭떠러지에 떨어지고 있었다.

그러나 바람소리가 자꾸 내 귀를 찾아오는 것 같아 밤이 괴로웠다. 나무들이 서로 부딪는 바람소리가 꼭 어린 시절에 듣던, 산불 나던 고향의 바람소리처럼 내 잠을 쫓고 있었다.

차가운 냉기가 배어올랐다. 얼른 나도 잠이 들어주었으면 남처럼 행복하게 잠을 자련만, 내게는 그런 복도 허락되지 않는 것 같았다. 내게는 겨운 것인가.

다시 내일 아침엔 조별로 행동을 해야 하겠다고 생각을 했다. 5~6일만 더 가면 난양이라고 했다. 난양에 가면 보급을 좀 받을 수 있으리라는 기대를 가지고 내일 아침 일찍 떠나고 싶었다.

우리가 다음 날 눈을 떴을 때는 해가 이미 머리 위에서 우리를 놀리고 있었다. 보장은 아침까지 마련해주었다. 우리는 중국군으로 대우를 받았다. 두 끼에 대한 밀가루를 조금씩 덜어내어 보장에게 주려고 했건만 보장은 받질 않았다.

속셈으로는 무척 고마웠다. 여기서 산악지대를 계속 걸어 한나절이면 평원이 나오고 이 평원을 또 한나절 가면 위험지대는 완전히 벗어난다는 희망을 가지고 떠나게 되었다.

또다시 산 넘고 물 건너는 위험한 행군이 시작되었다. 찬바람이 휘갈기는 12월은 우리 한국 청년들을 시험하는 듯, 소리치는 북동풍으로 우리를 괴롭혔다.

밤이슬에 젖고 땀에 젖으며 또 새벽서리에 젖는, 청색 무명 군복 한 벌은 충칭을 찾아가는 긴긴 수천 리 길 바람에 마르곤 하였다.

조국이 무엇이기에 이 길을 가는 것이냐. 한 걸음 한 걸음 발걸음이 옮겨질 때마다 발걸음을 옮기게 하는 우리의 그 줄기찬 의지에 몇 번이고 우리는 스스로 감격을 하지 않을 수 없었다.

사막을 가는 낙타처럼 무의식으로 내딛는 발걸음이 아닐진대, 발걸음이 무거워질수록 우리의 신념은 더욱더 굳어져야 했다. 낮이면 풀쌕풀쌕 일어나는 황토의 흙먼지, 밤이면 마치 흔들리는 등불처럼 우리의 발걸음은 줄기찬 하나의 신앙이었다. 그것은 분명히 우리만의 의사가 아닌, 보다 큰 어떤 의사의 발현만 같았다.

더구나 토비들의 소굴을 무사히 통과한 사실을 보장에게서 듣고 받은 충격이나 그 인자한 풍모의 보장에게서 받은 대접 등은 우리에게 새로운 의지를 부어주었다. 끝없는 낭만의 길이 아니거늘, 끝없는 노정은 벌판을 가로질러 서쪽으로 서쪽으로만 뻗어나가며 우리를 인도하여주었다. 이것은 나의 길이며 나의 역사였다. 나를 위해 마련된 야곱의 길이며 나를 위해 펼쳐진 고로苦路인 듯하였다.

나는 선발대의 맨 앞장에 서서 나의 길을 스스로 인도하고 있었다. 다른 조보다 두세 시간 앞서서 늘 그날의 잠자리와 식사를 마련해야 했다. 선발대장이나 취사반장의 책임이 여기까지 붙어 다니는 것인지는 몰라도, 나는 내가 해야 할 것으로, 마땅한 일로 생각했다.

흙바람이 눈을 때렸고 우리는 그 속에서 옷깃을 여미며 바람을 뚫고 나아갔다. 지나온 산들이 아득히 회색의 기억으로 병풍처럼 둘러져 있었다.

나흘째 되던 날 우리 선발대는 교대를 하게 되었으나, 다른 대원들은 전부 교체가 되어도 나만은 그냥 끝까지 침식관계를 보살펴 맡아주어야 하겠다는 일행의 의사로, 결국 선발대 대장의 감투를 벗지 못하고 말았다. 이제부터는 난양에 이르기까지의 식량문제로 책임이 중하게 되었다. 그곳엘 가기까진 어딜 가나 우리를 맞아주는 것은 황토뿐으로, 우리의 양식인 밀가루는 점점 줄어들기만 했기 때문이다.

이날 우리는 중국의 첫눈을 만났다. 새털 같은 눈이 뿌렸다. 하늘이 우중충해지더니 그 회색의 하늘이 부서져 가루로 흩날리는 듯싶었다. 목둘레로 파고드는 눈바람이 중국의 초설을 선보여주는 듯하여 우리는 서로 마주 보고 쓴웃음을 한 번씩 나누어 웃어볼 뿐이었다. 새털눈은 땅에 떨어져서 빈 밭고랑으로 몰리거나 길옆의 도랑으로 불렸다.

발자국이 날 만큼 쌓이지도 않고 흩어져버렸다. 눈길 위에 발자국은 남겨서 무엇 하련마는, 그러나 우리가 걷는 길은 너무나 한적하고 쓸쓸했다.

함박눈이라도 쏟아져 쌓이면, 비록 눈길 위에나마 우리의 발자국을 남기고 가고 싶은 것이 이때의 우리 심정이었다. 그것은 내일쯤 우리가 어느 벌판 눈 위에 쭈그리고 앉아 차디찬 태양을 꿈에만 볼는지 알 수 없는 중원의 겨울이었기 때문이다.

함박눈이 쏟아지고 난 뒤 해가 퍼지면 눈 위에 윤이 자르르 흐르고 날이 푸근히 풀리는 고향의 겨울이 생각났다. 귀가 시린 것만은 그때와 다를 것이 없었다. 그러나 고향의 겨울은 언제나 이처럼 매섭고 새침하지는 아니했다.

머루·다래가 달린 오솔길에, 넝쿨이 그대로 말라버린 그 위에, 눈이 길길이 쌓여 그 밑을 파고 다니던 고향 땅의 눈은, 이런 새털눈의 겨울과는 전연 다른 정서였다. 노루 발자국을 따라가기만 하면 눈 속에 파묻혀 쓰러진 그놈을 찾아낼 수 있는, 그 부드럽고 푸근한 눈 속의 겨울은, 이 황량한 눈보라의 겨울과 달랐던 것이다. 아주 어렸을 적의 고향이, 20여 년을 떠나갔다가 그래도 잊지 않고 오늘 이 중국의 벌판 위에서 날 다시 찾아오는 고마움이 느껴져 반가웠다. 나는 그 고마움을 얼굴 위에 떨어지는 솜털눈을 녹이는 체온으로 느꼈다. 뺨, 눈썹, 콧잔등 위에서 녹는 그 솜털눈이 나의 회상을 따뜻이 해주었다.

그러나 다행히 눈은 심하게 쏟아지는 것이 아니었다. 그대로 그쳐버리고 말았다.

그 당시 중국군에 대한 부락민의 협조 여부는 전적으로 부락의 행정지도자인 보장에게 달려 있었고, 또 실제로 보장은 불리한 정세와 전세에 처한 중앙군을 위해 물심양면으로 편의를 제공해주고 있었다. 이것은 전시정부의 명령이기도 했다.

그러나 이러니저러니 해도 부락민에게는 민폐가 이만저만이 아니었다. 소대 또는 중대 규모로 이동하는 병력이나 보급을 위한 병참 지원을 위해서 부락민들은 집집마다 숙소를 주선했고 징용이 되기도 했다.

산길을 헤쳐 나아가야 하는 우리도 불가불, 한두 사람의 양민을 징발해달라고 보장에게 부탁하였다. 애꿎게 한두 중국인이 징용되어 우리를 안내해주는 일은 흔한 일이 되어버렸다. 선발대에 앞장서 양식인 밀가루도 좀 지고 갔다. 며칠 전 산성에서 토차를 그대로 버리고 온 일 때문에 밀가루가 짐이 되었던 것이다.

우리 선발대는 부지런히 산길을 기어오르고 뛰어내리며 나머지 조의 동지들보다 훨씬 앞서게 되었다.

해가 높아서 떠났고, 또 도중에 눈을 만났건만, 우리는 낮 서너 시경에 100여 리의 길을 달려 목적지인 마을에 이르렀다. 푸근히 잠을 잤고 또 엊저녁과 오늘 아침에 먹을 것을 제대로 먹었기 때문에 힘이 솟는 듯했다.

행군에 있어서 잠과 식사는 이렇게 큰 영향을 미치는 것이었다.

그러나 산속 길이라 어떻게 점심을 해 먹을 수도 없었고, 마냥 산 넘고 물 건너는 달음질로 달려와 서너 시가 되기까지 시장기를 그냥 넘길 수밖에는 없었다.

취사 책임을 진 나는 어떻게 해서든지 동지들을 제대로 잘 먹여야 하겠다고 스스로에게 다짐했다. 이제부터는 우리가 보급을 보충해 받을 난양까지 전원 무사히 도착하는 것만이 잠정적 목표였기 때문이다.

부락에 들어가 그곳 보장을 찾아가 50여 명의 군대가 오늘 이곳서 묵고 가겠으니 제반 준비를 주선해달라고 통고한 다음, 아침에 징용된 양민을 되돌려보냈다.

우선 이 부락에서 식사를 위한 재료를 대부분은 사야 하겠기에 시장을 찾아 나섰다.

쇠고기—특히 싸니까—와 쇠기름 그리고 가능한 한 채소 종류는 동리에서 얻어먹는 것을 원칙으로 삼을 수밖에 없었다.

우리는 부락에서 콩기름도 좀 얻었다. 가능한 것은 보장을 협박하여가면서라도 얻어먹는 방법을 써야만 목적지까지는 갈 수 있으니까.

참으로 오래간만에 우리 손으로 만든 음식으로 주린 배를 채우게 한다는 즐거움 속에 동지들이 합력하여 신나게 저녁식사 준비를 하였다.

내일 낮에 먹을 밀개떡도 지었다. 밀가루 반죽을 널찍하게 민 다음, 네모나게 잘라 콩기름에 부친 것이 밀개떡이다. 이곳에선 '꿔빈'이라고 했다. 꿔빈 50여 명 분을 거의 다 부쳤을 때엔 어느새 날이 어두워지고 겨울 날씨가 그 위세를 나타내었다.

한참 만에 제2조가 도착했고 날이 아주 어두워서야 겨우 3조, 4조가 기어오다시피 해서 또 100여 리의 행군을 마치게 되었다.

모두들 만들어놓은 저녁식사를 맛있게 먹었다. 한번은 별식을 만들어본다고 돼지고기를 몇 근 살 수 있었기에 두부를 사서 돼지고기와 같이 끓여보았다.

두부는 콩이 나는 지역이므로 흔한 편이었고, 돼지고기 국물에 두부를 넣고 끓인 두부탕은 빵을 곁들여 먹기에 훌륭했다. 물론 조미료는 소금뿐이었다. 그러나 그렇게도 맛이 있을 수가 없다고, 일행 동지는 나의 수고를 아낌없는 찬사로 높이 사주었다. 그 후부터 그런 요리를 만들어보려고 몇 번 노력했으나 원체 예산이 닿지 않으니 몇 차례밖에 만들지 못하여 유감이었다.

그런데 참으로 묘한 사실은 이때 중국에서 통용되는 화폐들이었다. 무려 수십 가지의 돈이 뒤섞여 쓰여도, 모두들 별로 불편을 느끼지 않고 쓰는 것 같았다. 이 산간지역의 부락에서 사는 무식한 주민까지도 척척 환산을 해가면서 계산을 해내는 것이 묘한 일이었다.

주로 중국 돈으로 화폐단위가 위안圓이지만 심지어는 일본 돈까지 통용이 되었고, 일본 놈들이 발행하는 '중앙저비은행권'中央儲備銀行券*까지 유통되고 있었다.

저녁식사 뒤에 겨우 바람막이의 울타리 역할을 하는 광 같은 방으로 분산되었다. 맨바닥에 나뭇가지를 꺾어다놓고 하룻밤을 지내기도 하고, 맨바닥에 그냥 드러누워버리기도 하며, 돼지·소가 있는 헛간 한구석에서 자게까지도 되었다. 전연 방다운 방은 없었다. 그릇에 콩기름이나 돼지기름을 붓고 아무것이나 돌돌 말아 심지로 세워놓고 불을 댕기면 아주 훌륭한 등잔불이 되곤 하였다. 등잔불 밑에서 우리는 전신에 가려운 몸을 뒤틀며 이〔蝨〕 사냥을 벌이기도 했다. 이 어두컴컴한 등잔 밑에서나마 옴에 걸려 고생하는 몇 동지들은 돼지기름에 유황을 끓인 그 고약한 냄새나는 약을 홀랑 벗고 전신에 문지르고 있는 광경은 진기하기만 했다.

이런 매일의 고달픔도 잊어버릴 때가 되어오는 듯했다. 하룻길만 더 가면 난양이라고 했다. 난양까지는 비교적 길이 평탄하고 난양부터 라오허커우老河口까지는 다시 180리의 평원이라고 했다.

충칭 6천 리의 또 하루가 시작되었다. 아침을 새벽에 먹고, 점심으로 쮜빈을 나눠 가지고, 또 하루분의 밀가루를 걷어서 우리 선발대가 가지고 길을 일찍 떠났다.

낮 2시에 닿은 곳이 중앙군의 한 전구사령부가 있는 난양 교외였다.

심한 눈보라를 만나지 않고 난양 땅에 닿은 것이 퍽이나 다행스러운 것이었다. 이곳서 우리는 식량과 동복과 그리고 외투를 보급받도록 할 예정이었다. 사실 새로운 보급을 받지 않고서는 앞으로 행군의 계속이 불가능

---

* 원문에는 '중국주비은행권中國壽備銀行券'〔중국수비은행권〕으로, 세계사 판본에는 '중국수비은행권中國籌備銀行券'〔중국주비은행권〕으로, 둘 다 한글과 한자가 불일치하게 나와 있다. 이는 애초 '儲'〔저〕의 중국어 발음이 〔chǔ〕인 데서 생긴 착오로 보인다. '중앙저비은행'은 일본이 국민당의 화폐에 대응한 새로운 화폐가 필요해서 만든 은행이다.

한 것이었다.

그런데 일이 잘 안 되느라고 난양 도착 후부터 날씨가 굳고 차며, 또 이곳의 사정도 있고 하여 며칠 동안 기다리지 않을 수 없게 되었다.

왜냐하면 한 50여 명에게 지급될 보급품조차 확보되어 있지 않은 실정이었고 전구사령부라는 곳에서도 보급이 신통하지 못한 형편인 듯했다.

하루나 이틀쯤 기다린다는 예정이 차일피일하다 2주간이나 묵게 되었다. 난양에서 30여 리 떨어져 있는 어떤 부락—보급 관계 기관이 20~30리 거리에 있는 편리한 곳이라는 데서 이곳을 선정했다—에 우리는 결국 방세 개를 아주 빌렸다. 한 개는 가족이 있는 사람들과 여인들에게 맡겼고, 한데 붙은 다른 두 방은 우리 청년들이 나누어 들었다.

우리의 일정이 지연되는 이유는 이러나저러나 난양 땅에 내리는 비와 진눈깨비 때문이었다. 날이 들어야 보급이 제대로 될 것인데 그렇지 못했다. 따라서 우리도 보급품을 얻지 못하고 비와 진눈깨비에 갇혀서 2주간을 방 속에서 뒹굴며 지내야만 했다.

방이라야 우리나라의 농가 창고나 헛간 같았다. 칸막이와 흙벽에 맨땅바닥이다. 바닥엔 짚이 깔렸다. 밀짚이 한 두어 치 깔렸다. 첫날엔 몰랐으나 하루 이틀 자고 나니 수십, 수백여 명의 중국군이 이 밀짚 위에서 자고 뒹굴며 갔으리라는 생각에 징그럽게 몸에 무엇이 기어다니는 듯 스멀거렸다.

아니나 다를까, 이와 옴이 올라서 몸이 말이 아니었다.

해라도 나면 밀짚을 좀 내다 말리련만 비가 섞인 진눈깨비는 출출거리며 우리를 가두었다.

물론 이 진눈깨비를 다 맞고 매일처럼 전구사령부에 찾아가 보급 수령을 위해 쫓아다니는 동지도 있었다.

이와는 대조적으로 방에 남은 사람은 슬슬 투전판을 벌이기 시작하는 모양이었다. 처음엔 그냥 장난처럼 하다가 나중에는 투전판이 되었다.

그것보다 더한 것은 세 쌍의 부부와 아이들과 두 명의 위안부 출신 여동지들 사이에 끼인 X양이 어떻게 그 속에서 며칠씩 배겨내는지도 또한 관심거리가 아닐 수 없었다. 진 교관과 김준엽 동지를 내세운 우리는 전구사령부에 공한 한 가지를 근거로 라오허커우까지 갈 수 있는 식량과 동복과 외투 50여 벌을 신청했다. 그러고는 거의 매일 찾아다니며 교섭에 나섰다. 이제는 식량 때문에 더 움직일 수가 없었다.

사흘째 되던 날 아침, 자고 깬 동지들에겐 이상한 일이 생겼다.

전신에 온통 옴이 좁쌀알만큼씩이나 부어올랐다. 손가락 사이, 겨드랑이 같은 약한 그리고 잘 보이지 않는 부분에 튀어 오른 좁쌀알 같은 옴이 끔찍하게 돋아나 모두들 가렵다고 아우성을 쳤다.

그러나 그때까지 나와 김준엽 동지만은 걸리지 않은 듯했다.

습기가 배어오는 밀짚에선 무엇이 옮지 않을 수가 없었다. 저녁마다 깨어진 사기그릇에 콩기름을 붓고 솜을 말아 심지로 꽂고 불을 밝히며, 돼지기름과 유황을 사다 한데 끓여 그놈을 옴 옮은 곳에 바르느라고 야단들이었다. 꼭 공동목욕탕에서나 볼 수 있는 것 같은 장면이 매일 저녁 벌어졌다.

유황의 지독한 냄새가 질식시킬 듯했다. 그래도 낮이면 투전판을 벌이기도 하고 이럭저럭 지내지만 저녁식사 뒤에는 거의 일과가 유황을 끓여 바르는 일이었다.

옴에는 유황이 제일이라고 이곳에서 들었다. 심지어는 가족이 있는 부부들과 여인들까지도 옴이 옮아 고생이었다.

전구사령부에 매일같이 쫓아다니며, 진눈깨비를 조르르 맞고 다니는 김준엽 동지와 내겐 나흘, 닷새가 지나도 아무런 증상이 나타나질 아니했다.

우리는 걸리지 않았다는 확신을 가졌다. 우리는 엿새째 되던 날 보급품에 대한 교섭을 마치고 일찍이 난양 교외로 나갔다.

교외에서 한 15리 떨어진 곳은 『삼국지』에 나오는 제갈량이 살던 곳이라 한다. 이 이야기를 듣고 우리는 기어이 제갈량이 살던 그곳을 한번 보고 가자고 했다. 그곳은 기대와 달리 별 곳이 아니고 평범한 농촌이었지만, 시원한 교외의 공기를 마시며 『삼국지』 속의 옛애기를 회상, 감회를 깊게 하며 하루를 즐겁게 보낼 수 있었다.

양식은 점점 줄어들어가 얼마 남지 않은 밀가루로 음식을 마련해야 하는 취사반장의 책임은 끼니때마다 날 괴롭혔다.

시장에 나가 부식을 사들이고 쇠고기 부스러기를 사들여 요리를 해야 하는 수고는 차라리 동지들을 먹인다는 보람으로 기꺼운 일이었으나 돈도 이제는 거의 다 떨어져갔다.

그러나 그 반면에 가족이 있는 부부들은 돈푼이나 따로 갖고 있었기 때문에 슬슬 개별 행동을 벌였다. 따로 어두워지면 무엇을 사다 먹는 등 단체 행동에 거슬리는 일을 하곤 하였다.

그것도 보통 때면 아무렇지도 않게 생각할 수가 있었으나, 열흘이 넘게 흙방 속에 갇혀서 옴이 옮아 시달리는 청년들에게는 신경질을 살 문제가 아닐 수 없었다.

들판에라도 나가고 산책이라도 할 수 있다면 이 2주간을 보내는 데 중국의 풍물이 이들의 마음을 새롭게 해줄 수도 있으련만, 그것조차 안 되니 공연히 신경질과 갈등과 투전으로 실랑이를 벌이는 것이었다.

끝내 우리 둘은 옴에 걸리지 않은 것이 이상했다. 우리는 어서 보급을 하루라도 빨리 수령해서 동지들을 이 분위기에서 끌어내야 하겠다고 생각했다.

그러나 우리가 지칠 대로 지치면서 밖으로 쏘다니다 이 생각을 하기엔 이미 늦었다. 보급 교섭 관계에도 몇몇 동지를 더 보강시켰다. 그런데 문제는 하루 이틀도 아닌 그 따분하고 지루한 정신적 해이감이었다. 그것은 어쩔 수 없는 사실이었다. 그러나 몸은 몸대로 늘어지고 마음은 마음대로 조급한 가운데 모든 가치판단의 기준이 무디어지는 것이 문제였다.

더욱더 놀라운 사실은 우리 일행 속에 여인들이 끼어 있다는 사실의 재인식이라고나 할까. 여성 여섯에 대한 관심의 집중과 육체적인 본능의 발작이며, 또 자연히 생겨난 청년들의 관심이었다.

여인이 여섯이나 된다는 사실을 새삼스럽게 그토록 강렬히 의식하게 된 놀라움에는 사실 그만한 연유가 있었다.

그동안 우리는 선발대로 앞장을 섰고 나머지는 조별로 행동을 했기 때문에 잘 몰랐으나, 우리의 인솔 책임을 진 책임자가 X양과 가까워졌다는 사실이 이 2주간의 생활에서 숨길 수 없이 되고 말았다. 몇 번 충고도 했다. 당신이 인솔자이니 우리를 충청까지 데려다놓은 후에 결혼을 하면 우리 모두 축하하여드릴 일이니 분위기를 흐리지 말아달라고. 그러나 남녀 관계는 그렇게 이성으로만 가지 않는다는 것도 알았다.

그뿐만 아니라 인간적인 형이상학이 이 두 주간의 무위와 권태에 의해서 무너지자 동물적인 형이하학이 우리를 지배하려고 들었다.

그동안의 피로와 긴장이 이곳의 지루한 진눈깨비처럼 풀어져 흩날리고, 막연한 기대 속에 뒹구는 나태함은 그 동물적인 욕망으로 쏠려 생각을 그곳에 머무르게 해준 것이 사실이었다.

하물며 부부들이 세 쌍이나 되고, 또 위안부 출신이었던 두 여인도 어느새 X와 X 등 몇 사람 사이에 이상한 관계가 맺어지고 있다는 소문도 들려왔다.

이러니 이 틈에 끼인 X양이 어떤 동기로 인해서인지는 몰라도 청년들보다 더 나이가 많은 인솔 책임자와 애정관계에 빠지게 되는 것도 무리가 아닐 듯싶었다.

청년들은 따로 떨어진 여섯 명 여인의 방, 아니 다섯 쌍의 남녀와 한 명의 여인의 방에다 신경을 모으고 그 지루함을 해소시키려고 하였다. 하루는 하나 둘, 하나 둘, 구령에 맞추는 소리가 들렸다. 모두들 의미 있는 웃음을 입가에 띠었으나 차마 말은 못 하고 돌아누우며 엎치락뒤치락하였다. 구령을 부르며 거기 맞춰 인생을 즐기는 그 용기는 정말 대단한 짓이 아닐 수 없었다. 여러 쌍이 한방에 누웠으니, 그런 대로 차라리 다른 흥이 있을는지도 모르리라. 숨소리를 모아 똑같이 흥분을 구령대로 맞춰 느낀다면…… 이러한 몰지각 행위로 결국 단체 생활의 기강이 흔들리고 균열이 생겼으며 꼬리를 물고 화제의 대상으로 추문이 퍼졌다.

이것은 심각한 문제가 아닐 수 없었다. 수습해야 할 책임도 우리에게 있었다.

부부생활과 성의 향락과의 한계도 애매했다. 그 방만을 생각한다면, 오히려 다섯 쌍의 인간문제를 해결하기 위해선 동시에 같이 즐기는 것이 더 그들의 입장을 어색하지 않게 하는 방법인지도 모른다. 그래서 구령을 부르며 거기에 맞춰 같이 흥분 상태에 들어갔는지도 모른다.

그러나 백 번을 생각하고 양보해도 이것은 지나치고 파렴치하며 사명을 잊은 좁은 소견으로 전체를 무너뜨린 행위였다. 우리는 엄격한 비판을 하기로 했다.

첫째는 가족을 거느리고 있는 사람들의 개인주의적인, 무분별한 행동이었다. 그들에게는 그대로 얼마간의 여유 있는 돈이 있었기 때문에, 가령 저희들끼리만 따로 뭣을 사다 먹는다거나, 또는 주위의 청년들 앞에서 지나친 부부의 의를 나타내고 애정생활을 보인다거나 하는 자극적인 일을 자행함은 상식 밖의 짓이었다.

그러나 문제는 이 첫째에 국한되지 아니했다. 독신여성과의 애정문제가 우리의 하나같던 의지에 균열을 내게 했다. 더군다나 그 당사자가 우리를 책임진 인솔자라는 데에 놀라지 않을 수 없었다.

나는 눈앞이 아찔하였다. 그 독신여성을 은연중 좋아하는 청년들이 여러 명 되었던 것 같은데 이런 어려운 중이니 모두 자숙하는 자제력으로 참아왔던 모양이었다. 그러나 우리보다 나이가 10여 년이나 위인 우리의 지도자가 애정에 빠져 있다는 이 사실은 그것을 그저 뜬소문이겠거니 하던 우리 선발대원들을 당황하게 만들었다.

애초에 동기가 어떻게 된 사연인지는 알지 못하지만, 50여 명을 이끌고 갈 지휘 책임의 교관이 너무 열을 내느라고 그 통솔자의 위치를 잊어버린 모양이었으며, 전연 통솔을 등한히 하였다.

일행은 더 이상 그를 지휘 책임자로 보지 아니하게 되었고, 그는 어두컴컴한 방에 누워서 오가는 얘기로 지껄이는 대상으로 전락되었다. 반목이 싹텄고 불신이 끼어들었다. 정말 한심하고 서글픈 일이 아닐 수 없다.

그뿐만 아니다. 이외에도 또 다른 우리 일행의 대원 몇 명이 몇 여인들과 이상한 관계를 맺고 추잡한 행위를 공공연하게 드러내놓고 하고 있다는 풍문도 들렸다. 도저히 그대로 방임해둘 수가 없는 큰 문제였다.

겨울 나그네 주막 같은 방에서 우리는 고민을 나눠 가졌다. 까마귀를 보고 퉤퉤 침을 뱉던 어릴 적의 일이 생각났다.

그러나 그럴 수도 없는 노릇이었다. 우리는 여인들과 관계가 되지 않는 일행 전체 대원의 의사로써 그들을 제재하기로 하였다.

우선 개별 행동으로 단체 행동을 벗어난 가족들을 먼저 견책한 다음에, 전 대원 앞에서 그 교관의 사과를 받았다. 그의 사과 정도로 우리의 분노가 가실 수는 없었지만, 그래도 지휘 책임자이고 교관이었다는 점으로 우리는 그 이상 더 어쩔 수가 없었다.

그러나 나머지 다섯 사람의 경우는 준엄한 징계를 가하기로 했다. 준엄한 징계라는 것은 나란히 다섯 명을 불러 내세워놓고 그들의 죄를 준절히 논고한 다음에 이에 상응하는 응징을 가하자는 것이었다. 그러나 여인들만은 내세우지 않았다.

우선, 그들은 단체 행동의 기본 요건인 공동 이익의 질서를 파괴했다. 둘째는 그들이 개별 행동을 한 사실이다. 이것은 우리 일행의 분위기를 흐려놓았다. 셋째는 이 마당에서 있을 수 없는 일을 저질러놓아 우리의 긍지를 손상시켰다는 점을 전 대원 앞에서 준열하게 지적하였다.

여기에 대한 처벌로 한 사람 앞에 서른 대씩의 뺨을 치기로 하였다.

김준엽 동지와 내가 직접 동지들을 대표하여 때리는 일을 맡았다. 모두 어깨 폭들이 떡 벌어지고 꽉 균형이 잡힌 건장한 체구 앞에 우리 둘이 다가섰다.

일행 대원은 모두들 숨소리를 죽이고 우리를 주시했다.

눈동자가 서로 맞부딪치자 나는 손을 올릴 용기를 얻었다.

'나는 네가 미워서 때리는 것일까?'

불행인지 다행인지 내가 때려야 할 그 인물이 문제의 P와 L이라 함은 무슨 인연인가.

나는 이런 물음을 그의 눈에다 묻고 있었다. 그러나 그는 나의 눈동자의 이런 물음을 모르는 듯 눈을 피했다.

나는 그때야 그가 미워지는 듯했다.

"찰싹!"

나의 손이 움직였는지 확실히 의식할 수 없으나 분명히 찰싹 소리가 났고 내 앞의 건장한 체구의 동지는 고개를 돌리며 양미간을 찌푸렸다.

이어 찰싹 하고 김준엽 동지도 상대방을 치는 소리가 뒤이어 났다.

우리는 사정을 두지 않고 때렸다.

"찰싹찰싹!"

누가 때리고 누가 맞는 것인지 모르리만큼 그의 두 뺨을 치는 나는 몸이 흔들렸다. 나는 애써 뺨치기를 속으로 세었다.

일행은 물을 뿌린 듯 숙연해졌다. 마치 우리가 미쳐서 동지들을 치는 것 같은 착각이 들었다.

"열여섯, 열일곱!"

국민학교 아이들처럼 철부지의 장난으로 이역 수천 리를 떠나와 기껏 하고 있는 짓이 동지의 뺨치기인 듯싶어, 와락 무엇인가 가슴에서 눈으로 솟구치는 것이 있었다.

아, 그런데 아무런 반항도 없이 순순히 고개를 돌려 대주는 이 고마운 동지의 얼굴이 거의 자동적으로 움직이는 기계처럼 움직이면서, 거기 물이 흐르고 있지 않은가?

"스물넷, 스물다섯!"

나의 안면근육이 불수의 근육처럼 제멋대로 움직이며, 입으로 그 움직임이 내려왔다. 그것은 어떤 폭발성의 것이었다.

먼 산을 찾듯이 하늘을 보는 그의 눈동자와 씰룩이는 두 입술 사이로, 줄을 타고 내리는 물줄기에 분명히 그 동지는 참회의 빛을 실어내고 있었다.

"스물여덟, 스물아홉!"

기어이 마지막 한 대를 남기고 나의 손이 나에게 불복종하고 있는 것을 깨달았다.

옆의 누구에게라도 도움을 청하고 싶은 심정이었다. 옆의 김준엽 동지의 눈매도 어느새 빠알갛게 젖어 있었다. 입술을 꽉 깨물고 치는 김 동지나 맞는 동지나 모두들 사람이 아닌 것처럼 보였다.

앞의 대원 일행이 아니었다면, 나는 도저히 견디어낼 수가 없었으리라.

나의 팔이 나의 의사에 복종치 않는 상태는, 마치 화산이 막 터지려는 순간의 기운처럼 북받치는 것이 있어서, 나의 의사와 팔 사이를 가로막는 것이 있는 상태인 것이었다.

앞에서 맞아주는 동지가 나에게 도움을 주었다. 슬며시 감았던 눈을 뜨면서 그 동지는 나에게 이렇게 눈으로 말하고 있었다.

'한 대만 어서 더 치면 끝나네!'

'그렇지. 어서 이 순간을 끝내야지!'

나는 나의 눈동자가 그의 눈동자와 대화를 나눌 수 있다는, 이 작은 그러나 깊은 이해를 가지고 마지막 팔 한 번을 올려 돌려 쳤다.

"철썩!"

그 기운대로 그대로 옆으로 돌아가려는 나를 누군가가 잡아주었다. 힘있는 두 팔로 꽉 잡아주었다.

내가 다시 몸의 중심을 잡고 그 동지를 확인했을 때 그는 분명 나에게 서른 대의 뺨을 맞고 선 그 동지였다. 와락 그를 껴안고 싶은 충동이 일었다. 그러나 우리는 지금 그를 응징하고 있는 준엄한 마당에 서 있다. 이것은 분명히 누군가가 나의 귓속에 속삭이듯 나에게 알려주는 목소리인 듯했다. 아무도 입을 땐 사람은 없었다.

김준엽 동지도 손을 멈췄다. 주먹으로 얼굴을 닦았다. 눈물로 가득 찬 얼굴로 우리는 나머지 세 명에게도 같은 응징을 하였다. 그러다 보니 김준엽 동지와 내가 남의 뺨을 70여 대씩 힘껏 친 셈이니 우리의 손과 팔의 아픔도 짐작이 갈 일이다.

'우리에게 이 짓을 시키는 자는 누구인가. 왜 모두들 기침소리 한 번 안 내고 그토록 엄숙하게 우리를 구속하는가. 이 마당에서 우리를 명하는 자 누구냐. 왜놈 군대도 아닌데, 누가 우리를 괴롭히는가. 왜 서로 맞고 때려야 하는가……'

내가 이런 생각을 하고 있는 동안 맞은 두 동지들은 대원들 속으로 들어가고 참으로 어색하게 나와 김준엽 동지만이 그 자리에 서 있었다.

그때였다. 계속해서 며칠 동안 흐려 있던 하늘에서 눈이 내리기 시작했다. 제법 눈송이가 굵었다. 나는 하늘을 우러렀다.

마당에 흰 눈이 내리면서 괴롭고 쑥스럽던 규탄의 분위기가 일변했다. 그러나 누구 하나 움직이는 사람도 없었다. 모두들 내리는 눈을 치어다보면서 그대로 쭈그리고 앉아 있었다. 그대로 눈 속에 파묻히고 싶은 듯이 우리는 숙연한 시간을 연장시켰다. 마치 어떤 절대자의 심판을 기다리는 듯이 우리는 하늘을 보고 있었다.

나는 침묵이 지속되는 그 속에서 새로운 우리의 결의가 가슴마다 눈처럼 희고 깨끗하게 쌓이기를 기원했다.

나는 기도를 하고 싶은 나의 간절함을 달래었다. 기도가 끝난 뒤 일장의 연설을 하고 싶었으나, 눈송이가 커지면서 더욱 그 황홀경에 사로잡힌 동지들을 지켜보던 김준엽 동지가 산회를 선포해버렸다.

이런 일이 있은 뒤부터는 우리의 분위기는 다시 그전처럼 아름다웠다. 이렇게 하여 문제의 다섯 동지들에 대한 징계는 되었으나 다시 기강이 선 이유는, 우리가 이 지루한 생활에서 벗어날 수 있는 계제가 되었기 때문이었다.

처음에는 우리 교섭 당사자들도 아침부터 저녁까지 매달리기에 짜증이 났지만, 라오허커우에 있는 제5전구사령부인 리쭝런李宗仁 사령부에서 인가를 하여 보급품의 지급명령이 이 부대에 하달되어야 비로소 이 부대에서 요청한 보급품을 수령해다 줄 수 있다는 그 병참 계통의 내용을 알게 되자 오래 걸리는 것에 납득이 갔고, 돌아와 동지들에게 보고는 하였지만 사실 맥 빠지는 길이었던 것이다.

　드디어 2주간이 되던 날 우리는 보급품을 수령했다. 라오허커우까지의 식량인 밀가루와 솜을 넣어 누빈 동복 군복과 그리고 역시 누빈 외투 한 장씩을 50여 벌이나 타오게 되었다.

　우리가 그나마 이런 보급을 중국군 전구사령부로부터 받을 수 있는 근거는 뚜렷이 우리가 중국군 준위의 계급을 가진 중국 중앙군의 신분이었기 때문이다.

　지겨운 생활을 벗어나 그 모든 감정을 누구나 마찬가지로 쑥대 위에 쏟아놓고 갠 하늘의 찬바람 속에 길을 떠났다. 난양으로부터의 평탄한 길은 우리를 라오허커우의 리쭝런 장군 휘하 지역으로 연결해줄 것이라는 희망 속에 인도했다. 길은 정말 평야의 길이었다.

　리쭝런 부대는 이 라오허커우를 거점으로 한 광대한 지역을 관할하고 있다고 했다. 우리는 또 광복군 총사령부 라오허커우 파견대에 대한 소식도 얻었다. 라오허커우에서 만날 수 있다고 했다.

　나는 아침 일찍 선발대로 떠났다. 그러나 우리가 낮 2시쯤에 도착한 지점에서 저녁식사를 준비하고 내일 아침거리와 점심용 밀개떡을 만들 때까지 일행은 오지 않았다. 웬일일까?

　동지들의 신변에 새로운 변이라도 생겼는가 하는 불미스러운 예감으로 심히 기다렸다. 저녁음식은 거의 다 되었는데도 제2, 3, 4조 전부 도착하지 않는다.

　결국 저녁 6시가 넘어서야 엉금엉금 기어오는 동지들은 사타구니, 발가락, 무릎 뒤 등에 곪은 옴 때문에 걸음을 못 걷고 거의 실신한 사람 모양으로 오고 있었다. 그나마 거의 다 왔다고 생각하니 더욱 맥들이 풀어진 모양이다.

　짚신은 다 떨어지고, 찬바람은 새 군복과 외투로 막았으나 발목이 시렸다. 맨살에 노끈으로 잡아맨 초혜는 발바닥의 감각을 이미 죽인 지 오래지만 발등과 발목으로 타고 오르는 냉기는 대륙의 바람을 바지 속으로 불어 넣었다. 양말이라도 하나씩 신었으면…….

솜을 넣고 누빈 외투는 훌륭한 방한복의 역할을 하였다. 바람길에 나서자 더욱 외투 하나씩을 얻어 입게 된 것이 다행스러웠다. 더욱이 눈보라가 칠 때엔 목깃을 올리면 됐다.

이 땅이 촉국蜀國의 모사 제갈량의 출생지로 『삼국지』 속의 그의 무대가 바로 이곳임을 생각하니 무량한 감개가 찾아왔다. 근방에 제갈량의 생가가 있던 곳에 그의 사당이 남아 있다고 했다.

김준엽 동지와 나는 기어이 그 유명한 사당을 찾아가보지 않을 수 없어 큰길에서 사잇길로 빠져 5~6리를 달음질쳐 다녀왔다. 제갈량이 살던 곳과는 좀 달랐다.

난양서 보급품의 수령을 위해 매일같이 전구사령부에 쫓아다니며 그 독촉을 하던 그 길의 괴로움과는 달리, 제갈량의 사당이라니 보고 싶은 충동은 모든 피로를 풀어주었던 것이다.

동료들의 행군을 앞세우고 우리가 그 사당에 뛰어 다녀오던 기억은 지금도 새롭다.

난양에서의 보급을 받은 이래로 우리 사이에는 비로소 농담도 시작되었다. 참으로 오래간만에 걸으며 대화를 나눌 수 있는 분위기와 여유를 가진 듯해서 흐뭇했다.

"사당이라야 그런데, 별것은 없고 그저 우리가 걸어오면서 흔히 본 사당 같은 것 하나 더 봤다고 생각하면 되네."

묻는 동지들에게 이렇게 대답하며 『삼국지』 얘기를 하였다. 삼국시대의 삼강수전三江水戰이며 적벽강赤壁江의 싸움에서 조조曹操가 제갈량의 전략에 의해 참패당한 이야기의 실마리가 풀어지면서 추위를 잊게 하였다.

이야기 속에 얼마를 왔을까. 일군에서 탈출한 뒤로는 한 번도 구경하지 못했던 중국 화물자동차 한 대가 먼지를 뿜으며 우리 길을 앞질러 달려갔다. 우리는 어떤 희망을 본 듯이 그 화물차 한 대의 먼지가 반가웠다. 마치 시골서 자라다가 처음 자동차를 본 듯이 신기로운 생각까지 들었다.

밀짚 낟가리가 다소곳이 조용한 촌락의 정서를 이고 있는 것이 보였다. 그것으로 우리는 부락이 가까이 있다는 것을 알게 되었다.

우리가 들어간 부락은 꽤 큰 읍내 같은 부락이었다. 우리는 우선 보장을 찾아 숙소를 마련해달라고 부탁하고 나서 곧 시장으로 달려갔다. 시장엔 쇠고기가 무척 흔했다. 돼지고기 값에 비해 약 5분의 2 정도의 가격으로 살 수 있었다. 쇠고기와 감자와 호배추를 좀 사가지고 돌아왔다.

큰 솥에다가 쇠고깃국을 끓이고 밀가루를 반죽해서 손으로 뜯어 넣는 쇠고기 수제빗국을 한 솥 준비해놨다. 이것이 우리의 저녁거리였다. 모두 도착하면 그저 한 바가지씩 퍼먹으면 되는 것이었다.

이젠 식량 구하기가 귀한 것을 알아서 우리 선발대가 한 끼씩의 밀가루만 걷어왔기 때문에 저녁거리로 밀가루는 다 떨어졌다.

그래서 이 부락에서 밀가루를 구해 내일 아침식사를 위한 반죽까지 해놓았다.

우리 일행에 여자가 여섯이나 있었으나, 그들은 쫓아오기에 지쳐서 전연 음식조리엔 참가할 수가 없었다. 아니, 우리의 행군에 낙오가 되지 아니하고 기어서라도 따라와주는 것이 오히려 고마울 지경이다. 더더군다나 김준엽 동지와 나만을 제외하고는 전부 옴 때문에 행군에 걸음을 제대로 못 걷고 고생들을 했다. 제3조와 4조는 거의 기어오다시피 하여 라오허커우까지의 길을 줄였다.

무엇보다도 라오허커우에 우리 광복군의 전방 파견대가 있다는 소문에 우리는 말할 수 없이 기뻤다.

반가운 동포의 모습을 본다는 것과 광복군의 총사령부 직할 파견대에 접한다는 것은 새로운 기대였다. 적어도 골육의 정은 우리를 용광로처럼 받아줄 것이라고 생각했다.

난양을 떠난 지 사흘 만에 우리는 라오허커우에 닿았다. 기나긴 항해에서의 기항처럼 우리는 마음의 닻을 내리고 기쁨의 만국기를 올렸다.

라오허커우의 도시가 시야에 들어왔을 때, 우리에게 스며드는 환희는 감격의 소리를 지르게 만들었다.

"왔구나! 다 왔어요."

어떤 동지는 배뱅이굿의 춤을 추며 길거리에서 돌아갔다.

우리를 맞이해준 광복군은 예상대로 더할 수 없는 친절과 접대를 해주었으나 그 규모는 세 명뿐이었다. 그들은 총사령부의 전방 파견대가 아니고 제1지대의 분견대였다.

제1지대 분견대의 구성은 파견된 대장과 두 명의 대원뿐이었다. 그러나 이들은 우리 50여 명을 위해 앞으로 충칭까지 모든 편의를 주선해주겠다고 먼저 제안하면서까지 우리를 환대하고 호감을 샀다.

이야기의 순서가 좀 바뀌지만, 이들은 그때 충칭의 임시정부 군무부장으로 있던 약산若山 김원봉金元鳳의 세력 아래 있던 자들이었다. 김원봉은 그때 이미 공산당 노선을 취하고 있었으며, 지금은 이북에 있다.

김약산이 군무부장 겸 제1지대장으로 있으면서 우리의 도착을 미리 알고 이들을 파견하여 자기 산하에 조종해서 우리 50여 명의 청년 동지들을 자기 세력 확장을 위해 흡수하고 라오허커우에 그냥 머물러 있도록 하려는 공작의 서곡이었다.

그러나 그것을 미처 몰랐던 우리는 그들의 말을 액면대로 믿고 비행기 편이나 선편을 주선해주겠다는 약속에 고마워 어쩔 줄을 모르고 과연 골육지정을 느낀다고 생각했다.

대장이라는 사람은 우리의 탈출은 곧 혁명정신의 실천이며, 그것은 높이 치하되어야 할 정신이라고 우리를 고무해주었다. 우선 우리는 광복군에서 마련해준 숙소에 들어가 보잘것없는 여장이나마 주저 없이 풀어헤쳤다.

아주 며칠 동안 푹 쉬고 가라고 했다. 그동안의 고생이 보람을 맞는 듯 우리는 흥분해 있었다. 숙소는 시가에서 좀 떨어진 무슨 절간같이 넓은 집이었다.

이 집의 바로 뒤에는 제법 폭이 넓은 강이 흐르고 있었다.

이 강이 바로 양쯔강揚子江의 지류인 한수漢水이다. 적벽부赤壁賦의 깎아지른 절벽이 벌써 이곳부터 시작되고 있었다.

강 건너에는 군사시설이 있었다. 지원보급창 같은 콘세트[아치형의 야전용 건물]며 천막이 줄지어 있었고 철조망이 둘러져 있었다.

우리가 라오허커우에서의 첫잠을 달게 자고 있는 한밤중에 갑자기 요란한 사이렌 소리가 우리를 놀라게 했다. 처음엔 어렴풋이 들었으나 잠결에서도 그것이 공습경보인 것을 곧 알 수 있었다. 우리는 처음 공습을 당하는 것이라 당황하지 않을 수 없었다. 모두들 일어나 뛰어나갔다. 뒷문을 박차고 나가 한수 강가의 절벽 밑으로 내려가 채 엎드리기도 전에 비행기의 프로펠러 소리가 밤하늘을 흔들며 달려들었다.

일본 비행기 세 대가 선회하다가 급강하하면서 강 건너의 군사시설은 화염에 싸였다. 우리가 야음 속에 피어나는 화염을 보자마자 폭음이 절벽을 흔들었다. 폭격의 세례는 비교적 정확한 것 같았다.

폭격이 얼마간 계속되어도 중국군으로서는 아무런 반응도 보이지 못했다. 화염은 하늘을 물들이고 강물이 붉게 탔다. 그것은 비참하나 밤의 장관이었다. 불붙은 군사시설은 자연소진이 되기까지 계속 타고 있었다.

폭격이 멎고 비행기 소리가 멀어가면서 우리는 새로운 공격이 이 라오허커우 지방에 있을 것이라는 예측을 했다.

이날 밤, 다시 절간 같은 잠자리로 들어와 누웠어도 좀처럼 잠이 오지 않았다. 어쩐지 어수선하여 잠이 괴어들지 못했다. 뜬눈으로 날이 새기를 기다렸다.

이것이 우리의 첫 번째 경험이었다. 일본군의 폭격을 중국에서 받은 것이 이번이 첫 번째였다. 더구나 목전에서 타오르는 불길은 잊혔던 분노를 타오르게 하여 가슴에 안겨주었던 것이다.

이튿날 날이 밝자마자 우리는 모두 강 건너를 건너다보았다. 엊저녁의 상상보다는 훨씬 먼 거리에 있었고 또 그래서 잘 보이지는 않았지만 의외로 피해 상태는 적은 것으로 보였다.

그런데 공습은 이날 밤으로만 그치지 않고, 다음 날도 거의 같은 시각인 밤 12시경에 다시 공습경보가 울렸다. 그리고 폭격이 가해졌고 폭음이 이 라오허커우 땅 한구석을 흔들었다. 화염이 공습기의 모습을 비춰주었으며, 적기는 임무를 마치고 돌아갔다.

이런 공습폭격은 사흘째 되던 날에도 계속되었다. 역시 밤 12시경, 그러니까 거의 일정한 시간에 역시 세 대의 프로펠러식 일본 전투기가 들이닥쳤다.

그런데 아직까지 죽은 듯이 아무런 반응도 안 보이던 중국군이었는데 이날은 난데없이 한 대의 비행기가 나타나 요란한 굉음을 뿌리고 이 세 대의 일본기에 도전해 들어갔다.

화염이 하늘에 뻗쳐 폭격하는 세 대의 일본기와 이에 끼어든 한 대의 비행기가 보였고 그것은 참 아슬아슬한 순간의 연속이었다.

마침내 한 대가 불을 달고 비틀비틀 뒤치며 포물선을 그었다.

혹시나 하면서 우리는 다음 순간을 기다렸다. 그 굉음을 뿌리는 한 대가 다시 하늘로 솟구치며 올랐다. 떨어진 것은 일본기가 확실했다.

"아! 이 쾌재, 일본기의 격추다!"

우리는 발을 구르며 함성을 올렸다. 싸늘한 밤하늘이 우리의 함성을 빨아들여 이 통쾌한 감격이 밤하늘에 먹혀들어갔다.

그러나 우리의 기대와는 달리 공중전은 더 계속되지 않고 두 대의 일군기가 도망해버리고 말았다. 나중에 안 일이지만, 그 굉음의 전투기는 미군 무스탕이었다. 일본기가 기지 이륙으로부터 소요하는 시간 때문에 이들의 공습 시간은 일정했고, 또 낮에는 추격당할 우려 때문에 떠오르지 못했던 약점을 포착한 중국군은 미 공군에 요청해서 이 쾌재를 부른 것이다.

내습해 온 일본기의 추락은 일본기의 공습을 중단시켰다.

추락된 장소는 라오허커우 시가에서 그리 멀지 않기 때문에 거의 대부분의 시민들이 몰려가 구경을 하느라고 야단들이었다. 우리도 예외일 수는 없었다.

조각조각으로 기체는 파손되었고 비행기의 형체는 알아볼 수가 없었다. 조종사의 주검이 불에 그슬린 채 개발 오그라지듯이 오그라져 뒹굴었다. 보기에도 처참했다. 비록 그것이 일군기의 조종사라 하더라도……, 혹시 동포의 죽음이 아닌지 알 수도 없는 노릇이다.

그러나 중국 시민의 관심은 그 주검 위에 증오를 던지고 지나가버렸다.

밤마다 내습해 와서 소란을 일으켰던 물건인가 하고 생각해도 죽은 괴물의 파손된 잔해는 끔찍한 인상을 주었다.

그날로 기체의 잔해는 마차에 실려 시가로 운반되면서 많은 사람에게 공개되었다. 적개심을 불러일으키게 하기 위해 시가 한복판에 진열이 되었고 사흘간이나 놀란 중국 시민들은 그 모습을 보고 원한을 풀었다.

그 후 우리가 묵는 동안은 두 번 다시 일군기는 날아오지 않았다. 그러나 우리가 알기로는 우리가 이곳을 떠난 뒤에 두 달 만에 라오허커우는 일군에게 함락되어버리고 말았다.

우리는 공습으로 떠들썩했던 나날을 잊어버리고 몸과 마음을 푹 늘어지게 쉰 다음 막연하게나마 광복군 제1지대에서 어떤 희소식이 오기를 기다리고 있었다.

그러나 10여 일의 무료한 시일이 또다시 우리를 괴롭혔다. 반면에 우리의 기대와는 달리 대장이란 사람은 우리에게 전연 다른 설득을 하기 시작했다.

설득의 내용은 이곳 라오허커우에 계속 머물러서 제1지대를 보강시키자는 것이었다. 결국 우리의 충칭행을 막으려는 수작이었다. 우리를 자기네 산하 세력으로 만든다는 것은 대단한 성과일 수도 있었다. 청년 동지 50여 명을 결속시켜 라오허커우의 기반을 확고히 하겠다는 야심인데, 이것은 실상 임정 김약산의 속셈이었다. 이 대장이라는 사람을 통해 김약산은 그의 독자적인 세력을 확장, 구축해보려고 공작을 펴놓은 것이다. 이 공작 지시가 오기까지 무려 10여 일이 소비된 것이었다.

우리에게 애호와 지나친 친절을 베풀고, 헛된 약속으로 비행기편까지 알선해주겠다는 허풍은 전부 그들의 수단이라는 것이 드러났다.

그런데 김약산은 그때 김규식金奎植 박사를 당수로 업고 이끌고 있는 '조선민족혁명당'에 부당수로 있기는 했으나 이미 판에 박힌 공산분자의 한 사람이었다. 아마 연립정부 내각에 참여하기 위해서 '조선민족혁명당'을 조직했던 것 같다.

그러나 우리 50여 명은 확고부동한 결의를 더욱 결속시켜 끝까지 이들의 설득공작에 흔들리지 아니했다. 계속 충칭행을 굳은 결의로 밀고 나갔고, 우리의 아직까지의 고생과 사생관을 헛되이 버리지 말자고 서로를 격려까지 하게 되었다.

문제는 오히려 이곳 라오허커우로부터 충칭까지 앞으로 넘어야 할 파촉의 영을 넘기 위한 제반 준비였다. 그러나 그것은 쉽지 아니했다. 노자와 식량이 가장 큰 문제였다.

제비도 넘지 못한다는 파촉령의 험준한 산길은 『삼국지』 속에서도 귀에 익은 영로嶺路이다. 이 고원지대의 파촉령 눈보라 길을 양말 한 켤레 신지 못하고 맨발에 초혜를 신고, 도저히 생각도 못 하는 모험이 아닐 수 없다.

김약산의 부하로 파견된 분견대장의 설득공작이 실패한 것을 알아차린 그들은 곧 우리에게 이간공작을 시작했다.

우리가 이들에게 어떤 도움을 받기는커녕 이간공작의 대상이 된다는 것은 서글프기 한이 없는 일이었다.

동지들 사이에 알력과 소동과 오해를 심기 위해 분열을 획책했고, 이 분열은 우리 50명의 단호한 결의를 와해시키자는 수작이었다.

그러나 우리는 김준엽 동지를 우리의 대표로 선출해서 직접 중국군 제5전구사령부인 리쭝런 부대에 접촉, 교섭하도록 대책을 세웠다. 김 동지에게 우리 옷 가운데 가장 나은 옷으로 골라 입혀 섭외비를 마련해주어 독자적으로 우리의 충칭행을 서둘렀다.

그러던 어느 날, 리쭝런 부대의 정훈부에서 사람이 왔다. 우리는 뛸 듯이 기뻤다.

리쭝런 부대 정훈참모부에서는 임천군관학교로부터 이미 우리에 대한 연락을 받고 있었다.

허송세월을 하고 있는 우리를 이용하여 그들의 이른바 '15만 학도 종군운동 선무공작'을 해보자는 의도가 정훈참모로부터 전달된 것이다. 선무공작은 다름 아닌 우리의 연극이었다. 우리가 임천군관학교 졸업 기념으로 한 연예를 들어서 아는 리쭝런 부대 정훈참모는 우리의 연극을 통해 일본에 대한 적개심을 불러일으키며 장제스의 이른바 '15만 학도 종군운동'을 지원해보자는 의도였다.

우리는 그 제의를 받아들이도록 합의했다. 연기 아닌 실기를 보이는 연극으로서의 효과는 중국 사람들에게 꽤 호평을 받았던 것 같다. 그래서 이렇게 라오허커우에서까지 우리는 다시 그 연극을 재연하게 된 것이다. 우선 스태프를 보강하고 그 연출은 역시 내가 맡아 재조정된 각본대로 연극을 하기로 했다.

이 라오허커우에는 중·고등학교가 남녀공학이었다. 라오허커우는 교육도시로 이런 중·고등학교가 열다섯 개나 되었다. 우리는 순회공연으로 이 열다섯 학교를 다 돌았다.

그런데 이 선무공작이 필요했던 장제스의 '15만 학도 종군운동'이라는 것은 학도병 지원을 장려하는 운동으로서 다음과 같은 그 당시 중국군의 진상을 대략 설명해야만 이해가 갈 것이다.

그때 중국군에는 '하오런부땅빙'好人不當兵이란 말이 유행하고 있었다. 이 말은 '좋은 사람은 병정에 가지 않는다'라는 뜻이다. 바꾸어 말하면 병신이나 바보만이 병정이 된다는 말이다.

이렇듯 중국군의 실태는 말이 아니었다. 징병제도는 있었으나 그것은 제도상으로만 있었지 실제로는 존재하지 않았다. 존재하지 않은 것이 아니라 징병제가 불가능하였다. 그 이유는 원체 부패했기 때문에 누구나 돈을 받고 대리 입대를 할 수 있었으며, 또 돈을 주고 피할 수가 있었기 때문이다. 이런 직업적인 대리 입대자들은 대부분이 노병들이었다. 여기에도 이유가 있었다.

한 번 대리로 팔려 군에 들어간 자는 얼마간 최소한의 기간이 경과되면 슬쩍 빠져 재입대를 하고 또 도망을 쳐 다시 돈을 벌고 하여 무려 한 사람이 50 내지 60회나 입대한 기록을 가진 사람이 있다고 하는 말이 퍼질 정도였다. 군대가 이렇듯 부패하고 그 기율이 말이 아니었다.

한 사람의 군인이 60번을 입대할 수 있는, 또 이것이 허용될 수 있는 군대의 기강과 전투력은 가히 상상할 수 있는 정도다.

무한한 인적 자원을 가진 대륙이 작은 섬나라의 일군에 쫓겨 파촉령 너머로 들어가버린 이 '잠자는 사자'는 사실 '그림의 사자'에 불과했다.

50번이고 60번이고 자꾸 돈을 받고 들어가자니, 자연히 명실공히 직업군인이 되었고 그 직업군인으로서 인생이 늙어가는 이 노병은, 일군을 물리칠 생각이나 일군을 이겨낼 생각, 또는 새로운 훈련에 숙달할 생각과는 사실상 거리가 멀었다.

장제스군에게 막대한 양의 미제 신식무기가 공급되었어도 이 신무기를 사용할 줄 모르는 정도의 한심한 병정들이었다. 그들의 무식은 신무기 활용을 해득하지 못했고, 분해·결합과 같은 손질에서 병기 파괴 손실이 더 컸으며, 이들의 정신 상태에서는 중공군으로 넘겨주고 돈을 받는 일이 항다반사였다.

이러한 것을 막기 위해서, 아니 시정하기 위해서 그리고 발전시키기 위해서 중국 정부는 전국 학교에 훈령을 내려 15만 학도 종군이란 이름으로 학도병을 모집하는 중이었다.

리쭝런 부대로서는 이 기회에 우리 정훈공작에 이용함이 참 좋은 기회였을 것이다.

우리는 린촨에서 한 연예프로를 대부분 그대로 살리고, 다만 연극만을 좀 재조정하여 연습에 들어갔다. 먼저 김준엽 동지의 30분에 걸치는 열변으로 시작하여 연극과 합창, 독창으로 민요 소개 그리고 진 교관의 승무

등을 불철주야로 단 이틀 동안 연습하고 순회하기 시작하였던 것이나, 가장 곤란했던 것이 본래 이 연극의 배역을 맡았던 몇 동지가 린촨에 남았기 때문에 이들의 배역을 새로이 정하고 연습하는 문제였다. 그러나 강행할 수밖에 없었다.

일본에 대한 적개심을 일으키며 침략주의를 응징하고 이를 촉진시키기 위해서라면 우리는 어떠한 무리를 하여서라도 그 선무공작을 해야 하는 것이다. 우리는 일군의 잔학상을 포악하게 연극으로 나타내주면 되는 것이다. 우리는 매일같이 열연으로써 이 교육도시의 중·고등학생들 사기를 드높였다.

마침내 우리 한국 청년들의 연극이 이 라오허커우 시민의 화제로 번졌고, 이 결과를 조사한 리쭝런 부대 정훈참모는 우리에게 최종 공연으로 시민회관에서 한 번 더 상연해줄 것을 요청했다.

나와 출연자들은 하루도 쉬지 못하고 순회공연에 지쳐버렸다. 지칠 대로 지쳤으나 계속 열연을 할 수 있었던 것은 그만큼 매일 우리가 받는 청중의 반응이 우리에게 새로운 힘과 용기를 주었기 때문이다.

그러나 우리 출연자에겐 부상자가 속출했다. 순전히 출연 중에 실제로 맞고 걷어차이고 짓밟혀 생긴 타박상이며 멍이 들어 우리는 완전히 기진하여 있었고, 이들과 함께 연출을 맡은 나는 완전히 이 연극을 위해서 라오허커우에 온 듯한 착각 속에서 정신을 차릴 수가 없었다.

나는 이것이 나의 조국을 소개하고 우리의 현재 입장을 이해시키는 데 가장 좋은 기회라고 생각하여 나의 심혈을 기울였다. 이것도 나의 사명이라고 믿어 의심치 않았기 때문이다.

우리가 받은 환영은 대단한 것이었다. 환영과 격려뿐만 아니라 중·고등학생들로부터 성금이 각출되었고 여비에 충당하라고 모금이 전개되어 우리는 1석 2조의 득을 보았다.

리쭝런 정훈부는 우리에게 라오허커우 시민을 향해 한 번 더 공연을 하여달라는 것을 거듭 간청하였다. 피로를 무릅쓰고 우리는 그 연기 아닌 실기의 연극을 포함한 연예프로를 라오허커우 시민회관에서 재연할 수밖에 없었다.

조명장치 하나 없이 그도 대부분 대낮에 밝은 강당에서 하거나 밤에 한 댓자 가스불로 밝힐 정도인 데다 나 자신 또한 연극 연출에 대한 경험이 없으니 소박한 원시적인 실연으로 실감과 감명을 줄 수밖에 없었던 것은 사실이다.

시민회관 안에 가득히 자리를 메운 1천여 명의 눈동자는 가스등 불빛 아래서 숨을 죽였다. 그 관중 가운데는 거의 강제로 초대된 라오허커우시의 저명인사들이 상석을 차지하고 있었고, 그들은 엄숙하게 우리를 감상하고 있었다. 기어이 우리는 청중을 울리고야 말았다.

이 연예의 라오허커우 공연 피날레의 막이 열광적인 박수 속에 천천히 내리기 시작하였다.

나는 속으로 혼자 감격하고 있었다. 흥분하고 있었다. 그리고 흐느끼고 있었다. 막이 천천히 무대 가까이 내려와 청중의 뒷좌석이 가려지기 시작하면서 갑자기 조명과 같은 눈부신 황홀감이 나를 사로잡았다.

나는 정신을 차리려고 입술을 깨물었다. 청중이 고마웠고, 출연 동지들이 고마웠으며, 내게 힘을 준 조국이 고마웠다. 그리고 나 자신에게 고마웠다.

그러나 그 순간, 나는 넘어지고 말았다. 막이 3분지 1 정도 미처 덜 내려졌을 때, 나는 그만 정신을 잃고 만 것이다. 넘어진 내 위엔 천천히 막이 덮였다고 했다.

파촉령 넘어 태극기

　　　　　　출연 동지들이 달겨들었다. 그러나 마지막 막이 내리고 있었으니 관중에게는 감쪽같이 알 수 없는 일이 되어 다행이었다.

몇몇 동지들이 주무르고 물을 먹였으나 나는 깨어나지 않았다고 했다.

이때 동지들을 헤치고 들어온 이가 김준엽 동지였다. 김 동지는 날 업고 뒷문으로 빠져나가 인력거를 불러 태웠다고 했다.

연예 순서가 다 끝나고 연극의 마지막 막이 내릴 그때는 겨울밤도 깊은 11시경이라고 했다.

몇 곳의 병원을 두드렸으나 모두 거절당하거나 의사가 없다고 해서 나는 인력거 안에서 쓰러진 채 그 라오허커우의 밤거리를 헤맨 것이다.

마침내 여섯 번째 병원은 문을 열어주었다. 복음병원이라고 나는 아직 기억한다. 스웨덴 사람이 경영한다는 그 병원에서 한 기독교 신자인 의사의 인술에 나는 맡겨진 것이다.

의사는 중국 사람이었다.

우리는 그때에도 역시 중국 군복을 입고 있었다. 아마 여러 곳에서 거절을 당한 것도 이 군복을 입은 탓인지 모른다.

쉰이 넘었을 인상의 이 의사는 내가 깨어났을 때 아무 말 없이 주름진 미소만을 주었다. 그가 기독교 신자인 것을 알게 되자, 모든 일이 우연 같지가 않게 생각되었다.

"모두들 거절을 하던데요……."

김준엽 동지의 이 말 한마디에 그 의사는 눈을 들어보지도 않고 책을 읽으면서 대답하였다.

"……난 기독교 신자입니다."

나는 다음 날 새벽 주사를 맞고 퇴원을 했다. 나의 그 벅찬 감격이 천천히 나의 체내에 스몄다가 비로소 어제저녁 마지막 순간에 나를 황홀하게 만든 것 같았다.

나의 어깨를 두드려주는 김준엽 동지의 모습이 눈에 보이면서 나는 의식을 회복한 것이었다. 여하간 나는 기쁘고 그 성공적인 공연에서 느낀 보람 때문에 명랑한 기분을 곧 회복할 수가 있었다.

우리는 충분한 노자를 확보한 셈이었다. 우선 필요한 대로 급한 생활필수품도 각자 조금씩 샀다. 우리는 수입을 공평히 분배하였다.

우리는 모두 양말과 가죽구두를 한 켤레씩 사서 신었다. 이것은 앞으로 눈 덮인 고원지대를 넘어갈 준비였다.

나는 여기에서 비로소 안경을 하나 살 수 있었다. 쉬저우 근방에서 중국군 유격대원에게 빼앗긴 이래 아직 안경 없이 지내던 불편을 참아왔던 것이다. 점심도 이제는 식당에서 사 먹고 좀 여유 있는 생활을 하게 되었던 것이다.

그러나 우리에게 충칭행 비행기편을 교섭해주겠다고 장담하던 광복군 제1지대 분견대는 예상외의 장난으로 이간공작을 벌였다.

그들은 우리로 하여금 충칭행을 단념하도록 하기 위한 분열공작을 복선으로 깔고, 우리의 대표자 격인 김준엽 동지나 윤재현 동지나 나와 몇 사람을 고립, 분리시키고 규탄한다면 이 집단은 파괴시킬 수 있다고 어리석게 판단한 나머지 다른 동지들을 끌어내어 이간공작을 시작하여 어느 정도 주효하게 되었던 것이다.

연예에 참가했던 몇몇 동지들은 그대로 그동안 보람 있는 생활로 분주했지만, 그 나머지 많은 동지들은 무료하게 지내던 나머지 차츰차츰 그들의 분열공작에 관심을 갖기 시작했던 것이다.

그동안 우리의 대표 격으로 동분서주 대외적인 섭외활동을 떠맡았던 김준엽 동지에게 제일 먼저 동지들의 화살이 갔다.

"도대체 근 20여 일이나 넘도록 매일 나돌아다니며 무엇을 했는가?"

그래도 대외관계에 나서는 동지이니 온 동지들이 힘과 마음을 모아 보다 깨끗하게, 보다 낫게 몸차림과 행동을 하게 밀어주었던 것이 배신당했다는 것이다. 충칭행을 기다리던 동지들은 참았던 불만을 터놓기 시작했다.

"무엇을 하고 다니느냐? 우리가 못 먹고 참고 있는 동안 김 동진 밖에 나가 잘 얻어먹고 잘 입고 고위층과 접촉만 하고 무슨 꿍꿍이속이냐? 그래 우리가 연극쟁이나 하려 여기까지 왔느냐? 또 연극을 해서 돈을 얼마나 벌었으며 그 돈은 어디 썼고 우리 충칭행 여비가 되느냐"는 등 힐난이 공석에서 시작된다.

동지들의 생각이 이렇게 돌아가게 되니, 김 동지는 참으로 난처한 입장에 몰리게 되었다.

설사 그렇더라도 그것은 불가피한 일이었다. 다만 20여 일이 넘도록 아무런 결말을 얻지 못하고 나타난 성과가 없다는 것이 큰 약점이었다.

교섭은 라오허커우에서 충칭까지의 식량과 기타 교통편의 같은 문제였다. 동지들은 라오허커우 시민들이 모아준 모금도 푼푼이 써버려, 다시 이 김 동지의 교섭에 기대를 더 걸게 되었다.

마침내 김준엽 동지와 나는 난양에서의 경우와 정반대의 입장에 놓이게 되었다. 동지들은 우리를 응징하려고 했다. 그러나 나의 입장은 항시 명명백백했다.

나의 판단으로는 김준엽 동지의 난처한 입장을 보살펴야 할 사람이 나뿐이라는 것을 깨달았다.

동지들이 김 동지를 불러다놓고 오해 속에 응징을 가하려고 했다. 그때까지 침묵을 지키고 있던 나는 분연히 일어섰다.

나는 아직까지 내가 어리석다고 남들이 핀잔을 줄 만큼 동지들 전체를 위해 내 힘을 아끼지 않았다는 생각을 지니어왔고, 또 그렇게 했다고 자기 반성을 했다. 일어서면서도 나는 동지들에게 내 첫마디를 어떻게 열 것인 가를 생각하지 못했다.

'적어도 남을 위해 봉사했다고 한 내 생각이 맞는 생각이라면, 나의 말을 동지들이 일축해버리지는 못할 것이다.'

이 결론은 내게 용기를 주었다. 나는 동지들의 흥분된 눈동자를 진정시키기 위해 나의 온 정기를 내 눈에 몰았다.

동지들의 진정한 마음에 내 의사가 뚫고 들어가기 위해서는 나의 눈빛이 불처럼 화살처럼 강한 것이어야 함을 생각했다.

"충칭엘 간다는 애초의 우리 결의에는 변함이 없소. 김 동지도 윤 동지도 나도 그렇소. 그러나 파견대는 우리를 이 라오허커우에서 제1지대에, 무슨 흉계인지 모르나 편입시키려는 의도가 분명하오.

연예 출연으로 해서 그동안 우리가 밖에서 점심이라도 여러 동지들보다 한 끼씩은 잘 얻어먹은 것도 사실이오. 김 동지도 섭외관계로 나다니니까 그런 오해를 받을 수도 있는 것이오. 그 반면에 여러 동지들이 발가락, 손가락 같은 곳에 옴이 너무 극심해서 잘 걷지도 못하고 뒹굴고 있다는 사실도 우리는 알고 있소. 모르는 것이 아니오. 그러나 3주나마 쉬는 동안 계속 치료를 하여 이제 거의 다시 앞에 닥치는 험산준령을 넘을 만큼 된 것도 사실이 아니겠소. 결코 그동안에 우리의 마음이 변한 것이 아니고 단지 우리의 결속을 이간시켜 우리의 의사를 분열시키려는 공작에 흔들리고 있다는 느낌이 나를 슬프게 하고 있소.

우리 서넛만 제거되면 여러 동지들을 마음대로 이용할 수 있다는 착각으로 파견대는 장난치고 있는 모양인데, 여러 동지들은 먼저 파견대가 왜 우리 셋을 미워하는지 그 이유부터 알아줘야 하겠소."

나는 이 기회에 취사 책임을 벗을 것도 아울러 얘기했다.

"내 능력 부족으로, 여러 동지들에게 빈틈없는 신임을 못 받고 있었다는 것이 증명이 되었소. 이것은 귀중한 기회이오. 듣자하니, 이제부터는 새도 넘지 못한다는 파촉령이라서 취사 책임자나 선발대도 더 이상 필요가 없을 것 같소……. 우리에겐 어떤 간격도 벌어져서는 안 될 것 같소. 그들의 이간공작이 다 밝혀지면 곧 떠나기로 합시다."

내가 스스로 마음속에 지녔던 가난한 십자가가 부끄러워 나는 괴로웠다.

취사반장이고 선발대 대장이고 모두 다 벗어나 그동안의 나의 고생에 스스로의 위로를 주고 싶었다. 무엇인가 정말 날 슬프게 만들었다. 그러나 난 안타까워하진 않았다. 동지들의 마음이 다시 돌아섰을 때는 이미 파견대 대장과 두 사람의 대원은 보이지도 않았다. 도망을 친 것이었다.

우리는 김 동지와 윤 동지를 중국군 제5전구사령부에 대표로 보냈다. 교섭 결과, 중국군 준위의 봉급으로 계산해서 라오허커우에서 충칭까지의 최소한의 경비를 50여 명분 지급해주겠다고 했다.

어리석게 회의 속에서나마 가졌던 비행기의 허황된 꿈도 다 짓밟아버리고 다시 도보행군을 결심했다. 아예 듣지 않았던 것만 못한 심정이 야속했다. 그렇다고 파견대만 원망할 수도 없었다.

그들은 우리를 이용하자는 것이고 우리가 조금이라도 그들에게 헛되이 이용될 가능성이 있다면, 스스로 자기보존을 해야만 하는 것이다.

아무래도 우리는 일단 충칭에 가서 임정의 지시를 받아서 일해야 할 것이라고 끝까지 나의 판단을 지속시켰다.

그런데 마침 리쭝런 부대에는 사령관인 리쭝런 장군이 부재중이었고 대신 참모장을 만나보았는데, 그는 미국 유학까지 갔다 온 멋있는 군인으로 우리의 입장을 충분히 알아주었고, 또 우리의 선무공작의 효과가 아주 커서 '15만 학도 종군운동'의 성과도 많이 올랐다고 격려를 해주었다 했다.

노자는 예상보다 후하게 얻어가지고 왔다. 마침내 그래도 보람 있던 생활, 스무닷새간의 라오허커우 생활을 털어버리고 새로 마련한 구두를 힘껏 잡아매었다.

삼삼오오로 그룹을 지어 라오허커우의 시가를 벗어났다.

무량한 감개가 우리의 걸음걸이에 휘감겼다. 그러나 다리에 힘을 주어 떠나야만 했다. 떠나버린 라오허커우의 겨울 여정은 산속으로 묻히는 우리에게 오히려 무표정했다. 우리는 자신들도 모르는 사이에 차츰차츰 산속으로 깊이 묻혀 들어가고 있었다.

잎 떨어진 나무들의 허리통이 굵어지기 시작하면서 길은 점점 험해졌다. 마치 어느 원시림을 파고드는 듯이 숙연해지는 심사였다.

걸어도 걸어도 이 산속에서 헤어날 것 같지가 않은 오르막길은 등산도구나 있어야 오를 것같이 험난한 모험의 길이었다.

그래도 길인지 아닌지 분간 못 할 사람의 통로가 꼬불꼬불 바위에 부딪치고 원시림을 돌아 언덕을 넘고 하여 이어져 있었다. 이러한 길 자국이 나 있는 것이 기특할 만큼 신비스럽게 우리를 유도해 들어갔다.

대부분의 오름길은 층암길이어서 때로는 계곡으로 홈이 패고 절벽으로 막혀 끈으로 잡아매고 잡고 기어올라야 했다. 다행히 우리가 준비한 밧줄은 참으로 긴요한 것이었다.

도시 이 길은 길로서 있는 것이 아니라 제비도 날아서 넘어가지 못한다는 고사가 있는 영嶺의 숨길이었다.

말도 지나가지 못하는 파촉령의 험로다. 국민정부가 충칭으로 쫓겨 간 후 비로소 생긴 이 통로는 그 후 계속 전후방을 연결하는 유일한 전령로傳令路가 되어버린 것이다.

모든 장비와 병참지원 보급을 국민정부는 등짐으로 져서 이 파촉령을 넘어 보내곤 하였다. 그 대신 일본군의 기동대는 도저히 이 파촉령을 넘을 수가 없었다. 일군의 기동력은 말과 자동차였다. 포대에서 대포를 끄는 말과 보급지원과 수송을 담당하는 자동차가 주로 점과 선을 점령, 확보하는 전략에 쓰였는데, 이 파촉령에서는 오히려 기동력이 무력한 것이 되고 만다.

파촉령은 고원지대였다. 평평한 고원지대에 이르기까지의 오름길은 우람한 서사시의 서론처럼 심산유곡의 아름다움을 지니고 있었다.

삭풍에 시달리는 울창한 마른 나무줄기들, 하늘이 이 나뭇가지 끝에 걸려서 하늘하늘 흔들리고 있었다.

이런 지대인데도 군데군데 주막이 있었다. 그것은 동화 속의 주막처럼 연기를 올리고 있었고 우리는 산속의 연기 오르는 지점을 찾아가 주막에 몸을 던지곤 하였다.

주막에선 주로 두부탕을 사 먹었다. 주막은 거의 일정한 거리에 있었고 돼지기름 등잔불이 산속의 정적을 달래고 있었다.

주막의 헛간 속에서 나뭇단을 깔고 밤을 밝히기를 여러 날이었다. 하늘만 가린 헛간에서 파촉령의 밤을 짐승처럼 소리 없이 왔다 가곤 하는 심산의 어둠을 피하면서 몸과 몸을 맞대어 그 체온으로 날이 밝기를 기다렸다.

무슨 짐승인지 알 수 없지만 짐승 우는 소리도 산나뭇가지 흔들리는 바람 속에 묻어와서 지나가곤 하였다.

우리가 계속 엿새째 고원지대를 향해 오름길을 오르고 있을 때였다.

거의 지칠 대로 지친 우리는 이제 한나절만 더 오르면 고원지대라는 말을 주막에서 듣고, 힘을 내어 기를 쓰고 걷고 있었다. 김준엽 동지와 나, 이렇게 단둘이서 서로 몸을 의지하고 걸어가는데 무엇인가 난데없이 우리 머리 위로 휙 날아가는 것을 의식했다.

"……."

너무나도 큰 놀라움이 나의 가슴 안에서 무엇이라고 부르짖었다. 우리가 머리 위로 무엇인가 지나간다는 것을 알았을 때는, 이미 날쌘 호랑이가 언덕에서 뛰어, 바로 우리보다 네댓 발자국 앞에 소리도 없이 사뿐 내려앉았다. '아, 호랑이다앗!' 이 소리는 끝내 입 밖을 나오지 못했다.

그러나 호랑이는 우리를 본 체도 아니하고 빠른 속도로 미끄러져 나갔다. 오싹 우리는 얼어붙어 몸을 숨기고 어쩌고 할 수가 없었다.

마치 홀린다는 말대로, 우리가 호랑이에게 홀린 듯이 꼼짝도 못 하고 호랑이가 지나간 자국을 유심히 바라보고만 있었다.

만약 우리가 네댓 발자국만 앞서 걸어가고 있었다면 틀림없이 그 호랑이 발톱 밑에 덮쳐지고 말았을 것이다.

왜 호랑이는 그냥 갔을까.

우리는 다시 호랑이가 돌아서 닥쳐올 것 같아 걷지도 앉지도 못하고 안절부절못하였다.

낭떠러지를 돌아 호랑이가 뛰어내린 언덕 위를 올라 살펴보았지만, 산은 무심했고 육중하게 그리고 놀라지 않고 누워 있을 뿐이었다.

무엇인가 우리를 돕고 있다고 확신하고 싶었다. 제풀에 달아나버린 호랑이가 우리를 못 보았다는 것은 신기한 일이 아닐 수 없었다.

엿새 만에 우리는 평평한 고원 위에 올라섰다.

장척長尺의 눈이 쌓여 태초 이후로 이루고 있는 듯한 설경이 은세계의 신비를 마음껏 향유하고 있었다.

눈부신 햇빛이 내려와서 신비로운 은세계의 빙원에서 무도회를 여는 듯 고원지대는 아름다웠고 매섭게 추웠다.

아직까지의 기후와는 전연 다른 혹한의 한파가 휘몰아쳤다.

휘어진 나뭇가지 위에 앉은 눈송이에서 고드름이 햇볕 속에 늘어져 고원의 꽃처럼 예뻤고 반짝였다.

바람이 음악을 했고 얼어붙은 눈 위로 한파가 지나가면서 크리스마스를 노래하였다.

이 설원을 하루 동안 줄곧 걸어야만 했다. 비경의 눈 위엔 새의 발자국과 짐승의 발자국이 쓸쓸한 시정을 남기고 갔고 그것을 햇볕이 읽어 감상하고 있었다.

머리와 손과 발이 나의 감각에서 제어되기 시작했다. 차차 사지가 얼어 들어오는 것이었다. 계곡이 진 곳에 햇볕을 마주하고 쭈그리고 앉아 쉴 때엔 이 휴식을 방해하는 이의 소탕전에 또 신경을 써야 했다.

잡다 못해 누빈 동복을 벗어 뒤집어 들고 활활 털고 손바닥으로 슬슬 쓸면 후두둑후두둑 보리알 같은 이가 깨끗한 눈바닥 위에 떨어져 바동대다가는 빨간 색깔로 변하여 얼어 죽는 것이었다.

그러나 누빈 동복이라 그 누빈 바느질 틈에 끼인 놈은 털어도 털어도 떨어지지 아니했고, 속내의 한 벌 없는 우리는 오래 맨살로 그 추위를 이겨낼 수도 없어 그냥 몇 번 벗어 털고는 다시 입고 다시 입고 하였다.

우리가 채 고원지대를 다 횡단하기 전 날이 저물기 시작했다. 설경의 신비에 홀려 제대로 걷지 못했을까. 예기치 못했던 암담함이 우리를 사로잡았다. 이 눈 위에, 어디 한곳 몸 둘 곳 없는 이 고원 위에서 우리는 밤을 지새워야만 하게 되었다.

그것은 가혹한 형벌이었다. 눈베개를 베고 자는 우리는 고행자였다. 그러나 이 파촉령 너머의 고원에서, 한밤을 무사히 지낼 수 있는지도 오직 신의 의사에 맡길 수밖에 없는 것이었다.

어둠이 깔리기 전 우리는 나뭇가지를 꺾어다 움푹한 곳에 자리를 잡고 그 위에 솔가지를 깔고 쭈그리고 앉아보았다.

메마른 눈물이 괴었다간 얼어서 눈시울이 시렸다. 바람만, 그 매섭고 칼날 같은 바람만 아니라면, 그래도 체온과 체온을 맞대고 이 밤을 지새우련만······.

아, 나의 조국이 주는 이 형벌의 죄목은 무엇인가?

밤하늘에 별떨기가 돋아나 우리를 보호해주는 것 같았다.

나의 조국이 주는 이 형벌의 대가는 무엇일까?

밤하늘에 가득한 감회가 바람에 불려가고 우리는 어두운 허공에서 신의 목소리라도 구하려는 듯이 빈 하늘을 우러렀다.

그것은 기도의 자세였다. 구도자의 마지막 기원 같은 경건한 합장이 마음에 가다듬어졌다.

주여, 우리를 이곳에 버리시렵니까. 우리의 할 일이, 이보다 더 어려움이 있어야겠기에 주시는 시련이십니까. 주여, 이 이상 인간의 힘으로 어떻게 더 참으란 말입니까. 이 자리에서 어서 속히 이 천한 목숨을 거두어주시지 않으시렵니까. 나는 이 이상 나의 흐느낌의 기도를 계속할 기력도 없었다.

맑은 섣달 밤의 설원에 바람이 대신 나의 기도를 외워주었다.

김준엽 동지는 김 동지대로 그 어떤 명상에 깊이 잠겨 있는 것 같았다.

감히 이 차갑고 무겁고 엄숙한 적막을 깨뜨릴 수 없었다. 무엇인가 벅찬 감격이 녹아 가슴에 괴었다.

내가, 아니 우리가 조국 대신 형벌을 받아야 할 이유는 무엇인가. 우리가 이것을 감수하는 보람을 어디서 찾아야 할 것인가.

이대로 이대로 정녕 얼어버린다고 한다면 그 누가 우리를 불쌍히 생각해줄 것인가.

살아야 한다.

뜨거운 선혈을 뿜어 얼어오는 사지를 녹여서라도 살아야 하겠다.

'흑!' 하고 무엇인가 가슴을 치밀었다. 가슴에 가득한 충격이 터지면서 그 충격은 눈으로 코로 뻗쳐 솟았다.

아, 조국 없는 설움이여.

우리의 조상이 못난 때문에 우리가 이 설원의 심야를 떨며 지새워야 하는가. 아니, 조금도 조상의 탓으로 돌릴 수는 없다. 돌린다는 것은 나의 비겁이다.

나의 조상은 또 조상을 가졌고, 그 조상은 또 못난 조상을 가졌다. 앞으로도 우리는 못난 조상이 되어야 하겠는가?

무수한 밤별이 울어주는 듯, 나의 눈에 들어오는 별빛이 어른거렸다.

"또다시 못난 조상이 되지 않기 위하여……."

입술을 깨물고 나는 폭발하려는 나의 가슴을 막아야만 했다.

치미는 분노와 막아야 하는 입술의 의지가 격렬한 투쟁을 벌였다.

나는 혁명적인 나로 나 스스로를 지향시켜야겠다는 결심을 했다. 파촉령의 설원에서 내 스스로에게 맹세한 이 결의를 위해 나는 투쟁할 것을 다짐했다.

나의 신념, 차디찬 결의는 이때부터 나를 지배했다.

한파가 아득한 눈 위를 굴러오며 우리 둘의 몸뚱어리를 휘말아갈 듯이 덤벼들었다.

나는 김 동지와 마주 앉아 서로서로를 껴안았다. 둘의 체온으로 얼어오는 몸을 녹여가며 어서 이 처절한 밤이 지나가주길 기다렸다.

"우리는 또다시 못난 조상이 되지 말아야 하겠어……."

"……."

말이 없는 김 동지는 내가 어떤 값싼 감상에 떨어진 것처럼 나를 격려하느라고 내 등을 어루만져주었다.

"또다시 우리 자손들에게는 이런 고생을 시키지 말아야 한다는 것이 하나님의 계시인 것 같애……."

"……."

역시 김 동지는 아무런 반응이 없었다. 쓸쓸한 표정의 헛기침 소리로 일그러졌다.

"김동지이……."

나는 언뜻 무서워졌다.

혹시나 하는 생각에서 김 동지를 흔들어 깨웠다.

"응? 으응!"

김 동지는 더욱 힘차게 날 안아주며 한 치라도 더 몸을 접근시켜 체온을 밀착시켰다.

밤 두어 점이나 되었을까.

내 몸의 3분의 2 이상이 이미 내 몸이 아닌 동태였다. 나의 의식은 분명히 내 체구의 3분의 1 부분 안에서만 작용하는 것 같았다.

피의 순환 속도가 빨라지는 것 같기도 했고 점점 낮아지는 것 같기도 했다.

먼먼 산짐승 소리가 울려왔다. 그 무서운 메아리가 나무와 나무 사이를 헤치고 우리가 웅크린 설원 위에까지 스며왔다.

책상다리를 하고 주저앉았던 구둣발이 얼어붙어 움직일 수가 없었다.

눈보라가 치지 않는 것만 해도 크나큰 다행이었다. 만약 눈보라가 쳤다면 우리는 꼼짝도 못 하고 다시 소생하지 못했을 것이다.

절대자의 보호가 우리를 굽어보는 것 같아 우리는 이 추위를 이길 용기와 각오를 새로이 했다.

겨우 얼어붙은 구둣발을 떼어 무릎을 꿇어 고쳐 앉았다. 그러고는 이 상태에서도 찾아오는 졸음을 물리치기 위해 꿇어앉은 다리가 저려오는 감각을 잃지 않으려고 하였다.

나의 눈베개가 이 중국 땅 눈 덮인 고원 위에서 날 기다리고 있을 줄은 상상도 못 했던 일이다.

나는 나의 조국에, 나의 고국에 기다리고 있을, 아니 잊지 않고 있을 아내를, 부모를 비로소 생각해보았다.

빙화처럼 얼음판 위의 어둠을 물리치고 번져오는 그 환상 속에 아내와 부모의 모습이 말을 하고 있었다.

"야곱의 돌베개를 베는 당신을 지금 꿈꾸고 있소."

꼭 한마디였다. 그뿐이다.

나는 귀를 후벼내며 그 목소리를 한 번만이라도 더 듣고 싶었으나 그뿐, 바람이 아내의 환상을 휘몰아쳐 가버렸다.

내가 눈을 떴을 때 김 동지도 피곤과 추위 속에 같이 졸고 있었다.

"잠이 들면 죽는다. 잠이 들면 죽는다."

나는 이렇게 혼자 뇌까리며 이 기나긴 밤이 어서 미끄러져 가주기를 기다렸다.

산짐승이 또 울어대었다. 새벽이 가까워진 듯하여 오히려 그 몸서리쳐지는 울음소리가 반가웠다.

어릴 적 듣던 승냥이 소리처럼 구성진 그 울음소리는 오래 계속되어주지도 않고 끊어져버리곤 하였다.

내 자손에겐 이 고생을 시키지 말아야 하겠다. 우선 이것이 내가 할 일이다. 아니, 난 나의 대를 이 세상에 남겨놓지 못할 것이다.

나의 희생으로 우리의 다음 대는 또다시 이런 고생에 시달리지 않게 할 수 있다면, 나는 나의 대를 남기는 것보다 훨씬 보람된 나의 일생을 가졌다고 자부할 수 있으리라.

송곳으로 쑤시는 듯한 아픔이 정강이에서 허벅지로 기어올랐다.

육중한 대지가 기울어, 우리가 그 속에 깔린 듯이 이 밤을 머리에 이고, 초침을 마음속으로 세고 있다.

아, 이 은세계의 시련은 나에게 신념을 주기 위해 하나님이 허락한 것이냐. 나의 신념이, 나의 생활의 철학이 이제야 생성되기 위해 나는 이 죽음의 대가를 치러야 하는 것이냐?

나는 밤하늘의 원망을 짓씹으며 어서 날이 새어 그 밝은 태양이 내 가슴에 떨어지길 빌었다.

이 밤에 우리가 동사하지 않고 살아남을 수만 있다면, 우리는 저 떠오르는 정열의 햇덩이를 가슴에 삼키고 이 설원을 가로 달려가리라.

가리라. 가서 또다시 우리는 못난 조상이 되지 않기 위해 이 몸에 불을 붙이리라. 그것이 혁명이면 이 붉은 정열을 혁명에 태우리라.

아름다운 희망이 동녘을 트면서 우리에게 기어왔다.

아, 죽지 않고 살았구나!

나는 김 동지를 끌어안고 발버둥을 쳤다. 그러나 발버둥은 마음속에서만 쳐지는 것이다. 나의 사지는 이미 내 것이 아니었다.

환희와 감격과 희열이 우리를 녹여주었고 우리가 일어났을 때 우리는 거의 비틀거리고 있었다.

눈부신 햇살이 설원을 다이아몬드의 광채로 물들이며 우리에게 새로운 날을 안겨주었다. '거듭난다'는 말은 성경 속의 말이다. 이른바 중생은 나에게 '혁명을 위한 나'를 위해서 허락된 모양이다.

눈앞의 것은 모두 다이아몬드 광채였고 나는 그 다이아몬드 광채의 앞길로 소리쳐 질주하였다. 고픈 배와 떨리는 몸과 그리고 시달린 정신은 새로운 나로부터 탈피된 나의 껍데기인 양 나는 모든 것을 떨쳐버리고 눈 위에 두 줄기 발자국을 고고하게 남기고 달려갔다.

"아아, 나를 사랑하시는 하나님이시여, 나의 길을 인도하소서."

누군가 내 대신 외쳐주었다.

바람밖에는 아무것도 대신 외쳐줄 것이 없었다.

김준엽 동지도 따라왔다. 우리는 같이 부둥켜안고 눈 위를 굴렀다.

찬란한 눈부심이 하늘에 가득했다.

곳곳에서 웅크리고 있던 동지들이 두서넛씩 일어나 비틀거리며 모여들었다. 기나긴 그림자를 눈 위에 끌고, 그들이 살아 있다는 기쁨을 동쪽 하늘에 마음껏 뿌렸다.

모진 목숨들이 간밤의 추위를 다 어디에서 지새웠는지 신기한 일이 아닐 수 없었다.

해가 높아서야 우리는 고원지대의 횡단에서 우리가 얘기 들었던 주막을 찾아내었다. 우리 계획은 엊저녁을 이곳서 묵으려던 것이었건만, 눈길이라서 곧장 오지 못하고 돌아온 셈이었다.

주막집엔 우리가 사 먹을 수 있는 두부탕이 부글부글 끓고 있었다. 주막집 내외가 먹을 아침을 우리가 사 먹었고, 계속 주막집 사람들이 두부탕을 끓여도 모자랐다.

그 두부탕의 맛이란 기가 막히도록 좋았다. 나는 도저히 그때 내 입속의 미각을 표현할 수가 없다. 돼지기름에 콩두부를 넣어 끓인 두부탕은 훈훈하게 우리를 녹여주었다. 비로소 살 것만 같았다.

주막 안에는 중국군 소좌가 묵고 있었고 초급 장교들은 헛간방을 차지하고 있었다. 설사 우리가 어젯밤 이 주막을 찾았다손 치더라도 우리는 헛간방 차지도 못 하였을 것이라고 스스로를 달래보았다.

라오허커우를 떠나 이곳에 오기까지 우리가 만나본 중국군은 대부분이 위관급이었다.

문서연락병이나 낙오병, 혹은 후송병들 가운데 장교도 섞여 있었으며, 우리와 마찬가지로 주막집 헛간방의 밀짚 위에서 뒹굴며 잠을 자고 또 떠나가곤 하는 것이었으나, 고급 장교들은 사린교(네 사람이 메는 가마)를 타고 이 전후방이 연결되는 파촉령을 넘었다. 중국군 졸병들이 사린교를 메고 다녔으며, 사린교를 메고 갈 수 없는 곳에선 내려서 걸어갔다. 이것이 파촉령 너머로 쫓겨 간 중국군의, 고급 장교들의 행실이었다.

라오허커우를 떠날 적에 우리는 라오허커우 시민과 연예활동으로 학생들이 내준 성금과 리쭝런 사령부에서 준위의 봉급 기준으로 받은 노자 등을 합쳐서 공금으로 얼마를 따로 떼어놓아 노능서 동지에게 관리를 맡겼고, 나머지는 일정 균일하게 전원이 노비로 공동 분배하였던 것이다.

각자에게 분배된 노자는 충칭까지 음식을 사 먹고 가기에 충분한 돈이었다. 그러나 개중에는 담배와 술 그리고 투전 등으로 해서 부족을 느끼는 사람도 있었고 또 풍족하게 쓰는 동지들도 있었다.

하여간 각자 책임으로 활동을 하니까 퍽 편리한 점도 많았다. 이 산길에서 내가 취사반장의 책임을 안 하는 것도 나에겐 퍽이나 다행스러운 일이 아닐 수 없었다.

그러나 주막집엘 들 때마다 우리가 가중되는 고통을 느끼는 것은 옴의 성화였다. 유황을 돼지기름에 끓여서 옴이 성한 곳에 바르느라고 추위도 잊고 알몸으로 옷을 벗어던지고 야단들이었으며 팔이 안 닿는 곳엔 서로 등을 밀어주듯 약을 발라주곤 하였다.

남녀가 거의 무관하게 이 옴 때문에 공동탕처럼 벌거숭이 몸이 되어서 돼지기름 등잔불을 밝히고 약칠을 하는 것이 어디에서나 주막에 닿아 하는 첫 번째 일이었다.

우리와 같이 쉬저우에서 일군을 탈출했던 김영록 동지는 끝내 라오허커우에 낙오가 되고 말았다. 옴 때문에 도저히 더 걸을 수가 없어서 광복군 제1지대 파견대에 그를 맡기고 떠나온 것이었다. 앞으로도 얼마나 낙오자가 이 옴 때문에 생길는지 알 수 없는 일이었다.

이 옴이라는 병은 한번 걸리기만 하면 사람이 천해지기 짝이 없는 피부병이다. 손가락 사이, 발가락 사이, 겨드랑 밑 그리고 또 그 밖의 곳 등 아주 약하고 피부가 상접한 부분에만 골라서 퍼지는 병으로 한번 옮기만 하면 잠시도 긁지 않고는 못 참도록 가려운 병이다. 긁어도 긁어도 시원하지 않고 피가 나도록 긁어도 가려움이 가시지 않는 병이다. 심해지면 전신에 퍼진다.

주막의 밀짚 위에 뭇사람들이, 수없는 중국 병사들이 쓰러져 자고 가고 오는 형편에선 옴이 안 옮은 것이 오히려 이상한 일이었다.

우리 일행 50여 명 가운데는 의학을 공부하던 동지도 있었다. 그의 말을 따라 유황과 돼지기름을 혼합해서 끓여 바르곤 하였다.

주막마다에서 하는 이 알몸의 무언극은 우습기도 하고 측은하기도 하였다. 그러나 이때까지 옴 때문에 고생을 하지 않은 김준엽 동지나 나는 이들을 보고 무슨 말을 할 수는 없었다.

라오허커우를 떠난 지 아흐레 만에 우리는 고원지대의 횡단을 끝마치고 다시 바둥巴東으로 내려가는 내림길에 들어섰다. 오름길처럼 힘이 드는 것은 아니었으나, 내림길은 그대로 무척 조심이 되는 길이었다. 파촉령을 무사히 넘는다는 안도감 속에 우리는 속력을 내었다.

매일 90리, 100리 길을 걸어서 2주일이나 걸려 넘는다면 이 파촉령의 험준한 정도를 가히 짐작할 수 있으리라. 하기야 『삼국지』엔 제비도 못 넘는다고 파촉령을 말하고 있지 않은가.

라오허커우를 떠난 지 꼭 열사흘 만에 우리는 눈물도 얼어붙는 설야의 파촉령을 완전히 벗어나 양쯔강의 한 작은 지류가 흐르는 평지에까지 이르렀다.

이곳에 일단 집결하니 거의 이날 하루해가 다 기울어 오래간만에 보는 지평선에 지는 붉은 해는 석양의 그림자를 길게 길게 딸려주는 것이었다.

평지에 매달리는 기나긴 그림자, 그것도 고행의 그림자다. 아름다운 석양이 아니라 원망스러운 태양의 가버림이었다.

태양은 하나이건만 이 아시아의 태양은 왜 이다지도 우리에게, 아니 아시아 민족에게 고난의 역사를 주는 것일까.

차라리 내일, 아니 이제라도 다시 떠오르지 않았다면, 이 지겨운 아시아의 운명은 끝나버렸을 것이 아닌가?

아니, 천만의 생각이다.

아시아의 태양은 더 붉고 더 밝고 더 뜨겁게 떠올라야 한다. 필연코 내일은 더 크고 힘차게 솟아오를 것이다.

이제는 우리도 내일의 해맞이를 기다려볼 수 있으리라.

오늘은 어서 지라. 너, 태양아.

그러나 내일의 너는 나의 것이리라. 내일 아시아의 태양은 우리의 것이리라.

나는 지는 해의 노을에 취해 이렇게 나의 독백을 되삼켰다.

바둥 전방 80리, 그러나 이것은 역시 지도상의 직선거리여서 돌아가기엔 이틀이나 걸리고 배로 가면 하루면 된다는 것이다.

우리는 선편을 택하기로 했으나 몇몇 동지는 걸어야만 했다. 투전으로 돈을 낭비한 동지들, 과용으로 여비가 얼마 남지 아니한 동지들은 배편을 외면해야만 했다.

좀 안된 일이고 마음 아픈 일이었지만 할 수가 없는 일이었다.

도보로 걸어갈 몇몇 동지들을 남겨놓고 우리는 그 저녁으로 뱃삯을 미리 내고 배를 탔다. 어서 쓰촨성의 땅을 밟고 싶어서였다. 그러지 않으면 이곳서 하루를 또 묵어야만 했다.

바둥에 닿은 것은 밤 12시가 되어서였다. 바둥은 우리가 타고 내려간 지류가 양쯔강 본류에서 만나는 지점에 위치한 항도였다. 충칭과 바둥 사이를 왕래하는 중국군의 군용선이 더 이상 하류로 내려가지 못하고 종착 기항終着寄港하는 인구 약 7천~8천여 명의 소도시였다.

우리는 이곳서 충칭으로 가는 5천 톤급 군용선박을 기다리기 위해 사흘을 묵었다. 참으로 오래간만에 사람이 사는 정상적인 사회생활의 도시 호흡을 느낄 수 있었다.

담배를 굶었던 동지는 담배를, 술을 마시고 싶은 사람은 술을, 그리고 음식은 주로 두부탕과 백반이나 빵을 각자 사 먹으면서 각종 음식점을 두루 순례하기도 하고 아가씨들을 구경하기도 했으며, 장대한 흐름의 물결을 하루 종일 바라보기도 하였다.

　강물은 하루 종일 바라보고 있어도 조금도 지루하지 아니했다. 흙탕물의 물빛이 아침, 낮, 저녁으로 변하면서 양쯔강의 물결은 유유히 흐르기만 했다.

　이 강물을 내려다볼 수 있도록 바둥은 강가에 있는 산언덕을 중심으로 한 도시를 이루고 있었다. 삭막한 벌판과 산길만을 걸어온 우리는 이 사람 사는 곳 같은 바둥에서 사흘을 쉬면서 조금도 지루한 줄 모르고 지냈다.

　바둥 시민들의 표정이며, 음식점의 구수한 냄새며, 또 아가씨들의 모습이 한결같이 우리의 관심을 끌었다.

　충칭 6천 리 길에 육로로서는 이곳이 끝이었다. 실로 감개가 무량하지 않을 수 없는 바둥의 휴식이었다.

　양쯔강의 아침을 바라보며 김영록 동지를 회상했다. 우리가 파촉령을 넘으면서 마지막 주막집에서 만난 중국군의 말에 의하면, 라오허커우의 앞날이 위태롭게 되는 것이 틀림없었다.

　광복군 제1지대 파견대의 편입공작이 실패하고 우리를 이간시키는 분열공작의 음모가 밝혀지자 이간책을 썼던 세 명은 먼저 도망을 가버린 그들이었다.

　그동안의 김영록 동지가 남아 있는 광복군 파견대의 사정과 김영록 동지의 몸이 어떻게 되어가는지, 흐르는 물결 위에서 그림자처럼 문득 궁금한 생각이 떠올랐다. 라오허커우와 린촨에 대한 회상은 아주 대조적이다. 그러나 모두 돌이키고 싶지 않은 추억이었다.

　우리가 기다리는 정기연락 군용선이 이 바둥까지밖에 못 내려오는 이유는 다음 기항지가 되는 이창宜昌이 일군 점령지이기 때문이었다. 충칭을 중심으로 해서 수로인 양쯔강 선으로는 하류로 내려오다가 이창에까지, 그리고 육로인 경우엔 라오허커우까지 일군이 차지한 한계지점이었다.

　육로로는 말과 포를 이끈 일군 기동대가 도저히 파촉령을 넘어 진격할 수 없는 지세였고, 수로로는 바둥에서 이창까지가 층암절벽의 좁은 협곡일 뿐만 아니라 심한 급류이므로 해서 일군 선박이 무사히 기어오를 수가 없었던 지세였다.

따라서 바둥은 꽤 중대한 역할을 담당하고 있었다. 바둥을 중심으로 외곽선이 되는 이창과 라오허커우 선은 쓰촨성의 땅을 중국군이 끝까지 확보하는 데 천연적인 호조건을 갖춘 자연방어선이 되었다. 바둥서 라오허커우까지의 육로와 바둥서 이창까지의 수로는 일군의 한계지점을 결정지어주었다.

라오허커우가 일군에게 함락되었다는 소문을 들었어도 우리가 넘어온 파촉령을 일군이 넘어온다는 것은 상상도 못 하는 일이다.

또 바둥서 이창까지는 역시 파촉령 고원의 이른바 12봉이라는 산협 사이로 양쯔강이 뚫려서 마치 한수의 적벽강처럼 강의 양쪽이 깎아 세운 듯한 수백 척의 암벽으로 절벽을 이루고 있었기 때문에, 이 양안의 암벽 위에 있는 중국군 수비군은 올라오는 일선을 수류탄 공격만으로도 능히 침몰시켜버릴 수 있는 형편이었다.

더군다나 양안의 폭이 좁아 이곳의 물결은 굉장한 급류였고, 이 층암절벽의 협곡이 수백 리나 되었다. 이 물결을 거스르느라고 속력이 줄게 되면 수류탄을 처넣기에 아주 훌륭한 목표물이 된다는 것이다.

여러 번에 걸친 무모한 일군의 기도 끝에 남은 것은 겨우 통통배 정도라 한다. 그것은 공격 기도를 하고 거슬러 올라오는 배의 규모가 차차 작아지는 데서 이창의 일본군의 장비 능력이 나타난다는 것이다.

우리가 바둥에 도착했을 때는 거의 무모한 일군의 기도가 더 이상 계속되지 않는다고 했으나, 그 당시 일본군의 가용선박은 모두가 느린 속도의 통통배밖엔 남지 아니하였고, 이것은 야음에라도 나타나기만 하면 중국 수비군의 수류탄 집중공격 대상이 되곤 하였다고 한다.

이것이 양쯔강 선을 따라 진출한 일군이 이창을 최후 거점으로 하고 더이상 못 올라온 이유이다.

바둥과 이창까지의 수백 리 벼랑의 물결이 군사적인 완충지대의 역할을 하고 있었으며, 바둥 이서以西의 쓰촨성은 완전히 그 비옥한 땅을 중국 장제스 정부가 관장하고 있었다.

한편, 마찬가지로 충칭에서 내려오는 중국의 군용선도 이곳 바둥을 더 내려가서는 정박할 곳이 없어 일단 이곳 바둥까지를 항해 종착점으로 하고 있었고, 전방과의 모든 연락은 자연히 유일한 통로인 파촉고원의 산로를 택해서 하지 않을 수 없었다. 여기에서 그토록 험준한 파촉령을 장제스 군대가 개척해놓지 않을 수 없는 이유도 또한 밝혀졌다.

배는 많았건만 우리가 탈 배는 저녁 늦게나 독을 열었다.

양쯔강 물빛이 금빛으로 물드는 석양에 우리는 중국 군용선 5천 톤급의 갑판 위로 승선을 마쳤다.

전신에서 모든 긴장이 풀려 빛나는 양쯔강 수면에 우리는 모든 시름을 풀어 던졌다. 승선의 기쁨이 이렇게 우리를 해이하게 만들었을까. 흔들리는 난간에 기댄 우리는 이 거대한 군용선박에 몸과 마음을 맡겼다.

먼저 간단한 수속으로 우리의 공한을 가지고 8일간의 식권을 계산해서 무료로 받았다. 식권 급식은 주로 빵이었다. 이날 저녁식사를 배 안에서 마치고 난간에 기댄 채 앞으로 8일간의 항해의 길을 그려보았다.

무수한 석양의 빛 조각이 양쯔강 검은 물빛에 오묘한 신비를 무늬질했다. 이제 우리는 충칭 6천 리의 마지막 물길을 간다. 양쯔강 물길을 거슬러 올라가는 여드레 동안에 세상이 변치 않는 한, 우리는 대륙횡단 6천 리의 보람을 찾고야 말 것이다.

우리의 독립운동 지도자들을 만나보고 그들의 지도를 따라 우리는 한사코 보람을 찾을 것이다. 김구 선생과 다른 임정 지도자들의 모습을 그려보면서 벅차오르는 기대와 흥분의 가슴을 두 팔짱을 끼고 안았다.

기적이 울고 뱃머리가 돌아갔다. 기관소리에 선체가 울리면서 비로소 우리는 육로의 피곤과 향수를 느꼈다.

선미의 물이랑이 굽이치면서 배는 앞으로 밀려나갔고 그리하여 우리는 바둥을 떠나고 있었다. 물결 위에 어둠이 깔리자 바다를 미끄러져가는 듯한 생각을 갖게 되었다.

배 안에 탄 승객은 물론 대부분이 군인이었다. 공용연락병을 비롯하여 충칭으로부터 전방에 연결되는 거의 유일한 교통수단이 되어 선실에는 온갖 군인들이 가득히 타고 있었다.

충칭에서 바둥까지 물결을 따라 내려오는 경우엔 3일 걸리는 거리인데, 바둥에서 충칭으로 물결을 거슬러 올라가는 경우엔 8일이나 걸린다고 했다. 우리도 앞으로 8일간을 거슬러 올라가야 한다.

양쯔강의 물살이 얼마나 센가는 이것으로도 능히 짐작할 수 있는 것이다. 말이 양쯔강이지 실제로는 바다처럼 피안이 보이지 않는 곳도 있었다. 양쯔강 하류로부터 무려 1만 톤급 배가 올라올 수 있는 이 강은 사실상 내해의 연결처럼 보였다. 거슬러 올라갈수록 강변의 풍경은 다채로운 변화를 보였다.

평원을 끼고 강이 누웠는가 하면 산을 뚫고 기어올랐고, 산 사이를 빠져나와선 물이 급류를 이루는가 하면 또 어떤 곳엔 물이 전혀 움직이지 않는 듯이 완만한 흐름이 있는 곳도 있었다.

나는 난간에 기댄 채 장강[양쯔강]의 역사를 설명 듣는 듯이 강변 풍경에 생각을 흩뿌리며 첫날을 보냈다.

어느새 동지들은 또다시 투전판을 벌이는가 하면 선실 한구석을 차지하고 무조건 잠만 청하기도 하였다.

강 같지 않은 장강에서의 신비로운 해맞이를 네 번이나 보고 나서 우리가 기항한 곳은 완현萬縣이라는 대도시였다. 이 도시는 양쯔강 하류로부터 올라오면서 이창 이후 가장 큰 도시로 인구 수만을 가지고 있는 근대도시였다.

강심江心 한가운데 닻을 내리고 전마선이 승객을 날라 우리는 하루저녁을 완현에서 쉴 수 있었다.

쓰촨성에서도 가장 비옥한 지역 중의 한 지역일 뿐만 아니라 이 완현 일대는 삼모작이 가능한 옥답지역으로 장제스 정부가 끝까지 확보한 대일

8년 항쟁의 곡창의 하나이기도 한 중요한 지역이었다.

우리가 상륙한 것도 또한 저녁이었지만, 시가의 현대식 건물이며 주택지의 벽돌집 양옥 등이 제대로 대도시의 체면을 갖추고 있었고, 더구나 전기가 들어와 찬란한 야경은 장관을 이루고 있었다.

무엇보다도 우리 자신이 이제는 완전히 일본 지배권에서 벗어나서 어깨가 극히 가볍고 모든 것이 자유로운 것 같은 기분을 충분히 느낄 수 있었다.

우리는 거리를 쏘다니며 호떡이며 요리다운 중국요리를 제대로 골라 사 먹었고, 참으로 오래간만에 구미를 끄는 것을 사 먹었다. 거의 완전히 탈출병의 신세는 대륙 6천 리 길 위에 뿌려 던지고, 이제는 단 하루저녁이었지만 유람객처럼 유쾌한 구경을 할 수 있었다.

새벽 4시, 다시 전마선을 타고 나와 승선했다. 직접 배를 독에 대기에는 너무 수심이 낮아서 전마선이 이렇게 강 한가운데 닻을 내린 수송선까지 연결을 시켜주는 것이다.

이날 아침 완현을 떠나서 얼마 뒤에 웅장한 양쯔강의 해돋이를 보았다. 강폭이 하도 넓어서 꼭 바다처럼 보이는 넓은 수면에 불끈 솟아오른 의지의 불덩이는 삼라만상에 골고루 줄 수 있는 희망의 상징으로 솟아올랐다.

그 아시아의 태양은 양쯔강을 황금으로 칠하고 말 없는 축복을 보내주었다. 일하라. 일할 수 있는 하루를, 결심할 수 있는 하루를, 그리고 또 실행할 수 있는 하루를 끝까지 너에게 주리라. 태양의 언약은 갑판 위에 홀로 선 나의 환희 속에 주어졌다.

나는 해를 삼키고 싶었다. 그 황홀한 해를 삼켜, 내가 잉태한 맑은 해를 나의 조국에 아름다운 아침으로 내놓고 싶었다.

그 뒤로는 줄곧 난간에 매달려 물의 흔들림 속에 떠오르는 갖가지 생각을 되새기며 나의 내일을 위해 명상으로 나날을 보냈다.

만 여드레째 되는 날 오후 3시경, 우리는 충칭을 바라볼 수 있는 지점에 닿았다. 언덕 위에 나타난 충칭의 건물이 저녁 햇빛을 받고 유리창마다 눈부신 반사로 우리를 맞아주었다.

우리는 진 교관의 말대로 임정부터 둘러볼 감격을 억누르고 다가오는 충칭을 똑똑히 시야에 담고 있었다.

"아아, 충칭이 보인다아!"

동지들은 서로 얼싸안고 감격을 안에서 새기느라고 흑흑 느껴대었다. 꼭 횡단 출발 7개월 만에 우리의 목적지가 지금 조금씩 뚜렷하게 우리에게로 다가오고 있었다.

나는 마음속으로 애국가를 불렀다. 입 밖으로 새어나왔던 모양이다. 누군가 우리 동지 한 사람이 나직이 입속으로 따라 불렀다.

"……마르고 닳도록 하느님이 보우하사 우리나라 만세."

신념이란 우리 인간이 가질 수 있고 구할 수 있는 가장 고귀한 생명력이라는 것을, 나는 체험을 통해 확신했다.

나의 신념은 앞으로 계속 날 지배하고, 또 내가 속해 있는 단체를 지배할 것이며, 더 나아가서는 내가 사랑하는 '내 나라'도 나의 신념을 필요로 할 것이다.

나의 신념은 나의 뜻이 보호되어 있다는 신앙이다. 이 신앙은 절대자가 주는 절대 신앙이다. 구태여 나의 신념대로 행한 대륙횡단 6천 리의 성공을 내 것으로 돌리고자 하지는 아니한다. 다만 나의 신념이 옳았고 맞았다는 확증만을 혼자 나의 보람으로 찾고 싶었다.

가까워진 충칭은 양쯔강 본류와 자링강嘉陵江이 만나는 삼각주에 끼어 있는 도시이다. 일본군이 달밤마다 충칭 공습을 하여 폭격이 300 몇십 차까지 감행되었다는 일본군 보도의 근거를 어느 정도 이해할 수 있는 입지적 지형임을 대번에 알 수 있었다. 그것은 그저 하류로부터 강물 위로 올라와 두 개의 강줄기가 갈라지는 곳에 폭탄을 퍼붓기만 하면 되는 아주 쉬운 공격작전이요, 또 공격목표였다.

우리는 초조한 마음으로 배가 닿는 곳을 기다렸다. 그러나 뜻밖에도 배가 닿은 곳은 아주 초라한 한 선창가의 부두였다. 그것이 임정 청사 대신 눈에 들어왔다.

여하간 우리는 여드레 만에 다시 땅에 내린다는 생각에 아무 곳이라도 내리고 싶었다. 진 교관이 이곳 충칭의 지리를 알고 있으니까 곧 임정을 찾아가리라고 생각했다.

충칭의 첫발을 내디디며 나는 심호흡을 자꾸 되풀이했다. 아아, 이 하늘 이 속에 뛰어들기 위해 우리는 몇 번의 사선을 넘었던가.

나는 미친 사람처럼 충칭의 공기를 허우적대며 눈을 감았다. 우리 독립투사들의 냄새가 밴 이 하늘 밑.

그러나 충칭의 모습은 일변되어 있었다. 충칭의 지리를 기억하지 못해서가 아니라 전연 새로운 도시 같다고 진 교관이 말하며 임정을 찾느라고 헤매기 시작하였다.

충칭은 암반 위에 세워진 도시였다. 모든 군사시설은 굴속에 들어가 있었고 길이란 길은 이 암반이 언덕으로 이어 있어 전부 나선형으로 빙빙 돌아 오르내리게 뚫려져 있다.

원래 충칭은 장제스 정부가 충칭으로 후퇴한 이래 1942년에 이르기까지 중국의 제공권을 일본에게 빼앗겨서 완전히 파괴가 되어버려, 이렇게 굴속으로 모든 도시시설이 잠복하게 되었다는 것이다.

우리가 들은 이야기로는, 청두成都 비행장에까지 일군 전투기가 착륙하여 중국군 보초병을 살해하고 유유히 다시 이륙하였을 정도로 일본 공군이 우세하였다 한다. 그러나 이제는 달랐다. 완전 파괴의 충칭 대신 7~8층의 고층 건물이 들어섰고, 빌딩과 빌딩 사이에까지 도로포장이 완전히 되어 있었다. 암석 지반의 노출은 거의 드물었고 병기창이나 전기시설은 전부 지하공장으로 되어 있었다.

이것은 이곳에서 제14항공대라 부르는 미국 의용항공대를 센노트 장군이 이끌고 쿤밍昆明 비행장에 도착한 이후부터 복구된 충칭의 새 모습이었다.

B-29 폭격기와 무스탕 전투기 편대를 이끌고 온 센노트 장군은 중국의

제공권을 다시 찾았고 일군기는 한 대도 얼씬거리지 못하도록 하늘의 요새를 폈다.

그로부터 충칭은 다시 소생하고 양상이 변모된 것이다.

우리는 세 시간을 헤맨 끝에 진 교관을 따라 어떤 단층 건물 앞에 멈추었다.

"저것이야……"

진 교관이 가리키는 것이 분명 우리와 마주선 단층 건물이건만, 너무나도 초라하여 우리는 진 교관의 손가락이 가리키는 방향을 한 번 더 확인했다.

"아, 저것이 우리의 임시정부란 말인가."

우리의 기대는 슬픔이었다. 충칭에서의 첫 번째 실망이 이때 나에게 안겼다. 진 교관이 천천히 다가가고 있었다. 줄기차게 우리가 끌어온 충칭에의 집념이 흐려지기 시작했다.

그러나 나는 곧 안도감을 가졌다. 그것은 진 교관의 이야기였다.

임정은 벌써 오래전에 다른 곳으로 이사를 갔다고 하더라는 것이다.

우리는 다시 일러준 대로 길을 찾았다. 몇 번이나 감격적인 순간을 초조한 실망으로 돌리고 나서 비로소 도착한 곳엔 높은 5층의 층계 건물이 우리를 맞고 있었다.

무엇인가 이 건물에는 살아 움직이고 있는 것이 있었다.

이상하게도 나의 예감은 적중하는 때가 많다.

"혹시 저것이……" 하는 반문 끝에 내 눈에 들어와 움직이는 것은 휘날리는 기라는 것을 알게 되었다. 피가 뛰었다. 혈관이 좁아졌다.

우리는 걸음을 재촉해서 다가갔다.

그러나 그것은 5층 건물이 아니고 층암 위에 차례로 지어 올라간 단층 건물이 겉모양으로는 웅장한 5층 건물로 보인 것뿐이었다.

그렇다, 그것은 태극기였다.

나의 온몸은 마비되는 듯이 굳어졌는데, 몇몇 동지들은 태극기를 향해서 엄숙히 거수경례를 하고 있었다. 그러나 나는 끝까지 움직일 수가 없었던 것이 사실이다.

이 임정 건물 위에 휘날리는 태극기가 나에게는 점점 확대되어 보였다. 휘날리는 기폭마다 나의 뜨거운 숨결이 휩싸여 안겼다. 그리고 태극기의 기폭은 임정 청사가 아닌 조국의 강토를 뒤덮고 있었다.

물결치는 기폭 아래 두고 온 조국의 산하가 떠올랐다. 아니, 나의 조국에 지금 분명히 이 태극기가 휘날리고 있는 환상이었다. 그토록 경건한 기의 상념이 거룩한 조국의 이미지 위에 드높이 춤추고 있었다.

'조국의 땅 방방곡곡마다 이 태극기의 바람이 흩날리고 있었구나!'

그때야 나의 손도 천천히 올라갔다.

눈물의 바다

　　　　　　임시정부 청사 앞뜰은 우리 50여 명을 2열 횡대로 정렬시키기에 충분했다. 누구의 지휘 구령도 없이 우리는 오와 열을 맞춰 섰다. 줄이 정돈되어가자 우리는 침묵으로 감격을 억눌렀다.

　1945년 1월 31일 하오가 휘날리는 태극기의 기폭처럼 벅찬 감회에 몸부림치며 시간의 흐름을 잠시나마 정지시켰고 나의 의식도 아련해졌다.

　라오허커우를 떠난 후 해가 바뀌는 섣달그믐의 낙조 속에 눈물겨워하던 설원의 추위는 우리의 수족만을 얼렸지만, 오늘 이 임정 청사 앞에서의 대오 정렬은 우리의 가슴을 엄숙하게 동결시키고 있었다.

　그때, 눈길 속에서 눈부신 45년의 첫 태양을 맞서며 녹이던 가슴이다. 반짝이는 설원의 햇살 속에서 조국의 가슴에 걸 훈장을 생각하며, 그 찬란한 태양을 맨가슴으로 들이받아 일식日蝕된 지환指環처럼 눈부신 아시아의 태양을 나의 조국의 가슴에 걸어보자던, 그 뜨겁던 가슴이다.

　지환처럼 동그랗게 뚫린 태양을 가슴에 아로새기며 새해 아침을 맞은 지 꼭 한 달 만에 우리는 지금 숙연히 임정 지도자들을 기다리고 있다.

　"이 가슴의 기대를 뜨겁게 달래줄 지도자가 이제 걸어 나온다."

　나는 혼자서 중얼거렸다.

　동결의 가슴에 부어줄 기대는 뜨거운 것인가, 진정 용광로처럼 달아오를 수 있는 것인가? 시간과 의식의 정지는 견디기 어려웠다. 7개월의 대륙 횡단 6천 리의 길이 이제 정말 끝나는 것인가.

인솔 책임을 진 우리의 진 교관이 대표로 청사 안으로 들어갔다.

펄럭이는 태극기의 몸부림이 우리의 감회를 아는 듯이 바람을 마음껏 안았다.

저 깃대가 기를 놓아주기만 한다면 저 처절한 기폭은 조국으로 날아갈 것이다. 가서 조국의 품을 감싸 안을 것이다.

일제의 신음 아래 허덕이는 조국의 얼굴, 공출, 징용, 징병, 징발의 아우성.

그러나 아름다운 산천의 정서, 나의 고향, 내 부모·형제 그리고 아내.

기폭은 바람에 시달리면서 차례로 나에게 이런 환상을 담아주었다.

신성한 기치에 죄스러운 것 같아 나는 짐짓 경건하게 마음을 바로잡고자 하였으나, 그리웠던 기치는 이제 또 다른 그리움을 안고 나를 대신해서 몸부림치고 있었다.

조각조각 흩어져 흰 눈처럼 조국의 산천에 쏟아져 내린다면 동포들은 목을 놓아 울리라. 조각조각 하늘의 눈으로 불려가 이 마음을 전하면 그 산천에 한 가닥 생기라도 퍼질 것인가.

끝없는 환상은 북받치는 설움과 기쁨이 섞인 파동 치는 가슴의 물결을 일게 하였다.

설움은 나라 없는 새삼스러운 설움이다. 기쁨은 나라 없는 설움을 디디고 일어설 수 있다는 자신의 결의에서 오는 기쁨이다. 그러나 이 두 가지 감정은 자꾸만 소용돌이치고 있었다.

울리지 않는 애국가의 여운이 바람처럼 불려오는 듯싶다. 어서 이 숨 막힐 듯이 정지된 시간과 의식의 긴장이 풀려주었으면…….

마침 임정 청사의 2층 한 방문이 열리고 누런 군복에 역시 누런 색깔의 외투 차림으로 50여 세 되어 보이는 위엄이 풍기는 한 분을 뫼신 진 교관과 그 뒤로는 중국 군복을 입은 대여섯 명의 장정들이 따라 나오고 있다.

우리는 부동자세를 취하며 우리의 지도자를 만나본다는 하나의 강렬한 집념 속에 숨을 죽였다. 뒤따르는 몇 명의 군인들을 대동하고 우리 앞에 위엄 있게 걸어오는 분이 바로 그 이청천 장군이었다.

린촨에 있었을 때 중앙군관학교 분교에서 이미 들어온 바로 그 인물이다. 광복군 총사령관의 모습이다.

존경이라는 것은 어떻게 생각해보면 신비스러운 것이기도 하다. 우리군의 최고지휘관이라는 명분 외에도 이 장군에게는 충분히 존경할 만한 이력이 있었다. 사실 그의 본성은 지池씨이다. 지대형池大亨이 그 본명이고 일군의 장교였다.

그가 광복군 총사령관이 되기까지의 남아 일생은 대략 다음과 같다.

구한말에 한국무관학교에 재학 중이던 지 선생은 을사보호조약 체결 이후에 정부 파견 유학생으로 선발되어 일본군 사관학교에 유학하게 되었다.

그러나 졸업을 하게 될 때 조국의 운명은 한일합병으로 꺾이었고, 지 사관士官은 일본군 소위로 제1차 세계대전 때 칭다오靑島 상륙작전에 참가하게 되었다.

마침내 중위로 진급까지 되고 나서 그에게 스며든 회의는 지 중위를 탈출시키게 만들었다.

그 후 지 중위는 이청천으로 변명變名을 하고 나서 남만주와 중원 각지 항일전쟁에 몸을 담아 일군에서 습득한 전술·전법으로 많은 일제를 도살하였으며, 오늘에는 광복군 총사령관이 되신 것이다. 바로 이런 인물이 지금 사열관으로 다가오고 있다. 그의 피나는 항일투쟁 경력은 여기서 구태여 내가 열거할 필요가 있을까.

이제부터 이 장군이 걸어온 그 발자취를 더듬어 가야 할 우리이다.

과거 일본 장교 앞에서 차렷 자세로 사열을 받던 우리 자신이었음이 무량한 감개로 되살아왔다. 그리고 그 일군 장교 앞에서 그 명령에 따라 움직이던 일제 졸병의 시절이 한스러웠다.

이 장군은 대열 앞에서 한 사람씩 한 사람씩 면밀하게 우리를 살펴보며 지나오고 있었다.

마침내 나의 앞에 이르렀다. 나는 몸가짐에 정성을 다할 뿐만 아니라 내가 가진 모든 힘을 기울여 차렷 자세를 취하며 장군에게 주목의 경의를 표하였다. 진실로 마음속의 경의를 말 없는 나의 표정으로 보여드리고 싶었다. 만나야 마땅한 나의 지휘관 앞에 섰다는 감개가 파도처럼 가슴에 일었다.

일군 장교가 아닌 우리 민족의 상관 앞에 선 기쁨이라고 할까. 마치 고국의 부모를 만나보는 듯이 형용하기 힘든 회심의 뜨거움이 밀렸다.

우리를 돌아본 이 장군은 묵묵한 표정 같으면서도 침통한 얼굴로 사열을 마치고, 진 교관에게 명하여 '열중쉬엇'의 자세로 분위기를 바꾸도록 했다. 주름살이 얽힌 표정이 천천히 변형되며 강철 같은 목소리가 나왔다.

"수고들 많이 했소이다. 여러분이……."

그러나 이 장군은 말을 잇지 못하고 할 말 많은 감회 속에서 짧은 말을 골라내듯이 잠시는 침묵으로 이었다.

앞으로 튀어나온 이마가 특징이었고, 꽉 다문 입엔 나이에 어울리지 않는 매서운 투지가 나타나 있었다.

그리 크지도 않고 작지도 않은 편인 중키에 군복을 입은 이 장군은 사열 중에도 몇 번이나 카랑카랑한 기침을 하였다.

쉰이 넘었을 이 장군이 입은 광복군 사령관의 군복엔, 그러나 아무런 견장도 계급도 없었다.

"……앞으로 나와 함께 이곳에 여러분이 있을 것이니까, 차차 많은 얘기를 하게 될 것이고, 오늘은 피로한 여러분에게 긴 얘기를 하지 않겠습니다. 곧 우리 정부의 주석이신 김구 선생께서 나오실 것입니다. 이만 끝."

이렇게 이 장군이 말을 맺자, 벌써 저 위 층계에는 푸른 중국 두루마기를 입은 노인이 앞서고, 뒤에는 역시 머리가 희끗희끗한 일행 몇 명이 내려오고 있었다.

이 장군의 소개가 없더라도 능히 저분이 김구 선생이시구나 하는 것쯤은 육감으로 알 수 있었다. 아직 사진 한 번 본 일조차 없었지만, 거구巨軀에 중국 두루마기를 입은 노인이 우리 임시정부의 주석이신 것을 어떤 영감 같은 느낌이 확신까지 하게 만들어주었다.

아직까지 우리가 알기로는 윤봉길尹奉吉, 이봉창李奉昌 의사 등의 배후 조종인으로서 무서운 정략, 지략의 인물로만 생각했다.

그러나 그 검소한 인품은 우리에게 또 다른 충격을 주었다. 왜놈들의 간담을 서늘하게 하던 분이 바로 이분일까.

엷은 미소를 담은 선생은 검은 안경 속에 정중한 성격을 풍기는 아주 인자한 인상이었다.

깊은 침착과 높은 기개와 투박할 정도의 검소함을 표정에 숨기고 나오신 김구 선생은 좌우로 노인 일행을 거느리고 우리 앞에 서셨다.

장엄한 예식의 주악이 울리듯, 파도 같은 바람의 주악이 분명히 우리 가슴마다에 물결을 일으키며 울려 퍼졌다.

이분을 찾아 6천 리. 7개월의 행군의 귀항처럼 우리는 애국가를 듣고 싶었다.

한 발자국 한 발자국을 옮길 때마다 그 얼마나 갈망했는가, 지금의 이 순간을. 걸어온 중국의 벌판과 산길과 눈길 속에 뿌린 우리의 땀과 한숨과 갈망이 들꽃으로 가득히 대륙에 피어나고, 그 들꽃에서 일제히 합창의 환영곡이 들려오는 듯한 환상의 곡 속에서 김구 선생을 맞았다.

근엄한 모습이 잠시의 침묵을 썰물처럼 걷어내고 이윽고 말문을 열었다. 백발이 성성한 노인들이 기특하다는 표정으로 우리를 두루 살피고 있었다.

김구 선생의 말씀은 의외로 간단하였다. 우리의 노고에 대한 치하였다. 쩌렁쩌렁 심금을 울리는 훈시라면 가슴이 좀 후련했을는지도 모른다. 우리 가슴을 좀 갈기갈기 찢어놓든가 또는 파헤쳐놓는 격려사라면 또 모른다. 김구 선생에 대한, 아니 민족의 지도자에 대한 기대는 인색하게 충족되었다.

젊은 청년의 기대와 해외 망명생활 30년의 풍상을 겪은 지도자의 여유는 일치할 수 없는 것이었다. 아니, 피곤한 우리를 보살피는 어버이의 심정이 그 여유 속에 담겨 있기에 간단히 끝맺었으리라. 고국을 떠난 지 30년 만에 만나보는 싱싱한 젊은이들, 얼마 전에 그리운 조국의 품에서 빠져나온 청년들에게 줄 감회가 어찌 김구 선생의 가슴속에 고이지 아니하였겠는가.

몽매에 잊지 못하는 조국의 아들들이 그를 찾아왔다. 6천 리를 걸어서 찾아온 이들 50여 명의 청년들 앞에 김구 선생은 새삼스럽게 헛되지 아니한 그의 생애를 돌이키며 만감의 회포를 감당하지 못하였는지도 모른다. 어찌 아니랴!

여하간 김구 선생은 곧 좌우에 선 분들을 한 분 한 분씩 소개하여주셨다. 그분들은 모두가 임정의 각료들이었다.

김규식 박사, 이시영李始榮 선생, 조소앙趙素昻 선생, 최동오崔東旿 선생, 신익희申翼熙 선생, 엄항섭嚴恒燮 선생, 차이석車利錫 선생, 조완구趙琬九 선생, 황학수黃學秀 선생, 유림柳林 선생, 유동열柳東悅 선생과 그 밖에 여러 분들이시다.

모두들 중국식 외투를 입으셨다. 장대한 체구의 김구 선생과 역시 몸집이 큰 조소앙, 신익희, 유림 선생 등과는 달리 다른 각료들은 쇠약하여 보였고, 특히 이시영 선생은 노쇠한 기색이 확연했다. 그때까지 우리가 들어온 이시영 선생은 구한말에 평안감사라는 높은 벼슬을 하신 분이요, 또한 부호였으나 조국이 일본에 강점되자 모든 가산을 정리하여버리고 만주로 탈출하여 간도에 신흥사관학교를 세워 국권을 회복할 군관을 양성하는 일을 시작하여 조국 독립운동에 수범하신 어른이다.

최동오, 유동열, 차이석, 조완구, 황학수 선생 등도 심히 노쇠해 보였다. 우리와 같은 혈기왕성한 한때가 반드시 저 어른들에게도 있었겠지만, 조국을 잃고 해외로 망명해 나와 어쩌면 저렇게 늙으셨는가.

이분들은 내일의 우리 자신인지도 모른다. 아니, 이분들의 과거는 우리의 현재와 같은 것이었는지도 모른다.

갑자기 납득하기 어려운 슬픔이 다가왔다. 눈앞의 백발이 성성한 임정 각료들의 모습이 아른거리기 시작했다. 이분들이 왜 이같이 중국 각지를 유랑하면서 충칭 구석까지 쫓겨 와 허구한 날을 이렇게 늙으며 지냈는가. 조국이란 이미지는 과연 이렇게도 냉혹한 현실을 통해서만 실감될 수 있는 것인가.

조국의 독립을 누가 버렸으며, 버린 자와 찾고자 하는 자는 어떻게 다르기에 여러분은 이렇게 고생 속에 가고 아니 올 생애를 허송하고 있는 것일까.

김구 선생과 각료들이 되돌아가신 다음 신익희 내무부장의 지시를 받아 우리 일행도 대열 그대로 층계를 향해 임정 청사로 발걸음을 옮겼다.

흐린 날씨에 구름은 회색으로 끼어서 눈이라도 쏟아질 듯이 음산한 하늘이 이 5층의 청사를 내리누르고 있었다. 그러나 막상 가까이 다가가보니 콘크리트로 된 짙은 회색의 이 청사는 5층 건물이 아니고 암벽을 깎아 집을 올려 지은 단층집의 포갬이었다.

가운데 돌계단이 높이 수십 층 올려 쌓여 있고 좌우로 단층집이 네 채씩 들어앉았으며, 높이 올라갈수록 집의 규모가 작아져서 멀리서 올려다보기엔 꼭 5층 건물처럼 웅장해 보였다.

우리는 돌층계에 발을 올려놓았다. 발이 제대로 옮겨지지 않았고 돌층계를 디디는 발걸음이 웬일인지 후들후들 떨리어 조심스러웠다.

우리가 안내된 제일 첫 번째 우측 건물은 내부구조가 2층으로 되어 있었다. 그 밑층은 강당 겸 식당으로 사용되고 있었고 우리는 이층에 자리를 잡았다. 일행 50여 명이 마룻바닥에 누울 수 있는 꽤 넓은 홀이었다.

만 가지 감회가 발을 뻗고 누운 우리에게 지나갔다. 여장을 푼 기분은 오랜 방황 끝에 고향에라도 돌아온 기분이라고 할까?

아직 저녁시간까지 목욕을 할 만한 시간이 있어 근방 중국 목욕탕으로 전원이 안내되었다. 라오허커우를 떠난 후 첫 목욕 기분과, 목욕 후 마침

광복군 총사령부로부터 광복군의 새 군복이 지급되어 산뜻하게 새 옷을 갈아입은 기분은 날 것같이 상쾌했다.

이가 득실거리는 청색 군복, 너덜너덜 찢기고 넝마처럼 해진 것을 몇 개월 만에 벗어버리고 새 청색 군복으로 바꿔 입으니 모두 사람마저 변한 듯이 우화등선羽化登仙의 기분 속에 조국의 군대가 다된 듯이 흐뭇해졌다.

나는 벌떡 일어나 이 임정 청사를 구경하고 싶어 밖으로 나왔다.

좌편 건물의 밑층이 국무회의실이라 하였다. 국무회의실 안에는 긴 책상이 놓였고 국무회의가 이곳에서 열리게 될 때에는 긴 책상을 중심으로 그 둘레에 주석과 각료들이 앉게 되어 있었다.

이곳이 한국의 국무회의실이로구나 생각하니 한심스럽기도 하고 또 비장하기도 하였다. 식당 겸 대회의실로 쓰이는 방은 그 건너편 방이었다. 층계를 더 올라서 좌우편에 있는 건물은 역시 단층이었고 내부구조도 단층이었다. 건물과 건물 사이에는 암벽이 그대로 노출되어 있었다. 집을 지을 때 암벽을 깎아내고 그 자리에 지은 호텔용 건물이었기 때문이다.

맨 꼭대기 건물은 아주 작은 다락방 같은 것이고 그 위에는 태극기가 크게 크게 팔을 벌리고 충칭 시내의 한국인 교포들에게 조국의 상징으로 살아 움직이고 있었다.

여기서 잠깐 김구 선생의 독립투쟁에 대해 훑어보기로 하자. 백범白凡은 그의 호다. 황해도 출생으로 열여덟이 되던 나이에 동학당에 가입하여 그 이듬해에 해주海州 동학군의 선봉으로 나섰으나 실패하였다. 그때 이름은 김창수金昌洙였다.

1896년 2월에 안악安岳 치하포 주점에서 일본 육군 중위 쓰치다土田를 살해하고 체포되었다.

인천 감리영監理營에서 사형선고를 받고 8월 26일 사형 집행 직전에 왕의 특명으로 집행 중지, 2년 뒤에 탈옥하였다. 이때부터 백범의 투쟁은 시작된 것이다.

한때는 3남 지방을 방랑도 하고 공주의 마곡사에 들어가 중이 되기도 하였으나, 오래지 않아 하속下俗하여 황해도 고향에 학교를 세워서 육영사업을 시작하였다.

그러나 1909년 11월에 만주 하얼빈에서 이토 히로부미가 저격되자, 그 배후 인물로 혐의를 받아 다시 검거되어 해주 감옥에 투옥되었다. 이것이 그의 두 번째 옥고였다.

1910년 망국 직후엔 신민회新民會의 결의대로 남만주에 무관학교를 설립할 기금을 모으다가 다시 피검, 17년형을 받고 지겨운 복역생활을 1915년까지 끌었다.

1919년 3·1운동 직후에 상하이로 망명, 임시정부의 경무국장에 취임, 1923년에 내무총장이 되고, 1927년엔 국무령이 되었다.

1932년 정월에 백범은 이봉창을 일본 도쿄에 보내어 일본 천황에게 폭탄을 던지게 했고, 다시 그해 4월에는 윤봉길로 하여금 시라카와白川 대장에게 폭탄을 안기게 하여 상하이를 점령한 일군에게 크나큰 상처를 입히고 전 중국인의 쾌재를 불러일으킨 홍커우虹口공원 사건은 너무나 잘 알려져 있는 일이다. 이렇게 되자 백범을 체포하려는 일군은 숱한 한인을 매수하여 앞잡이로 내세웠다. 돈에 매수된 같은 동포의 눈총이 백범을 찾아다녔고 할 수 없이 자싱嘉興으로 몸을 피신하지 않을 수 없었다.

이러던 중 장제스 씨의 요청으로 난징에서 그를 만나본 백범은 뤄양의 중국 군관학교에 부설로 한국 군관학교 설립 합의를 보고 곧 착수하였다. 중원 각지에서 군관후보생을 모집하여 이청천, 이범석李範奭 두 장군에게 그 교육을 담당케 하여 1년여를 교육 중, 연약한 중국 정부는 일본의 압력으로 이를 해산해버렸다. 여기서 우리의 본격적인 무장항쟁의 기초가 무너지게 된다. 그 후 각지로 교포와 동지들을 끌고 임시정부의 간판을 한 몸에 둘러멘 채 또다시 때를 기다리며 방랑하다가, 마침내 중국 요로 인사들과 함께 일군에 쫓겨 1940년 충칭에서 임시정부의 주석이 되어 현재에 이른 것이다.

이날 밤 임정의 각료와 기타 직원들 약 50여 명 그리고 광복군 총사령부의 간부들까지도 전부 한자리에 모여 우리를 환영해주는 모임이 베풀어졌다. 환영회 장소는 우리의 거처인 건물의 아래층 식당이었다.

이때 임정은 중국 정부로부터 일체의 재정적 원조를 받고 있었기 때문에 환영하는 모임에도 그 궁색함이 그대로 나타나 있었다.

간단한 안주와 배갈이 뚝배기에 담겨 돌려가며 한 모금씩 마시는 간소한 연회였지만, 이 모임의 준비가 이렇게 초라한 것일수록 우리의 회포는 더욱 심각해지는 것이었다.

'한 나라의 주석과 각료들이 참석해준 환영회라면 더없이 화려한 모임이 아닌가.' 우리는 이렇게 생각을 돌려가며 모임의 순서가 진행되기를 기다렸다.

신익희 내무부장의 환영사로 연회는 시작되었다. 그러나 내무부장의 환영사는 그저 흔한 예사였으나 그 독특한 목소리만은 귀에 쟁쟁했다. 그 다음을 이은 김구 선생의 격려사가 가슴을 찔렀다. 거인의 체구가 버티고 서서 완전히 우리를 압도시켰다. 일흔을 바라보는 고령에도 불구하고 목소리는 똑똑하였고 인자하였다. 민족의 지도자를 이렇게 가깝게 대한다는 긴장이 한마디 한마디를 총알처럼 또렷또렷 경청하게 했다.

"오랫동안 해외에 나와 있었기 때문에 국내 소식에 아주 감감합니다. 그동안 일제의 폭정 밑에서 온 국민이 모두 일본인이 된 줄 알고 염려했더니, 그것이 한낱 나의 기우라는 것을 깨닫게 되었습니다.

여러분이 왜놈들에게 항거하여 이렇게 용감하게 탈출해서 이곳까지 찾아와주었으니 더할 수 없는 고마움을 느낍니다. 나의 지금까지의 착잡하고 헛된 고민이 한꺼번에 사라집니다. 숭엄한 조국의 혼이 살아 있는 하나의 증거가 아니고 무엇이겠습니까.

결코 한국 사람은 한국 사람 이외에 아무것으로도 변하지 않는다는 산 증거로서 여러분은 우리 앞에 나타났습니다.

지금 일본인들은 한국 사람들이 한결같이 일본 사람이 되고자 원할 뿐만 아니라 다되었다고 선전하고 있고 또한 젊은이들은 한국말조차도 할 줄 모른다고 선전하고 있지만, 한국의 혼은 결코 죽지 않는다는 것을 여러분은 스스로 보여주었습니다. 내일은 이곳에 와 있는 전 세계 신문기자들에게 이 자리에서 이 산 증거를 알려주고 보여주게 될 것입니다.

무엇보다도 이 충칭에 와 있는 모든 외국인에게 우리가 얼마나 떳떳할 수 있는가 하는 생각에 진정 나의 이 가슴은 터질 것만 같고 이 밤중에라도 여러분을 끌고 이 충칭 거리에서 시위라도 하고 싶은 심정입니다.

여러분 자신들이 훌륭한 실증이요, 여러분 자신들이 한국의 혼입니다."

그 인자한 목소리는 그 억양 속에 한평생의 투지를 울리고 있었다. 말씀이 끝나도 누구 하나 기침소리도 없이 숙연해 있었다.

내가 답사를 하게 되었다.

"저희는 왜놈들의 통치 아래서 태어났고, 또 그 밑에서 교육을 받고 자랐기 때문에 우리나라의 국기조차 본 일이 없었던 청년들이었습니다.

어려서는 일장기를 보았지만 무심하였던 것입니다. 철이 들면서부터 저것은 우리나라 기가 아니고 일본 국기라는 것을 알게 되었습니다. 이것이 조국의 현실입니다.

그래서 우리에게도 우리나라의 국기가 있을 것이 아닌가 하고 생각하게 되었습니다. 그때부터 모든 것은 의혹의 대상이 되었고, 풀리지 않는 많은 문제가 저희를 괴롭혀왔습니다.

우리나라의 국기가 보고 싶어졌습니다. 전국에 나부끼는 것이 일장기가 아니고 우리의 국기라면 얼마나 행복할 것인가 하고 생각하던 옛 그리움이 이제, 오늘 이 충칭에서 다시 살아나 깊은 감회에 젖게 합니다.

왜놈에 대한 반발과 혐오는 그래도 순수한 것이었습니다. 그러나 막상 일군에 강제로 끌려나오게 되고 고국에 남긴 가족들이 폭정에 시달리는 것을 생각할 때마다 저희는 우리 자신을 다시 생각해야 했습니다.

누구를 위해 이 고생을 하며, 왜 왜놈 상관에게 경례를 붙여야 하며, 왜 나의 조국은 사라졌는가 하는 분노가 용암으로 끓어 화산구를 찾기 시작했습니다.

오늘 오후 이 임정 청사에 높이 휘날리는 태극기를 바라보고 우리가 안으로 울음을 삼켜가며 눌렀던 감격, 그것 때문에 우리는 6천 리를 걸어왔습니다.

그 태극기에 아무리 경례를 하여도 손이 내려지지를 않고 또 하고 영원히 계속하고 싶었습니다. 그것이 그토록 고귀한 것인가를 지금도 생각하고 있습니다. 그래서 아까 총사령관께서 사열을 받으실 때, 전 정성을 기울여 차렷 자세를 취하였습니다. 왜놈 상관 앞에 차렷을 강요하던 그 모든 힘을 한데 묶어, 아니 그 몇십 배로 늘려 차렷을 하고 마음속으로 깊이 울었습니다. 아! 우리도 우리의 상관 앞에 참다운 사열을 받고 있구나. 꿈만 같았습니다. 주석 김구 선생님 앞에 선 때엔 더 말할 것 없었습니다. 진정한 조국의 이미지와 우리의 지휘관과 우리가 몸 바칠 곳을 찾았다는 기쁨 속에 몸을 떨었습니다.

이제 저희는 아무런 한이 없는 것 같습니다. 조국과 민족을 위해서라면, 그리고 선배 여러분의 그 노고에 다소나마 보답이 된다면 무엇이든지 어디든지를 가리지 않고 하라는 대로 할 각오를 답사로 드리는 바입니다."

나는 잠시 나 자신을 진정시키기 위해서 말을 끊어야만 했다.

그러나 이 어인 일이냐?

김구 선생과 여러 노인 각료들이 지금 소리 없이 울고 있는 사실이 갑자기 나를 당황하게 하였다.

왜 무슨 일로 저분들이 울고 있는 것이냐? 왜 그다지도 약한 분들이냐?

그러나 실상은 나도 내 목소리가 고르지 않다는 것을 비로소 알았다.

"……아까 백범 선생님께서 말씀하신 것처럼, 왜놈들은 우리 한국인들이 스스로 일인이 되길 바란다고 황당무계한 날조를 일삼지만, 그 반증은 우리 50여 명의 각자가 다 가지고 있습니다. 여기 섞인 노능서 동지도 한 좋은 예입니다……."

김구 선생의 "흑!" 하는, 지금까지 참고 우시던 그 처절한 울음을 폭발시킴을 신호로 한 듯이 장내는 삽시간에 울음바다가 되어버렸다.

남자의 울음이 이렇게 흔해졌다는 사실은 7개월 동안의 모진 고생 때문에 우리에게 주어진 감상이었을까, 아니면 조국 잃은 설움이 뼈에 사무친 때문이었을까.

환영회는 통곡의 바다가 되어버리고 나의 답사도 그 울음의 바다 속으로 침전되어 나는 말끝을 맺지 못한 채 그냥 앉아버렸다. 아무도 먼저 말리려 들지도 아니했다.

처절한 통곡이 초상집처럼 흘렀다. 아무도 서로를 위무할 필요조차 없다고 생각했기에 울음을 맘대로 터뜨렸으리라.

음식이 들어왔다. 음식에 손을 대는 사람은 찾아볼 수 없었다. 그저 통곡이 있을 뿐이었다.

몇 시간을 이렇게 울었는지 주석께서는 너무 지쳤을 테니 다들 돌아가 쉬자는 말을 하시며 먼저 일어서셨다. 하나둘씩 음식을 전폐한 채 처소로 돌아갔다.

이처럼 정식 산회도 없이 우리는 이층의 거처로 올라와 자리를 차지하고 누워버렸다.

그러나 좀처럼 잠이 오지 아니했다. 울었던 흥분으로 모두들 등을 대고 누워 감상에 젖어 있었다. 별로 그동안에 생각지 못했던 고국의 가족들 생각에 저마다 빠져 있는 것 같았다.

무사히 이곳 충칭의 임시정부 청사에 누워 발을 뻗고 있으리라고는 생각지도 못하리라. 안타까움이 밤을 가로막았다.

이튿날 2월 초하루에 우리는 일찍 일어났다. 잠도 못 들고 뜬눈으로 누워 있을 바에야 차라리 일찍 자리를 걷고 일어나고 싶었던 것이다.

어린 시절의 설날 아침처럼 우리는 즐거운 기분으로 아침을 맞았다. 머리가 몹시 무겁고 목이 아팠으나, 새 희망에 부푼 가슴으로 이 충칭의 태양을 맞고 싶어서 층계로 뛰어나왔다.

훈훈한 충칭의 아침은 보랏빛으로 밝아왔다. 아침 안개가 연기처럼 깔려 있었다. 우리는 청사의 구조를 살피고 뒤뜰로 나아가 충칭 시가도 내려다보았다.

그때 식당 한옆에 있는 종대鐘臺에서 종이 울렸다. 누군가 종을 치고 있었다.

이 방 저 방에서 노인들이 어슬렁어슬렁 식당으로 모여들었다. 이 임정에는 우리를 제외하고 약 50여 명의 정부 요원들이 기숙하고 있었고 대부분이 독신으로 이 청사 안에서 기거를 하고 있었다. 말하자면 임정 청사는 대부분 이들의 침실로 사용되고 있는 딱한 형편이었다.

충칭 시내에 가족을 가지고 있는 사람들은 예외지만, 지겨운 망명생활을 흙방에 침대 하나씩을 놓고 계속하고 있는 늙은 요인들의 모습은 한심스러운 것이었다.

사실 임시정부라고 하기는 하지만, 두드러진 일반 사무가 있는 것도 아니고, 형식상의 정부를 지키고 있는 이들의 기거처가 바로 이 임정이었다. 그러니 유별나게 사무실의 필요성이 따로 있을 리가 없었다.

이 임정 청사가 있는 위치는 충칭 시내의 연화지蓮花池 칠성란七星蘭이다. 원래 이 건물은 판보룽范伯容이라는 어느 중국인 소유의 호텔이었다. 이 호텔을 중국국민당 중앙당부가 우리 임시정부를 위해서 내준 돈으로, 연 1천만 원의 세를 주고 들어온 건물이다. 이곳에 정부 청사를 옮긴 것은 불과 우리가 오기 4개월 전이라고 했다.

이 건물을 마련하는 데 그 주선을 도맡아 하신 분이 당시 김구 주석의 판공실장辦公室長으로 계시던 민필호閔弼鎬 선생이었다 하며, 중국국민당 비서장이던 우톄청吳鐵城 씨와 허잉친何應欽 장군의 각별한 호의를 힘입었다고 하였다.

아무리 망명정부라 할지라도 하는 일이 늘 애국의 염려와 걱정이니 기가 찬 노릇이었다. 감방 같은 방 안의 침대에 누웠다 일어났다 하는 생활의 반복이 하루 이틀도 아닌 부지하세월不知何歲月이니 자연히 권태롭고 지겨운 일이 아닐 수 없었다.

그러나 다시 한편으로 생각해보면, 이 정도의 안정을 누릴 수 있는 것도 불과 한 4개월 안팎의 기간이라고 하는 것이었다.

젊었던 조국의 청년이 이렇게 백발이 되도록 조국을 떠나 떠돌아도 민족에겐 학정뿐이요, 조국 광복은 요원했다. 붉은 담벼락만 없으면 감옥과 다를 것이 무엇인가 하는 생각에 두 주먹이 떨렸다.

그러나 어른들은 원래가 그릇이 큰 분들이라 조금도 초조한 빛을 담지 않고 여유 있는 생활신념 속에 나날을 보내고 있었다. 그러나 아무리 조국 일념 속에 산다고 하여도 몸에 밴 망명생활은 역력한 습성을 가지고 있었다.

이날 아침에 내가 변소에 갔다가 겪은 이야기로 충칭 망명생활의 일단을 소개하기로 하자.

변소는 맨땅에 긴 구덩이를 파놓고 그 위에 적당한 간격으로 나무판자나 통나무 쪽을 가로 걸쳐놓은 간이변소였다. 물론 사이사이엔 아무런 칸막이도 없었다.

마치 긴 식탁이 들어올 자리에 나란히 앉듯이 한 줄로 앉아 용변을 보면서 담뱃대를 물고 있는 이 광경은 감히 내게 용기를 주지 않았다.

노인들이 얼른얼른 용변을 마치고 난 다음에 앉으려고 주춤거리다 돌아서 오려고 하니까, 어떤 노인인가 한 분이 불러 세우며 왜 그냥 가느냐고 하며 들어와 용변을 보라고 권하였다.

할 수 없이 빈자리에 앉아 힘을 주었지만, 변을 볼 수가 없었다.

나의 바로 앞에 앉았던 분이 조완구 선생이었다. 아무렇지도 않게 소리를 내며 예사로 용변을 보면서 힘을 주다간 한마디씩 위로의 말을 주는 것이었다.

"그래 얼마나 수고를 했겠는가, 원."

마치 식당에 마주 앉아 얘기를 나누듯이 노인은 이렇게 말을 걸어오는 것이었다.

그렇다고 어른의 말에 대꾸를 안 할 수도 없는 일이고, 냄새는 피어오르고 아주 난처한 일이 되고 말았다. 마렵던 용변이 기어들어간 듯이 나는 그냥 일어나고 싶었지만 그때야 한두 분씩 일어났고 나는 비로소 혼자가 돼서야 용변을 마칠 수 있었다.

이런 어른들 틈에 끼인 우리의 생활은 부자연스럽고 어렵고 답답하였다. 그러나 우리는 새로운 생동력을 불러일으키고 싶었다.

이날 우리는 별로 하는 일도 없이 오전을 보내면서 앞으로의 설계를 구상하기에 시간 가는 줄을 잊었다.

오후 4시부터는 광복군 총사령부에서 우리를 초대하여 환영회를 열어 준다는 소식이 전해졌다.

우리가 초대받은 광복군 총사령부는 임정 청사에서 거리가 좀 떨어져 있었으며, 그곳에는 중국군 고문관들이 많이 파견 나와 있었다.

우리 광복군은 그때까지만 해도 아주 독립된 작전활동이 없었고 중국군의 작전을 측면에서 지원하는 부분적인 항일투쟁을 하고 있었을 뿐이었다. 물론 보급 일체는 중국군에서 지급되었으니 고문관들이 나와 있는 것도 당연한 것이었다.

수령하는 보급이 과부족은 아닌 듯싶었다. 환영회 석상에 차린 음식들도 어제 임정 환영회와는 비교가 안 될 만큼 진귀하고 훌륭한 음식이 마련되어 있었다.

먹음직스러운 중국요리들이 준비되어 있었다. 그러나 우리는 이 좋은 미식을 하나도 먹지 못하고 돌아오게 되었다.

도시 웬일인지 알 수 없는 일이지만, 이날도 우리는 사령관 이 장군의 무슨 말끝에 그만 울음을 터뜨려 모두 침울한 흐느낌에 휩싸였다. 또다시 울음바다가 되었던 것이다.

제일 당황해하는 것은 중국 고문관들이었다. 우리를 위무하다 하다 말고 그들까지 나중에는 낙루落淚하는 처지가 되고 말았다. 왜 이렇게 우리가 충칭까지 가서 걸핏하면 울게 되었는지, 스스로 반문하지 않을 수 없는 일이었다.

그러나 말할 수 없는 어떤 설움이 북받쳐 치켜오르는 때문이었다. 한마디로 잘라 말할 수 없는 한국의 아들 된 슬픔일까, 일군 탈출 이후 오늘날까지의 오랜 고생 끝에 소망의 목적지에 닿은 허탈감일까. 또는 몽매에 그리던 선배 혁명 동지들을 만나는 감격이 제대로 삭아지지 않아서일까. 그러나 그것만은 아니었다.

모두가 그래도 고등교육을 받던 학병 출신인데 이렇게 서너 시간씩이나 환영회 자리에서 울지 않을 수 없던 우리의 심정은, 우리가 알지 못하는 사이에 스며들었던 실망과 기대에 어긋난 현실과 그리고 앞으로의 우리 자신에 대한 각오가 뒤섞여 큰 설움으로 뭉쳐진 것이었으리라.

그것은 나라 없는 슬픔이다. 이제 더 이상 누가 어쩌지 않는, 이 충칭 한쪽 땅에 와서, 버리고 온 조국 산천과 고향 땅과 부모 · 형제, 이웃과 온 동포가 새삼스러이 가련해지고 불쌍히 여겨지는 먼 하늘 밑에 대한 분노가 아니고 무엇이냐?

다음 날 우리는 거의 말을 할 수 없을 정도로 모두 목이 쉬어 있었다.

그 후로도 계속 며칠 동안엔 이곳저곳에서 초대하는 환영회가 잇달아 있었다. 우리는 이 같은 모든 회합에 다 참석했다. 예를 들어보면 '중국부녀회'中國婦女會, '중한문화협회'中韓文化協會 등등이었다.

그런데 이 '중한문화협회'는 그때 회장이 쑨커孫科 씨였고 비서장이 쓰투더司徒德 씨로서 이분은 해방 이후 우리나라 건국 당시에 '유엔한국위원단' 일원으로 온 일이 있었다.

이 '중한문화협회'에서의 초대에 가본즉, 다른 곳과는 달리 간단한 다과만을 준비하였고, 그 대신 주로 영미 계통을 위시로 연합군 측 신문기자들이 달려들어 사진을 찍어대며 인터뷰를 요청하는 것이었다.

우리가 쉬저우에서 탈출하여 6천 리를 걸어 이제 항일광복군이 되었다는 보도가 처음으로 국제적인 보도로 취급되었다. 그때엔 환영회 때문에 이곳에 온 것인가 하는 생각을 갖게까지 되었다.

자링 청수는 양쯔 탁류로

　　　　　　　우리 임시정부를 구성하고 있는 각 정당, 단체에서도 서로 경쟁적으로 환영회를 베풀어주겠다는 통고를 해왔다.

　처음엔 이런 경쟁적인 통고가 고마웠으나, 곧 우리는 이것이 임정의 구성이요, 그 성격임을 알 수 있게 되었다.

　사실 나라가 망한 뒤 중국 땅 여기저기로 망명해 나온 애국지사들이 처음엔 상하이 임정을 중심으로 뭉쳐 활동을 하였다. 그러나 상하이를 떠난 후로는 뿔뿔이 헤어져 각자 독립운동단체를 꾸며서 여기저기에서 개별 활동을 하는 형편이었으니 난립 상태가 있을 수 있었던 것만은 분명했다.

　'한독당'은 중국국민당의 도움을 받고 있었고, 김원봉 일파는 중국남의사中國藍衣社라는 특무기관의 원조를 받고 있는 처지였다. 이렇게 아무런 계통도 계획도 없는 실정이어서 대외적인 권위와 선전에도 하나의 구심점이 필요했거니와 또 중국 정부가 한국의 독립운동을 돕는 데도 여러 가지로 불편이 많은 형편이었다. 이를 알아차린 중국 정부는 그 통합을 종용해 왔다. 나중에는 비공식이지만 요청이 왔다. 그래 이룩된 것이 1943년 9월에 구성된 임시정부였다.

　때문에 그 구성 속엔 연립정부적인 성격이 자연 노골적으로 드러나게 되었던 것이다.

여기에 정당별 조각을 먼저 살펴보자.

1. 한국독립당

    주석 김구, 국무위원·외무 조소앙, 국무위원·재무 조완구, 국무위원·선
    전 엄항섭, 국무위원 박남파朴南坡, 차이석, 황학수, 조성환曺成煥, 조경
    한趙擎韓

2. 조선민족혁명당

    부주석 김규식, 국무위원·군무 김원봉, 국무위원·문화 김상덕金尚德, 국
    무위원 성주식成周寔, 최석순崔錫淳

3. 한국무정부주의자연맹

    국무위원 유림

4. 한국민족해방동맹

    국무위원 김성숙金星淑

5. 한국청년당

    국무위원·내무 신익희

6. 천도교

    국무위원·법무 최동오

7. 무소속

    국무위원 유동열, 김붕준金朋濬

그러나 이상은 겉으로 드러난 것에 불과하다. 셋집을 얻어 정부 청사를 쓰고 있는 형편에 그 파는 의자보다도 많았다.

우리가 충칭에 닿은 이래 임정 각원들에게 돌아가며 교양이란 이름의 이야기를 듣게 되었는데, 처음에는 수륙 몇만 리 이국에서 조국 광복을 위해 이렇게 지내고 있구나 하는 존경도 품어봤으나, 차츰 지나가자 그것이 다 자당의 선전이며 타당에 대한 비방이란 것임을 깨닫게 되었다.

우리는 어리둥절했다. 어떤 기대에 대한 배반에서 오는 허탈감 같은 것

이었다.

마침내 우리는 우리끼리의 회의를 소집했다. 그러고는 각 정당에서의 환영회를 조건 불문하고 거절키로 단단히 합의를 보았다.

맨 처음 거절당한 것이 김구 선생이 당수로 계시는 한국독립당이었고 그 밖에도 차례로 거절을 했다. 우리는 거기서부터 젊음의 의지를 보여주었다. 그것은 작으나마 하나의 뚜렷한 우리의 자부였던 것이다.

준비까지 다 해놨다가 완강한 거절에 스스로 초청 통고를 철회한 정당도 있었다. 사실 그것이 단순한 그리고 순수한 환영이었다면 왜 우리가 마다했으랴. 그 저의가 너무나도 엿보였고 또 그런 분위기에선 설사 진심의 환영회일 뿐이라 해도 거기 응할 수가 없었다.

솔직히 말하면 애당초부터 그 정당이라는 것을 인정하기가 싫었던 것이다. 애오라지 하나로 뭉쳐 한 덩어리 큰 줄기의 임정이 되어주길 바라는 마음뿐이었다. 그것은 우리가 아직 정치라는 현실문제를 모르는 때문이었는지도 모를 일이다.

하여간 그들의 소위 환영회 작전은 우리에게 완전히 패배했다. 그러나 그들의 환영회 작전은 실패했어도 결코 우리에 대한 자당 포섭공작은 중지되지 아니했다. 다만 집단 포섭이 불가능한 대상이란 것만을 알아차린 눈치였다. 그래서 이번에는 수단과 방법을 달리해서 개별 포섭공작을 집요하게 벌이기 시작했다.

즉 개별적으로 몇 사람씩 불러다가 술을 사 먹인다든가, 심지어 김원봉 일파에서는 미인계까지 쓰고 나서는 형편이었다.

그 추태는 날이 갈수록 심해졌고, 그들에 대한 우리의 실망과 불신의 도도 날이 갈수록 높아만 갔다.

분화구를 찾은 용암처럼 우리 가슴마다에 흘러 고인 분노는 언젠가 터지고 말 것이 예감되고 또 기대되었다.

우리가 이곳에 온 지 2주가 된 월요일로 기억된다. 충칭 시내에 있는 교포들이 전부 모이는 주회週會에 내가 참석하게 되었다.

이 주회는 내무부 주관으로 매월 1회씩 모여왔는데, 이날은 우리가 온 뒤 첫 번째 모임이었다. 내가 여기 참석하게 된 것은 이날 주회에서 내가 우리 국내 실정 보고를 하게 되어 있었기 때문이었다.

전 국무위원들과 100여 명에 가까운 교포들이 고국 소식을 듣기 위해 나와 있었다. 참으로 오래간만에 만나는 동포였다. 나는 내가 떠나기 직전까지의 국내 실정을 아는 대로 샅샅이 다 털어놨다.

징병, 징용으로 끌려 나가는 젊은이들 외에 정신대挺身隊로 끌려 나가는 젊은 처녀들, 또 학생 보국대로 군수시설 작업장에 동원되는 중학생들, 솔방울 줍기, 관솔뿌리 캐기에 동원되는 국민학교 학생들의 비참한 보고에 이르자 교포들은 체면 없이 눈을 적셨고 구석구석에서 흐느끼는 울음소리가 일기 시작했다.

나는 이들의 숨소리에서 절호의 기회를 잡았다고 판단하고 어조를 비감하게 떨어뜨렸다.

"……우리는 여러 선배에게 조금이라도 힘이 되고자 해서, 아니 그 여념의 손과 발이 되고자 해서 몇 번의 사경을 넘고 수천 리를 걸어 기어이 이곳을 찾아온 것입니다. 때문에 일군에서 중국 땅에 배치된 것을 얼마나 다행으로 여겼는지 몰랐습니다. 그것은 처음부터 일군에 끌려오면서 계획한 탈출이었습니다.

그런데 우리는 요즈음 이곳을 하루빨리 떠나자고 말하고 있습니다. 나도 솔직히 말해 이곳을 떠나고 싶어졌습니다. 오히려 오지 않고 여러분을 계속 존경할 수 있었다면 더 행복했을는지도 모를 일이었습니다."

모두의 얼굴이 내게로 화살처럼 꽂혀 들어왔다. 그 눈빛에 나는 잠시 말을 끊어야만 했다. 나의 입술이 잠시 경련을 일으켰기 때문이다. 나의 목소리는 더욱 낮아지고 처절해졌다.

"……가능하다면 이곳을 떠나 다시 일군에 들어가고 싶습니다. 이번에 일군에 들어간다면 꼭 일군 항공대에 지원하고 싶습니다. 일군 항공대에 들어간다면 충칭 폭격을 자원, 이 임정 청사에 폭탄을 던지고 싶습니다.

왜냐구요? 선생님들은 왜놈들에게서 받은 서러움을 다 잊으셨단 말씀입니까? 그 설욕의 뜻이 아직 불타고 있다면 어떻게 임정이 이렇게 네 당, 내 당 하고 겨누고 있을 수가 있는 것입니까?

······분명히 우리가 이곳을 찾아온 것은 조국을 위한 죽음의 길을 선택하러 온 것이지, 결코 여러분의 이용물이 되고자 해서 이를 악물고 헤매어온 것은 아닌 것을 말합니다. 이것으로 저의 말을 맺습니다. 안녕히 계십시오.”

나는 나의 흥분에 못 이겨 그대로 단을 내려와 밖으로 나왔다. 내가 이야길 맺고 단에서 내려와도 교포들이나 임정 각원들은 그대로 잠시 멍하니 앉아 있었다.

주회는 더 이상 계속되지 못하고 산회되었다. 밖으로 나온 교포들이 웅성거리기 시작했다.

곧이어 긴급 국무회의가 열리었다. 그런데 국무회의는 매 월요일에 열리는 것이 상례였다고 한다.

나는 그 길로 나의 침소로 올라와버리고 말았다. 가슴이 후련한 걸음걸이로 나 스스로를 잊고 한달음에 돌아와 벌렁 누워버렸다.

동료들이 눈치를 채고 달려들어 웬일이냐고 캐묻기 시작했다. 그러나 나는 아무 말도 할 수가 없었다.

아니나 다를까, 한 20여 분 후에 신익희 내무부장이 날 찾는다는 기별이 왔다. 내심으로 각오는 하고 있었던 것이다. 오히려 또 한 번의 기회가 오는 듯싶었다. 사실 기다리던 기회였다.

다시 아래층 회의실 앞으로 향했다. 신 부장이 부른다는 곳은 방금 회의가 열리고 있는 국무회의실 바로 문 앞이었다.

아니나 다를까, 신익희 내무부장은 벌겋게 상기된 얼굴로 어깻숨까지 들이쉬고 내쉬고 있었다.

“······장 동지, 장 동지 무슨 말을 그렇게 경솔히 해가지고 이 소란을 일으키는 거요?”

대뜸 그 앞에 나타난 내게 하는 호령조의 꾸지람이었다.

그러나 내겐 그 나무람이 그대로 받아들여지지 않았다.

"제가 말한 그 뜻을 이해해주셔야 하지 않겠습니까?"

"뭣이, 3·1운동의 피로써 세워진 임정을 그렇게 모욕하는 망발이 어디 있어. ……빨리 국무회의에 들어가 여러 국무위원들에게 정중히 사과를 하시오."

"……."

나는 신 내무부장이 이끄는 대로 우선 국무회의실에 들어가지 않을 수가 없었다.

출입문과 맞은편에 김구 주석이 육중한 체구로 제일 먼저 눈에 들어왔다. 그리고 그 앞으로 긴 탁상에 국무위원들이 주욱 앉아 있었다.

모두 그 표정이 괘씸하다는 표정이었고 회의실의 분위기는 흔들리지 않는 공기가 가득한 채 그대로였다.

그 가운데서도 '한국무정부주의자연맹'의 대표인 유림 씨의 독특한 카이저수염이 경련을 일으키는 듯 달싹거리고 있었다.

마침내 유림 씨가 입을 열었다.

"주석, 발언권을 주시오."

그는 말을 이었다.

"……오늘 ……이 주회를 주관한 책임자 내무부장을 인책 사임케 해야 하오."

쩌렁쩌렁 울리는 목소리였다.

"먼저 장 군의 얘기부터 들어보기로 하지……."

김구 주석이 날 넌지시 건너다보며 이렇게 발언하자, 유림 씨는 더 말을 하지 아니했다.

이렇게 해서 나의 입은 열리게 됐다.

"선배 선생님 여러분!"

나는 침착해야 한다는 것을 침을 삼키며 스스로에게 타일렀다. 그러나 이것을 자각하자 오히려 대담해지기까지 했다. 나는 잠시 어두를 찾아 망설이다 드디어 말머리를 잡았다.

"……선생님들이 목숨으로 이끌어온 임정을 저도 누구 못지않게 목숨 바쳐 지키고 싶습니다. 이 임정은 우리 온 동포에겐 국내이든 국외이든 유일한 희망의 등대임을 저도 잘 알고 있습니다.

오늘 주회에서 말씀드린 저의 폭언에 대해서는, 만일 선생님들이 임정을 진정으로 사랑하고 아끼시는 마음으로 책하신다면 어떠한 벌이든지 달게 받을 각오가 되어 있습니다. ……그러나 솔직히 말씀드리지요. 이 오늘의 기회는 진정으로 저와 또 저희가 기다리던 기회라고 생각해왔습니다.

길지 아니한 단 10여 일 동안, 그동안 우리의 눈에 비친 임정은 결코 우리가 사모하던 그 임정과 다른 것임을 알게 되었습니다. 그것이 잘못 본 것이라면 용서하십시오. 진정으로 여러 선배 선생님께서 이곳 이 땅에서 임정을 사랑하고 있다고 저희에겐 생각되지 아니했습니다.

분명히 말씀드리겠습니다.

사랑한다는 것과 탐욕을 내는 것과는 다르다고 생각합니다. 처음 탈출해서 기나긴 행군으로 오면서 그리던 임정은 모두 일치단결되어 있는 완전한 애국투쟁의 근본이라고 여겼습니다. 이곳에 오기만 하면 그 단결된 힘으로 오직 잃은 나라 찾는 데만 목숨 바쳐 일할 수 있으리라고 기대했습니다. 그러나 그러나…… 그 기대는 지나친 하나의 환상이 아니었나 하는 회의를 품게 되었습니다. 이 회의는 누가 준 것입니까?

조국을 잃고 망명한 입장에서 임정을 세웠기에 임정이 하는 일에는 파쟁이 개재되어 있으리라고 생각도 못 했습니다. 이것은 저희가 잘못 본 것입니까? 아니면 사실입니까?

기대에 대한 회의는 불타던 기대를 풀어지게 했고 그 대신 자학을 우리 가슴에 부어주었습니다. 잃은 나라의 앞날이 너무나 암담하다고 우선 판단했습니다.

왜냐구요? 이후 광복의 날이 와서 귀국하게 된다면 그때도 국내에서 이곳 임정의 타성이 그대로 옮아갈 것을 생각했습니다. 필경 이런 것이 다 두고두고 생각해서 얻은 가정의 결론입니다. 그렇다면 이 임정이 왜 필요한 것입니까?

아까 말씀드린 대로 진정 나라 사랑의 일념이라면, 있어서 안 될 것이 있는 이 실정은 무엇입니까? 진정코 임정을 목숨 그대로 사랑하시는 뜻에서 주시는 벌은 받겠습니다.

그 대신 이곳의 파쟁이라는 인상이 가셔진다면 그 벌은 제가 받아 오히려 다행이 아닐 수 없습니다. 이건 저의 속마음 그대로의 간곡하고…… 주제넘은 말이 아닌 것으로 생각해서 말씀드리는 것입니다."

나는 입을 닫았다. 가슴이 후련했다. 가득했던 움직이지 않는 공기가 빠져나간 듯한 기분이었다. 실은 내 가슴에서 무엇인가 빠져나간 것이었지만.

그러나 뜻밖에도 김구 주석이 어떤 의미인지는 알 수 없으나, "허허……" 하고 웃으시면서, "장 군, 그만 나가게……" 하시는 것이었다. 좀 겸연쩍은 듯한 분위기에서 내 발로 걸어 나올 수도 있었는데, 옆에 섰던 신 내무부장이 마치 죄수 다루는 간수 식으로 떠밀어, 나는 거의 떠밀리다시피 하여 밖으로 나왔다. 약간 창피스러운 듯한 기분에 나는 문밖에 잠시 서서 망설였다.

안에서는 다시 격론이 벌어지는 기미였다. 유림, 김원봉 등의 노성이 오고가고 그 뒤에 신 내무부장의 목소리도 들렸다.

이렇게 해서 나의 발언 소동은 신 내무의 사과로 일단락을 짓게 된 모양이었다. 내게는 그 후 아무런 일도 없었다.

파쟁에 실망한다는 내 해명 겸 강조는 어찌 된 일인지 그 뒤 더 기승을 떨게 된 파쟁으로 묵살되고 만 것 같다. 아마도 그것이 그들에게 습성화된 고질이었거나 또는 임정의 정치풍토였다면, 나의 그 충고도 한낱 귓전을 스치고 간 바람밖에 되지 않았으리라…….

우리 가운데 한 사람이라도 더 자파에 흡수해가려고 개별적인 포섭공작을 벌이는 일은 여전했다. 어쩌면 그것이 그때 그 처지에서 그들이 한 일 전부였다고 말한다면, 그건 정말 나의 과언이고 편견일까.

그러나 달라진 것이 있었다.

그것은 그날 이후 충칭 임정 안에서는 우리 몇 사람이 퍽 무서운 젊은 이로 통하게 된 사실이었고 함부로 건드리거나 만만히 보지 않게 된 일이었다. 그래서인지 내 주변 동지에게는 아무도 감히 가까이하려 하지를 아니했다.

하지만 갈수록 태산이라는 말이 있듯이 충칭의 정치풍토는 갈수록 가관이 되어갔다. 그건 더욱 우리를 분개시켰다.

김붕준, 홍진洪震, 유동열 씨 등이 중심이 되어서 또 하나의 정당―뒤에 '신한민주당'―이 만들어진다는 운동이 그것이었다.

기왕의 기존 정당―물론 간판뿐이지만―만 해도 우리에게 불쾌한 것이었는데, 또 당이란 것이 생긴다니 완전히 우리의 뜻이 무시되는 것 같아 우리는 그 나이에 분개하지 않을 수 없었던 것이다.

그중에도 이 새 당의 조직실무를 맡은 이들이 안원생安原生, 신기언申基彦 등 젊은 층으로 동에 번쩍, 서에 번쩍 뛰어다니며 뒤늦게 사람을 끌어모으는 꼴이 정말 우리의 기대에 먹칠하는 것으로 보일 수밖에 없었다.

어느 날 난데없이 댄스파티가 있다고 수군대었다. 나는 의아스러웠다. 그것이 바로 새로운 당의 조직경비 조달책이었음을 나중에 알게 되었다. 묘안이라고 그들이 짜낸 것인지 몰라도 참을 수 없는 일이라고 우리는 의견을 모았다. 충칭에 쫓겨 와 댄스파티를 열어서 티켓을 팔아 그 돈으로 당비를 만든다는 것이니…….

전시여서 그랬는지 몰라도 충칭에서는 외국인만이 댄스파티를 주최할 수 있었다. 그것은 그때 충칭에서의 하나의 관례였다. 물론 중국인은 주최할 수가 없었다. 그러나 외국인이 주최한 댄스파티엔 중국인도 참석할 수가 있었다.

이런 것까지를 모두 계산해서 그들이 절안絶案이라고 짜낸 것이 더욱 알미운 것이었다. 전방과 후방의 간격은 충칭에도 마찬가지였다. 너무 오랜 항쟁이어서 권태와 해이함이 젖을 대로 젖어 있었다.

이 판국에 댄스파티를 연다니 돈벌이로서는 제법이 아닐 수 없었다.

홀이 빽빽하도록 성황을 이룬다는 사흘째 저녁, 우리는 몽둥이와 밟으면 터져서 놀라게 되어 있는 화약물을 가지고 20여 명이 작당, 점잖게 들어섰다.

한창 무아경으로 젊은 남녀들이 끼고 비비며 돌아가고 있었다. 우리는 화약을 흩뿌렸다.

아니나 다를까, 발밑에서 터지는 폭음으로 놀란 쌍쌍이 소란을 피우기 시작했다. 이번에는 뒤에서 몽둥이로 위협, 그들의 꿈을 깨버리고 말았다. 이날 이후 이 댄스파티는 다시 열리지 아니했다.

더욱 이상한 것은 주최 측의 그들도 무던히 데었던 것인지 별로 우리를 나무라지 아니한 것이었다.

이런 충칭 생활은 결국 우리 스스로를 위해서나 임정을 위해서나 조국 광복을 위해서나 한사코 아무런 도움이 되지 못한다는 것을 우리는 충분히 알고도 남게 되었다.

때로는 임정 선배에게 항의도 해보았고 때로는 규탄도 했고 심지어는 폭력도 써봤지만, 그러나 어느 것 하나 근본적으로 낙관할 수 있는 바탕이 보이지 아니했다.

끝내 우리는 자위 삼아 임천군관학교 분교에서 겨우 2호를 내고 중단했던 잡지 『등불』을 다시 속간해보기로 했다.

그 초라한 잡지지만 지면으로 글을 발표해서 우리의 호소를 전하고자 뜻했던 것이다.

거의 이 『등불』 발행이 유일한 즐거움이 되어버렸다. 다행히 임정에는 등사판이 있어서 린촨에서 붓으로 써서 두 호를 냈던 노력보다는 쉽게 80부씩의 『등불』을 내며 우리의 필봉을 마음껏 휘두를 수 있었다.

그러나 잡지를 내려고 이곳에 온 것이 아닌 이상, 그 즐거움이라는 것도 곰곰이 생각해보면 실로 한심한 일이 아닐 수 없었다.

더욱이 잡지 발행은 우리 일행 전부가 참여해서 일할 성질의 것도 아니었다. 나날이 권태와 해이감이 두꺼워졌다.

나중에는 이 충칭에 머물러 나날을 보낸다는 것이 마냥 지겨운 세월이 되어버렸다. 마침내 이곳을 떠나자는 말이 일행 가운데서 나오기 시작했다.

드디어 우리는 충칭 임정에 요청하기로 했다.

"우리는 더 이상 이렇게 지낼 수가 없으니 잠시나마 이곳을 떠나고 싶소."

그래서 충칭에서 서북방으로 약 30리쯤 떨어진 교외지대 투차오土橋라는 부락으로 옮겨 가게 되었다.

이 투차오라는 곳은 임시정부가 중국진재위원회中國振災委員會로부터 6만 원의 원조를 받아 15년 기한으로 5천 원을 내고 2천 평의 땅을 사서 집을 짓고 교포들을 살게 한 곳이었다. 그 '중국진재위원회'란 일종의 구호기관이었다.

충칭에 온 지 꼭 20일 만에 이 투차오로 옮겨 왔다. 그때가 2월 20일쯤 되었던 것으로 기억한다. 우리는 토교대土橋隊라는 이름으로 이곳에 들어섰고 최용덕崔用德 씨가 대장으로 임명되어 있었다.

채 한 달도 못 되는 짧은 기간이었지만 찬란하게 걸었던 기대를 잃고 임시정부를 떠나는 심경은 몹시 착잡한 것이었다.

마치 격했던 소용돌이 속에서 풀려나가는 듯한 기분이 틀림없었다.

우리는 이날 자링강이라는 양쯔강의 한 지류를 배를 타고 올라갔는데, 처음 충칭에 올 때 보았던 그 양쯔강의 검붉은 탁류와는 달리 너무나 강물이 맑아 더욱 임정을 떠나는 기분이 야릇해졌다.

비록 이 강물은 맑아도 기어이 양쯔강의 탁류에 합류되고 마는 것이 아닌가? 이 맑은 물은 탁류 속에서 어떻게 제 맑음을 보존하겠는가. 이 강물 속의 고기들은 양쯔강의 탁류에서 살지 못하고 우리처럼 거슬러 올라갈 수밖에 없으리라. 그러나 생명을 잃은 고기 떼는 그 탁류에 휘말리겠지.

투차오에 닿자 우리는 숙소로 정해진 이곳의 '한교기독청년회관'韓僑基

督靑年會館에 들게 되었다. 지은 지 얼마 되지 아니한 듯한 깨끗한 건물이었다.

아무튼 이렇게 빠져나오니 그래도 마음이 정돈되는 것 같았다. 비록 이곳서도 할 일은 없었으나, 우리는 스스로 일을 만들어서 했다.

잡지를 계속 간행했고, 또 충칭 시내에서 강사를 초빙해다가 혁명운동사를 배우고 체력단련을 위해 아침체조를 해가며 자치적으로 기율을 세워 마음과 정신을 제자리에 정리하도록 힘썼다.

이렇게 나날을 보내던 어느 날, 나는 몇 동지와 함께 충칭방송국의 요청을 받고 방송을 하려 그 맑은 물길을 건너 충칭으로 나오게 되었다. 그런데 그곳에서 '자유일본인연맹'이라는 이름으로 연합국을 지지하는 일군 포로 몇 사람이 대일본 방송을 하는 것을 보게 되었다. 이상하게 생각해서 물어보았더니 이곳서 얼마 떨어지지 아니한 곳에 일본인 포로수용소가 있다고 했다.

옥쇄玉碎를 하지 포로는 안 된다고 장담하던 일군이었건만, 일군 포로 상당수가 수용되어 있다는 말을 듣고 그때까지의 나의 생각으로는 놀라지 않을 수 없었다. 그래 우리는 날짜를 잡아 산길 30리를 걸어서 그곳을 보기로 했다.

비록 적군을 수용하는 수용소라 해도 상상했던 것보다는 아주 깨끗했다. 수용된 포로 가운데는 소장으로부터 이등병에 이르기까지 있었고 그 수는 약 350여 명에 달했다.

전지에서는 전사보다도 더 비참한 것이 포로의 신세라고 알고 있었지만, 그러나 이곳선 일본의 대화혼大和魂이란 것이 철창 안에 갇혀 있었다.

일군이 중국에서 중국인을 알기를 속말로 거지발싸개만큼도 못하게 알아서, 토벌을 나간다고 농촌 길을 가다가도 중국인을 보면 까마귀가 있다고 하면서 내기를 걸고 총을 쏘던 일군들이었다. 그렇게 천시하던 중국인에게 이곳서는 그 입장이 완전히 거꾸로 되어 있었다.

당연한 일이었지만, 우리에겐 야릇한 웃음을 불러일으키게 했다. 중국 감시병에게 비굴한 애교로 굽실거리는 일군의 태도가 그것이었다.

인간이 어쩔 수 없는 벽에 부딪힐 때엔 저렇게 되는가? 더구나 절벽에 맞닿은 인간의 모습이 바로 이것인가 하는 생각에서 처량한 생각까지도 들게 되었다.

우리는 수용소 당국의 허락을 얻어 그들 중 몇몇과 개별적으로 문답을 가졌다. 속으로는 그지없는 통쾌함이었으나 막상 대면, 대담을 나눠보니 자칫 인정이 전기처럼 작용하는 것 같기도 했다.

그들은 우리에게까지도 곱게 보이려고 하였다. 앵무새처럼 저마다 일본 제국주의를 비방하면서 연합국을 치켜올렸다.

하여간 우리는 서너 시간이나 그곳서 그들과 그 시설을 둘러보았다. 그 뒤에도 충칭 라디오로 그들이 연합국을 찬양하는 것을 들을 수 있었다.

이럭저럭 달포가 지나 3월 하순으로 접어들게 되었다. 3월 20일인가 기억된다.

난데없이 한 장의 편지가 내게 왔다.

'준하 군俊河君 청람淸覽······' 하고 서두가 시작된 붓글씨의 편지 한 통! 그것은 충칭 임정에서 보내온 김구 주석의 친필이었다―이 친필 편지는 필자가 현재 보관하고 있다.

그러나 그 글귀가 전부 한문이어서 또 달필 초서의 붓글씨여서 두세 번을 거듭 읽어야 겨우 그 뜻을 깨우칠 수가 있었다.

내용인즉, "지금 충칭에 세계기독교선교회 총무 데커 박사가 와 있는데, 나한테 와서 장차 종전 뒤에 '한국기독교 재건' 문제를 상의하자고 하나, 나는 고국을 떠난 지 30년이 되고, 그래서 국내 사정을 특히 모르는지라, 그 대신 투차오에 장준하라고 신학교에 다닌 청년을 소개하마 했노라. 그러니 군이 한번 데커 씨를 만나 그 건을 상의해보라"는 것이었다.

나는 우선 내 할 일이 생겼다는 생각으로 충칭으로 나왔다.

그때 통역을 맡아줄 사람은 김규식 박사였다. 분에 넘치는 분이었으나 김구 주석이 미리 알선해놨다.

가 보니 데커 씨 이외에도 수 명의 외국인과 미국 『타임』지의 기자가 함께 있었다.

나는 내가 아는 한에서 국내의 기독교 실태를 말하고 일본 국내의 움직임까지도 덧붙여 자세히 말했다. 그랬더니 5월에 인도에서 '세계기독교연차대회'가 열리는데, 이 대회에 제출할 한국 보고서를 한 통 작성해줄 것을 데커 씨가 요구해왔다.

'제2차 대전 이후의 한국기독교 실태 보고서.'

그래서 돌아와 그것을 써서 김규식 박사에게 번역을 의뢰했다. 이로써 소위 '지나사변' 이후, 7~8년 동안이나 세계기독교회와 두절되어 있던 우리 한국기독교 현황이 이때 전달되게 된 것이다.

그 후에 안 일이지만, 그때 데커 씨와 나눈 이야기가 『타임』지에 기사로 보도돼 있었다.

그런데 우리가 일단 임정을 떠나 투차오에 와 있는데도 신익희 내무부장은 우리 대원을 한둘씩 불러내어가곤 했다.

한두 차례 불리어 간 동지가 있었을 때, 우리는 벌써 그 의도를 알 수가 있었지만, 그것이 상당히 은밀한 계획으로 진행되는 것임을 나중에야 알았다. 왜냐하면 불리어 갔다 온 대원들이 왜 불려 갔는지를 똑똑히 말해주지 않고 그저 어물어물해버렸기 때문이다.

여러 차례를 다녀온 대원이 늘고 그 횟수가 늘어 마침내는 수십 명이 되자, 그들은 마침내 우리로부터 이탈해 다시 임정에 되돌아갈 것을 정식으로 제의하기 시작했다.

간다는 이유는, 임정 내무부 관할로 '경위대'라는 것이 새로 조직되는데, 그 경위대원이 되기 위해서라고 했다.

우리 전체는 그동안 같이 고생해온 정을 호소, 몇 번이나 말렸으나 그들은 이미 신 내무부장관과 관계가 깊어진 듯 끝내 고집을 부렸고 마침내는 가고 말았다. 자링강의 맑은 물을 타고 내려가 양쯔강의 탁류 같은 충칭으로 가고 말았다. 마치 자링강의 맑은 물이 양쯔강의 탁류 속으로 합류

돼 빛을 잃듯이. 신익희 씨는 상하이 임정시대에 법무차장을 지냈으나 임정에서 떠나 중국 산시대학山西大學에선가 오랫동안 교편을 잡고 있다가 1942년경 다시 충칭으로 돌아와 임정이 연립내각으로 발족될 때 '한국청년당'의 대표로 입각한 분이다. 그러나 그 청년당은 사실 1인 1당의 고독한 당이어서 신 내무부장이 외로웠던 것은 사실이다.

그러던 차, 때마침 우리가 제 발로 걸어 들어왔으니, 청년당 세력 확장에는 더없이 좋은 인물, 더없이 좋은 기회가 아닐 수 없었던 것이다.

그러니 그 명분을 위해 내무부 밑에 경위대를 둔다고 하였을 것이 당연한 일이었다. 임정 조직을 한 모든 정당이 다 그렇듯이 그들에겐 당세 확장이 곧 그 발언권 강화와 직결되는 입장이었던 것이다. 이 내무부 밑의 경위대라는 것도 너무도 그 저의가 빤하게 떠올라 보이는 것이어서 우리는 실소하지 않을 수 없었다.

아무튼 우리는 가겠다는 사람을 보내고 말았지만, 막상 그들이 떨어져 나가니까 마치 몸의 한 부분을 떼어내 누구의 입에 넣어준 것 같아 분한 마음 누를 길이 없었다. 끝까지 남은 것은 신 내무부장에 대해 괘씸하다는 생각, 그것뿐이었다.

참고 있으려니 체온이 너무 달아오르는 것이었다. 뜨거운 피가 자꾸 맴돌았기 때문이다. 일단 그들을 보내놓고 우리는 밤새워 전단을 등사했다.

등사한 전단 내용은 신 내무부장을 비롯한 기타 정당의 정당인들을 규탄하는 것이었다. 우리는 이것을 잡지 『등불』의 호외 형식으로 만들었다.

이튿날 아침 일찍 우리 20여 명은 그것을 안고 몽둥이까지 하나씩 들고 즉시 임정을 향해서 출동했다.

임정 청사에 닿은 우리는 "경위대를 해체하라", "젊은이는 전선에 나가 죽게 하라"는 등의 구호를 외치고 신 내무부장을 찾았다.

그러나 신 내무부장은 어느새 재빠르게 사라져버렸다. 그래서 우리는 기운이 빠진 채로 규탄 대상을 놓쳐 서성대고 있었는데, 그때 마침 전연 의외의 인물을 그곳서 만나게 되었다.

이범석 장군이 그분이었다.

그는 시안西安에 나가 있는 광복군 참모장 겸 제2지대장이었다. 연락차 임정에 왔다가 우리와 그곳서 대면하게 되었다.

존경해오던 분을 이렇게 험악한 분위기에서 몽둥이를 든 채 만나 뵙게 된다는 것은 진정 쑥스러운 일이었다.

이 장군은 우리를 말없이 한참 바라보시더니 전단과 몽둥이를 일단 놓게 한 다음, 청사 안의 한 방으로 우리를 불러들이셨다.

첫마디가 "나는 여러 젊은이들의 심경을 십분 이해하고 남음이 있다"는 것이었다.

그러면서 우리의 행동은 오히려 어떤 면에서는 가상할 만한 일이라고 하셨다.

그러나 이미 고질이 되다시피 한 그들은 젊은 우리의 힘으로 고칠 수 없을 것이라고 했다.

"……내가 왜 충칭을 떠나서 시안에 가 있는지 아는가? 나도 그분들의 정치싸움에 진절머리가 났다. 그뿐더러 이곳에 더 이상 머물러 있다는 것은 나와 나라에 모두 아무런 이익도 주지 못한다는 것을 깨달았기 때문이다."

이런 이 장군의 말을 듣고서야 우리는 그를 안심하고 대할 수 있게 되었다. 이 장군은 계속해서 시안의 광복군 형편을 이야기하셨다.

그때 광복군 제2지대는 시안 땅에서 미군과 합작, 한국 침투작전을 위한 훈련을 계획 중이라고 했다.

이 말 한마디. 이 한마디에 우리는 모두 벌떡 일어섰다. 비로소 우리가 원하던 곳을 찾은 듯이 놀랐다.

주먹이 쥐어진 손마디마다에 피가 몰려 주먹이 화끈거렸다. 아니나 다를까.

"……여러분, 여러분을 나의 동지로 맞고 싶소. 같이 가주지 않겠소? 단한 가지 조건이 있소. 그건 죽음을 두려워하지 않는 젊은이라야만 하오."

바로 우리가 바라던 그대로였다. 이상하게 들릴는지 모르지만, 그때 그곳서 그 지겹던 생활에 지친 우리로서는, 그리고 그 대일 복수심과 그 젊었던 정열로서는 우리가 바라던 바 그대로였음이 사실이었다.

우리도 얼마든지 충칭에 남아 있을 수 있었지만 그게 싫어서 몽둥이를 들고 임정에 출동했던 우리였으니까.

이왕 조국에서 끌려나왔고, 또 일군에서 탈출했고, 몇천 리를 굶고 기어이 걸어왔고, 모든 것을 이미 단념한 우리에게 남은 것은 보람을 찾는 길 그것뿐이었다.

그 보람이 애국과 직결된다면 우리는 죽어서도 살아서도 떳떳이 조국 땅 한구석에서 이름 없는 영웅의 흙가루가 될 수 있으리라고 생각을 아니 할 수가 없었다.

"한국 침투, 적지에의 상륙작전 훈련! 그것도 미군과 합작으로!"

나는 입속으로 되뇌며 동지들의 눈길을 살폈다. 모두들 흥분 속에 얼굴이 상기되어 있었다.

실로 오래간만에 볼 수 있었던 동지들의 생기였다. 역시 그것이 젊음이란 것이었으리라.

우리는 잠시의 여유를 달라고 제의했다. 동지들과 이 결단의 결심을 하기 위해서였다. 우리는 우리끼리의 의논 끝에 김구 주석에게 의논해보자고 결론했다.

달려가 김구 주석에게 우리는 숙엄하게 들어섰다.

"이범석 장군의 시안 이야기는 사실입니까? 또 사실이라면 우리가 가는 것이 좋겠습니까?"

김구 주석은 고개를 끄덕였다.

"그건 사실이다. 만일 여러분이 진정으로 원한다면, 그곳서 진실한 위국爲國의 길이 열릴 것이다."

한참 만에 김구 주석은 이렇게 짤막한 한마디를 하고 일어나셨다.

이렇게 해서 우리는 신익희 내무부장을 규탄하러 왔다가 그것은 이루지 못했으나 그 섭섭함을 희망으로 돌려 안고 투차오로 돌아오게 되었다.

그날부터 즉시 우리는 시안으로 이동할 준비를 차렸다.

이 장군은 우리에게 떠나기 전에 이름부터 바꾸도록 했다. 그것은 정보 누설을 막기 위해서 필요하다고 했다.

우리는 잠을 못 이루고 이름을 생각했다.

쉬운 일 같지만, 막상 자기의 이름을 스스로 간다는 것은 굉장한 어려움이었다. 왜냐하면 그것은 우리가 죽을 때 남기는 마지막 이름이 되기 때문이다. 사람이 한번 나서 죽기 마련이지만 남을 수도 있고 안 남을 수도 있는 그것 한 가지는 이름뿐인 것이다.

그 이름을 어떻게 작명하느냐는 온갖 생각을 다 불러일으키게 했다.

어느 지점에 투하되든지, 어느 지점에 상륙 침투할는지 그곳에 내 쓰러질 때 남는 이름을 나는 찾고 있는 것이다.

내 부모, 가족, 혹은 동지들이 모를 이름—그것을 지으면서 기어코 우리가 스스로 택해 가는 곳의 모든 것을 상상했다.

"김준엽 동지, 어찌할까? 좋은 생각이 있으면 말해보시오!"

그러나 김준엽 동지도 입술만 깨물고 있었다.

마침내 우리가 상의해서 합의한 이름은 '신'信 자 돌림이었다. 믿음이 없는 사회에서 서로 믿고 살자는 뜻에서였다.

내가 '김신철'金信鐵로 하기로 하고, 김준엽 동지는 '김신일'金信一로 하기로 했다. 이것으로 우리는 의형제와 같은 마음의 결속을 맺었다. 죽으러 가는 길의 인간 본연의 그 외로움을 가명으로 이어보자는 생각이었다.

8·15 전후 I

　　　　　6천 리의 대륙횡단 끝에 찾아온 충칭도 채 석 달이 못
되어 다시 떠나버리게 되었다.

　충칭에 더 머무른다는 것은, 어떤 의미에서는 우리 자신에 대한 자학과
모욕같이도 느껴졌기 때문이다.

　순수했던 기대와 불같던 정열과 끓던 정의감은 안개처럼 차차 꺼져버
리고 오히려 실망과 허탈감으로 우리가 괴로워해야 했던, 그 짧지 않은 석
달을 묻어두고 새로운 결심을 했다.

　1945년 4월 29일.

　일본 항복의 날이 불과 3개월 반밖에 남지 않았다고는 아무도 생각지
못했던 이 지겨운 중국의 봄날 아침.

　그 스무아흐렛날 새벽, 우리는 투차오를 떠나 마침내 충칭 임시정부 청
사 앞에 다시 집결, 정렬하였다.

　석 달 전, 그때 태극기 휘날리던 감격의 임정 청사와는 아주 다른 감회
가 우리의 가슴에 뱀처럼 파고들었다.

　슬픔이란 아주 간단한 철학이요, 순진한 감정이었다. 심해의 풍랑 속에
서 찾아온 등대불이 꺼져버린 그 순간의 실망이라고나 할까. 일군을 탈출
해 찾아와 몸 바칠 곳을 찾아 헤매다가 시안에서 시작되는 한미 합동작전

을 위한 훈련을 받기 위해 떠나는 우리 일행 30여 명은―본래는 강철 같은 단결로 같은 임무, 같은 전선에서 민족을 위해 희생의 제물이 되자고 맹세하여온 50여 명의 동지들이었건만 '임정경호대'란 명목으로 남는 동지 10여 명과 회의와 불안감으로 탈락되는 7~8명 동지를 이 충칭에 두고 후조候鳥〔철새〕의 무리처럼 감정 없는 슬픔을 가슴에 담고 새로운 투쟁을 찾아가는 혁명의 철학을 새겨야 했다.

꼭 우리가 처음 이 자리에 정렬해 섰던 그때와 비슷하게 김구 주석 이하 대부분의 임정 각료들이 나와 우리에게 석별의 인사를 나누어주었다.

우리가 가는 곳이 사지임을 우리보다 더 잘 아는 그들로서는, 막상 떠나가는 사람의 애국 충심을 이해한다는 듯이 비장한 표정으로 우리를 위무해주었다.

떠나간다는 절차는 여하간 괴로운 것이다. 마음이 돌아서서 발이 돌아서주기까지의 간격은 우리를 슬프게 만들었다.

그러나 오늘 이 자리에서 우리는 치미는 기쁨을 느꼈다. 떠나는 우리 앞에서 우리의 혁명 선봉들이 잠시나마 한마음으로 보여준 존경과 격려의 마음씨들이 그들 모든 얼굴에 역력히 나타날뿐더러 섭섭히 우리를 보내는 심정이 한결같이 괴었으니 그 한마음이 되게 하였다는 보람으로 우리는 충분히 기쁨을 느낄 수가 있다.

이 표현은 그때의 임정 각료들에 대해서 지나친 표현이 되는지 모르겠으나, 그들이 한마음을 갖게 만든다는 것이 우리에게 마지막 기쁨을 주었다는 것은 사실이다.

김구 선생은 작별사에서 우리를 한 번 더 울렸다.

"……여러분의 젊음이 부럽소, 젊음이. 반드시 훈련이 끝나기 전에 한 번 시안에 가볼 생각이오……."

그 큰 주먹을 타고 굵은 물방울이 주르르 떨어졌다. 주먹으로 닦은 눈엔 그의 사랑이 눈물로 변한 고뇌가 방울져 있었다.

김구 선생은 중국 두루마기 안주머니에서 아무 말 없이 둥근 회중시계

하나를 꺼내어 우리 앞에 내보이셨다.

누구나 빠짐없이 다 보라는 듯이 시계를 우리 대열 앞에 높이 쳐들어 보여주셨다.

그러고는 어이없이 쳐다보는 우리에게 그가 운 뜻을 설명해주었다.

"오늘 4월 29일은, 내가 윤봉길 군을 죽을 곳에 보내던 날이오. 또 지금이 바로 그 시각이오. 여러분도 다 알 것이오. 상하이 홍커우공원에서 폭탄을 던져 시라카와 대장을 죽이던 그날의 의사 봉길 군이 나와 시계를 바꿔 차고 떠나던 날이오. 내가 가졌던 허름한 시계를 대신 차고, 내게는 이 회중시계를 주고 떠나가던 윤 군의 모습을 생각하며, 바로 같은 날인 오늘 앞으로 윤 의사와 꼭 같은 임무를 담당할 여러분을 또 떠나보내는 내 심중이 괴롭기 한이 없구려.

'선생님, 제 시계와 바꿔 찹시다. 제가 가진 것은 선생님 것보다 나을 것입니다. 어차피 저는 시계가 필요 없어질 것이지만, 제 일이 성공하기 위해선 시계가 아주 없어서는 안 되겠지요……' 하던 윤 의사 눈망울이 이제 여러분의 눈동자로 빛나고 있기 때문이오……. 이것은 우연이 아니고 반드시 하늘이 정한 뜻인가 보오."

목이 시렸다. 무엇인가 자꾸 목구멍으로 넘쳐 넘어가는 슬픔이 미처 다 빠지지 못하고 입으로 새어나왔다.

무엇인가 우리의 신념이 우리의 몸 안에서 안으로 삼킨 슬픔을 타고 회전 속도를 빨리 했다. 싸늘한 현기증 같은 것이 나를 감싸고 들었다. 악수가 나누어졌다.

이윽고 우리는 이범석 장군의 인도로 미리 와서 대기하고 있던 미군용 트럭 네 대에 분승했다. 각료들이 쳐다보고 있었다.

목적지는 충칭 비행장이었다.

비행장에 이르기까지 달리는 트럭 위에선 아무도 입을 여는 동지들이 없었다. 흐린 충칭의 하늘 밑, 트럭에 몸을 맡긴 우리는 다가올 운명에게도 몸을 맡길 것이라는 스스로의 결심에 짓눌려 어떤 중압감을 느끼며 공연히 흐린 하늘만 쳐다보았다.

"날이 흐린데 비행기가 뜰까?"

멋쩍게 이렇게 한마디가 새어나왔다.

'이 하늘 밖을 나가 나는 또다시 전지를 간다. 그리고 그것은 스스로 택한 운명이다. 그리고 나는 이 운명에서 끝날 것이다.'

트럭이 달리는 동안 흔들리는 내 체구는 불편하고 거추장스러운 부속물같이 생각되었다. 나의 생각은 이미 시안에 가 있었고 그곳서 나는 어느새 게릴라 대원이 되어 있었다.

비행장에 이르자 미군 장교 하나가 옆에 서 있는 미군 하사를 시켜 카멜 담배를 몇 통 가져오게 하여 한 갑씩을 나눠주었다. 나는 대신 옆에 있는 동지에게 주어버렸지만, 담배를 못 피우는 것이 섭섭하게도 여겨질 정도로 동지들은 받아들고 좋아하였다.

카멜 한 갑씩을 받아들고 즐거워하는 그 표정은 꼭 어린이의 천진스러운 모습만 같아서, 곁에서 보는 나는 가슴이 뻐근하게 아플 지경이었다.

충분한 휴식의 겨를도 없이 우리는 이내 수송기에 몸을 싣게 되었다.

충칭을 떠난다는 생각이 프로펠러 소리와 함께 충격적으로 스며들었다. 벨트를 매고 앉아 기창機窓으로 보이는 충칭에 눈총을 쏘아대었다. 충칭은 결코 정이 머문 곳이 아니지만, 대륙을 걸어온 순례자가 길을 되돌아가는 심정 같아서 눈여겨보고 싶은 생각이 새삼스러웠다.

차츰 멀어져가는 시가가 가라앉으면서 나의 충칭에 대한 불만과 실망도 함께 가라앉아주었다.

그 대신 악수를 나누던 그때, 내가 한 번 더 똑똑히 마음에 새겨두지 못했던 인자한 김구 선생의 노안이 구름처럼 스쳐갔다.

이 우울한 기체 안에서 폭음소리와 함께 스며드는 고향 생각은 웬일일까? 갑자기 고향이, 조국이 더 멀어진다는 생각이 들었다. 동지들도 모두들 시무룩한 표정으로 눈을 감고 있었다.

그런데 마침 우리 일행 속엔 민영주라고 하는 미모의 처녀가 한 분 섞여 있었다. 이 사실이 알려지자 기내의 우리 기분은 일변하여버렸다. 젊은 청년들의 기분은 동요하기 시작했다. 기류의 차로 기체가 동요하듯이 우리의 마음도 움직였다.

이 처녀는 김구 주석의 판공실장인 민필호 씨의 따님인데, 이범석 장군의 비서로 시안에 가는 길이었다.

수송기의 기수는 동북방.

우리는 세 시간 가까이 계속 비행했다. 산하의 명암이 아득하게 꿈틀거렸다. 걸어서 6천 리를 헤매던 과거가 새삼스럽게 자랑스러운 감회로 머릿속을 스쳐갔다.

충칭만 가면 살 것 같던 그때의 우리 심정이 이제는 다시 역행하고 있는 기체 속에서 꿈틀거렸다. 그것은 천지의 굴곡처럼 겹겹이 명암을 이루는 기창 밖의 아득한 지점에서 소리치는 김영록 동지의 외침같이 들렸다. 옴으로 인해서 부득이 우리와 헤어져 라오허커우에 낙오되었던 김영록 동지의 생각이 불현듯 솟아올랐다. 우리가 라오허커우를 떠나 파촉령을 넘었을 땐 라오허커우마저 일군에게 함락되고, 그곳에 있던 광복군 제1지대 파견대도 철수하였다는 전갈만 들었던 터이라, 김영록 동지의 생각은 늘 가슴속에 잡아매어졌던 것이다. 오늘 이렇게 기상에서 거대한 매머드의 동물 같은 대륙을 비행하면서, 라오허커우에서 비행기편으로 충칭까지 갈 수 있다는 기대를 가지고 있다가 실망, 그곳에 그대로 남겨두고 온 김 동지에 대한 죄스러움이 자꾸 떠오르는 것은 나만의 생각이었을까.

나는 기내의 무거운 분위기를 깨칠 의도로 김 동지에 대한 이야기를 꺼냈다. 물론 마음속에는 라오허커우에서 속았던 비행기를 이제야 타고 간다는 생각과 또 우리가 라오허커우에서 만났던 광복군의 인상으로 봐서 앞으로 시안에서 만나게 될 제2지대 광복군의 인상은 어떨까 하는 궁금한 나대로의 복선도 있었던 것이다. 특히 시안의 광복군은 '한국청년전지공작대'韓國靑年戰地工作隊라는 조직체에 속해 있던 무정부주의자 청년들을 중심으로 한 50~60명의 대원을 포섭, 편대한 지대로서 나월환羅月換 대장이 암살된 사건을 비롯하여 서로의 불신과 알력으로 숱한 비극의 무대이기도 했으므로 시안 도착 시간이 가까워질수록 나의 심경에 일어나는 착잡한 감회는 금할 수 없었다.

무엇인가 알고 싶은 심정으로 이 장군에게 한마디 여쭈어보았다.

"대장님, 제2지대엔 동지들이 얼마나 됩니까?"

"한 180여 명 되지."

"꽤 많군요!"

소음 방비 장치가 제대로 되지 않은 전시 수송기 속이라 강한 프로펠러 소리에 대화는 퍽 어려웠다. 나는 제2지대 광복군에 대해서도 더 알고 싶었으나 시안이 가까웠다는 미군 승무원의 안내로 입을 다물게 되었다.

정확히 세 시간 만에 우리가 내린 곳은 시안 비행장이었다. 4월의 기후가 이 낯선 중국 땅에도 춘풍을 불어다주었고, 오후 2시의 비행장 활주로엔 아지랑이가 풀밭 위에서 아른대고 있었다.

역시 미군 트럭이 대기하고 있었다. 우리는 다시 이 트럭으로 비행장에서 서북방 16킬로미터 거리의 길을 달렸다.

목적지는 두취杜曲. 중국에서는 불교 관계로 너무나 잘 알려져 있는 중난산終南山을 서쪽으로 약 30리 앞두고 바라다볼 수 있는 한적한 동리이다. 이곳은 이범석 장군이 지휘하는 광복군 제2지대의 본부가 있는 곳이었다.

낯선 땅은 언제나 조심스러웠다. 우리가 들어선 병영은 오래된 절간을 내부 개조한 것이라고 했다.

트럭이 들어서자 180여 명의 한국인 동지들이 일제히 밖으로 뛰어나와 박수로 우리를 환영해주었다.

낯도 이름도 성도 모른다. 그러나 한 가지, 단 한 가지, 그들도 우리 한국의 핏줄을 가진 동족이라는 것만이 우리를 이렇게 감격스럽게 만드는 것이었다.

피가 물보다 진하다는 속담이 이 순간의 열렬한 환성 속에 떠오른 나의 첫 생각이었다. 트럭에서 채 뛰어내리기도 전에 동지들은 달려와 우리의 손을 잡아 흔들었고 우리를 부축해서 뛰어내리도록 해주었다.

이날 저녁으로 우리에겐 새 피복 지급이 있었다. 맞지 않는 군복이었으나 미제 군복으로 모두 갈아입었다.

그 밖에도 야전용 침대와 모포 등이 지급되었다. 갑자기 생활환경이 바뀌고 다소나마 화려해진 것이 우선 나의 성미엔 퍽 다행스러웠다.

병영 안을 두루 살피고 새로운 결심을 하면서, 이 낯선 하늘 밑에서 대기를 심호흡해가며 고향을 잊고 자신을 잊고 오직 하나 조국만을 생각하자고 스스로를 타이르기에 많은 시간을 혼자 거닐었다.

밤이 아주 깊어진 다음에야 침대에 누워 내일을 기다려보자고 마음을 다짐했다.

'자, 이곳서 받는 훈련이 어떤 것인지는 몰라도 그 훈련을 끝내면, 반드시 우리가 일군을 탈출한 그 보람을 찾을 수 있을 것이다. 어떻게 죽느냐가 문제이다. 죽을 곳엘 가기 위해서 이곳에 온 것만은 틀림없는 사실이 아니냐.'

야곱의 돌베개가 이제 미군용 침대로 변한 것은 의미 있는 한 계기가 될 것이다. 그러나 내게 잠을 곧 허락해주지 않는 것도 어떤 절대자의 의사이냐? 나의 생각이 깊어질수록 새벽은 밝아왔다. 뜬눈으로 시안의 첫날을 밝힌 아침에 맨 첫 햇살이 병영 안에 스며들 때 나는 시안의 태양을 두 팔 안에 안고 있었다.

"조국의 4월 그믐을 이 순간에 똑같이 밝힐 이 태양아! 너 끓는 아세아의 태양에게서 나는 젊음을 배운다!"

5월의 태양 아래 우리는 'OSS' 대원이 되기 위한 훈련에 들어갔다.

'Office of Strategic Service'의 약자인 'OSS'는 미국의 전략첩보대를 의미한다. 중국에서의 OSS 활동은 앞으로 있을 미군의 일본 상륙작전을 위해 눈부신 예비공작 단계에 있었다. 쿤밍에 본부를 둔 이 OSS의 지휘관은 유명한 도너번Gen. Donovan 소장이었으며 해외 전략기구로서 정보활동과 유격활동을 병행해나가며 적의 후방지역을 교란시키는 공작을 사명으로 하고 있었다.

이 OSS 대원이 되기 위해서 우리는 3개월 동안 특수훈련을 받아야 했다.

두취지구의 OSS 대장은 사전트라고 하는 미군 소령이었으며 대위와 소·중위를 비롯해 문관·하사관까지 20여 명의 미군을 데리고 우리를 훈련시키기로 되어 있었다.

훈련 과정은 예비훈련과 정규훈련으로 나뉘어 있다. 누구나 먼저 신입 수훈생이 되면 일주일의 예비훈련을 받게 된다.

인가와는 아주 멀리 떨어진 중난산 깊숙하게 중난사終南寺가 있는데 이 절 옆에 예비훈련장이 마련되어 있었다.

몇 개의 행군용 천막이 일정한 코스를 따라 드문드문 쳐 있고, 우거진 나무 그늘 밑에서 훈련을 받으나, 만약 비가 오든가 하면 천막으로 물리곤 했다.

정규훈련 과정은 여기서 밝히지 않기로 한다. 그것은 여러 가지 나의 사려에서 나온 결론이다. 그러나 예비훈련 과정은 간단하게나마 기술해도 괜찮을 것 같다. 여러 가지 재미있는 일도 있다.

예비 수훈생들은 등과 앞가슴에 번호패를 붙이고 20여 명씩 단위로 조를 이루어 훈련 교관의 지시에 따라 이리저리 몰리면서 숙달 연습 과정을 치른다.

예를 들면 도강술, 사격술의 기초 과정에서 게릴라전법에 필요한 갖가지 특전단의 군사훈련이다. 밧줄을 타고 절벽 밑까지 내려가 페인트칠이 된 나뭇잎을 따온다든가, 밤에 낙하 연습을 한다든가, 식사 시에 매몰한 폭약을 바로 옆에서 폭발시킨다든가, 특수 음폐 및 엄폐법을 가르친다든가 하는 적지 침투공작이었다. 이 교관들은 모두가 미육군특전단美陸軍特戰團의 전술사관들이었다.

이러한 예비훈련이 일주일 계속되는 동안에 교관들은 가슴과 잔등에 붙인 번호판으로 각자의 자질을 전문적으로 사정査定하여 자질 분석을 하여냈다.

물론 심리전장교도 있고 정보장교도 있으며 정훈장교도 섞여 있어서 이들은 전문적으로 대원 후보자들의 적성을 개성과 성격과 지능에 따라 가려냈다. 훈련기간 중의 일거일동의 행동까지 전부 준비된 적성사정표適性査定表에 기록되고 이것은 전연 비밀로 조금도 의식하지 못하는 사이에 이루어져 정규훈련에 들어가는 것이다.

이러한 객관적 자질 심사에 의해서 기록된 판별과 적성은 각자의 정규 훈련 과정의 결정에 가장 큰 역할을 했다.

즉 앞으로 부여될 임무가 이때 정해지고 이 임무에 따라 실시되는 특수 훈련의 내용이 분별되기 때문이다.

어떤 수훈생에게 '통신', 어떤 수훈생에겐 '교란 행동', 또 어떤 수훈생에게는 '정보 수집', 그리고 심지어는 '유격대 조직'에 이르기까지 다원적인 임무가 주어졌다.

이런 훈련을 우리는 3개월 동안 받았다. 태평양전쟁이 차차 북상하여 이오지마硫黃島 작전에까지 이르도록 전세는 긴박하여갔다.

그러는 동안에도 나는 충칭의 투차오에서 내놓은 잡지『등불』다섯 권에 대한 애착을 연장시켜 시안에 도착한 이래 고된 훈련에도 불구하고『제단』祭壇이란 잡지를 내놓았다.『제단』은 나를 바칠 제단이었다.

이『제단』은 이 장군의 찬동을 얻어 순전히 나의 주편으로 두취에서 나온 잡지이다.『제단』제1호는 300부를 발간해서 우리 광복군 제2지대원은 물론 충칭에 있는 정부 요인들과 멀리 미주에까지 우송하여 대환영을 받았던 것이다.

이제 머지않아 국내 잠입을 하게 될 것이므로, 내가 마지막 모국어를 사랑한 증거로서『제단』제2호를 8월 5일까지 출간시킬 예정으로 밤을 밝히고 있었다. 나는 이때 잡지사로 사무실을 하나 따로 가지고 있었다. 훈련도 다 마친 뒤였으므로 오직 나의 심혈을 기울여『제단』을 만들고 거의 제본 단계에까지 갔던 것이다.

내가 이『제단』잡지사를 사무실로 쓰게 된 연유는 '중화기독청년회'의 간사였던 덴마크인 팬즈 박사의 도움에 있었다.

시안에서 예비훈련을 받고 정규훈련으로 들어가기까지의 며칠 동안에 나는 지대장의 부름을 받고 특별한 임무를 받은 적이 있었다.

지대장 이 장군은 나에게 팬즈 박사가 시안에 망명해 와 있는 한국인 교포들과 광복군에 있는 우리를 돕기 위해서 충칭으로부터 이곳 시안엘 다녀가게 되었는데, 지금 교포 가운데 한 사람인 유柳 모라는 자가 그를 싸돌고 복리기금을 가로채려고 하니 이 문제를 해결해보라고 지시를 주었던 것이다.

나는 우선 시안에 나가 교포들로부터 유 모라는 자의 신원부터 파악하고자 들었다.

그가 일본인과도 내통이 있다는 구설이 종합되면서 이중 첩자의 의혹이 그의 정체에서 번져 나왔다. 『제단』으로 해서 수소문은 쉬웠다. 그가 어떻게 시안에 들어왔으며, 또 어떤 일을 하고 있고, 팬즈 박사와의 접촉은 어떻게 시작되었는가를 캐어내면서 그가 부정기적이나 자취를 감추는 일이 있음을 탐지하였다. 이런 예비 단계를 거친 뒤에 나는 이 장군으로부터 팬즈 박사를 정식으로 소개받았다. 다행히 팬즈 박사와는 중국어로 대화가 가능했다.

그는 충칭에다가 '주한기독교 청년회관'을 짓는 데 가장 공헌이 큰 사람의 하나였다. '세계기독교청년회 연합회'와 연관을 가진 팬즈 박사는 내가 그를 아는 것 이상으로 이미 나를 알고 있었다. 놀라운 일로 생각했으나, 내가 충칭의 투차오에 있을 때 작성한 '한국기독교 사정'이란 보고서가 인도에서 열린 '세계기독교연합총회' 1945년차 회의에 제출된 연유로 해서 나를 알고 있었다고 했다. 그뿐만 아니라 『타임』지 기자와의 인터뷰 보도도, 또 '세계기독교선교회'의 총무인 미국 데커 박사의 이야기도 매우 훌륭한 작용을 하였다.

가장 큰 효과를 준 것은 김규식 박사의 소개였다. 팬즈 박사가 충칭을 떠날 때 김 박사가 특별히 나를 만나보라고 했다는 사실을 토로했다. 나는 팬즈 박사와 함께 40리의 길을 나와서 시안의 한 목욕탕으로 그를 안내하였다. 이곳의 목욕탕은 고급 사교장이었다. 깨끗한 설비와 고급 시설로써 장시간에 걸쳐 피로를 풀며 서로 적나라한 기분으로 얘기를 주고받을 수 있는 분위기가 되어 있는 목욕탕이었다.

물에 들어갔다가 나와서 중국차를 마시고 다시 들어갔다가 나와서 또 과일이나 과자 같은 것을 먹고 하며, 충분한 휴식을 곁들여 그를 설득하려 들었다. 같은 한인인 유 모가 팬즈 박사의 복리기금을 가로채도록 이미 일이 진행되어, 이 정보가 이 장군에게 들어갈 정도로 확정된 사실을 전복시키는 것은 쉬운 일이 아니었다.

충칭에서 김규식 박사의 주선으로 외국인과 접촉하며 최근의 국내 현황을 설명하던 그때의 이력이 팬즈 박사로 하여금 나를 신임하게 하는 데 가장 큰 도움을 주었다. 나는 이 덴마크의 팬즈 박사가 누구에게 복리기금을 주어야 가장 유용하게 쓸 수 있는가를 판단하는 데 필요한 인포메이션〔information, 정보〕만을 주었다. 우리가 같이 목욕탕에 들어간 지 네 시간 만에 그는 30만 원의 자금을 우리에게 전달하겠다고 약속해주었다.

이 장군은 나의 설득력에 감탄한다고 하면서 30만 원의 사용권까지 위임시켜주었다. 과연 며칠 뒤에 정확하게 30만 원의 돈이 도착하였다.

나는 이 장군과 의논 끝에 역시 한 채의 고사古寺를 사기로 했다. 낡을 대로 낡은 이 절간을 헐어내고 기둥과 지붕만 살려서 교회당으로 개조하는 한편, 오락실도 만들고 잡지사도 차렸던 것이다.

일요일이면 우리 교포들이 모여서 예배를 보기도 했고 모임을 갖기도 했으며 오락실을 이용하기도 하였다. 나는 아주 부속 건물에 숙소까지 만들어 그 안에서 『제단』을 꾸미고 있었던 것이다.

이렇게 3개월이 지난 어느 날, 그러니까 1945년 8월 3일, 낮 12시가 조금 지난 시간에 나의 사무실을 요란스럽게 두드리는 소리가 나를 놀라게 하였다.

그는 김신일 동지가 보낸 사람이었다(김신일 동지는 김준엽 동지의 다른 이름).

김 동지는 그때 지대장 이범석 장군의 전속부관으로 일하고 있었다.

"대장님이 보낸 것이오? 아니면 김 동지가 보낸 것이오?"

"김 부관께서 잠깐 만나 할 말이 있으니 본대로 급히 나오시라는 전갈입니다."

나는 같이 『제단』을 제본하던 몇몇 동지들에게 잡지의 완성을 부탁하고 1킬로미터나 되는 본대까지의 거리를 곤두박질로 달려갔다.

내가 놀란 이유는 두 가지가 있다. 하나는 그때 시시각각으로 급변하는 국제정세에 따라 전략이 급박하게 되었다든가, 아니면 김 동지 부부의 주례를 선 내가 벌써 어떤 주례로서의 책임을 져야 할 일이 생겼다든가 하는 두 가지 가능성을 예상하면서 그 어느 것일까를 가지고 나대로의 추측을 펼쳐 놀란 가슴을 진정시키려 하였다.

나에겐 신일 동지의 결혼에 끝까지 후견인이 될 책임이 있었다.

두취의 광복군 병영 안에서 한때는 다른 동지들과 신일 동지 사이에 오해가 끼어들어 난처한 처지가 된 일이 있었다. 미스 민과 사랑하는 사이로 발전한 계기는 잘 모른다. 그러나 이 장군의 대장실에서 같이 근무하는 대장의 전속부관과 비서와의 관계이므로 차차 가까워진 것은 뻔한 일이었고, 따라서 다른 동지들은 눈총을 보내기 시작했고 신일 동지가 미스 민과의 연애에 빠졌다는 소문이 표면화하자 그는 공연한 따돌림으로 몰리게 된 것이었다.

어느 날 신일 동지는 날 찾아주었다.

"신철 동지, 이제 동지들이 다 알게 되다시피 우리는 사랑하게 되었고 서로 사랑한다는 것이 괴로운 사실이라는 것까지 알게 되었소……. 그러나 우리는 지금 광복군으로서, OSS의 대원으로서, 그리고 조국 광복을 위해서 중대한 임무를 맡고 있는 것을 모르는 바 아니오. 나는 어떻게 하였으면 좋겠소. 많은 동지들의 눈총을 받고 질시를 당하는 난처한 처지에 빠진 것 같소. 내 일신에는 아주 중대한 문제이니 신철 동지의 도움 없이는 어떻게 해결될 것 같지 않소" 하고 자못 근심스러운 표정을 보여줬다.

유유히 흐르는 두취 앞 강 물결을 바라보며 우리는 나란히 앉아 저녁 물결 위에 자갈돌만 풍덩풍덩 던져 넣고 있었다(신철이라는 이름은 나의 망명 시절의 이름이다. 아니, 신일 동지와 형제처럼 김신철로 중국서 쓸 이름을 지은 것이다).

그러나 강물이 던지는 돌을 집어삼켜도 삼켜도 아무 일도 없듯이 신일 동지의 가슴은 타는 초심지처럼 안타깝고 초조해 보임에는 아무런 변화도 안정도 오지 않았다.

이윽고 그에게 한마디 물었다.

"정말 사랑하고 있소? 지금 시안에서만 필요한 애인이 아니라, 일생을 두고 사랑할 애인으로 사랑하고 있소? 그를, 잘못하면 그를 일생 동안 고생시킬지도 모르는데, 그래도 그는 신일 동지를 사랑한다는 거요?"

신일 동지는 말 없는 강물처럼 고개를 끄덕였다. 나는 정면으로 그의 눈동자의 맹서를 찾아내었다.

"좋아, 그러면 모든 것을 내가 맡아 무마시키지요. 날짜를 두 분은 택하시오. 아주 결혼을 하여버리면 될 게 아니오."

이 강변의 서약은 나로 하여금 내 일생의 첫 주례를 서게 만들었다. 우선 나는 충칭을 거쳐 온 우리 동지 대원들을 하나씩 만나 개별 접촉으로 그들의 결혼을 축복해주는 것이 결과적으로 본인들에게나 우리 전체에게나 다 좋을 것 같다고 설득하기 시작했다. 이렇게 하여 우리 동지들은 모두 모여서 김신일 부부의 결혼을 축복하여주었고 또다시 병영 안의 분위기는 일변하게 되었던 기억이 바로 어제 일같이 생생한 때였다.

내가 본대에 닿자마자 신일 동지는 기다리고 있었다는 듯이 맞아주었다. 우선 신일 동지가 권해주는 대로 그의 옆에 앉아, 만나자는 사유가 궁금했으나 입을 열지 않고 그의 표정을 살피어보았다.

이윽고 신일 동지가 먼저 입을 떼어주었다.

"신철 동지, 대장께선 신철 동지를 국내로 들여보내지 않을 모양이오……"

말을 기다리던 나에게서 나온 첫 반응은 깊은 한숨 한 가닥이었다.

우선 신일 동지의 가정문제가 아닌 점이 고마웠고 그래서 안심이 되었다.
'그렇겠지. 그의 개인문제라면 그가 나를 찾아왔을 거야.'

예측이 맞았다.

내가 이런 생각을 하고 있는 동안에 신일 동지는 다시 입을 열었다.

"……나로서는 충분히 신철 동지의 뜻을 전한 것 같은데, 대장께서는
생각이 다른 것 같애. 국내 잠입공작도 중하지만, 전후에 쓸 수 있는 인재
는 남겨야 한다고 고민하시는걸."

신일 동지는 못 할 말 없다는 듯이 가슴을 터놓고 난처한 표정을 나에
게 들이댔다. 나의 가슴이 막히는 듯했다. 중난산이 가슴 위에 올려진 것
같았다. 아니, 조국의 무게에 짓눌리는 것 같았다. 나는 한마디도 말을 할
수가 없었다.

"……."

그것은 전연 뜻밖의 일은 아니다. 가는 흥분이 일기 시작하였다. 콧김
이 더워지면서 나는 나의 결심을 재고 있었다. 나의 결심이 무거우냐, 조
국의 무게가 무거우냐?

내가 지원한 것은 국내 공작이었다. 국내 공작의 목표는 결국 나의 죽
음이다. 내가 나의 죽음을 지불하면 내 능력껏 그 대가가 조국을 위해서
결제될 것이다. 나의 각오는 한 장의 정수표다.

발행인은 장준하, 결제인은 조국이다. 미국이 일본 본토 상륙작전 개시
이전에 한반도에 먼저 상륙할 것이고, 이 상륙에 앞서 우리가 먼저 잠입하
여 상륙군을 돕는 것이 나의 비밀 사명이다.

국내 공작은 서해안으로 상륙할 지점으로부터 서울까지 연결, 접선되
어야 한다.

한반도에 대한 연합군의 공략은 일본의 본토 사수의 결의를 꺾자는 데
있는 것이다. 이 공략을 돕기 위해 경무기로 무장된 우리가 잠수함이나 낙
하산으로 투입되어 우선은 첩보활동, 다음 단계로 정보 송신, 그리고 최종
으로 유격대 조직 및 군사시설 파괴공작을 수행하도록 미리 결정이 되어

있었던 것이다. 그리고 이 모든 3단계 활동이 성공할 경우, 국민군을 조직하여 미군 상륙과 때를 맞추어 후방 교란을 지휘하는 책임까지 졌으며, 국내 교란에 필요한 무기와 탄약의 공중 지원을 받게 되어 있었다.

이러한 면밀한 작전의 초안자가 바로 이 장군 자신이었으므로 그 위험성을 너무나도 잘 알고 있는 지대장으로서는 나를 죽음의 골짜기에 집어넣기에 고민이 컸던 모양이다.

그러나 이 작전 계획은 1944년 겨울에 이미 연합군 중국 전구사령부를 거쳐 미 국방성 펜타곤의 찬성을 얻었으며, 전황의 추이와 병행시켜 1945년 초기에 연합군사령부에서 검토되고 있었던 것이다.

연합군사령부는 즉시 OSS의 한국인 공작대의 훈련을 시안에서 실시하도록 자체 준비를 서둘렀고, 이 계획의 회부로 이 장군이 충칭에도 왔던 것이다.

도너번 소장은 이 작전 계획의 수행에 가장 적합한 인적 요소가 부합되는 조건을 우리 충칭의 일군 탈출병으로 보았던 것이다. 한반도에서 출발한 지 몇 개월밖에 안 되므로 비교적 상세히 국내 사정을 알고 있을 것이며, 더구나 일본군 출신이므로 일군의 사정에 정통하며, 또한 대학까지 진학한 지적 수준이 높은 인재들이며, 일본에 대한 피식민의 적개심에 불타고 있으며, 더군다나 일군 탈출로 그것이 충분히 증명되었고, 이제는 조국 광복을 염원하고 있다는 이런 제 조건이 미군 당국을 만족시켰다.

나도 여러 번 그들에게서 직접 들은 사실이지만, 우리가 일본에서 대학을 중퇴하고 나온 학도병 출신 인텔리라는 점에서 미군 장교까지도 인식을 달리하여주었다. 이리하여 예비훈련이 5월의 시안 땅에서 시작되었고, 이에 참가할 요원들이 충칭을 비롯한 여러 지역에서 모여들어 한적하던 광복군 제2지대는 활기를 띠게 된 것이다.

이제 남은 일이란 국내 잠입의 최종 명령을 기다리던 일이었다.

훈련반의 지휘관 사전트 소령은 그 방법과 시기와 최종 절차를 의논하기 위하여 쿤밍으로 떠났고, 우리는 그의 귀환을 기다리고 있던 중이었다.

나는 다른 세 명의 대원과 함께 경성(서울)지역을 맡게 되었다. 무전 송신에 능숙한 노능서 동지와 권총의 명사수로서 탁월한 기술이 있는 이계현李啓玄 동지, 그리고 대학 시절엔 권투선수였다는 완력이 센 김성환 동지 그리고 나. 이렇게 모두 각기의 특기를 가진 네 명이 서울지역반이 된 것이다. 그러고 보면 나만 기량이 부족한 것 같은데, 그 대신 나에게는 정보 책임과 조직 책임이 지워졌다. 그것도 특기라고 할 수 있는지 몰라도 나에게는 기독교라는 커다란 배경이 있었기 때문에 나도 자신과 자부를 가진 것은 사실이었다.

그러나 이미 우리에게는 살아남으리라는 생각은 아예 남지도 않고 '죽음의 발걸음을 어떻게 내던질 것이냐'가 문제였던 것이다. 그리고 대장께서도 이러한 우리의 사명 수락을 기쁘게 인정했으며, 우리의 결의를 그대로 받아주었던 것이다.

이러한 예정 사실이 대장의 심경 변화로 움직여질 수 있을까 의아하게 생각했다. 날 아껴주는 것은 감사하지만, 내가 서울지역반을 떠나서는 일이 될 것 같지 않았다.

물론 그가 유능하다고 보아둔 청년이 사지로 가게 됨을 가슴 아프게 생각할 것은 누구나 지휘관으로서는 다 갖는 슬픔일 것이다. 그러나 나의 활동은 반드시 한반도 공략에 필요 불가결한 것이 되리라고 자부해왔다. 도저히 나의 마음속 결의를 번복할 수가 없는 입장이었다. 나는 이 진퇴유곡에서 침통해질 수밖에 없었다. 나는 그냥 침묵만을 안고 있었다.

오히려 신일 동지가 먼저 입을 열었다.

"하여간 신철 동지가 직접 대장님을 뵙고 말씀드려보오. 끝까지 대장님이 만류한다면, 신철 동지가 생각을 돌리는 것도 좋을 것 같소."

그러나 나의 마음은 흔들리지 않는 수면처럼 수심의 깊이 때문에 한결같았다. 전후의 일을 처리할 일꾼은 또 있을 것이 아닌가. 나의 사명은 어떤 것일까. 진정 내가 몸 바칠 곳은 어떤 일일까. 나는 전후에 대비할 일을 맡는 것이 나의 일이라고 얼른 수긍할 수가 없었다.

"신일 동지, 신일 동지의 염려나 대장님의 배려가 너무나 고맙긴 하지만, 내가 그것을 모르는 것이 아니지만, 그것보다도 우리 서울지구공작반에서 나보다 더 효과적인 공작 임무를 할 사람이 누구라고 생각하고 있소? 그것이 문제요. ……아무튼 대장님을 한번 만나 뵙는 것이 좋을 것 같군요."

나는 신일 동지로부터의 다음 날 아침 조례 뒤에 만나 뵐 기회를 만들어주겠다는 약속을 받고서 일어났다.

"서울지구공작반의 임무가 가장 중요하다고 나는 생각하오. 그런데 이제 와서 내가 빠지게 된다면, 아마도 내 생각으로는 공작반이 와해되리라고 생각하오."

나는 문을 향해 돌아 나오면서 혼잣말처럼 벽을 향하여 뇌까렸다.

본대 영내를 벗어난 나는 곧장 중국인 장터로 들어가 이발소를 찾아내었다. 중국인 이발소에 들어가 앉았다. 그러고는 눈을 지그시 한번 감아보고 나의 마음을 스스로 시험해보는 것이었다.

이윽고 이발사에게 삭발을 명했다. 그러나 이발사는 너무나 이상하고 비상식적인 일이었으므로 눈이 휘둥그레져서 나의 눈치만 살피는 것이었다.

나는 또 한 번 삭발을 명하고 의자에 깊숙이 몸을 묻었다.

처음엔 전연 미덥지 않다는 의혹의 눈치였으나, 재삼 깎으라는 나의 단호한 부탁에 이발사는 할 수 없다는 듯이 가위와 빗을 들고 달려들었다.

그러고는 연방 손으로 머리를 쥐고 가위로 이렇게, '이렇게 깎아버리라는가'라는 확인 질문을 자꾸 되풀이하였다. 나는 입을 열지 못하고 고개만 끄덕였다.

깎인 머리카락은 마루 위에 떨어졌다. 내 긴 머리카락이 가위질로 잘리어 한 줌씩 떨어져 이발사에게 밟힐 때 나는 내 몸이 밟히는 것처럼 소름이 끼쳤다. 머리털은 함부로 밟혔다. 이것을 내려다보고 있는 가슴속엔, 마구 밟힌 조국의 이미지가 이제는 내 스스로에게 귀착되는 것 같아서 어떤 분노가 끓기 시작했다. 그리고 그 뒤에 따르는 허전함이란 꼭 집어 말할 수 없는 야릇한 심정이었다.

　내 발로 걸어 들어와 내 의사로 깎으라고 하여 버려진 머리카락이긴 하지만, 신체발부身體髮膚 수지부모受之父母라는 옛말대로 새삼스럽게 마음이 괴로웠다. 부모에 대한 죄송한 마음이 이렇게 이발소 안에서 되살아 나를 괴롭힐 줄은 정말 몰랐다.

　머리가 거반 다 깎이고 나자, 수지부모라는 문자대로의 갸륵한 의미에서 그런 것은 못 되었지만, 섭섭한 마음 금할 수 없었던 것은 사실이다.

　이보다 먼저 나에게는 두발 수난의 경험이 일찍이 있었다. 그때는 중학을 졸업하기 석 달 전부터 머리를 기르기 시작하여 졸업한 지 한 두어 달만에 겨우 볼 만하게 자랐던 머리가 갑작스러운 일인의 삭발령으로 깎이고 만 일이다. 아침저녁으로 애지중지 거울을 들여다보면서 마치 그 무렵엔 머리 자라는 재미로 세상을 사는 것 같은 집착 속에 길러온 머리가 이발사의 가위질 끝에 섬뻑섬뻑 무참하게 짤리우는 모습을 마주 바라보고 앉은 거울 속을 보며 아까운 긴 머리카락에서 분신감分身感을 내버리던 그 수난사가 새삼스럽게 떠올랐다.

　이윽고 내 머리칼은 또다시 비로 쓸려 쓰레기통 속으로 들어갔다. 상투를 자르려거든 차라리 목을 자르라고 내대던 갑오경장의 일화가 실감 있게 느껴졌다. 솔밭을 벌목하듯 내 머리는 줄지어 깎여 떨어지면서 두 번째 수난이 거의 끝나갔다. 나는 흔연히 나의 결심 앞에 자랑스러웠다. 머리가 다 깎이고 나자 나는 오히려 가벼운 기분을 가질 수 있었다. 처음 느끼던 아픈 심정은 결단성이라는 나의 용기 앞에 혼비백산한 듯 나는 만족스러워했다. 마치 장도의 행장이라도 마친 것 같은 홀가분한 기분이었다. 이것이 내가 일군을 탈출한 지 꼭 1년하고 29일에 있었던 일이다.

　잡지사 사무실에 돌아와보니 동지들은 벌써 잡지의 조합을 거의 끝내고 있었다. 200페이지의 잡지 350부 정도의 일이라 그리 간단한 작업은 아니었다.

　오히려 예상보다는 일의 진행이 빠른 편으로 열심히 일해준 덕이었다.

나는 사무실에 들어서자마자, 남은 일은 내일로 미루자는 말로 동지들을 돌려보냈다. 동지들은 내가 그냥 군모를 쓰고 있었기 때문에 내 머리가 어떻게 된 것인지를 알 까닭이 없었다. 동지들을 돌려보내고 나서 나는 나의 주변을 정리하기 시작하였다.

일용품을 챙기고 일기장을 모두 꺼냈다. 나의 일기는 일군을 탈출하던 1944년 7월 7일부터 이날에 이르기까지 계속해서 써온 일곱 권의 노트였다. 이것을 써놓은 다행스러움이 나를 떨리게 했다. 실히 소포 하나는 될 분량이었다.

다음으로는 내가 만든 『등불』 다섯 권과 『제단』의 1호와 채 제본이 끝나지 않은 2호였다. 이것은 나의 모든 정성이, 나의 나라 사랑이 깃들어 만들어진 잡지였다.

아내와 부모와 민족과 이웃과 친구와 동포와 송두리째 조국을 빼앗긴 나로서는 나의 애정을 기울인 단 하나의 대상, 그것이 『등불』이요, 『제단』이었다.

나의 보람의 기록이요, 내 사랑하는 모든 사람에게 내 죽은 뒤 나의 애정을 보여줄 유일한 증거였다.

내 사랑 다 쏟을 곳 없어 깨알처럼 붓으로 쓰고 매만지고 하여 마음 쓸 곳 찾아 만들어낸 일곱 권의 잡지. 그것은 나의 영원한 기념물이요, 나의 망명생활 속에 그린 망향물이었다.

내 이제 사라진 뒤 김신철을 대신할 것은 단 이 두 가지뿐이었다. 일기나 잡지. 그것은 죽어버린 나보다 오히려 더 중요한 나의 유산이 될 것이다. 아니, 그때는 '그 잡지가 곧 김신철'이가 아닐까?

나는 이 두 가지 위에 유서 한 통을 얹고 큰 봉투 하나를 만들어 차곡차곡 얹은 이 물건을 집어넣고 두 겹으로 쌌다. 나는 담담하게 두 곳의 주소를 적었다. 한 곳은 나의 부모가 계신 곳이요, 또 하나는 나의 아내의 친정 주소였다.

그 밖의 것은 일체를 뜰에 내놓고 쌓아올린 채 불을 댕겼다. 두취의 서

녘이 바야흐로 황혼에 탈 그 무렵, 나는 나의 심장에 불을 사르는 심정으로 내일 없는 김신철의 미련을 불태우고 있었다.

마당에서 일어난 불꽃은 먼 황혼의 저녁 하늘에 춤을 추며 높이 올랐고 나의 가슴속에선 기름이 바지직 타고 있었다.

타오르라, 활활 타오르라. 나의 일용품과 살림살이가 불꽃 속에 지고 있을 때, 나는 고향에서 콩 서리를 하며 불꽃을 올리던 어린 시절의 고향을 생각하고 있었다. 그리고 나의 끓어오르던 분노의 염을 애써 함께 태우고 싶었다.

그것은 내 스스로의 결심을 위해 나의 주변을 청산하는 작업이 내게 안겨주는 분노였다. 아니, 죽음을 선택하는 고뇌였다. 죽음을 실감하기 위한 철학이었다.

김신철의 우상을 불태운 불길은 이 중국 땅 두취의 황혼으로 번져가고 그 자리에는 언제 무엇이 있었느냐는 듯이 몇 줄기의 가느다란 연기만이 하늘거리며 오르고 있었다.

노을이 핏빛으로 하늘에 번졌고, 나의 시야는 온통 피바다가 되어버렸다. 그 속에 하염없이 서 있는 김신철은 영혼을 하나님에게 바칠 온갖 준비를 다하고 있었다. 되돌려 보낼 영혼은 지금 핏빛의 원죄와 분리되고 있었다. 그것은 서서히 나의 심장으로부터 시작되었다.

아무런 거리낌도 없었다. 무엇이고 하나님의 뜻대로 행할 육신이 서 있었다.

나의 영혼은 천정부지로 위로 솟구쳐 오르고 있었다.

내 영혼 저 노을처럼 번지리
겨레의 가슴마다 핏빛으로
내 영혼 영원히 헤엄치리
조국의 역사 속에 핏빛으로

나는 이 네 마디를 다시 써 옮겨 유서 봉투를 다시 뜯고 그 속에 함께 넣어 봉했다.

그러고는 이 소포를 가지고 신일 동지의 숙소로 달려갔다. 신일 동지는 아직 돌아오지 아니했고 그의 부인 민 여사만이 있었다. 나는 부인에게 나의 유물을 전하면서 불원간에 국내로 떠나게 될 터이니 내가 죽은 것이 확인된 뒤에, 귀국하여 이 주소대로 둘 중의 하나 어떤 곳이든 쉬운 곳으로 부쳐달라고 신신당부하였다.

그러고는 더 할 말이 없었다.

민 여사는 종잇장처럼 새하얘지는 얼굴에 애써 태연을 찾으면서 나를 바라보았으나, 나는 입을 다시 뗄 수가 없었다.

내가 마지막 인사를 하고 돌아서자 그때야, "꼭 전해드리겠어요" 하는 말이 등 뒤에서 들렸다. 거의 울음이 되어서 나오는 부인의 이 한마디는 내가 다시 나의 숙소로 돌아오기까지 나의 목을 메이게 했다.

8월 4일 아침이 밝았다. 조례가 끝나자 나는 신일 동지의 안내로 대장을 뵙게 되었다. 이 장군은 악수로 나를 반겨주고 영내의 정원을 같이 걷자고 하셨다. 나는 말없이 대장의 옆을 따르기만 했다. 이 묵묵한 침묵을 이 장군은 이렇게 깨뜨렸다.

"그 『제단』 2호는 어떻게 됐소?"

나는 잡지에 실은 글의 내용에서부터 이미 편집과 등사가 끝난 사실과 제본의 진행 상황을 말씀드렸다.

멀리 서북쪽으로 중난산의 시커먼 그림자가 희미하게 젖어 있었다. 불교가 성했을 때 중국 불승들의 순례가 끊임없이 줄을 이었다는 중난산을 바라보고 나란히 걸어 창고 뒤켠의 우거진 나무 그늘 밑으로 우리는 들어섰다.

이 장군은 나무 그늘 밑 넓적한 돌 위에 자리를 정하면서 나에게도 앉으라고 말씀하셨다. 꽤 여유 있는 분위기 속에 나는 이 장군 곁에 앉았다. 장군은 자기 생각에서 말머리를 풀어내려는 듯이 말이 없으셨다. 그리고 그 시간이 길었다.

기다리다 못해 내가 먼저 입을 열었다. 아마 이 장군도 내 말을 기다린 것 같은 표정으로 날 옆으로 돌아다보셨다.

"신일 동지가 대장님의 고마운 뜻을 전해주더군요."

"……."

"그러나 대장님, 원정 계획대로 들여보내주셔야 하겠습니다. 이제는 모든 준비를 완료했습니다. 저는 이렇게 머리도 깎았습니다."

나는 군모를 벗었다. 당돌한 짓이다.

이 장군은 놀라는 표정을 곧 얼굴의 웃음으로 바꿔놓고, 자못 흥분된 어조로 힘들었던 그의 말문을 여셨다.

"신철 동지의 뜻을 모르는 바는 아니오. 하긴, 나도 아직 베이핑이나 톈진 등지로 폭탄을 안고 육탄작전으로 뛰어들고 싶은 충동을 지금도 강렬히 느끼는 것이 사실이오. 그렇게 해서라도 싸늘하게 식어가는 우리 민족의 혈관 속에 불길을 일으킬 수 있다면 오죽 좋겠소? 그러나 지금은 우리가 가장 냉철하게 국제정세를 살펴야 할 때라고 생각하오. 왜놈들이 더 뻗대보았댔자 앞으로 반년을 더 갈 것 같지 않고, 그 반면에 우리 해외 혁명 세력의 분포 상황과 그 역량을 볼 때에 지극히 한심스럽고 염려되는 문제가 한두 가지가 아니거든."

이 장군은 스스로의 흥분을 식히기 위해서인지 잠시 말을 끊고 심호흡을 하셨다.

"충칭의 영감님들은 정국이 어떻게 돌아가는지 모르고, 허구한 날을 네당, 내 당 하고 떠들고만 있는가 하면, 김약산 일파는 자기 세력 확충에 혈안이 되어 옌안과 내통을 하고 있고, 또 일본군이 패하면 북으로부터 소련군이 남진할 기세를 이미 보이고 있으며, 옌안 일대에 자리 잡은 공산당 일파는 국내 진입을 위해 치밀한 공작을 벌이고 있고…… 자, 도대체 이런 형편이니, 이대로는 전후에 국내에 몰려들 여러 세력이 마구 부딪쳐 세력 충돌이 있을 것이 너무도 명백한 일이란 말이야. 자칫하면 혼란에 빠질 가능성이 크고, 그렇게 되면 민족 분열의 비극이 내다보이는 거지."

"……."

나는 말씀을 더 듣고 싶었다.

"내가 보기에는 어차피 일본의 패망이 눈앞에 다가온 것이니 이곳의 유능한 동지들은 좀 아껴야 할 것 같은 생각이 들어, 전후 처리를 위해서 그때 야기될 사태에 대비할 세력이 있어야 하지 않을까, 나대로의 생각이 있어서 그런 거야."

나의 흥분도 감춰지지 않을 만큼 넘쳐 나왔다. 중난산의 그림자가 선명해졌다.

"대장님의 뜻은 잘 알겠습니다. 그러나 지금까지 우리는 연합군과 어깨를 겨누고 일하면서 그들이 보는 앞에서 일다운 일을 해보지 못하지 않았습니까? 이 귀중한 기회를 통하여 우리의 자결 능력을 보여야 하리라고 생각합니다. ……제 생각입니다마는.

전후에 일할 동지는 그때가 되면 나와서 일할 사람이 많이 생기겠지요. 그러나 지금 일할 동지는 그다지 많지 않은 것 같습니다. 더욱이 이번 공작엔 제가 가장 중요한 포스트를 맡지 않았습니까? 서울지구공작이 성공되어야 계속 국내 침투공작이 진행된다고 하던데, 그렇다면 서울지구공작을 맡을 사람이 누가 있겠습니까? 결국 저는 함경도로부터 남해에 이르기까지 투입되는 20여 개 국내 공작반의 침투 여부를 성공시키느냐 못하느냐 하는 책임까지 지니고 있는 것 같은 책임감에 가득 차 있습니다. 그렇게 스스로 자부하고 있는 것입니다.

저는 다행히 국내의 기독교 관계자들을 많이 알고 있습니다. 누구보다도 지금 믿을 수 있는 우리의 동조자는 이들뿐인 것으로 생각합니다. 적어도 그들은 우리에게 협조해줄 것으로 확신합니다.

서울에 잠입했을 때 동포들에게 생소하지 않은 얼굴로 일할 수 있는 사람은 결국 저 혼자일 것입니다.

뿐만 아니라 저나 김신일 동지가 앞장을 서지 않고서는 다른 동지들에게 용기를 줄 수가 없으리라고 봅니다. 정말입니다.

다행히 신일 동지가 남게 되니 대장님을 돕는 일에 제 몫까지 할 수 있으리라고 마음 든든히 믿습니다.

서울지구 침투공작이 우리의 원정 계획 전체의 성패에 유관되어 있고, 이것이 조국 광복에 가장 큰 작용을 할 수 있는 계기가 된다면, 그 일은 제가 맡아 해보겠습니다."

나는 나의 대화의 상대가 이 계획의 입안자와 실행 책임자요, 대장인 이 장군이라는 것을 생각지 않고, 마치 주객이 전도된 입장에서처럼 강력하게 이 장군을 설득하려고 덤빈 것이 되었다.

이 장군은 한숨으로 나의 주장을 시인했다. 미풍이 나무 그늘을 흔들었다.

"신철 동지의 뜻이 정 그렇다면 더 막고 싶진 않아. 그럼 뜻대로 한번 해보구려."

나뭇잎 사이의 바람이 스며들었다.

"……."

아, 이 한마디는 나의 심정을 일변시킬 만큼 나에게 어떤 충격을 주었다. 이미 나의 생애는 이 장군 앞에서 끝난 것처럼, 나는 나의 가슴을 화석으로 만들었다. 조국의 이미지가 부각된 화석의 무늬라면, 이제부터 나의 존재는 한쪽 돌이라도 좋겠다. 나라를 위해 죽은 나의 심정이 화석으로 남게 된다면 그보다 더한 생애의 보람은 없으리라!

"……하기야 가장 보람 있는 일에 목숨을 던져 일하는 것은 그리 쉽지도 않고, 또 선택되어 주어지는 기회인 것도 사실이긴 하오."

이 장군은 내 얼굴을 쏘아보며 말했다.

이렇게 나는 대장의 완전한 승낙을 얻게 되었다. 8월 20일 안으로 제1기를 마친 우리 50여 명이 함경도로부터 남해에 이르기까지 네 명 혹은 다섯 명씩 지구공작반을 조직하여 잠입하게 되었다. 낙하산을 타고 야음에 투하된다든가 A지구에 이 침투작전이 성공하면 B지구엔 새벽에 잠수정으로 상륙시킨다든가 하는 구체안까지 다 결정이 되어 있었다. 남은 것은 시간문제였다. 그래서 이제는 쿤밍으로부터의 출동명령인 최종 무전 연락을 기다리며 대기하게 되었다. 나는 대장님과 헤어져 가벼운 몸으로 숙소에 돌아와 우선 『제단』 제2호의 제본을 다시 손대기 시작했다. 눈물로써. 이 『제단』이 마지막 잡지가 될 것 같아서 더욱 정성을 기울였다. 나는 나의 마지막 정성을 잡지 한 권 한 권에 쏟았다. 이것이 나의 젊음을 바칠 제단인 것만 같아 더욱 곱고 단정하게 만들어 남기고 싶었다. 남모르는 눈물이 흩어졌다.

이날 점심식사 시간엔 병영 식당에서의 밥이 넘어가지 않았다. 식당 이곳저곳에 모여 앉아 식사를 하는 동지들의 모습을 보니 새삼스럽게 그 동지들이 정다워 보였다.

애초에 우리가 충칭에 들어갈 때엔 우리 일행이 50여 명이 넘었던 것이고, 단 한 사람의 낙오자인 김영록 동지만이 옴 때문에 라오허커우에 떨어졌던 것이다.

그런데 이제는 그 5분지 2라는 숫자의 동지가 흩어졌고 겨우 30여 명이 이곳 시안에서 훈련을 받았다.

신익희 내무부장에게 개별 설득을 당해 충칭의 임정 내무부 경호대에 10명이 남았고, 또 이 장군이 충칭에 오셔서 우리가 이곳 시안으로 와서 전략첩보훈련을 받도록 권유하였을 때, 죽음을 택해 가는 길을 싫다고 기피해버린 7~8명이 생겼고, 결국은 모진 고생 참아가며 충칭까지 같이 들어갔던 동지의 낯익은 얼굴들이 30여 명으로 줄게 되었던 것이다.

오늘 나의 결심이 확정되자, 이들 자리를 같이하지 못한 20여 명에 대한 쓸쓸한 생각이 더욱 짙어졌다.

급식을 받아놓고도 밥맛이 없어 이런 생각 속에 잠겼던 나는 통조림 고기로 끓인 국이 다 식어 도무지 입맛을 되찾을 수 없게 되자, 그대로 밥과 국을 쏟아놓고 식당을 나와버렸다.

그런데 그때였다. 영문에서 환성이 올랐다. 50여 명의 우리 OSS 수훈생 가운데 몇몇 동지들이 띄운 서신으로, 충칭에 남아 있던 동지들이 이곳 생활과 환경을 상세히 알고 이곳을 다시 찾아온 것이다. 이들을 맞는 환성이 올랐다.

처음엔 전략첩보대원이 되기 위해 훈련을 받으러 간다는 사람을 꺼림칙하게 여겼던 그들이다. 그래서 구태여 기피하던 그들이 지금 다시 찾아온 재회의 기쁨이 있었다. 나도 반가웠고 그들이 고맙게 생각되었다. 영내 쪽으로 내달아 그들의 얼굴을 다시 보았으나, 그러나 웬일인지 정작 기뻐야 할 나의 마음은 서글퍼지기도 하였다. 하여간 우리 동지들이 다시 모였다는 것은 마음 든든한 일이었다. 더구나 이제 죽음을 얼마 앞두지 아니한 나로서는 한층 이들 동지와의 재회가 감격스러웠다.

제1기로 훈련을 마친 우리 50여 명에 이어, 다시 제2기의 훈련 과정이 시작되었다. 이에 앞서 일군을 탈출한 학도병들 몇 동지는 불행히 바오지의 포로수용소에서 고생하다가 풀려나와 우리와 합세되어 제2기 훈련에 참가하였다. 우리는 대기 상태에 있었고 새 수훈생들은 우리와 같은 과정을 되풀이해서 밟기 시작했다.

1945년 8월 7일, 이곳 두취로 임정 주석 김구 선생과 광복군 총사령관 이청천 장군이 그전 말씀대로 우리를 찾아주었다.

사랑하는 조국의 아들이 죽으러 가는 훈련을 받으며 죽음을 선택해 가는 마당에 찾아오신 김구 선생의 그 모습은 핑그르 눈물이 도는 격려였다.

두 분을 환영하는 모임이 영내에 임시로 가설된 무대에서 열렸다.

특기를 가진 동지들이 자진하여 나와서 여흥을 돋구었고 노래와 춤으로 무대는 환희에 찬 기분이었다. 잠시나마 우리는 짓눌린 듯이 무거웠던 마음을 펼 수 있었다. 생각 없이 마음껏 웃을 수 있었으며 내일을 잊을 수 있었다. 그것은 최대의 행복감이었다. 또 그것은 마지막 향연이라고 생각되었으며 그래서 우리는 더욱 어떤 특별한 의의를 찾느라고 환호성을 일으켰다. 노혁명가를 모신 한국 청년들의 마음이 충천한 보름달처럼 드높이 고무되었다.

우리의 탈출 1주년 기념일인 7월 7일을 생각과는 달리 훈련 기간 중이어서 그대로 지내버린 아쉬움을 이날 되찾자고 하는 흥분된 기분이었다. 불과 한 달 전만 해도 우리는 고되고 치밀한 계획 속의 훈련 과정에 있었던 것이다.

그날 우리는 정규훈련 속에서 생애 최대의 감회를 안고 뒹굴며 밤을 지새웠다. 노능서 동지는 그날 암호 타전에서 1분간에 250자라는 기록을 세웠다고 했다. 이광인 동지는 권총 사격에서 명사수의 평을 얻었고 나도 정보 분석에 있어서 남에게 그리 뒤지지 않는 식별, 판단력을 인정받았던 것이다. 이 극적인 하이 무드〔high mood, 고조된 분위기〕는 우리의 탈출 기념일에 알맞은 축제 기분을 주었다.

가설무대의 흥분은 조국 광복의 전야제처럼 흥겨웠고, 또 독립서곡으로서도 우리의 가슴에 넘쳐들었다.

심지어는 대장 이 장군까지 무대에 뛰어올랐다. 이 총사령관이 '서울 입성'이란 여흥을 즉흥적으로 하시는 데 우리는 모두 놀라지 않을 수 없었다. 익살과 재치를 섞어가며 우리의 결의를 자극시켜주었다. 우리는 앙양된 사기로 '조국에의 침투'를 영광으로 생각하게까지 되었다.

이튿날 아침 김구 선생과 이청천 장군은 중난산 훈련장으로 수훈 상황을 찾아나가 시찰하였다. 그런데 여기 재미있는 일이 벌어졌다. 점심시간에 식사를 하고 있는데 예기치 못했던 폭음이 터졌던 것이다. 혼비백산하는 수훈생이 있었고 광복군 총사령관 이청천 장군까지 너무나 놀라 들고 있던 점심 그릇을 땅에 떨어뜨리고 말았다.

너무나 민망스러운 일이었다.

폭발은 이들의 바로 뒤에서 일어났다. 그러나 폭발물은 단순한 폭약의 매몰로서, 어떤 수훈생이 얼마나 놀라나 하는 것을 측정하기 위해 미리 장치해놓았던 것을 계획대로 폭발시킨 것뿐이었다.

이 폭발에도 김구 주석께선 태연히 "허허…… 이게 무슨 소린고?" 하실 뿐이었다. 그러나 독립군 총사령관인 장군이 "에크!" 하며 들고 있던 식기를 놓칠 정도로 놀랐다면, 이것은 민망스럽기도 하지만 오히려 외국인 교관인 일개 사관들에게 더 미안한 일이었다고 생각되었다.

처음 당하는 이 테스트에는 거의 안 놀라는 사람이 없지만, 그러나 김구 선생의 그 태연자약한 담력에는 자못 감탄이 나오지 않을 수 없었다. 산 같은 의지력과 신념과 침착한 성품이 능히 우리의 경복을 받으리만큼 큰 그릇의 인물이었다. 나는 새삼스럽게 김구 주석에게서 혁명지도자로서의 인품을 발견하였다. 그 거구의 몸에 담긴 애국과 투쟁 정신과 그리고 혁명의 철학이 나의 존경의 염을 불러일으켰다.

다음 날 아침에는 도너번 장군이 사전트 소령과 함께 우리 병영을 방문했다. 원래 연합군 전구사령부는 사령관을 장제스로 하고 참모장이 미군 웨드마이어 중장이었기 때문에 작전에 있어서도 늘 협동작전을 단일화할 수 있는 장점이 있었다. 연합군 중국 전구사령부에서 전적으로 지지를 받은 이 OSS 국내 침투 계획은 미군의 한국 서해안 상륙작전을 위한 사전 조치였던 것이고, 이 지휘는 도너번 소장이 직접 본국과의 연락 속에 하고 있었다. 작전 개시를 위해 우리를 대기시켜놓고 본부인 쿤밍엘 갔던 사전트 소령이 도너번 장군과 함께 비래飛來한 것이다.

'드디어 올 시기가 온 것이로구나!'

우리는 이렇게 짐작하고 막중한 임무를 운명으로 돌려버렸다. 필경 오고야 말 것이 닥친 것이다.

초조한 우리에겐 집합명령이 없고 이상하게 도너번 소장은 김구 주석과 이청천 사령관과 이범석 장군과 오랜 시간의 회담을 계속하였다.

우리의 공작에 대해서 상세한 검토가 진행되는 것으로 알려졌다. 우리는 신변을 정리하고 이 대장의 명령으로 사물을 정리하게 하였으나, 나는 이미 하여놓은 일로 더욱 두 손이 허탈하였다.

정세가 의외로 급전하고 있다는 정보가 입수되고, 우리에게 만반의 준비 태세를 취하고 몇 시간 뒤에라도 출동할 수 있도록 특별 대기령이 내려졌다.

무엇을 생각할 수 있는 여유가 조금도 허락되지 않는 시간의 연장 속에 초조한 긴장이 계속되었다. 필요한 통신 장비와 무기와 식량과 휴대품을 갖추어놓고, 일본 국민복과 일본 종이와 활자로 찍은 신분증을 가졌으며, 비용으로는 금괴가 준비되어 있었다. 심지어 일본제 신발까지 준비가 되었다. 최후의 연습 과정으로 숨 막힐 듯한 시간의 연속을 따라갔다.

드디어 1945년 8월 10일, 그날 오후, 한 통의 전통이 하달되었다고 했다. 우리는 눈을 감고 출동명령을 얼굴의 피부로 듣도록 간지럽게 기다리며 침착을 기하고 있었다.

다른 사람들은 모두 어수선한 분위기 속에서 당황하기 시작했다. 그런데 뜻밖에도 그 전통은 다른 내용이었다.

일본이 '포츠담선언'을 무조건 수락하겠다는 요청을 중립국을 통하여 연합국에 통고해왔다는 내용이었다.

삽시간에 영내는 어릴 적 운동회에서 본 기마전처럼 발끈 뒤집혀버렸다. 죽음을 택하려고 가는 마당에 떨어진 너무나도 뜻밖의 희보였다. 그러나 우리는 실망과 환희를 동시에 느껴야 했다. 교차되는 두 감정이 가슴속에서 격렬한 힘을 발산했다. 그러나 이 벅찬 순간에 이곳을 방문 중인 김구 주석 일행과 이 장군은 시안 시내에서 후쭝난胡宗南 장군의 초대를 받고 계신고로 안 계셔서 퍽 서운했다.

일본 제국주의가 손을 든다는 사실은 생각하기조차 벅찬 기다림의 끝이었다.

1940년에 들어서서부터 내가 당한, 우리가 당한, 아니 나의 조국이 당한 '대동아전쟁'의 희생물로서의 시련은 이제 끝이 나게 되는 것일까?

기쁨에 뒤이어 실망이, 실망에 뒤따라 기쁨이 서로 뒤바뀌며 벅찬 가슴을 드나들었다. 조국이 광복을 얻게 되었다는 것은 더할 나위 없이 큰 기쁨이다. 그러나 이미 각오된 결심으로 조국 광복의 기수가 되겠다는 기회의 상실은 안타깝도록 가슴 아픈 억울함이기도 했다.

연합군의 한반도 서해안 상륙작전이 며칠만 더 앞선 계획이었더라도 우리는 조국에 뛰어내려 통쾌하고 장렬한 남아의 혼을 그들에게 보일 것이었거늘.

애석한 노릇이었다. 이것도 절대자의 의사일까? 나는 기도하는 심정으로 시안의 하늘을 우러렀다. 구름의 행진이 연합군의 상륙작전처럼 하늘에 뒤덮였고 질서 있는 상륙군의 진격이 서서히 동진하고 있었다.

그런데 그 속에 아주 작은 나, 한국의 한 아들이 만세를 외치며 연합군의 진격을 환영하고 있었다. 뿜어지는 피보래〔피의 소용돌이, 피보라〕속에 만족스러운 표정으로 죽어가면서 연합군의 진군을 계속 유도, 지휘하고 있는 나의 모습.

진격하는 상륙군이 모두 십자가 하나씩을 내 무덤에 꽂아주어 수없이 많은 십자가를 이고 누워 있는 또 하나의 나의 모습이 점점 크게 부각되어 왔다.

"무얼 하나, 신철 동지?"

어깨를 치는 바람에 나는 정신을 가다듬고 뒤를 돌아다보았다. 만면에 희색이 가득한 김신일 동지가 손을 내밀며 악수를 청하였다. 나는 그의 손 대신 온몸을 끌어안고 울음을 터뜨렸다.

8·15 전후 II

저녁노을이 우리 두 사람의 그림자를 길게 길게 늘려주었다. 비통하다는 생각 비슷한 것을 우리 가슴은 이심전심으로 서로 달래주어야만 했다. 노을은 쇼팽의 〈이별곡〉 같은 음률을 머금고 더욱 짙게 붉어갔다.

증축 공사를 하던 OSS 막사며 교련장이며 모든 것이 중단된 채로 여기저기 널려 있었다.

일본 패전의 막바지 고비에 우리를 뒤따라 계속 잠입시키려던 계획이 일시에 중단된 것은 말할 것도 없었다.

다음 날 아침 조례를 알리는 나팔소리가 빈 훈련장을 크게 울렸다. 우리는 그 나팔소리에 끌려 비로소 발길을 옮기기 시작했다.

전원이 모였다.

조국 광복을 못 보고 이국의 한 줌 흙이 되어버린 동지들의 넋을 위해 엄숙한 의식이 갑자기 진행되었던 것이다.

모두들 기침소리 하나 없이 손을 앞으로 모아 맞잡고 고개를 떨구었다. 선열들의 넋은 오늘을 알 것인가 하는 생각에 묵념은 2분, 3분, 4분……계속되었다.

의식이 끝났어도 동지들은 헤어질 줄을 몰랐다. 모두들 그냥 그 자세로 시안의 하늘을 우러렀다. 이른 아침의 강한 햇빛이 우리의 눈을 자극했다. 조국의 땅에서 시련을 받던 많은 사람, 그리고 소식을 알 수 없는 가족들의 얼굴이 주마등같이 지나가는 것이었다.

어느새 막사는 가득한 담배 연기로 탁해졌다. 말없이 들이빠는 담뱃불로 동지들의 가슴은 타고 있었던 것이 분명했다. 그래도 동지들은 흩어질 줄을 몰랐다. 거의 허탈 상태로 하루를 보내고 침묵의 밤으로 이어 샌 것이었다. 그러나 다음 날도 방향감각조차 잃은 듯이 또 하루를 무료하게 지냈다. 다음 날—13일—일조점호를 마치고 식사 중이었는데 신일 동지가 날 찾았다. 곧 대장실로 오라는 전갈이었다. 나는 조반을 먹는 둥 마는 둥 걷어치우고 대장실로 향하였다. 벌써 거기엔 이해평, 노능서, 김신일 동지들이 기다리고 있었다. 내 뒤로 이계현 동지가 들어왔고 잠시 뒤에 노태준 盧泰俊, 안춘생安椿生, 두 구대장區隊長이 잇달아 들어왔다.

얼마 동안 무슨 일인가 싶어 서로의 얼굴을 쳐다보고 있으니까, 그때야 대장이 들어섰다.

"전원 모였는가?"

"네……." 신일 동지가 대답했다.

"오늘 오후 나는 국내로 들어갈 계획이오. 여기 모인 동지들도 나와 함께 행동을 해줘야겠소……. 이상."

너무나도 의아스러운 말씀에 우리는 또 한 번 놀라지 않을 수 없었다.

그러자 대장은 다시 입을 열었다.

"두 구대장은 뒷일을 처리해주어야겠소. 오늘 아침 임시정부는 내게 국내 정진군 총사령관의 직책을 맡겨주었소. 국내에 누구보다 빨리 들어갈 수 있는 길도 생겼소. 중국 전구 미군사령부가 내일 사절단을 서울로 들여보낸다니 우리도 그편에 편승하라는 전달이오."

미군 사절단의 임무는 연합군 포로 인수나 미군 진주를 위한 기초 조사인 듯했다.

그러나 패전 일본군의 최후 발악은 계산에 넣어야만 하는 것이고, 이런 위험 속에 우리가 들어간다는 것은 그것대로 하나의 모험이 아닐 수 없었다. 미군 측으로 봐서도 생소한 지역에 현지 출신으로 훈련된 OSS 대원을 수행시킨다는 것은 그들에게 충분히 검토된 계산일 것이며, 우리 입장으로 봐서는 국내 진입이 지연될수록 그만큼 우리에게 새로운 문제가 생길 것이 뻔한 이상, 한시라도 국내 진입 계획을 단축시키는 것이 당연한 일이 아닐 수 없었다.

우리는 국내에 진입하는 대로 일군에 징병된 우리 병사들을 인수해야 하고, 일군의 무기 접수를 지휘해야 하며, '국민자위군'을 조직하고 또 불순 정치 세력이 작용할 수 없는 분위기를 조성해야 하는 별개의 임무가 있는 것이다.

우리는 이런 것이 우리가 해야 할 임무라고 대충 의견을 모았다. 정말 우리는 중국의 재판이 되도록 해서는 안 될 것이라는 것을 누구나 다 알고 있었다.

"자, 그럼 각자 자기 처소로 돌아가 떠날 준비를 마치시오. 12시 정각, 영내에 다시 집합할 것, 신일 동지는 좀 더 긴밀한 연락을 해주기 바라오."

우리는 지대장실을 나오면서도 우리가 해내야 할 임무가 슬픈 것인지, 기쁜 것인지 구별이 안 되는 듯한 흥분 속에서 깨어나질 못했다. 그러나 그나마도 다행스러운 일이라는 것만은 확실히 알 수 있었다. 각자 흩어지면서 우리는 기쁨의 악수로 동지들의 생각이 모두 같다는 것을 그제야 확인할 수 있었다.

빼앗겼던 땅에 이제 우리가 주인으로 들어가게 된 것, 이것이 새로운 기쁨이 아니고 무엇이겠는가?

내 나라 흙내음 위에서 놈들과 싸우다 한 포기 풀이라도 될 것을 기대하던 끝에 우리는 어엿한 주인으로 들어가게 된 것이다. 이렇게 연속되는 감격 속에서 우리는 그 순간까지 살아남을 수 있었던 망명 세월의 보람을 다시 한 번 느낄 수 있었던 것이다.

이미 내 신변의 모든 것은 다 정리가 되어 있으니 나로서는 12시까지가 지루하기만 했다.

내 쓰던 방과 그리고 교회당의 계속 관리를 김성환, 윤치원 두 동지에게 맡기고 주섬주섬 몇 가지를 추려가지고 일찌감치 본대로 나섰다.

그러나 12시부터 다시 네 시간이나 기다려야 했다. 오후 4시, 우리를 태운 대형 트럭이 움직이기 시작했다. 심호흡으로 나는 그 하늘 그 공기를 깊이깊이 들이마셨다. 그것이 초조와 흥분을 이길 수 있던 그때의 심정이었다. 한 40여 분이나 달렸을까, 우리는 시안 비행장에 닿았다. 비행장에 닿자마자 모두들 뛰어내렸다. 그만큼 우리는 긴장되어 있었고 흥분 속에 있었던 것이 사실이었다.

비행장 구내 보급기지에서 우리는 무기와 탄약 그리고 휴대 식품을 지급받고 기지 대합실에서 대기하게 되었다. 그러나 또 기나긴 시간이 우리를 안타깝게 만들었다. 해가 떨어지고 밤이 비행장을 전부 깔아버려도 탑승명령은 내리지 아니했다.

밤이 깊어가고 이윽고 자정이 지났다. 그래도 명령은 떨어지지 아니했다.

"이러다간 못 들어가는 게 아닌가?"

누군가 이렇게 혼잣말로 지껄였다. 새벽 하늘의 구름이 별을 가리고 별이 다시 드러나고 한참을 이렇게 지나 3시가 가까워지자, 갑자기 웅성대는 소리가 가까워왔다.

미군 사절단 대표로 번즈 대령과 한 무리의 미군이 들어서는 것이었다. 우리 측은 이범석 장군과 다섯 명이었다. 김준엽, 노능서, 이계현, 이해평 그리고 나, 이렇게 일행이 그들과 인사를 나눴다. 미군 측 스물두 명과 우리가 합쳐 모두 스물여덟 명이나 되었다.

"이젠 정말 타나 보다."

이렇게 안도의 숨을 쉬고 누군가가 내민 담배로 그 순간을 태웠다.

14일 오전 4시 정각.

우리는 조용히 활주로로 걸어 나갔다. 새벽의 희미한 여명이 쌍발 대형 수송기 한 대를 우리 시야에 드러내주었다. 각자 자리를 잡고 나서 인원 점검을 마치자 기체가 움직일 듯한 요란한 엔진이 걸렸다. 그러고는 천천히 육중한 기체가 움직였다. 4시 15분, 이륙을 알리는 강한 프로펠러 소리가 일행의 고막을 강하게 자극했다.

나는 지그시 눈을 감고 모든 것을 절대자에게 맡긴다는 한마디로 내 스스로를 타일렀다.

기체에 부딪히는 아침 햇살은 눈부신 금속성으로 변했다. 그 웅장한 행진곡.

뤄양 비행장을 내려다보며 계속 수송기는 후난湖南, 산시를 거쳐 산둥山東을 향했다. 한 다섯 시간 반이나 날았을까, 시계가 10시 40분을 가리켰을 때 비행기는 황해의 아침 바다 위에 있었다.

산둥반도의 해안선이 하얀 거품을 지느러미처럼 달고 꿈틀거리고 있었다. 비행기는 계속 쿤밍과 무전 연락을 하고 있었다.

창파의 물결이 우리를 날게 하는 것처럼 수송기는 조용했다.

그런데 그때였다. 미군 무전사 한 사람이 종이 한 장을 들고, 커널 번즈를 찾았다. 대령이 일어났다. 아마 가벼운 잠에 취해 있었던 것처럼 대령은 눈을 두리번거리며 고개를 들었다.

무전사가 종이쪽지를 내밀었다.

아아!

대령은 눈을 한 번 감았다 뜨면서 다시 한 번 확인하는 듯 전문을 읽었다.

"한국 진입 중지!"

사절 대표는 이렇게 소리쳤다.

비행기는 쿤밍의 지시대로 기수를 돌리고 마는 것이 아닌가!

기가 차는 노릇이었다. 꿈은 너무나 찬란했던 것이다.

누구 하나 입을 여는 이가 없었다. 그저 몇 시간이나 계속된 그대로 침묵뿐이었다. 갑자기 비행기의 프로펠러 소리가 더 크게 들리는 듯 귀가 멍멍해질 뿐이었다.

이렇게도 국내 진입이 힘든 것인가 하는 생각에 입술들만 잘근잘근 짓씹는 동지들이었다. 한 번 떠난 조국은 이렇게도 인색한 것이냐.

뒤에 알게 된 것이지만, 14일 아침 도쿄 만에 진입하던 미국 항공모함이 일본 특공대의 습격을 받았다는 것이다. 일본은 포츠담선언을 무조건 수락한다는 뜻을 통고하고도 계속 그 간교성을 버리지 못하는 것이었다. 그래서 우리 사절단에게도 아직 위험성이 크니 진입을 포기하라는 긴급 전문이 오게 된 것이었다.

비행기는 시안을 떠난 후 열두 시간 이상이 지난 오후 4시 반경에 서울 여의도가 아닌 시안 비행장에 다시 착륙하고 말았다.

우리는 어깨를 늘어뜨리고 두취의 본대로 돌아가기 위해 차를 탔으나 미군은 그냥 비행장에서 대기하게 되었다고 떠나지 아니했다.

혹시나 하는 회의도 있었지만, 면목 없는 발걸음으로 두취 영내로 기어 들어갈 수밖에 없었다. 국내에서 다시 만나볼 줄 알았던 동지들이 모여들며 웬일이냐고 우리를 둘러쌌다.

적지였던 조국으로 잠입하려던 계획의 실패로 안타까웠지만, 이번 미군 사절단 편에 진입하려던 계획의 차질은 더욱 큰 실망을 주었다. 이 실망은 사실 우리를 가슴 아프게 한 것이었다. 일부 동지는 되돌아온 경위를 설명하기에 바빴지만 난 그런 말을 할 힘조차 모두 앗긴 듯 허탈할 뿐이었다. 정말 조국은 그렇게도 머나먼 것인가!

예측대로 소련군이 연해주로부터 남진하고 있다는 신문 보도가 영내에서 우리를 기다리고 있었을 뿐이었다. 그것은 예기되었던 걱정이었다. 모처럼 얻은 해방이 옌안공산당 일파에게 좋은 일 해주는 동기가 될 것이 뻔한 것이었기 때문이다. 소련을 뒤에 업고 그들이 빌일 난장판을 생각할 때 침이 마르는 일이 아닐 수 없었다. 1945년 8월 14일의 저녁은 이렇게 중국 땅에서 실망으로 어두워지기 시작하였다.

8월 15일.

이 광복의 날에 우리는 기쁨보다 더한 근심에 빠져 있었다. 중국 전구에 속해 있는 한국으로 미군은 육로 아닌 해공로로만 진주가 가능한데 소련군은 맞붙은 육지라 그냥 내리 쏠리는 것이니 옌안파가 그 얼마나 날뛸 것인가. 그들이 공산주의건 뭐건 대일투쟁만 했다면 무조건 독립운동자로 개선하게 될 내일의 한국이 어처구니없었다.

무장도 풀지 않고 이 광복의 날 첫 햇살을 두취 병영의 목침대에서 맞으며 나는 조국의 정치적 불안을 능히 예감할 수 있었다.

흐려오는 두취 하늘의 구름처럼 뒤숭숭한 마음으로 동지들은 모여 앉아 해방된 고향, 그 땅 그 사람들 그 인심을 그리고 있었다. 그러면서 우리가 얼마나 무력한가를 애통히 생각했다. 이렇게 멋없는 하루가 들리지 않는 환성, 들리지 않는 환호 속에서 지나갔다.

밤 11시.

그때까지 잠을 못 이루고 있던 우리에게 또 한 번의 희소식이 날아들었다. 그것은 쿤밍으로부터의 무전 지시였다.

"언제 진입하게 될는지 아직 유동적이니, 일단 시안 비행장에서 대기하라."

우선 그것만으로도 우리의 마음은 훨씬 가벼워졌다. 그것만이라도 무력함에 자탄하던 동지들에겐 충분한 위안이 되었던 것이다.

말없이 트럭에 또 올라탔다. 구름이 낮게 깔려 밤과 땅이 구별되지도 않았다. 그 사이를 우리를 태운 트럭이 빠져나갔다. 이제 정말 이곳을 떠나게 될 것인지 좀처럼 믿어지지가 않했다.

16일 새벽, 비행장에 닿은 일행은 구내식당 한 모퉁이에서 어서 날이 밝기만을 기다려야 했다. 지루하기 짝이 없는 하루낮, 하룻밤 그리고 또 하루낮이었다. 언제 명령이 올지 모르니 그저 기다려야만 했다. 변했을 산천, 한 줌의 흙, 한 포기의 풀, 아이들의 모국어, 철없는 아이들의 노랫소리……, 어느 국민학교 교정, 나무 밑 그늘에서 놀 아이들, 그들이 누구라도 괜찮다. 내가 가르친 아이들이라면 더욱 좋다. 그들과 손을 잡고 운동장을 한 바퀴 뛰놀던 그때 그리움이란 것을 다 맛볼 수 있을까. 그땐 조국이란 것을 마음껏 내 가슴, 구석구석에 다 들이마실 수 있을까. 조국이란 것은 이런 것일 게다.

울타리에 덩굴이 올라서 호박꽃이 달렸을 게다. 초가 위엔 고추가 널렸을 게다. 마을에선 모깃불을 피울지도 모른다. 불꽃이 튀며 이야기가 오고갈 게다. 그 속에 감자를 묻고 이야길 나눌는지도 모른다. 아니, 아직 감자가 이를는지도 모른다. 대추나무에 오르다 혼이 난 아이들도 있을 게다. ……아내는 지금쯤 다듬이질을 할지도 모른다. 내가 살아 있다는 기대를 포기했는지도 모른다. 부모님은…….

17일, 저녁식사를 모래알처럼 씹어 넘겼다. 그때 식당으로 한 미군이 들어섰다. 우리 측 인원을 두 사람 줄이고 무기 탄약을 제외한 모든 휴대품을 버리라는 것이다. 그건 아직 한국 영공에 위험이 있다는 말이었다. 어떤 일이 있을지 모르니 가능한 한 기체를 가볍게 하라는 내용이었다.

우리 정진대는 대장과 신일 동지, 노능서 동지 그리고 나, 이렇게 네 명으로 최종 결정을 보았고 휴대품은 전부 본대로 되돌려보내기로 했다. 미군 OSS도 네 사람을 줄였다. 재조정된 일행 스물두 명.

18일 새벽, 우리는 또다시 시안을 이륙했다. 3시 30분경. 이번에는 정말 조국 땅을 밟아볼 것인가? 산둥반도를 지나 황해 위를 날 때까지 나는 반신반의의 마음으로 있었다. 그건 너무나도 실망에 지쳐 있었기 때문이었다. 실망이 싫었다. 정말이었다.

18일 오전 11시. 물 위에 그냥 떠 있는 것 같던 비행기가 갑자기 우리의 연해로 접근하기 시작했다. 차츰 긴장이 스며들어 꼭 활처럼 몸이 굽어지고 마음이 팽팽해졌다. 정강이와 목이 아플 정도였다.

"아앗—"

갑자기 한 동지가 이렇게 소리쳤다.

불시에 달겨들 것 같은 적의 전투기가 예상대로 나타난 듯…….

"어……, 왜?"

나도 따라 놀랐다.

그러나 그건 전투기가 아니라 수평선 밑에서 솟아오르듯이 나타난 인천 앞바다의 섬들이었다. 연해로 접근하는 비행기의 진로 전면에 상대적으로 섬이 튀어 오르는 듯 보인 착각이었다. 감격의 환성이었다.

하늘은 고맙게 맑았다. 구름도 적었다. 냄새라도…… 냄새라도 맡고 싶은 듯이 코를 벌름거려봤지만…….

바로 내 앞에 앉아 계신 이 장군은 붉어진 눈에 몇 번인가 손수건을 갖다 대는 것이 아닌가. 조국을 떠난 지 만 30년 만에 돌아오는 장군으로서는 당연한 감루이리라. 장군은 무엇인가를 적고 계셨다. 의자 뒤에서 슬며시 넘겨다보았다. 이 장군의 붓끝은 다음과 같은 글귀를 남기고 지나갔다.

보았노라 우리 연해의 섬들을
왜놈의 포화 빗발친다 해도
비행기 부서지고 이 몸 찢기어도
찢긴 몸 이 연안에 떨어지리니
물고기 밥이 된들 원통치 않으리
우리의 연해 물 마시고 자란 고기들
그 물고기 살찌게 될 테니…….

며칠 전 두취 본대를 떠나던 날 저녁 장군의 책상 위에 놓인 손수건 한 장에 먹글씨로 써서 남겨논 것을 본 적이 있었다.

'苟存猶今〔구존유금〕志在報國〔지재보국〕—아직 구차히 목숨을 유지한 것은 나라에 보답하기 위함이다.'

이 여덟 자의 글귀가 이 장군의 모든 것을 다 말하는 것이었다. 그러나 지금은 너무나도 시적인 장군의 감정에 또 한 번 속으로 감탄치 않을 수 없었다.

고도를 낮춘 비행기는 한강 하류를 찾아 방향을 돌렸다. 황해를 건너면서 매 5분마다 일본군 조선군사령부에 타전하는 무전이 계속되었는데, 그저 일방적인 타전이었기에 우리는 바짝 긴장하지 않을 수 없었다.

"미국 군사 사절단 진입 중."

그런데 막상 한강 줄기를 따라 영등포 상공에 이르러서야 일군의 답전을 처음 받았다.

"여의도로 내려라."

반 고흐의 그림 한 장이 짙은 아지랑이 속에 아른거리듯, 한강 줄기의 조국이 수송기의 창으로 들어왔다. 8월의 조국, 맑은 하늘 밑의 나무, 길, 산, 들…….

영등포를 지났다. 그러나 또 한 번 선회한다. 아니 두 번. 폭음이 커진다. 여의도 활주로를 향해 허전허전하게 수송기가 꺼지는 듯이 고도를 낮추었다. 일장기를 붙인 수많은 일군 비행기가 기창으로 지나갔다. 중형 전차도 보였다. 또 전투기들.

"이제 곧 일군이 나타나겠구나."

"그들의 얼굴을 맞보게 되리라."

주먹이 쥐어졌다. 무기를 쥔 손에 땀이 스쳤다.

덜컹 하고 활주로에 수송기가 닿았다. 가벼운 진동에 몸이 흔들렸다. 납덩이 속을 밀치고 나가듯이 순간순간 이어지며 비행기가 앞으로 나아갔다.

프로펠러 소리를 뿜으면서 기수가 돌려졌다.

어느 한 격납고 앞의 광장에서 비행기가 멎었다.

숨이 탁 막혔다. 기체 안의 공기가 갑자기 없어진 듯이 가슴이 답답해왔다.

이윽고 문이 열렸다.

우리는 그들에게 전의가 없는 것을 보이기 위해 기관단총을 모두 어깨에 걸쳤다. 그러고도 만일을 위해서 각자 산개하며 뛰어내리기 시작했다.

드디어 내 차례가 왔다.

몸을 날렸다. 아, 그때 그 바람 냄새, 그 공기의 열기, 아른대는 포플러의 아지랑이, 그러고는 순간적이었지만 아무것도 보이지 아니했다. 11시

18분.

그러나 어인 일인가?

우리 주변엔 돌격 태세에 착검을 한 일본군이 완전 포위를 하고 있었다. 워커 구두 밑의 여의도 모래가 발을 구르게 했다.

코끼리 콧대 같은 고무관을 제독통에 연결시킨 험상궂은 방독면을 뒤집어쓴 일군이 차차 비행기를 중심으로 해서 원거리 포위망을 줄여오고 있었다.

너무나도 위험한 상황이었다. 이것이 그리던 조국 땅을 밟고 처음 맞는 분위기였다. 동지들은 눈빛을 무섭게 빛내면서 사주경계를 했다. 그러나 아직 기관단총을 거머쥐지는 아니했다. 여의도의 공기가 움직이지 않는 고체처럼 죄어들어왔다.

뿐만이 아니었다. 타고 온 C-47 수송기로부터 한 50여 미터 떨어진 곳의 격납고 앞에는 실히 1개 중대나 되는 일군 병사들이 일본도를 뽑아든 한 장교에게 인솔되어 정렬해 있었다. 그리고 그 앞에는 고급 장교인 듯한 자들이 한 줄 또 섰고, 장성 몇도 있는 듯했다.

그러나 무엇보다도 18일 낮 12시가 가까운 시간의 그 뜨거운 여의도의 열기가 우리를 더욱 긴장시켰다.

격납고 뒤에까지 무장군이 대기하고 있었다. 중형 전차의 기관포도 이쪽을 향하고 있었다.

비행장 아스팔트 위엔 한여름의 복사열이 그 위기의 긴장처럼 이글대고 있었다. 어느새 우리는 땀에 젖어 있었다. 기막힌 침묵이 10여 분이나 지났다.

그러나 그들은 어떤 행동을 취해오지는 않았다. 마침내 우리가 발걸음을 옮겼다. 우리는 일군 고급 장교들이 늘어선 쪽으로 한 걸음씩 움직여보았다.

"각자 산개―, 조심하라."

누군가가 이렇게 나직이 말했다.

황해 연안으로 비행기가 고도를 낮출 때 누군가가 유서를 쓰던 일이 이 순간 내 머릿속에서 상기되었다.

일군 병사들은 우리가 다가서자 의외로 포위망을 풀듯이 비켜섰다. 우리는 아직 기관단총을 어깨에 멘 그대로였다.

일군이 길을 열어주자, 그들도 육군 중장을 선두로 한 장교단이 우리 쪽으로 오기 시작했다. 그가 바로 조선군 사령관 고즈키上月 중장이었던 것이다.

이윽고 번즈 대령과 고즈키가 마주 보게 되었다. 고즈키는 그의 참모장 이하라井原 소장과 나남羅南 사단장* 및 참모들을 뒤로 거느렸다. 우리는 번즈 대령을 중심으로 좌우로 벌려 섰다.

거구의 번즈 대령과 일군 장군의 체격은 너무나도 대조적이었다.

"나니시니 이라시타노?"(무슨 일로 왔소?)

고즈키 중장이 먼저 입을 열었다. 체신보다는 퍽 야무지게 보였다.

우리 측 대표는 말 대신 영등포 상공에 뿌리다 남긴 선전 전단을 내밀어주었다. 우리의 임무가 일어와 우리말로 적힌 전단이었다. 거긴 또 우리가 이렇게 들어오게 된 사연도 다 적혀 있었다.

우리도 한 장씩 그 전단을 다른 일군 장교들에게 나누어주었다.

고즈키는 이를 받아 읽고, 우리가 들어온 이유는 알겠으나 아직 도쿄 대본영으로부터 아무런 지시도 받은 바 없으니, 더 이상 머물지 말고 돌아가주었으면 좋겠다는 말을 했다. 그러면서 은근한 위협도 하였다. 자기네 병사들이 꽤 흥분해 있으니, 만약 곧 돌아가지 않으면 그 신변 보호에 안전 책임을 지기가 어렵게 되어 있는 분위기라고 했다.

"일본 천황이 이미 연합군에게 무조건 항복한 사실을 모르느냐? 이제부터는 도쿄의 지시가 필요 없다는 것을 알아야 한다."

이것이 우리 측의 주장이었다.

---

* 함경북도 청진시 남부에 있는 나남시에 주둔했던 일본 육군 제19사단의 사단장.

그러나 쉽사리 양보하지 아니했다. 옥신각신하고 말이 몇 번 건너왔다 갔다. 갑자기 고즈키는 한 일군 대좌에게 일을 처리하라고 일렀다. 그러면서 그는 도쿄서 손님이 오기로 되어 있어 마중을 나와 있던 참이란 말을 하곤 물러가버렸다.

다시 나선 한 대좌는 여의도 경비사령관인 시부사와澁澤였다. 대령에겐 대좌가 맞먹는다는 배짱이었는지도 모른다. 구차한 변명은 패전국의 중장이 연합군의 대령에게 부끄러웠던 사실에서 나온 것인지도 모른다.

뜨거운 햇볕이 바늘처럼 땅에 박혔다. 한낮의 무더위가 이 위험한 순간 순간을 불안하게 이어갔다.

대좌 시부사와와 우리 측의 대표 사이에 같은 주장이 몇 차례 더 오고 갔다. 그러나 웬일인지 그 일군 대좌는 그늘 밑에서 이야기하자고 제의해 왔다.

포플러 그늘 밑에 기다란 탁자와 몇 개의 의자가 놓여 있었다. 또 언제 마련했는지 몇 병의 맥주와 사이다 그리고 담배 등이 놓여 있었다. 대좌는 우리를 그곳으로 안내하였다. 내심으로는 이보다 더 반가운 일이 없었다.

대좌는 우선 들라고 권해오기까지 했다. 못 이기는 체하고 타는 목을 한 모금씩 축였다. 나도 사이다 한 잔을 따라 들었다.

그러나 그 첫 잔을 채 비우기도 전에 우리는 아연하지 않을 수 없었다. 그 순간에 다시 포위된 상태로 일군이 들어섰던 것이다. 우리 주변 반경 한 30미터로 금방 달겨들어 우릴 생포할 기세로 눈빛에 독을 올리고 있었다.

우리를 접대하던 일군 장교들이 그 순간 슬금슬금 하나씩 빠져나가고 통역 졸병 하나만이 뒤떨어져 있었다.

이 장군이 그 순간 소리쳤다.

"심상치 않다. 깨끗이 살아온 우리가 여기서 욕을 보나 보다."

이 장군에겐 이미 각오가 서 있는 것 같았다. 순간이었다. 재빨리 우리 정진대는 사격거리를 유지하면서 기관단총을 앞으로 했다. 한 손으로 권총의 안전장치도 풀었다.

"내가 쏘면, 쏘라!"

이 장군이 사격 태세의 구역을 나누라고 말씀하셨다.

온 몸뚱어리 전체가 신경이 되어 초조해졌다. 그러나 미군 대원들은 아직도 눈만 두리번거리고 있었다. 그때 등 뒤에서 번즈 대령이 총을 내리라고 말하는 것이 들렸다.

"전쟁은 끝났소. 쓸데없는 일입니다."

세 시간 40여 분의 시간이 이렇게 지나갔다. 나는 몇 번이나 이 장군의 권총소리가 나는 것 같은 착각에 방아쇠에 힘을 줄 뻔했다. 놈들의 포위망은 정말 한 발자국씩 옮겨져 약 7~8미터의 거리를 겨우 유지하게 되었다. 입속에서 가슴, 배에까지 내 몸속에는 한 방울의 물도 안 남은 것처럼 목이 바직바직 타는 것이었다.

'한바탕 해버릴까. 그것이 차라리 욕되지 않은 죽음인지도 모른다. 우리는 그동안 조국에서 죽기 위해 그 긴 고생을 참아왔다. 당길까?'

이때 여의도 경비사령관 대좌가 헐레벌떡 달려왔다. 그는 어느새 자리를 떴던 것이 분명했다. 곧 번즈 대령에게 다가와 도저히 흥분한 자기 병사를 누를 길 없으니 돌아가주면 좋겠다는 말을 되뇌었다. 결국 번즈도 돌아가겠다는 말을 하는 모양이었다.

대좌는 호위병의 지휘자를 불러 귓속말을 했다. 그러고는 큰 소리로 "어이 오마에 다치 고코 무이테 게이카이 스룬자나쿠 소도 무이테 게이카이 시로."(이봐, 너희들은 이쪽을 보고 경계하지 말고 밖을 향해 서서 경계하란 말야)

히죽 웃음이 나오면서도, 이렇게 위기가 누그러진 것이 다행스러웠다.

지휘자는 전원 '뒤로 돌앗'을 시키고 철모와 총검을 뽑고 벗기게 했다.

마침내 안도의 숨을 쉴 수 있었다. 우리도 총을 다시 내렸다.

대좌와 번즈 대령은 우리가 돌아갈 문제에 대해 협의를 곧 시작했다. 우선 중국 시안까지 갈 가솔린의 보급을 요청하면서 시간을 끌어보자고 했다. 여의도엔 C-47에 맞는 가솔린이 없어서 다음 날 평양에서 운반해다 주겠다는 것이었다. 그렇다면 좋다고 했다.

뒤에 안 일이지만, 일군은 그동안에 우리에 대해 도쿄 대본영에 무전 연락을 취했던 모양이다. 그래서 그동안 우릴 생포해놓을 심산이었던 것이다.

그러나 도쿄의 지시는 가능한 한 문제를 일으키지 말고 해결하는 방안으로 돌려보내라는 것이었다.

잠시 후 일군은 싸악 물러갔다. 그 대신 일개 소대의 일본 헌병이 우리들의 경호를 맡았다. 우리 한 사람에 두 놈씩의 헌병이 따랐다.

제법 친절하게 목욕물을 다 준비하여주었다. 그러나 이 판국에 무장을 풀고 목욕을 할 수는 없는 일이었다.

세수만을 하고 눈을 들었다. 저 멀리 노량진 철교 쪽으로 흰옷 입은 사람들이 보였다. '아아, 동포들이구나!' 하는 생각에 가슴이 뭉클해왔다. 어느새 그 불볕의 해도 기울고 강바람이 비로소 불어오기 시작했다. 그제야 긴장이 풀리는 것이었다.

일본 헌병 대위 한 녀석은 우리 몇 사람에게 꽤 추근대었다. 어디서 배웠기에 그렇게 일본말을 잘하느냐고 했다.

"너희 나라가 곧 패전하게 될 것을 알았기 때문에 임무상 배운 것이다."

"일본 사람들과 직접 접촉해본 일이 있느냐?"

"충칭 포로수용소에서 일인을 많이 보았다. 또 자주 만났다. 그 가운덴 너희 공군 소장도 한 사람 잡혀 있더라."

"……."

우리는 비행장 한복판에서 무전기를 버티어놓고 일군이 구경하는 가운데 무전 연락을 시작했다. 쿤밍과의 무전 연락.

18일의 밤은 여의도에도 내려 덮였다. 해가 떨어지자 흰옷 입은 동포들의 모습은 더 많이 눈에 띄었다. 아무라도 한 사람 소리쳐 불러 이야길 나눠보고 싶은 충동이 끓어올랐지만, 헌병 놈들이 경호란 이름으로 있으니 될 일이 아니었다.

저녁 하늘의 구름이 생선 비늘처럼 흩어졌고 그 위로 바람이 미끄럼을

탔다. 강변의 포플러가 그 바람결에 나무 끝에서 춤을 추었다. 그것만이 우릴 환영하는 것 같았다. '아아, 그리운 곳의 그리운 땅에서 우리는 그리움을 터뜨리지 못하고 있구나' 하는 생각에 입술이 탔다.

우리의 숙소는 일군 장교 집합소였다. 그곳엔 저녁식사를 겸한 간단한 주연까지 마련돼 있었다. 맥주 안주로 튀김, 계란 부침 등이 의미 없는 주연상에 차려져 있었다.

그 대좌와 여의도 경비사령부 참모장이라고 소개된 우에다 중좌가 맥주를 권해왔다.

"준비하느라 한 것이 이것뿐입니다."

역시 일본인은 끝까지 일본인이었다.

대좌가 권하는 맥주 한 잔을 이 장군이 받아 마시면서, "그래 있는 것 다 차린 것이 이것이라니, 물자가 그렇게 귀한데 뭣 때문에 국민의 희생을 요하는 것이었소?"라고 하셨다.

대좌는 "우리 군의 형편이었나 봅니다. 자, 어서 술이나 드시죠" 하고 얼버무려대었다.

장군은 "어, 그럽시다" 하고 흔연히 남은 술잔을 마저 비웠다.

장군은 또 왼편의 우에다에게 한마디 하셨다.

"당신은 공군 출신이라니, 저 일본 공군가나 한번 불러보구려."

제법 맥주 기운이 올라 벌겋게 달아 있던 우에다는 정말 "바쿠온 다다시쿠 고우도오 지시테……"*라고 비창하게 불러대는 것이 아닌가?

그러더니 곧 스스럼히** 군가의 끝을 목 안으로 끌어넣었다.

"……전쟁은 이미 끝났는데 이제 군가가 필요 있는가요? 차라리 다른

---

* 원문에는 '바꾸오온 다까구 고오도오 지시떼……'(爆音高く 高度を持して)로 되어 있으나 원곡 〈燃ゆる大空〉을 확인하여 가사를 바로잡았다(爆音正しく 高度を持して).

** '스스럼히'는 사전에 등재되지 않은 낱말로서 '조심스럽거나 부끄러운 마음이 있다'는 뜻의 '스스럽다'를 활용한 부사형으로 보인다. 여기서는 '슬그머니' 또는 '겸연쩍은 듯' 정도의 의미로 파악된다.

노래 한 가지 하겠소."

일본군 장교의 신분으로서는 놀라운 일이었지만, 사실은 그것이 솔직한 표현일 수밖에 없었다.

이곳, 이 순간에 나는 내 생애에 기록될 만한 일을 저질렀다. 그건 처음으로 술잔을 입에 댄 것이었다. 그까짓 것을 가지고 그러느냐고 하겠지만, 내 자란 집안 환경이 청교도적 기독교 가정이었고 엄격히 술, 담배를 입에 대서는 안 되는 것으로 알아왔기 때문이었다. 그래서 누구나 나와 친근한 사이면 아예 술, 담배는 권하려 들지도 않으려 했다.

"신철 동지, ……난 뜻이 있어서 이 잔을 권하오. 일군 대좌가 따라주는 이 한 잔의 맥주……, 자, 이 잔만은 들어보구려. 중원 6천 리를 횡단하며 이를 갈던 그 원한을 생각해서……, 얼마쯤은 풀어질 것이오. 정말 그 고생을 생각해서 딱 한 잔만."

신일 동지가 어깨를 두드리며 이렇게 말했다.

나는 시부사와 대좌가 따라놓은 잔을 움켜잡았다. 눈을 감았다. 그 맥주 한 잔을 쓰디쓴 승리의 잔으로 생각하고.

그 순간, 갑자기 창밖이 소란스러워졌다. 불길한 예감이 맥주 맛처럼 퍼져 올랐다. 패전의 분풀이를 기도하는 몇몇 일군 장교가 졸병들을 거느리고 주연석을 급습하자는 것.

일이 제대로 되어가는 것 같기도 했다. 여기까지 들어와 그냥 돌아간다는 것이 죄스러운 것 같기도 하였기 때문이다. 기관단총의 안전장치를 풀었다. 의연하게 흩어져 문과 창문 쪽으로 붙었다. 난처해진 건 술을 권하던 일군 장교들이었다. 밖에서는 뒤숭숭한 웅성거림이 계속 들렸다. 우리를 해치우자는 일당과 이를 제지하려는 헌병대가 서로 승강이질을 하는 모양이었다.

마침내 대부대의 헌병대가 동원돼서야 질서가 문란해지고 통수 계통이 사실상 무너진 그들을 진압시켰다. 이렇게 되니 주연이 깨진 것은 물론이었다.

밤이 깊어갔지만 잠이 올 리 없었다. 숙소로 제공된 다다미방에서 밤새 뜬눈으로 새다시피 했다. 바로 영내만 나서면 그리운 동포들이 있으리라는 생각에 더욱 우리는 안타까웠다.

날이 새고 19일 아침의 먼동이 밝아왔다. 어차피 오늘은 어떻게 되리라고 생각하고 동트는 조국의 아침에 마음껏 기지개를 폈다. 눈부신 햇살을 기대했으나 너무 이른 아침이었는지 하늘만이 벌겋게 달아올랐다.

맑고 밝은 조국의 아침을 기다리는 우리의 심정과는 달리, 비행장엔 그 아침이 너무 더디게 왔다. 일행은 다시 돌아갈 수밖에 없다는 번즈 대령의 말을 묵묵히 듣고 있었다.

우리는 수통에 가득 물을 채웠다. 이 물이 고국의 물이라고 생각하고 또 마셨다. 흙도 한 줌씩 종이봉투를 만들어 담아 넣었다. 그 흙 향기를 맡으며 되돌아가면 남았던 동지들에게 전해주고 싶었다. 사나이에게도 간절한 마음은 있었다.

이 한나절 동안 우리는 여러 가지를 궁리했다. 어쩔 수 없는 형편인 줄 알면서도 어디 뚫고 나갈 구멍이 있는가를 모의하기에 아침 햇살이 가득 퍼진 것도 몰랐다. 그러나 떠오른 해의 눈부심 앞에 부끄러움을 느끼지 않을 수 없었다. 떳떳이 조국의 해 앞에 섰다는 생각이 아니어서 그런지, 그 그리웠던 조국의 아침 산하에 우리는 침울하게 서지 않을 수 없었다. 우리 광복군 정진대는 그 해 앞에서 애국가를 불렀다.

그러나 크고 우렁찬 목소리는 결코 아니었다. 마포 강변에 아침 연기가 안개를 밀어내고 자욱하게 들어섰다. 희미한 남산과 아득한 삼각산의 모습이 드러났다. 가슴 조각의 작은 포말이 분수처럼 날아갔다.

"아아, 저것이……."

강 건너 어느 민가에 잠복만 할 수 있다면 맺혀온 한과 멍울져온 분을 한번 풀어볼 수 있으리란 생각에 그 감회의 아침이 원망스러웠다.

"여보, 신철 동지!"

누군가 내 어깨를 쳤다. 돌아보니 노능서 동지였다.

"어떻게 방법이 없을까?"

이심전심인 듯 노 동지도 나와 같은 생각을 가졌던 것을 알아차리고 둘은 어깨를 맞싸안았다. 그래서 이 장군과도 의논했으나 장군은 눈을 지그시 감을 뿐이었다.

뜨거운 한낮이 열기에 닿으면서 우리는 또 일군들과 신경전을 벌여야 했다. 그러다가 오후 3시 반쯤, 평양서 도착했다는 휘발유로 급유가 시작되었다.

5시, 우리는 다시 탑승했다. 아무것도 생각하고 싶지가 않았다. 체념의 눈을 감았다.

낙하산을 가졌으니 적당한 지점에서 뛰어내릴 수 있으리라는 최후의 수단을 생각하고 떠날 땐 모두 말없이 올랐던 것이다.

이 장군이 일어서서 번즈 대령과 귓속말을 나누었다. 그래서인지 수송기는 이륙하자마자 고도를 높였다. 일군 전투기가 뒤따를지도 모르는 일이었다. 간계의 일군이니까.

이 장군은 낙하작전을 제의하는 모양이었고, 번즈 대령은 오히려 일군 전투기의 공격을 염려하는 모양이었다. 사실 조선군사령부의 책임 소재를 벗어난 황해 상공쯤에서 우회 공격을 해온다면 수송기로선 도리 없이 당하는 일이었다.

비행기 항로를 감추느라고 고도를 높여가며 기수를 북향으로 돌렸다. 약 1시간 만에 북위 40도.

그곳서 비행기는 다시 서남쪽으로 날아 황해를 횡단했다.

조국엘 갔다 오는 것이 아니라 무슨 훈련 비행을 마치고 오는 기분인 듯 쓸쓸한 심경이었다. 감정은 이미 터져 있었다.

여의도를 떠난 지 2시간 50분 만에 가솔린의 부족이 계기에 나타났다. 이미 오후 7시 50분. 엔진에 이상도 생겼고 야간 비행은 그 상태로 불가능한 일이라고 했다.

산둥성 웨이현濰縣 비행장에 비행기는 불시착했다. 황망한 벌판 한가운데의 이 비행장은 그때까지도 일본군의 관장하에 있었다. 비행장 주변의 일군 막사로부터 병사들이 우왕좌왕했다. 해질 무렵이어서 그런지 바람까지 스산했고 음산한 비행장의 분위기로 우리는 긴장하지 않을 수 없었다. 여의도는 그래도 각오를 하고 착륙했던 곳이지만, 이곳은 의외의 적지 소굴에 뛰어든 셈이니까 더욱 그랬다. 조국에선 어떤 일이 일어나고 있을까.

우리가 가졌던 무기와 탄약을 전부 내려놓고 비행기를 중심으로 스물두 명이 전투 대형을 짰다. 아니나 다를까, 한 500미터 전방의 막사로 두 대의 군 트럭에서 무장군이 내렸다.

수류탄을 쥐고 엎드려 그들의 반응을 기다렸지만, 그동안 해만 떨어지고 어두워진 비행장엔 땅거미만 모여들었다. 이상한 일이기도 했다.

'날이 아주 어두워야 달려들 모양이구나.'

이런 생각으로 묵묵히 또 한 번의 시련을 기다리는 수밖에 없었다.

그런데 그때, "웨이喂, 웨이!"(여보시오, 여보시오!) 하고 이 장군이 누굴 보고 소리쳐 불렀다. 돌아다보니 비행장 동쪽 저만치에 부락민으로 보이는 중국 사람들이 나와 있었고, 그들도 우리를 구경하는 듯 이쪽을 바라보고 있었다. 비행기를 구경하는 것일까?

이 장군이 손짓을 하며 자꾸 부르자 대여섯 명의 중국인이 달려왔다. 그중에 자전거를 끌고 온 한 청년이 이곳의 일군은 약 1개 대대가 된다고 알려줬다. 이 장군은 그 청년을 잠깐 기다리라고 해놓고 그 즉시 한 장의 편지를 썼다.

"우리는 연합군의 사절단으로 파견되었다. 일군의 항복 절차를 의논하러 온 것이 주목적이니, 일군은 즉시 2킬로미터 밖으로 철수하기 바란다. 그곳서 대기하라. 일군의 자존심과 명예를 우리는 안다."

이 중국어 편지를 보던 청년이 갑자기 태도를 바꾸어 이 장군에게 신분증을 꺼내 보였다. 그는 리원리厲文禮 장군의 유격대원이었다. 비행장 근처의 순찰 임무를 수행 중이라는 것이다.

이 장군은 청년의 어깨를 감싸 안듯 반가워하면서 어깨를 두드렸다. 그도 그럴 것이 리원리 장군은 이 장군과 아주 친분이 두터운 사이였기 때문이다. 청년은 리원리 장군이 나흘 전에 이 웨이현 성내에 일군을 몰아내고 들어왔다는 놀라운 소식을 알려주었다. 리 장군은 산둥 지방의 유격대 사령관으로 대일항쟁 8년간을 계속 이곳서 싸워온 인물이었다. 청년의 이야기는 더욱 이 장군을 놀라게 했다. 리 장군뿐만 아니라 후전자胡振甲 장군도 산둥지구 경비사령관으로 임명되어 나흘 전에 리 장군과 같이 웨이현 성내에 진주하였다는 것이다.

이 장군은 청년에게 또 한 장의 편지를 써주었다. 그건 리, 후 두 장군 앞으로 된 것이었다. 먼저 일군 사령관에게 전하고 그다음 두 장군에게 나중의 것을 전해달라고 이 장군은 재차 부탁했다. 청년은 공손히 자전거를 타고 떠나갔다.

안도의 숨이, 밀려온 어둠 속에서나마 한 줄기 희망의 빛줄기처럼 시원하게 뿜어져 나왔다. 이 장군은 급해할 사람을 위해 대강 이렇게 설명해주셨다. 그때의 희색이 만면하던 이 장군의 모습은 아직도 기억에 새롭다.

이 장군이 왕무바이王慕白라는 중국 이름으로 산둥성의 큰 군벌이던 한푸취韓復榘의 소장참모로 있었을 때, 예하 74사단이 바로 이 웨이현 성에 있었고, 때마침 사단정편師團整編 지도를 이 장군이 맡게 되어 장기간 체류한 적이 있었는데, 그때 현장縣長이 리 장군이었고 후 장군은 경찰서장으로 있었다.

또 한푸취군이 중국군 제55군으로 개편되어 이 장군이 그 참모장이 되었을 때, 이곳 주민들과 오랜 접촉을 가졌으며 웨이현 성 지방명사 16명이 한푸취에게 미움을 받아 처벌받게 된 것을 이 장군이 모면시켜준 일도 있어 왕무바이라는 이름은 웨이현 성의 은인으로 널리 알려져 있다는 것이었다.

우리는 대강 알아차렸으나 미군 친구들은 어찌 된 영문인지를 몰라 어리둥절해하고 있었다. 일군 측 막사로부터도 라이트 불빛이 왔다 갔다 했다. 밤은 이미 어두웠다.

얼마 후 우리에겐 초콜릿 한 개씩이 나누어졌다. 이것이 저녁식사인 셈이었다. 이 장군이 친서를 써 보내기는 했지만 어둠이 완전히 들어차자 긴장의 신경이 돋구어지지 않을 수 없었다.

이 장군은 중국어가 통하는 한 미군 소령과 같이 비행기 주변과 우리의 간이 진지를 둘러보고 사실상의 지휘관이 되었던 것이다. 누가 맡긴 것도 아니고 또 스스로 따르라고 한 것도 아니었지만, 거의 중국인으로 통하였던 이 장군이 이곳에서 솔선 선두에 나선 것은 당연한 것이었는지도 모르겠다.

번즈 대령은 아무 말 없이 침묵을 지키고 있었다. 일생을 중국 전장에서 지낸 이 장군으로서는 그 능란한 작전 대비가 지극히 자연스러울 뿐이었다.

새벽의 별밭이 맑아진 1시쯤이었을까, 남쪽 방향에서 강한 불빛의 행렬이 다가왔다. 우리는 그곳으로 총구를 돌렸다. 올 것이 오는구나 하는 생각도 들었다.

수십 대의 자동차 대열이 분명했다. 그 대열은 강한 라이트로 달려왔다. 그러더니 한 200미터 전방에서 멎었다.

긴장의 순간이었다.

그때, 무어라고 크게 외치는 소리가 들렸다. 이 장군이 귀를 기울였다.

"후전자, 리원리 장군이다!"

이 장군은 이어 대답을 보냈다. 어두운 이역의 밤에서 우리는 또 한 번 이 감격의 순간을 체험한 것이다. 그건 정말 기막힌 기쁨이었던 것이다─ 이 후전자 장군은 얼마 전까지만 해도 자유중국의 사단장으로 있었다. 두 장군은 전갈을 받자 즉시 대부대를 출동시켜 달려온 것이다.

이 장군은 그들과 부둥켜안았다. 다 알아들을 수 없는 중국어로 형제처럼 포옹을 했다.

그러나 리 장군의 팔 하나가 없는 것을 안 이 장군이 스스럼히 놀랐다.*

"웬일이오?"

"일군과의 접전에서 잃었소."

그들이 8년 만에 만나는 극적 해후였다.

"신념도 행동도 변함이 없기로 우리가 이렇게 다시 만났구려……."

이 장군은 그 해후의 흥분을 가누지 못했다.

"8년간의 탄막생활에서 죽지 않고 다시 만난 것은 오직 상제上帝의 은혜요."

그러더니 우리를 차례로 소개해주었다.

곧 후 장군의 병사들이 비행장의 경비를 맡아주었다. 비행기도 마찬가지. 후 장군은 우리를 세단 5대에 분승시켜 웨이현 성안으로 데리고 갔다. 비행장에서 40리쯤 남쪽에 있었다. 산둥성에서는 가장 학예, 문예가 발달한 도시로 인물도 많이 배출한 곳이었다.

긴장을 푼 채 차에 실려 성안에 닿았을 때는 2시가 넘어서였다. 후 장군의 알선으로 어느 숙소에서 일주일 만에 처음으로 깔고 덮고 잘 수가 있었다.

밤늦게 차려온 놀라운 성찬도 아랑곳없이 모두들 피로에 지쳐 곧 잠에 떨어지고 말았다.

1945년 8월 20일은 이미 새고 있었다. 광복군도 떳떳한 승리의 군대로 조국에 개선해서 발언권을 가지고 국내 치안을 주도해보려던 꿈도 함께 잠들고 만 것이다. 눈을 떴을 때 기다리고 있었던 것은 한여름의 아침나절 환한 햇살이었다.

모두들 지친 듯이 아직 자고 있었다. 그러나 결코 무리는 아니었다. 조심스럽게 일어났지만, 역시 민감한 신경들이었는지 훈련 때문인지 몇 동지가 따라 일어났다.

사동 아이가 조반 준비가 다 되었다고 전하고 갔다. 오래간만의 세수를

---

* '스스럼히 놀랐다'는 맥락상 '놀란 감정을 자제하며 조심스럽게 물었다' 정도의 의미로 추정된다.

마치고 조반상을 받았다. 이 방 저 방서 미군들도 기어 나왔다.

아침상은 푸짐한 산해진미였다.

조반을 마치기도 전에 통신 기사가 들어왔다. 어느새 비행장엘 다녀온 모양이었다.

쿤밍과의 연락 지시는 이런 것이었다.

"별도 지시가 있을 때까지 웨이현에 계속 대기하라. 이곳에 있다는 서양인 수용소를 방문, 상황 보고를 하라."

서양인 수용소는 웨이현에서 10여 리 떨어진 곳에 있다고 했다.

세단 4대에 분승해서 그 수용소로 달려갔다. 수용소의 감시원들은 대부분이 뜻밖에도 한국인들이었다. 일본 군부가 경비원으로 모집해서 이런 일들을 시켰던 것이다.

간단한 교섭 절차로 정문을 통과했다. 중국 중부지방에 살던 서양 선교사, 상인 등 합하여 600여 명이 있다고 했다.

그런데 대부분이 부녀자, 아이들, 노인들이었다. 그것도 8년이나 되는 긴 세월의 수용이었으니, 그 꼴이 말이 아닌 것은 물론이요, 모두가 맨발이었다.

마침내 기웃대고 웅성대던 수용인들이 우리의 정체를 짐작했던 모양으로, 달겨들어 거침없이 울음을 터뜨리었다. 마치 남편이나 자식을 대하듯이 그렇게 반갑게 감정을 터뜨리었다.

비록 이민족이었지만 공동의 적을 놓고 싸워온 입장에선 통하는 점이 있을 수 있는 것 같았다.

우리의 조국에 우리의 가족이 저 꼴일지도 모른다는 생각에 더욱 가련하고 안타깝게 보였다. 그저 같이 울어준다는 것으로 해결될 일은 아니었다.

곧 보급이 올 테니 기다리라고나 할 수밖에 없었다. 두 시간 너머 실태 조사는 끝났다. 연락병으로 미군 세 명을 남겨놓고 숙소로 되돌아왔다.

이날 해질 무렵, 미군 비행기 한 대가 수용소 상공을 저공비행하며 낙하 보급을 시작했다. 그곳 주민들은 모두들 고개를 제껴 쳐다보기에 정신이 없었다. 시급한 의료품과 식품이 투하된 것이다. 그들이 좋아할 생각에 우리도 기뻤다. 그리고 그 기쁨은 공상으로 우리를 이끌어주었다. 우리가 여의도에 내려 기지를 접수하고 계속 수송선의 보급작전을 지휘하는 공상을—. 우리 동포들도 저렇게 환호성을 지르며 기뻐할 줄 아는 민족이련만…….

다시 침울한 나흘이 갔다.

8월 24일 저녁, 새로운 지시라는 것이 수신되었다. 그러나 뜻밖에도 입국 계획을 취소하고 시안으로 귀대하라는 내용이었다. 희망의 줄이 끊어지는 현악기처럼 절망의 저음이 일제히 가슴을 울렸다.

웨이현을 떠난 것이 25일 아침, 낮 12시가 좀 지나서 시안 비행장에 내렸다. 풀죽은 어깨를 내려뜨리고 두취를 찾아들었다. 우리 뒤를 이어 계속 입국하려고 대기 중이던 동지들의 낙심이 이만저만이 아니었고 그들 앞에 더욱 우리는 몸 둘 바를 몰랐다. 우리가 되돌아온 사연은 우리 스스로를 위축시키는 이유가 되었다.

한국은 원래 중국 전구에 속해 있었다. 형식상 연합군 사령관은 장제스 총통이고 참모장은 미군 웨드마이어 중장이었지만, 실질적 작전 지휘권은 웨드마이어 장군이 장악하고 있었다. 그래서 우리도 이 전구의 작전 지휘 하에 행동을 하게 되었는데, 의외로 일군의 항복이 빨라 웨드마이어 휘하엔 미처 한국에 진주할 육군 병력이 갖추어지지도 않았을 뿐만 아니라 수송 능력도 마련되지 않은 상태였다.

그러자 중국 전구 내의 공군 수송력을 일본 점령지역 수송에 동원하는 일이 시급해지고, 한국은 이때 중국 전구에서 태평양 전구로 이관되고 말았다. 이 관할 이관으로 맥아더 장군 휘하로 들어갔으니, 종래의 계획에 변경이 올 것은 당연한 일이기도 했다. 따라서 우리의 입국도 중지되었으며 앞으로의 계획도 막연하게 되고 말았다.

그러나 이범석 장군은 줄기차게 웨드마이어 장군에게 교섭을 벌였다. 아무리 전구 이관이 되었다 해도 그동안 인연을 맺은 웨드마이어 장군에게 기대를 걸 수밖에 없는 노릇이었다.

웨드마이어 사령부도 할 수 없이 상하이 방면에 있던 제7함대에 교섭 알선을 해주겠노라 했다. 상하이에서 제7함대 편에 편승 입국하는 길을 택하는 것이다.

그래서 우리는 다시 선발대를 편성했다. 이번엔 이 장군이 빠지고 그 대신 구대장 안춘생 동지가 책임자로 되는 일행 일곱 명이 결정되었다.

상하이로 가기 위해서는 먼저 쿤밍으로 가야만 했다.

8월 29일 오전, 시안 비행장을 떠난 우리는 해질 무렵에 윈난성의 쿤밍에 도착했다. 그러나 성안이 혼란하다 하여 곧 들어가지 못하고 비행장 대합실서 기다려야만 했다.

그 윈난성의 대군벌인 롱윈龍雲이 중국에 남은 최후의 군벌 격으로서 일본이 항복하자 장 총통에게 거의 납치되다시피 되어 충칭으로 끌려갔고 중앙군사위원회의 명예직을 받는 대신 그 군벌 군대를 해산시키는 조건을 받았던 때문에 생긴 혼란이었다. 롱윈은 장 총통의 항일전에 적극적으로 협조하지도 않았고 또 때로는 일본과 내통까지 하였던 것이다.

혼란은 쿤밍 성내의 부하들이 반란을 일으키는 사태로 갔고 시가전도 3일째나 계속된다는 것이다. 이날에도 가끔 총성이 들렸으며, 일체 외국인의 성내 출입이 금지되어 있었다.

우리는 통행금지가 해제된 밤 10시가 지나서 성내의 한 숙소로 들어갈 수 있었다.

그러나 쿤밍에서도 상하이행 비행기편을 교섭했으나 여의치 않고, 다시 4~5일을 머무르지 않을 수 없었다. 그동안 귀에 익었던 쿤밍이라 머무르는 동안 이 역사의 도시를 돌아보기로 했다.

이 쿤밍은 윈난성의 수도이다. 중국과 베트남 경계를 이루는 성이 윈난성으로 그전에는 하나의 왕국이었다.

그 최후의 왕이 탕지야오唐繼堯 장군이다. 그는 일본 육사 출신으로, 쑨원 씨와 제휴해서 현대 편제로는 첫 번째 군관학교인 윈난강무당雲南講武

堂을 세웠다. 사실 쿤밍은 이 군사교육기관으로도 유명하다. 중공의 주더 朱德가 이곳 출신이며, 자유중국의 군사지도자들 가운데 많은 사람, 중국 군의 근대화에 큰 기여를 한 사람이 모두 이곳 출신이었다고 한다. 더욱이 이범석 장군이 이곳 출신이었다.

그런데 이 도시는 일반 중국식 도시와 다른 것이 특징이었다. 식민지로 오래 있던 프랑스령 인도차이나 바로 이웃이어서 그런지 프랑스 정취가 나는 것도 같고, 또 보통 중국 도시보다는 깨끗하고 화려한 편이었다. 그 래서인지 중국에서 양장을 한 여인을 가장 많이 볼 수 있는 도시가 이곳인 듯했다.

사실 2차 대전 중 중국 전구의 미군 전진기지가 이곳이었으며, 또 보급 수송기지가 이곳이었으니 이해할 만한 일이었다.

중국 땅치고는 외국의 영향을 많이 받은 도시가 확실했다. 중국 도시는 어딘가 음침한 표정을 지니는 것이 그 중국적(?)인 인상이었는데, 이 쿤밍 만은 그렇지 아니했다. 이런 도시 분위기에서 우리는 특별한 일정은 짜지 않았지만, 그래도 탕지야오 장군의 묘소, 윈난대학, 쿤밍호 등을 보았다. 변두리로 좀 떨어진 편인 탕지야오 장군의 묘가 가장 인상적이었다.

사실은 그의 장손 되는 사람이 사는 저택으로서 그전에 탕 장군이 쓰던 그 집이며, 그 후원에 묘를 정한 것이다.

우리는 가족의 안내를 받았다. 앞을 가로막는 정각旌閣의 웅장함.

열한 개의 석주石柱가 치받친 사이로 15척 높이의 묘비가 들어서 있었 고 금잔디가 말할 수 없이 고왔다. 조금도 묘소라고 느낄 수가 없었다. 고 인이 중국 근대화의 한 면을 담당한 역사의 인물이니 그러리라고 수긍도 갔다.

또 윈난대학도 프랑스 기풍이 감도는 아담한 분위기였다. 학생수가 1천 여 명이라니 알 만하였다. 일행이 끝으로 도착한 곳은 쿤밍호, 폭이 좁으 나 한없이 긴 호수다. 놀잇배의 사공은 전부 여인이었다. 우리도 중국 여 인 둘이서 노를 젓는 배를 타보았다. 곳곳의 벤치며 정자며, 또 탕지야오 장군의 동상도 모두 푸른 나무 밑에 있었다.

여인들이 세 시간이나 노를 저었는데도 호수의 끝은 보이지 않았다. 중도에서 배를 돌려 기념사진 몇 장을 찍고 나니 하루해가 다 기우는 것이었다. 참으로 오래간만에 중국 땅의 흙을 밟고 서서 수학여행이라도 온 듯한 기분을 잠시라도 가질 수 있었다.

쿤밍 도착 5일 만인 9월 3일. 그날 밤 10시에 우리는 마침내 상하이행 비행기에 몸을 실었다. 밤새 날아 이튿날 아침 10시경 내린 곳이 바로 상하이였다.

안춘생 동지가 이곳의 지리에 밝아 우리는 쉽게 북사천로北四川路 일우一隅에 여장을 풀 수 있었다. 이곳에서 우리는 중국이 전승국이라는 사실을 비로소 실감할 수가 있었다. 온통 상하이는 축제의 기분으로 덮여 있었고, 유흥과 음모의 도시라는 인상은 가려져 있었다.

모처럼 상하이를 구경할 수 있었으나, 기대감은 우리를 초조하게 만들었다. 오히려 하루빨리 입국의 길을 찾아야 하겠다는 생각에 상하이의 면모는 무표정한 대상으로밖에 보이지 않았다.

왜냐하면 예상했던 대로 미 7함대의 배편은 쉽지가 않았고, 또 쉬울 수가 없었다. 가슴이 바싹바싹 조이는 지루함 속에 허송세월이 시작된 것이다.

신문엔 소련군이 압록강, 두만강을 건너 계속 남진하고 있다는 기사가 차례로 보도되었다.

더욱 슬픈 것은 전 중국 지역에서 두 번째로 일군에서 탈출했던 한성수韓聖洙 동지가 상하이에 잠복 진입 3개월 만에 일군에 처형되고 말았다는 비보였다. 그는 평북 용천龍川 출신, 도쿄센슈대학東京專修大學 재학 중에 학병으로 입대, 중국에 파견되었던 탈출 동지였다.

우리가 린촨에서 충칭으로 가던 그날, 그는 린촨서 상하이로 특수 임무를 받고 잠입했던 것이나 일본 헌병대는 그의 과감한 성격을 덜미 잡아 색출, 총살시켜버린 것이다. 너무나 신중하여 일에는 과감할 수 있는 한 동지였건만······.

더욱 우리를 슬프게 한 것은 한 동지가 당시 상하이를 거점으로 일군의 앞잡이를 하여 재벌을 이루고 있던 손이란 자의 간계에 걸려 일본 헌병대에 체포된 것이다.

한 동지는 그 손가에게 군자금을 요구하였다. 그 손가는 날짜와 장소를 약속하고 다시 만나자고 하였다 한다. 그날 그 약속된 장소에는 미리 일본 헌병을 매복시켰다. 이것이 한 동지에 관한 이야기의 전부였다. 그 손가는 오늘도 버젓이 이 나라에서 활개치고 있는 데야.

그러나 우리를 더욱 슬프게 한 것은 새로운 사실이었다. 일본이 항복하기 직전까지 통역이 아니면 일선지구를 돌아다니는 아편 장사나 일군 위안소의 포주들까지도 하루아침에 광복군 모자 하나씩을 얻어 쓰고 독립운동가, 망명가, 혁명가를 자처하는 목불인견의 꼴이었다. 뿐만 아니라 같은 타국에서의 동포 재산을 이런 자일수록 앞장서 몰수하기가 일쑤였고, 광복군도 1, 2, 3지대로 나뉘어 대립을 보이고 있었다.

사실 임시정부나 광복군도 그 이름에 비해 기구나 인원이 너무 약했던 것은 부인할 수 없는 사실이다. 영도급 인물들은 그런 대로 있었지만, 청년층의 인재는 정말 과부족 상태였다.

이런 상태에서 과거를 불문하고 독립운동자의 이름을 마구 나눠주었던 것이다. 아무나 들어오면 귀히 맞아들여(?) 광복군 모자를 하나씩 씌워주었다.

그때 광복군엔 3개 지대가 있었다. 제1지대는 충칭에 본부를 두었고 임시정부 군무부장이던 김원봉이 맡았으며 병력 10여 명에 불과했다. 그러나 시안을 근거로 한 제2지대는 300여 명의 병력을 가진 이범석 장군 지휘의 부대였다.

제3지대는 김학규 씨가 린촨을 본거지로 하고 학병탈출자 10여 명을 핵심 간부로 한 최전방 지역의 부대였다. 최전방 지역이라는 조건 때문에 인원은 쉽게 확보될 수 있었으며 그래서 병력은 150여 명에 달했다. 그러나 대부분이 광복군에 입대한 지 불과 1, 2개월 정도의 대원들이었다.

그런데 이들 세 지대가 서로 겨루는 상태에서 패권이라도 다투는 듯이 광복군의 정신을 스스로 배반하고 있었다.

더욱이나 상하이, 난징을 무대로 활동하던 제○지대의 소위 학도병 출신 간부들의 방자무도한 횡행은 말이 아니었다.

해방으로 일군에서 해산된 한국인 출신 장병들이 무리로 쏟아져 나와 이들을 광복군으로 포섭해야 할 것인데도 불구하고 그 책임을 감당해야 했을 그 지대는 이른바 '판사처'辦事處라는 분실 비슷한 것을 상하이, 난징 위주로 인근 주요 도시에다 두고, 광복군은 자기들뿐이라는 듯이 날뛰면서 일군 출신 한인 장병에게 오만불손한 행패까지 부려대었다. 이로써 그들에 대한 포섭은 고사하고 오히려 대립 상태로 떨어뜨리고 말았다.

이른바 일군 출신 장교들은 한국인 사병을 인수받아 상하이 후장대학滬江大學과 항저우杭州 대사찰에 수용했는데, 그 수가 엄청나게 많아 후장대학에만 5천 명, 항저우엔 2천 명이나 되었다.

이들 일군 출신 장교단은 만세관萬歲館이란 여관에 합숙을 해가면서 광복군 제○지대에는 결코 가담시키지 않겠다고 벼르고 있었다. 이른바 이들 후장대학 부대는 광복군도 아니고 어느 군에도 속하지 않은 하나의 독립 부대와 같은 묘한 성격이 되어버렸다. 그러나 일군에서 나올 때에 1개월분의 식량과 왕정권〔중앙저비은행권〕의 화폐 얼마를 아울러 받은 것뿐이었으니, 이들의 식량문제가 다급한 문제가 되지 않을 수 없었다. 식량도 떨어지고, 쌀 한 가마 값이 지폐 한 가마와 맞먹는 화폐가치 속에 이 많은 인원이 식량난으로 허덕이게 된 것은 당연한 일이었다. 그래 이들은 자연히 인근 한인 교포들에게 신세를 지게 되고, 마침내는 괴롭히는 민폐를 끼치게 되었다. 그러나 우리 교포들 가운데 좀 부유한 자들은 해방과 더불어 일인 스파이란 뜻의 한간漢奸으로 몰려 대부분 중국 관헌에 의해 투옥되거나 재산을 몰수당하고 있던 상태였다. 심지어는 우리 혁명가라는 제○지대 대원까지도 한인 동포에게 사형을 가하고 노략질을 하여 교포의 감정을 상하게까지 했다.

이렇게 암담하게 된 것은 한마디로 제○지대의 독선과 교만 때문이었다 해도 과언이 아닌 것이다. 그들은 마치 일군에서의 탈출이 이런 독선과 교만을 위해서였던 것처럼 행동했다. 그것은 탈출의 동기를 허영과 공명심에 둔 것과 다름이 없는 행동이었다.

그런데 이런 상황을 재빨리 이용하는 자가 있었다. 그것은 일군 출신 부대로 하여금 임정이나 광복군에 대한 불신을 부채질하면서 그 어부지리를 노리는 김원봉의 계산이었다. 일군 출신 부대의 책임자 격으로 있던 황모는 일군 육군 소위 출신인데, 이자가 묘하게도 김원봉과 친척관계가 되어 김원봉이 황씨에게 직접 이소민이라는 자를 파견, 광복군 제1지대로 끌어들일 공작을 펴며 손을 잡았던 것이다.

결과적으로 이것은 광복군과 임정에 대해서 백해무익한 처사였다. 안타까운 일이었다. 김원봉은 열심히 임정과 광복군에 대한 불신 작용을 일군 출신 부대에 가했다. 그 효과가 아주 큰 것이었다.

10월 7일. 충칭으로부터 광복군 사령관 이청천 장군이 상하이로 왔는데, 이 일군 출신 부대는 사령관 이 장군에 대한 사열을 거부까지 했던 것이다.

우리로서는 차마 그대로 보고 있을 수가 없었다. 우리는 목숨을 걸고 활동을 시작하지 않을 수 없었다.

신일 동지와 나는 우선 그들 가운데 모, 모 장교들을 찾아다니면서 이 문제에 대한 의논을 시작했다. 의논이지만 실은 회유작전이었다.

우선 김원봉의 간계를 깨우쳐주고 결과적으로 그 하수인 노릇을 했던 책임자 황모와 이소민에 대한 정확한 자료를 주어 그들을 불신임시켰던 것이다. 설득은 주효했다. 이청천 장군이 사열을 받게 된 것이다.

이 장군을 모시고 우리 일행이 그 좌우에 서게 됐다. 사열에 참가한 병력 6천.

아마 이역에서 그 고생을 하던 이 장군의 가슴에 전무후무한 쾌사의 감정이, 너무도 기다렸던 그 감정이 일었을 것은 틀림없는 것이리라 생각했다. 이청천 장군은 내무사열도 하고 또 항저우 병영의 시찰도 하였다. 그로부터 우리는 이 일군 출신 장교단과 꽤 거리를 좁혀갈 수 있었고, 그래서 임정과 광복군에 대한 올바른 인식을 나누어 갖게 할 수 있었다.

그런데 이청천 장군이 항저우 병영을 시찰했을 때, 항저우 수용 병력은 극도의 곤란 속에 시달리고 있었던 터라 광복군 사령관에 상당히 기대를 걸었던 모양이다.

그러나 그 기대를 조금도 이룩해줄 수 없었던 이 장군은 오히려 상당한 실망을 남겨주었다. 사실상 아무런 대책도 세워줄 수 없는 사령관이었으니 말이다. 이것은 아직도 가끔 내게 생각을 던져주는 문제다. 사령관으로서도 그 어쩔 수 없던 처지 속의 시찰이 항저우 한인 부대에게 과연 무엇을 주었느냐 하는 결과 문제이다.

한편 일군 출신 장교단은 우리를 위해 그들의 숙소인 만세관에다 방까지 주선해주며 우리와 행동을 같이하게 했다.

귀국한다면 아무래도 이들이 우리 건국의 기초에 큰일을 해야 할 것이라 해서 우리는 가급적 임정과 광복군에 올바른 연락과 올바른 인식을 나누도록 노력했다.

이렇게 해서 10월 중순이 다가왔다. 해방 2개월이 지난 그때까지도 미 7함대의 선편 입국은 막연하기만 했다.

아예 기대할 필요가 없다고까지 단정하고 제7함대 편 귀국을 포기할 그즈음에 마침내 우리를 흥분시키는 소식이 날아들었다.

그것은 한국 주둔 미군 사령관 하지 중장이 비행기를 보내어 충칭 임시 정부 요인을 국내로 데려간다는 소식이었다. 우리는 다시 활기를 얻었다. 일주일이 지난 11월 5일, 김구 주석 일행이 탄 비행기가 상하이 장완江彎 비행장에 내렸다.

상하이 훙커우공원에는 6천~7천을 헤아리는 교포들이 공원 광장을 메웠다. 환영식이었다. 김구 선생이 단에 오르자 교포들은 만세를 외치고 또 외쳤다.

　백범 김구가 올라선 그 단은 바로 그 자신이 윤봉길 의사를 시켜 일본 시라카와 대장 일행에게 폭탄을 던지게 한 자리였기에 그 만세소리는 더욱 우리 가슴을 뒤집어놓았다.

　'정말 역사가 바뀌어 저 어른이 저 단에 서셨구나!' 하는 생각은 뜨거운 감회가 아닐 수 없었다.

　그치지 않던 만세소리는 그날 그때 그 자리에서 흐느끼는 감격으로 계속 연결되어 모두들 울어버리고 말았던 것이다. 김구 선생도 목이 메어 그 말씀을 몇 번이나 끊고 끊었다. 그동안 갖가지 고생과 모진 괴로움이 이날 그 뜻있는 모임에서 울음으로 터진 것이었으리라.

　온갖 설움이 이 순간 북받쳤으리라. 나는 충분히 그렇다고 말한다. 이국에서 참아야 하며, 또 받아야 했던 알력과 갈등의 시기와 모해가 모두 그때 그 울음으로 풀어졌다면 다행이리라.

　김구 주석 일행이 상하이 도착 18일 만인 11월 23일, 드디어 하지 중장이 보낸 비행기 한 대가 상하이에 비래했다.

임시정부의 환국

1945년 11월 23일.

그때 주한미군 사령관 하지 중장의 알선과 지시로 날아온 비행기는 은익銀翼도 찬란한 중형 미군 수송기 한 대였다.

조국의 품에 우리의 몸을 실어다줄 이 C-47은 한 대의 비행기같이 보이지 않고 신비스러운 한 덩이의 가교처럼 군림하고 있었다.

맑게 갠 중원 땅 상하이 장완 비행장의 하늘은 우리의 비행을 축복하여주는 듯이 푸르렀고, 우리는 탑승하는 시간까지 알 수 없는 초조와 흥분을 누르기 위해 이 중국의 대기를 마음껏 심호흡하였다.

이윽고 1시 정각. 우리는 눈부신 C-47기 은익의 반사광을 피해 눈을 가리며 차례로 비행기에 올랐다.

그리던 내 나라에 내 땅에 정작 닿을 것인지 새삼스러운 회의가 비행기에 오르는 나의 체중에 엇갈려 몸이 무겁게 느껴졌다. 그것은 지난날 8월 18일에 여의도 비행장에서 흙 향기에 취하여 다시 돌아온 그때의 울분이 아직 가슴에 풀리지 않고 멍울져 있었기 때문이었다. 아니, 그보다 앞서 8월 14일의 쓰라린 경험도 다시 솟아오르기 때문이기도 하다. 나의 세 번째 고국행 비행, 초부득삼初不得三이라더니.

"아아, 이제 정말 이 중국을 마지막 떠나는 것일까?"

나는 발을 올려 디디며 다시 한 번 뒤를 돌아다보았다. 청명한 11월의 맑은 대기가 상하이의 기류로 조용히 흐르고 있었다.

저 멀리 우리를 환송하는 임시정부의 요인들과 한국 교포들이 미칠 듯이 손을 휘젓고 있었다.

그들과 나눈 악수의 손길이 아직 체온에 남아 있는데, 그들은 이제 남고 우리는 간다는 생각에 나는 손을 흔들 수도 없었다.

빗발같이 아련하게, 한 두어 개의 태극기 폭이 자주 아른거렸다. 그들의 격려와 부탁이 나의 머리를 휩싸왔다.

'잘 있어라, 대지여, 나는 다시 오지 않으리, 이번엔 어떤 일이 있어도 내 조국 내 땅에 떨어지고 말리라.'

나의 이런 결심이 가라앉자마자 폭음이 일고 비행기의 기관이 돌기 시작했다.

멍멍하게 귀가 울려 나는 곧 잠에서 깨어나는 듯 머리를 흔들면서 떠오르는 온갖 상념을 떨어버리었다.

기체에 와 닿는 갖가지 생각, 마치 맑은 냇물처럼 소리 없이 중국 망명 생활 2년 동안의 감회가 새삼스럽게 11월의 쌀쌀한 햇살로 내가 탄 이 기체에 와 닿아 흘러내리는 것이었다.

환국 제1진의 일행 전원이 모두 자리를 잡고 앉았다. 기내가 갑자기 조용해지는 듯했다.

숙연한 분위기 속에 누구의 기침소리가 이 적막을 마지못해 깨곤 하였다. 꿈을 꾸고 있는 것은 아닐까. 허벅다리를 꼬집어보았다.

"벨트를 다 매주시오."

미 공군의 한 하사관이 어떤 한 분의 국방색 허리띠를 매어주면서 우리의 일행에게 알려주었다.

담담한 심정으로 허리띠의 고리를 걸었다. 눈을 무겁게 감았다. 짓눌리는 듯한 그 무엇이 내 안면을 흘러내려 가슴을 메게 했다.

빨리 비행기가 이륙하기만 기다리는 것이다.

노혁명투사의 안면에서도 무엇인가 말로 형용할 수 없는 긴장이 흐르고 있었다.

내 옆에 나 있는 작은 기창으로 푸른 하늘이 배어들었다. 그 넓은 중국의 방황지가 이 작은 기창을 통해 갑자기 지도처럼 축소되어 환등 슬라이드처럼 집약되어 지나갔다.

그러나 오히려 이 순간은 나를 괴롭혔다. 어서 이륙하여 황해의 푸른 물결 위를 단숨에 날고 싶었다.

'아, 난 다시 오지 않으리, 다시는 조국을 떠나지 않으리.'

잔등에 식은땀이 주르르 미끄러져 내리는 감각이 내 척추를 따라 전달되었다.

미군 하사관이 기체의 문을 닫으면서 무어라고 지상의 사람과 중얼대었다.

폭음이 몇 번 크게 울리면서 기창 밖의 풍경이 움직이기 시작했다.

"아, 떠난다."

누군가가 이렇게 감격의 소리를 질렀다. 저만치 옆으로 몇 자리 건너 앉으신 백범 선생도 감았던 눈을 뜨셨다.

일행은 또 한 번 대화 없는 무언의 결의를 나눈 것이다. 이제 그 몽매에도 잊지 못하는 고국으로 날아간다.

'나는 불과 2년이지만, 20~30년을 나라 밖에서 투쟁하던 혁명가들이 이제 고국의 품으로 안기려 움직이기 시작한다. 그리고 그들의 수행원으로 내가 이렇게 엄숙히 자리를 같이하고 있다.'

나는 스스로에게 나의 임무와 사명을 타일렀다.

그때 석 달 전 잠시나마 다시 밟았던 그 황무지의 여의도, 비행장의 흙 위에서 내가 생각했던 '나의 임무'가 다시 내게 주어진 것이다.

'황무지의 조국 운명에 나의 신념을 심을 때가 왔도다.'

나는 기도와 같이 경건한 순간을 빈주먹으로 휘어잡고 묵상에 잠기었다.

이윽고 수송기는 활주로를 박차고 솟아올랐다. 상하이의 고층 건물이

미끄러져서 바닷속에 침몰하는 듯이 내려가고, 우리가 구원되는 듯한 착각을 느끼자, 어느새 수송기는 기체를 바로잡았다.

귀가 아프던 소음이 한결 가벼워졌다. 다시 잠에서 깨어난 듯이 우리는 서로 얼굴을 침묵으로 훑어보았다. 입은 한결같이 굳게 다물었으나, 그 감회는 다 나같이 착잡한 것이었으리라.

'광복 강토로 날아가는 하나의 정부와 그 정신이 이제 바다를 건너고 있다' 하는 뿌듯한 자부심이 벅차게 가슴속에 담긴 감회를 포화 상태로 만들었다.

나는 천천히 이 날아가는 하나의 정부를 살폈다.

김구 주석, 김규식 부주석, 이시영 국무위원, 김상덕 문화부장, 유동열 참모총장, 엄항섭 선전부장 등의 정부 요인들과 김규식 박사의 아들이며 비서 일을 보던 김진동 씨, 그리고 주석의 시종의무관인 유진동 박사, 수행원으로는 나, 이영길, 백정갑, 윤경빈, 선우진, 민영완, 안미생, 이렇게 열다섯 명이 모두 우리 일행이었다. 이 가운데 단 한 사람의 여자가 안미생 여사로 우리는 안스잔나로 불렀다. 김구 주석의 며느리였지만, 김인金仁—김구 선생의 장남—씨가 돌아가자 시아버지의 비서로 일했고 임시정부에서 재충칭 애국부인회의 일을 거들었다. 사실 안 여사는 우리가 잘 아는 안중근 의사의 조카딸이라는 것으로 더 잘 기억할 수 있을 것이다.

나는 차례로 이들의 표정을 눈여겨보았으나, 한평생 생애를 다 바쳐 투사가 되신 그 위엄 앞엔 아무 말도 할 수가 없었다. 아니, 그 수송기의 소음이 나에게 이런 생각을 갖게 했는지도 모른다. 다만 굳어지는 안면근육의 움직임으로 무쇠 같은 의지와 신념의 표정을 읽을 수 있었다. 더 무슨 말을 나누리오. 오직 조국의 앞날과 조국의 땅이 한 치씩 한 치씩 다가오는 그 시공에서 우리는 모두 각자의 요란한 심장의 고동을 좀 더 강하게 느끼면서 그 어떤 희열을 체감하는 것, 이것이 보람이 아니고 무엇이랴.

장제스 씨와 주중 웨드마이어 미군 사령관의 주선으로 하지 장군이 수송기를 보내오긴 하였지만, 우리의 조국에서 할 일을 생각하면 너무나도 늦은 환국이 아닐 수 없었다. 좀 더 빠른 주선을 해주었던들, 우리는 지금 쯤 어수선하다는 국내 정세를 좀 더 빨리 정리할 수 있었을는지도 모른 다. 아쉬움이 새삼스레 황해의 푸른 물굽이를 지나는 비행기 안에서 나에 게 안겨졌다. 그러나 일흔 노령에도 불구하고 건강하게 이 환국도상에 오른 김구 선생의 위엄이 마음 든든할 따름이었다. 나는 다른 한편으로는 수송기가 느리다는 생각까지 곁들여 하였다. 해방된 기쁨이 가득한 천지, 그 땅위에 내 가고픈 심정은 살[矢]과 같아서 마음은 수송기의 시속을 앞지르고 있었기 때문이었다.

'아아, 아직도 동포의 만세소리가 장안을 덮었을까? 목쉰 만세소리가 서울의 하늘을 진동시킬까? 거리마다 골목마다 해방의 기쁨이 넘쳐흐를까? 진정 모두가 기뻐하여 감격만이 차고 흐를까?'

나는 입술을 깨물어 뜯으며 시간이 어서 흐를 것을 기원했다. 푸른 황해의 물결 위에 실낱처럼 하얗게 번지는 파도의 깃이 드러나 움직이는 듯 마는 듯 바다는 흐르지 않고 담겨 있고, 비행기 또한 마냥 그 위에 머무르는 듯만 하였다.

각자가 몸에 품은 권총 한 자루씩을 제외하고서는 모두가 조국의 독립에 투신할 애국의 덩어리들이었다. 투쟁의 경력과 애국의 신념이 한데 어울린 체중들이다. 어서 서울에서 벌어지고 있는 복잡한 정계에 이들 열다섯의 몸이 들어가 기틀이 흔들리지 않게 하자.

수송기의 쾌음이 상쾌하게 들리고 바다 물빛이 변하면서 기체가 흔들렸다. 시간은 어느새 3시가 가까워졌다.

그러나 이 격정의 시간 세 시간에 말 한마디 없이 황해를 나는 우리의 회포는 그대로 사그라질 수만은 없는 것이었다. 그때 누군가가 크지 않은 소리로 외마디를 외쳤다.

"아…… 아, 보인다, 한국이!"

보인다, 한국이? 모두들 옹색한 기창으로 쏠렸다. 손바닥만 한 셀룰로이드 기창 밖으로 아련히 트인 초겨울의 황해가 푸른 잠을 자고 있었고,

그 광활한 푸르름 아래 거뭇거뭇한 섬들이 나타나기 시작하였다.

'아, 조국의 땅이 우리를 맞으러 온다. 우리를 마중하러!'

나는 이렇게 소리치고 싶었다.

눈에 띄지 않던 솜구름이 버섯처럼 돋아나 시야에 들어오고 그 밑에는 서해안의 섬들이 바다에서 솟아나는 듯이 옹기종기 떠올랐다.

하늘의 구름과 망망한 수평이 이제는 손을 놓고 구름은 천계天界로, 수선水線은 바다로 제각기 돌아가는 듯했다.

겨울 날씨 같지 않게 기창 밖으로 보이는 조국은 아름다웠다. 옥색 하늘이 엷게 풀어지고 남색 바다가 치마처럼 퍼졌으며 섬들이 크고 작게 벌어졌다.

섬들은 그들의 자리에, 태초로부터 그곳에 있던 것이 아니라 분명히 망망대해의 한끝에서 돋아나, 애타는 갈구와 집념으로 끌어올려져 우리의 수송기 작은 기창으로 떠오르는 것이었다.

그렇다. 우리의 갈망이 버섯처럼 조국을 환상하는 것이 아닐까? 나는 눈을 비비고 또 비비었으나 섬들은 돌덩이로 솟아올라 움직이는 듯한 착각 속에 제자리에 주저앉고 있었다.

저 위에 나의 사랑하는 부모·형제·처자가 있을 것이다. 저 위에 하늘을 우러러 울고 땅을 치며 발을 굴러 울던 나의 조국이 있고 나의 동포가 목이 아프게 기다리고 있을 것이다.

갑자기 나의 목이 메어 올랐다. 기체 안에서는 애국가가 합창되었고, 목이 멘 것을 느낀 순간부터 나도 그 애국가를 나도 모르게 따라 부르고 있었다. 가슴은 끓고 눈은 흐려졌으며 귀는 멍멍했다. 누가 먼저 애국가를 부르기 시작했으며, 나의 귀는 어떻게 애국가를 들은 것인가.

"……백두산이 마르고 닳도록 하느님이 보우하사 우리나라 만세……."

합창은 수송기의 소음을 제압했고 손을 뒤흔드는 누구도 있었다. 앉은 채로 온몸을 시계추처럼 흔들며 애국가를 부르기도 하고, 마침내 우리 가슴속의 포화된 감격을 안에서 흐르는 울음소리로 변질시켜버렸다. 그것은 노래 아닌 하나의 절규였다.

애국가는 우리의 심정에 경련을 일으키면서 조국을 주먹 안에 움켜잡은 듯이 떨게 했다. 드디어 애국가는 끝까지 부르지 못하고 울음으로 끝을 흐렸다. 울음 섞인 합창, 그것이 그때의 나의 가슴속에 새로 지어진 애국가다.

기체 안의 노투사는 마치 어린이들처럼 자신을 이기지 못하고 자신을 달래지도 못했다. 그 어느 누가 이 애국가를 울지 않고 부를 수 있을 것이냐?

"대한 사람 대한으로 길이 보존하세."

노래를 부르는 입 모양인지, 울음을 억누르는 모습인지, 분간할 수 없는 표정으로 발음을 못 하고 입술을 깨무는 노혁명가의 감격.

감상을 내버린 지 오래고 울음을 잊어버린 지 이미 옛날인 강인한 백범 선생, 그의 두꺼운 안경알에도 뽀얀 김이 서리고 그 밑으로 두 줄기 눈물이 주르르 번져 내린다.

'조국을 찾고 눈물도 찾으셨구나.' 나는 마치 한 소년처럼 여울지는 가슴을 느끼며 어깨를 두 팔로 감싸 안았다.

그러나 김구 선생은 눈물 지는 눈을 지그시 감은 채 뒤에 기대고 있을 뿐, 눈물을 닦으려 하시지도 아니했고, 입을 비죽거리지도 않았으며, 고개를 숙이지도 않았다. 하나의 거대한 돌부처처럼, 우는 돌부처처럼, 그런 모습으로 주먹을 쥐어 무릎 위에 얹은 채 새로운 앞일을 감당하고 있었다.

상하이의 장완 비행장에서 우리를 보내던 환송 인사의 모습이 빠른 환상으로 엇갈린다. 너무 기뻐서 우는 우리의 감격 속에 그들이 빠진 것 같아 우리는 곧 서글픔을 느낀 것일까, 기쁨이 지나쳐서 서글프기까지 한 것일까.

수송기의 기수는 여전히 동북방이었다. 호조의 비행이었다. 몇 번이나 침을 목으로 삼켜 넘기며 나는 곧 흥분이 가라앉은 뒤의 상념에서 나를 달래었다.

아직도 혼란과 환호가 엇갈리고 있을 서울에 곧 내리게 된다. 해방군

미군이 주둔하고 있을 것이다. 소련군도 볼 수 있을 것이고, 악랄하던 일본군은 무장이 완전히 해제되었을 것인가? 그때 8월 18일의 여의도 경비병들의 기억이 새삼스러웠기 때문에 이런 의구심이 다시 떠올랐다. 우리가 상하이에 도착하기 전에 입수한 정보로는 각 파, 각 층의 여러 주의자主義者들이 들끓고 있다고 했다. 그러나 이것은 당연한 것일지도 모른다. 갑자기 해방의 분위기에 담긴 우리 백성들이 아니냐? 정치적 훈련이 없는 우리 동포에겐 이런 과정을 밟으면서 모든 것을 체득하여야 할 것이다. 우리 임시정부 안에도 여러 파가 있었지만, 조국 광복이라는 목표 아래 잘 싸워온 것이 아니냐?

나는 스물여섯의 광복군 장교로서 이런 자문자답으로 경인지구를 날고 있었다. '헛된 근심일랑 버리고 그만큼 일을 하자.' 나는 애써 안도의 숨을 쉬고 싶었다.

환국의 비행기는 각기 심각한 명상 속에 잠긴 임시정부를 싣고 이날 오후 4시가 가까워질 무렵 강화도를 순식간에 지나쳤다.

초조한 긴장을 못 이겨 신문이며 잡지를 펼쳐들었던 사람들도 모두 황량한 겨울의 조국을 내려다보았다. 그러나 김구 주석은 그 무엇을 구상하는지 끝내 먼 하늘을 바라보고 있었다. 그 옆엔 참모총장 유 장군이 머리를 숙이고 있었고 무슨 기획을 하시는지 손끝을 조금씩 흔들고 계셨다. 수송기의 고도가 떨어졌다.

인천이 발 아래로 깔리고 우리는 김포의 활주로를 돌고 있었다.

정각 4시.

우리는 김포 비행장이라는 벌판 위에서 한 줄기 활주로를 놓고 선회를 마친 뒤, 아랫배가 허전해오는 착륙을 기도했다. 이윽고 비행기가 활주로에 들어섰다. 알 수 없는 심회가 꼿꼿이 굳어졌다. 이제 조국에 돌아왔다. 곧 땅을 밟고 그리운 동포의 그 표정을 보리라.

아, 그리운 사람들아, 내 동포여.

두서너 번의 충격으로 굳어졌던 긴장이 다시 풀리고 우리는 무사히 착륙을 마쳤다. 벨트를 풀었다. 모두들 일어섰다. 뻐근한 허벅지의 긴장이 뻣뻣한 채였다.

　김구 주석이 앞서고 그 뒤를 따라 엉거주춤하게 서 있었다.

　미 공군 하사관이 기체의 문을 열어제꼈다.

　화악 하고 고운 바람이 조국의 냄새를 불어넣어주었다. 나는 심호흡을 들이켰다. 기어간 산등성이가 멀리 부우옇게 보였다.

　시야에 들어온 것은 벌판뿐이었다.

　일행이 한 사람씩 내렸을 때 우리를 맞이하는 것은 미군 GI들뿐이었다.

　우리의 예상은 완전히 깨어지고 동포의 반가운 모습은 허공에 모두 사라져버렸다. 조국의 11월 바람은 퍽 쌀쌀하였고 하늘도 청명하지가 않았다.

　너무나 허탈한 상태에서 나는 몇 번이나 활주로의 땅을 힘주어 밟아보았다.

　나의 조국이 이렇게 황량한 것이었는가. 우리가 갈망한 고토가 이렇게 차가운 것인가. 나는 소처럼 발에 힘을 주어 땅을 비벼대었다.

　이윽고 일행 열다섯 명이 김구 주석을 따라 정렬하는 식으로 서자, 한 미군 병사가 비행장에 와 있는 장갑차를 가리키며 승차를 알려주었다.

　나부끼는 태극기, 환성의 환영, 그 목 아프게 불러줄 만세소리는 환상으로 저만치 물러나 있고 거무푸레한* 김포의 하오가 우리를 외면하고 있었다.

　우리는 승차에 앞서 경건히 목을 떨구었다. 우리는 망명에 성공하여 이제 산목숨으로 돌아와 이 땅을 밟고 섰다. 그러나 그 얼마나 많은 애국투사가 이 땅 위에서 또는 이역만리에서 그대로 넘어지고 숨지었던가.

　경건히 목을 떨구고 묵념의 시간을 가졌다. 조국 광복의 이 보람이 우리에게가 아니고 선열들에게 돌아갈 것을 빌었다. 그들의 피가 스며든 땅

---

* '거무푸레하다'는 사전에 올라 있지 않은 낱말로서 '거무스레하다'와 '어슴푸레하다'의 의미를 아울러 표현한 것으로 보인다.

에 서기가 송구스러웠다. 한 3분이 지났을까, 우리는 정신을 겨우 다시 가다듬었다.

탱크처럼 된 장갑차 여섯 대가 대기하고 있었다. GI들이 정렬해 있었고 시무룩하게 우리를 바라보는 표정에 우리의 시선이 닿자, 우리는 서글픔을 느끼지 않을 수 없었다.

조국의 해방을 위해서 외국 군대가 해방군으로 와 있는 조국의 분위기가 청명한 장완 비행장에서의 상상과는 너무나도 달랐다. 우리는 두서너 사람씩 나누어 장갑차에 분승하였다. 미군들의 행동도 극히 냉담했고 무표정했다. 장교가 인솔했다.

그들이 잠시 분주히 움직이고 문이 닫혔다.

장갑차는 장갑자동차였다. 한 줄로 천천히 김포 비행장을 출발했다. 우리는 너무나도 어이없는 환국을 곰곰이 차 안에서 생각하지 않을 수 없었다.

그냥 군용차도 아니고 밀폐된 장갑차에 분승되어 아무도 모르게 김포 비행장을 나왔다. 비행기의 기창과 같은 셀룰로이드 창이 고국의 풍경을 보여줄 뿐이었다. 일어서고 싶어도, 일어나서 마음껏 김포가도의 풍경을 바라보고 싶어도 구태여 앉으라는 것이다.

미군 병사들은 단순히 그들의 군사행동으로만 행동했다. "하나의 작전일 뿐이다." 이것이 이유이다.

차창으로 농부가 보였다. 흰옷 입은 백의의 농민이 소를 몰고 길옆으로 비켜섰다. 나는 태극기를 앉은 채로 올려서 그 농민에게 흔들어주었다. 그러나 이것도 제지당하고 말았다.

울적한 11월의 환국은 너무나도 우리의 심정을 몰라주는 것이었다.

돌 하나, 풀 한 포기, 나무 한 그루, 어느 것 하나 꿈에도 그리던 것이 아닌가.

아무라도, 맨 먼저 만나는 농부에게라도, 맞붙잡고 실컷 울고 싶건만, 그러나 우리는 미군의 작전 대상물로 장갑차에 실려 가고 있다. 불투명한 장갑차 차창으로 보이는 고국 강산의 첫선이 너무나도 무표정하였다. 차창에 담기는 풍경은 중국의 그것과 무엇이 다르냐?

소를 앞세우고 무심코 길을 비키는 농부, 그 농부는 아마 미 군용차가 많이 지나가는구나, 이렇게 혼자 생각했을는지도 모른다. 이 행렬 속에 김구 주석이, 3천 만의 희망이며 혁명투사인 민족의 지도자가 있는 줄은 생각도 못 하리라. 안타까움이 농부의 표정을 일그러지게 만든다. 내가 그렇게 보는 것이다. 이 답답한 노릇이 조국의 운명을 끝까지 기막히게 할 줄은 미처 몰랐다.

이윽고 한강철교를 건넜다.

흐르지 않고 담겨 있는 듯한 물이 한쪽 기슭으로 모여 11월의 초겨울을 달래고 있을 뿐이다. 거리엔 어느새 어둠이 나직이 퍼지고 행인들도 별로 많지 아니했다. 언제나 상상과 현실에는 엄청난 거리가 개재한다는 사실을 알면서도, 때때로 그것을 잊을 정도의 흥분 속에서 곧 실망과 허탈을 느끼곤 하였다.

'조국의 독립을 위해서 우리가 싸울 수밖에 없는 이유가 바로 여기 있다.'

나는 장갑차 안에서 이런 신념을 굳게 결정하고 있었다.

용산의 거리는 벽보투성이였다. 격문과 포고문의 벽보가 덧붙여져 어지러웠다.

우리가 서울역 앞에 다다랐을 때, 나는 갑자기 서울역사가 작아진 것을 발견하였다. 내가 학병으로 나가기 전 일본서 돌아올 때만 해도 그때 경성역은 놀라울 정도로 큰 규모로 보였던 것이었건만, 이제 중국과 상하이를 돌아오는 이 길에선 한낱 성냥곽같이 작은 한 채밖에 안 되는 것이었다.

우리는 5시가 조금 지나 서대문의 경교장京橋莊으로 들어섰다. 예전대로 동양극장은 그대로 극장이었다.

이 경교장은 그때 광산왕이란 별명이 붙었던 최창학이란 분의 개인 저택이었다. 지금의 고려병원이다. 임시정부의 환국을 위해 국내에서 이미 '임시정부 환국 환영준비위원회'가 결성되어 있었고, 이 준비위원회는 숙소로서 이 경교장과 충무로에 있는 한미호텔—지금의 신도호텔—두 곳을 마련해놓고 있었다. 이러한 연유로 해서 우리는 곧장 경교장으로 장갑차에 탄 채 안내되었다. 그러나 우리가 경교장 안에 들어와 장갑차에서 내릴 때까지 '임시정부 환국 환영준비위원회' 자체도 전연 우리의 입국을 알지 못하고 있었다.

장갑차 여섯 대가 차례로 멎고 일행 열다섯 명이 내리자 미군 차는 그대로 철수해버렸다.

근일 중 입국한다는 막연한 정보만 알고 요인 숙소를 마련, 이를 군정 당국에 알리고 있던 준비위원회는 너무나도 뜻밖이라 김 주석을 보고도 멍하니 움직이질 못했다.

우리는 이곳서 여장을 풀었다. 조국의 품에 다시 안긴 노혁명투사가 27년 만에 고국의 수도 서울에 그 몸을 편히 머물게 한 첫 순간이었다.

경교장 2층엔 넓은 방이 여러 개 있었다. 그 한 방엔 김구 주석이, 그리고 다른 방들엔 수행원 일행이 온갖 고난과 형극의 길을 잠시 쉬고 귀국의 감회를 달래었던 것이다.

여장을 풀고 별로 시간이 가는 것을 의식하기도 전에 시간은 6시가 되었다.

군정청 공보과는 정각 6시를 기하여 조선 주둔 미군 최고사령관 하지 중장의 성명을 발표하였다. 그 공식 발표 전문은 다음과 같다.

"오늘 오후 김구 선생 일행 열다섯 명이 서울에 도착하였다. 오랫동안 망명하였던 애국자 김구 선생은 개인의 자격으로 서울에 돌아온 것이다."

장안의 거리는 갑자기 소란해졌다. 광복 혈투 30년의 환국을 환영하는 벽보가 나붙은 것은 말할 것도 없고 환영 인사들이 경교장으로 메워져 몰려들었다.

우리가 충칭에서 5일 날 떠나 열여드레 동안 상하이에서 머물다가 오늘 도착한 사실을 누구보다도 먼저 안 이승만 박사는 이날 6시가 조금 지나서 경교장에 나타났다.

처음 보는 이승만 박사였다. 말로만 듣던 혁명가의 모습이, 그 셀 수 있을 만큼 엉성하던 머리털이며…….

김구 주석은 이 박사와 길지 않은 회담을 했다. 언젠가 며칠 전에 이 박사는 중앙방송을 통해 "나는 임시정부의 한 사람이다. 임시정부가 들어와서 정식 타협이 있기 전에는 아무런 데도 관계할 수 없다. ……며칠 안 돼서 그들이 귀국하게 되면 전 국민이 대환영할 줄 믿는다"라고 말한 적이 있다고 했다. 이것은 사실이었다. 이 박사의 뒤를 따라 어떻게 알고 그리도 재빠르게 왔는지 서울 중앙방송국의 문제안文濟安 기자가 경교장에 달려들어 우리 입경의 경위를 취재하고 돌아갔다.

국내에서는 제일 처음으로 문제안 씨가 임시정부 요인의 환국을 취재 방송했다. 이 방송으로 경교장을 중심으로 서대문에서 광화문까지 사람들로 붐비기 시작했다.

'한국임시정부' 주석 김구 선생의 귀국을 정식으로 확인하고자 기자들이 몰려들었다. 8시에 기자회견을 하기로 결정을 하였다.

그러나 경교장 응접실에는 채 시간이 되기도 전에 기자들이 몰려들었다. 이름조차 알 수 없는 그 많은 신문사로부터 몰려온 기자들은 잠시를 못 참고 분주스럽게 기자회견을 독촉했다.

이윽고 8시가 다가왔다.

나는 엄항섭 선전부장을 따라 긴장된 분위기 속으로 프린트된 김구 선생의 귀국 제1성의 성명문과 따로 작성된 임시정부 당면정책 14개 조항이란 프린트 뭉치를 말아가지고 들어섰다.

잠시 엄숙한 공기가 응접실의 침묵을 지속시켰다.

엄항섭 선전부장이 기자들에게 착석을 권하고 일동이 모두 자리를 잡았다. 벅찬 감회가 나의 가슴을 휘감았다.

나는 프린트된 성명문을 한 장씩 기자들에게 돌려주었고, 엄 부장이 김구 선생을 대신하여 성명문을 천천히 읽어 내려갔다.

낭독하는 엄 부장의 목소리는 깊은 호심湖心에 잠긴 여울과 같이 떨렸다.

"27년간 꿈에도 잊지 못하던 조국 강산을 다시 밟을 때 나의 흥분되는 정서는 형용해서 말할 수 없습니다.

　나는 먼저 경건한 마음으로서 우리 조국의 독립을 전취하기 위하여 희생하신 유명·무명의 무수한 선열과 아울러 우리 조국의 해방을 위하여 피를 흘린 허다한 연합국 용사들에게 조의를 표합니다.

　다음으로는 충성을 다하여 3천만 부모·형제자매 및 우리나라에 주둔하고 있는 미·소 등 우방군에게 위로의 뜻을 보냅니다.

　나와 나의 동사同事들은 과거 20~30년간을 중국의 원조하에서 생명을 보지保持하고 우리의 공작을 전개하여왔습니다.

　더욱이 금번에 귀국하게 되는 데에 중국의 장제스 총통 이하 각계각층의 덕택을 입었습니다. 그러므로 나와 나의 동사는 중·미 양국에 대하여 최대의 경의를 표하는 바입니다. 또 우리 조국의 북부를 해방하여준 소련에 대하여도 동량의 경의를 표하는 바입니다.

　금번 전쟁은 민주를 옹호하기 위하여 파시스트를 타도하는 전쟁이었습니다. 그런데 이 전쟁에 승리를 얻은 원인은 연합이라는 약속을 통하여 호상단결 협조함에 있었습니다. 그러므로 금번 전쟁을 영도하였으며, 따라서 큰 공을 세운 미국으로도 승리의 공로를 독점하려 하지 않고 연합국 전체에 돌리고 있는 것입니다.

　우리는 미국의 겸허한 미덕을 찬양하거니와 동심륙력同心戮力한 연합국에 대하여도 일치하게 사의를 가지고 있습니다.

　그들의 작풍作風은 다 우리에게 주는 큰 교훈이라고 확신합니다.

　나와 나의 동사는 각각 일개의 시민 자격으로 입국하였습니다. 동포 여러분의 부탁을 맡아가지고 27년간을 노력하다가 결국 이와 같이 여러분과 대면하게 되니, 대단히 죄송합니다. 그러나 여러분은 나에게 벌을 주시지 아니하고 도리어 열렬하게 환영하여주시니 감격한 눈물이 흐를 뿐입니다.

　나와 나의 동사는 오직 완전 통일된 독립 자주의 민주국가를 완수하기 위하여 여생을 바칠 결심을 가지고 귀국하였습니다.

　여러분은 조금이라도 가림 없이 심부름을 시켜주시기 간절히 바랍니다.

조국의 통일과 독립을 위하여 유익한 일이라면, 불속이나 물속이라도 들어가겠습니다. 우리는 미국과 중국의 도움으로 말미암아 여러분과 기쁘게 대면하게 되었습니다. 그러나 우리는 미구에 또 소련의 도움으로 말미암아 북쪽의 동포도 기쁘게 대면할 것을 확신합니다.

여러분, 우리와 함께 이날을 기다립시다. 그리고 완전히 독립 자주하는 통일된 신민주국가를 건설하기 위하여 공동 분투합시다."

엄 부장은 이렇게 성명 낭독을 마쳤다. 기침소리 한 번 없이 10여 분이 지나고 또 잠시의 침묵이 흘렀다. 사실 이 성명문은 충칭에서 미리 작성, 프린트한 것이지만 조금의 상황의 차도 없이 발표된 것이다.

이어서 임시정부의 14개 당면정책이 발표되었다. 역시 엄 부장이 14개 조항을 낭독한 다음, 이에 부연하는 설명이 있었고, 그때야 비로소 입을 열기 시작하는 기자들의 질의에 보충 답변을 전개하였다. 무려 40여 분이나 지나도록 회견은 성공적으로 진행되었다.

이날 발표된 14개 조항의 내용 전문은 아래와 같다.

1. 본 임시정부는 조속한 기일 안에* 곧 입국할 것.
2. 우리 민족의 해방 급及 독립을 위하여 혈전한 중·미·소·영 등 우방민족으로 더불어 절실히 제휴하고 연합국헌장에 의하여 세계 일가의 안전 급 평화를 실현함에 협조할 것.
3. 연합국 중에 주요한 국가인 중·미·소·영·불 5강에 향하여 먼저 우호협정을 체결하고 외교도경外交途經을 영벽另闢할 것.**
4. 연합군 주재 기간에 일체 필요한 사의事宜를 적극 협조할 것.
5. 평화회의 급 각종 국제집회에 참가하여 한국의 응유應有***한 발언권을

---

* 14개 조항의 원본과 복각본을 찾아 대조한 결과, '조속한 기일 안에'는 '최속기간最速其間 내에'로 되어 있으나 쉬운 말로 풀어쓴 저자의 의도를 존중하여 원문을 살렸다.
** 원문에는 '연합국의 중요 국가인 중·미·소·영 등 강국'으로 되어 있다. '외교도경을 영벽할 것'은 '다양한 외교경로를 모색할 것'이라는 뜻이다.

행사할 것.

6. 국외 임무의 결속과 국내 임무의 전개가 서로 접촉됨에 필요한 과도조치를 집행하되, 전국적 보선에 의한 정식 정권이 수립되기까지의 국내 과도정권을 수립하기 위하여 국내외 각 계층, 각 혁명당파, 각 종교집단, 각 지방대표와 저명한 각 민주영수회의를 소집하도록 적극 노력할 것.

7. 국내 과도정권이 수립된 즉시에 본부의 임무는 완료된 것으로 인認하고 본 정부의 일체 직능 급 소유물건은 과도정권에 교환할 것.

8. 국내에서 건립된 정식 정권은 반드시 독립국가, 민주정부, 균등사회를 원칙으로 한 신헌장에 의하여 조직할 것.

9. 국내의 과도정권이 성립되기 전에는 국내 일체 질서와 대외 일체 관계를 본 정부가 부책負責 유지할 것.

10. 교포의 안전 급 귀국과 국내외에 거주하는 동포의 구제를 신속 처리할 것.

11. 적의 일체 법령의 무효와 신법령의 유효를 선포하는 동시에 적의 통치하에 발생된 일체 처벌범을 사면할 것.

12. 적산을 몰수하고 적교敵僑****를 처리하되 맹군과 협상 진행할 것.

13. 적군에게 피박 출전한 한적군인을 국군으로 편입하되 맹군과 협상 진행할 것.

14. 독립운동을 방해한 자와 매국적에 대하여는 공개적으로 엄중히 처벌할 것.

대한민국 27년 9월 3일

대한민국임시정부 국무위원회 주석 김구

이 역사적 스테이트먼트〔statement, 성명서〕가 영원한 문헌적 가치를 갖게 된 것이 바로 그날이었다.

*** 원문에는 '광유廣有'로 나와 있다. '응유應有'는 '당연히 있어야 한다'는 뜻이다.
**** 원문에는 '철교撤僑'로 되어 있다. '적교敵僑'는 '국내 잔존 일본인'을 의미한다.

그러나 이 기자회견이 끝나자 기자들은 김구 선생의 육성 방송이 갈망하던 동포들의 절실한 요구라고 새로운 조건을 요구했다. 방송 시간을 알려달라고 하였다. 우리도 그것은 당연한 절차라고 생각했다. 또한 그렇게 해야 한다고 생각하였다. 그러나 미군정하의 우리는 군정의 허락이 있어야 무슨 일이나 할 수 있는 것이다. 그리고 기자들은 다음 날 김구 선생과의 직접 회견 시간을 약속받는 것을 잊지 않았다.

김구 선생께서 돌아오셨다는 것을 확인하자 저 열망이 꼭 방송으로만 해결될 수 있다는 것은 너무도 명확한 일이었다.

동양극장 앞에는 인산인해가 발돋움하고 김구 선생이 보이기나 하는 듯이 물결을 치고 있었으며 환성을 올리고 있었다. 그러나 군정 당국은 별로 달갑지 않게 생각하고 김구 선생의 육성 방송을 꺼리고 있었다.

기자들과의 회견을 일단 마치고서야 준비한 양식으로 저녁식사를 들수 있었다. 임정의 환영준비위원회는 치밀하게 제반 준비를 했건만, 정작 입국하는 정확한 일자를 모르고 있었기 때문에 식사 준비 같은 것은 조금씩 차질이 생겼던 것이다.

이렇게 고국에서의 제1야가 저물었다.

비행장에서 출영 없던 그 기분이 이제 저 문밖에 이는 환성으로 완전히 가시었다.

일체의 면회를 사절하고 내일부터 활동을 개시하자고 협의했다. 그러지 않고서는 방문 환영 인사가 끝이 없을 것 같았다.

경교장 2층의 한 방에는 김구 주석이 쉬셨고, 다른 한 방에는 이시영 씨와 유동열 씨 두 분이 같이 쉬기로 하였으며, 많은 방 가운데 하나인 베드룸에는 안미생 여사 혼자 자기로 되었고, 우리 젊은이들은 나머지 분들과 함께 열 평 남짓하게 가장 큰 한방에 자리를 깔았다. 이부자리가 아주 깨끗이 새로 마련되어 있어 참으로 몇 년 만에 두 다리를 뻗고 조용히 눈을 감았다.

망명의 해외풍상 27년 만에 민족의 환영을 저 환성으로 들으니 노혁명가의 감격이 얼마나 컸을까? 우리는 10시에 경교장에서 모두 취침하기로 했다. 내일의 일을 위해서 일찍 쉬도록 했다. 그러나 어이 잠이 올쏜가.

움푹 팬 듯한 느낌의 두 눈이 당겨지면서도 잠은 오지 않고 문밖에서 부르는 만세소리만 더욱 크게 들렸다.

나는 잠을 못 이루고 혼자 생각하였다.

임시정부 요인이 오늘 정부의 국무위원으로서가 아니라 망명투사라는 개인 자격으로 광복 조국에 돌아왔다는 것은 너무나 한심스러운 일이 아닐 수 없었다.

구태여 하지 중장이 그의 공식 성명에서 '개인 자격'이라는 구절을 밝힌 의도도 나의 생각에는 걸리는 것이었다.

오늘의 임시정부 환국은 바로 이 정부의 해체를 뜻하는 것이 아닌가 하는 생각에 새삼스러이 귀국의 의의가 가슴 아팠다.

그 오랜 망명생활과 위태로운 지하운동과 갖가지 형극과 고난의 길을 걷고 꾸준히 민족의 상징으로 이끌어온 수난의 정부가 우리 민족사에 어떻게 남을 것인가? 하지만 한 번도 침략자들에게 끝까지 전적으로 굴복하지 않았다는 것은 떳떳한 전통의 구현으로서 얼마나 귀중한 것인가 두고 볼 일이다.

얼마나 지났는지 거리의 만세소리도 차츰 가라앉고 싸늘함이 내려앉았다. 잠을 청하다 지친 나는 끝내 다시 일어나고 말았다. 왜놈의 압박 밑에서 얼마나 인심이 변했으며 강산은 얼마나 변했을까? 날이 새면 광복의 서울 거리에 나서보고 싶다. 이런 생각 끝에 하늘의 별들을 우러렀다.

밤하늘의 별 송이송이까지도 대륙의 방황에서 그 얼마나 절실하게 그리워했던 것인가. 차가운 밤별은 쏘아올린 불꽃처럼 빛나고 마치 축제와 같은 기분 속에서 나는 경교장 뜰 안을 거닐었다. 고국의 밤별은 모두 나처럼 잠을 잃었다. 누군가 이 별을 헤고 있는 이가 또 있을까 하는 생각에 문득 나의 가족을 비로소 생각했다. 저 별을 바라보면서 나의 귀국을 짐작이나 하고 있을 것인가?

사각사각 눈길 위에 발자국 소리 들으며 충칭을 찾아가던 이역의 하늘 밑 그곳서 그리던 이 하늘 밑에서 나는 지금 첫 밤을 지새우고 있다.

그러나 그때 귓바퀴를 돌던 심야의 눈길 발자국 소리가 지금 분명히 내 숨소리 따라 되살아오는 것은 무엇일까?

갈구하던 조국. 조국의 하늘 밑, 조국의 흙 위, 그 사이에 서서 가슴 뿌듯이 조국을 심호흡하는 내게 밤은 너무도 엄숙한 것이 아닐 수 없었다.

가슴엔 듯, 하늘엔 듯, 소리 없이 터지는 폭죽이 떨어지지 않고 그대로 붙은 듯이 많은 별떨기들. 조국에서의 또 하루 스무나흗날의 새벽을 수없는 눈짓으로 불러오고 있었다.

임정을 찾아가던 그 6천 리, 발길 발자국마다에 뿌리고 온 원한과 심고 온 신념, 그리고 모질던 스스로의 인간적인 투쟁이 지금 이 밤을 조용히 짓씹고 서 있는 나의 눈시울을 새삼스럽게 뜨겁게 하였다.

학병 출전, 일군 탈출, 국내 잠입을 위한 특수훈련, 그리고 오늘 이 조국에의 환국까지 기적의 역정이었던 만 2년 동안이 무량한 감개로 새벽안개 속에 젖고 있었다.

새벽 4시나 되었을까. 조국에의 제2일을 의식하고서야 잠시나마 잠을 잘 수가 있었다.

경교장은 그때 광복군 국내 지대가 호위 경비를 담당하고 있었다. 그런데 이 광복군 국내 지대는 정식으로 임정으로부터 지대장 임명장을 받은 오광선 씨가 지휘하고 있었고, 임정 환국 이전에 이미 임시 편성이 되어 있었던 것이다.

지대장 오광선 씨는 그때 나이 이미 쉰이 가까운 분이었고, 만주에서 독립투쟁을 벌여오던 분으로 많은 동지들과 함께 임정의 환국 직전에 육로로 만주를 거쳐 입국한 분이었다.

크지 아니한 키에 두 광대뼈가 강한 의지를 안면에 나타내는 그는 일개 중대 병력인 120여 명을 경찰관 복장으로 갈아입혀 경비 임무에 임하게 하였다.

일본 38식 장총으로 무장한 이 광복군 국내 지대가 겹겹이 경교장을 둘러싸고 있는 호위 속에 새벽의 깊은 적막이 침전하고 있었다.

이들의 경비로 무사히 24일의 하루가 밝고, 한 두어 시간 반쯤 잠을 붙였을까, 새벽잠을 깨어나보니 6시 반이었다.

어제와는 달리 날씨가 청명하였다.

세수를 마치고 군복을 단정히 차렸다. 나는 그때 완전한 미군 장교 복장을 하고 있었다. 환국 일행의 수행원 가운데엔 학병 출신이 네 사람 끼어 있었지만, 광복군의 장교로서는 나 한 사람뿐이었고, 다른 수행원들은 임시정부 경호대원으로서 혹은 수행비서로서 입국한 것이었다.

우리가 충칭을 떠나 시안의 광복군 제2지대로 OSS 훈련을 받으러 갈 때, 그대로 충칭에 임정 경호대원으로 남았던 동지들이 대부분이다.

짙은 국방색 미 육군 군복 셔츠와 재킷에 타이를 매고 가죽 각반이 달린 군화를 신고 있었으며 옆으로 얹어 쓰는 모자 등, 일체 지급받은 미군 정규 보급품에 광복군의 마크만을 붙인 복장 차림이었다.

이제부터 나는 광복군의 한 군인으로서 국내 동포들과 접촉을 갖게 될 것이다. 많은 동포들을 만나게 되고 그들에게 우리 광복군의 모습을 보여주어야 할 결코 가볍지 아니한 책임을 느꼈기 때문에, 더 한층 품위 단정한 몸매에 관심을 가지지 않을 수 없었다.

조국 동포들 가운데는 광복군과 관계가 있는 가족들이 얼마나 많을 것이냐? 때문에 그들에겐 당당한 위치의 군으로서의 광복군과 인상을 전해 주어야만 했다.

아침 7시가 훨씬 넘어서 우리는 아래층 식당에서 아침식사를 들었다. 모두 한자리에 앉아 제대로 식사다운 식사를 나누는 보람이 감격스러웠다.

마련된 음식은 본격적인 양식이었고 이 자리의 김구 선생은 한복 차림이었다. 그러나 쇄도하는 방문객들은 잠시의 여유조차 허락하지 아니했다. 식사를 겨우 마치자마자 몰려드는 인사들이 줄을 지었다. 겨우 8시도 못 되었는데, 각계각층의 이름 있는 인사들이 계속 들어서고 있었다. 가벼운 흥분이 나를 감쌌다.

이제부터의 모든 일이 전부 임정과 조국과 그리고 그것의 앞날에 직결된다는 흥분이 마치 출전 직전의 감흥처럼 나를 조용히 상기시켰다.

송진우宋鎭禹, 정인보鄭寅普, 안재홍安在鴻, 김병로金炳魯, 그리고 33인 가운데 한 분이었던 권동진權東鎭, 또 옥중생활 14년에 두 다리를 모두 잘린 유도회儒道會의 김창숙金昌淑, 이런 분들이 그 가운데 섞여 있었다.

장사진을 친 대부분의 사람들은 어떤 뚜렷한 용무도 없이 막연히 임정 요인의 아무라도 만나보고 싶어 하는 사람들이었고, 또 중국 지역의 해외에 망명한 망명인사들의 친척·가족들로서, 혹시나 하고 생존 안부에 기대를 걸고 무조건 몰려오는 사람도 적지 아니했다. 심지어는 멀리서나마 단지 김구 선생을 한 번만이라도 바라다보고 가겠다는 사람들도 꽤 많았다. 시골에서 상경한 노인들이 도착하자 경교장 통로는 막히기 시작하였고, 동양극장 앞서부터의 인파는 광복군 국내 지대의 중대 병력 보강을 불가피하게까지 하였다.

무엇보다도 이날부터 가장 시급한 일이 이들에 대한 접대문제가 되어 버렸다. 어떻게 찾아주는 이들에게 섭섭함을 주지 않고 원만히 접대할 수 있느냐가 가장 어려운 문제로 주어진 것이었다.

우선 엄항섭 선전부장은 나에게 몇 가지를 지시했다. 공적으로 내방하는 원로급 국내 인사는 백범 선생이 직접 면담하도록 하게 하고, 그 외에 중요 인사들은 엄 부장이 만나도록 하겠으며, 기타 문의사항을 가진 사람들은 전부 내가 담당하라는 것이었다.

나는 주로 충칭의 임정과 충칭 체류 한인, 동포, 그리고 광복군과 광복군의 현지 분포 및 기억할 수 있는 동지들의 이름을 일일이 설명해주는 접대를 계속 되풀이하고 있어야만 했다. 임정이나 광복군에 관하여 개별적으로 취재하려 달려드는 기자들을 응대하는 일도 큰일이었다. 그동안 김구 선생은 수행원 몇 사람을 대동하고 돈암장의 이 박사에게 답례의 예방을 떠났다. 그 당시 국내의 저명한 실업가이던 강익하康益夏 씨가 김구 선생에게 드린다고 '임정 환국 환영준비위원회'에 기증했던 검은색 세단 한 대가 있어서 일행은 이 차로 돈암장을 방문한 것이다. 돈암장에서 잠시 지체한 후 김구 선생 일행은 이 박사와 함께 곧바로 하지 사령부로 달렸다.

하지 사령부에는 입국에 대한 편의를 감사하는 한편 겸해서 귀국 인사를 하러 간 것이다. 아널드 군정장관까지 귀국 인사 교환을 마치고 돌아온 것이 10시 반, 그동안 손님은 밀릴 대로 밀려 있었다.

그런데 그동안에 나는 반가운 두 사람을 만날 수 있었다.

조선일보사 기자인 김영진金永鎭 씨가 그 한 사람이다. 나와 중국에서 생사를 같이하던 동지 김준엽 씨와 일본 게이오대학교의 동창인 김영진 씨가 취재차 달려왔다가 이야기 끝에 김준엽 동지와 잘 아는 사이임을 알아냈다. 김 기자는 몇 마디를 묻더니 25일자 일요일『조선일보』에 인터뷰 기사를 실었다. 옆에 있던『서울신문』의 이정순 기자는 내게 간단한 감상 회고담을 요청하였다. 불행히 이정순 씨는 6·25 때에 납치되어버렸지만, 지금 이 회고록을 쓰는 데 필요한 자료의 일부로서 나의 수기가 45년 11월 25일자『서울신문』에 말없이 남아 있다.

나의 귀국을 신문 보도로 알고 쫓아온 또 한 사람이 동향의 국민학교 동창인 최기일崔基一 씨였다. 그는 그때 돈암장에서 이승만 박사를 모시고 있었다.

내가 학병 출정을 하던 날, 고향인 대관역에서 목 메인 우리말로 "이기고 돌아오라!"고 소리쳐주던 최 형이 평안도 사투리를 한마디도 버리지 못한 채 덥석〔불쑥〕내 앞에 다시 나타났다. 무뚝뚝하고 고집이 센 대신 강한 성격을 가진 최기일 박사는 미국 하버드대학에서 경제학으로 박사 학위를 얻었고 지금도 미국에서 대학교수로 경제학을 가르치고 있다.

그때 나의 나이 스물여섯, 아마 최 형의 나이 스물넷이었을 것이다. 나의 아버지가 목회하시던 교회에 그의 집안이 전부 나와 집안끼리도 가깝게 지내던 사이였던 그가 뜻밖에 이렇게 내 앞에 불쑥 나타나 어떤 이상한 인연을 연결시켜준 것이다.

"아니, 최 형 어떻게 된 셈이오."

나는 벌떡 일어나 그의 팔을 잡으며 말이 나오지 않는 입술로 이렇게 혼자 중얼거렸다.

"장 형님, 살았시다래!"

나는 아직 가족을 만나지 못했지만, 최기일 씨를 만나봄으로써 고향 사람들 전부를 만나보는 듯했다. 나보다 2~3년 아래 학년이던 그와 평북 삭주 땅에서 국민학교에 다닐 적 생각, 책보를 등에 동여매고 산딸기 우거진 숲길을 헤쳐 넘던 기억부터, 기적도 없이 조선 청년을 학병이라는 이름으로 끌고 가던 기차가 대관역을 미끄러질 때, 아는 체조차 해주는 이 없던 역두에서 소리쳐주던 3년 전의 기억까지, 청노루 맑은 눈매처럼 글썽한 눈물로 젖어 잠시 동안이 지나갔다.

"……어찌 된 거요?"

그는 내가 학병으로 평양을 떠난 후 학병을 피하기 위해 징용에 응했다. 징용에 끌려간 그는 평양 승호리 시멘트 공장에서 일을 했다고 한다.

해방이 되자마자 서울에 올라와 '학병거부자동맹'을 조직하여 정치적 혼란을 지식인 청년의 안정 세력으로 정리하려고 움직였다. 그러나 사태의 추세는 그로 하여금 좌익과 충돌하게 하였고, 마침내 그는 좌익과 적극적으로 투쟁하게 되었다. 이것이 그가 이승만 박사와 접촉하게 된 동기다. 그는 곧 이 박사에게 인정을 받아 시종비서로서 돈암장에서 이 박사를 모시게 되었다.

이것이 대충 최 형의 이야기였다. 그리고 김준엽 동지의 안부를 잊지 않았다. 김준엽 동지와는 역시 게이오대학교의 동기였다.

나는 아무리 생각해도 우연한 일같이 생각되지 않았다. 내가 김구 선생을, 최 형이 이승만 박사를 각각 비서로서 모시게 된 이 우연은 어떤 필요충분조건같이 해석되기도 하였다. 곧 이 박사와 김구 선생을 연결시키는 교량 역할의 책임이 주어지는 것이구나 하고 스스로 단정하였다. 이 두 분사이에 다리를 바로 놓아야 할 사명을 내게 허락하는 것으로 나는 경건히 하나님 앞에 감사했다.

언제나 가장 미묘하고 지난한 과제가 스스로에게 주어진다고 자부하고 또 그렇게 아전인수 격의 해석을 가질 때마다 늘 내게는 용기와 신념과 충성이 가장 행복한 보람으로 가슴에서 끓어올랐다.

여하간 이러한 계기가 바로 후일 내가 마음대로 돈암장―이승만 박사가 계시던 곳―을 드나들 수 있었던 계기가 된 것이다.

최기일 형과 이 벅찬 반가움을 다 해소시키지 못하고 있는 동안 김구 선생님의 첫 기자회견 시간이 되었다.

『조선일보』, 『동아일보』, 『중앙일보』, 『서울신문』, 『인민보』(공산당지), 『대동신문』 등과 통신사 기자들, 또 이름도 다 기억할 수 없는 신문기자들 30여 명이 김구 선생을 둘러싸고 앉거나 선 채 자리를 좁혀들기 시작했다.

생각하면, 마디마디마다에 서린 원한, 그 한 많은 울분이 저며진 심중을 감추고 고국을 등진 지 30성상에 다시 이 숙연한 자리에 나타나셨으니, 그 감회 이루 다 나타낼 수 있으리오.

이제 한국의 명분을 바로 지으려고 그 거구의 몸을 젖히고 앉아 큰 눈을 한 번 무겁게 감았다 뜨셨다.

다가올 시련은, 아니 이미 다가와 있는 시련은 통일전선의 결성이라는 민족적 숙원이었다.

그에게서 어떤 하나의 태양이라도 기대하는 것일까. 그가 그런 신비로운 대상으로 민족의 시련 앞에 홀연히 솟아오르는 것은 무엇일까. 나는 새삼스럽게 중국에서의 김구 선생에게 느끼지 못하던 어떤 것을 느끼게 되었다. 역사가 마련한 자리에 그는 앉아 있다.

하나의 의지의 인간이다.

그는 육중한 신념의 무게로 자리를 고쳐 앉고, 표정에 떠오르는 뜨거운 감회를 잠시 침묵으로 달래는 듯했다. 이윽고 김구 선생의 그 무거운 입은 천천히 열리고 기자들을 향한 인사 말씀이 시작되었다. 주로 귀국 경위의 말씀이었다. 말씀이 끝나자 잠시 침묵이 또 흐른다. 누군가 질문을 던졌다.

문 이승만 박사를 중심으로 현재 국내에서는 통일전선 결성에 최대 노력을 하고 있는데, 이에 대한 선생의 포부는 어떠하신지요?

답 아직 자세한 사정을 몰라서 오늘은 무엇이라고 말할 수가 없다. 그러나 통일전선을 결성하는 데 있어 내가 이승만 박사보다 나은 생각을 갖고 왔으리라고 믿는다면 그것은 곧 잘못이다. 어쨌든 30년 동안 국내 사정을 잘 모르고 지내온 터이니 이 문제에 대하여서는 다음날로 미루어주기 바란다.

문 지금 통일전선 결성을 위하여 먼저 민족반역자와 친일파를 제외하자는 소리가 높은데, 이에 대해서는?

답 나쁜 분자를 먼저 제외하고 뭉치는 것은 매우 훌륭한 방법일 것이나, 뭉쳐가고 나쁜 분자를 골라내는 것도 한 방법이 아닐까 생각한다. 그러므로 우리는 현재 무엇보다도 시급한 통일부터 하는 것이 옳지 않을까 생각한다.

문 선생은 장차 국내 정세를 어떠한 방법으로 파악하시려는지?

답 눈과 귀가 있으매, 듣고 보아서 잘 판단할 수 있을 것이다.

문 어젯밤 귀국 제1야의 감상은?

답 나는 어제 고국 땅을 밟았으나, 그러나…… 나의 혼이 왔는지, 육체가 왔는지, 분간할 수 없는 심정이다.

기자들의 질문은 한동안 이 대답 끝에 침묵으로 끊겼다. 나는 속으로 혼자 김구 선생의 이 한마디를 다시 외워보았다.

'혼이 왔는지, 육체가 왔는지, 분간할 수 없는 심정이다……'

김구 선생의 이 한마디는 우리 환국 일행의 심정을 충분히 대변해준 것이었다. 나는 끝없는 낭만에 끌려드는 듯이, 망명 3년이라는, 김구 선생의 망명생활 중 10분지 1의 기간에 겪은 심회에 사로잡혔다.

누군가 다시 질문을 던졌다.

문 선생은 개인 자격으로 입국하셨다고 발표되었는데, 이 점에 대하여서는?

답　우리 한국에는 현재 군정이 실시되고 있는 관계로 대외적으로는 개인 자격이 될 것이나, 우리 한국 사람 입장으로 보면 임시정부가 환국한 것이다.

나는 또 한 번의 충격을 받았다. 그렇다. 우리의 입장에선 엄연한 정부의 환국이 아니냐? 새삼스러운 분노의 기운이 일기 시작하는 것을 느낄 때, 그때 김구 선생은 자리를 일어나시며 손으로 엄 부장에게 질문을 넘기었다.

질문은 중언부언이 되기 시작한 것이다. 김구 선생은 회견을 계속시키고 2층으로 올라가셨다. 무거운 발걸음이었다.

엄 부장이 대신 회견의 중심이 되었다. 엄 부장은 큰 기침 끝에 입을 열었다.

"백범 선생께선 또 다른 면담 약속이 있으십니다."

그러자 기자들의 질문은 좀 더 활발해졌다.

문　귀국 후 각 요인들과 회담하였는가?

답　오늘 아침 10시에 하지, 아널드, 두 장군과 이 박사에게 인사만 하였다. 아직 도착하였을 뿐이므로 정치적 의견은 교환하지 못하였다.

문　이 박사는 민족통일에 많은 노력을 하였음에도 불구하고 만족할 만한 성과를 거두지 못하였다. 지금 김구 주석에 다대한 기대가 집중되고 있는데, 통일에는 인민대중의 참된 부르짖음, 참된 요망을 충분히 포섭하여야 될 줄 안다. 만일 편협된 일당파의 이익이나 주견만을 가지고 통합을 기도한다면 또다시 인민은 실망할 것이고, 민족통일은 암초에 걸리고 말 것이다. 임정은 이 점에 어떤 안을 가지고 있는가?

답　우리는 아직 귀국 초이므로 국내의 사정은 아무것도 모른다. 우리는 3천만의 의사에 의하여 정책을 세울 것이고 여론을 토대로 하고 그를 존중하여 모든 문제를 결정할 것이라고 생각한다.

문　지금 국내에는 '인민공화국'이 존재하고 있는데, '임시정부'의 이에 대한 대책은 어떠한가?

답　우리가 해외에서 들은 소식으로는, 다만 정당이 난립하여 복잡화되어 가고 있다는 것뿐이고, 이에 대하여서는 지난 9월 3일에 발표한 강령에 명시된 원칙상의 말은 할 수 있으나, 구체적으로는 말할 수 없다.

문　'옌안독립동맹'과의 관계는 어떤가?

답　연락과 협조를 가지고 있다. 우리나라를 완전히 독립시키자는 목적은 동일하니까 큰 대립은 없을 것이다. 옌안 측도 불원 귀국한다는 말을 들었다.

문　이 박사와의 관계는?

답　이 박사는 워싱턴에서 임시정부를 대표하여 활약하던 분이다.

문　이번 김구 선생을 비롯하여 각 요인들이 전부 개인 자격으로 귀국하셨다는데, 임시정부는 해체되었는가?

답　절대로 그렇지 않다. 물론 지금 38도선 이남에는 미국군의 군정부가 존재하므로 그러한 것이나, 우리가 국민을 대할 때는 다르게 된다. 그러나 우리를 정부로 하고 안 하고는 3천만 국민이 결정지을 문제다.

문　환국이 늦어진 이유는 무엇인가?

답　다만 비행기 관계이다. 나머지 요인들도 수송편이 해결되는 대로 곧 입경할 것이다.

문　임시정부에서 일본과 독일에 선전포고를 한 것은 사실인가?

답　사실이다. 우리 정부가 왜적에 대하여 선전한 것은 벌써 3·1운동 때부터이다. 이번 태평양전쟁에 제하여 또다시 1941년 11월 12일에 일·독군에 대하여 선전포고를 하였다.

문　임시정부는 연합국의 승인을 받은 일이 있는가?

답　정식 승인은 없었으나, 사실상의 승인과 많은 원조를 받았다.

문　민족통일은 민족반역자를 배제한 순수하고도 진정한 민주주의적 통일이 되어야 한다. 무조건 통일을 기하는 데 사실상의 큰 암이 생기었다. 여기에 대하여는 어떻게 생각하는가?

답　민족반역자는 통일전선에 포함되지 않아야 될 것이다.

문 38도선 문제에 대하여는 어떻게 생각하는가?

답 국가적으로 손실이고 개인적으로도 곤란을 받고 있을 것이다. 연합군은 우리나라를 침략하려고 진주한 것이 아니고 해방을 위하여 온 것이므로 우리의 요망은 머지않아서 해결되리라고 생각한다.

문 임시정부에는 색을 가리지 않고 민족주의와 사회주의 등 각 주의 세력이 다 포함되어 있다고 하는데 어떤가?

답 사실이다. 공산주의자도 있다. 독립을 위하여는 서로 협조하여가는데 일치될 수가 있기 때문이다.

문 이승만 박사와 민중과의 사이가, 박사를 위요하고 있는 분자로 인하여 소외되어 있어 민의의 전달과 연락이 원활하지 못한 관계로 일반의 기대에 부합치 못하는 점이 있는 듯한데, 임시정부는 일반 국민과 충분한 협조 연락을 할 의도가 있는가?

답 이승만 박사와 민중과의 관계는 전혀 모르겠으나 우리로서는 일반의 여론을 어디까지든지 존중한다. 오랫동안 외국에 있었기 때문에 국내 사정을 잘 모르니만큼, 국내의 모든 사정은 여러분이 제일 잘 아실 것이므로 자주 만나 일반의 여론을 전해주기 바라며 동시에 민중과 함께 나아가련다.

문 '인민공화국'과 '임시정부'와의 관계를 분명하게 말하여주기 바란다.

답 전연 몰랐으며, 신문을 통하여 각 정당의 성립이라든가 '인공국'人共國의 탄생을 보았을 뿐이다. 우리의 최대 목적은 국가 독립에 있는 것이다. 어떠한 정당이고 국가 명칭을 초월하여 한 완전한 통일국가로서 독립해야 할 것이다. 이것도 역시 일반 여론이 지시함에서 결정될 것이다.

이 기자회견 내용에 대해서 지금 생각하면, 다시 심사숙고했어야 할 문제가 한두 가지가 아니다. 그러나 나는 이 회견을 통해서 어느 정도 엇갈린 정치적 혼란과, 그 와중의 민심과 또 틈이 어디서 벌어지고 있는가를 처음으로 추리, 판단할 수 있었다. 새로운 도전이 나라의 독립에 앞서 거세게 닥쳐올 것을 예감했다. 슬픈 일이다. 기자들의 질문은 단순한 질문이 아니고 어떤 면에서는 상황의 전달과도 같이 내 귀로 몰려들어오는 것이었다. 나는 새삼스럽게 최기일 형을 오늘 만나보게 된 것을 지극히 다행으로 생각했다.

몇 번의 기자회견을 통하여 나는 기자들의 질문 자체 속에 묘한 정치적 색채가 숨어 있는 것을 깨닫게 되었다.

그것은 모여드는 신문기자들 속에 섞인 공산주의자들의 유도 질문 내지는 회유 질문에서 나타났고, 이러한 질문은 으레 인민이라는 이름으로 시작되는 것이었다.

"인민의 소리를 들으시오. 인민의 소리에 귀를 기울여야 합니다."

인민이라는 이름을 팔아 여러 정치 세력이 통일전선을 형성하려는 기운을 꺾고, 김구 선생의 회견을 그들의 의도대로 좌화시켜 왜곡 발표하려는 유도 질문이요, 또 공산주의 세력에 어떤 결정타적인 정치 발언이 나오지 않도록 하는 회유 질문이 으레 이렇게 나타났다.

왜냐하면 그때 국내의 정세는 공산당 당수 박헌영朴憲永을 중심으로 하는 좌익 세력과 이를 배척하고 견제하는 이승만 박사의 노선과 공산당에게 주로 이용당하고 있던 여운형呂運亨 씨 중심의 중간 노선으로 정립되어 있었기 때문이다.

이승만 박사가 귀국하여 좌익 세력을 단호히 거부하고 민주주의 지도 노선으로 이를 견제하고 있던 차라, 좌익분자들은 김구 선생의 정치적 발언에서 자기들에게 유리한 기자회견이 나올 것을 부단히 획책하는 것이 그 골자들이다.

"이승만 씨는 귀국하여 인민의 소리를 배척함으로써 사실상 통일 독립을 기하는 데 과오를 범하고 있으며, 범통일전선 결성에 차질을 가져오고 있는데, 김구 씨는 어떻게 하겠느냐" 하는 것이 좌익 기자들의 질문의 요점이요, 이 박사와의 사이를 멀리하여놓으려는 획책이었다.

나는 이런 질문이 나올 적마다 필요 없는 조바심이지만 마음을 졸이지 않을 수 없었다. 그러나 김구 선생과 엄 부장은 아무런 언질도 잡히지 않고 넘어가곤 하였다.

그러나 이승만 박사와 김구 선생 사이의 이간공작은 맹렬하게 전개되었고 치열하게 계속되었다.

감격스러운 회견까지도 감격만으로 끝날 수 없는 무서운 정치적 수단이 되어버렸다. 그러나 이러한 문제의 원인은 다른 데 있었다. 국민의 신임과 존경의 비중은 그 당시 적어도 이승만 박사 개인보다는 김구 선생을 중심으로 한 '임정'이란 기관이 더 무겁게 되어 있다는 보편적 판단 상황이기 때문에 김구 선생의 노선을 좌선회 내지는 중립으로 돌려보려는 데 그 초점이 있었던 것이라고 말할 수 있다.

환국 일행이 해야 할 일이 무엇이며, 그 가운데 끼인 내 한 몸이 감당해야 할 일이 무엇인가 하는 것을 엉킨 실 꾸러미에서 실 한 가닥을 풀어 뽑아 찾아낸 듯이 다행스럽기도 하고 또 대견스럽기도 했으나, 그러나 그 실 꾸러미의 엉킴이 너무나 착잡하게 올올이 얽혀 있어 한심스럽기도 했다.

나는 최 형이 돌아간 다음, 귀국 24시간도 못 되어 새로운 뜻밖의 임무가 이처럼 날 찾아온 사실에 신경을 쓰느라고 점심도 잊고 있었다.

그러나 당장 어찌할 수가 없었다. 엄 부장의 지시대로 원로급 각계 대표는 김구 선생이 계신 2층으로 안내케 하고 고위층은 엄 부장이 직접 담당하여도 나에게는 끊임없이 손님들이 달려들어, 그 정성만은 고마웠지만은 괴롭기까지 하였다.

조금도 조용한 시간을 가질 수가 없었다. 그러나 그것은 당연지사일 수도 있는 일이었다. 나라 없던 백성, 지도자 없던 백성들의 심정을 이해하고도 남음이 있는 일이 아닌가 하고 자위할 수밖에 없었다.

괴롭게 생각된다는 것이 차라리 죄스럽다고 자책하고, 나는 그들에게 가능한 한, 내가 아는 한 그들의 심중에 궁금하게 갇혔던 의문을 풀어드려야 할 의무를 가졌다고 스스로를 타일렀다. 그러나 그 많은 학병 출신의 한국 청년을 모두 기억할 수는 없는 것이고 충칭의, 시안의, 상하이의 동포들을 다 기억할 수도 없는 노릇이었다.

더구나 일군에서 풀려나온 한국 청년들이 아직도 광복군에 계속 편입 중이고 해서 그들의 명단 같은 것이 작성되어 있지도 아니했다. 더구나 날 괴롭게 하는 것은 충칭에서 임시정부가 있는 동안, 수십 명의 우리 독립투사들과 가족들이 그곳의 흙이 되었다는 사실을, 그들의 가족·친척들에게 숨길 수 없는 일이었다.

김구 선생과 한때 옥중생활에 같은 감방에 있었다는 시골의 지사며, '또 잘 아는 사이'라는 분들이 어찌도 그리 많은지, 마치 임시정부가 곧 정식 집권이라도 하는 듯이 일종의 엽관운동 비슷한 인상만을 남기며 몰려오는 군상들이 연달아, 하루해를 지게 하였다.

심지어는 국내의 유명한 실업인 박 모 씨가 그때의 액수로 500만 원의 돈을 희사하겠다고 왔다가 그대로 쫓겨 간 사실까지 있어, 동포라면 누구라도 한마음 한뜻이려니 하고 생각하던 맹목적인 애착이 그때부터 하나씩 변질되기 시작했다.

피로에 지쳐 저녁 일찍이 식당에 가서 앉았다. 과연 보람 있는 조국에서의 일인가를 생각하고 있는데, 갑자기 엄 부장의 호출이라고 전달이 왔다. 놀라지는 않았으나, 무슨 일인가 싶어 저녁식사를 채 마치기도 전에 그대로 올라가보았다. 엄 부장은 김구 선생 계신 방으로 나를 데리고 들어갔다. 김구 선생, 엄항섭 선전부장 그리고 나, 셋이 대좌를 하였다.

비등한 국민의 여망을 누를 수 없어 임정 일행의 입국 주선은 하였지만 김구 선생의 발언에 신경을 모아온 미 군정청은 그 육성 방송만은 허락지 않았던 것이다. 그 미군정 당국이 이제야 김구 선생의 육성 방송을 허가하고 오늘 밤 8시에 단 2분 내외의 말씀을 하여도 좋다는 공식 연락이 막 있었다는 내용의 말을 엄 부장이 일러주었다.

"장 목사, 장 목사가 좀 이 원고를 알아서 써주어야 하겠소. 간단한 도착 소식만을 내 목소리로 알리라니……."

내가 일본신학교를 다니다 출전했다는 사실로 해서 김구 선생은 날 장 목사라는 호칭으로 불러주었고, 이것은 일행에게 거의 애칭과 같은 별명으로 그때 통하고 있었다.

퍽 인자한 목소리로 그 지시의 말을 시작했으나, 선생은 끝내 근엄한 표정을 엄숙히 굳히고 말끝을 마무리 짓지 아니하셨다.

"……단 2분 동안에 할 수 있는 말이라."

내가 아무런 대답을 못 하고 있을 때 그 멍한 침묵의 공간을 비로소 김구 선생 자신이 이렇게 메꾸어주었다.

역사적일 수도 있는 귀국 성명의 한마디요, 첫마디이다. 또 야박스럽게 단 2분이라는 시간제한이 있다. 그렇다고 내가 글을 많이 써본 것도 아니다. 그러니 자연히 이 지시는 내게 한 고민이 아닐 수 없었다.

나는 원고 쓸 수 있는 시간이 한 반 시간밖에 남지 않았다는 사실을 알고 나서 대답 아닌 응답을 하고 그 답답한 분위기 속에서 빠져나왔다.

사실 김구 선생의 귀국 방송 원고는 이미 준비되어 있었던 것이다. 그러나 미처 그것이 단 2분이라는 시간제약을 조국에 와서 받으리라는 것은 생각지도 못한 일이다.

준비, 작성되어 있는 귀국 방송 원고가 무시되고 한 두어 마디 말로써 그것을 대신하는 원고를 쓰라는 새로운 지시를 갑자기 하게 된 일은 정말 서글픈 우리의 입장이었다.

무엇이냐? 조국에 돌아와, 내 나라 내 땅에 돌아와서도 민족의 지도자가 제 할 말을 다 못 하고 마는 이 운명은…….

나는 한 빈방에 들어가 스스로 김구 선생의 심중을 짚어보려 애썼다.

한마디로 그의 뜻을 다 말하는 신통한 속담이나 고사는 없을까 하고 나의 무식을 한탄했다. 시간의 초침이 내 팔목 위의 맥박에서 맥박의 흐름을 채찍질하였다.

"왜 내 나라 동포에게 말을 다 못 하는가?"

붓이 나가지 않고 그 대신 붓끝에는 이런 한 가닥 의문이 짓엉켜질 뿐이었다.

"……그저 나 여기 왔소, 그러면 되는 거야."

내가 돌아서 나올 때 김구 선생이 내 등 뒤에다 대고 해준 말이 낙서처럼 종이 위에 쓰일 뿐이다.

"……나 여기 이렇게 왔소."

그러나 실상은 우리 몸만이 온 것이고 와야 할 것이 못 온 것이 아닌가. 무엇인가 우리가 조국에 가져와야 할 것을 못 가져온 것이 아닌가?

우리가 가져와야 할 것을 우리 힘으로 싸워 찾아왔다면, 누가 무엇이라고 말할 것인가? 분명히 우리는 비행기에 태워져 온 것처럼 조국에 그저 되돌려 보내진 것이 사실이었다. 그들은 우리에게 빈손으로 되돌아가게 했고 우리는 그들에게 무엇을 요구할 대가를 충분히 치를 힘이 정말 없었던 것이 사실일까.

싸워서 피 흘려 찾은 해방이라면 그 얼마가 싸운 대가라고 계산될 것인가? 아니다. 우리는 못난 후예다. 3·1운동을 기점으로 전국 방방곡곡에서 또는 남북 만주, 시베리아를 무대로 얼마나 많은 우리 선열들이 이날을 위하여 숭고한 피를 흘렸던가. 우리는 그 피값을 제대로 찾지 못하고 있는 것이 아닌가.

온 국민의 귀가 크게 환각으로 확대되어 방 안의 네 벽으로 날 포위, 압축해왔다. 그리고 긴긴 지하도를 방황하며 광명의 빛줄기를 찾아 헤매는 듯이 안타까운 침묵이 그 네 벽으로부터 쏟아져 들어왔다. 나는 손이 떨리는 것을 의식했다. 어떤 공포와 같은 긴장이 나의 내면으로 소리쳐 들어오고 있었다.

원고지 서너 장 정도의 글로써 함축성 있게 써드려야 할 책임을 이렇게 심각하게 느끼지 않는다면 전연 아무렇지도 않게 쉬운 원고를 써드릴 수도 있으리라. 그러나 못 쓰겠다고 거절 못 한 주제를 한탄해야만 했다. 그러고는 당황해하는 자신을 한번 자만스럽게 짓눌러보았다.

친애하는 동포 여러분!

27년간이나 꿈에도 잊지 못하고 있던 조국 강산에 발을 들여놓게 되니 감개무량합니다. 나는 지난 5일 충칭을 떠나 상하이로 와서 22일까지 머물다가 23일 상하이를 떠나 당일 서울에 도착하였습니다. 나와 각원 일동은 한갓 평민의 자격을 가지고 들어왔습니다.

앞으로는 여러분과 같이 우리의 독립 완성을 위하여 전력하겠습니다. 앞으로 전국 동포가 하나가 되어 우리의 국가 독립의 시간을 최소한도로 단축시킵시다.

앞으로 여러분과 접촉할 기회도 많을 것이고 말할 기회도 많겠기에, 오늘은 다만 나와 나의 동사 일동이 무사히 이곳에 도착되었다는 소식만을 전합니다.

붓을 옮기기 시작하여 한 5분 만에 이렇게 써놓고 한숨을 뱉었다. 애써 그분의 성격을 생각할 필요도 없이 그분이 호소하고 싶은 이상은 곧 하나이겠기에, 나는 김구 선생의 심중을 이렇게 표현했다.

'평민의 자격으로'라는 구절을 구태여 삽입하면서 나는 안으로 한 모금의 결심과 신념을 꿀꺽 삼켰다. 임시정부의 해체가 독립을 위한 첩경이라면 무엇을 못 하리오마는 서글픈 일이 아닐 수 없었다. 그 말은 하지 사령부가 꼭 넣어달라는 구절이니 말이다.

나는 엄 부장에게 보여드렸다.

"잘됐구만."

엄 부장은 김구 선생에게 내밀었다.

"됐어!"

단숨에 내려 읽은 김구 선생은 이 한마디와 함께 일어섰다. 시간이 없었다.

경교장에서 얼마 안 되는 정동 방송국으로 엄 부장과 이영길李永吉 등 수행원을 대동하고 향하셨다.

녹음방송이 없던 생방송이라 시간에 늦지 않게 달려간 것이다. 한 번의 검토도 없이 그들은 가고 나는 아쉬운 마음을 누르고 경교장에 주저앉아 라디오를 마주했다.

8시 정각.

힘찬 목소리의 한마디 한마디가 살아나왔다. 눈 감고 들으며 전연 내가 쓴 원고 같지 않게 귀 기울여 경청하며 그분의 심중을 전해 듣고 있었다. 너무나 짧아 허황했다. 그러나 아나운서가 김구 주석의 환국 스테이트먼트를 계속 낭독해주었다.

이날 밤 나는 일찍이 자리에 누워 오늘 하루의 접대 일을 생각했다. 너무나 '애국'이 많고 너무나 이 애국을 꼭 자기가 구현시키겠다는 의지가 많다는 느낌을 정리하면서 잠을 억지로 청했다.

'애국자'가 너무 많구나.

그러나 분명 애국을 원하나, 무엇이 애국인지를 모르는 소행이라고 일러주고 싶어졌다.

25일은 일요일이었다. 역시 맑았다.

아침 예배를 위해 옷차림에 분주했다. 모든 것이 새롭고 의외로웠다. 그리던 조국의 품에 돌아와 첫 번째의 예배인 만큼, 어릴 적 주일학교 시절처럼 가슴이 뛰었다.

김규식 박사 일행은 장로교의 새문안교회로 가시고, 나는 김구 선생과 엄 부장을 따라 감리교의 정동예배당으로 갔다.

이날 설교는 한 사십 전후의 정일형鄭一亨 박사가 하였다. 교회 안의 맨 앞줄에 자리 잡은 우리는 퍽 좋은 인상의 정 박사 설교를 듣고 있었다.

그는 어느 미국 대통령의 이야기를 한 미국 목사의 설교 인용을 되풀이하면서 예언자적인 입장에서 외치는 설교를 하였다.

"여기에 한 위대한 사람이 앉아 계십니다. 장차 이 민족을 이끌고 나갈 참지도자가 이 자리에서 하나님 앞에 무릎을 꿇고 계십니다……."

11월 26일부터 본격적인 김구 선생의 활동은 시작되었다. 이날 아침 10시 군정청(현재의 중앙청) 제1회의실에서 내외 기자단과의 공식 회견이 미리 발표된 예정에 의해서 진행되었다.

넓은 회의실 안에 민족의 지도자를 기다리는 엄숙한 분위기가 먼저 기다리고 있었다. 기침소리조차 없이 40여 명의 내외 기자가 진을 치고 있었다.

벅찬 감격이, 민족의 지도자로서의 대우를 망명생활 30년 끝에 겨우 받는다는 생각을 감쌌다. 사진반원이 대기하면서 장내에 조금의 움직임을 줄 뿐……, 이렇게 무겁고 위엄한 공기가 10시부터 10여 분이나 괴어 있었다.

이윽고 미 주둔군 사령관 하지 중장의 안내로 김구 선생이 들어섰고 엄 부장이 뒤따랐다.

울음 같은 박수가 터져 나왔다. 나는 꼭 그렇게 듣고 있었다.

하지가 입을 열자 박수가 멎고 모두가 착석했다. 휘황한 플래시가 순간과 순간의 감격을 잡아 삼켰다.

하지 장군의 소개말이 김규식 박사의 아들인 김진동 씨의 통역으로 숨죽여 기다리던 장내에 퍼져나갔다. 마치 밀물이 소리 없이 들어오듯 새로운 분위기가 밀려들었고 그 속에서 김구 선생은 입을 열었다. 먼저 귀국 인사를 정중히 한 다음 결론으로 다음과 같이 맺었다.

"……나는 앞으로 여러 선배와 그리고 각급·각계 대표자들을 방문 또는 초청하여 담론할 것이며, 미군 당국과도 깊이 의논한 뒤에 우리의 할 일을 알려드리겠습니다."

기대와는 너무나 거리가 먼 짧은 요지였다. 너무나 깊은 신중성은 김구란 이미지에 실망을 던져줄 정도였다. 백범 김구의 말이 불을 토할 것인지 쇠를 토할 것인지 모두들 그렇게 기대하였던 순간의 연속이었고, 그 시간은 30분이나 지났으나 백범은 말 대신 무거운 표정 속에 고인 신념만을 뿜어 그 거구에 흐르게 하였다.

"무엇인가 기대할 수 있는 인물이다."

내가 비로소 안도의 숨을 쉰 것은 어떤 기자의 이런 한마디 말을 들을 수 있을 때였다.

김구 선생은 이어서 조선호텔로 자리를 옮겼고, 그곳서 이승만 박사와

하지 장군과 셋이서 요담을 나누었으며, 11시 40여 분이 넘은 거의 12시부터 다시 자리를 돈암장으로 옮겨 이 박사와 오랜 시간을 같이 보냈다.

이날 저녁 엄 부장은 내게 특별한 지시사항을 일러주었다. 특별지시는 다음과 같았다.

내일 27일엔 거물급 정치인 4인과 김구 선생이 각각 개별 회담을 네 차례에 걸쳐서 갖는다.

이들과는 결코 단순한 인사 교환이 아니고 본격적인 국내 정치를 논의하는 정치 회담이 이루어지는 기회가 된다.

'한국민주당'의 송진우 당수 그리고 '한국국민당'의 안재홍 당수, '인민당'의 여운형 당수 그리고 공산주의자들이 주도하는 '조선인민공화국'의 허헌許憲 국무총리가 바로 그 4인이다. 27일 아침부터 오후까지 차례로 한 사람씩과 국내 정치를 요리하기 위한 의견 교환이 착수되는 시점이 된다.

여기서 내가 지시받은 것은 첫째, 단독 회담에 모두 입회할 것, 둘째, 단순한 입회만이 아니라 회담 내용을 기록할 것, 셋째, 이 회담을 위해 충분한 예비지식과 정치 정보를 수집하여 내일 아침 일찍 김구 선생에게 브리핑을 할 것 등이다.

나는 지금까지 여러 사람을 접대하면서 주워들었던 사건과 그에 대한 비판과 그리고 단편적이긴 하나마 그들의 아직까지의 정치적 발언을 분석하여 어떤 자료를 작성해야만 했다. 우선 그동안의 신문을 전부 모아가지고 정치 관계 보도 기사와 담화문을 정리해야 하고, 이런 자료를 중심으로 우선 4인에 대한 성격 조사부터 해서 이를 브리핑해야 하겠다고 나의 스케줄을 짰다.

시간이 그처럼 귀하게 흘러갔고 나는 동분서주하며 자료 정리로 밤을 새웠다.

이제 김구 선생, 아니 임시정부가 이 땅에 발을 디디고 선 그 의의를 찾을 때가 온 것으로 저으기 기뻤다.

4당수와의 회담이 어떻게 진행될 것인가에 나는 필요 이상의 관심을 가지게 되었다. 더욱이 나만이 그 자리에 입회한다는 것이 더욱 나의 젊음을 끓게 하였다.

어서 이 밤이여 가라. 그리고 조국에 독립을 심을 작업이 성스럽고 진지하게 시작되는 새날이여 오라.

나는 4당수와의 회담이 반드시 이 나라의 운명을 저울질하는 큰 의의를 가지리라고 예측했다.

그들이 어떤 정견을 가지고 와서 어떤 주의 주장을 할 것인지 조금도 상상할 수 없는 성질의 것이었으나 꼭 한 가지, 이 나라의 독립을 위해 그 기간을 최소한도로 단축시킬 수 있는 한길로 들어서준다면, 이것이야말로 임정의 환국에 보람이 되어주지 않겠는가, 혼자 자문자답으로 밤을 보냈다. 그들의 가슴에 의사인 양 청진기를 갖다 대는 조수처럼 나는 조심스럽게 날이 밝기를 기다렸다.

김구 선생도 4당수의 인물은 이미 다 아시는 바일 것이다. 다만 그들의 현재의 시국관과 과거와 현재 임시정부에 대한 대임정관이 어떠한 것이었는가를 중점적으로 정확히 판단만 할 수 있다면, 나의 책임은 지시대로 충분히 이행되는 것일 것이다.

나는 이렇게 혼자 결론을 지었다. 분명히 역사는 초침으로 이루어지고 있었다.

무엇인가 분명히 나의 단잠을 깨워준 것이 나의 안면을 스쳐 지나갔다. 그러나 방 안에는 아직 잠에 취해 있는 동료들뿐이었다. 차가운 동짓달의 냉랭한 새벽 공기만이 방 안에 가득히 내려와 있을 뿐, 내 누워서 바라보는 시야에는 아무것도 담기는 것이 없었다.

무의식적으로 긴장이 다시 나의 안면을 스쳐갔다. 그제야 나는 나의 잠을 깨워준 것이 창문을 통해 들어온 11월 27일의 먼동이란 것을 깨달았다. 나는 이날이 청명한 날씨일 것을 어젯밤부터 간절히 기원했건만, 창유리에 서린 먼동의 햇살은 희부옇게 나의 기대를 흐려줄 뿐이었다.

그때야 나는 몸을 천천히 움직여보았다. 좀 부족한 듯한 잠이 나의 의식을 다시 잡아끄는 듯했다.

순간적으로 정말 순간적으로, 쉬저우의 일군 병영을 탈출했던 새벽, 철조망을 기어올라 바깥 도랑에 떨어져 정신을 가다듬던 지난날의 그 기분을 전율하며 느꼈다. 긴장과 초조와 안도의 숨이 호흡을 한순간 중지시키는 듯한 몽롱함이 나른한 나의 육신에 감전 상태를 일으켰다.

"이제부터다."

닫힌 창유리를 뚫고 내게 전달된 이날 새벽의 먼동은 냉수처럼 냉랭했다. 그러나 고마웠다. 틀림없이 내가 일어나야 하겠다고 마음먹었던 그 시간, 여섯 점 반이었다. 그러니까 한 서너 시간 반쯤 눈을 붙인 셈이다. 천천히 몸을 일으켰다.

아침에 브리핑을 해드릴 자료는 그대로 대견스게 나의 머리맡에 놓여 있었다.

나의 이 작은 일이 보람된 일이 될 것을 바라면서 나는 엊저녁에 정리한 자료를 다시 한 번 훑어보았다.

창유리에 번지는 먼동의 밝음이 신비스럽게 나의 이 일을 보살피는 것 같았다.

송진우 씨

그의 인간과 성격에 대한 것은 우선 거구의 인물이라고 했다. 굽히지 않는 고집이 강한 의지와 함께 안면에 담겨서 거장의 모습이 풍긴다고 한다.

그는 강인한 민족주의자로서 명분과 전통을 존중하는 인물이며 사회주의 사상에 대한 절대적인 배척을 신조로 하고 있고, 『동아일보』를 중심으로 하여 집결되는 인물 가운데 중심인물이라고들 하였다.

이러한 그의 성품을 엿볼 수 있는 이야기가 있다. 8·15해방 수일 전부터 그는 조선총독부의 정무총감 엔도遠藤로부터 수차에 걸쳐서 정권 인수를 요청받은 일이 있었지만, 그러나 그는 이를 거절했다. 거절 이유는 다음 세 가지라고 한다.

① 패망하는 일본에게서 구태여 정권 이양을 받을 필요가 없다. 일본은 이미
　 정권을 누구에게 넘길 자격을 갖지 못한다. 그러므로 그것은 허수아비 노
　 릇에 불과한 것이다.

② 패전을 하게 되면, 일본이 마땅히 항복해야 할 대상은 연합군이 될 것이다.

③ 그러니 우리는 해외에 있는 임시정부의 환국을 기다려 임정의 지도에 따
　 라 모든 행동을 해야 한다. 부득이 엔도는 이 일을 8월 15일 여운형 씨에
　 게 요청하였다.

여운형 씨는 이를 곧 수락하고 즉시 '건국준비위원회'를 조직하여 여러
번 송진우 씨에게 오히려 협조를 요청하여왔다. 송 씨로서는 여 씨의 사회
주의적인 색채 때문에 애초부터 그와의 합작은 단념하고 침묵을 지켜왔
다. 그러나 '건국준비위원회'의 확대위원회가 9월 2일 소집되어 허헌이 부
위원장으로 당선되어 들어가고 또 9월 6일 이른바 '인민공화국'이 서울 경
기여고 강당에서 수립되자, 이에 대결하는 자세에서 다음 날 9월 7일 동아
일보사 강당에서 '국민대회소집준비위원회'를 결성하고 그 위원장에 취임
하였다.

이 자리에서 송 씨가 역설한 내용은 다음과 같다.

"……하루속히 겨레의 총의를 집결시켜 '대한민국임시정부'를 절대 지
지하며 맞아들여 이 정부가 직접 활동을 개시하는 날까지 당면한 모든 문
제를 해결하며 대기하기로 합시다……."

그리하여 이 소집위원회는 참석자 전원의 기립으로 임정 절대 지지를
결의, 확인하였다.

이와 같이 송진우 씨의 대임정 태도는 확고한 것이었다. 9월 8일 김병
로, 백관수白寬洙, 조병옥趙炳玉 씨 등이 주동이 되어 추진하던 '조선민족
당'과, 백남훈白南薰, 김도연金度演, 허정許政, 장덕수張德秀 씨 등이 주동이

되어 추진하던 '한국국민당'을 우선 합류시켰다. 이상의 두 당을 합류시켜놓고 '한국민주당'으로 정식 발당을 하기도 전에 발기인 명의로 '인민공화국 타도와 임시정부 지지'의 성명을 발표하였다. 9월 16일 드디어 '한민당'이 천도교 강당에서 결성되고 그 위원장에 취임하였다. 그때의 '인공'타도의 성명문 전문은 이렇다.

　"일본의 포츠담선언 수락에 의하여 우리 조선은 미국에 자주독립할 국가가 될 국제적 약속하에 놓여 있다. 36년간 일본 제국주의의 철쇄하鐵鎖下에 압박받고 신음하던 3천만이 이 광명과 자유의 날을 맞이할 때 그 환희와 열광이 어떠하랴. 우리는 연합국 특히 미·소·중·영 4개 우방과 경술 이래 해외에 망명 혹은 포연탄우의 전장에서 혹은 음산, 냉혹한 철창하에서 조국의 광복을 애쓰다가 쓰러진 무수한 동포 제 영령 및 선배 제공에게 감사를 드리지 않을 수가 없다. 동시에 우리 국내적으로 사상을 통일하고 결속을 견고히 하여 해외로부터 돌아오는 우리 '대한민국임시정부'를 맞이하고 이 정부로 하여금 하루바삐 4국 공동 관리의 군정으로부터 완전한 자주독립 정부가 되도록 지지, 육성하지 않으면 안 될 것이다. 그런데 이 민족적 대의무·대공도가 정해져 있음에도 불구하고 소수인이 파를 지어 '건준'이니 '인민공화국정부'니를 참칭僭稱하여 기미 이래의 독립운동의 결정체요, 국제적으로 승인된 재래 우리 임시정부를 부인하는 도배가 있다면 어찌 3천만 민중이 용허할 바랴. 지난 8월 15일 일본 항복의 보고를 받자 총독부 정무총감으로부터 치안유지에 대한 협력의 의뢰를 받은 여운형은 마치 독립정권 수립의 특권이나 맡은 듯이 4~5인으로서 소위 '건국준비위원회'를 조직하고, 혹은 방송국을 점령하여 국가 건설에 착수한 뜻을 천하에 공포하였을 뿐 아니라 경찰서, 재판소 내지 은행, 회사까지 접수하려다가 실패하였다. 이 같은 중대한 시기에 한두 소수인으로써 중대한 치안문제가 해결되며 행정기구가 운행될 것으로 생각함은 망상이다. 과연 처처에서 약탈·폭행이 일어나고 무질서·무통제가 연출되었다. 군헌은 권력을 발동하여 시민에게 위협을 가하였다. '건준'의 일파는 신문사와 방송국으로부터 축출되고 가두로부터 둔입遁入치 않을 수가 없었다. 그 후의 하는 일은 무엇인가. 사면초가 중의 여운형·안재홍은 소위 위원을 확대한다 하여 소수의 지명인사를 '건국준비위원회'의 좁은 기구에 끌어 집어넣기에 광분하였다. 그러나 '건준'을 비난하는 자가 엽관운동자가 아닌 이상 그 위원 중의 하나로 임명된다고 시是라 할 자는 없었다. 인심은 이탈하고 비난은 가중함에 그들은 각계각층을 망라한 450인의 인사를 초청하여 일당一堂에서 시국 대책을 협의할 것을 사회에 약속하였다. 그러나 동 '건준' 내에도 분열이 발생하여 간부 반대론이 대두하였다. 이에 그 간부들 전원은 사표를 제출하고 소위 각계각층의 350명에게 초청장을 띄웠다고 신문에 발표하였다. 그러나 사실은 동 간부들 35인이 그대로 집합하여 여운형·안재홍의 사표수리안은 18표 대 17표의 1표 차로 겨우 유임케 되었다.

일이 여기까지 이르면 발악밖에 남은 것은 없다. 그들은 이제 반역적인 소위 '인민대회'란 것을 개최하고 '조선인민공화국정부'란 것을 조직하였다고 발표하였다. 가소타 하기에는 너무도 사태가 중대하다.

출석도 않고 동의도 않은 국내 지명인사의 명의를 도용한 것은 말할 것도 없고, 해외 우리 정부의 엄연한 주석, 부주석, 영수 되는 제 영웅의 명령을 자기 어깨에다 같이 놓아 모모 위원 운운한 것은 인심을 현혹하고 질서를 교란한 죄 실로 만사萬死에 당한다. 그들의 언명을 들으면 해외의 임시정부는 국제적으로 승인받은 것도 아니요, 또 국민의 토대가 없이 수립된 것이니, 이것을 시인할 것이 아니라는 것이다.

오호라 사도邪徒여! 군등은 현 '대한임시정부' 요인이었으며 그 후 상하이사변·태평양전쟁 발발 후 중국 국민정부와 미국 정부의 지지를 받아 충칭, 워싱턴, 사이판, 오키나와 등지를 전전하여 지금까지에 이른 사실을 모르느냐. 이 정부가 카이로회담의 3거두로부터 승인되고 샌프란시스코회의에 대표를 파견한 사실을 군등은 왜 일부러 은폐하려는가. '대한임시정부'는 '대한독립당'의 토대 위에 섰고 국내 3천만 민중의 환호리에 입경하였다. 지명인사의 명의를 빌려다 자기 위세를 보이려는 도배야, 일찍이 여등汝等은 고이소小磯 총독 관저에서 합법운동을 일으키려다 조소를 당한 도배이며, 해운대 온천에서 일본인의 협력과 조선의 라우렐〔필리핀 제2공화국의 친일 대통령〕이 될 것을 꿈꾸었던 도배이며, 일본의 압박이 소멸되자 정무총감·경기도 경찰부장으로부터 치안유지 협력의 위촉을 받고 피를 흘리지 않고 정권을 탈취하겠다는 야망을 가지고 나선 일본 제국의 주구들이다. 오등은 장구히 군등의 방약무인한 민심 혹란의 광태를 묵인할 수 없다. 오등의 정의의 쾌도는 파사현정의 의거를 단행할 것이다. 3천만 민중이여, 제군은 이 같은 도배들의 반역적 언동에 현혹치 말고 민중의 진정한 의사를 대표한 오등의 주의에 공명하여 민족적 일대 운동을 전개하지 않으려는가."

이러한 송 씨가 11월 25일에 임정의 환국에 제하여 발표한 담화는 다음과 같다.

"조선이 일본 제국주의의 기반에서 해방된 것은, 미·중을 비롯하여 제 연합국의 호의와 노력에도 있겠지마는 우리가 해방된 유일한 힘은, 임시정부 주석 김구 선생 이하 여러분의 힘이 절대 다대하였다는 것은 잊을 수 없는 일이며, 특히 김구 선생은 일본 놈의 가슴을 서늘케 한 상하이 폭발 사건 이후 장제스 주석의 절대 신임을 받게 되어 난징·충칭까지 장 주석과 같이 조선 해방을 위하여 투쟁을 해왔고, 특히 카이로회담에서 장 주석의 발안으로 조선을 적당한 기회에 자주독립시키겠다고 만장일치 가결된 것은 유명한 사실이다. 이러한 위대한 혁명가요, 지도자에게 복종하는 것이 당연한 일이다.

이제 그분들이 환국하였으니, 그분들의 위대한 지도안이 확립되어 있겠고 또 '대한독립촉성중앙협의회'가 생겼으니, 다 같이 흉금을 털어놓고 한국의 독립완성을 위하여 매진하기를 충심으로 바라는 바이다."

여운형 씨

나의 학생 시절이나 입국 이후에나 가장 많은 이야기를 들은 사람이다. 이러나저러나 국내에서 가장 광범위하게 알려져 있는 활동적인 인물이다. 특히 체육인들과 젊은 학생들에게 대단한 인기가 있다는 것이 공통된 의견이었다.

풍채가 좋고 활발한 성격이며 잘생긴 용모로서 정치인다운 활동성을 보여온 사람. 그러나 나는 이분을 너무 현실에 치우치는 정치인으로 규정하고 싶다. 그의 정치 노선은 사회주의 좌파 경향일 뿐이지, 결코 공산주의자는 아닌 것 같았다. 그러나 그는 극렬한 공산주의자들에게 완전 포위가 되어 있다.

해방 전에 그는 일본에게 정권을 이양하라고 합법투쟁을 벌이기도 한 일이 있으며, 그 후 '건국동맹'이라는 지하조직을 결성하였다. 8월 15일 엔도가 여 씨에게 송진우 씨에게 한 것과 같은 청을 하자 이 기회를 놓치지 않고 포착하여 이를 수락한 인물이다.

"일본의 패전이 일간 발표될 것이오. 치안을 담당해주오. 일인의 생명을 보호해주오" 하는 요청을 받자 그 대신 5개 조항을 요구하여, "마음 좋게 헤어지기, 피를 흘리거나 불상사가 없게 민중을 지도할 것"을 타협한 것으로 알려졌다. 그 5개 조항은 다음과 같다.

① 전 조선의 정치범과 경제범을 석방할 것
② 경성의 식량을 3개월간 확보해줄 것
③ 학생과 청년의 조직에 간섭하지 말 것
④ 치안유지에 일본은 일절 간섭 말 것
⑤ 조선의 노동자들을 우리 건설사업에 협력시키는 데 방해 말 것

이리하여 그는 이미 잘 알려져 있는 그의 명망을 가지고 조직활동에 착수, 서울 계동에 '건국준비위원회'를 설치하고 스스로 위원장, 그리고 안

재홍 씨를 부위원장으로 끌어들여 해외 인사들이 입국하기 전에 기성 기반을 완성시키려는 야심을 갖게 되었다. 그러나 그의 이 야심과 영웅심은 끝내 100퍼센트 공산주의자들에게 이용당한 결과일 뿐이었다.

이러한 여운형 씨의 대임정 태도는 11월 8일자의 신문 담화에도 잘 나타나 있었다.

"나의 선배로서도 환영해야겠지만, 혁명전선의 선배로서 나는 공손한 마음으로 선생의 귀국을 고대하고 있다. 그러나 내가 고대하는 마음은 선생이 귀국한다는 그 사실만을 의미함이 아니라, 선생이 귀국하여 조선을 보시는 눈과 민중의 소리를 듣는 귀가 누구보다도 현명하고 공정하실 줄 믿는 그 마음에서다. 선생의 눈은 먼저 조선의 실정을 똑바로 또 깊이 파고들어 맨 나중에 있는 것까지도 보셔야 할 것이고, 선생의 귀는 전 민중이 무엇을 부르짖고 무엇을 요구하고 무엇을 선생에게 기대하고 갈망하는지를 분명히 들으셔야 할 것이다. 총명하신 선생은 국내의 모든 혁명투사들과 손을 잡고 새 시대의 새 조선을 그르침이 없도록, 또 조선 민중의 기대와 행복에 어그러짐이 없도록 광명과 희망에 넘치는 국가를 건설하실 줄 믿는다. 선생은 인민의 의사를 토대로 하여 거기에 힘차고도 바르고 씩씩하고도 영원히 젊은 조선을 세우시는 데 분투하시기를 우리는 열망하는 바이다. 정치는 언제나 새 시대의 각도에서 새로운 감각을 용감하게 살려가는 데서 성공할 수 있다는 것은 두말할 것도 없다."

그런데 이분은 일찍이 상하이의 임시정부에 참가하였던 일이 있다.

안재홍 씨

이분은 사회주의 우파적인 경향의 분으로 일반 지식층과 언론계에 상당한 기반을 갖고 있다. 언젠가 경교장으로 김구 선생에게 인사차 오신 것을 직접 만나본 일이 있다. 선비적인 걸음으로 조심스럽게 들어오시던, 키가 크고 몸은 가는 인상이었다.

그는 8·15해방을 맞아 여운형 씨의 권고로 '건국준비위원회'에 참가하